HERDEIRO DAS
TREVAS

Outras obras da autora publicadas pela Galera Record

Ascensão das Trevas
Herdeiro das Trevas

Série Fence
Fence Volume 1
Fence Volume 2
Fence Volume 3
Fence: Rivais Volume 4
Fence: Ascensão Volume 5

C. S. PACAT

HERDEIRO DAS
TREVAS

Tradução
Marcela Filizola

2ª edição

— **Galera** —

RIO DE JANEIRO

2024

PREPARAÇÃO
Angélica Andrade
REVISÃO
Mauro Borges
Rodrigo Dutra

DIAGRAMAÇÃO
Abreu's System
TÍTULO ORIGINAL
Dark Heir

CIP-BRASIL. CATALOGAÇÃO NA PUBLICAÇÃO
SINDICATO NACIONAL DOS EDITORES DE LIVROS, RJ

P112h

Pacat, C. S.
    Herdeiro das trevas / C. S. Pacat ; tradução Marcela Filizola. – 2. ed. – Rio de Janeiro : Galera Record, 2024.
    (Ascensão das trevas ; 2)

    Tradução de: Dark heir
    ISBN 978-65-5981-480-0

    1. Ficção australiana. I. Filizola, Marcela. II. Título. III. Série.

24-88292   CDD: 828.99343
                          CDU: 82-3(94)

Gabriela Faray Ferreira Lopes – Bibliotecária – CRB-7/6643

Copyright texto © 2023 by Gatto Media Ptx Ltd
Copyright mapa © 2023 by Svetlana Dorosheva

Publicado originalmente por Allen & Unwin em 2023
Direitos de tradução mediados em acordo com Adams Literary e Sandra Bruna Agencia Literaria, SL

Todos os direitos reservados.
Proibida a reprodução, no todo ou em parte, através de quaisquer meios.
Os direitos morais da autora foram assegurados.

Texto revisado segundo o Acordo Ortográfico da Língua Portuguesa de 1990.

Direitos exclusivos de publicação em língua portuguesa somente para o Brasil adquiridos pela
EDITORA GALERA RECORD LTDA.
Rua Argentina, 120 – Rio de Janeiro, RJ – 20921-380 – Tel.: (21) 2585-2000,
que se reserva a propriedade literária desta tradução.

Impresso no Brasil

ISBN 978-65-5981-480-0

Seja um leitor preferencial Record.
Cadastre-se e receba informações sobre nossos lançamentos e nossas promoções.

Atendimento e venda direta ao leitor:
sac@record.com.br

Para Johnny Boy

Você chegou com seu focinho
e mudou minha vida
Vou sentir saudades

DRAMATIS PERSONAE

Em Londres

OS RENASCIDOS

WILL KEMPEN
O Rei das Trevas renascido.

JAMES ST. CLAIR
Criado acreditando ser um Regente, James descobriu sua verdadeira identidade aos onze anos: é o general mais letal do Rei das Trevas, Anharion, renascido. James escapou do Salão dos Regentes para servir a Sinclair em sua missão de trazer de volta à vida o Rei das Trevas. Lá, James descobriu que Anharion havia sido um guerreiro da Luz, escravizado pelo Rei das Trevas por meio de um Colar com poderes. Depois que Will matou Simon e devolveu o Colar para James, James jurou seguir Will.

DESCENDENTES

O Sangue do Leão

VIOLET BALLARD
Filha de John Ballard e da amante indiana dele, Violet foi levada a Londres pelo pai. Após escapar de Sinclair com Will, Violet descobriu que tinha o Sangue do Leão e que o pai a criou para ser morta por seu

meio-irmão, Tom, em um ritual no qual ele obteria o "verdadeiro poder" ao assassinar outro Leão. Violet jurou não servir ao Rei das Trevas, tal como seus ancestrais Leões.

Tom Ballard

Meio-irmão mais velho de Violet, foi também seu mentor e protetor durante a infância. Tom serve a Sinclair e carrega a marca S para provar sua lealdade. Tem uma relação próxima com Devon, o último unicórnio, que faz parte da pseudocorte de Sinclair.

John Ballard

Pai de Violet e Tom, John Ballard trabalha para Sinclair.

O Sangue do Regente

Cyprian

Cyprian era um noviciado protegido, quando, semanas antes de seu teste para se tornar um Regente, seu irmão, Marcus, em forma de sombra, atacou o Salão, massacrando os moradores. Cyprian, assim, se tornou o último dos Regentes, mas nunca bebeu do Cálice.

Marcus

Irmão de Cyprian, Marcus estava em missão com seu irmão de escudo, Justice, quando foi capturado por Sinclair. Mantido vivo em uma jaula até que sua sombra o dominasse, Marcus foi solto por Sinclair no Salão dos Regentes.

Justice

Maior lutador e campeão dos Regentes, Justice resgatou Violet e Will do navio de Simon, o *Sealgair*, e os levou para o Salão. Quando seu irmão de escudo, Marcus, se tornou uma sombra e atacou o Salão, Justice morreu lutando contra ele.

EUPHEMIA, A REGENTE ANCIÃ

Regente Anciã que tentou treinar Will para seguir a luz, mas morreu antes que o treinamento fosse concluído. Euphemia derrotou Marcus durante o ataque ao Salão e pediu a Cyprian que a matasse antes que a sombra dela assumisse o controle.

JANNICK, O ALTO JANÍZARO

Pai de James e pai adotivo de Cyprian e Marcus. Como chefe dos janízaros, a divisão não militar dos Regentes, Jannick era um homem de grande conhecimento, mas também de padrões exigentes. Foi morto por Marcus no massacre no Salão.

GRACE

Grace foi uma das duas únicas sobreviventes do ataque de Marcus. O papel de Grace como janízara da Regente Anciã proporciona a ela conhecimento e visão únicos sobre os segredos do Salão.

SARAH

Sarah foi a segunda sobrevivente do ataque de Marcus. Uma janízara cuja função era cuidar das plantas do Salão.

O Sangue da Dama

KATHERINE KENT

Pressionada pela família a realizar um casamento vantajoso, Katherine ficou noiva de Simon Creen, filho do conde de Sinclair. Ao descobrir que Simon estava matando mulheres, Katherine fugiu para o Salão dos Regentes com a irmã, Elizabeth. Katherine morreu em Bowhill, depois de saber que Will era o Rei das Trevas e empunhar Ekthalion para desafiá-lo.

ELIZABETH KENT

Levada pela irmã, Katherine, ao Salão dos Regentes, Elizabeth descobriu aos dez anos que tinha o Sangue da Dama ao tocar a Árvore de Pedra durante o ataque do Rei das Trevas ao Salão.

ELEANOR KEMPEN

Mãe de Katherine e Elizabeth, renunciou às filhas para escondê-las de Sinclair, e criou Will como filho, mesmo sabendo que ele era o Rei das Trevas, mas tentou matá-lo antes da própria morte.

O Sangue do Rei das Trevas

EDMUND CREEN, O CONDE DE SINCLAIR

Um dos homens mais ricos da Inglaterra, com um império comercial que se estende por todo o mundo. Sinclair é o chefe de uma pseudocorte de descendentes com poderes do mundo antigo.

SIMON CREEN, LORDE CRENSHAW

Filho e herdeiro do conde de Sinclair, Simon planejou trazer o Rei das Trevas dos mortos, matando todos os descendentes da Dama, incluindo a mãe de Will. Will matou Simon em Bowhill.

PHILLIP CREEN, LORDE CRENSHAW

Segundo filho do conde de Sinclair, Phillip herdou o título de Lorde Crenshaw após a morte do irmão, Simon.

No mundo antigo

SARCEAN, O REI DAS TREVAS

Rei das Trevas e líder dos exércitos de sombras, Sarcean jurou retornar ao mundo após sua morte e ordenou o sacrifício de seus seguidores para que renascessem com ele.

ANHARION, O TRAIDOR

O maior lutador da Luz, Anharion mudou o curso da guerra quando trocou de lado para lutar pelo Rei das Trevas. Era conhecido como o Traidor, mas havia sido enfeitiçado por um colar com poderes.

A DAMA
As lendas dizem que ela amava o Rei das Trevas e depois o matou. Quando o Rei das Trevas morreu e jurou retornar, ela teve um filho para que a própria linhagem sobrevivesse e lutasse contra o Rei após seu renascimento.

DEVON
O último unicórnio. Quando os humanos caçaram unicórnios até todos serem praticamente extintos, Devon foi capturado e teve a cauda e o chifre cortados. Para sobreviver, ele se transformou em um menino. Milhares de anos depois, tornou-se membro da pseudocorte de Sinclair.

VISANDER
Um campeão do mundo antigo.

PRÓLOGO

Visander acordou sufocado. Sentia o peito comprimido. Não havia ar. Tossiu e tentou respirar fundo. Onde estava?

Abriu os olhos. Não enxergava nada. Não havia diferença entre estar com os olhos abertos ou fechados. O pânico o fez levantar os braços, e ele tentou se levantar, mas apenas bateu em uma madeira a um palmo acima do rosto. Não conseguia se sentar. Não conseguia respirar, o nariz entupido com o cheiro frio e pesado de terra.

Por instinto, procurou a espada, Ekthalion, mas não conseguiu encontrá-la. *Ekthalion. Onde está Ekthalion?* Os dedos dormentes e com cãibras tatearam madeira nos quatro lados. Sua respiração ofegante ficou ainda mais curta. Estava preso em uma caixa de madeira minúscula. Um baú.

Um caixão.

Sentiu um pavor gélido.

— Deixem-me sair!

As palavras foram absorvidas pela caixa como se tivessem sido engolidas. Um pensamento terrível e desesperador surgiu: não era apenas um caixão, era um túmulo. Ele estava enterrado, e todo o barulho era abafado pela terra acima e ao redor de si.

— *Deixem-me sair!*

O pânico aumentou. Era isso? Esse era seu despertar? Em uma cavidade silenciosa onde não era possível enxergar, sem que ninguém lá em cima soubesse que ele estava vivo? Visander tentou se lembrar dos momentos anteriores, mas eram apenas fragmentos desconexos: ele montando em seu corcel, Indeviel; os olhos azuis frios da rainha que o observava enquanto Visander pronunciava seu juramento; e a dor aguda de quando ela enfiou a espada no peito dele. *Você vai retornar, Visander.*

Tinha sido ela quem havia feito isso com ele? Não seria possível, seria? Ele não teria retornado em uma sepultura, despertando enterrado nas profundezas da terra, certo?

Pense. Se estivesse enterrado, haveria madeira e por cima terra. Ele tinha que quebrar a madeira e depois cavar. E tinha que ser naquele instante, enquanto ainda conseguia respirar e tinha força. Não sabia quanto de ar ainda restava.

Visander chutou o teto de sua prisão e sentiu uma dor lancinante no pé. O segundo chute foi, em parte, pânico. Um estalo agudo dizia que a madeira havia sido lascada. Ele podia ouvir a própria respiração ofegante, inspirando o que restava do ar rarefeito.

Crack! De novo. *Crack!* A terra se derramou como água irrompendo de um vazamento. Por um momento, ele achou que havia sido bem-sucedido. Então o vazamento se tornou um colapso, um desmoronamento, com a terra fria entrando e preenchendo o caixão. Visander foi tomado por um pânico desesperado e cobriu a cabeça com as mãos ao pensar que seria sufocado. Tossiu, as partículas de poeira eram tão grossas que o asfixiavam. Quando a poeira baixou, o desmoronamento havia reduzido pela metade o espaço no caixão.

Visander estava deitado no pequeno canto escuro que tinha restado. Sentia o coração bater dolorosamente. Ele se lembrou do momento em que havia se ajoelhado e jurado. *Serei seu Retornado.* A rainha tocou sua cabeça enquanto ele se ajoelhava. *Você vai Retornar, Visander. Mas primeiro tem que morrer.* Será que tinha dado errado? Será que havia sido enterrado por engano porque aqueles a seu redor acreditaram que ele estava realmente morto? Ou havia sido descoberto pelo Rei das Trevas? Que o enterrara como punição, sabendo que retornaria, mas que acordaria preso?

Imaginou o prazer do Rei das Trevas ao imaginar o pânico sufocante de Visander. Seria um deleite àquela mente perversa imaginar Visander enterrado vivo, seu terror palpável, seus gritos inaudíveis. Uma centelha de ódio acendeu em Visander, a chama brilhava na escuridão. Isso o impulsionou; mais forte que a necessidade de viver era sua necessidade de matar o Rei das Trevas. Ele tinha que sair dali.

Colocou as mãos à frente, agarrou suas roupas e rasgou o que parecia ser seda. Amarrou o tecido ao redor do rosto para proteger a boca e as narinas da terra que se precipitaria para cobri-lo. Então respirou fundo, todo o ar que conseguiu reunir, e dessa vez deu um soco na madeira lascada acima com toda a força restante.

A terra desabou, preenchendo os últimos espaços. Ele se forçou a ir para cima, tentando se arrastar terra afora. Não funcionou. Não chegou à superfície, havia apenas terra por todo lado, nada de ar, apenas a pressão sufocante do solo e um cheiro pútrido de terra molhada que ameaçava entrar goela abaixo.

Para cima. Tinha que ir para cima, mas sentia-se totalmente desorientado: rodeado de terra escura como breu, ele perdeu toda a noção do que era abaixo ou acima; cavava, mas em qual direção? O pânico o dominou. Será que morreria como um verme que não enxerga e segue na direção errada no escuro? Ele sentiu uma dor excruciante nos pulmões e uma tontura, como se tivesse inalado fumaça.

Cave. Cave ou morra. Pensar em seu propósito era a única coisa que o fazia seguir, que sobrepujava o pânico e a nebulosidade de seus pensamentos, como o fim de um túnel...

E então a mão estendida, à procura da saída, irrompeu no espaço. Seus pulmões protestavam conforme ele avançava desesperadamente naquela direção, rompendo a terra lamacenta em um renascimento grotesco, tirando-a do rosto, do corpo, arrastando-se para se erguer.

Ele inspirou o ar — ar! —, arfadas grandes e ofegantes que o fizeram tossir e vomitar uma substância preta: a terra que havia entrado em sua boca e descido pela garganta. Demorou muito para que a náusea passasse, provocando tremores convulsivos em seu corpo. Visander teve uma vaga consciência de que era noite, de que havia grama sob seus dedos, galhos vazios de árvores acima de sua cabeça. Ficou esparramado na terra que há pouco o enclausurara, tranquilizando-se por ela estar debaixo de seu corpo, com uma alegria que nunca havia apreciado antes. Visander ergueu o antebraço para limpar a boca, viu as sedas esfarrapadas que o vestiam e sentiu uma estranha sensação de injustiça.

Ao olhar para as mãos, notou que não estavam apenas machucadas e ensanguentadas, mas... não eram... suas mãos...

Tudo girava vertiginosamente. Ele vestia roupas estranhas, saias grossas que desciam pesadas pelo corpo. Dava para ver à luz da Lua: aquelas mãos machucadas e enlameadas não eram suas, nem os seios, ou as mechas de longos cabelos loiros. Aquele não era seu corpo; ele havia se tornado uma jovem cujos membros não conseguia controlar com facilidade e, ao tentar ficar de pé, ele tropeçou e caiu no chão.

Uma luz brilhou e, inicialmente, ele ergueu o braço para se proteger, os olhos desacostumados a qualquer coisa mais brilhante do que o luar fraco.

Então ele olhou para a luz.

Havia um homem mais velho de cabelos grisalhos parado a sua frente, segurando uma lanterna no alto. Encarava-o como se tivesse visto um fantasma. Como se tivesse visto uma pessoa morrer e depois a reencontrasse se arrastando para fora da terra.

— *Katherine?* — disse o homem.

CAPÍTULO UM

Will chegou ao topo da margem do rio Lea e sentiu o estômago revirar de pavor.

O pântano estava em completa desolação. O verde úmido e perfumado do musgo e da grama ondulante havia desaparecido, substituído por uma cratera de terra em ruínas com o arco quebrado bem no centro, como um portal para os mortos.

Ele tinha chegado tarde demais? Seus amigos estavam todos mortos?

James refreou ao lado dele, no cavalo Regente branco como neve que Katherine havia abandonado. Will não pôde deixar de olhar para o lado e observar a reação de James. Com o cabelo loiro escondido pelo capuz de uma capa branca, James até se passaria por um Regente de antigamente, cavalgando por terras antigas. Exceto pelo fato de que era jovem e estava vestido sob a capa com roupas da última moda londrina. Sua expressão não revelava nada, mesmo com os olhos fixos na destruição que um dia havia acontecido no Salão.

Will não podia se permitir ficar pensando no que estava fazendo ali, não com James ao seu lado. Ele não deveria ter voltado. Não deveria ter trazido James junto. Sabia disso. Ainda assim, foi o que fez. A consciência do erro aumentava a cada passo. Ele se forçou a olhar para a frente e focou nos amigos.

No limite da terra em ruínas, os cavalos hesitaram. Valdithar, o cavalo preto de Will, balançava a cabeça para cima e para baixo, com as narinas dilatadas ao sentir a magia perversa. Ao lado, James tentava forçar a montaria branca a avançar, mas seu cavalo londrino empinava e precipitava-se atrás dele, tentando se desvencilhar. Os cavalos, que resistiam, assustados, eram os únicos seres vivos que caminhavam pelo chão carbonizado e iluminado por brasas sombrias, com um silêncio profundo envolvendo-os porque não havia pássaros ou insetos vivos.

Mas a pior visão de todas foi a do portão.

O Salão dos Regentes deveria estar escondido do mundo por causa da magia. Alguém de passagem veria apenas um velho arco de pedra solitário em ruínas na terra molhada. Seria possível passar por ele, até mesmo atravessá-lo, e nunca sair do pântano. Apenas aqueles com sangue Regente passariam pelo arco e se veriam nos antigos e imponentes corredores do Salão.

Mas o arco de pedra havia se transformado em uma fenda no mundo. De ambos os lados, era possível enxergar o pântano vazio, mas através dele... através dele, Will era capaz de ver o Salão, claro como a luz do dia.

Parecia errado; uma laceração; um rasgo.

Como enfiar o dedo em uma ferida sem pensar: ele imaginou um andarilho no pântano enfiando a cabeça, trazendo homens de Londres para vasculhar lá dentro.

— As proteções caíram — disse James.

Sob o capuz da capa branca, o rosto de James ainda não demonstrava nada, mas a tensão em seu corpo era transmitida ao cavalo.

Will segurou as rédeas com mais força. As proteções não tinham apenas caído; tinham sido destruídas pela mesma força pulverizadora que havia rasgado o pântano.

Só uma coisa seria capaz de ter feito aquilo.

Será que o Rei de Sombra libertado em Bowhill tinha derrubado as proteções? Será que havia tomado o Salão? Será que havia matado todos que ele conhecia?

O pensamento mais sombrio, o medo mais profundo, o invadiu, contorcendo-o.

Será que, naquele exato momento, ele estava sentado na sombria malevolência de seu trono, esperando para recebê-lo?

— Vamos? — disse James.

Era perturbador e errado poder simplesmente cavalgar para dentro. O Salão não deveria ser tão aberto, tão exposto ao mundo exterior. Will queria que um Regente saísse da escuridão e dissesse: "Pare! Volte!".

Mas ninguém apareceu.

— O único lugar que o Rei das Trevas não conseguiu conquistar, e onde agora ele podia apenas entrar — disse James.

Will não conseguiu evitar lançar outro olhar atravessado para James. Mas James estava com os olhos azuis voltados para o pátio, totalmente inconsciente. Já os pensamentos de Will, um emaranhado de medos e suspeitas que ele mantinha escondido, eram mais conscientes. Será que, ao entrar sem resistência, ele estaria realizando o próprio sonho? Seu desejo sombrio de tomar o último refúgio de Luz?

Era uma forma misteriosa de conquista; não com os exércitos das Trevas atrás dele, a cidadela incendiada e em ruínas e seus cidadãos levados à submissão. Em vez disso, James e ele estavam entrando sozinhos pelos portões abertos: as batalhas do passado silenciadas e os cascos dos cavalos estridentes e altos.

Ele viu as ruínas do vasto pátio abandonado, a imensa cidadela murada que os Regentes chamavam de Salão, não mais patrulhada por guardas vestidos de branco reluzente posicionados nas muralhas nem ecoando suavemente a cantoria e os sinos melodiosos, mas sim oca, escura e vazia.

O Salão é seu agora, arruinado e destruído. Will lançou o pensamento quase com raiva para o Rei das Trevas, seu eu passado. *Era isso que você queria?*

Ao lado dele, o rosto de James estava inexpressivo. James havia crescido ali e depois tinha passado anos tentando derrubar aquelas muralhas. Será que estava abalado? Indiferente? Satisfeito? Com medo?

Você não quer mesmo me levar de volta para lá, havia dito James, esparramado na cama estreita da estalagem. Ele parecia ser uma posse cara e falava como tal também. Tinha fingido ser uma posse de Simon enquanto trabalhava contra ele o tempo todo. E apesar do ar relaxado e despreocupado, o convite só se estendia até certo ponto: olhe, mas não toque. Quando Will disse: "Você disse que me seguiria, não foi?". James sorriu, malicioso. "Seus amiguinhos não vão gostar."

Talvez os amigos de Will estivessem mortos. Ele e James poderiam ser os únicos que haviam restado, e esse era o pensamento mais sombrio de todos. Os amigos que o conheciam como Will, que ainda pensavam nele como Will, porque não sabiam o que ele havia descoberto em Bowhill enquanto a terra apodrecia: ele era o Rei das Trevas.

Um sino repentino tocou, rompendo o silêncio. James correu em direção à parede.

— Ainda tem alguém aqui — disse Will, desmontando do cavalo conforme o som do sino diminuía.

Parecia mais um alerta fantasma para uma cidade morta de tão silencioso e desabitado que estava o Salão. O silêncio se alastrou pelos ossos dele, um pavor frio e vazio.

— Will!

Quando as enormes portas duplas se abriram, ele se virou e a viu descendo as escadas correndo.

Alívio. Ela estava exatamente como ele se lembrava, com o cabelo curto e encaracolado e sardas espalhadas, vestida com as roupas londrinas de menino.

— Violet! — disse ele, enquanto ela passava pelo último dos degraus principais, descendo dois de cada vez.

Os dois se abraçaram, e ele a segurou com força. *Viva, você está viva.* Não era como Bowhill; seu fracasso no Pico Sombrio não a tinha matado como matara Katherine.

Era mais do que isso. Nos braços quentes de Violet, ele se sentia atado ao mundo, a Will, depois de dias cavalgando pelos fantasmas do passado com James. Era uma ilusão em que queria tanto acreditar que a abraçou por mais tempo do que devia.

Will se forçou a soltá-la porque Violet não o abraçaria se soubesse quem ele era. Atrás dela, viu Cyprian, que parecia aliviado e satisfeito ao descer os degraus. Vestido com a túnica de noviciado, era um Regente modelo de sua Ordem, com os longos cabelos castanhos soltos nas costas, no estilo tradicional dos Regentes, e um rosto bonito ao modo intocável de uma estátua.

Ele se parecia tanto com um guerreiro da Luz que, por um momento, Will pensou que com certeza Cyprian veria através dele, saberia só de olhar para ele e declararia aos outros "Will é o Rei das Trevas". Mas os olhos verdes dele eram calorosos.

— Will! — Violet deu um soco no ombro dele, com seu jeito de sempre, fazendo-o prestar atenção. Ela era forte, então doeu muito, e a alegria dele por conta disso era como uma dolorosa saudade de casa. — Por que você foi embora? Idiota.

— Vou explicar tudo... — começou Will.

— E você — disse Violet a James, com uma familiaridade amigável e exasperada. — Sua irmã está tão preocupada, vai ficar muito feliz de ter você de volta, todos nós estamos...

— Acho — interrompeu James, puxando para trás o capuz da capa — que você está me confundindo com outra pessoa.

Então o cavalo branco, o corpo gracioso e os cabelos loiros se transformaram no garoto lindo e letal com quem haviam lutado até o fim, os lábios estavam ligeiramente curvados em seu rosto aristocrático enquanto ele descia da sela para encará-los.

A espada de Cyprian saiu cantando da bainha. Os olhos dele eram letais.

— Você.

Will havia se preparado para a recepção hostil que James enfrentaria. Óbvio, sabia que os outros não gostariam. James tinha causado a morte de todos os Regentes do Salão. Will havia se planejado para a resistência, se preparado para contar meias verdades sobre si e falar com tranquilidade a favor de James, que estava ali para ajudá-los a deter Sinclair.

Mas, na confusão frenética dos últimos dias, não tinha pensado em como ver James afetaria Cyprian.

Cyprian encarava o assassino de seu irmão com o rosto pálido e as mãos firmes apenas porque os Regentes treinavam durante horas todos os dias para nunca deixar a mão da espada tremer.

— Cyprian... — começou Will.

Os olhos do Regente permaneceram fixos em James.

— Como você se atreve a voltar aqui?

— Nada de boas-vindas calorosas? — comentou James.

— Você quer boas-vindas?

A espada de Cyprian já estava em movimento, um arco mortal destinado a cortar James ao meio.

— *Não* — interferiu Will, enquanto o poder de James irrompia, jogando Cyprian para trás.

Cyprian bateu na parede, contorcendo o rosto e derrubando a espada com um tilintar no chão. A eletricidade no ar era cortante enquanto Cyprian lutava contra a força invisível do poder de James que o mantinha no lugar.

— Ora, ora — disse James, com os olhos brilhando. — Isso não é nada muito hospitaleiro, irmãozinho.

— Tire sua magia imunda de mim, aberração — disparou Cyprian.

— Parem com isso. — Ficar entre eles era como entrar em um redemoinho, o poder agitando-se no ar ao redor. — *Eu disse para parar.*

Will se forçou a avançar, colocando uma das mãos no peito de James e a outra na nuca. Ele era mais alto que James; quase nada, talvez uns dois centímetros, mas o suficiente para fazer James olhar para ele.

— Pare com a magia — ordenou Will.

— Detenha seu Regente de estimação — respondeu James, mantendo os olhos fixos em Will.

Will não hesitou, segurando James com força, e com o olhar fixo nas pupilas de James dilatadas pela magia.

— Violet, mantenha-o afastado.

Atrás dele, Will ouviu Cyprian xingar e soube que Violet estava fazendo exatamente o que havia pedido. Um segundo depois, a eletricidade desapareceu. Will não soltou James, mesmo ao ouvir a voz de Violet atrás de si.

— Will, o que ele está fazendo aqui? — perguntou ela, séria.

Ele reprimiu a lembrança de James na estalagem, jurando segui-lo.

— Está aqui para nos ajudar.

— Essa *coisa* não vai nos ajudar — retrucou Cyprian.

— Nos ajudar a fazer o quê? — perguntou Violet.

Por fim, Will soltou James e, ao se virar, viu que Violet ainda estava segurando Cyprian contra a parede de pedra na base dos degraus.

— A mantê-los vivos. Quando Sinclair chegar aqui — respondeu James.

— Sinclair? — O tom de Violet soou desconfiado, confuso. — E Simon?

Havia tanta coisa que Will precisava contar a ela. Ainda podia sentir o cheiro amargo de terra queimada e ver a lâmina preta deslizando da bainha sempre que fechava os olhos.

— Simon está morto. — Will não disse mais nada sobre o assunto. — É contra o pai dele que estamos lutando.

Sinclair, que havia planejado tudo. Sinclair, que havia acolhido James quando menino e o criado para matar Regentes. Sinclair, que tinha dado a ordem para matar a mãe de Will.

— Morto? — perguntou Violet. Como se os Regentes não tivessem treinado Will para fazer justamente aquilo. Como se seu encontro com Simon pudesse ter terminado de outra maneira. Como se ele fosse estar ali vivo se isso tivesse acontecido. — Então...

— Eu o matei.

As palavras saíram sem emoção. Não descreviam o que havia acontecido naquela montanha. Os pássaros caindo do céu, o sangue borbulhando do peito de Simon. O momento em que Will tinha olhado para cima, encontrado os olhos de Simon e entendido...

— Matei os três Remanescentes, depois o matei.

Will sabia que sua voz soava diferente. Não poderia ser o mesmo, não depois de enfiar a espada no peito de Simon, na terra devastada onde a mãe dele havia sangrado até morrer anos antes. Os Reis de Sombra tinham pairado no céu como testemunhas.

— Mas... como? — perguntou Violet.

O que ele diria? Que Simon desembainhara a Ekthalion, e Will sobrevivera ao ataque porque era o mestre da espada?

Ou que Simon parecera surpreso no final, com os olhos arregalados enquanto morria, sem entender, mesmo com sua vida se esvaindo, quem o matara?

Você é ele. As últimas palavras de Katherine. *O Rei das Trevas.*

— Ele é Sangue da Dama. — A fala arrastada de James cortou o silêncio. — Foi para isso que você o treinou, não foi? Para matar pessoas.

James também não sabia. Acreditava que ele era um herói, quando o verdadeiro Sangue da Dama era Katherine, morta com o rosto marmorizado como pedra branca.

— Vou contar tudo. Assim que estivermos lá dentro — explicou Will.

Mas não faria isso. Aprendeu com Katherine que não podia. Ela havia morrido em Bowhill porque descobrira o que ele era e desembainhara uma espada para matá-lo.

Ainda mais fundo, uma memória mais primitiva: as mãos de sua mãe em volta de sua garganta; a necessidade urgente de ar, a visão escurecendo.

Mãe, sou eu! Mãe, por favor! Mãe...

— Ele não vai pôr os pés no Salão.

Os olhos de Cyprian estavam em James.

— Precisamos dele.

Will manteve a voz firme.

— Ele *nos matou.* — Cyprian não desviou o olhar de James. — Matou a todos nós, é a razão pela qual o Salão está completamente aberto...

— Precisamos dele para deter Sinclair.

Foi o que Will sempre tinha planejado dizer. Porque sabia que funcionaria com Cyprian, que sempre cumpria seu dever.

Mas era diferente com os olhos agitados de Cyprian e Violet o encarando, tentando entender.

— Ele é o assassino de Sinclair. Um traidor sem emoções ou remorso, ele matou meu pai, o próprio pai, despedaçou-o e usou meu irmão para fazer isso... — argumentou Cyprian.

— Olhe em volta — disse Will. — Acha que Sinclair não vai vir atrás do Salão agora que está inteiramente aberto? A Chama Derradeira? A Estrela Imortal? Qualquer um pode entrar aqui. — Ele os machucava ao levar James ali. Sabia disso. A própria presença era ainda pior. Cuspia na cara do Salão. — Você quer deter Sinclair? James é o único jeito.

Os olhos verdes de Cyprian brilharam com uma impotência furiosa. Impecável na cor prateada do noviciado, parecia a personificação de um Regente.

Mas o tempo dos Regentes chegara ao fim. Sem James, não poderiam enfrentar Sinclair. Era o que Will tinha que manter em mente.

— Você acredita mesmo nele? — perguntou Violet.

— Acredito.

Depois de um longo momento, ela respirou fundo e virou-se para Cyprian.

— James era o aliado mais próximo de Sinclair. Se ele se voltou contra seu mestre, devemos usá-lo. Will tem razão. Sinclair está vindo para o Salão, é só uma questão de tempo até que chegue aqui. Precisamos de todas as vantagens que conseguirmos.

— Então é isso? Você simplesmente confia nele? — retrucou Cyprian.

— Não. Não confio nele nem um pouco. E, se ele tentar machucar algum de nós, vou matá-lo.

— Adorável — interrompeu James.

— Ela está apenas dando um aviso justo — disse uma voz do alto da escada. — O que é mais do que você nos deu.

Grace estava na porta, com suas vestes azuis de janízara. Era uma das duas janízaras que haviam sobrevivido ao primeiro ataque ao Salão. A outra, Sarah, devia ser quem havia tocado o sino, pensou Will. Ao contrário dos outros, Grace não deu boas-vindas a Will, nem mesmo o cumprimentou pelo nome.

— Se já acabaram de brigar, tem algo que precisam ver — disse Grace.

— Com medo de enfrentar o que você fez? — perguntou Cyprian.

Eles estavam na grande abertura da entrada principal, onde a primeira das altas torres em ruínas se destacava. A cidadela, que era antes um emaranhado interminável de arcos gigantes, câmaras abobadadas e edifícios de pedra, havia se tornado um labirinto sombrio e macabro. Desde o massacre, Will e os outros haviam evitado entrar em qualquer um dos prédios, permanecendo no portão perto do muro externo para evitar as passagens internas que causavam embrulho no estômago. Ao vê-las após o massacre, ninguém queria percorrer de novo aqueles caminhos.

James examinou a entrada. Ele parecia mais parte daquele lugar antigo do que qualquer um, sua beleza era como uma das maravilhas perdidas. Mas os lábios se curvaram demonstrando desagrado.

— Quando me expulsaram do Salão, eu disse que voltaria para caminhar sobre seus túmulos.

— Então vai realizar seu desejo — respondeu Grace, desaparecendo na escuridão além das portas.

Will mal deu um passo para dentro e arquejou, levantando o braço para cobrir o nariz e a boca. Haviam retirado os corpos, mas o lugar ainda cheirava a sangue e cadáveres em decomposição; a carnificina que não tinham tido tempo ou estômago de remover.

Grace esperou por ele, com um pragmatismo sombrio nos olhos. Para ela era pior, pensou Will. Aquele tinha sido o lar dela, representava sua vida inteira. Tudo o que significava para ele era...

Uma pessoa que nunca poderia ser; um lar que nunca poderia ter.

Até James parou quando chegaram ao grande salão. Os corpos não estavam mais lá, mas a devastação permanecia: as bandeiras rasgadas, os móveis destruídos e a barricada montada às pressas que não protegera os Regentes. Cyprian contraiu o rosto, olhando para ele.

— Admirando sua obra? — comentou ele.

— Você quer dizer a obra de Marcus.

James ergueu os olhos para Cyprian tranquilamente, e Will teve que se pôr entre os dois outra vez, sentindo, ao mantê-los separados, que estava protegendo James, mesmo que James fosse uma espécie de escudo para si. Como tenente do Rei das Trevas, era para James que o ódio deles pelo Rei das Trevas era direcionado.

— Por aqui — disse Grace, então acendeu uma tocha em uma das lanternas de parede e a segurou no alto, avançando pela floresta de pilares brancos até o grande salão.

No outro extremo, os tronos dos quatro reis assomavam. Cada um esculpido com o símbolo de seu reino, os tronos vazios olhavam para baixo com uma majestosidade perdida, feitos para figuras maiores do que qualquer rei ou rainha humana. O sol, a rosa, a serpente e a torre.

O grupo caminhou em direção a eles, uma procissão tensa.

— O Rei das Trevas queria esses quatro tronos mais do que qualquer coisa — observou James.

— Não — respondeu Will, e, quando os outros se viraram em sua direção, surpresos, ele se ouviu dizer: — No mundo dele não haveria quatro tronos. Haveria apenas um.

Um trono sem cor que surgiu para apagar o mundo. Ele teve em seus pensamentos parte da visão que os Reis de Sombra haviam mostrado a ele e o turbilhão dos próprios sonhos que eram lembrados pela metade.

Pararam à beira de um grande abismo, um buraco fundo no chão. Somente quando Grace segurou a tocha sobre ele, é que Will percebeu que não era um abismo; era o remanescente de um Rei de Sombra, sua forma terrível queimada no mármore, como um fosso no qual todos poderiam cair. A mão do Rei de Sombra estava estendida como se estivesse tentando alcançar seu trono.

Will olhou para Violet, que segurava o escudo com tanta força que os nós dos dedos estavam brancos. Então ela olhou para ele com os olhos cheios de sombras.

Por um momento, os dois compartilharam um entendimento sem palavras. Assim como ele lutara contra os Reis de Sombra no Pico, ela havia lutado contra um Rei de Sombra no coração do Salão. Will sentiu a mesma conexão que sentira quando Violet salvou sua vida ao tirá-lo de um navio que estava afundando.

Will queria dizer outra vez como estava feliz em vê-la, que ela era sua estrela na noite.

Que ele nunca tivera amigos ao crescer e que estava muito feliz por ela ter sido a primeira. Que não tinha tido a intenção de transformar aquela amizade em uma traição. Que lamentava que o garoto com quem ela havia feito amizade não fosse real.

— Quando ele chegou, o céu ficou preto — disse Grace. — Estava tão escuro que não dava para ver a própria mão na frente do rosto. Acendemos lampiões para selar os cavalos, mas mesmo os lampiões quase não conseguiam penetrar na escuridão. Podíamos ouvir chamados estridentes e gritos vindos do grande salão. Violet veio até aqui para lutar contra ele e ganhar tempo para nós.

É óbvio que Violet tinha feito isso. Lutaria, mesmo sabendo que seria inútil. Will se lembrou do terrível poder dos Reis de Sombra e tentou imaginar como seria enfrentar um deles apenas com uma espada.

— Estávamos montando nos cavalos quando ouvimos um grito tão alto que quebrou todas as janelas do Salão. A escuridão se dissipou, como um amanhecer repentino. Paramos a fuga e voltamos para cá, para o grande salão. Vimos o que você está vendo, o Rei de Sombra caído, com o corpo queimado no chão.

— Você deteve um *Rei de Sombra*? — Apesar de todo o poder que James detinha, ainda assim estava chocado. — Como?

— Da mesma maneira que vou deter você, se sair da linha.

Violet olhou para ele sem piscar. James abriu a boca, mas Grace foi a primeira a falar:

— Este não é nosso destino, apenas um ponto de passagem. Venham.

Will rapidamente percebeu para onde Grace os estava levando.

Parecia uma paródia doentia de sua primeira manhã ali, quando Grace o levara por aqueles mesmos caminhos para ver a Regente Anciã. A arquitetura do Salão ficou mais antiga, a pedra mais espessa. Ele não queria voltar para lá, para o coração morto de um salão morto. Os galhos pretos e mortos da Árvore de Pedra sempre o haviam desconcertado, uma lembrança de seu fracasso, espalhando-se como...

... como as veias pretas espalhando-se pelo corpo de Katherine, o rosto dela branco como giz, os olhos pretos como pedra...

E então todos viraram a esquina e ele viu a Árvore da Luz.

Renascida, refeita; como se o próprio ar brilhasse com vida. Ramos reluzentes, com filamentos flutuantes como a luz das estrelas e uma maravilhosa profusão de luz.

A Árvore era o símbolo da Dama; vida na escuridão; uma declaração do poder dela.

Ele não pôde evitar; foi atraído. Era como ver os primeiros brotos verdes em um deserto desolado e, mais do que isso, uma promessa de esperança e renovação.

— Você acendeu a Árvore — disse James, soando admirado.

— Não — retrucou Will. — Não fui eu.

Ele pensou em todas as vezes que havia tentado acendê-la. "A luz não estava na pedra, estava nela", dissera a Regente Anciã.

Nunca estivera nele.

Era tão bonito. Ele estendeu a mão, incapaz de se conter, e tocou o tronco. Do mesmo modo que a escuridão encobre o sol, ele esperava que ficasse mais fraca — ou o machucasse, o queimasse. Mas Will sentiu o calor pulsar pelo corpo. Parecia um sonho, como uma sensação de conforto há muito esquecida. Will fechou os olhos e deixou que fluísse para dentro de si. A alegria suave da paz, do carinho e da aceitação, e ele ansiava aquilo, como um menino perdido anseia voltar para casa.

Uma voz de menina disse:

— O que você fez com minha irmã?

CAPÍTULO DOIS

Will se afastou da Árvore, sentindo-se culpado.

As pernas de Elizabeth estavam plantadas no chão e as mãos cerradas em punhos. Ela o olhava furiosa.

Jamais se parecera com a irmã. Katherine era linda, com cachos dourados e grandes olhos azuis como os de uma boneca de porcelana. Elizabeth tinha o cabelo opaco e liso. As sobrancelhas eram escuras, franzidas em uma terrível cara feia. Sob o olhar furioso havia pavor e tensão, como se ela estivesse prestes a adivinhar o que acontecera.

Ele precisava contar a Elizabeth que a irmã estava morta. Não conseguia parar de se lembrar do rosto branco como giz de Katherine, com veias pretas formando uma teia de aranha, da sensação do corpo frio como pedra sob as mãos dele e do cheiro insuportável de turfa da terra escavada, como sangue do solo. *Will, estou com medo.*

Tentou pensar no que gostaria de ouvir se estivesse no lugar de Elizabeth. Não sabia. Não tinha muita experiência em reconfortar pessoas. Sabia que ela valorizava a verdade. Então disse a verdade.

— Ela está morta. Morreu lutando contra o Rei das Trevas — disse Will.

A Árvore ainda brilhava com luz. Parecia que com certeza se apagaria por um momento. Katherine teria ficado encantada com o lugar. Amava coisas bonitas. Mas nunca tivera a chance de vê-lo. O Salão para onde ele a tinha levado era escuro e morto.

— Você está mentindo.

Mas ele não estava. Havia dito a verdade, embora não sua participação nela. Estava ciente dos outros presentes no cômodo que os observavam, que ouviam a história pela primeira vez. *Cuidado, cuidado.*

— Ela adivinhou para onde eu estava indo e me seguiu para fora do Salão. Katherine me encontrou em Bowhill — explicou Will.

Ela o havia encontrado na terra cheia de crateras, com o sangue de Simon nas mãos. Ele não estava pensando direito. Mas, talvez, se tivesse pensado...

— Ela foi corajosa. Tentou fazer o que era certo. Sacou a Lâmina para lutar contra o Rei das Trevas. Foi a Lâmina que a matou. Nada sobrevive depois que a Lâmina é desembainhada.

Havia tanta coisa que ele não podia contar. Não podia contar que a irmã dela havia desembainhado a Lâmina contra ele. *Você é ele. O Rei das Trevas.* Não podia contar que a irmã dela havia morrido com dor, aterrorizada.

Tentei impedi-la e não consegui. Ela não acreditou em mim quando implorei que não pegasse a espada.

— Coloquei o corpo dela na fazenda da minha mãe e mandei chamar seu tio. Ele e sua tia vieram para enterrá-la.

Will esperou com James na estalagem em Castleton até que a família de Katherine chegasse, o tio dela e dois homens que Will não reconheceu saíram de uma carruagem alugada. Ele os observou a distância, certificando-se de que não podiam vê-lo. Os homens entraram na casa da mãe dele e levaram Katherine sob o céu cinzento, em uma procissão fúnebre.

Foi como o fim de outra vida. Desde a primeira vez que a vira, parada na Bond Street à procura de uma carruagem, ela havia feito parte do sonho do que poderia ter sido, um sonho de calor, de esperança e de ter uma família. E, naquele pico arruinado, Will pensara que aquele era um sonho que ele nunca mais teria.

— Por que você sobreviveu? — perguntou Elizabeth, com os olhos vermelhos e os punhos cerrados.

Will sentiu os pelos dos braços se arrepiarem.

— O quê?

— Por que você sobreviveu? Se nada permanece vivo quando a Lâmina é sacada.

Aquela lógica implacável e infantil o atingiu em cheio. O rosto dela estava marcado por linhas de teimosia. Will lembrou que Elizabeth também tinha visto através dele naquela noite. *Eu sabia que você sairia de fininho. Você é furtivo.* Ele respondeu com cuidado:

— Eu posso tocá-la. Já tinha tocado nela antes. Em um navio.

Não podia dizer por quê. Os outros estavam no cômodo ouvindo.

— Você está mentindo. Você fez alguma coisa — retrucou ela.

— Elizabeth — disse Violet, com gentileza, dando um passo à frente. — Will contou o que aconteceu. Teria impedido, se pudesse. Qualquer um de nós teria.

— Você foi atrás dela em Londres. — Elizabeth fechou os punhos com ainda mais força. — Você a encontrou.

— Não é culpa dele — insistiu Violet.

— É culpa dele — disse Elizabeth para Will, com todo o corpo tremendo. — É culpa dele... Se não fosse por ele, ela não teria vindo aqui. Ele não se importava com ela, estava saindo de fininho por aí, tentando chegar no Simon! Ele a fez vir até aqui. Ele a fez segui-lo! — O rosto dela se contorceu, e Elizabeth rosnou para Will: — Ela não estaria morta se jamais tivesse te conhecido!

Segurando as saias, ela saiu correndo do cômodo.

— Elizabeth... — disse Will, fazendo menção de ir atrás dela, mas Grace o impediu.

Sarah saiu depressa atrás de Elizabeth.

— Deixe-a ir — disse Grace. — Não há nada que você possa dizer. Ela perdeu a irmã.

Katherine também tinha sido irmã dele, ou o que mais se assemelhava de uma. Mas ele não podia dizer isso. Will fechou os olhos brevemente.

— Eu só que... — Ele havia se sentido tão sozinho após a morte da mãe, sem ter ideia do que fazer. Lembrou-se daquela primeira noite, encolhido no tronco de uma árvore, apertando a mão ensanguentada.

— Ela não deveria ficar sozinha.

— Sarah vai ficar com ela — respondeu Grace.

O que ele não disse foi que *ela não deveria permanecer com quem ela acreditava ter matado a irmã.*

Will sabia disso. Sabia que não deveria ser ele a ir atrás dela. Podia entender o quanto era errado. Mas as irmãs Kent eram filhas da mãe dele... filhas de verdade. Ao olhar para a luz da Árvore, ele sentiu um vazio doloroso onde a família deveria estar.

— Elizabeth acendeu a Árvore, não foi?

Violet assentiu.

— Aconteceu quando fugimos para cá, quase por acidente. Ela tropeçou e encostou a mão nela, e a Árvore começou a brilhar.

— A *garota* fez isso? — perguntou James.

Cyprian e Violet trocaram olhares. Estavam desconfortáveis com a presença de James ouvindo os segredos deles. Will ignorou. Contou a verdade a James, de maneira deliberada.

— Ela é Sangue da Dama. Como Katherine.

— Como você — acrescentou Grace.

Ela ainda não tinha entendido. Nenhum deles tinha. Talvez fosse muito terrível para eles imaginar que Will podia ser o estranho no ninho.

Will podia sentir as mãos da mãe em seu pescoço. *Não machuque minhas meninas.*

— Se Elizabeth é Sangue da Dama, ela pode ser da sua família, uma prima, uma irmã — observou Grace. — Sua mãe alguma vez mencionou outro filho?

Estavam chegando muito perto da verdade.

— Ela nunca me contou nada.

Só no fim. Will se forçou a se afastar da Árvore, fechando o punho em volta da cicatriz na palma da mão e virando as costas para a luz.

— Vimos o que você queria que eu visse.

Ele deu um passo em direção à porta, mas alguém colocou a mão em seu ombro para impedi-lo.

— Não — disse Grace, segurando-o de novo. — Não foi por causa da Árvore da Luz que o trouxe aqui. Tem outra coisa.

Outra coisa?

Ao lado de Grace, Violet e Cyprian pareciam tão surpresos quanto Will. Mas Grace não fez questão de continuar; simplesmente esperou, observando-o com expectativa. Por fim, depois de um longo silêncio:

— Will, o que tenho para mostrar é uma das coisas mais privadas do Salão.

Grace não entrou em detalhes. Não olhou para James, mas ele era inegavelmente a razão pela qual ela estava se contendo. O amante do Rei das Trevas, parado perto da porta.

— Está me dizendo para dar o fora? — perguntou James educadamente.

— Não. Estamos juntos nessa — intrometeu-se Will, e os olhos de James brilharam de surpresa. — Todos nós.

Cyprian e Violet trocaram olhares. Will encarou os amigos.

— Muito bem, então — disse Grace.

Ela foi até a parede oposta, ergueu as mãos e as colocou na pedra. Elas se encaixaram em marcas suaves, como se muitas mãos antes dela tivessem tocado precisamente aquele ponto, desgastando a pedra.

— Trouxe você aqui para ver isso. Não a árvore. Mas o que está embaixo — disse Grace.

— Embaixo? — repetiu Will.

Grace fez pressão contra a parede e, com o som de máquinas antigas, as pedras sob seus pés se abriram, até ela ficar no topo de estreitos degraus de pedra que guiavam para baixo infinitamente.

— Nunca ouvi falar de um lugar aqui embaixo.

Cyprian tinha dado um passo para trás.

— É conhecido apenas pela Regente Anciã e seus janízaros — explicou Grace, e gesticulou para que Will descesse. — Um dos últimos segredos da Luz. Um lembrete de que o que vemos é apenas uma pequena parte do que existe.

Will desceu os degraus primeiro, com o coração batendo de maneira estranha. No meio do caminho, ele parou, admirado.

Uma luz translúcida se derramava nas paredes, no teto abobadado e até mesmo no ar, enquanto as raízes suavemente cintilantes da Árvore se entrelaçavam, mil fios brilhantes envolvendo o cômodo em luz. Uma paz suave e calorosa impregnava o ar, como se a luz primorosa nutrisse e restaurasse, curando tudo o que tocava.

— Eu achava que sabia tudo sobre o Salão — comentou Cyprian, com uma reverência espantada, atrás de Will.

— Achava? Mas a Luz ainda tem as suas maravilhas, mesmo depois de todo este tempo — disse Grace.

Havia um plinto simples no centro do local, com palavras gravadas na língua antiga. Acima, raízes da Árvore pendiam suspensas, como estalactites brilhantes. Will se adiantou, passando a ponta dos dedos pelas palavras.

— "O passado clama, mas o presente não pode ouvir" — leu ele, com a voz baixa, e sentiu um arrepio percorrer o corpo.

Havia uma pequena caixa de pedra no plinto. Estava completamente atento a ela. A caixa de pedra era tão modesta e a árvore acima tão monumental.

— O que tem dentro? — perguntou ele.

— A Pedra Anciã — respondeu Grace.

Will mal percebeu os outros descendo os degraus atrás dele. Dava para sentir a santidade daquele lugar, um lugar de grande poder, e, ainda assim, não conseguia tirar os olhos da caixa.

Will deu um passo em direção a ela.

— O que isso faz?

— Não sei. Nunca vi — respondeu Grace, de maneira direta.

Chocado, Will disparou o olhar para o rosto dela.

— Nunca?

— É a maior relíquia do Salão, passada de uma Regente Anciã para a próxima — explicou Grace. — Ninguém exceto uma Regente Anciã abriu a caixa.

O ar tinha um gosto próprio, um sabor próprio, perceptível mesmo com o zumbido da luz proveniente das raízes da Árvore. Violet e Cyprian não pareciam notar. Até Grace parecia não perceber. *Não conseguem sentir isso?*, quase perguntou Will. Apenas James estava reagindo à caixa de pedra como ele, com os olhos fixos nela, ofegante.

— Tem magia — observou James, e Will se perguntou se a magia era sempre desse jeito, uma sensação de arrepio sob a pele, nervosa e estimulante.

Grace apontou para a caixa.

— Ela pediu que fosse entregue a você.

— A *mim*? — perguntou Will.

— Quando a Árvore da Luz começasse a brilhar.

Óbvio. A Regente Anciã acreditava que ele era Sangue da Dama. Havia deixado a Pedra Anciã para aquele que tivesse acendido a Árvore, e ele a pegaria sob falsos pretextos, como havia feito com todo o restante.

Podia ver os outros esperando. Violet estava mais perto da escada com Cyprian ao lado e James um passo mais para o interior. Todos olhavam para Will com diferentes níveis de confiança e expectativa.

Ele estendeu a mão e abriu a tampa da caixa.

A Pedra Anciã estava no interior dela, um fragmento de quartzo branco opaco do tamanho de uma moeda de meio centavo. Não havia nada de especial nela. Até que a pedra começou a brilhar.

Partículas de luz pareceram flutuar acima da superfície da pedra, e Will sentiu uma dolorosa admiração quando elas se fundiram, fazendo surgir uma forma que ele conhecia. Túnica branca e longos cabelos brancos, translúcidos, mas visíveis, fluindo com luz.

Ao lado dele, Grace arquejou e Cyprian soltou um murmúrio, ambos diante da mais sábia de sua Ordem, alguém que acreditavam ter morrido e cujo corpo haviam queimado na pira, as faíscas brilhantes na noite.

A Regente Anciã.

Ela abriu o sorriso gentil que ele conhecia tão bem, e o sentimento no peito de Will se intensificou até se tornar doloroso.

— Will. Se Grace o trouxe até a Pedra Anciã, significa que a Árvore da Luz começou a brilhar — disse ela.

Ela não sabia. Ele lutou contra a vontade de contar, de implorar por seu perdão, de se ajoelhar diante dela e curvar a cabeça para que ela colocasse a mão em seus cabelos e dissesse...

O quê? Que aceitava o que ele era? Que o perdoava? Idiota, idiota. Ele sabia o quão perigoso era querer a aceitação de uma mãe.

A garota acendeu a Árvore. Sabia que era o que deveria dizer. Seu coração estava batendo forte.

— Regente Anciã — disse ele, reprimindo o desejo doloroso que sentia. — É realmente você?

Ela balançou a cabeça suavemente.

— É apenas o que resta de mim na Pedra Anciã. Assim como você fala agora comigo, eu também falei com os Regentes de outrora... as vozes deles guiando minha mão.

— Você conversou com os Regentes do mundo antigo? — perguntou Will.

— Em tempos de grande necessidade — explicou a Regente Anciã —, a Pedra Anciã é uma fonte de grande sabedoria... mas, como muitos objetos com magia, diminuiu com o uso e o passar do tempo. Já foi um monólito da altura desta sala. Agora, esse pequeno pedaço diante de você é o único fragmento restante.

Will olhou para baixo e viu, para seu desespero, que cada partícula de luz flutuante que formava a imagem dela levava consigo um pedaço da pedra. A Pedra Anciã estava desaparecendo a cada segundo. Em breve desvaneceria por completo...

— Sim — reconheceu ela, com um sorriso triste. — Não temos muito tempo.

Will reprimiu tudo o que queria dizer, a necessidade por sua orientação, o medo de não saber o que havia se tornado sem ela, a dor que atravessava a garganta.

— Fiz o que você pediu. — Ele guardou dentro de si a sensação de como era enfiar uma espada no peito de alguém. — Sinclair não pode trazer o Rei das Trevas. Estou... Eu me certifiquei disso.

Mas a Regente Anciã balançou a cabeça com uma expressão séria.

— Sinclair é uma ameaça maior do que você imagina.

— Não estou entendendo — disse Will.

A Regente Anciã estava tão brilhante, com a luz fluindo através e ao redor dela. Mas seus olhos estavam sérios.

— Você deve ir a Valnerina. O Vale Preto nas montanhas da Úmbria. Em uma cidade chamada Scheggino, encontrará um homem chamado Ettore Fasciale. Somente com Ettore você poderá impedir o que está por vir.

— Qual ameaça seria maior do que Sinclair trazer de volta o Rei das Trevas? — perguntou Will.

A Regente Anciã balançou a cabeça, com olhar preocupado. Pela primeira vez desde que Will a conhecera, a frustração se fazia presente em sua voz, como se ela lutasse contra a restrição.

— Jurei nunca falar sobre o que existe nesse vale. Mas isto posso dizer: você precisa encontrar Ettore. Caso contrário, tudo o que enfrentou parecerá apenas uma briguinha na grande batalha que está por vir.

Valnerina. O Vale Preto. O nome o fez estremecer. Imaginou o Rei das Trevas desencadeando terror e destruição. Ele próprio no topo de uma pilha de mortos... ou seria Sinclair, subindo a um trono, olhando para as ruínas de uma terra outrora verde?

— As forças de Sinclair já se movem nessa direção — informou a Regente Anciã. — E com as proteções derrubadas, não há como mantê-lo fora daqui. Você não pode estar aqui quando ele chegar.

— Você quer dizer que precisamos... deixar o Salão?

— Sinclair não pode capturar nenhum de vocês. Pois cada um tem um papel a desempenhar, e os riscos são grandes demais para que qualquer um de vocês falhe.

Ela pareceu sorrir para Will.

— A Árvore da Luz brilha para você, Will. Não tenha medo.

Aquilo era demais, até para ele.

— Não fui eu quem...

Grace colocou as mãos sobre as dele, fechando a caixa.

— Não...! — disse Will, enquanto a Regente Anciã desaparecia, deixando o coração acelerado dele como o único indício de que ela estivera ali.

Ele sentiu como se a Regente tivesse sido arrancada dele. Will se virou para Grace e viu que o rosto dela estava cheio de lágrimas, embora o olhar carregasse aquele pragmatismo inflexível.

— Não desperdice os últimos resquícios da Pedra. Ela disse o que você deve fazer — declarou Grace.

A expressão de Cyprian refletia a de Grace, estava trêmulo e com os olhos arregalados, como se tivesse recebido uma visita espiritual. Violet parecia privada de reação, com a mão no punho da espada. Até mesmo James estava abalado, com a expressão, em geral despreocupada, tomada por choque.

— Esperem por nós no portão — disse Grace aos outros.

Ela se virou para Will, enquanto os outros subiam as escadas. Ele ainda estava olhando para a caixa de pedra fechada que continha o último fragmento da Pedra Anciã. A Regente Anciã parecera tão real, mas tinha sido uma ilusão. Sempre tinha sido uma ilusão... ele precisava ficar se lembrando disso. Ela nunca tinha sido de fato sua mentora; havia treinado Will por engano, apenas mais uma Regente enganada pelo Rei das Trevas.

Grace olhou para ele com tranquilidade.

— Você está hesitando em seu dever?

— Você sabe que não fui eu quem acendeu a Árvore.

— Foi você quem deteve Simon.

— Quem matou Simon — corrigiu Will.

As palavras soaram sem emoção, até mesmo para ele.

— Ela confiou a tarefa a você. Não à garota.

— A garota acende a Árvore e eu mato pessoas.

A resposta escapou. Ele estava muito abalado com o que havia acontecido. Não estava sendo cuidadoso.

— As Trevas devem ser combatidas. Isso envolve tanto que haja morte quanto luz — disse Grace.

— Será?

Todas aquelas horas de treino, a Regente Anciã o orientando com paciência, tentando ajudá-lo a trazer a Árvore de volta à vida. A fé dela nele nunca tinha vacilado, mesmo quando a dúvida corroía as entranhas de Will.

— Cada um de nós tem um papel a desempenhar — lembrou Grace.

E qual é o meu?, pensou ele, mas não disse.

Sabia o que veria quando subisse as escadas para a Câmara da Árvore, a escrita conhecida gravada na porta, mas que acabara de ganhar um novo significado.

Ele está vindo.

CAPÍTULO TRÊS

— Você a ouviu. Temos que esperar por Will no portão — disse Violet, então se virou para James, ainda sem reação depois da visão da Regente Anciã. — É por...

— Conheço o caminho — retrucou James, e simplesmente passou por ela.

Era irritante. Ele não demonstrava humildade ou remorso. Deveria estar se comportando como um penitente, pensou Violet. Deveria estar preso por correntes, daquelas que arrastam e fazem barulho. Melhor ainda, por algemas de obsidiana que bloqueariam seu poder. Ele não tinha gostado nem um pouco da última vez.

Mas parecia que era *ele* quem não *a* tolerava muito. O que Will tinha pensado ao levá-lo de volta até ali? Se Sinclair estivesse mesmo a caminho do Salão, então Will havia levado um cavalo de Troia com magia suficiente para matar todos eles.

Violet cerrou os dentes.

— Você não pode simplesmente *perambular por aí*. — Ela segurou o braço de James. — É por aqui.

Ela poderia quebrar os ossos de James, e ele poderia derrubá-la com magia. James olhou para o aperto dela como se o toque estivesse sujando sua jaqueta.

— Está oferecendo seu braço como um cavalheiro?

Cyprian os seguia. Sem nunca tirar os olhos de James. Antes, James o chamava de *irmãozinho*, mas os dois não eram parentes de sangue.

O pai de James, Jannick, tinha adotado Cyprian depois de expulsar James do Salão.

James também matara Jannick. Violet havia levado o corpo de Jannick até o pátio em um carrinho de mão e o colocado em uma pira.

Ela aumentou a pressão do aperto no braço de James.

— Quando Sinclair vai chegar aqui?

— Como eu vou saber? Não o vejo desde que roubei o Colar.

— Óbvio que não — comentou Cyprian. — Estava esperando para ver quem ia ganhar antes de escolher um lado.

— Quem ia ganhar? — James riu, suavemente, como uma respiração. — Vocês não ganharam.

Violet franziu a testa.

— O que isso quer dizer?

— Quero dizer que vocês não conhecem Sinclair. Você ouviu a senhora fantasma. Simon nunca foi o cabeça. Era o pai dele. Sinclair está vindo para tomar o Salão de vocês.

Os desagradáveis olhos azuis de James brilharam. De repente, Violet sentiu um arrepio ao pensar em tudo o que James devia saber. Ele havia feito parte do círculo interno. Havia até rumores de que tinha sido amante de Simon, embora James sempre tivesse negado. Ter sido tão próximo de Simon e depois traí-lo...

— Seu pai emprestado — disse Cyprian, com amargura.

— Isso — disse James calmamente.

— Então, você não vai ter problema em nos ajudar. É o que você faz, não é? Mata pais?

— E irmãos.

James abriu um sorriso intencionalmente frio.

Dessa vez, Violet teve que pegar Cyprian pela frente da túnica e pressioná-lo com força na parede do corredor enquanto o calor daqueles olhos verdes minguava até abrandar. James usava um tom de voz divertido.

— Você simplesmente faz o que quer com ele? Não é de se admirar que ele esteja seguindo você como um cachorrinho. Me pergunto se vai chicotear a si próprio cinquenta vezes por ter pensamentos impuros. Sobre um Leão, ainda por cima.

Ela ficou vermelha e se esforçou para não olhar para Cyprian quando o soltou.

— Vá esfriar a cabeça — disse Violet a Cyprian. — Vou levá-lo de volta ao portão.

Poderia muito bem ter dito: *Regente, siga seu treinamento*. Ele deu um único aceno forçado e se virou, afastando-se tão rápido que o longo cabelo balançou atrás dele.

— Minha heroína — disse James, em tom seco, enquanto ela o pegou pelo braço outra vez e o levou pelo corredor.

— Entre aí — disse ela, conduzindo James para um dos cômodos menores e fechando a porta atrás deles.

— Uma prisão? — perguntou ele.

— Só um cômodo.

A parede era curva, seguindo o formato do lado de fora da torre. Havia apenas um tapete gasto, que um dia havia sido vermelho, cobrindo o chão de pedra. O único móvel do lugar era um banco com três pernas posicionado perto de uma janela que parecia uma fenda fina na parede externa.

Ela havia deixado Cyprian do lado de fora. Estava sozinha com James. O cômodo estava vazio.

— E então? Você me trouxe aqui para fazer mais perguntas? Para descobrir tudo o que sei sobre Sinclair?

— Não.

Ela o acertou, o impacto causou um estalo satisfatório. James bateu contra a parede oposta. Havia sangue em sua boca quando ele levantou a cabeça. O ataque retaliatório de magia não aconteceu, embora ela pudesse ver o impulso brilhar nos olhos de James.

— Isso foi por um amigo meu. O nome dele era Justice — disse Violet.

Ela observou, irritada, o corte começar a cicatrizar e o hematoma desaparecer. Logo seria como se Violet nunca tivesse golpeado ele: violência sem provas. O que a fez ter vontade de bater nele de novo, desejando que ele demonstrasse algum remorso por suas ações. Em vez disso, Violet fechou a mão em punho.

James pressionou a língua no corte que desaparecia em seu lábio.

— Achei que o queridinho do papai ia ser o primeiro a me agredir.

— Talvez ele ainda agrida.

Ela olhou outra vez para o rosto incrivelmente lindo de James. A mancha de sangue nos lábios era tudo o que restava do golpe, declarando com arrogância carmim que ele era intocável.

Violet perguntou:

— Qual foi o verdadeiro motivo para você ter seguido Will até aqui?

— Ao vencedor, as batatas? — provocou James, de propósito.

Violet corou.

— Will não é...

— Não é? — disse James.

— Will acha que você está aqui para nos ajudar. Ele gosta de enxergar o melhor das pessoas. — Ela respirou fundo. — Talvez esteja certo sobre você. Talvez não. Mas, se você trair a confiança dele, responderá a mim.

— Acha que ganharia de mim se eu realmente quisesse lutar? — O tom de voz dele permaneceu agradável.

— Você pode até ser mais poderoso do que eu — Violet se forçou a dizer —, mas já lutei contra você antes. Sei como funciona seu poder. Basta uma distração.

Ele a encarou com aquela arrogância irritante. Violet queria acabar com ela.

— Simon só mantinha você por perto porque gostava de ter as pessoas do mundo antigo sob seu jugo. Will não é assim. Se quiser um lugar aqui, vai precisar conquistá-lo.

Um músculo se contraiu na mandíbula de James. Mas ele apenas deu de ombros, como se estivesse concordando sem entusiasmo.

— Simon gostava de brincar de ser o Rei das Trevas — disse ele. Violet sentiu as bochechas esquentarem quando entendeu o significado daquelas palavras. — Esperava que eu negasse? Mas o pai dele é diferente. Você não precisa brincar de poder quando o tem. O império de Sinclair se estende pelo globo. Centenas de seguidores carregam sua marca. Se o Salão for atacado, vocês vão precisar de mim para lutar.

Uma rede que se espalha como rachaduras no gelo, de modo que nenhum lugar era seguro para ficar de pé. Ela pensou nas operações de Sinclair, das quais os negócios de sua família tinham representado apenas uma pequena parte: os navios, os homens, o dinheiro e os amigos poderosos. Violet respirou fundo.

— Sinclair é recluso. Nunca foi visto — disse ela.

— Mas matar o filho dele vai chamar sua atenção — comentou James. — Não acha?

Cyprian estava no portão quando ela voltou. Violet deixara James no cômodo redondo e subira as escadas até onde Cyprian esperava diante de um fogo queimando baixo sob a grande lareira de pedra. Estava com o lindo rosto imóvel e concentrado, sentado com as pernas dobradas, em uma das posições de tensão dos Regentes que eram usadas durante as meditações. Ele fazia isso regularmente, assim como realizava os movimentos de espada dos Regentes todas as manhãs e todas as noites, os rituais fantasmagóricos de um Salão que não existia mais.

Não precisa fazer isso, Violet queria dizer a ele. Mesmo que os Regentes ainda estivessem vivos, eram meditações e exercícios destinados a controlar a sombra. Mas Cyprian não tinha uma sombra dentro dele, e nunca teria. Esses dias haviam acabado.

No entanto, havia parte dela, a que sempre havia desejado poder fazer o mesmo, que gostava daquilo.

Ele deve ter percebido algo na expressão de Violet, porque parou e sorriu com tristeza.

— É estranho que eu ainda pratique os movimentos e faça minhas rondas matinais em um Salão vazio? Sei que é hora de seguir em frente, mas qual seria o destino? Isso é tudo que conheço. — A voz de Cyprian estava melancólica.

— Não é estranho. Eu ainda faço os exercícios que Justice me ensinou — disse Violet.

— Sabia que fiquei com inveja quando Justice começou a treinar você? — admitiu Cyprian, e ela o encarou, surpresa. Sarah e até Grace falavam mais sobre os dias anteriores ao massacre do que Cyprian, que guardava os sentimentos para si. — As pessoas tinham começado a dizer que, se Marcus não voltasse, Justice me aceitaria como seu irmão de escudo. Eu sabia que nunca seria capaz de substituir meu irmão. Mas ser um irmão de escudo... era um vínculo que eu sempre quis. Até descobrir o que significava.

Um pacto suicida, um irmão jurava matar o outro antes que a sombra dentro deles assumisse o controle. A voz de Cyprian falhava um pouco. Ela olhou para o rosto, bonito até demais, do rapaz, como a escultura de um herói, feito para inspirar outros a grandes feitos.

— Eu também tinha inveja de você — contou ela. — Entrava escondida para ver você praticar. Você não era como os outros. Era perfeito. Eu queria ser igual a você.

Ela corou quando Cyprian a olhou surpreso. Mas:

— Se está procurando um parceiro de treino — disse ele, em meio ao silêncio —, eu ficaria honrado em treinar com você.

A ideia era estranhamente estimulante, como ser aceita em um clube do qual ela nunca imaginara poder fazer parte. Cyprian sempre havia sido o melhor dos noviciados, aquele que estabelecia o padrão de excelência. A sensação que Violet tinha quando o via praticar redobrou.

— Sim — disse ela, muito rápido. — Quero dizer, eu gostaria. — Violet respirou fundo. — Podemos manter os movimentos vivos juntos.

Ele abriu um sorriso estranho.

— O que foi?

— O tempo dos Regentes está chegando ao fim, e a única pessoa que tenho para dizer isso é um Leão.

— Esqueci, você os odeia.

Ela franziu a testa.

— Não, só quis dizer...

Dez noites atrás, ela havia saído do grande salão, com o Rei de Sombra morto queimado estirado no pavimento, e visto Cyprian se aproximando com os outros atrás dele.

Ele havia ficado de joelhos, o punho sobre o coração. Com os olhos verdes encarando o chão e os cabelos longos caindo sobre o rosto, Cyprian dissera: *Você salvou o Salão.*

Ela o tinha puxado para cima e o abraçado, sentindo apreço pelos modos formais bobos dele e pela reciprocidade estranha e rígida, como se ele não soubesse o que fazer. Violet até tinha gostado da maneira como ele havia corado sem motivo, embora ela também estivesse corando um pouco.

— Só queria dizer obrigado — disse Cyprian, baixinho.

Como era a relação de Cyprian e James antes de James trair o Salão? Sabia como havia sido depois. Quando James fugira com Simon, Cyprian permanecera para exercer o papel de Regente perfeito em seu lugar, seguindo todas as regras, tornando-se a personificação dos rígidos ideais Regentes do pai. O bom filho, o melhor do Salão, o orgulho do pai.

Se James tivesse matado o irmão de Violet, Tom, ela não teria suportado. Uma prova do treinamento de Cyprian era o fato de ele estar aguentando a presença de James, sentado ali com o maxilar tenso e aquele turbilhão de desconforto nos olhos verdes.

— Você tem razão em se preocupar com o James — disse ela. — Sou forte o suficiente para quebrar correntes de ferro, mas nem eu conseguiria detê-lo se ele realmente quisesse me machucar.

Ou machucar Cyprian. Ou Will. Ou os outros. Se dava conta ao falar: era óbvio que a magia de James era mortal. Mas Will sempre teve tanta certeza de que seria capaz de vencer James que ela simplesmente acreditou que também poderia.

Mas, naquele momento, via que James tinha uma vulnerabilidade peculiar em relação a Will, uma conexão com ele, que os dois haviam explorado em cada luta. Sem isso...

— O que ele está fazendo aqui de verdade? — perguntou Cyprian.

Uma pergunta que ela não conseguia responder.

— Will tem um jeito de atrair as pessoas. — James. Katherine. Até, de certa maneira, ela mesma. Todos haviam sido levados para aquele mundo por Will, deixando suas vidas para seguir um garoto que mal conheciam. — Ele acha que as pessoas não são definidas por suas vidas passadas nem por seu sangue. Talvez James...

— James matou Regentes — interrompeu Cyprian. — Não a vida passada dele. Ele. Por que Will traria alguém como ele para o Salão?

A verdade era que a presença do menino loiro no cômodo no andar inferior a perturbava. Cyprian estava certo: James era um assassino, e, mesmo tendo sido coagido em sua vida passada, ele havia matado por escolha própria na atual.

— Will deve ter seus motivos — disse Violet, com uma expressão preocupada.

Ela encontrou Will no grande salão.

Diminuiu os passos ao passar pelas portas. Não gostava de voltar ali. Instintivamente, esquivou-se dos bolsões mais pesados de escuridão sob beirais ou estátuas espalhadas. Havia passado a evitar as sombras, parte dela temia que o rosto do Rei de Sombra surgisse da escuridão.

Violet finalmente entendeu por que os Regentes sempre mantinham uma luz brilhando, uma única faísca para afastar os perigos da noite. Cada um deles havia conhecido sombras e o início lento e rastejante da escuridão.

Will se pôs diante do estrado, olhando para os tronos acima dele. Sozinho naquele lugar antigo, ele era uma figura sombria, de outro mundo. O cabelo preto era uma cascata sobre a pele pálida como o luar, o rosto de contornos afilados e os intensos olhos escuros brilhava. Sempre havia tido uma aparência marcante, mas era como se os acontecimentos em Bowhill tivessem destruído tudo de suave ou de menino que existia nele, deixando apenas a severidade.

— Sinto muito. Eu deveria estar aqui — disse ele.

— Você também os enfrentou — retrucou ela.

Will não precisou falar nada. A resposta estava no silêncio que se seguiu e em seu olhar. Ele lutara contra os Reis de Sombra em Bowhill como ela lutara contra eles ali no Salão.

— Os outros não entendem. Nunca... nunca enfrentaram as trevas de verdade — disse ela.

— Não — respondeu ele.

Eu queria você aqui. Violet não disse. Não desejaria aquilo para ninguém.

— Precisamos conversar sobre Sinclair. Sobre a Itália. Sobre a Regente Anciã...

— Eu sei. Vamos reunir os outros de manhã.

Will assentiu.

— Se Sinclair não atacar hoje à noite — declarou ela.

Podia imaginar a cena com muita facilidade, tochas no meio da noite convergindo para onde estavam. O Salão, que sempre havia sido tão seguro, se encontrava assustadoramente vulnerável. Ela não sabia por que Sinclair ainda não estava ali. E então pensou: *Ele está enterrando o filho.*

Violet se lembrou do dia em que se conheceram, Will machucado e acorrentado no porão de um navio, com água circulando lá dentro. Ele tinha mudado muito. Dava para ver. Ecoava a mudança que sentia em si mesma.

— Você se lembra de quando viemos aqui pela primeira vez?

Parecia fazer tanto tempo; ambos tinham mudado tanto.

— Você tinha medo de os Regentes não o aceitarem por causa do que você é — disse Will.

Ela assentiu e depois puxou o escudo.

— Vi isso naquele primeiro dia... e peguei durante a luta.

O escudo era, na verdade, um fragmento: um pedaço de metal do tamanho do braço dela, com uma borda irregular no local em que havia sido quebrado. Parte do formato convexo foi conservado, com uma alça que Violet podia usar para segurá-lo no braço.

Ali, no grande salão, Violet não conseguia deixar de lembrar o momento em que suas mãos o encontraram. Estava à procura de qualquer arma no lixo, com certeza de que iria morrer. Mas o salão ecoou o som de metal quando ela levantou o escudo e desviou a espada do Rei de Sombra.

— O Escudo de Rassalon — disse Will.

— Foi o que me protegeu do Rei de Sombra. Foi assim que eu o derrotei — explicou ela.

Will olhou para a amiga, surpreso, e mencionou as palavras da Regente Anciã:

— "Vai chegar o momento em que você vai precisar usar o Escudo de Rassalon."

Na curva externa do escudo, o rosto de um leão olhava para ela como se a conhecesse. Um reconhecimento antigo e poderoso, era como ter um amigo forte e caloroso. Um leão, lutando a seu lado.

— Há tanta coisa que não sei a respeito dele. A respeito de tudo isso. Por que Rassalon lutou pelas Trevas? Quem era ele? — disse ela, depressa.

Os Regentes haviam falado de Rassalon como se ele fosse o inimigo mais odiado deles, um tenente de sangue frio do Rei das Trevas.

O que Violet sentia no escudo não eram as trevas; era um calor constante, uma presença sábia e nobre que a transmitia força. O escudo parecia irradiar bondade e poder em igual medida.

— Você quer saber quem você é — disse Will.

— É tão estranho assim?

— Não precisa de um escudo para descobrir.

Will sempre tinha acreditado em Violet. Mas com o escudo na mão aquela sensação da vastidão do mundo antigo tomou conta dela outra vez. Sentia como se tivesse tocado o limite de algo imenso que mal havia começado a compreender.

— Não acha que, se soubéssemos o que aconteceu no passado, teríamos mais chances de lutar contra isso? — perguntou Violet. — Pense só... o quanto realmente sabemos sobre o Rei das Trevas?

Os olhos escuros de Will se voltaram para a amiga.

— Sabemos que ele destruiu o mundo antigo.

— Mas como? O que aconteceu? Você não quer saber?

Tudo o que tinham eram fragmentos, lendas antigas, relatos imperfeitos. Nada disso contava o que de fato aconteceu. Não era apenas Rassalon que era um mistério. Will era Sangue da Dama, mas quem era a Dama, de verdade? Eles sequer sabiam o nome dela. Nem James sabia o nome que tinha usado no passado. Ele se conhecia apenas pela forma como as forças da Luz o tinham chamado: Anharion, o Traidor.

Will não respondeu. Os olhos observavam os tronos. Será que estava pensando nos Reis de Sombra que ambos enfrentaram?

— Acha que é o que encontraremos na Itália? A verdade sobre o Rei das Trevas? — perguntou Will.

Havia algo na voz dele.

— Will... o que realmente aconteceu em Bowhill?

Ele se virou para a amiga e, por um momento, Violet vislumbrou tanto anseio nos olhos dele que teve certeza de que ele falaria. Mas no momento seguinte o olhar se fechou e tudo o que Will disse foi:

— Não importa. Você protegeu uma irmã. Eu não pude proteger a outra.

— Will...

Ele balançou a cabeça.

— Um dia, quando acabarmos com Sinclair, quando estivermos sãos e salvos juntos, eu conto.

— Tudo bem — respondeu Violet.

Ela pensou que o assunto tinha sido encerrado, mas, depois de dar um passo em direção às portas, ele se virou para encará-la.

— Violet, posso perguntar uma coisa?

— Óbvio.

O tom era casual. A postura estava relaxada, os membros relaxados.

— O Rei das Trevas. O que você faria se ele de fato voltasse? — O tom de sua voz era casual.

— Eu o mataria — respondeu ela, de modo feroz, instantâneo. — Antes que ele pudesse destruir nosso mundo. É o que todos nós faríamos.

Will não falou de imediato. Ela se viu examinando o rosto do amigo, mas no corredor sombrio não conseguia notar nada.

— O que foi? — perguntou Violet.

— Nada. Isso é bom — disse Will. — Vejo você de novo na torre.

CAPÍTULO QUATRO

Assim que se viu sozinho, Will pegou o bornal que estava escondendo de Violet, acendeu uma tocha na parede e continuou pelo grande salão em direção aos corredores, até chegar à parte antiga e proibida da cidadela.

A arquitetura ali era diferente, mais antiga e mais monumental, como as áreas que cercavam a Câmara da Árvore. Formas estranhas e mais simples surgiam em ambos os lados. Ele passou pela enorme coluna de pedra destroçada colocada no centro de um cômodo sem teto, como um marco apontando a direção. Refazendo os passos de memória, Will encontrou a porta, que jazia aberta, e desceu para a sala de relíquias que outrora abrigara a Pedra das Sombras.

Da última vez que havia pisado ali, estava com Violet. Ela abriu as portas pesadas para os dois descerem até a câmara subterrânea onde ele percorreu as salas até a Pedra das Sombras.

Pensando bem, Will tinha sido atraído pela Pedra.

De que outro jeito poderia explicar ter encontrado o caminho pelos corredores até a porta, através dela, e até a prisão dos reis? Violet não queria entrar na última câmara. Havia sentido repulsa enquanto ele ficara em transe e estendera a mão para a superfície preta.

A Pedra o chamava? Ou ele que a havia chamado?

Will não sabia. Só sabia que a Pedra das Sombras o tinha acolhido, um artefato das Trevas, dentre uma série que respondiam a ele, alardeando sua identidade para quem quisesse ouvir.

Ele segurou o bornal com mais força. A última vez que estivera ali havia sido antes. Antes de saber com certeza o que ele era.

O Rei das Trevas. Sarcean, o conquistador. O Destruidor, renascido naquela época.

Will enxergava os artefatos ao seu redor com olhos diferentes, pareciam ter sido reunidos ao acaso. Não eram apenas fragmentos de vidas antigas, eram fragmentos da vida *dele*: pedaços de um mundo onde viveu e, então, destruiu.

As prateleiras pareciam ossos com seus livros de lombada branca: continham histórias da ascensão dele? Os vasos de ágata, ouro e cristal: Will os tinha usado, segurado nas próprias mãos? A garra retorcida que brilhava como vidro, as escamas espalhadas, os dentes de aparência estranha: seriam criaturas que ele havia comandado?

Will ficou alerta, certificando-se de não ter sido seguido. Estava longe do portão onde os outros dormiam. Mas ainda assim parou e esperou.

Ninguém podia testemunhar aquilo. Ninguém podia saber.

Deixou o silêncio da câmara subterrânea penetrar seus ossos até que não houvesse visão ou som de uma única alma ali com ele e que tivesse certeza de estar completamente sozinho.

Então tirou do bornal as três peças da armadura das Trevas que havia pegado dos Remanescentes de Simon — a ombreira, o elmo e a manopla — e as jogou no chão.

Até tocar os objetos era uma prova de quem ele era. Se algum dos outros o visse fazer isso... ele sabia o que aconteceria. Tinha visto Katherine desembainhar a espada. Tinha sentido as mãos da própria mãe no pescoço.

Ouviu Violet dizer, sem hesitar, o que aconteceria.

Eles o matariam. Ou morreriam tentando. Uma vez que o segredo fosse revelado, não haveria aceitação. Os outros nunca poderiam saber. Will era o Rei das Trevas. Mas poderia recusar seu destino.

Olhou para os pedaços pretos de metal, como uma mancha no chão. Como uma marca de sua identidade. E jurou a seu eu do passado: *Sarcean, vou derrotar você. Quaisquer que sejam seus planos em Valnerina, vou impedi-los. Como impedi Simon. Como vou impedir Sinclair. Não darei a você um ponto de apoio neste mundo, nem em mim. Ninguém vai saber que você voltou. Sua tentativa de domínio termina aqui.*

Will entrou no cômodo e começou a recolher sistematicamente cada um dos artefatos das Trevas e amontoá-los no chão com a armadura. Forçou-se a não parar nem tocar um deles, por mais intrigantes que fossem: a esfera de obsidiana com o centro oco, a faca preta esculpida com flores escuras, o cinto que os Regentes tinham usado para testar os noviciados antes de beberem do Cálice.

Ao terminar, Will olhou para a pilha. Era isso, cada artefato das Trevas, cada tentação por mais conhecimento, cada evidência que o incriminava, cada partícula sombria de si. Iria destruí-los por completo.

Jogou a tocha na pilha. O fogo de chamas rançosas, pretas e verdes incendiou os objetos em velocidade anormal. Queimava de modo não natural, mais quente que fogo vermelho, como se respondesse à presença dele. Will observou o cinto enrolar e o metal se tornar vermelho. Estava dolorosamente quente. Ele não se moveu. Ficou lá até o metal derreter e virar borra.

Até sobrar nada daquela vida além de cinzas e pedras empretecidas.

Foi só quando terminou que Will se levantou e subiu as escadas.

Uma luz brilhava, como uma fogueira solitária no meio da noite. *Ninguém deveria estar aqui.* Will avançou, sendo atraído como que por uma aparição a uma porta entreaberta, onde parou.

Do escritório de Jannick escapava luz. Nos corredores dos mortos, era como o brilho de um fantasma. O lugar estava deserto, exceto por aquela luz estranha e bruxuleante. Will respirou fundo, colocou a mão na porta e a abriu.

O que viu não foi o fantasma de um Regente perdido, mas talvez até fosse, viu outro habitante arrancado de seu tempo.

James estava esparramado na cadeira do pai. A jaqueta jogada sobre a mesa e a camisa solta no corpo. Apoiou as botas na ponta da gaveta aberta da escrivaninha, com as pernas cruzadas. Em seus dedos estava pendurado um frasco prateado que devia ter sido roubado da mesa do pai, com a gaveta ainda aberta. Levando o frasco aos lábios, ele olhou para Will.

— Está aqui para me arrastar de volta ao portão? — perguntou James.

— Achei que Regentes não bebessem — comentou Will.

Ele não conseguia imaginar um Regente fazendo uso de álcool, exceto talvez para esterilizar uma ferida. Os Regentes bebiam as águas límpidas e revitalizantes do Salão, ou um delicado chá verde com ervas refrescantes, tudo para evitar qualquer coisa que pudesse libertar a sombra deles.

James ergueu o frasco prateado do pai em uma pequena saudação.

— Os Regentes, não. Negue a carne e preserve a santidade do corpo. Para janízaros como meu pai, não está muito claro.

Ele estendeu o frasco para Will.

Will deveria dizer não. Olhou para James, com a camisa solta, os cílios brilhantes semiabertos e a luz das velas o contornando de dourado. Ele deveria manter James à distância, como tinha feito até ali. Adotar o profissionalismo de um líder, empregando os poderes de James onde fosse preciso. Estar presente para ele como amigo, um companheiro confiável. Deveria dizer não.

Nas docas, os homens se sentavam para beber gim depois do trabalho. Ele aprendera a beber para parecer um deles. Havia ficado ansioso: a mãe nunca o tinha deixado beber nem um gole de vinho do campo. Será que ela tinha medo de que ele talvez perdesse o controle? E então... o quê? O primeiro engasgo com o gim das docas queimou a garganta dele. Os homens riram, dando tapinhas em suas costas. Will temeu ter chamado atenção para si, que a reação o tivesse delatado, e talvez tivesse mesmo. *Aquele filhinho de mamãe não sabe beber.* Não era a primeira vez que se perguntava qual dos homens tinha vendido a vida do menino do barco por um saco de moedas.

Ali, no Salão, parecia a mesma coisa, beber com alguém que não podia saber quem ele era, com o coração batendo: *cuidado, cuidado.*

Com o lenço de pescoço solto e as pernas esticadas e cruzadas, James o observou como se soubesse daquilo, uma entrega dissoluta aos últimos luxos de um mundo perdido.

Will pegou o frasco e o ergueu.

Deveria ter imaginado que a bebida dos Regentes não seria nada parecida com a bebida forte que os homens bebiam nas docas. Havia um néctar no frasco, e seu perfume o transportou para um pomar repleto do cheiro doce de flores desabrochando. Um único gole, e ele foi arrebatado pela admiração, a beleza dolorosa de um reino perdido. Nunca tinha provado algo parecido. Provavelmente nunca mais provaria; os métodos artesanais dos Regentes morreram com eles.

Will devolveu o frasco. James tomou outro gole.

— Ele odiaria isso — comentou James. — Nunca tive autorização para entrar aqui. — Estava falando do pai. — Se você fosse convocado para o escritório, queria dizer que tinha se metido em confusão. Todos os noviciados tinham pavor dele.

O sorriso de James era afiado.

Will também tinha tido medo dele, embora seu medo fosse o de ser descoberto. Jannick suspeitara de Will desde o início porque sabia que o inimigo podia aparecer em qualquer forma. Seis anos antes, havia surgido na forma do filho dele.

Mas Jannick estava morto, e, se alguém soubesse a verdadeira identidade dos meninos que bebiam em seu escritório, recuaria horrorizado. *Eu não deveria estar aqui.*

— Deixe-me adivinhar, você sempre estava metido em confusão — disse Will.

— Não, eu era bonzinho — retrucou James, que parecia uma tentação dourada. — Isso surpreende você? Minha roupa era impecável e minha armadura brilhava. Tudo perfeito para me tornar o Regente mais jovem de uma geração.

Will entendeu mais uma coisa: o irmão adotivo de James, Cyprian, esforçando-se para ser o melhor, esforçando-se até a exaustão, exercício após exercício. O prodígio do Salão, perseguindo um fantasma.

— Até descobrirem o que você era — comentou Will.

Uma inclinação do frasco em confirmação. James tomou outro gole e depois passou o recipiente. Will bebeu, aquele néctar doce e selvagem dos Regentes. Ainda tinha aquele gosto puro na boca quando falou casualmente:

— Tentaram matar você na hora?

— Eles são Regentes. Eles se matam entre si, você acha que seriam tolerantes com mais alguém? — retrucou James.

Não. Não seriam. Will sabia disso. Mate antes que se torne uma ameaça, esse era o credo dos Regentes. Iam matar Violet. Teriam colocado a espada no pescoço dela. Mas James tinha onze anos quando manifestara poderes pela primeira vez. Uma criança, sem entender por que a família estava tentando matá-la. Will podia imaginar a cena perfeitamente.

Ele se ouviu dizer:

— Você só descobriu o que era quando tentaram matá-lo.

Mãe, sou eu. Mãe, pare, não consigo respirar. Mãe...

Em vez de responder, James disse:

— Sabe, sempre me perguntei como seria ver este lugar subjugado.

— E como é?

Já fazia um tempo desde o ataque, e uma fina camada de poeira cobria tudo. Os últimos momentos do Alto Janízaro preservados como estratos de pedra. Em breve até isso desapareceria, junto a toda a memória dos Regentes.

— Tudo o que sonhei — disse James, mostrando os dentes. Ele ergueu o frasco. — Vamos brindar. Ao fim dos Regentes de uma vez por...

A mão de Will agarrou o pulso de James antes que este se desse conta do que estava acontecendo, ele impedia que o frasco chegasse aos lábios de James.

— Não vou brindar a isso, e você também não — cortou Will.

O tempo pareceu ficar mais lento, espesso e derretido como metal no calor.

— Sabe, não é todo mundo que deixo colocar as mãos em mim.

James nem sequer olhou para o lugar onde Will segurava seu pulso, sustentando o olhar dele, os olhos azuis brilhando.

— Eu sei.

— Então é assim que vai ser? Você segura minha mão e finge que tem poder sobre mim?

Will não recuou, o polegar tocava com força a pele fina da parte interna do pulso de James.

— Os Regentes eram importantes para mim. E eram para você também — disse Will.

Como se tivesse atingido um pequeno clímax de desgosto pelas palavras, James libertou o braço, levantou-se e caminhou até o outro lado do cômodo, onde apoiou as palmas das mãos na lareira. Will podia ver a linha de tensão em seus ombros sob o tecido elegante da roupa.

Will sabia que não devia falar, embora houvesse tanta coisa que queria dizer. Que estava fugindo havia meses até ser encontrado pelos Regentes. Que deram a Will uma cama e um lugar seguro para dormir. Que a Regente Anciã tinha acreditado nele e que ele não culpava James por sua lealdade a Simon, porque sabia o quanto se devia à pessoa que o acolhia.

Will se perguntou o quão bêbado James estava, o quanto já havia bebido antes de ele chegar. James estava cercado por fantasmas próprios: a vida que poderia ter levado se tivesse vestido o uniforme branco. Se tivesse passado no teste de Regente, Cyprian seria seu companheiro de batalha, talvez até seu irmão de escudo.

Will tinha levado James para o Salão, e James havia demonstrado uma confiança corajosa, que foi desmentida por uma noite de bebedeira no escritório do pai que ele havia matado. Will queria dizer que sabia o quanto aquilo significava.

Queria dizer que sabia como era se sentir responsável pela morte dos Regentes.

— Não pensei que Marcus fosse matar os cavalos. — James falou de costas para Will.

Seis velas iluminavam o cômodo: três sobre a escrivaninha e três sobre a lareira. James devia tê-las acendido ao entrar. Dava para ver o que estava escrito no livro aberto. *Omnes una manet nox.* Quando James se virou, seus olhos estavam sombrios.

— A gente ia junto aos estábulos. Marcus amava cavalos. Bem, daquela maneira reprimida que os Regentes amam qualquer coisa. Levava uma maçã para o seu cavalo e passava um tempinho escovando o pelo. Algo absolutamente *incomum* para um Regente. Meu pai aprovava o Marcus, então eu podia perambular atrás dele. Caso contrário, eram apenas cantos e treinos. "Seu treinamento é o mais importante, Jamie." Era o que meu pai dizia.

James deu um sorriso sem humor.

— Então você arranjou um novo pai — disse Will.

— E agora ele está tentando me matar também.

James ainda segurava o frasco entre seus dedos longos, e o ergueu em uma saudação irônica.

— Não seja leal a um assassino.

— Não — concordou Will.

CAPÍTULO CINCO

— Valnerina — disse Will, abrindo o mapa amarelado na manhã seguinte. — O vale segue o rio Nera desde estas montanhas — Ele apontou para o mapa —, até o rio Tibre. Precisamos chegar lá antes de Sinclair.

Violet se inclinou com Grace e Cyprian para olhar o mapa.

Estavam reunidos no portão. James, com sua jaqueta e calças de bom corte, estava encostado na pedra ao lado da lareira. As pálpebras veladas e a pose lânguida eram muito parecidas com as da noite anterior, mas seus modos eram os de um cortesão decidindo se os entretenimentos da sala valiam seu tempo.

Os outros estavam nervosos, conscientes de que o Salão se encontrava totalmente exposto, a vigilância de Sarah nas muralhas seria o único aviso caso Sinclair atacasse. Porque Valnerina não era o único alvo de Sinclair. Ele marchava para aquele Salão e, ao mesmo tempo, estendia sua rede em direção à Itália. O alcance de Sinclair era tão grande que parecia impossível ultrapassá-lo ou lutar contra ele.

— Como? — perguntou Violet.

Will não respondeu. O mapa despertava algo inquietante nele. Até os nomes pareciam sussurrar para ele. *O Vale Preto. O Salto de Fé. O Rio Preto*. Will sabia muito pouco sobre a Úmbria além dos livros antigos que lia durante as viagens com a mãe. Pairava em seus pensamentos como um lugar com uma história própria da antiguidade romana, os restos de um grande passado sempre presentes.

— Fazemos as malas e vamos embora. — Cyprian estava com os ombros retos, pronto para cumprir seu dever e partir, ainda que o Salão fosse sua vida, o único lar que tinha conhecido. — Sinclair está vindo. Precisamos agir rápido e ficar um passo à frente dele.

— Talvez haja outro jeito — disse Grace.

Todos se viraram para encará-la.

Ela compartilhava a postura imaculada de Cyprian, mas, ao contrário dele, muitas vezes guardava as próprias opiniões para si. Naquele momento, as exteriorizou.

— Não precisamos viajar de navio. Não precisamos nem sair do Salão — observou Grace.

Will deu um passo, sem entender.

— O que você quer dizer?

— Podemos usar um dos outros portões.

Will olhou instintivamente para a porta. Do lado de fora, o imenso portão do Salão dos Regentes arqueava-se acima do grupo. Ele se lembrou de atravessá-lo pela primeira vez, observando uma fila de Regentes desaparecer ao passar por um arco quebrado nos montes.

— *Outros* portões? — perguntou Will.

— Existem quatro. — Grace apontou para o portão onde eles agora acampavam. — Norte. — E então apontou cada direção. — Sul. Leste. E oeste.

— E? — disse Violet.

— Os Regentes só usam um — explicou Grace.

O portão onde se encontravam fora esculpido com a imagem de uma única torre. A informação de que havia outros portões era nova. As palavras de Grace pareciam revelar um conjunto perturbador de possibilidades.

Cyprian balançava a cabeça.

— *Há* apenas um portão. Abre para o pântano da Abadia. Os outros não levam a lugar algum, levam a uma espécie de limbo, o que faz parte da magia que envolve o Salão.

— Porque eles não estão abertos — argumentou Grace.

Essas palavras desconcertantes ecoaram em Will. *Uma porta*, dissera ele uma vez à Regente Anciã. *Existe uma porta que não consigo abrir.*

— Não estou entendendo.

— Você achava que o Salão ficava na Inglaterra? — perguntou Grace. — Não fica. O Salão dos Reis era um ponto de encontro. Cada um dos reis vinha de suas terras para se reunir e conversar. Existem quatro portões. Quatro portões para cada um dos quatro reis. Cada um abre em um lugar diferente.

— Quer dizer que... o portão norte abre na Inglaterra... mas os outros...

A ideia era tão impossível que era difícil de conceber.

— Abrem em outro lugar — concluiu Grace.

Um portão que levava a outro país. Não podia ser verdade, podia? Uma forma de viajar que evitasse montanhas e oceanos? A mente de Will estava repleta de perguntas. Era assim que os antigos viajavam? Dando um passo em uma parte do mundo e chegando em outra?

Eles poderiam viajar do mesmo jeito? Se conseguissem, poderiam chegar a Ettore na Úmbria antes mesmo de Sinclair saber que tinham partido?

— Como você sabe disso? — questionou Cyprian.

Grace não respondeu. Cyprian se agitou. Devia ser inquietante perceber que ela sabia coisas sobre o Salão que ele não tinha conhecimento. Apenas Grace sabia da câmara sob a Árvore da Luz. Apenas Grace sabia da Pedra Anciã. Will se perguntou que outros segredos ela guardava, detalhes conhecidos apenas pela Regente Anciã e sua janízara.

— Ao longo dos anos, muitos artefatos foram descobertos na Itália. Aposto que um dos portões leva para lá, ou para perto de lá... — disse ela.

— Só precisamos encontrar o portão certo.

Will falou como se isso decidisse tudo. Talvez esse atalho pouco convencional desse a vantagem de que precisavam contra Sinclair.

No entanto, havia algo perturbador em abrir um portão. Trazer de volta um poder como aquele seria como acordar uma grande fera que dormia sob a terra. *Três grandes feras*, pensou ele. Não havia como saber o que estaria por trás dos três portões quando fossem abertos. Dariam vida a uma parte do mundo antigo.

— Se os portões estão fechados, como se abrem? — perguntou Cyprian.

— Com magia — disse Grace.

— Regentes não podem usar magia — observou Cyprian.

Era inevitável, a voz arrastada atrás deles, a pose despreocupada, tornozelos cruzados, ombros encostados na parede.

— Mas eu posso — disse James.

— Não — retrucou Cyprian.

James retorceu a boca.

— Imagine só poluir seu Salão imaculado com magia.

— É magia das Trevas.

— Não é magia das Trevas — disse Will. — É só magia.

— Ele matou Regentes com essa magia.

Os olhos verdes de Cyprian se agitavam com um desejo evidente de expulsar James. Ou talvez, como Elizabeth, de simplesmente ir embora.

Will se obrigou a dizer:

— E agora vamos usá-la para deter Sinclair.

Eles se reuniram no pátio com bornais e cavalos.

Com a ameaça iminente de um ataque de Sinclair, decidiram se dividir em dois grupos. Por sugestão de Will, Grace e Sarah ficariam para encontrar objetos que pudessem trocar por passagens de navio para a Itália, caso os portões não funcionassem e uma viagem tradicional fosse necessária. Violet e Cyprian acompanhariam Will e James até o portão.

A ausência de Elizabeth era inquietante.

Will apertou a cilha de Valdithar, tentando não pensar em como Elizabeth o evitava. Ela era a única pessoa ali que tinha conhecido Katherine. Ele queria... não tinha certeza do que queria. Seus sentimentos por Katherine haviam ficado confusos depois que ela se fora. Ele a enxergava como um meio de atacar Simon, mas tudo havia mudado quando ela o beijara e ele percebera, afastando-se em estado de choque, quem ela era.

Will sabia que não merecia estar de luto e que Elizabeth não era sua família. Repreendeu a parte de si que queria encontrá-la e checar como ela estava.

Grace e Sarah apareceram para se despedir. James se aproximou e Violet entregou a ele as rédeas de seu puro-sangue preto de Londres. Cyprian montava o cavalo branco Regente de James, e Will observou James absorver esse fato com uma pequena curvatura nos lábios. Mas ele não disse nada, apenas segurou as rédeas que Violet havia estendido.

— Seu escudo está quebrado — observou James.

— Você está com as roupas de ontem — retrucou Violet.

Os cavalos estavam carregados de suprimentos, sustento para um dia de viagem, com sobra suficiente caso a expedição se prolongasse. Will havia levado um pacote próprio.

— Tem uma coisa que preciso dar para você — disse ele a Violet.

Ele foi até o bornal de Valdithar. Desembrulhando um pacote envolto em pano, Will tirou uma espada embainhada. Por um momento, apenas a segurou, sentindo seu peso.

— Ekthalion — disse Violet.

A espada que foi forjada para matá-lo. No mundo antigo, alguém queria tanto fazer isso que havia criado uma espada com magia para este único propósito... naquelas guerras antigas, foi a única coisa capaz de ferir o Rei das Trevas. E ali estava, esperando.

Em paz na bainha, apenas o punho esculpido podia ser visto. Gravada na lâmina, a profecia. Will podia ler a língua antiga, o texto verdadeiro. *A Espada do Campeão concede o poder do Campeão.*

Violet parecia nervosa. Da última vez que tinha visto Ekthalion desembainhada, a espada cuspira uma chama preta que havia matado homens e destruído o navio de Simon, o *Sealgair*, com sua lâmina corrompida pelo sangue do Rei das Trevas.

— Eu a peguei de Simon — disse Will e, com um único movimento suave, ele a puxou da bainha.

Violet se jogou para trás, gritando:

— *Will, não!*

Demorou um momento para ela perceber que nada aconteceu. Nenhuma explosão, nenhuma chuva mortal ou fogo preto reluzente. Ela se endireitou devagar, olhando para a espada.

A lâmina que Will desembainhou era de prata pura. Brilhava à luz do dia. Não havia sinal da chama preta que corrompia.

— Você purificou a lâmina — comentou Violet, admirada.

— Não. Foi a Katherine — disse Will.

Violet avançou, atraída pela espada.

— E a profecia? Achei que quem quer que limpasse Ekthalion estaria destinado a ser algum tipo de campeão.

— Ela era uma campeã — disse Will, passando os dedos pela escrita na bainha da espada. — Era Sangue da Dama. Mas chegou tarde demais no Salão.

Tarde demais para ela e tarde demais para os Regentes.

Will não sabia que, ao seguir as instruções do antigo criado de sua mãe, Matthew, havia roubado o destino de outra criança. Mesmo sem a orientação dos Regentes, Katherine havia achado o caminho até o Salão. Ela havia achado o caminho até a espada. E a havia desembainhado contra o Rei das Trevas.

Violet observou o longo comprimento prateado da Ekthalion. Então olhou para Will.

— Você deveria pelo menos aprender a usá-la.

Os lábios dela se curvaram.

Ela sem dúvida estava lembrando as poucas tentativas desastrosas de treino de espada que ele fizera com a amiga. O jogo de pernas errado. O golpe da lâmina na cabeceira da cama.

Will também lembrava, lembrava-se dela rindo na cama, da sensação calorosa e boa de companheirismo que era totalmente nova para ele.

Então se lembrou de enfiar a espada na carne de Simon.

Jurou derrotar o Rei das Trevas. Jurou impedir os planos de seu eu passado. E isso significava que, se alguma coisa... desse errado, precisava ter certeza de que alguém o mataria caso fosse necessário.

Ele olhou para a espada forjada para matar o Rei das Trevas.

Depois olhou de volta para a melhor amiga. Violet era uma força do bem. Violet não hesitaria.

— Acho... que deveria ficar com você — disse ele.

— Comigo?

Violet lançou um olhar estranho para Will, como se não entendesse direito.

— É em você que confio para fazer o que é certo.

Ele estendeu a espada.

Violet olhou para a lâmina em um momento de decisão.

No navio, Ekthalion queimara os corpos de todos que haviam tentado tocá-la. Havia sido purificada, mas a memória de seu poder destrutivo permanecia. Até mesmo estender a mão para ela era um ato de coragem. Ele se lembrava de ter fechado os olhos com força devido ao medo violento de estender a mão para pegá-la, antecipando a própria morte no navio.

Empertigando os ombros, Violet a segurou pelo punho. Espada e escudo sob sua posse, parecia certo, o Leão de Rassalon no braço esquerdo, a espada do Campeão na mão direita. Ela desafivelou a própria espada, substituindo-a por Ekthalion.

Eles partiram.

Era difícil pensar que seguiriam o caminho dos reis antigos, ou que podiam estar prestes a abrir um portal para Valnerina, onde Ettore tinha a chave para deter Sinclair. *Tudo o que enfrentou parecerá apenas uma briguinha.* Ele não conseguia imaginar o que havia além do portão.

Cavalgaram para o interior da cidadela, onde os edifícios deram lugar a ruínas inexploradas, um local tão grande que os Regentes haviam habitado e mantido apenas uma pequena fração dele. Acessaram partes do Salão que Will nunca havia visitado, passando por pilares rachados, cômodos onde raios de luz brilhavam através de buracos no teto. Em três ocasiões, tiveram que desmontar os cavalos e conduzi-los sobre pedaços gigantes de pedra quebrada.

Havia anos que ninguém ia àquela parte da cidadela. Arruinada e deserta, era como se tivesse sido deixada à própria sorte. O que o fez perguntar a si mesmo por que os portões foram abandonados e o que havia além deles. Will imaginou mulheres e homens do mundo antigo atravessando-os, fugindo para o Salão enquanto os exércitos das Trevas se aproximavam, então se fecharam com um estrondo pela última vez. Qual tinha sido o último portão a ser fechado? O último reino a cair? Serpente? Rosa? Sol? Will enterrou aquele pensamento: seu eu passado não tinha fugido com os refugiados. Tinha os perseguido.

Caminharam pelas ruínas por talvez uma hora quando chegaram ao portão.

— Aqui — disse Will, olhando para cima.

O pátio era uma imagem espelhada estranha e distorcida do pátio ao norte. O tamanho era o mesmo, mas a maior parte do pavimento era composta por destroços, o solo coberto de grama, ervas daninhas que brotaram das rachaduras, amontoados de dente-de-leão e trevos brancos espalhados.

O topo do portão leste formava uma ponta. A parede externa tinha um formato diferente do arco redondo do portão norte. Mas, assim como o pátio, era do mesmo tamanho, como se cada um dos quatro reis tivesse entrado no Salão com acordos de uma igualdade rigorosa.

— Se Grace estiver certa, um dos quatro reis vivia além daquelas portas — comentou James, com os olhos fixos no portão.

— Acha que foi o rei que eu matei? — disse Violet, pendurando a espada no ombro. — Ou um dos outros?

Os portões estavam trancados por uma viga de metal grossa, fundida com o ferro da própria porta. Enquanto o portão norte havia sido esculpido com o símbolo de uma torre, aquelas portas ostentavam uma rosa estilizada. Combinava com a rosa estampada no trono do Grande

Salão. *Torre, rosa, serpente, sol.* Esculpida na pedra de cada lado das portas, parecia confirmar tudo o que Grace dissera.

Diante daquilo, a grandiosidade do que iam fazer recaiu sobre Will. Abrir um buraco no mundo com magia que não era usada havia milhares de anos. Ele respirou fundo.

— Antes de usarmos qualquer magia, precisamos abrir as portas físicas — disse Will.

— Eu abro — respondeu Violet.

Desmontaram dos cavalos e os amarraram do outro lado do pátio. Violet se aproximou do arco com cautela.

A jovem parecia pequena diante das portas imponentes, um pontinho na frente de uma montanha. Depois de avaliar, colocou o ombro abaixo da viga metálica. A barra enferrujada guinchou com o ranger dissonante do metal enquanto o corpo de Violet se apoiava e tensionava.

Com um grande estrondo metálico, uma fenda surgiu, as portas se abriram em um limbo desconcertante e vazio, de onde vinha um cheiro de folhas em decomposição, como se o pântano estivesse ali perto, mesmo que não conseguissem ver.

— É como você disse — comentou Violet para Cyprian, que a encarava. — As portas levam a nada.

Os quatro olharam para a vista e Violet recuava, ofegante.

— Minha vez — disse James.

Ele deu um passo à frente, mas não havia escrita antiga alguma para ler nem um sinal óbvio dizendo o que fazer. Will avançou junto, atraído pela rosa esculpida mais à esquerda. Era lisa, como se muitas mãos a tivessem tocado, lembrando-o da pedra na parede que Grace tinha usado para abrir a câmara no subsolo da Árvore.

— Este emblema...

Ele colocou a mão sobre ele.

— Também sinto — disse James.

Ele havia feito o mesmo que Will, pondo-se diante do emblema à direita. O passado parecia muito próximo. Um ritual recentemente esquecido.

— Dois símbolos... são necessárias duas pessoas para abrir um portão... — disse James, com uma voz estranha e lenta.

Talentos menores, quase disse Will, reprimindo as palavras, que pareciam vir de um lugar no fundo de si. Quase podia ver a cena, duas figuras vestidas com túnicas, uma de cada lado do portão, erguendo os braços para tocar os emblemas esculpidos.

— Você é forte o suficiente para fazer isso sozinho — observou Will.

Ele sabia, no fundo de seu ser. E, com isso, algo novo pulsava. Uma batida constante de posse. *Prove. Prove-se. Mostre-me.*

— A questão é: o que eu faço? — indagou James, aproximando-se.

— Fique na frente do emblema — respondeu Will.

James se moveu para encarar a rosa esculpida.

— Você pode tentar... empurrar magia para dentro disso? — perguntou Violet.

— Empurrar magia para dentro disso? — A voz de diversão de James era mordaz.

Violet corou.

— Não sei como funciona.

— Visivelmente.

— Ponha sua mão em cima — disse Will.

James estendeu a mão e a pôs sobre a rosa. Nada aconteceu, mas a sensação de ritual se intensificou.

— Encha-a. Encha-a com seu poder — disse Will.

Os lábios de James se separaram e Will sentiu o cheiro forte que sentia toda vez que James começava a reunir seu poder. O emblema sob a mão dele começou a brilhar. Will sentiu algo, como se o próprio ar estivesse pulsando. Então o arco também começou a brilhar, espalhando--se pela mão de James e para além dela.

— Peça que abra.

— Eu... Abra — disse James.

— Diga a palavra verdadeira — ordenou Will.

— *Aragas* — disse James.

O ar sob o portão ondulou. Vislumbres dispersos de algo mais começaram a aparecer e desaparecer, como fragmentos de um sonho. A luz estava mudando, a visão se tornava mais escura. Will prendeu a respiração diante do cenário enorme e impossível que se elevava a quase dez metros do pavimento até o topo do arco.

— Está funcionando — falou Cyprian, as palavras soaram abaladas.

— Peguem os cavalos — disse Will. — Atravessaremos assim que abrir.

— Por que está tão escuro? — A voz de Violet, também desestabilizada. — É noite do outro lado?

Parecia noite. A visão que se formava era um breu em certos pontos, azul-escuro em outros, com raios de luz sendo filtrados de manchas de luz nebulosas acima. Will mal conseguia distinguir a ruína que surgia vagamente à vista, com colunas oscilantes e enormes degraus quebrados. Plantas com gavinhas balançavam na escuridão.

E então Will viu uma forma ondulando no céu, o movimento lânguido, lento demais para estar voando. Como um pássaro... mas...

... não era um pássaro...

O horror da percepção, tarde demais.

O portão não estava abrindo à noite. Estava abrindo debaixo d'água.

— *Feche! Fech...*

As palavras foram obliteradas pelo rugido quando, com a violência de um gêiser, o mar escuro explodiu no Salão.

Will inspirou e se engasgou, com os pulmões se enchendo. A água o lançou para trás, afogando-o, e o sal molhado entrou em seu nariz e boca. Ele tentou desesperadamente se segurar, mas não havia apoio, apenas o violento redemoinho do mar. Em um pânico confuso, pensou que todo o oceano se esvaziaria ali, enchendo a cidadela, até que ela também ficasse submersa, como a ruína que ele vislumbrara além do portão.

E então, tão repentinamente quanto irrompeu, parou.

A espuma de água caiu no chão, deixando todos ofegantes como peixes jogados no chão de um barco.

O portão se fechou, a fonte de magia havia sido interrompida.

James. Tossindo água salgada, Will se ajoelhou, as roupas, encharcadas e pesadas, pingavam. À esquerda, viu Violet expelir água com força. Um dos cavalos dos Regentes havia se soltado da corda e alcançado terra firme. O outro estava encharcado e parecia machucado. Cyprian estivera parado na lateral do portão, então grande parte do oceano não o havia atingido. Ele se debatia na água restante e estendia a mão para Violet.

Mas Will não conseguia ver...

— James! — Ele estava correndo quando James desmaiou, com o rosto totalmente branco. — James! — Will caiu de joelhos na água, puxando James para si. Frio como o oceano, James mal respirava e seus olhos estavam desfocados. Era mais do que apenas choque: parecia completamente esgotado, como se o portão tivesse retirado todas as suas forças e Will fosse a única coisa que o sustentava. — James, consegue me ouvir? *James.*

— Por favor, não vamos tentar isso de novo tão cedo — disse James, com o tom habitual, mas soando confuso.

Uma onda de alívio palpável o invadiu, segurava James com força nos braços. Soltou um suspiro trêmulo.

— O que aconteceu?

Cyprian observava o portão.

O limbo vazio tornou-se mais uma vez visível através do arco, fazendo com que o mundo subaquático que tinham vislumbrado parecesse surreal, como se sequer tivesse existido.

— Aquilo era o oceano — disse Violet, com uma voz fraca e atordoada.

— Um reino subaquático? — perguntou Cyprian.

— Não — Will se ouviu dizer. — Era uma cidadela, exatamente como essa. — Ele foi tomado por uma dolorosa sensação de perda. — Foi encoberta pelo mar muito tempo atrás.

De repente, pensar nos outros portões pareceu terrível. Quem sabia o que poderia estar do outro lado das portas? Will se forçou a deixar de lado a imagem daquela ruína aquosa.

— Seja lá o que tenhamos visto, este não era o portão certo.

— Então vamos tentar de novo — disse Cyprian. — Restam dois portões.

— Ah, com certeza — zombou James. — É só me mostrar onde estão.

Os cachos loiros pingavam. Ele mal conseguia levantar a cabeça, mas o lábio se curvou de forma eficaz.

— Ele está muito fraco — comentou Will. — Precisa de tempo para se recuperar.

Will olhou de volta para o portão. Podia sentir a pele molhada de James na sua, sob as camadas de roupas encharcadas. James sentia frio, tanto frio que chegava a tremer, depois de ter depositado toda a sua vitalidade no portão.

— E precisamos de tempo para nos reorganizarmos. Seja lá o que esteja do outro lado do portão, precisamos estar prontos — disse Will.

CAPÍTULO SEIS

— *É um presente ela ter sido trazida de volta.*

— *Não é natural. É obra do Diabo.*

— *É a misericórdia do Senhor. Você a viu, sra. Kent. O corpo dela estava petrificado como pedra. Era uma doença, algum tipo de mazela que confundimos com a morte. E a graça de Deus a fez voltar...*

Visander abriu os olhos.

Vozes. Havia vozes vindo de fora da sala para onde o tinham levado, fraco e mal conseguindo ficar de pé. Os raptores se aglomeravam do outro lado da porta e sussurravam sobre ele com tons de apreensão e medo.

Ele se lembrava de fragmentos da chegada ali. O homem grisalho que o encontrou gritara por socorro, autodenominando-se tio daquele corpo. Eles o alimentaram com algum tipo de bebida, induzindo-a a descer por sua garganta. Ele tossira e expelira da garganta e do estômago grãos com lama e sujeira.

Em um cômodo ladrilhado, duas mulheres o banharam, esfregando-o, a mente revoltada com o corpo que não era o seu enquanto a sujeira se desprendia da pele e do cabelo. O lugar era estranho, atulhado de móveis e objetos esquisitos que ele não reconhecia. Até mesmo o manto branco com que o vestiram era de um estilo que ele nunca tinha visto antes.

Quando acordou, estava em uma cama feita de penas de pássaros mortos, ainda vestindo o manto branco. Acima dele, havia um tecido pendurado em um dossel verde-claro. Sentia tontura, os pensamentos estavam confusos e havia uma sensação de cansaço pelo corpo. Mas os olhos dele pousaram sobre as roupas enlameadas que haviam sido arrancadas do corpo. Não tinha sido um sonho. Ele havia retornado para um lugar que não conhecia, para um corpo que não era o seu.

— Onde está a rainha? — perguntara ele, quando o trataram de qualquer jeito pela primeira vez. — Precisam me levar até ela.

A voz saíra rouca, como se não tivesse sido usada há muito tempo. Não era a própria voz; era uma feminina e fina, ficou tonto.

— *Que língua é essa? O que ela está falando?*

— *Não sei... ela parece doente, como se estivesse...*

Ele conseguia entendê-los. Mas eles não conseguiam entendê-lo. Como? Como ele conhecia o idioma daquelas pessoas se nunca a tinha ouvido antes? *O idioma dela*, pensou, com um sentimento estremecedor e revoltante em relação ao corpo que estava usando e que não conseguia controlar. Sentiu uma vontade súbita de arrancá-lo e se encontrar abaixo da pele. Por que havia voltado no corpo daquela mulher, *Katherine*? Onde estava seu corpo?

Onde estava sua espada, Ekthalion, e seu corcel, Indeviel? Ele era um campeão sem espada e um cavaleiro sem montaria. Pensou: *Indeviel, jurei que voltaria e voltarei. Vou encontrar você e cumprir o juramento que fizemos no Longo Caminho. E, com você a meu lado e Ekthalion em minhas mãos, derrubarei o Rei das Trevas.*

— *Senhor Prescott* — disse uma voz, de fora do quarto. *Que bom que você veio. Não sabíamos mais o que fazer.*

— *Sinclair ficou feliz em me mandar, sra. Kent. Para ele, sua filha é parte da família. Se o casamento com o filho dele tivesse acontecido, é como teria sido.*

— *Ela não é a mesma. Fala em idiomas, é como se não nos conhecesse...*

— *Posso vê-la? Onde está?*

— *Por aqui...*

Visander se sentou na cama assim que a porta se abriu.

O homem que entrou era um humano mais velho, vestia uma jaqueta preta, o que o deixava com a forma de um triângulo alongado, com os ombros largos estreitando-se até a cintura fina e as pernas longas.

O cabelo era grisalho, cortado curto e com costeletas compridas. Ele tinha um ar de autoridade. Entrou, tirando as luvas escuras.

— Quem é você? — perguntou Visander, e então sentiu uma onda de tontura, sem saber se as palavras haviam saído no idioma de Katherine ou no seu.

Mas o humano pareceu entendê-lo, mudando sua expressão assim que Visander falou. Ele parou por um instante e depois avançou mais devagar. Não parou até chegar à beira da cama, onde se sentou, perturbadoramente próximo, com o colchão afundando devido ao peso.

— Não sabe quem eu sou? — perguntou o humano.

Deveria? Visander teve vontade de disparar para ele. Sentia-se vulnerável naquela cama, malvestido, e o humano usava tecidos pesados. Quis pegar a espada, mas teve que lembrar a si mesmo que Ekthalion havia desaparecido. Estar desarmado o fez sentir-se ainda mais nu do que vestir o fino manto branco.

— Sou o sr. Prescott, o representante do conde de Sinclair — disse o humano, quando Visander não respondeu. — O filho mais velho dele, Simon, era noivo da filha desta família. O nome dela era Katherine. — O humano, Prescott, manteve os olhos em Visander ao perguntar com delicadeza: — Quem é você?

Sou Katherine. Visander sabia o que deveria dizer para preservar seu segredo. Não sabia quem era inimigo e quem era amigo. No entanto, algo na maneira como aquele humano olhou para ele o fez falar a verdade.

— Sou Visander, o Campeão da Rainha, voltei a este mundo para matar o Rei das Trevas.

Prescott sorriu.

Os olhos dele se encheram de satisfação. O idoso olhou para Visander como um homem olharia para uma recompensa que caiu em seu colo desavisadamente.

Mas antes que Visander falasse qualquer coisa, Prescott levantou-se da cama e voltou para a porta. Lá, falou com a mulher no corredor.

— Tenho excelentes notícias, sra. Kent. O filho mais novo de Sinclair, Phillip, honrará o noivado de Simon com sua sobrinha.

— Senhor Prescott...! — disse a mulher.

— Que os dois se casem imediatamente. Ela se recuperará melhor em Ruthern. Vamos transferi-la para sua convalescença. Sinclair tem um médico excepcional e o ar do campo é ótimo para a recuperação.

— Mas as palavras estranhas, o jeito como ela retornou; não está preocupado que ela... — argumentou a mulher.

— Nem um pouco — retrucou Prescott, olhando para a cama e encontrando os olhos de Visander. — Retornar dos mortos... não é uma bênção?

O local estava lotado de humanos. O homem e a mulher mais velhos que se diziam tios de Katherine se fizeram presentes. A tia estava com os olhos arregalados de preocupação e o tio com uma expressão severa. Havia um padre, um homem sórdido e desagradável, que se comportava de maneira obsequiosa com o sr. Prescott. Um homem mais jovem, com uma cabeleira escura, chegou por último, parecendo atormentado e nervoso. Prescott o cumprimentou o chamando de Phillip. Havia muitos humanos, mais do que Visander já havia estado antes.

O tio de Katherine deu apoio ao peso de Visander quando ele se levantou da cama, ainda vestindo o manto branco. A cabeça de Visander girava, quase sem consciência. Existia uma atmosfera silenciosa e apressada, como se se tratasse de negócios secretos.

Phillip, nervoso, veio ficar ao lado dele. Um homem de estatura média, com cabelos escuros caindo sobre os olhos, uma expressão tensa e com bochechas brancas em um rosto fino e delicado, que ficava olhando para Prescott como se buscasse aprovação.

— Mas você tem certeza?

— Ela é uma noiva digna de você. Uma noiva digna dEle. Acredito que Ele aprovaria de todo o coração tudo o que estamos prestes a fazer — disse o sr. Prescott.

Noiva?

As paredes do cômodo pareceram se fechar e, de repente, o encontro se tornou sinistro. Visander tentou se libertar, mas o corpo ainda estava fraco e não o obedecia. Não conseguia controlar os membros, e o domínio sobre o corpo vacilava em intervalos nebulosos. Visander não conseguia se mover e era sustentado pelo tio de Katherine. O cômodo não era sua prisão; aquele corpo era. O domínio da língua humana oscilava, e sua mente estava confusa.

O padre falou rápido, como se estivesse nervoso e com pressa, olhava com frequência para o sr. Prescott. Quando terminou, Phillip pigarreou, ergueu um anel e falou:

— Com este anel, eu com ti me caso, com meu corpo eu a adoro e com todos os meus bens mundanos provenho teu sustento.

Ele deu um passo à frente, deslizando o anel no dedo de Visander, e então colocou a mão na bochecha dele e se inclinou como se estivesse prestes a...

Visander o pegou pelo pescoço.

— *Não toque em mim, humano.*

Phillip arquejou e o cômodo se tornou caótico; as pessoas aglomeradas tentaram fazer a mão de Visander soltar Phillip, gritando palavras que Visander não se preocupou em ouvir. Quando enfim conseguiram, Phillip cambaleou para trás com a mão no pescoço.

— *Não presuma que, por este corpo estar fraco, não vou matá-lo se me tocar de novo* — alertou Visander.

— Não entendo o que ela está dizendo — disparou Phillip.

— Tenho certeza de que aos poucos vai se acostumar com você — disse o sr. Prescott.

— Que nenhum homem separe aqueles que Deus uniu — disse o padre, rápido.

Ele recobriu a consciência à noite, em uma carruagem, cujas janelas eram retângulos pretos, em movimento. Sacudia e pulava, e um puxão em seu braço o fez perceber que estava amarrado pelo pulso a uma barra interna. Suas roupas haviam mudado, saias pesadas e algo na cintura restringiam sua respiração. Ele puxou o que o amarrara, olhando para os dois humanos que o acompanhavam.

Phillip estava sentado diante de Visander com uma expressão mal-
-humorada, os braços cruzados e a cabeça virada de maneira taciturna
para o lado. Sua expressão era a de alguém de quem haviam tirado
vantagem, embora não fosse ele quem estava amarrado ou usando uma
faixa na cintura, pelo que Visander conseguia ver. A lembrança do padre
unindo-o àquele humano em uma cerimônia de casamento fez com que
algo sombrio e risível se apoderasse dele.

— Não tenha medo — disse o sr. Prescott, com cuidado. — Estamos
levando você para um amigo.

— Não estou com *medo*. — A mente de Visander ficou lúcida pela
primeira vez. — Se você e este insignificante desejam viver, me liberte
destas amarras e me leve até minha rainha.

— Você deve saber que isso não é possível — disse o sr. Prescott,
com gentileza. — Você esteve... dormindo... por muito tempo. Muita
coisa mudou.

Algo desconfortável se agitou dentro dele, um pensamento que não
queria enfrentar. O terrível invólucro acetinado da carruagem se mis-
turava ao cetim acolchoado do caixão, como se a sujeira fosse começar
a entrar em seguida...

— Deixe-me sair — disse Visander.

O sr. Prescott balançou a cabeça.

— Eu disse que não é possível.

— Deixe-me sair! — Visander puxou a barra com o punho amarrado.
— Verme humano, você se atreve a me fazer de prisioneiro?

— Você não é um prisioneiro. Mas há certos...

— Não entendo quando você fala esse idioma — interrompeu Phillip,
com a voz taciturna.

— Então deveria ter aprendido, como seu pai pediu — retrucou
Prescott, em um tom suave.

Um suspiro irônico.

— Aprender uma língua morta? Com qual o objetivo?

— Para começo de conversa, poderia se comunicar com a senhora
sua esposa.

— Ela não é uma senhora. É uma espécie de soldado lunático de um mundo morto. — Phillip, com uma expressão irritada, se virou para encarar Visander. — Além disso, foi ela que veio até aqui, não foi? Não é ela quem deveria aprender inglês?

Uma língua morta? Um mundo morto? As paredes de cetim da carruagem estavam se fechando e era difícil respirar, a cabeça de Visander girava.

— Você é o herdeiro agora. Dentro de algumas semanas, navegará para a Itália. Seu dever é...

— O dever de *Simon* — corrigiu Phillip, com uma voz entediada, recitando como uma ladainha: — O dever de Simon, o navio de Simon, a noiva de Simon...

— Deixe-me sair.

— Seu irmão levava o papel dele a sério...

— *Deixe-me sair...*

— Ela está falando de novo — disse Phillip.

Outra onda de tontura. A compreensão das palavras humanas era desconcertante por si só, como um último presente cuspido pela mente daquela garota morta.

— Se me mantiverem aqui, meu povo não descansará até que tenham caçado e matado vocês dois — Visander se forçou a dizer.

Houve uma longa pausa, então Prescott olhou para ele de um jeito estranho.

— Muito bem — concordou Prescott. — Pare a carruagem!

Ele deu uma batida forte no teto do carro. Do lado de fora, um fraco *"opa"* do cocheiro enquanto Prescott pegava um molho de chaves e avançava em direção a Visander.

— O que está fazendo?

Phillip sentou-se em uma postura alarmada.

— Deixando-a sair.

— Está louco!

— Não. Ela precisa entender — disse Prescott, então tirou uma pequena faca da jaqueta e cortou as amarras que prendiam Visander.

Visander já estava meio tropeçando, meio caindo da carruagem, com as pernas emaranhadas nas saias pesadas. A princípio, apenas respirou fundo ao ser libertado do confinamento do espaço interno. *Livre. Livre.* Ele caiu e enfiou os dedos na terra, grato por aquela presença tranquilizadora. Por fim, sentou-se apoiado nos calcanhares e sentiu o ar fresco no rosto.

Então olhou para o mundo ao redor.

Sua carruagem fazia parte de um fila de quatro carruagens que viajava em um pequeno comboio à noite. Homens no topo de cada uma das carruagens apontavam longos tubos de metal para ele enquanto Prescott desembarcava com a mão erguida, como se para afastá-los.

Haviam parado em uma estrada de paralelepípedos lamacenta repleta de estruturas desconhecidas, escuras e sufocantes, cheirando a fumaça e lixo. Eram casas, centenas de casas extremamente amontoadas, uma massa sufocante que se estendia interminavelmente ao longo da colina, expelindo para o ar o fumo de árvores queimadas, cheia de uma miséria suja, imunda. Ele estava olhando para um mundo repleto de humanos, vivendo suas curtas vidas sem medo da sombra, sem fugir para um feiticeiro nem olhar para cima com um pavor nervoso pela morte que vinha quando o céu escurecia.

A compreensão crescia dentro dele como bile. Visander não tinha visto um único feiticeiro desde que havia acordado, não havia sentido uma única faísca de magia, e só isso era uma escuridão sufocante por si, um pensamento terrível fez um nó se formar em sua garganta.

— Quanto tempo? — perguntou ele.

Não tinha conseguido reconhecer nada, nem os soldados na longa marcha para a batalha, nem as criaturas aladas no ar, nem os pináculos das torres ainda não tomadas, nem as glórias que ainda restavam, desafiadoras e ininterruptas, a força de seus últimos defensores brilhando noite adentro.

— Quanto tempo?

Galopar com seu Indeviel e sentir o vento açoitar o rosto, aquela sensação revigorante de estar com seu corcel. *Você terá que deixar tudo para trás*, dissera a rainha. Ele havia feito esse sacrifício, sem tempo para se despedir. Nem tivera a chance de jogar os braços no pescoço branco de Indeviel e abraçá-lo pela última vez.

A mão de sua rainha no rosto dele o fizera estremecer. Visander tinha caído de joelhos. *Você vai retornar, Visander. Mas primeiro terá que morrer.* Uma dor aguda no abdômen, olhou para baixo e viu a espada dela em suas entranhas. Fechou os olhos e os abriu em...

... um caixão.

Visander havia caído de joelhos na terra da estrada, as saias espalhando-se a seu redor.

— *Faz quanto tempo que a guerra acabou?*

Ele estava ciente de Prescott se aproximando por trás, enquanto tremia incontrolavelmente, com as mãos abertas no chão.

— Eu já disse — falou o sr. Prescott, olhando para Visander. — Estamos levando você até um amigo.

CAPÍTULO SETE

— Beba.

Assim que voltaram com James em segurança ao portão, Will ergueu um frasco contendo as águas de Oridhes, lembrando-se do quanto elas o tinham ajudado depois de ser capturado e espancado por Simon. Havia sido sua primeira experiência com os Regentes, com Justice ao lado dele no quarto escuro e sujo da estalagem e o gosto de magia nos lábios.

— Se não se importa, já bebi água suficiente — disse James.

Ele precisou carregar James para dentro. Deitado na cama de Will perto do fogo, James o observava através dos cílios dourados e úmidos que ele mal parecia capaz de levantar. Não estava aquecido sob os cobertores, parecia que até mesmo a última centelha de energia que seu corpo usava para produzir calor se extinguira.

— É restaurador.

— Compaixão pelo assassino de Regentes? Ou está apenas garantindo que eu esteja aqui para abrir o próximo portão? — questionou James.

Will não sabia que a magia podia drenar alguém a esse ponto. Não sabia como funcionava. Parte de sua mente coletou cuidadosamente a informação: a magia vinha de dentro de James, e ele poderia usá-la até o fim. Poderia usar tudo o que tinha.

Ele podia ter morrido abastecendo aquele portão. Will não conseguia ignorar esse fato. Tinha pedido a James que fizesse aquilo, e James havia cumprido sua parte, abrindo um portão que no mundo antigo tinha precisado do poder de duas pessoas para funcionar, mesmo que ele não fosse treinado e ainda não tivesse alcançado sua força total.

— Estou garantindo que você não fique inconsciente.

— Um guerreiro que cuida de sua arma. — As palavras de James eram frágeis, sugerindo uma rachadura na armadura. — Dando um polimento e passando óleo antes de guardá-la.

Isso se aproximava muito da parte secreta de Will que tinha ficado satisfeita em ver James fazer o que ele havia ordenado. Sentiu-se satisfeito por James estar ali, em um lugar onde ele não queria estar, apenas pelo bem de Will. Fazia Will querer mantê-lo seguro, dar carinho e aprovação a James, dizer que ele tinha se saído bem.

— Você se esgotou. — *Por mim.* — Por nós. Estou grato.

James, com o cabelo ainda úmido e o rosto pálido contra as almofadas, encarou Will. Os olhos buscavam algo.

— Você sabia o que fazer. No portão — disse James.

— E sei o que fazer em seguida. Beba — ordenou Will.

Ele ergueu o frasco com urgência. A verdade era que Will não tinha ideia se iria funcionar. Mas quando inclinou o frasco para os lábios de James, as águas fizeram efeito, trazendo um toque de cor de volta à pele.

— Agora descanse — pediu Will.

Ele afastou o cabelo úmido de James da testa para deixá-lo mais confortável. Então, quando este fechou os olhos e adormeceu, Will se levantou de onde estava ajoelhado.

Viu os outros olhando para ele. Foi Violet quem segurou seu braço e o puxou para o lado.

— Will, o que você está fazendo com ele?

Ela falou em voz baixa, olhando para James esparramado perto do fogo.

— Ele pode nos ajudar. Ele *já* nos ajudou. Abriu aquele portão — disse Will.

— Eu sei por que ele está aqui. Quis dizer, por que você está afofando o travesseiro dele?

— Eu não estou *afofando o...*

— Ele é o Traidor. Não precisa dar bebida quente e cobertor para ele.

Foi a vez de Will corar. James estava deitado como um Ganímedes adormecido, a beleza e o esgotamento contradizendo a crueldade e a destruição que ele havia causado aos Regentes. Will não tinha afofado o travesseiro de James, mas havia levado uma bebida e um cobertor. E pendurado o casaco dele para secar na lareira. E a camisa.

— Você também era assim com Katherine — disse Violet, como se não conseguisse se segurar.

— Assim como?

Violet não respondeu, apenas o olhou sem expressão.

— Ele pelo menos disse quando vai conseguir abrir o próximo portão?

— Em um ou dois dias — respondeu Will. — Podemos usar o tempo para planejar melhor a abordagem.

Ela o levou para o outro lado da sala, fora do alcance dos ouvidos dos outros. Grace e Cyprian conversavam aos sussurros perto da porta.

— Não gosto disso. — Violet franzia a testa. — Com as proteções baixadas, estamos totalmente expostos.

Ele também não gostava.

— Vamos fazer o melhor possível.

— Vou ficar de olho em James.

Havia algo desafiador nos olhos dela, como se Violet o estivesse desafiando a discutir.

Mas ele apenas assentiu. A verdade é que confiava nela para manter James seguro.

E havia outra coisa que Will precisava fazer.

Ele saiu para as muralhas e olhou para o espaço sem limites, o amplo céu noturno e o pântano se estendiam à frente.

De cima, as proteções baixadas faziam o Salão parecer chocantemente exposto. Ele não podia deixar de se perguntar: se era possível abrir os outros portões, seria possível fechar aquele? Talvez como os outros três portões tinham sido fechados. Ele se imaginou atravessando o portão de Londres e depois fechando-o pelo lado de fora, fechando o Salão para sempre.

Sarah estava de guarda, pronta para soar o sino de alerta, um estrondo que quebraria o céu noturno congelado se houvesse algum problema. Estava parada como uma sentinela, vestida de azul, no limite da parede. Quando Will se aproximou, viu que havia uma pequena figura ao lado dela.

— Pode nos dar um momento a sós? — perguntou ele a Sarah, e, pela expressão, pensou que ela fosse recusar, mas depois de um momento ela se afastou com má vontade, descendo as muralhas mais próximas ao sino.

A pequena figura não se mexeu, ficou ali, curvando-se ainda mais. Uma gárgula. Um pedaço de pedra.

— Não quero falar com você — disse Elizabeth.

— Eu sei — respondeu Will.

— Não importa o que eles estão dizendo. Você não é meu irmão.

— Eu sei — repetiu Will.

Ele se sentou ao lado dela. As pernas penduradas na borda.

— Quando eu descobrir o que fez com minha irmã, vou matar você.

— Eu sei — insistiu Will.

Elizabeth parecia ter chorado. Os olhos estavam vermelhos e inchados sob as sobrancelhas escuras. Ela olhou para o pântano em silêncio. Depois de um longo momento, como se a curiosidade tivesse crescido até superar sua determinação de ignorá-lo, perguntou:

— Por que suas roupas estão molhadas?

Ele soltou um suspiro estranho e olhou para as mangas encharcadas. Achou meio esquisito. O céu estava claro, sem sinal de chuva, e ele parecia ter acabado de sair de um lago.

— Abrimos o portão leste. Isso nos levou a um reino tão antigo que já estava no fundo do mar. — Ele visualizou aquela imagem misteriosa e escura. — Quando o portão se abriu, toda a água irrompeu no Salão.

— Peixes também?

Os olhos dela estavam arregalados.

— Não vi nenhum peixe.

— Gosto de peixes — disse Elizabeth.

Ele olhou para a própria mão. Era esse o tipo de conversa que as famílias tinham? Will nunca havia falado assim com a mãe. Sentiu o ar frio da noite nos pulmões.

— Não tive irmãos — contou ele. — Só minha mãe. Ela me criou da melhor maneira que pôde, mas não havia mui... Acho que era difícil para ela. Não tenho nenhuma lembrança. Exceto...

Ele ergueu a mão cheia de cicatrizes até o medalhão que usava no pescoço. Sentia-se como se estivesse à beira de um precipício. Como se fosse a última parte de si mesmo que poderia ser o herói que os Regentes queriam. Um talismã da Luz, destinado a lutar contra o Rei das Trevas. Ele o tirou e estendeu para a garota.

— Não é muito. Mas talvez ajude você algum dia — disse Will.

— Está velho e quebrado — respondeu Elizabeth.

Ela apertou o medalhão com força na mão pequena. As palavras dela pareceram pairar como o fio branco de sua respiração.

— Ela gostaria que você ficasse com ele — disse Will.

O pescoço dele parecia nu; era a primeira vez que Will ficava sem o medalhão desde a morte de Matthew.

Houve um silêncio. Com uma voz que parecia ter saído dela contra sua vontade, Elizabeth perguntou:

— Como ela era?

— Era como sua irmã — respondeu Will.

— Então quer dizer que ela era linda — comentou Elizabeth. Sob a camada congelada das estrelas, ela continuou: — A sra. Elliott disse que Katherine era uma joia das mais valiosas, do mais alto grau.

Essa era a qualidade que definia Katherine: beleza. A família dela havia depositado todas as esperanças nisso. Simon, um apreciador da beleza, comprou-a com joias e um título. Ninguém além de Will a tinha visto no Pico Sombrio com Ekthalion na mão.

Will acreditava que sua mãe também havia sido bonita, mas essa não era a principal impressão que tinha dela. Lembrava-se de... Lembrava-se acima de tudo do quanto queria fazê-la feliz.

— Acha que ela desistiu de nós porque dávamos muito trabalho? — perguntou Elizabeth.

— Você não dá muito trabalho. Você é inteligente e corajosa. Ela abriu mão de você para protegê-la — disse Will.

— Ela não abriu mão de você.

— Não. Ela me manteve até o fim.

— Por quê?

Duas infâncias diferentes: Will havia crescido com ela e Elizabeth sem. Agora os dois estavam ali sozinhos.

— Eu...

CLANG, CLANG, CLANG!

Will virou a cabeça em direção ao som conforme Elizabeth deu um pulo. *O sino de alerta.* Ao se levantar, ele viu Sarah gritando enquanto puxava a corda do sino. Ele não conseguia ouvi-la tão perto da campainha. Seguiu o braço que ela havia estendido para apontar a escuridão.

Tochas acompanhavam centenas de cavaleiros, todos convergindo, como uma onda de água escura subindo para engolir o Salão.

Os homens de Sinclair haviam chegado.

CAPÍTULO OITO

— Quantos?

Violet viu Will e Sarah descendo os degraus, o som do sino ainda ecoava, Sarah murmurava algo como "Centenas, há centenas". Os homens de Sinclair chegaram mais cedo e em maior número do que esperavam. A única tocha acesa tremeluzia no ar frio da noite sob as muralhas.

— Tem como sair daqui?

Violet estava com a mão na espada, pronta para fazer o que fosse necessário para proteger os amigos. Porque o que Sarah estava descrevendo não era um grupo de batedores. Era um exército. Do tipo que era enviado para tomar um castelo. Os homens de Sinclair estavam ali para tomar o Salão.

— Vocês, Leões, são todos iguais.

O sotaque familiar veio da entrada do portão. Pálido e apoiando-se com uma das mãos no batente, James parecia a heroína tuberculosa de uma pintura, do tipo que morre lindamente.

— Você não pode lutar contra eles. Esta não é uma batalha antiga. Eles têm armas e vão atirar — disse James.

Ele estava, frustrantemente, certo. Mas certa vez ela havia perguntado a Justice por que os Regentes lutavam com espadas em vez de armas, e ele dissera: "Alguém que usa magia como o Traidor pode parar uma bala. Você realmente quer enfrentar um desarmada depois que disparar seu único tiro?"

— Você pode parar as balas. Não pode? — perguntou Violet a James.

— Posso? Talvez quando eu não estiver caindo pelos cantos.

— Que peninha que sua magia acabou bem quando precisamos — murmurou Cyprian.

— Que peninha que vocês tenham dois salvadores e ambos sejam inúteis.

James deu um leve sorriso ao gesticular para Will e Elizabeth.

— Elizabeth conjurou luz — falou Sarah, de maneira defensiva e com lealdade.

Foi Elizabeth quem respondeu com um pragmatismo taciturno infantil:

— É só luz. Não faz nada.

— Quanto tempo temos? — perguntou Violet.

Uivos ecoavam pelo pátio, um anúncio distante de uma fantasmagórica caçada noturna.

Para a surpresa dela, James empalideceu.

— Cães?

— Centenas deles — disse Will. — Nós os vimos das muralhas, correndo na frente dos cavalos.

James se afastou da porta e depois cambaleou. Na mesma hora, Will estava a seu lado, o pegando antes que colapsasse. James disse:

— Temos que ir. Agora.

— O que foi? — perguntou Violet, dando um passo à frente.

Ele a ignorou, falando apenas com Will.

— Você precisa tirar Violet daqui. A menos que queira ser morto pelo seu próprio Leão.

— *Do que está falando?* — perguntou Violet, e James parecia querer ficar o mais longe possível dela.

— É a sra. Duval. — James abandonou seu jeito despreocupado; suas palavras eram sérias. — Se ela vir você, vai transformá-la. Precisamos correr.

— Me... transformar...?

James nem mesmo olhava para ela, com os olhos fixos em Will.

— A sra. Duval tem um poder próprio. Eu a vi fazer Tom se ajoelhar. Basta uma olhada. Não pode deixá-la colocar os olhos no seu Leão.

Violet se sentiu fixada no chão. A sra. Duval tinha poder sobre Leões? Ela queria acreditar que aquilo não era verdade, mas e se fosse?

— Não há para onde correr. Só há um jeito de entrar e sair do Salão — disse ela, mas, mesmo enquanto pronunciava as palavras, sabia o que viria a seguir, como se uma torrente sombria do destino os estivesse levando a um único rumo.

— Podemos sair por um portão — sugeriu Will.

Aquela parede anormal de água subindo diante dela e depois explodindo no pátio era tudo em que Violet conseguia pensar.

— O portão leste está submerso — observou Cyprian, quase lendo seus pensamentos.

— Restam dois portões — retrucou Will.

Sul e oeste. Para alcançar o portão sul teriam que atravessar diretamente o Salão, um longo caminho repleto de edifícios, difícil de navegar, com piso instável. Para ir até o portão oeste, precisavam seguir o muro como haviam feito naquela manhã, mas na direção oposta.

— O portão oeste é o mais próximo — disse ela.

— Precisa me levar lá agora. Todos nós vamos morrer a menos que eu consiga abrir aquele portão — afirmou James, ignorando-a e falando com Will no tom íntimo que os dois usavam.

— Você está muito fraco — retrucou Will.

— Não temos escolha.

Os latidos e uivos dos cães ficaram mais altos, acompanhados por gritos ocasionais de homens. James lançou outro olhar tenso para ela, que não estava acostumada a vê-lo com medo dela. Violet olhou para os amigos com uma sensação fria e terrível. Com James enfraquecido após tentar abrir o primeiro portão, não havia ninguém forte o suficiente para detê-la caso ele estivesse certo e ela fosse transformada. Se James estivesse certo, Violet poderia matá-los.

Sua força era sua maior vantagem, mas naquele momento a fazia se sentir uma ameaça.

Era para ser uma batalha, pensou ela. Parecia ser o certo. Os homens de Sinclair atacando e os guerreiros do Salão os impedindo.

Violet imaginou os Regentes vestidos de branco e prateado vigiando as muralhas, uma força resplandecente pronta para combater os exércitos reunidos na noite sombria. Era como deveria ter acontecido, e não estarem apenas os seis ali, com uma criança, incapazes de proteger o Salão.

Will tomou a decisão por todos eles.

— Grace e eu vamos pegar os cavalos. Violet, leve todo mundo para o portão. — Grace deu um breve aceno de cabeça. Will disse: — Vamos nos encontrar com você lá.

— Mas o Salão... — começou Sarah.

— O Salão caiu quando as proteções foram derrubadas. — Foi Cyprian quem falou. — A Regente Anciã nos deu nossa missão.

Ele respirou fundo e deu uma última olhada ao redor do pátio.

— Elizabeth! — gritou Will, e Violet viu que a garota estava correndo de volta para o portão.

Violet praguejou e a seguiu, correndo atrás dela. Quando a parou, percebeu que Elizabeth havia pegado um maço de papéis e os estava enfiando na frente do vestido.

— É meu dever de casa — disse Elizabeth, em tom desafiador. — Katherine me disse para pegar o que era importante quando fugíssemos. Peguei isso. — Ela estava pálida, como se desafiasse Violet a discordar. — Trouxe da casa da minha tia.

Violet abriu a boca, mas pensou melhor.

— Ah, por favor! — disse Violet, agarrando o braço da garota e arrastando-a de volta para os outros.

Ela surgiu justamente quando James levantou a cabeça, como se respondesse a algum sinal silencioso.

— Eles chegaram — disse James.

Tinham derrubado a ponte levadiça e bloqueado as portas. Violet sabia muito pouco sobre guerras de castelo e havia imaginado um ataque frontal, com os homens de Sinclair arrombando as portas até conseguirem passar.

Em vez disso, ouviu o som sibilante de cordas sendo atiradas. Em um piscar de olhos, percebeu o óbvio: não iriam arrombar as portas. Subiriam pelas paredes. Então abririam o portão por dentro e deixariam entrar os cachorros e aquela mulher...

— Protejam-se! — disse Will.

O primeiro tiro ecoou das muralhas, explodindo a alvenaria perto dos pés dela. Violet tirou James de Will, meio que esperando ter que carregá-lo nas costas. Depois, com os outros, correu para a porta do Salão.

Na verdade, James a acompanhou, com um único braço pendurado em volta do ombro dela, embora não parecesse capaz de continuar naquele ritmo cambaleante por muito tempo. O problema de verdade eram as pernas de criança de Elizabeth. Violet conduziu a garota para dentro, depois bateu e trancou a porta, tentando não pensar no alerta de James de que ela era a verdadeira ameaça.

Já podia ouvir gritos do pátio. Olhou para o rosto pálido de James e para o corpo pequeno de Elizabeth. Então se virou para Cyprian.

— Precisamos atrasar os homens, ou esses dois não vão conseguir chegar.

— Este corredor é um gargalo — disse Cyprian.

Ele a havia entendido perfeitamente, pondo-se ao lado dela. Os dois lutariam ali, ganhando o máximo de tempo que pudessem.

— O restante de vocês continue correndo. — Ela deu a ordem enquanto tirava o Escudo de Rassalon das costas. — Vamos segurar os homens de Sinclair aqui e depois alcançá-los.

Cyprian já estava desembainhando a espada ao lado dela.

Os homens passaram pela porta, uma explosão sombria de intenção mortal, armas apontadas diretamente para eles.

Ela havia visto Cyprian praticar no pátio de treinamento, observando do lado de fora, morrendo de inveja de seus movimentos perfeitos. Sabia que ele era corajoso. Afinal, ali estava enfrentando um ataque, e fazendo isso ao lado dela, sem se preocupar com o fato de Violet poder ser transformada em uma arma pela mulher que estava chegando.

Mas Violet nunca o tinha visto lutar de perto.

Os tiros não o acertavam: ele se movia de acordo com a direção dos canos; parecia uma velocidade sobre-humana, como se estivesse se esquivando das próprias balas. Ele já estava abatendo o primeiro dos homens quando ela ergueu o escudo e ouviu três balas dispararem, o impacto sacudiu seu braço. Ela sabia que não deveria dar tempo aos homens para recarregar. Atacou conforme Cyprian girou e derrubou um homem.

Ela lutou ao lado dele. A espada dele bloqueou os golpes que ela não conseguiu; seu escudo balançou para repelir ameaças na lateral e nas costas dele. O estilo dos Regentes era feito para lutas em pares, a dela baseada na força, a dele na precisão. Eram diferentes, mas encaixavam, uma combinação perfeita. Ele fluía como água, em espaços e lacunas. Ela interceptou um golpe, depois pegou o homem pelo colarinho e o jogou contra os companheiros, que caíram, pararam e correram.

No momento de pausa, seus olhares se encontraram, em um instante de reconhecimento surpreso. A primeira onda estava derrotada.

E então chegou a segunda.

Lá fora, no pátio, a ponte levadiça devia ter sido aberta, porque dessa vez havia uma infinidade de cães aterrorizantes, seguidos por cavalos que os homens de Sinclair simplesmente guiavam Salão adentro. Era possível lutar contra homens, mas não contra centenas de quilos esmagadores de carne de cavalo. Não havia para onde correr. Em um último movimento instintivo, Violet avançou na frente de Cyprian, preparando o corpo para o que não conseguiria impedir, esperando que de alguma maneira sua força fosse suficiente para resistir a um ataque de cavalaria.

Abruptamente, como um desmoronamento, o telhado caiu. Enormes pedaços de alvenaria obliteraram a vista diante dela.

Atordoada, Violet olhou para os destroços. Virando-se, viu James no corredor atrás dela, com uma das mãos estendida e a outra apoiada na parede, o rosto mais branco que uma túnica de Regente.

— De nada — disse James.

Ele salvou minha vida, pensou ela em estado de choque. Pela expressão de Cyprian, era como se tivesse crescido duas cabeças em James. Por um momento, os dois apenas o observaram.

Então Violet fechou a boca.

— Pare de se exibir e vá.

Ela o empurrou de volta para o corredor, com Cyprian vindo atrás. Dava para ouvir o latido dos cães e as ordens fracas do outro lado do desabamento.

— *Pegue-os! Arrombe ou dê um jeito de contornar. Agora!* — gritavam, mas ela continuou correndo.

Uma caçada noturna em ruínas antigas. Eles avançavam o mais rápido que podiam, mas os cães nunca ficavam mais do que alguns metros atrás. Violet imaginou os homens de Sinclair se espalhando pelo Salão como veneno na corrente sanguínea. Era o fim do Salão, pensou. Lembrou-se de Cyprian observando o pátio pela última vez e desejou ter se despedido do lugar também.

Quando chegaram ao ponto de encontro, onde Will os esperava no portão montado em Valdithar, até Cyprian ofegava exausto. Grace estava em um dos dois cavalos Regentes que tinham sobrevivido, com o segundo na corda ao lado do puro-sangue preto de James e dos cavalos de Katherine e Elizabeth, Ladybird e Nell. Tinham cavalos para todos, se ela e Cyprian cavalgassem juntos.

A noite era perturbadora, um arco imponente coroado com um símbolo do sol. O sol ganhava um aspecto estranho na escuridão. *Sol noturno*, pensou ela de repente, estremecendo. Lembrou-se daquela horrível parede de água. Não tinham ideia do que havia do outro lado daquele portão.

O som de cães, latindo por sangue, se aproximava cada vez mais.

Ela avançou rápido, forçando-se a manter a calma. Antes de qualquer explosão de magia, Violet tinha que fazer força para abrir as portas enferrujadas. James se aproximava ao lado dela. Com a camisa e a jaqueta ainda abertas, parecia mal conseguir ficar de pé. Estava forte o suficiente para abrir o portão?

Ela não podia se preocupar com isso. Lembrando-se do ruído do metal em protesto quando forçou a abertura do portão do oceano, ela disse a James:

— Esteja pronto para agir depressa. Assim que eu forçar as portas, eles vão saber onde estamos.

James deu um passo à frente, assentindo. Ela esperou até que ele estivesse em posição, com a mão no símbolo do sol esculpido na altura dos olhos ao lado do arco. Então empurrou as portas.

O rangido do portão era assustadoramente alto na noite fria. Violet fez uma pausa, ofegante, e, no silêncio, um uivo arrepiante retornou até eles, os cães alertas para a localização. Um pensamento inquietante veio a ela: *Algumas portas não foram feitas para serem abertas.* Ela o ignorou, contraindo os músculos devido ao esforço e empurrando com mais força.

O primeiro movimento, uma rajada de ar, uma abertura cada vez maior. Acima de Violet, o sol esculpido pairava sobre o vazio. As portas enormes estavam abertas. Ela olhou para o vazio preto.

— Eles estão vindo — alertou Cyprian.

— Segurem os cavalos. Eles se assustam com magia — disse James

Instintivamente, ela e Cyprian se posicionaram para protegê-lo. Isso a fez se lembrar com inquietação dos três Remanescentes que cercavam James nas docas de Londres enquanto ele reunia seu poder. Ela sabia que a necessidade de concentração de James o deixava vulnerável. Violet se sentia estranhamente conectada a uma antiga prática de guerreiros que lutavam para manter vivos os feiticeiros, porque só a magia poderia ser uma defesa contra as sombras. O que fazia de James um alvo de alto valor. Ela podia imaginar uma batalha antiga e o grito de *"Proteja o feiticeiro!"* cortando o ar.

— Fique perto do portão — avisou Will. — Não sabemos por quanto tempo James conseguirá mantê-lo aberto.

E nem sequer se conseguirá abri-lo. Nada estava acontecendo. Não havia clarão de luz ou qualquer mudança no que viam sob o arco. *Ele está muito fraco.* James parecia exausto, com os olhos fechados e o maxilar cerrado pelo esforço. Se não conseguisse abrir o portão, todos ficariam presos ali.

— *Lá estão eles!* — O primeiro dos homens de Sinclair apareceu no pátio. — *É o Tesouro de Simon! Não o deixe usar magia!*

Outro ergueu a pistola, apontando-a diretamente para James.

Antes que percebesse, Violet estava correndo, correndo muito.

— *Violet!* — gritou Cyprian enquanto ela erguia o braço no caminho da bala, sentindo-a atingir o escudo com um pedido silencioso de desculpas a Rassalon.

Proteja o feiticeiro!

Ela escapou da lâmina cortante de uma faca por pouco quando viu outro homem levantando uma pistola. E então estava ali no meio, lutando.

As mandíbulas de um cachorro se abriam em direção ao seu pescoço; ela o atacou com o escudo, então se ergueu e nocauteou o homem com a pistola, cortando o braço do segundo. De relance, viu Cyprian impelir seu cavalo em direção a um grupo emaranhado dos homens de Sinclair enquanto ela balançava a cabeça em direção ao portão.

James tremia, com o cabelo molhado de suor. Will se colocou entre James e os agressores, como se pudesse atuar como um escudo humano. Mas não havia como ela e Cyprian conseguirem conter os homens de Sinclair; não havia proteção natural alguma ali, e homens e cães já se espalhavam pelo pátio, uma força esmagadora e vertiginosa...

— James, abra o maldito portão! — gritou ela.

— Anda logo! Abra logo, idiota! — berrava Elizabeth.

James redobrou o esforço, cantando algo baixinho, em vão. Will girou o enorme cavalo preto, como um anjo vingador sombrio, e gritou:

— James, *aragas*!

James soltou um grito doloroso, como se algo dentro dele estivesse se rompendo, e uma visível onda de poder formou um arco, indo dele em direção ao sol esculpido.

Uma explosão disparou para o céu, depois um buraco na realidade. Aquilo se elevava sobre eles, e os homens de Sinclair largavam as armas para observarem estupefatos ou recuarem como suplicantes escondendo seus olhos de Deus. O portão se abriu e Violet viu o impossível. Um cenário escuro; não era a Inglaterra, uma terra estrangeira se abria diante de seus olhos. Uma onda de desorientação, a lua estava acima dela, mas era possível ver uma segunda lua através do portão conforme duas partes distantes do mundo eram unidas por uma magia não natural.

— *Não consigo aguentar!* — James soava esgotado.

— Vão! — gritou Violet. — Vão!

Grace bateu com força na garupa do cavalo de Cyprian, fazendo-o disparar. Elizabeth estava forçando Nell, o pônei, atrás deles. Will girou o enorme cavalo preto, agarrando James pela gola da jaqueta e arrastando-o fisicamente através da soleira do portão. Violet veio na retaguarda a pé, agarrando a rédea de Sarah e puxando a assustada Ladybird em direção ao portão. Ela estava quase lá...

Tudo parou.

Não conseguia se mover. Não conseguia falar. Não conseguia respirar.

Uma mulher se aproximava pelo pátio.

Tinha olhos grandes e sonolentos e nariz saliente, com cabelos pretos brilhosos puxados para trás. Usava calças como as de Violet, com uma jaqueta de gola alta e botas que iam até acima do joelho. Exibia a graça confiante de uma predadora caminhando entre presas fáceis.

E Violet soube, quando a rédea de Ladybird foi arrancada de suas mãos, que estava paralisada por causa daquela mulher e que seu corpo não estava mais sob seu controle.

Duval.

James havia dito que Violet seria transformada. James havia dito que ela mataria todo mundo. Violet não tinha ficado muito assustada com aquilo, mas o medo frio a invadia naquele momento, com a perda de qualquer controle sobre seus membros. Ela não conseguia se mover. Não podia lutar.

Violet via o portão e, além dele, seus amigos. Estava tão perto que sentia o cheiro dos cedros e do verde fresco de uma floresta à noite.

— Violet!

Will, voltando-se para ela, estava longe demais. James, meio desabado nos braços de Will, estava fraco demais. E Grace segurava Cyprian e o cavalo dele.

Mas Elizabeth tinha cravado os calcanhares em Nell e dirigia-se diretamente para ela.

Violet observou Elizabeth cavalgar com seu pônei pela soleira do portão que desmoronava e gritou mentalmente: *Não, Elizabeth! Volte!*

O portão se acendeu e depois se fechou. Incapaz de se mover, ela viu os rostos dos outros — o horror de Will, o choque de Grace, o desespero de Cyprian — um segundo antes de eles desaparecerem, deixando Violet, Elizabeth e Sarah para trás, no pátio.

CAPÍTULO NOVE

Will sentiu o estômago se revirar em uma desorientação vertiginosa quando o chão sob os cascos do cavalo mudou de pedras de calçamento para terra macia e gramada. Virando o cavalo, aflito, teve um único vislumbre da silhueta do pátio do outro lado do arco, com Violet congelada no lugar, Sarah tentando controlar Ladybird e Elizabeth cavalgando furiosamente de volta ao Salão.

E então o pátio desapareceu, sumiu; sob o arco, um amplo céu noturno salpicado de estrelas.

Estava frio e silencioso. Formas escuras de faia, azinheira e carvalho antigo se estendiam por centenas de quilômetros.

Ele encarou, imobilizado. O ar tinha um cheiro diferente. A lua estava em uma posição diferente; a visão causou uma segunda onda de tontura, como se o mundo inteiro tivesse mudado. Seus pensamentos ainda martelavam com o caos da batalha no pátio, mas não havia batalha ali, apenas a encosta silenciosa de uma montanha repleta de floresta. Através das brechas nas árvores, ele teve vislumbres iluminados pela lua de um vale escuro e cheio de árvores e colinas distantes.

— *Violet!* — gritou Cyprian, atirando-se do cavalo e correndo para o portão.

Will foi atrás dele antes que percebesse, desmontando do cavalo e agarrando Cyprian desesperadamente antes que o amigo se jogasse pelo arco de pedra.

— Tire as mãos de mim! — Cyprian se debatia. — Não podemos deixá-la! Não podemos deixá-la lá!

— Olhe onde você está! — retrucou Will.

O arco de pedra solitário ficava no alto de um penhasco em uma montanha e, se Cyprian o atravessasse, cairia.

Cyprian arquejou quando notou. Pedras embaixo dos pés dos dois caíram na escuridão após Will se aproximar hesitante, empurrar Cyprian para trás e cambalear três passos, caindo desequilibrado com as mãos e os joelhos no chão. Ambos ofegavam.

Will agarrou a pedra do arco e seu convite à morte: um salto na escuridão para pairar e depois despencar. A náusea aumentou, como se o chão se inclinasse. A sensação de deslocamento era imensa, a paisagem ao redor adquiria uma aura de irrealidade.

Ele tinha sido cuspido de um pátio que desaparecera. Apenas Cyprian, James e Grace o acompanhavam. Tinha gente que ficou presa no Salão...

Violet. Ele cometera um erro terrível. Ninguém deveria ter sido deixado para trás. A perseguição caótica no Salão e a energia absurda que o portão havia exigido de James os haviam destruído. O mundo de Will fora arrancado dele, e com uma facilidade assustadora. Era o mesmo sentimento que teve quando Katherine pegara a espada em Bowhill, como se tivesse tropeçado em um mundo que ainda não conhecia ou entendia, lutando contra um eu do passado que conhecia tudo muito bem.

Elizabeth... prometeu protegê-la e, em vez disso...

Eles estavam sozinhos na encosta de uma montanha, a centenas de quilômetros de casa.

Will precisava voltar. Ergueu o olhar, procurando se assegurar da presença dos outros. Cyprian, que estava de joelhos, se levantou e foi em direção a James, caído na terra coberta de pedras.

— Cyprian... — disse Will quando ele alcançou James e o arrastou para cima, empurrando-o contra a pedra do arco com a queda terrível atrás.

— Abra-o! Abra-o outra vez! — ordenou Cyprian.

— Ele não consegue — interferiu Will.

— Eu disse para *abrir* — insistiu Cyprian.

— Ele não consegue, olhe para ele! — disse Will.

James estava caído nos braços de Cyprian, quase sem conseguir abrir os olhos e com sangue escorrendo do nariz. Estava exausto demais até para responder com sarcasmo.

— Precisamos voltar até ela! — disse Cyprian, segurando-o cada vez mais forte.

— *Pare!* — pediu Will, e então puxou Cyprian para longe de James, que imediatamente caiu de joelhos no chão, aos tropeços, muito perto da borda proeminente. — Pare... isso não vai nos levar de volta para lá!

Cyprian emitiu um som gutural de frustração.

— Ela está presa lá — disse ele. — E Sara. E Elizabeth!

— E James é a única pessoa que pode abrir o portão! — lembrou Will, parando entre Cyprian e James. — Você vai matá-lo? Jogá-lo do penhasco?

Ele viu quando Cyprian por fim entendeu a verdade daquelas palavras. Ele pareceu absorver o entorno, o isolamento total da encosta da montanha. James, jogado perto da beira do penhasco. E Grace, ainda a cavalo, vários metros à esquerda. O ar fresco da noite fez com que o estalar de um galho sob os cascos de seu cavalo fosse alto demais.

— Então esperamos — disse Cyprian. — Esperamos aqui mesmo e, assim que James conseguir abrir o portão, voltamos.

— Nem sabemos onde fica "aqui" — disse Will. — Podemos estar...

Eles tinham sido privados de sua guerreira mais forte. Não sabiam onde tinham ido parar. O portão havia se acendido quando cruzaram? Havia lendas ali de que algo talvez acontecesse? A paisagem de repente pareceu sinistra, cheia do desconhecido.

— Olhe para o portão — disse Grace.

Ela encarava a estrutura colossal do arco, tão diferente daquela no pântano da Abadia.

Um emblema do sol estava esculpido no topo, um círculo com raios ondulantes. O arco estava intacto, diferente do arco do pântano. Era monumental, largo o suficiente para que dois cavalos passassem lado a lado. Esse pensamento era perturbador: uma procissão ao nada, e do outro lado do portão uma queda abrupta.

— O Salto de Fé — disse Grace, com voz reverente. — É assim que o Portão do Sol é chamado nos escritos antigos. Nunca tinha entendido o porquê, até agora.

No mapa estava escrito *Salto de Fé*. Will estremeceu com o novo nome. Fé, de fato: se o portão se fechasse durante a travessia, a pessoa despencaria.

— Este é o Reino do Sol — declarou Grace. — Estamos realmente aqui. Estamos realmente...

— Que barulho é esse? — perguntou Cyprian.

Um estrondo, abafado e monótono, mas conhecido, veio das muralhas quando ele tinha visto pela primeira vez os homens de Sinclair cavalgando pelo pântano.

— Cavalos! — disse Will. Todos os velhos instintos voltaram à vida. *Fique fora das estradas. Fique fora de vista. Nenhuma via é segura.* — Andem! Precisamos encontrar abrigo...!

— Me ponha de pé — disse James, a voz quase como um sussurro.

Não havia tempo para sutilezas. Ele passou o braço de James pelo ombro e o levantou. Era imaginação dele ou James estava mais leve do que no dia anterior? James quase não se sentia ali, era como se o portão o tivesse esvaziado. Com um arrepio, Will pensou na Pedra Anciã, desaparecendo no ar a cada uso.

Will passou pela linha das árvores enquanto Cyprian e Grace pegavam os cavalos, correndo sob a sombra da copa e fora da vista da estrada. Ele já podia ver pontos de luz tremeluzindo através da folhagem espessa e movendo-se ao longo das curvas da estrada, as tochas erguidas pelos cavaleiros...

— Afastem-se! — pediu Will, conduzindo Valdithar na frente de Grace e Cyprian para bloquear qualquer vislumbre pálido de seus cavalos brancos.

Um esquadrão montado trotava com precisão militar pela estrada abaixo, exatamente onde eles haviam estado. Tochas flamejantes iluminaram os dois cavaleiros da frente, que seguravam bandeiras no alto. Os que iam atrás eram mais difíceis de distinguir. Pelo menos vinte homens, usando casacas pretas, com tiras de couro no peito e mosquetes longos nas costas. Mas foi nos estandartes ondulantes que Will fixou o olhar. Carregavam um símbolo que ele havia passado a odiar.

— Os três cães pretos — disse Will, com o estômago revirado. — Os homens de Sinclair.

— Como podem já estar aqui? — perguntou Cyprian.

Will montou o cavalo e puxou James junto.

— Eles não nos seguiram. — Ao passarem, ele viu que os soldados acompanhavam duas carroças cobertas. — Já estavam aqui. — Sinclair estava um passo à frente? Já havia encontrado o que procurava no Vale Preto? — Precisamos ir agora.

À medida que as brechas nas árvores se abriam, Will ouviu sons baixos. No silêncio da noite, ruídos distantes, metálicos e arrítmicos, mas constantes. Parecia o barulho das docas, onde a indústria de mil homens se combinava em uma cacofonia de marteladas e estrondos.

— O que é isso? — perguntou Cyprian.

— Está vindo daquele penhasco — disse Will.

Havia uma luz fraca ali também, delineando a borda como um pôr do sol não natural. Os sons ficaram mais altos conforme se aproximaram.

Will gelou com a visão que se estendia abaixo dele.

Faltava metade da montanha. No lugar, havia uma enorme fortificação, iluminada pela chama vermelha de tochas que brilhavam como brasas em uma lareira. Estendia-se noite adentro, um desenterro; um fosso aberto, e dele eram parcialmente revelados portões e torres de uma cidadela escura, emergindo da montanha como uma ave de Estínfalo sombria saindo do ovo.

E o barulho... os sons que haviam ouvido...

Não eram os sons do trabalho nas docas. Eram os sons de escavação.

Picaretas e pás, sem parar, centenas de homens trabalhando noite adentro. Era uma única e vasta escavação, e a montanha reverberava com o barulho do metal atingindo a rocha.

— Sinclair está escavando metade da montanha — disse Will.

Ele sabia que Sinclair tinha escavações: o cavalheiro arqueólogo colecionando partes do mundo inteiro e exibindo os prêmios na Inglaterra. Will sabia que a arqueologia era a base da perturbadora coleção mágica de Sinclair.

Ele nunca tinha imaginado uma escavação naquela escala, um buraco sem fim na terra, consumindo a montanha.

— Por quê? O que Sinclair está procurando? — perguntou Cyprian.

Era como se a resposta estivesse na ponta da língua. Ele não conseguia tirar os olhos do buraco. Se ficasse ali, o que veria ser desenterrado? Uma forma que reconhecia, pináculos e cúpulas erguidos da terra como uma lembrança terrível que ressurgia quando todos haviam pensado que estava esquecida.

— Já foram longe demais — disse uma voz masculina, e Will se virou e viu cinco homens de Sinclair com pistolas apontadas diretamente para eles.

CAPÍTULO DEZ

— *Me soltem!*

Elizabeth tentou respirar, mas a mão pesada de um homem tapava sua boca, sufocando-a com o cheiro de terra e carne. Em pânico, ela tentou chutar e se libertar, mas seu captor a segurou com uma facilidade assustadora.

Do outro lado do pátio, Sarah estava sendo arrastada do cavalo pelos cabelos.

— *Eles não estão aqui!* — Elizabeth ouviu os homens ao redor dizerem. — *Eles desapareceram!*

Houve gritos e movimentos caóticos perto do portão.

Ela viu Violet ajoelhada ao lado da mulher chamada Duval, algo totalmente errado. Violet não se ajoelhava. Violet lutava.

— Não! — disse Elizabeth, ou tentou dizer, mas o som saiu abafado.

Quando ela voltou do portão, Elizabeth achou que Sarah estivesse sendo tola e que não soubesse montar Ladybird. Não se podia ficar tensa ou puxar as rédeas quando Ladybird estava assustada, era preciso relaxar e ficar o mais calma possível. Antes, ela tentara se aproximar para dizer isso a Sarah. Mas então os homens haviam se aproximado, puxando-a de cima de Nell, e o portão se fechara, depois viera a terrível sensação de que elas estavam isoladas ali.

Levante-se, Violet. Levante-se. Mas Violet não se levantou. Algo na sra. Duval a impedia.

— Eles não evaporaram — disse a sra. Duval. — Foram para algum lugar. — Alguns homens chegaram ao portão e o atravessaram inofensivamente, além do muro externo e entrando no pântano vazio, onde olharam em volta confusos. Sem tirar os olhos de Violet, ela pediu:

— Irmão, descubra para onde foram.

Irmão?

Um homem se postou diante de Sarah. Tinha o mesmo cabelo escuro, mas no caso dele as feições fortes eram marcadas por três cicatrizes de garras que atravessavam o rosto na diagonal. Ele se apoiava em uma bengala para andar, o que fazia mancando acentuadamente.

— Seus amigos. Onde estão?

Quando Sarah não respondeu, ele bateu no rosto dela com a bengala.

— Eu perguntei onde estão!

Sarah não falou, apenas se encolheu. Elizabeth fechou as mãos em pequenos punhos. *Levante-se, Violet. Levante-se, levant...*

— Você está os protegendo? Eles a deixaram aqui.

Ele bateu nela outra vez. Sarah soltou um som de dor, mas permaneceu em silêncio.

— Me fale, ou prometo...

A bengala ergueu-se.

— *Deixe-a em paz!*

Elizabeth cravou os dentes na mão que cobria sua boca e pisou no pé do homem que a segurava.

O homem gritou e afrouxou o aperto o suficiente para a garota escapar.

— Pare com isso! — Elizabeth voou para cima do irmão da sra. Duval, socando-o com os punhos. — Pare de bater nela!

A única reação dele foi soltar um único palavrão, então ela pegou a faca que viu sob o casaco preto do homem e a enfiou em sua coxa. Ele praguejou de novo e agarrou a própria perna.

— Sua vag...

Elizabeth continuou empunhando a faca enquanto o irmão da sra. Duval tentava cobrir o ferimento com a mão, o sangue jorrava entre seus dedos.

— *Deem um jeito nela* — ordenou ele, e Elizabeth não tinha um plano, mas talvez Violet se levantasse, talvez os outros voltassem, talvez Sarah...

Um tiro de pistola, como o som de um galho quebrando.

Tudo parou.

No silêncio que se abriu, Elizabeth se viu ofegante, com a faca escorregadia na mão. Os homens haviam se afastado dela, mas ela levou um longo momento para entender por quê.

Um homem de cabelos castanhos no limite do conflito segurava uma pistola apontada diretamente para ela. Saía fumaça. Ele havia disparado. "Deem um jeito nela", dissera o irmão da sra. Duval.

Mas ela não havia sido atingida.

Sarah, Elizabeth percebeu e suas mãos começaram a tremer. Sarah tinha se libertado para se jogar na frente do tiro. Havia caído no chão em frente a Elizabeth, com as mãos no abdômen.

— Pare de atirar! — disse a sra. Duval, e só então Elizabeth viu que havia muitos homens apontando pistolas.

Elizabeth se viu parada ao lado de Sarah, em um pequeno círculo vazio, com a faca firme nas mãos, segurando com tanta força que tremia. O sangue de Sarah se espalhava pelo chão. O homem mirava baixo, na direção de Elizabeth. A bala havia atingido a barriga de Sarah.

— Abaixe a faca ou mato o Leão — disse a sra. Duval.

Elizabeth olhou para cima e viu a sra. Duval segurando uma pistola na têmpora de Violet. *Por favor, levante-se, Violet.* Sarah parecia machucada. Muito machucada. E havia outras pistolas apontadas para Elizabeth, homens prontos para atirar nela de todos os pontos do pátio.

— Está tudo bem. Por favor — disse Sarah, embora não parecesse bem, estava sangrando, se via muito sangue. — Por favor, Elizabeth, largue a faca.

Elizabeth deixou a faca cair.

— Desculpe. Desculpe, eu não quis...

Imediatamente, ela foi agarrada de novo e afastada de Sarah, que também foi pega por um dos homens e colocada de pé, sem se importar com sua túnica manchada de vermelho.

— Joguem as meninas na carroça — ordenou a sra. Duval. — O Leão vem comigo.

Elizabeth bateu o ombro na parede da carroça e sentiu uma dor lancinante.

A carroça estava cheia de fragmentos do Salão, o máximo que os homens conseguiram agarrar naquele curto espaço de tempo. Elizabeth, jogada sobre sacos cheios de coisas, com as mãos amarradas à frente, levantou-se. E Sarah...

Sarah já estava lá dentro, deitada no canto mais afastado.

— Ela está ferida — disse Elizabeth, mas o homem a ignorou e apenas bateu a porta. — Precisa de um médico. Precisa de um médico!

O silêncio foi sua resposta. Um segundo depois, a carroça entrou em movimento.

— Sinto muito. — A voz de Sarah quase inaudível, como se ela estivesse usando toda sua força apenas para sussurrar. — Se eu não tivesse perdido o controle do meu cavalo...

Sarah não se levantava. Estava pálida e respirava com dificuldade, e havia muito sangue em sua túnica azul.

Simon mata mulheres, dissera Katherine, mas essas palavras não haviam sido reais para Elizabeth.

Na manhã seguinte ao ataque do Rei de Sombra, Sarah pegara Elizabeth pela mão e mostrara a ela os pátios e jardins com flores estranhas e lindas, um lago com carpas, um mosaico de azulejos de uma dama. Ela havia contado a Elizabeth sobre uma época em que o Salão era um lugar de conhecimento e aprendizagem, de cantos flutuantes e de uma vida simples e ordenada para os Regentes.

Os homens jogaram Sarah ali como um saco em um armazém. Elizabeth não sabia o que fazer. Havia muito sangue. Elizabeth pegou a mão de Sarah e segurou-a.

— Vamos para Ruthern. Eles vão ter um médico. E vão ter... — Ela pensou no que Katherine ia gostar. — Merengues cremosos. E geleias. E sorvetes de damasco.

— Parece ótimo — respondeu Sarah, baixinho. — Não temos isso no Salão.

Sarah era parecida com Katherine. Gostava de coisas bonitas e de fazer coisas bonitas. Sarah cuidava das flores do Salão. Gostava do prazer simples de plantá-las, regá-las e desenhá-las. *Há flores que crescem aqui que não existem em nenhum outro lugar do mundo*, dissera a Elizabeth. Então o olhar dela havia ficado triste. *Havia.*

Katherine nunca se saía bem quando coisas ruins aconteciam, como quando a cabra do sr. Billy entrou na lavanderia, e Katherine chorou por causa do vestido, sem se dar contar de que era, na verdade, engraçado. Katherine não gostava de sangue. Não gostava de armas. Teria ficado muito assustada em uma carroça no escuro.

— Não faça cara feia — disse Sarah, baixinho.

— Não estou fazendo.

— Sei que não sou muito corajosa. Mas não vou contar a eles o que você é. Nem por cima do meu cadáver.

Ela estava tão machucada que as palavras eram um sussurro.

— Cale a boca. Você sempre acha que vai morrer. Não vai morrer. Cale a boca.

Elizabeth segurava a mão de Sarah com força.

— Tudo bem — respondeu Sarah, com um sorrisinho.

Ele queria atirar em mim, Elizabeth não disse, no escuro. *Ele queria atirar em mim. Você não precisava.*

— Vou fazer com que as coisas fiquem bonitas — disse Elizabeth, apressada. — Não vou fechar a cara. Não vou estragar tudo. Vou arranjar um… um vestido da melhor qualidade para você. E vou… vou deixar você montar em Nell, ela é mais legal do que Ladybird.

— Você sabia — começou Sarah, baixinho — que fui janízara após ser reprovada no teste, mas sempre quis ser Regente.

— Sarah.

— Olhe para cima. Está vendo? Mesmo na noite mais escura…

Os dedos dela entre os de Elizabeth se afrouxaram e a luz de seus olhos se apagou. Não havia estrelas, apenas o teto da carroça de madeira acima delas. Elizabeth segurou a mão dela até que esfriasse.

Chorou por muito tempo. Então os sentimentos dentro dela tornaram-se uma espécie de tempestade.

— Ei, ajude-nos! Ajude-nos!

Ela chutou a porta, mas não adiantou nada. Eles simplesmente seguiram em frente com Sarah no canto. Seguiram por tempo suficiente para que Sarah deixasse de ser uma pessoa e passasse a ser apenas um corpo, uma coisa que teria que ser carregada quando a carroça parasse.

Ela se encostou na madeira da carroça. Pensou na Árvore acendendo e tentou fazer com que algo acontecesse. *Acenda!* Tentou com todas as forças. Mas nada mudou no espaço escuro e fechado da carroça. Sarah havia morrido protegendo o Sangue da Dama, sendo que não importava. A luz não importava. A Dama era inútil.

Finalmente, a carruagem parou.

Tinham viajado por horas. Podiam estar em Londres ou mais longe.

Ela enxugou os olhos na manga. O que Violet faria? Ela se focou em Violet. O cabelo curto e escuro e o rosto marcante. O jeito como ela puxava a espada da alça traseira com um movimento suave. Violet era forte. Violet fazia coisas.

Violet iria sair dessa.

Elizabeth respirou fundo. Os homens lá fora gritavam e provavelmente descarregavam a outra carroça. Ainda estava escuro. E chovia. Ela pensou que isso era bom. Quando terminassem de tirar as coisas, os homens estariam molhados e cansados, e ela estaria seca e descansada.

Primeiro tinha que libertar as mãos.

Violet teria apenas partido as amarras, mas Elizabeth não conseguia fazer isso, então se mexeu e tentou enfiar os dedos em um dos sacos. Tateando, sentiu algo redondo e plano, feito de porcelana, que ela quebrou e apoiou, usando-o para serrar a corda que amarrava os pulsos.

Precisava passar pelos homens do lado de fora. Como Violet faria isso? Elizabeth se lembrou de Violet balançando o escudo no pátio. Tateou mais fundo no saco até encontrar algo pesado. Era um ferro de chaminé.

Ela se agachou no escuro, segurando-o, enquanto os homens se movimentavam do lado de fora. Depois de um tempo, a atividade e as vozes desapareceram, junto com o tilintar dos arreios e os sons dos cavalos. Então a porta se abriu.

Elizabeth balançou o ferro de chaminé.

Usou os dois braços e jogou todo o corpo nele, meio que esperando que atingisse os joelhos ou a barriga, mas a altura da carroça fez com que ela acertasse a cabeça do homem, que soltou um som, cambaleou e caiu, em um tombo lento, quase cômico. Não se levantou.

Ela correu, abaixando-se para evitar as mãos que nunca tentaram agarrá-la, sem ser vista ao correr pelas portas duplas do estábulo e entrar em um pátio. Sem diminuir o passo, viu a saída.

O pátio era amplo e escuro, e ela corria entre as rodas, os chassis e as pernas que circulavam perto da porta da estalagem. Havia um conjunto de portões que dava para fora, guardado por um vigia que vestia um fraque comprido e surrado, e com o cabelo emaranhado que caía em mechas sobre o rosto. Se ela continuasse correndo rápido, poderia passar pelo guarda, que obviamente não era muito bom em seu trabalho. Conversava com uma criada da cozinha em vez de vigiar o portão.

Enquanto ela corria, uma porta se abriu na parte de trás da estalagem. Homens saíram correndo com lanternas, gesticulando para que se movessem rápido, em direção a uma carruagem recém-chegada, brilhante e preta, com três cães pretos pintados nas portas.

Elizabeth parou de correr.

As sapatilhas de uma jovem desciam da carruagem. Ela conhecia aquelas sapatilhas. Vinham do sapateiro Martin's, seda branca com uma minúscula rosa bordada. Haviam contado para ela todos os detalhes deles: a qualidade da seda, e como a rosa tinha até mesmo pequenas folhas verdes bordadas, e como eram extremamente *à la mode*, que significava *na moda*.

Os olhos de Elizabeth ficaram cada vez mais arregalados.

Foi como uma cena saída da memória. O sr. Prescott oferecia a mão para ajudar a jovem a desembarcar, tal como fizera nas estalagens durante a viagem de Hertfordshire a Londres. Aquelas eram as pérolas e as luvas que Simon tinha enviado durante o noivado, deixando toda a casa em alvoroço. Aquele era o penteado que Annabel havia levado cinco semanas para aprender, chamuscando os dedos em ferros quentes enquanto enrolava o cabelo molhado em tiras de papel.

E a jovem, usando um vestido de prímula e um chapéu novo do qual caíam cachos dourados, emoldurando um rosto oval e grandes olhos azuis, que Elizabeth reconheceria em qualquer lugar.

— *Katherine?*

CAPÍTULO ONZE

— Bem-vinda ao Cabeça de Touro, lady Crenshaw.

Visander olhou em volta para a estalagem suja, lotada e sufocante, fedendo à bárbara prática humana de queimar carne animal e consumi--la. O chão de tábuas estava incrustado de graxa. Visander sentiu a bile subir pela garganta. A passagem de uma chaminé destacava-se na parede nua, toda preta por causa da fuligem das árvores queimadas. Os homens estavam agrupados ao redor do fogo, jogando a cabeça para trás e gargalhando. Nas mesas mais próximas da porta, ele viu barbas brilhando com gotas de cerveja, outro cheiro que impregnava o cômodo.

— *Você espera que eu acredite que um amigo meu está esperando neste lugar fedorento e sujo?*

Ele ergueu o braço para cobrir a boca e o nariz.

— Seja paciente — disse Prescott, ao lado dele.

A falta de consciência dos humanos era surreal. Como cordeiros calminhos, não temiam ameaças. Não estavam em alerta nem havia abrigo próximo. Não existia preocupação alguma além de se saciar, rir e gritar trivialidades. Isso o deixava irritado.

Percebeu que estava preparado para a guerra, para o som da corneta sombria e para a morte alada vinda de cima, o ataque de sombra que sempre acontecia. Lembrou-se dos campos de Garayan, dos cadáveres apodrecendo nas armaduras, do céu preto com pássaros carniceiros até onde a vista alcançava.

E Sarcean, sempre Sarcean, cujos sussurros sombrios assombravam seus sonhos.

Visander foi tomado pelo desconforto. Aquele mundo estava repleto de humanos que pareciam nada saber sobre a guerra, que nunca tinham fugido com o fluxo constante para o feiticeiro mais próximo porque a magia era a única coisa que conseguia conter as sombras, mesmo quando os feiticeiros caíram, um por um.

Tinha que acreditar que o plano de sua rainha havia funcionado, que ele havia acordado no momento e no lugar certos para deter Sarcean, que não havia ocorrido, em vez disso, alguma falha terrível que o deixara preso em um mundo humano e em uma forma humana frágil. No entanto, sempre que olhava para os humanos, seu pânico sufocante e claustrofóbico crescia, como a terra preenchendo o pequeno espaço apertado em seu caixão.

— Acredito que um amigo nosso está esperando. — disse Prescott.

— Essa é a minha deixa para beber — murmurou Phillip, indo em direção à cerveja enquanto o estalajadeiro os direcionava para a terceira porta no final do corredor.

O cômodo era pequeno e escuro, como se os humanos fossem uma raça que se dedicava a cavernas sombrias. Era feito para dormir: havia uma cama, uma pequena escrivaninha, uma lareira. O fogo consumia o que restava da única lenha, e as brasas brilhantes e uma pequena luminária forneciam a única luz do cômodo.

Lá dentro ele viu um menino humano, com uma boina puxada até a testa, sentado em uma cadeira acolchoada em frente à lareira e lendo um livro de capa azul que ele fechou, virando-se e levantando-se ao ouvir a porta se abrir.

Era jovem, por volta dos quinze anos, com membros finos e feições marcantes. O cabelo era branco, apesar de ser jovem. A pele era muito pálida.

Não era um amigo. Não era alguém que Visander conhecia. Visander abriu a boca para dizer isso.

E então seus olhos se encontraram. O garoto pálido franziu a testa para ele, como se fosse um estranho, depois parou, com os olhos se arregalando em choque à medida que parecia ver além do corpo de Visander, capturar sua verdadeira essência.

E foi algo nos olhos dele, aqueles olhos incolores com um toque de azul, que fez Visander o reconhecer também, embora só os tivesse visto com a pupila horizontal.

Era ele. Visander o reconheceria em qualquer lugar. Em qualquer época. Em qualquer forma.

Antes mesmo que a porta se fechasse, Visander estava atravessando o cômodo para dar um abraço forte no garoto.

— Indeviel.

Ele estava ali. Quente, de carne e osso, real e presente. O alívio foi extraordinário; caiu sobre ele como uma onda. Visander dizia palavras de felicidade, de gratidão; todas saíam de seus lábios sem que ele pensasse.

— Você está vivo. Você está vivo. — Podia sentir seu mundo restaurado no calor do corpo de Indeviel contra o seu. — Eu o encontrei e estamos inteiros de novo.

O menino emitiu um som abafado e, com um violento espasmo de movimento, arremessou-o para longe.

Chocado, Visander apenas olhou para ele. O menino o encarava com as pupilas escuras.

— Indeviel...

O peito do menino subia e descia rápido, o corpo tensionado para fugir. Visander nunca tinha visto aquela expressão no rosto dele.

— Não me chame assim — disse o menino. — Este não é meu nome.

— Não é seu nome?

— Meu nome é Devon. E você... você não é...

O garoto, Devon, estava afastado de Visander como se fosse sair correndo.

— Indeviel, sou eu, Visander — disse ele. — Seu cavaleiro.

Os olhos claros de Devon olhavam para além do rosto, sua pele branca chocantemente pálida, como a de um fantasma.

— Sei que devo parecer um estranho para você, assim como você parece para mim, mas...

Era verdade que a forma de Devon era estranha, apoiado em duas pernas e falando palavras humanas, mas havia a essência dele, era a mesma, como envolver os braços em volta de um pescoço branco e curvo.

— Você morreu — disse Devon.

Foi a primeira vez que Devon pareceu reconhecê-lo, e ele deveria ter sentido uma onda de alívio.

— E voltei, como prometi — confirmou Visander. — Este lugar... foi terrível acordar aqui e pensar que eu estava sozinho. Deve ter sido igual para você, sem mim, por anos...

Em vez de falar, o menino começou a rir, um som horrível.

— Anos? — disse ele, com uma voz ultrajada.

— Devon. — Visander pronunciou o nome desconhecido, e pareceu tão errado quanto o distanciamento físico entre os dois. Devagar, com cuidado, ele disse: — O que foi? Qual é o problema?

— Qual é o *problema*? — O som daquela risada terrível ecoou nos ouvidos de Visander. — Anos? Você acha que foi só isso? Acha que se foi como um homem que sai por um momento e é saudado como um amigo há muito perdido ao retornar?

— Quanto tempo? — Ele se lembrou com uma sensação oca e vazia do mundo humano que ele tinha visto se estendendo infinitamente a seu redor ao descer da carruagem. — Quanto tempo eu estive fora?

— Você morreu — disse Devon. — Depois todo mundo morreu. E veio um grande silêncio em seguida; o silêncio da podridão, do vazio e da decadência. E, na longa marcha do tempo sem fim, areias cobriram as grandes cidades, mares engoliram construções e humanos sufocaram todas as partes deste mundo.

De repente, o quarto pareceu pequeno demais, as paredes se fechavam em volta dele, o persistente gosto de terra da sepultura enchia a boca de Visander.

Ele sabia... sabia que tinha morrido e acordado. No entanto, a maneira como Devon o encarava... Visander estava chocado com quanto tempo havia se passado. Um mundo cheio de humanos, alheios aos perigos da guerra. Um mundo sem imagens ou sons que ele conhecia, e sem nenhuma centelha de magia.

— Então quem restou?

— Eu — respondeu Devon. — Sou tudo o que resta.

Visander se lembrou de estar ajoelhado perto de um riacho salpicado de sol, pegando a água refrescante, quando sentiu algo atrás dele. Ao olhar para cima, tinha visto uma criatura tímida observando, com pescoço arqueado e crina sedosa, um jovem potro. Os olhos deles se encontraram; assustado, um lampejo prateado, e ele desapareceu.

Semanas de vislumbres, visitas secretas, incapaz de pensar em outra coisa até o primeiro toque significativo. Ele se lembrou do pescoço macio e branco sob suas mãos, da admiração quase vertiginosa que sentiu por poder tocar algo tão puro, do modo como aqueles cílios brancos haviam baixado de prazer, do focinho sedoso fazendo cócegas em sua bochecha, depois se aninhando em seu pescoço...

— Não pode ser.

Um menino pálido em um quarto pequeno e sujo, vestido com roupas humanas toscas e usando pele de animal nos pés. Devon recuou, pondo-se contra a parede oposta como que por instinto.

Visander estendeu a mão para tocá-lo.

— Meu corcel, eu...

— Pare — disse Devon. — Não sou mais aquele potro que brincava de amor numa clareira. Não vou inclinar a cabeça para sua rédea nem morder seu freio.

O rosto branco de Devon estava frio como a neve, seus olhos pareciam lascas de gelo claras. Visander sentia-se tonto.

— Mas você trabalha com esses humanos. Por quê?

— Porque eles vão trazer o mundo antigo de volta.

— Trazer de volta? Como?

— Reerguendo o único que pode.

— Não — disse Visander.

Foi como se o fosso escuro da masmorra se abrisse a seus pés, um grande abismo sem fundo. Ele se lembrou das sombras varrendo o campo em Garayan, as luzes se apagando uma por uma. Mas sempre tivera Indeviel a seu lado. Agora... havia uma nova expressão terrível nos olhos de Devon que nunca existira antes.

— Quem mais tem o poder de refazer o mundo a sua imagem? De restaurá-lo ao jeito que deveria ter sido?

— Não — disse Visander. — Não acredito nisso.

— Ele se levantará e expulsará todos os humanos desta terra. — respondeu Devon.

Enquanto falava, Devon tirou a boina da cabeça, revelando o toco disforme no meio da testa. Visander sentiu uma náusea violenta ao olhar para a profanação que nem mesmo Sarcean sonhara infligir. Imaginou Indeviel caído, sozinho e com medo, enquanto seguravam sua cabeça no lugar e serravam o chifre.

— Você viu o Palácio do Sol cair — disse Devon. — Eu vi o mundo escurecer, até que apenas a Chama Derradeira ardesse. Acha que a guerra foi a parte difícil? A guerra foi nada; não como a longa escuridão que se seguiu, o latido dos cães e a caça, nosso mundo virando pó, até que restasse nada além de humanos, e eu jurei que, se tivesse outra oportunidade, lutaria no lado oposto.

Um unicórnio lutando por Sarcean. Um horror visceral subiu pela garganta de Visander... o quarto estava ficando menor? Menor e mais escuro, como o interior de uma caixa de madeira.

Como se, pela primeira vez, enxergasse o menino diante dele, duas pernas em vez de quatro, roupas humanas abotoadas até o pescoço que já exibira uma curva branca e pura, cabelos incolores em vez daquela longa crina em cascata, e o toco machucado no meio da testa onde deveria estar seu chifre longo e perolado.

A vista era tão errada que Visander sentiu o cômodo começar a desaparecer.

— Passou tanto tempo a ponto de esquecer? O que ele era? O que ele fez?

Visander olhou para Devon como se olhasse um estranho pálido.

— Você não pode lutar contra ele. Chegou tarde demais — disse Devon, em vez de responder.

— Indeviel, *o que você fez?*

Ele avançou e agarrou Devon pelos ombros magros, mas se pegou encarando um rosto beatificamente passivo, olhos claros que o encaravam com total convicção.

Visander só conseguia pensar em uma coisa capaz de ter causado aquilo: o rosto lindo e frio de Sarcean, seus olhos cheios de uma terrível diversão.

Ele fez um apelo desesperado.

— Não precisa lutar pelas Trevas. Pode vir comigo. Você é um *unicórnio.*

As palavras não tiveram impacto algum. Como Indeviel poderia ter ficado tão fora de alcance, um menino intocável de cabelos brancos, que parecia estar a mil anos de distância?

— Não tem para onde ir — disse Devon. — São apenas humanos, até onde os olhos podem ver.

O abismo em Visander aumentou e, de repente, o quarto se tornou um pequeno caixão de madeira, no qual ele sufocava, com o gosto de terra na boca.

— Você não se lembra do nosso juramento um ao outro? A promessa que fizemos antes da Longa Cavalgada?

Devon o encarou com os olhos arregalados, como se aquilo o surpreendesse, quando muito pouco ainda o surpreendia.

— Não — respondeu Devon. — Não lembro.

CAPÍTULO DOZE

— *Mate-os! Esse aí é um Regente!*

— *Um Regente? Simon pagará generosamente.*

— *Qual é a ordem, capitano Howell?*

— *Traga-os aqui.*

O capitão dos soldados de Sinclair falava o italiano de uma criança. Era jovem para aquele cargo, um inglês em torno dos vinte e oito anos, com uma postura rigidamente ereta, cabelo louro-palha e olhos claros. Usava o uniforme de oficial, com uma fileira dupla de botões de latão. Mas o casaco era preto em vez de vermelho, como se Sinclair mantivesse um exército próprio. Um homem das classes altas, pensou Will.

Os homens que o acompanhavam eram em sua maioria moradores locais, pela aparência e pelo modo de falar. Will havia aprendido o pouco italiano que falava em trechos do dialeto dos marinheiros napolitanos que farreavam nas margens do Tâmisa, ou dos poucos piemonteses que acabavam em Londres, relembrando as glórias já muito perdidas nas batalhas contra Napoleão.

Mas ele entendia o cano do mosquete em seu rosto e as palavras: "Mexa-se e atiramos." Will contou pelo menos cinquenta homens, todos armados. Muitos para pensar em resistir, mesmo ao ser pego com força por um deles.

Da última vez que fora capturado pelos homens de Simon, Violet o tinha resgatado.

Era difícil não pensar nisso. Podia imaginá-la dizendo: *Tive todo aquele trabalho para fazer você passar pelo portão só para ser capturado do outro lado?* Ele tinha que dar um jeito de voltar para ela. Ainda que tentasse pensar, sentia a dolorosa realidade de que aquela captura os estava afastando ainda mais do portão.

Cyprian foi arrastado para a frente.

— Sabemos o que fazer com Regentes.

Isso foi falado em um inglês com sotaque forte. O morador local que falou segurou o queixo de Cyprian com força.

— Solte-o.

Quase colapsando, James se apoiava apenas com uma das mãos no tronco de uma bétula. Sua exigência causou uma explosão de risadas zombeteiras do homem que segurava Cyprian. Ele não o soltou, mas, em vez disso, deu uma série irritante de tapinhas, não exatamente esbofeteando, no rosto de Cyprian. Com um olhar de diversão, o capitão Howell olhou de cima de seu cavalo para James.

— E quem é você?

— Meu nome é James St. Clair. — James conseguia demonstrar uma quantidade surpreendente de arrogância para alguém que estava prestes a cair. — E se não os deixar ir, responderá perante o lorde Crenshaw.

Um som de desdém do Capitão Howell.

— Lorde Crenshaw?

Mas um ou dois dos outros homens trocaram olhares. *Il premio di Simon,* Will ouviu e notou alguns lampejos de medo.

Não sabiam que Simon estava morto. A notícia não tivera tempo de chegar até eles. Will e os outros chegaram em um instante, mas todas as mensagens enviadas de Londres ainda viajavam lentamente pelos Alpes. Outra onda de desorientação. Passar pelo portão era quase como voltar no tempo, para um lugar onde Simon ainda estava vivo e no poder.

O Capitão Howell não ficou intimidado nem impressionado.

— Mostre sua marca.

— Se sabe quem eu sou, sabe que não tenho uma — retrucou James.

— Que conveniente — disse o Capitão Howell, já gesticulando para o homem que segurava Cyprian. — Leve-o, Rosati.

Rosati, um homem mais velho, com cabelos escuros e a pele marrom comum na região, estava hesitante.

— Se ele realmente for o Tesouro de Simon... — falou Rosati em um inglês com sotaque.

— Não é — respondeu o Capitão Howell.

Rosati pegou James pelo braço com muita apreensão. Quando não pegou fogo, nem se transformou em sapo nem sucumbiu a qualquer doença mágica de imediato, Rosati pareceu ficar mais confiante, tornando-se mais grosso no tratamento.

— Mexa-se!

Hai ragione. È solo un ragazzo, Will ouviu atrás de si. A confiança dos outros moradores locais também pareceu aumentar.

— Vai se arrepender disso — disse James.

— Será? — Howell pareceu achar graça. — Vá na frente até a escavação e avise o supervisor Sloane que temos prisioneiros — disse ele para Rosati, que empurrou um James debilitado para dentro da carroça.

A escavação. Will sentiu um arrepio e suas mãos foram amarradas às costas com firmeza. Ele podia sentir, a forma sombria que eles tinham visto sair da montanha. *Tem alguma coisa naquelas colinas.*

— Quero uma dúzia de homens para vasculhar a área. Se vir alguém, se vir um único bandido farejando um tesouro, quero saber.

Howell examinou a escuridão conforme Will foi jogado atrás de James e Grace na primeira das quatro carroças de suprimentos. Ele se viu esparramado entre blocos de mármore preto.

— Regentes! De onde vieram? Não ouvimos nada dos batedores.

O sotaque compreensível e de classe alta do Capitão Howell soou do lado de fora.

— Não... não acha que eles encontraram um jeito de abrir o portão? Sloane disse... — respondeu Rosati, com a voz inquieta.

— O portão é um mito — cortou o Capitão Howell. — Os Regentes são de carne e osso. Não podem aparecer do nada. Você pode por acaso?

Houve um terrível som de impacto. Então outro. Cyprian foi jogado na carroça alguns minutos depois, caindo desajeitadamente, com as mãos amarradas às costas. Mesmo na penumbra, dava para ver os hematomas em seu rosto, que estava molhado de sangue e saliva. O tecido da túnica estava manchado de sangue, o que deixou sua estrela vermelha. Quando se levantou, os olhos verdes dele estavam fixos em James, cheios de raiva, com alguma coisa dolorosa por baixo.

— Era assim que você tratava Marcus? — perguntou Cyprian.

Os olhos de James estavam turvos, mas os lábios se abriram e Will de imediato o chutou.

— Seja lá o que esteja prestes a falar, não fale. — E então: — Aqui. Limpe na minha jaqueta.

Cyprian pareceu humilhado, mas limpou a saliva do rosto, um processo desajeitado por não conseguir usar as mãos.

— Precisamos voltar ao portão e encontrar Violet — falou Cyprian, com o maxilar machucado e o lábio cortado.

— O supervisor.

A cabeça de James descansou no mármore preto atrás dele; suas palavras eram pouco mais que uma respiração.

— Ele é um homem chamado John Sloane. Vai verificar quem eu sou. Ele me conhece. — James estava com os olhos fechados. — Vou nos tirar dessa.

O lábio cortado de Cyprian se curvou quando a carroça deu um solavanco e começou a se mover.

— Sim, vender-se para Simon provou ser muito útil.

Os olhos de James se abriram, duas fendas sombreadas por cílios.

— Você se acha tão...

— Já chega, vocês dois — interrompeu Will. — Discutir não vai nos tirar daqui.

A carroça estava descendo a colina ao longo daquele antigo caminho na montanha, um trajeto acidentado cheio de gritos e o som dos cascos dos cavalos lá fora.

— Sabe alguma coisa sobre isso? — Ele voltou os olhos para Grace, que havia falado algo a respeito no Salto de Fé. — Sobre onde estamos?

— O Reino do Sol. Foi o primeiro dos quatro grandes reinos a cair — explicou ela, enquanto a carroça avançava chacoalhando. — Há registros em latim no Salão, transcrições de histórias orais da região durante a época romana, quando o Rei das Trevas estava morto havia milhares de anos. *Finem Solis.* Fim do Sol. Quando o Palácio do Sol caiu, uma grande escuridão cobriu a terra. Eles chamaram aquele dia de...

Undahar.

— ... o Eclipse.

As palavras penetraram nele, e com elas floresceu uma terrível consciência a respeito da escavação de Sinclair, todos aqueles homens cavando fundo na terra, procurando na montanha algo que não deveria ser encontrado.

— A sede de seu poder — disse Grace. — Ele governou de lá, enviando exércitos sombrios para atacar os outros reinos. Com o fim do Rei do Sol, ganhou um novo nome...

Undahar.

— O Palácio Sombrio — completou Will.

Ou pensou ter dito. Sentiu um tremor estranho, como se o chão crescesse e latejasse.

— O Palácio Sombrio? — perguntou James.

— O que é? — questionou Cyprian.

Uma risada ofegante, marcada por amarga ironia e exaustão.

— Ai, Deus — disse James. — Eu morri aqui. Foi o que Gauthier disse. Você não lembra?

— *Will* — chamou alguém.

— Rathorn matou o Traidor nos degraus do Palácio Sombrio. **Se é** mesmo o que Sinclair está escavando, nós...

— Will!

A mão de Grace estava em seu ombro, sacudindo-o. Não, **essa não** era a fonte do tremor. O chão não estava firme. Ele disse:

— Tem... uma coisa...

Uma guinada para a esquerda jogou todos para o lado. Outra. Relinchos... eram os cavalos, com os homens gritando com eles e uns com os outros.

— *Fiquem onde estão!*

Outro puxão da carroça.

— O que está acontecendo? — perguntou Grace.

— Não sei — disse Cyprian.

Havia granizo atingindo o vagão? Não, eram pedras, como se alguém tivesse atirado de cima um punhado de pedras, desalojadas porque a montanha tremia. Will podia sentir o estrondo sobrenatural, profundo; bem no fundo da escuridão. Algo embaixo deles estava se abrindo...

— Will? — Ele ouviu distante. — O que foi?

— Pare — disse Will, ou tentou dizer.

A terra ondulou como um lençol, jogando a carroça para cima, para então ir ao chão de novo. E então explosões de cada lado deles, como explosões de canhões. Pedra batendo em pedra.

— *Desmoronamento!* — gritavam os homens.

Uma cascata; o ar tremeu e pedras caíram como corpos celestes, pulverizando-se enquanto, dentro da carroça, Will e os outros eram jogados de um lado para o outro nos blocos de mármore preto.

— *Pare.* — Ninguém o ouviu por causa dos gritos e estrondos do lado de fora. — *Pare!*

A montanha inteira estava tremendo. Um solavanco o fez cair para a frente. Um segundo depois, um pedaço de granito cortou o canto da carroça e ele vislumbrou o lado de fora. Viu cavalos empinando, tochas caídas e acesas, rostos de homens distorcidos pelos gritos enquanto pedras caíam como cometas, como estrelas cadentes.

— *PARE!*

Houve silêncio após o toque de comando. Ele estava enroscado, segurando as cordas que prendiam suas mãos, ofegante.

O chão estava imóvel. O chão estava imóvel, mas o poder que havia causado aquilo... aguardava, ainda mais sinistro em seu silêncio. *Você está aqui*, parecia dizer. *E eu estou esperando você.* Will ergueu os olhos bem a tempo de ver Howell jogando a lona sobre o teto estilhaçado da carroça, bloqueando sua visão.

Will virou-se imediatamente para os outros. Foi tomado pelo medo. Eles tinham ouvido? Eles tinham ouvido o...?

Os outros estavam se levantando, esforçando-se para entender o que estava acontecendo, a queda das rochas fazia barulho demais para que o grito dele fosse ouvido.

— O que foi isso? — perguntou Grace. — O que foi...?

Ele podia ouvir trechos de falas em italiano vindos de fora da carroça, ordens para posições serem retomadas e que as coisas fossem colocadas de volta na estrada. Era terrível não poder ver o lado de fora.

— Posso ouvi-los lá fora. Eles não sabem o que está acontecendo — comentou Grace.

— Foi um terremoto — disse Will.

A certeza em sua voz era um erro. Ele deveria parecer tão incerto quanto os outros. Não estava pensando direito, sua cabeça girava. Will cerrou os punhos, lembrando-se do tempo que havia passado nas docas escondendo a cicatriz na mão. *Não. Não deixe que vejam nada.* Mas não pareceram notar o deslize, continuaram a conversar entre si.

— Talvez sejam comuns nesta região — comentou Cyprian. — Devemos ficar alertas para tremores secundários.

Não haverá nenhum. Ele não disse em voz alta desta vez. Esse conhecimento inato parecia perigoso e errado.

— Vai! — disse uma voz de fora, e a carroça ganhou vida.

O caminho montanha abaixo foi lento. Eles pararam e recomeçaram várias vezes, pois a estrada estava cheia de pedras e galhos que precisavam ser retirados. A tempestade subterrânea havia terminado, mas a sensação de que algo terrível estava se aproximando ficava mais forte. *Estou esperando você*, parecia sussurrar. E os sons da escavação, que inicialmente eram um eco distante, tornaram-se cada vez mais altos, à medida que as ferramentas de metal batiam nas rochas repetidas vezes. Quando a carroça enfim parou, uma cacofonia os cercava por todos os lados.

As portas se abriram. Ele meio que esperava ver um palácio imponente, sombrio e lindo, em um festejo de boas-vindas. Mas ficou chocado ao encarar um túnel claustrofóbico coberto de lona. Os sons de escavação se somaram ao ambiente, como se estivessem sepultados em pedra no subsolo, tentando abrir caminho para sair com picaretas que causavam pouco impacto. As lanternas penduradas no teto eram modernas, e espalhados no chão havia aglomerados de terra e pedras, que tinham caído do teto durante o terremoto.

— Os homens estão assustados. Ninguém quer deixá-los entrar — dizia Rosati ao Capitão Howell, falando em voz baixa sob uma das lanternas. — Culpam os recém-chegados pelo que aconteceu. Estão dizendo que o terremoto é obra dos Regentes...

— Chame Sloane. Diga a ele que tenho prisioneiros.

O Capitão Howell tirou as luvas de montaria.

Um homem em torno dos quarenta anos chegou assim que Will foi retirado da carroça. *John Sloane*, pensou Will. *O supervisor.* Com um colete rígido, uma jaqueta azul-escura de cauda longa e um penteado escovado para a frente, Sloane parecia fazer parte de um presunçoso escritório inglês de escrituras, e não de um acampamento iluminado por tochas.

— Não tenho tempo para lidar com bandidos capturados, capitão — dizia Sloane, com um aceno de mão, como se sua mente estivesse em outro lugar. — Há colapsos e desmoronamentos por toda a escavação.

— Estes aqui não são bandidos — explicou Howell. — São Regentes. Com um garoto que afirma ser James St. Clair.

— St. Clair! Isso é um de seus lapsos? Acha que uma carroça poderia conter aquela criatura? — Sloane fez uma expressão de desgosto. — Eu o conheci em Londres. Pode ter um rosto de amante, mas tem um coração de monstro; arrancaria a carne de seus ossos se você olhasse para ele.

— Sloane — disse James.

Emergindo da carroça, James parecia em cada centímetro seu eu habitual, exceto pela cor, mais pálida do que o normal, e pelas mãos amarradas à frente. John Sloane empalideceu, uma estátua congelada com a boca aberta. Parecia um homem diante de um pesadelo.

— Lembro de ter conhecido você em Londres também — disse James.

— Desamarre as mãos dele. Desamarre as mãos dele! Rápido! — ordenou Sloane.

— Mas *signore* Sloane...

— Eu disse para *desamarrar as mãos dele!*

O soldado mais próximo da porta estava se atrapalhando com a faca ao usá-la para cortar a corda que prendia os pulsos de James.

— Senhor St. Clair, sinto muito. Não recebemos mensagem alguma. Nenhuma notícia de que você estava vindo.

Sloane estava em parte curvando-se e em parte retorcendo as mãos.

— Estou vendo — disse James, e colocou casualmente a mão livre na lateral da carroça.

— E... e onde está o lorde Crenshaw?

Os olhos de Sloane dispararam para a carroça, como se Simon pudesse aparecer a qualquer momento. Ele parecia assombrado.

— Simon estará aqui em duas semanas. Para examinar seu progresso pessoalmente.

— Achávamos que estávamos dentro do cronograma — balbuciou Sloane. — Enviamos mensagem na semana passada; estamos perto, descobrimos vários...

— Então não tem nada a temer — interrompeu James.

A mão na carroça era a única coisa que o sustentava. Will sentiu um aperto no estômago, mas Sloane estava apavorado demais para notar.

Apenas o Capitão Howell parecia cético, estreitando os olhos para James.

— Por que não soubemos que ele estava vindo? Por que ele não tem bagagem? Por que seu companheiro está vestido como um Regente?

Os olhos azuis de James se ergueram para ele.

— Capitão Howell, por favor! Minhas desculpas, senhor St. Clair, meu capitão não sabe o que está dizendo...

— Tudo bem, Sloane — disse James. — Seu capitão quer apenas uma demonstração.

A expressão do Capitão Howell mudou. O rosto ficou vermelho e depois se tornou um tom mais escuro. Ele abriu a boca, fazendo uma careta, mas não disse coisa alguma. As mãos foram até o pescoço. Ele se engasgou, tossindo, agarrando o pescoço, como se tentasse arrancar dedos que não estavam ali.

Will sentiu o rosto corar, a propagação lenta e quente que sentia toda vez que James usava seu poder, misturando-se confusamente ao latejar em sua cabeça. O Capitão Howell estava na ponta dos pés, como se tivesse sido içado. O rosto estava muito roxo, e os engasgos eram desesperados, guturais. Will estendeu o braço para deter Cyprian, segurando-o com a mão em seu ombro.

— Ele o *está matando* — declarou Cyprian.

— Não — Will se ouviu dizer. — Leva muito tempo para estrangular alguém.

Sloane também tinha dado um passo adiante sem razão. Mas não interveio, seguindo os sinais de James, seus olhos passando de James para Howell e vice-versa.

— Estamos cansados da estrada e fomos incomodados por seus homens — falou James, para Sloane, casualmente, sua expressão serena enquanto atrás dele Howell sufocava até a morte. — Espero que possa nos mostrar aposentos?

— C-claro — afirmou Sloane, rindo, nervoso. — Dormimos em tendas, mas restauramos vários cômodos da cidadela... Se isso lhe convier, sim?

— Convém.

James seguiu Sloane, com Will e os outros atrás dele. Apenas ao passarem por ele, Howell enfim foi libertado, caindo de joelhos atrás do grupo, arquejando em desespero.

A escavação à luz de tochas era uma confusão de tendas, fortificações e passarelas de tábuas sobre trincheiras. Estruturas de pedra semiescavadas surgiam da escuridão, repletas de andaimes. Nas trincheiras, as picaretas subiam e desciam em ritmo contínuo.

Sloane os acompanhou através de várias passarelas até uma tenda, uma das muitas montadas no extremo leste da escavação, parte de um quartel onde os trabalhadores dormiam na terra dura. Sloane acenou para eles.

— Estas são as tendas dos trabalhadores, para a classe servil. Seus homens podem dormir aqui.

Will sentiu a mão de James pousar em sua nuca, os dedos enrolando-se em seu cabelo, um gesto de possessão com significado inconfundível.

— Este aqui fica comigo.

Will corou, o sangue quente nas bochechas. Nunca havia compartilhado um quarto com James. Havia dois quartos na estalagem de Castleton. Ficar com James era uma péssima ideia.

Sloane olhou com nervosismo de um para o outro.

— Sim, claro, *Anharion*.

Ele levou Will e James para uma das estruturas de pedra, onde parou diante de um conjunto de portas, abrindo-as para que os criados entrassem para acender lanternas e colocar tochas nos dois candeeiros verticais do lado de dentro das portas.

— Estes serão seus... aposentos compartilhados.

Era perturbador ver que os aposentos tinham feito parte de um edifício da antiga cidadela. Três degraus abaixo, um conjunto de arcos sustentados por seis pilares que se enroscavam em formas incomuns, adornadas com entalhes que ele não conseguia distinguir. Enquanto os criados distribuíam roupas, cobertores, água e copos, Will viu que o quarto era mantido aquecido por uma fogueira feita de troncos de bétula cortados das colinas que os cercavam. Encostada ao longo da parede oposta, a cama pelo menos era tranquilizadoramente moderna, um modelo inglês de dossel com cortinas drapeadas e cabeceira.

— Uma presunção, mas... — Sloane sorriu. — talvez *Ele* tenha dormido aqui.

Will sentiu James enrijecer, mas tudo o que fez foi dizer:

— Deixe-nos a sós.

— Com certeza.

Sloane fez uma reverência e saiu.

No instante em que a porta se fechou, James desabou. Will, que já estava preparado, segurou seu peso e o conduziu até a cama. A condição de James era pior, muito pior do que no Salão.

Will afastou as cobertas e o deitou no colchão, tirando rapidamente o frasco contendo as águas de Oridhes. Os lábios de James se abriram e sua garganta correspondeu quando Will inclinou o frasco, e, depois de longos segundos, os olhos de James se abriram ligeiramente, um brilho azul sob os cílios dourados. Ele estava respirando com mais facilidade, olhando para Will com uma atenção oscilante.

— Eu disse que faria com que entrássemos — disse James.

— E você fez — respondeu Will.

Sentado na cama ao lado dele, Will olhou para James, com a camisa e o lenço desarrumados, mechas caiam do penteado em seu cabelo perfeito que pareciam convidar o toque de um dedo.

Seu alívio pela recuperação de James quase se transformou em palavras. *Você conseguiu*, queria dizer. *Por mim. Sou grato*. Uma parte mais profunda de si estava mais satisfeita do que deveria com o quanto James havia se esforçado. *Por mim*, sussurrou também. *Você se esgotou. Me deu tudo que tinha.*

— Seu Leão está vivo — disse James. — Sinclair não teria enviado a sra. Duval se quisesse apenas matá-la.

James estava tentando tranquilizá-lo; semimorto, e ainda tentava provar seu valor. O Rei das Trevas já o tinha visto assim? Será que James sequer sabia que estava fazendo isso?

Mas Violet não estava lá e nenhuma tentativa de acalmá-lo podia superar essa dolorosa distância. Ele não conseguia esquecer que o portão o havia cuspido ali com James, isolando-o de Violet e Elizabeth, como se o separasse daquelas que tinham mais chances de o manterem na luz.

— Apenas descanse — disse Will. — Conversamos amanhã.

Ele se levantou, pegou uma almofada e um cobertor e jogou-os no longo assento por ali, planejando dormir nele. Quando se virou, James o estava observando da única cama do quarto.

— Tímido? — perguntou James.

Will colocou a mão nas costas do assento comprido.

— Vou dormir aqui.

— Ele não vai matar você só por se deitar ao meu lado — comentou James.

— Quem não vai?

— Você sabe quem. Meu mestre ciumento.

Ele não estava falando de Sinclair. Estava falando de outra figura cuja sombra se estendia de um passado distante.

— Acho que ele poderia muito bem matar alguém por esse motivo.

As palavras simplesmente saíram.

— Então fique onde está.

Havia um azul mordaz sob os cílios dele. Will parou, inspirando e expirando. Então deliberadamente tirou a jaqueta e o colete, ficando apenas de camisa e calça.

Ele foi para o lado oposto da cama. Um espaço maior que seu quarto na pensão em Londres: não havia perigo de se tocarem.

— Ele nunca dormiu aqui — disse Will.

E novamente ouviu a certeza inequívoca na própria voz. Não estava sendo cuidadoso.

— Eu sei — comentou James.

Que difícil respirar depois dessas palavras. Se James fosse Cyprian ou Violet, ele o teria ajudado a tirar a jaqueta e as botas. Não o fez, perguntando-se se isso o denunciava. Ou talvez ninguém fosse casual com James, que provavelmente não desmaiava nos braços de homens com frequência. Nem os convidava para sua cama.

— Este não era o Palácio Sombrio. Eles estão cavando no lugar errado — disse James.

Will tirou as próprias botas. Não disse que também sabia disso, que podia sentir. As palavras de James assumiram o tom de língua solta de alguém que está tendo um sonho febril ou que está à beira do sono. Will respirou fundo. Então, porque James tinha feito disso um desafio, Will deitou-se ao lado dele na cama.

Ele sentiu James se mexer, ouviu sua inspiração brusca de ar.

— Não me faça voltar para o assento longo, estou confortável — disse Will.

A voz de James estava ofegante e chocada.

— Mesmo vendo, não acredito.

— O quê?

Will virou a cabeça para encontrar os olhos azuis de James.

— Você é o único que não tem medo dele.

Baixo. Como se James não entendesse aquilo. Como se não entendesse Will. Foi a última coisa que murmurou antes de seus cílios baixarem e sua respiração se tornar estável. Pegou no sono em total exaustão.

Will rolou e ficou de costas, com o antebraço apoiado na têmpora, olhando para o antigo teto de pedra. E, como não havia mais ninguém acordado para ouvir, Will se permitiu dizer aquilo.

— Você está errado.

A admissão baixa não foi ouvida no escuro. Ele sentia a cabeça latejar; a montanha estendia-se com seu labirinto de quartos vazios e desconhecidos e corredores silenciosos e não percorridos.

— Estou aterrorizado.

CAPÍTULO TREZE

Violet acordou com o rangido da madeira e o bater das ondas, e com as arestas salientes das tábuas sob seus membros e cabeça. Quando tentou se mexer, percebeu que as mãos estavam algemadas com o mesmo metal que roubava a força que os Regentes usaram para contê-la.

Uma onda de pânico tomou conta dela. Podia sentir o cheiro do mar. Devia ser o mar, porque não tinha os odores enjoativos do Tâmisa e havia um aroma salgado de maresia, fresco e puro. E ela nunca tinha sentido um barco se mover assim no rio. Havia águas profundas por todos os lados, levantando o navio e depois baixando-o outra vez.

A cada segundo que passava, Violet navegava para cada vez mais longe de Will.

Tinha que sair dali. Forçando-se a superar a tontura que as algemas dos Regentes sempre causavam, ela se levantou e então viu que se encontrava em uma grande jaula de metal com barras. Sacudiu as algemas nas barras da jaula. A vibração tilintou em seus ossos, mas as barras não se moveram e as algemas não se abriram. Soltando um som furioso, Violet bateu nas barras com o ombro o mais forte que conseguiu.

Nada aconteceu. Machucada e respirando com dificuldade, ela olhou para o porão de carga. Era menor que o do *Sealgair*, mas dava para ver os caixotes e as pilhas amarradas que deviam ser a carga principal do navio — ela era apenas uma adição posterior. Mais perto de si, viu caixotes cheios de armaduras, várias delas estampadas com uma estrela. Violet percebeu que estava olhando para os itens do Salão dos Regentes e que ela fazia parte dos espólios que navegava para um destino desconhecido.

A escotilha se abriu.

Com suas botas compridas, a sra. Duval entrou no porão de carga com confiança. Vestia uma capa diferente, como se pelo menos um dia tivesse se passado desde a captura de Violet. A seu lado, viu o homem do pátio, aquele com o rosto marcado por três cicatrizes de garras. Ele ainda contava com o apoio de uma bengala, andando de maneira ainda mais pronunciada do que antes de Elizabeth o esfaquear.

Violet fixou os olhos no objeto de metal que a sra. Duval segurava nas mãos.

No momento seguinte, ela se jogou nas barras.

— Devolva!

— Ora, ora — disse a sra. Duval.

Os olhos delas se encontraram e os membros de Violet paralisaram. Assim como acontecera no Salão, estava presa no lugar. As mãos estavam nas barras da jaula, mas ela não conseguia movê-las.

— Você se importa muito com isso. — A sra. Duval ergueu o Escudo de Rassalon, virando-o especulativamente. — Está quebrado.

— Você não merece tocá-lo! — disparou Violet.

— Confesso que não me importo com um escudo velho. Mas um Leão é uma presa grande. — A sra. Duval manteve os olhos em Violet, com o poder hipnotizante da cobra, pois Violet não conseguia desviar o olhar. — A maior que já capturei.

Violet sentiu um ódio violento por tudo o que estava acontecendo. Odiava a jaula. Odiava se sentir paralisada, incapaz de se mover. Não queria seu escudo nas mãos daquela mulher.

— Para onde está me levando? — perguntou Violet.

Ela queria sair daquele porão minúsculo. Não podia permanecer ali, tão longe do pátio do Salão dos Regentes. Ter sido afastada dos outros, saber que estava sendo levada cada vez mais longe a cada respiração...

— Afaste-se das barras — disse a sra. Duval.

— Para onde está me levando?

— Eu disse para se afastar — exigiu a sra. Duval, e, para seu horror, Violet deu um passo para trás.

Ela olhou em choque para os sequestradores através das barras. Ah, Deus, James estava certo: a sra. Duval podia obrigá-la a fazer coisas. Não apenas a se manter parada, mas a se mover, cumprir ordens. Violet tinha que se forçar a pensar, a raciocinar, embora seu coração estivesse acelerado.

— Não pode me controlar o tempo todo — retrucou Violet, devagar —, ou não teria que usar essas algemas.

— Espertinha, não é? — disse a sra. Duval. — Mas eu esperava mesmo que a filha de Gauhar fosse esperta.

O nome pareceu se afundar dentro dela como uma pedra em águas profundas.

— Quem?

— Não sabe o nome de sua mãe? — perguntou a sra. Duval.

Violet não conseguia se mover, mas tinha sentido como se algo se abrisse dentro dela, algo que a fazia se sentir muito nova e pequena. *Gauhar*. Nunca tinha ouvido esse nome. Nunca tinha ouvido nome parecido. Era o primeiro nome da mãe dela? O sobrenome? Era assim que se faziam as coisas na Índia? Ela não sabia, nunca a tinham contado.

Aquela mulher, era só assim que Louisa Ballard a chamava. *Não fale sobre aquela mulher*. Uma memória se libertou daquele lugar profundo dentro de Violet. Uma voz de mulher, um rio largo, degraus que desciam até a água onde as pessoas se banhavam, gentileza e risos. *Gauhar*. Ela a reprimiu, como se isso ameaçasse sua segurança.

— Você não sabe o que é. Ou só sabe o que os Regentes contaram? — perguntou a sra. Duval.

— Dobre sua língua para falar dos Regentes — retrucou Violet.

— Então me conte com suas palavras.

Violet permaneceu teimosamente em silêncio. Um lado seu esperava que o poder da sra. Duval arrancasse as palavras de sua boca. Quando isso não aconteceu, disse em desafio:

— Você não pode me obrigar a falar! Seu poder não é forte o suficiente!

— Posso obrigar você a fazer isso — disse a sra. Duval. — Leclerc, abra a porta de canhão.

Violet sentiu o próprio corpo ser manipulado como se fosse uma marionete, uma sensação horrível, e caminhou contra sua vontade para se colocar nas barras na frente da sra. Duval. Com um gesto curto e brusco, a mulher arrancou a estrela da frente da túnica de Violet. Então deu um sorriso desagradável e abriu a frente da jaula.

— Pegue — ordenou ela, e jogou o tecido fora da porta de canhão.

Violet tentou parar de andar. Tentou com toda a força e vontade que tinha. Mas estava na porta de canhão aberta e começou a sair dela como se fosse uma escotilha, olhando para a água agitada do oceano, onde a ponta do navio a cortava.

Quase... se jogou. Suspensa, seus membros não se moviam conforme ela oscilava na queda. Queria gritar, sabendo que não havia se salvado. Foi a sra. Duval quem a deteve, paralisada, prestes a saltar.

— Devo fazer você pular no mar? — perguntou a sra. Duval. — Leões não são bons nadadores.

Mantida rígida, Violet não conseguia fazer gesto algum de desafio, com o coração batendo forte. O navio balançava com a oscilação do oceano, cujas profundezas úmidas haviam invadido o Salão através do portão. Ela se lembrou da fantasmagórica torre subaquática.

Era verdade que Violet não sabia nadar, pois nunca tinha aprendido. Havia crescido nas docas de Londres, mas ninguém nadava na lama espessa que chamavam de rio. Imaginou-se se jogando, sem nem sequer lutar, apenas pulando sem saber o que esperar. A água se fecharia sobre sua cabeça, deixando apenas um redemoinho de espuma, e até isso seria engolido pela próxima onda.

— Não vai fazer isso. Precisa de mim viva. — Ela se obrigou a dizer. — Depois que terminar comigo, vai me entregar ao meu pai.

A sra. Duval apenas sorriu, um lampejo de dentes.

— Leãozinho. Você realmente não tem ideia de onde se meteu.

— Então me diga.

— Acha que seu destino é lutar de um lado. Mas não é. — A sra. Duval demorou os olhos nela, o olhar fixo de um réptil. — É ser comida.

Violet sentiu o sangue gelar, sem conseguir se mover. Pensou no pai comentando que planejava que Tom a matasse. O pai havia construído uma jaula em casa para prendê-la, mas ela escapara bem a tempo.

— O que isso quer dizer?

— Descobrirá em breve — concluiu a sra. Duval.

Como uma marionete sem fios, Violet foi levada de volta para a jaula, e depois a porta foi trancada outra vez. Ela olhou impotente os olhos frios da sra. Duval, até que esta se virou para a porta. Uma libertação; a compulsão desapareceu.

De imediato, Violet se jogou contra as barras imóveis. Mas se viu tremendo, com as pernas mal conseguindo sustentá-la. Percebeu, chocada, que estava exausta: os músculos tinham ficado rígidos em um espasmo durante todo o tempo em que a sra. Duval estivera no controle.

— Não chegará a lugar algum se irritar minha irmã — disse a voz de um homem.

Ela tateou e se virou. Chocada, viu que o homem com a cicatriz no rosto ainda estava no porão, parado às sombras, observando-a. Havia esquecido que ele estava lá.

— Meu nome é Jean Leclerc — disse ele. — Você ficará sob meu comando até... bem. Até que nosso trabalho seja concluído.

— O que aconteceu com seu rosto? Chegou muito perto de uma jaula? — questionou Violet.

Ele corou e as cicatrizes ficaram vermelhas.

— Deveria se considerar sortuda por não a levarem até seus amigos.

— O que isso quer dizer? — perguntou ela, com uma pontada fria de apreensão. — O que sabe deles?

— Você deveria se considerar sortuda por não... — Ele parou, a encarou e seu rosto quase franziu. — Violet? — Ela olhou para Leclerc, que deu um passo em sua direção. — Violet...!

Ela recuou instintivamente mais para o fundo da jaula. Leclerc continuou encarando-a e balançou a cabeça, então disse, um pouco confuso:

— Deveria se considerar sortuda.

Leclerc balançou a cabeça de novo. Então se virou e saiu mancando do porão de carga.

CAPÍTULO CATORZE

Sarcean estava deitado prazerosamente em um banco de mármore, que estava quente pelo sol, sob um ramo de flor de laranjeira. O aroma fresco adoçava o ar salpicado de calor, no qual pétalas brancas flutuavam. Ele se sentia contente, os membros sonolentos mudavam de posição de forma preguiçosa, ora de costas, ora de lado, quando ouviu passos.

Uma figura com contornos dourados se aproximava. Vestida com uma armadura dourada, tirou o elmo e soltou o cabelo também dourado para que caísse pelas costas. Era uma visão de tirar o fôlego à luz do sol. E familiar, uma presença amada e bem-vinda.

O Campeão do Rei, o General do Sol. Um dia, ele se chamaria Anharion. Mas apenas em um futuro distante. Por enquanto, ele era…

Ele era lindo, tanto que olhar para ele chegava a doer. Mas a verdadeira dor era o olhar caloroso dele.

— Eu não esperava encontrar você aqui — disse Anharion.

— Mas veio mesmo assim — respondeu Sarcean.

— Queria ver você — comentou Anharion, e sentou-se ao lado de Sarcean, olhando para ele.

A pele do pescoço de Anharion estava nua, exposta, vulnerável como um caule de flor não arrancado. Ele ainda não era Anharion. Não usava o Colar. O carinho em seus olhos era real.

— O rei está perguntando se você vai se juntar a mim em uma luta de demonstração nos jogos para comemorar o noivado dele.

— Devo recusar — disse Sarcean, olhando para ele.

— Serei gentil com você.

— Você não é o Campeão do Rei?

Um brilho naqueles olhos azuis.

— Não disse que não iria ganhar.

Sarcean se espreguiçou, ágil como um peixe, os cabelos longos, sedosos e escuros como a noite espalhados sobre os ombros. Ele estava ciente de Anharion observando-o. Sabia que Anharion às vezes o observava desse modo, embora tivesse feito votos e isso fosse proibido.

— E se eu fosse rei? — perguntou Sarcean.

— Se fosse rei...?

Ele estendeu a mão e pegou uma mecha do longo cabelo dourado, como a luz do sol escorrendo por entre os dedos.

As palavras foram ditas de forma baixa, baixa demais para serem apenas brincadeira.

— Se eu fosse rei, você seria minha rainha?

— Vai sonhando.

Anharion sorriu, como se cedesse ao capricho do amigo, embora suas bochechas queimassem.

— Um sonho agradável — disse Sarcean.

Anharion olhou para ele e disse:

— Acorde.

Will acordou assustado, olhando confuso.

— Will, acorde.

— Eu... — começou ele, desorientado, sem saber onde ou quando estava.

O Anharion que o observava transformou-se em uma pessoa muito mais difícil, cujos olhos eram um desafio ou uma provocação, e que mantinha os lábios sempre à beira de um sorriso de escárnio.

— James? — disse Will, voltando ao presente.

James relaxou e se retirou. Will percebeu todas as outras diferenças rapidamente. Mais jovem. A armadura dourada havia se transformado em um casaco de brocado elegantemente ajustado. O modo como James se movia mostrava uma consciência maior do próprio corpo, como se estivesse acostumado a ser observado.

Ocorreu a Will o pensamento absurdo de que, se James tivesse crescido como Regente, teria mantido o cabelo comprido.

Deus, eles tinham sido *amigos*; haviam servido juntos na mesma corte, sob o mesmo rei. Essa ideia era tão nova que Will não conseguia parar de remoê-la. Houvera um tempo antes do Colar, um tempo em que os dois se conheceram sob a luz do sol, e nas palavras calorosas de Anharion havia o mais doce toque de flerte, uma indulgência que Anharion não oferecia a mais ninguém, embora Sarcean soubesse muito bem que Anharion nunca...

— Sonhos estranhos?

Will fechou os olhos para afastar o passado. Teve que fazer um esforço para manter o corpo relaxado e não fechar os dedos nas palmas das mãos.

— Algo do tipo.

— É este lugar — observou James, franzindo a testa.

Will se levantou da cama. Foi até a bacia e o jarro, onde roupas limpas haviam sido deixadas para ele. Jogou água no rosto, com a intenção de afastar o jovem de seus sonhos com o choque gelado.

Não, o que ele tinha visto... não era apenas um sonho. Tinha sido uma lembrança, os sentimentos e as reações tão intensas que ele havia acordado com o nome de Anharion nos lábios.

Cuidado. Ah, cuidado.

— Eu falei alguma coisa? — perguntou ele, casualmente.

— "Corra, corra" — disse James, dando de ombros. — Você estava se mexendo.

Will não tinha pensado que teria que ficar de guarda para a possibilidade de falar enquanto dormia. Mas deveria ter pensado nisso. Não era a primeira vez que sonhava com Sarcean, noites cheias de lampejos daquela presença, daquele poder ardendo em suas veias, sombras se estendendo abaixo dele até o horizonte.

Mas era a primeira vez que sonhava com o tempo anterior, quando Sarcean era jovem, quando parecia ser de carne e osso, cheio de esperanças e sentimentos.

— Você pode me contar — disse James.

Will não podia. Não podia contar a ninguém. Sabia o que acontecia quando fazia isso. Katherine, sua mãe... James não iria sorrir se Will o provocasse dizendo para ele ser sua rainha.

E ainda assim... a tentação... de pedir aceitação e apenas uma vez encontrá-la...

— Eu sonho com ele — disse Will, deixando vazar um único fragmento da verdade.

Com o coração batendo forte, ele ergueu os olhos para James. Não viu rejeição imediata. À medida que os segundos se prolongaram, ele pensou... quem sabe... quem sabe. Um puxão como o de uma correnteza: ele queria. Queria contar para James, encontrar nele um porto onde pudessem ser duas almas perdidas juntas.

James era um Renascido. James sabia como era ser julgado pelas ações de um eu passado. *Eu era Sarcean*, imaginou-se dizendo. *Estou tentando compensar isso, fazer o bem e ajudar meus amigos.* Por um momento, a necessidade foi tão grande que Will sentiu uma dor no peito. Ter alguém que o entendesse, alguém que acreditasse nele... Imaginou James colocando a mão em seu ombro e dizendo: *Não me importo com o que você é.*

— Você vê como ela o mata? — perguntou James, com a voz ansiosa.

— Não — respondeu Will, fechando por completo e se virando.

Ele se obrigou a pegar uma toalha e enxugar casualmente o rosto molhado. Manter os movimentos simples. Afastar qualquer tensão para longe do corpo.

Apenas mais uma conversa. Todos queriam matar o Rei das Trevas.

— E você?

— Eu? — indagou James.

— Você também sonha com ele?

James corou.

— Você sabe o que eu fui. Pode adivinhar o que eu sonho.

A pele de Will queimou com a imagem de Anharion ainda mais ou menos em sua mente, o olhar doce nos olhos azuis enquanto ele

HERDEIRO DAS TREVAS 143

encarava Sarcean, que havia estendido a mão para passar os dedos por seus longos cabelos dourados...

— Não, eu não quis dizer... — O rubor de James ficou mais intenso. — Não me lembro dos meus sonhos. Mas às vezes, quando acordo, não consigo me mexer. Preso no sono, mas acordado, e é como se... houvesse um grande poder curvando-se sobre mim. E está sussurrando...

Encontrar você.

— ... vou sempre...

Encontrar você. Tente correr.

A porta dos aposentos se abriu.

Will se virou e viu um jovem cavalheiro mediterrâneo, seguido por uma jovem africana em um vestido verde.

— E então? — perguntou o jovem com impaciência. — Pode abrir o portão?

Quem são vocês? Will abriu a boca para dizer, quando a imagem diante dele ficou mais nítida e de repente ele reconheceu os estranhos.

Eram Cyprian e Grace, vestidos com roupas modernas.

Will olhou para os dois. Cyprian vestia um casaco marrom-escuro e calças um pouco mais claras e muito refinadas, a camisa de alguma maneira mais branca e mais bem passada do que a dos outros cavalheiros, como se exibisse sua personalidade excessivamente correta. Grace estava deslumbrante, em um vestido verde que brilhava contra a pele negra e realçava o pescoço longo e elegante.

— E aí? Pode?

James ainda estava tão pálido que parecia um homem morto, mas respondeu com determinação:

— Com certeza eu...

— Não — interrompeu Will. — Ele não está pronto.

Os outros se viraram para encará-lo. Will sentiu a surpresa deles e a surpresa de James. Ele os encarou de volta.

— Não sabemos isso — disse Cyprian. — Não até tentarmos.

— Ele está muito fraco — insistiu Will. — Olhe para ele. Ou vai me dizer que você não cairia se eu te desse um empurrãozinho?

— Eu... — começou James.

— Não vou arriscar a vida dele — disse Will.

— Está arriscando a vida de Violet — retrucou Cyprian. — Ela vale cem dele.

— Não temos cem dele. Só temos um — disse Will, colocando de lado a ausência de Violet.

Teria que resolver um problema de cada vez.

— Então...

— Se James morrer tentando abrir aquele portão — argumentou Will —, serão duas semanas atravessando as montanhas e depois uma viagem de navio até Londres para chegarmos na Violet. Então a gente...

— Tem alguém vindo — afirmou Grace, interrompendo a conversa.

Um jovem local apareceu à porta, com calças marrons surradas nos joelhos e botas.

— O sr. Sloane e os outros cavalheiros estão tomando café da manhã na tenda do supervisor — declarou o jovem —, se quiser juntar-se a eles.

— Diga a ele que estarei lá em breve — respondeu James.

— Muito bem, Anharion.

Então James fez um gesto casual e o garoto saiu. Will soltou um suspiro. Cyprian tinha uma expressão estranha no rosto.

— Vamos seguir fingindo. Por enquanto — disse Will. — Quando voltarmos, conversaremos de novo sobre o portão.

Em vez de responder, Cyprian continuou olhando para James.

— Eles realmente chamam você assim?

James foi em direção à pilha de roupas que havia sido deixada para Will, talvez parte da carga de Sinclair enviada antes.

— Assim como?

— Anharion.

— Por que não? Estou traindo eles, não estou? — retrucou James, com um leve sorriso.

E jogou as roupas para Will.

* * *

HERDEIRO DAS TREVAS

À luz do dia, a escavação era imensa, com tendas de lona o bastante para compor um acampamento militar, armadas entre construções antigas que emergiam parcialmente da montanha. Eles atravessaram pontes de tábuas sobre enormes trincheiras onde trabalhadores cavavam incessantemente e transportavam pedras e terra em cestos para despejarem em carroças puxadas por burros que sofriam havia tempo.

Mesmo para um homem como Sinclair, sem dúvida aquilo representava um enorme investimento. Will olhou em volta, catalogando cada imagem. Devia ter estado ativo durante anos, fora dos registros e escondido dos Regentes. A questão era: o que Sinclair estava procurando?

— Estou igual a Violet — disse Cyprian, tentando esconder as pernas com um puxão inútil no colete, uma donzela casta forçada a vestir roupas reveladoras.

— O vestido é pior — comentou Grace. — Não dá para se mexer com ele.

— Vocês dois precisam se misturar aos outros — disse Will. — Não fiquem mexendo na roupa. Sejam discretos. E fiquem longe de qualquer pessoa com um título ou uma voz nobre.

— Não falem com seus superiores — elaborou James, o que não ajudou.

— Quem são nossos superiores? — perguntou Cyprian, perigosamente.

— Todos — respondeu James —, mas especialmente eu.

— Somos supostamente os criados dele — explicou Will, apressado. — Essas pessoas têm uma hierarquia rígida e nós estamos na parte de baixo.

— Não vou fingir ser *criado dele*.

Cyprian puxou o colete outra vez.

— Belas pernas — comentou James, para piorar.

— *Sejam discretos* — disse Will outra vez, pondo-se na frente deles. Os olhos verdes de Cyprian brilharam.

— Você quer dizer agir como alguém à margem.

— Isso mesmo — disse Will.

— E como fazemos isso?

— Comece por não os chamar de "alguém à margem" — disse James ao passar por eles, entrando na tenda do supervisor.

Lá dentro, era uma imagem bizarra de *inglesidade*, havia uma longa mesa posta para o café da manhã, as bandejas de prata cheias de toucinho defumado e halibute, como se fosse uma mesa de refeição em Londres. Havia pratos postos com copos e talheres de prata, e bules ingleses e açucareiros nos quais o açúcar derretia lentamente devido à umidade.

Todos os sete homens na mesa principal se levantaram, empurrando apressados as cadeiras para trás. Ficaram em posição rígida, encarando James como um coelho quando um lobo entra na toca. *Eles têm medo dele.* Will reconheceu o Capitão Howell, o do cabelo loiro penteado. Vestia o traje preto de capitão do dia anterior, mas usava um novo lenço de pescoço. Os outros estavam todos em trajes diurnos, ingleses com idades entre trinta e cinquenta anos.

— Um avanço! — disse Sloane, adiantando-se para encontrá-los. — Acredita nisso? Foi descoberto hoje de manhã, graças ao terremoto. Depois de meses, anos de busca. A entrada para o Palácio Sombrio foi finalmente encontrada. Faremos a primeira incursão depois do café da manhã. O senhor, sem dúvida, vai liderar a expedição.

— A expedição? — perguntou James, enquanto Sloane gesticulava, frenético, para dar o melhor lugar a ele.

— Sua chegada aconteceu na hora certa. — O homem à esquerda de James tinha mais ou menos a idade de Sloane, as costeletas castanhas bem cuidadas e o cabelo bem penteado. — Estamos tentando localizar o Palácio Sombrio desde que começamos a cavar. Ontem à noite houve um terremoto que parece ter aberto caminho para a entrada. Alguém supersticioso diria que o Palácio estava a sua espera, senhor.

A tensão crescente do terremoto, o estrondo cada vez mais forte à medida que ele se aproximava...

James lançou um olhar longo e deliberado para o homem.

— E você é?

— Este é o sr. Charles Kettering, nosso historiador — explicou Sloane.

HERDEIRO DAS TREVAS 147

— Senhor St. Clair — disse Kettering, com uma breve reverência de cabeça em saudação.

Falava como um cavalheiro e sua jaqueta marrom era de boa qualidade, mas se vestia de maneira um tanto descombinada, como quem não pensa muito em roupas.

— Um historiador? — disse James. — Você estuda o velho mundo?

— Sim. Me perdoe, é uma grande honra conhecê-lo — disse Kettering. — Estudei o mundo antigo com profundidade, mas encontrar alguém que realmente fez parte dele... é extraordinário.

Ele olhava para James como um negociante de antiguidades inspecionando um espécime de grande interesse. *Ele não é uma raridade*, Will quis retrucar. Apertou os dedos na madeira da borda da mesa para não reagir. *Sejam discretos*, dissera a Cyprian. Não tinha percebido o quão difícil seria.

— E eu atendo a suas expectativas? — perguntou James.

— É realmente *muito* extraordinário — reforçou Kettering. — Você é exatamente como nas descrições. Gostaria de saber, se não for muito atrevimento, se eu poderia pedir uma demonstração de sua magia?

— Basta pedir que Howell afrouxe a gravata — respondeu James.

Houve um rangido quando Howell empurrou a cadeira para trás e se levantou, olhando com raiva do outro lado da mesa.

— Falei algo errado? — perguntou James, em tom suave, enquanto Howell dava um passo à frente.

Mas Sloane o segurou e apressou-se em dizer:

— Ah, parece que o café da manhã chegou.

Os criados levantavam as tampas das bandejas de prata para revelar as carnes do café da manhã. Depois de um longo e deliberado momento, Grace colocou uma fatia de batata no prato com determinação. Cyprian se serviu de um único copo de água. Em parte para disfarçar a atitude deles e em parte porque estava morrendo de fome, Will encheu o próprio prato de salsichas e conservas.

— Um bom café da manhã inglês. Os moradores daqui parecem simplesmente mergulhar biscoitos nas coisas. Café. Vinho — afirmou Sloane, desdenhoso.

— Você não chegou a explicar por que chegou sem pertences — disse Howell, a voz alta que atravessou a mesa estava rouca.

— Tivemos problemas na estrada — mentiu James, com naturalidade.

— Bandidos — concordou Sloane, como se esse fosse um problema que ele enfrentava havia muito tempo. — Estão por todas estas colinas. Há incursões, ataques às carroças de abastecimento. — Ele acenou com o garfo, ornamentando um tema favorito. — Adivinharam que estamos perto. São como hienas roubando presas de leões. Roubariam nosso achado bem debaixo de nossos narizes.

— Achado? — repetiu James.

— Fica a quilômetros de onde estávamos abrindo poços — explicou Sloane. — A uma hora de viagem deste acampamento. Sem aquele terremoto, talvez nunca o tivéssemos encontrado. Quando quebrarmos o selo da porta hoje de manhã, seremos os primeiros em séculos a entrar no Palácio Sombrio. Essa honra deve ser atribuída a você.

— Quem sabe até encontramos algumas de suas relíquias — dizia Kettering a James.

— Minhas relíquias?

— Tem tanta coisa sua para encontrar: a mobília do seu quarto, seus adornos, sua armadura...

— Eu sou sua área de estudo? — perguntou James, em um tom coloquial.

— Apenas por associação — disse Kettering.

Sloane interferiu, agitando o toucinho em um garfo.

— Kettering aqui é o maior especialista de Sinclair sobre o Rei das Trevas.

Will teve que usar cada partícula de força de vontade que tinha para não reagir. Mas ninguém o olhava. Todos os olhos estavam em James, que estava sentado tão completamente apático que nada além de um leve interesse transparecia em seu rosto.

— É mesmo? — disse James.

— Sim, de verdade. Me orgulho de saber mais sobre ele do que qualquer um. Bem, qualquer um que esteja vivo — respondeu Kettering, acenando com a cabeça para James, como se dissesse a um estimado colega "Menos você, é óbvio". — Ficaria muito satisfeito em conversar com você sobre ele. Acrescentaria muito às minhas anotações.

James sorriu de forma controlada.

— Deve saber por Sinclair que não me lembro daquela vida.

— Então talvez tenha perguntas sobre seu mestre.

O silêncio que se seguiu à palavra *mestre* pareceu queimar, um calor escaldante que murchava tudo o que tocava.

— Meu mestre — disse James, saboreando as palavras.

— É possível dizer muito pelo que ele deixou para trás. Você, por exemplo.

— Eu — repetiu James.

— Sua posse mais valiosa. É fascinante ver o gosto dele em carne e osso. Posso?

Ele colocou os óculos e apontou para o rosto de James.

James não é uma posse, Will quis dizer. Teve que se forçar a ficar quieto, a permitir a ideia de que alguém iria colocar as mãos em James. Sentia a cabeça latejar.

Como se tudo isso fosse normal, James deu de ombros elegantemente e disse:

— Muito bem.

Kettering ergueu o queixo de James para observá-lo, como alguém admirando um vaso de valor.

— Extraordinário — comentou ele. — E pensar que Ele beijou estes exatos lábios...

Era demais. Will derrubou a xícara da mesa, e todos se assustaram com o barulho do estilhaçamento; Kettering soltou James, virando-se em direção a ele. No silêncio que se seguiu, seus amigos o encararam.

— Uma interrupção feliz — disse Kettering, dispersando a tensão e erguendo as mãos em sinal de rendição. Como se o acidente com a xícara fosse um aviso encantador e coincidente do universo. Como se estivesse compartilhando uma piada interna divertida com James, o historiador: — É óbvio que seu mestre não gostaria que outros tocassem nas coisas dele.

Mais tarde, Cyprian se aproximou de Will enquanto se preparavam para partir.

— Isso é um erro — disse Cyprian, olhando para James, que calçava luvas de montaria, com Sloane o bajulando, e dois criados conduzindo seu cavalo para fora, com a sela recém-polida e o pelo preto escovado até brilhar. — Estamos no mundo dele. Ele nos tem totalmente em seu poder. Está fraco agora. Mas e quando voltar a recuperar sua força total? Não podemos nem ir embora, a menos que ele abra o portão.

— Ele é leal a nós — disse Will.

— É mesmo? — A voz de Cyprian era severa. — Não se esqueça que ele renasceu para servir ao Rei das Trevas.

— Nunca me esqueço disso — retrucou Will.

CAPÍTULO QUINZE

A expedição era um comboio de moradores locais com equipamentos de escavação e cavalos de carga, acompanhados por duas dúzias de soldados para os proteger contra bandidos. Sem soldados, seriam alvos fáceis para um ataque, disse Sloane. Meninos caminhavam ao lado, balançando galhos e dizendo *"Su! Forza!"* para as duas grandes mulas que carregavam os bornais mais pesados.

Will cavalgava mais à frente, com cordilheiras rochosas se projetando para cima do desfiladeiro de onde se podia ver o rio abaixo. Havia longos trechos sem trilha consistindo em apenas densas aglomerações de azinheiras e um ou outro freixo de maná. Em uma das encostas lá no alto ficava o Salto de Fé, mas eles pareciam estar seguindo para uma parte diferente da montanha.

Quanto mais se aproximavam da entrada do palácio, mais a paisagem começava a mudar. Passaram por árvores derrubadas e destroçadas, depois cavalgaram por um terreno fissurado e rachado. A paisagem confirmava o que Will havia adivinhado: a entrada era a origem do terremoto, e eles estavam se aproximando. Will podia sentir a pressão crescendo em sua cabeça.

Uma estrada sinistra escavada de pedra antiga estava à frente. Mais do que os edifícios desenterrados da cidadela exterior, parecia evocar um mundo fantasmagórico.

— Impressionante, não é? — disse Kettering, cavalgando ao lado de Will. — Até ontem conduzia a uma face vazia da montanha. Agora... espere até ver o que está além.

À medida que se aproximavam, uma discussão irrompeu entre os habitantes locais. "*La morte bianca*", ele ouviu, e "*Non voglio andarci*". Ninguém queria seguir em frente. Mas não eram os bandidos que eles temiam. Will viu um ou dois moradores fazerem um gesto de proteção, com o punho cerrado, mas o dedo indicador e o dedo mindinho apontados para baixo, como se estivessem se protegendo contra algo não natural.

E então, como uma fenda no mundo, ele viu.

À frente, a montanha foi aberta. O terremoto a tinha partido como um ovo. Diante da visão, Will viu vários moradores locais fazerem o sinal da cruz. Outros fizeram um gesto igual, com dois dedos para afastar o mal. À medida que se aproximavam, o tamanho da fenda elevava-se sobre eles, oferecendo uma visão escura do interior.

Está aqui, pensou Will, sem nem mesmo saber "o que" estava ali.

Houve um burburinho atrás dele, os moradores dali falando agressivamente em seu dialeto. Era uma pequena revolta: não queriam ir mais longe.

— O que foi? — perguntou Will.

— Eles são supersticiosos.

Kettering deu de ombros.

— Supersticiosos?

— Lendas locais, não precisam se preocupar — explicou o homem.

Soldados gritaram, ameaçando os trabalhadores com chicotadas, e, ainda assim, a maioria se recusou, permanecendo na encosta da montanha. Quando voltaram a avançar, o grupo era ainda menor.

Will sentiu a temperatura cair ao entrar na sombra da montanha, os dois lados da fissura se erguiam para bloquear o sol. Houve um silêncio anormal, sem canto de pássaros. Até mesmo os poucos habitantes locais que ainda seguiam com eles ficaram em silêncio pela viagem tensa e lenta terra adentro.

Cavalgaram como um grupo de reconhecimento pelo território inimigo. A fenda era claustrofóbica. Havia apenas um pedaço de céu visível. Até isso foi desaparecendo quando a rocha se estreitou no alto.

Então o céu foi engolido por completo, e eles se depararam com uma imensa caverna com degraus partidos devido ao terremoto, cuja força divisória cessou no décimo segundo degrau como se apontasse o caminho. Era para lá que a montanha os tinha levado. Tinha levado *Will*. Ele podia sentir, como quando o terremoto abrira o caminho para o palácio. *Aqui. Aqui.*

O olhar de Will ergueu-se, seguindo até onde os degraus levavam.

— Undahar — disse Kettering.

As portas se erguiam como gigantes acima dele, a superfície como um lago preto e imóvel. Não tinham espécie alguma de ornamento e se impunham apenas com seu tamanho. Diante delas, a tropa de Sloane não passava de um pontinho. A superfície preta como breu proclamava um poder antigo e absoluto. O que é a Itália? Quem é a Inglaterra?

Kettering já estava chamando os habitantes, que começaram a enrolar as cordas, prontos para abrir as portas.

— Estas portas estão seladas — observou Grace. — Seremos as primeiras pessoas a entrar desde os dias do velho mundo.

Sentindo-se despreparado, Will olhou para os outros. James mantinha os olhos nos doze degraus que levavam às portas.

— É compreensível ficar nervoso — disse Kettering, pondo-se ao lado de James. — Quantos de nós chegamos a caminhar no lugar de nossa morte?

— Não estou nem um pouco nervoso. — A voz despreocupada de James fez a pele de Will arrepiar. — Estamos em Undahar. Presumi que íamos tropeçar em meu corpo em algum lugar.

— Ah, é improvável que seus ossos tenham sobrevivido — comentou Kettering. — O corpo se decompõe com o tempo. Mas pode haver relíquias suas para encontrar por aí.

Will não tinha pensado que poderiam esbarrar no cadáver de James. Mas James visivelmente havia pensado naquilo, embora não tivesse demonstrado nada, além de uma única pergunta firme:

— Que tipo de relíquias?

— Sabemos que o Colar foi roubado — respondeu Kettering, de modo jovial. — Mas a armadura feita para você pelo seu mestre pode ter permanecido. Se você a estava usando no momento de sua morte, podemos de fato encontrá-la aqui. Marcará o local onde você pereceu.

— Como uma praça de pedágio — disse James.

Will pensou em Anharion, sorrindo à luz do sol. No sonho dele, a armadura de Anharion era dourada. Mas o nascer sombrio de uma terrível certeza dizia a Will que, depois, Sarcean o tinha vestido de vermelho. *Vermelho como cortes que nunca poderiam desfigurar sua pele.* Will se forçou a desviar os olhos de James. As portas fechadas diante dele eram segredos que deveriam ser guardados.

— Puxem! — gritou Sloane.

Cavalos e homens fizeram força, era como Will imaginava que os antigos egípcios haviam levado blocos para construir as grandes pirâmides. Com séculos de idade, as portas deveriam ter protestado, mas abriram-se em um movimento lento e silencioso, como se estivessem lubrificadas.

Como uma boca aberta, levavam para a escuridão total de um palácio enterrado sob a montanha. James havia parado outra vez e estava olhando para a entrada.

— Sabe que não precisa fazer isso — disse Will, em voz baixa.

— Por que eu não faria?

Porque você morreu aqui, pensou Will.

— Porque não sabemos o que vamos encontrar.

— Não tenho medo do escuro — retrucou James, colocando o pé no primeiro degrau.

Sloane ergueu um braço para segurá-lo.

— Não, não — disse Sloane. — Enviamos os moradores primeiro. É uma medida de segurança.

Antes que Will pudesse contestar, dois garotos entraram, segurando lanternas presas a varas. Tinham mais ou menos a idade dele, meninos que eram pastores, mas se voltaram para trabalhos diferentes. Desapareceram na porta preta, e o silêncio foi tão longo que Will pulou ao ouvir o súbito estalo de um tiro de pistola. Kettering o tranquilizou.

— É apenas para assustar os morcegos. Mas não precisamos temer pragas. Esta câmara foi completamente selada. Está vendo?

E, de fato, não houve nenhum enxame vindo das portas, e, um momento depois, eles ouviram as vozes dos garotos gritando:

— *Vieni! Vieni!*

Sloane cruzou os braços e pareceu satisfeito, nitidamente pretendendo permanecer do lado de fora.

Kettering ergueu o lampião no mastro.

— Vamos?

Estava escuro, as lanternas dos bastões eram a única luz. Os dois garotos e Kettering foram primeiro, com James e Will atrás, e Cyprian e Grace na retaguarda. Mas eles não se espalharam. Seguiram juntos, um pequeno barco iluminado viajando por um vasto mar escuro.

Ao atravessar as portas, Will conseguiu enxergar muito pouco, colunas altas emergiam como formas na escuridão à medida que se aproximavam. Mas parecia familiar, assustadoramente familiar, como se ele pudesse estender a mão e tocar o passado.

Um passo para dentro, e Will instintivamente levou o braço ao nariz e à boca.

— O ar... é seguro respirar?

O cheiro era desconcertante e rançoso.

— É só antigo. Quando uma sala antiga é selada, milhares de anos se passam com pouco ar se misturando com o mundo exterior — respondeu Kettering, sem pensar muito. — Não há o que temer. Se o ar ficar muito rarefeito, as lanternas se apagarão.

Meu Deus, estavam respirando o mesmo ar? Anharion teria exalado ali pela última vez, apenas para que sua respiração fosse bloqueada? Era aquele ar que enchia os pulmões dele naquele momento?

Will olhou de soslaio para James, iluminado pelo pequeno círculo de luz de seu lampião, mas James parecia apenas calado e determinado, como se estivesse preparado para enfrentar qualquer coisa que encontrassem.

Seguiram em frente.

O chão sob seus pés não era plano; estava cheio de coisas quebradas e pilhas de poeira dentre as quais eles caminhavam, como se pisassem em mortos. O lampião brilhava sobre paisagens estranhas, estátuas quebradas e deformadas, peças de armaduras espalhadas.

— A taxa de preservação é incrivelmente alta — observou Kettering. — Tem mais artefatos nesta sala do que encontramos em qualquer outra escavação, até mesmo em Mdina.

Um dos garotos estendeu a mão para tocar um peitoral, e a mão de Will disparou.

— *Não, não toque na armadura* — disse ele, em um péssimo italiano. — *Não toque em nada.*

Ele segurava com força o pulso do menino, lembrando os Remanescentes em Londres, os rostos mortos dos homens e o modo como a armadura os havia mudado. Com os olhos arregalados, o menino assentiu devagar.

— Vejam — disse Kettering, erguendo o poste de luz. — Uma representação do céu noturno há dez mil anos.

Acima de suas cabeças, havia um céu esculpido cheio de estrelas, um cometa, uma lua radiante.

— E aqui. — Kettering andava até o final da entrada da câmara. — As portas internas...

Will olhou. E viu...

...um espetáculo dourado, as portas abertas em uma passagem lotada, pessoas presentes ali para ver a procissão, extasiadas com a cavalgada que passava por elas, seis lado a lado.

Primeiro cavalgou o Rei do Sol, um Hélio em uma carruagem, com uma máscara dourada cobrindo o rosto e na mão o cetro real com raios de sol brilhando. Atrás dele, cavalgava seu general dourado Anharion: sob o elmo, os longos cabelos se espalhavam mais brilhantes do que as pontas douradas das lanças dos soldados de capa branca que o seguiam. O comboio era um rio de luz solar, com todos aqueles que cavalgavam com o rei vestidos de branco e dourado cintilantes.

HERDEIRO DAS TREVAS

Todos menos um. Com as roupas e os longos cabelos pretos, Sarcean era como um corvo entre as aves do paraíso. Dava para sentir o arrepio de desconforto com sua presença, os sussurros daqueles ao redor, sua diferença em relação a eles, embora ninguém estivesse ciente dos atos que ele praticava em segredo para o rei.

Sarcean não se importava com o que pensavam dele. Montava seu corcel preto, Valdithar, cujos cascos lançavam faíscas azuis na pedra.

Olhando em volta para a pompa, ele estava ciente de que os olhos do mais novo Guarda Solar do rei estavam nele, o que o divertia. O jovem partilhava os tons de Anharion, o cabelo um pouco mais claro, da cor de areia dourada. Se Sarcean estivesse se sentindo magnânimo, poderia conceder sua atenção ao jovem guarda mais tarde naquela noite. Um flerte para passar o tempo.

O segundo conjunto de portas internas de metal se abriu e a procissão voltou a avançar. Não demoraria muito até que a dama que seria a rainha chegasse. E então os planos dele poderiam ser colocados em ação. O verdadeiro segredo que estava no fundo do coração do palácio, que ele pegaria e usaria para...

— Você está bem? — perguntou James.

— Eu...

Will procurou Sarcean por instinto, para segui-lo até o segredo, para encontrar o que ele procurava, todo o seu corpo pulsando com as palavras: *Está aqui.*

Não havia procissão fantasmagórica. A câmara era uma ruína sombria e morta. Os pisos estavam rachados. Os pilares caídos e espalhados como árvores tombadas em uma floresta sem sol.

Tudo o que ele tinha visto em sua visão era poeira. O Rei do Sol havia desaparecido, o Guarda Solar corado havia sumido da memória e Anharion estava morto e enterrado. O jovem loiro de olhos azuis estava ao lado dele...

Will olhou para James, cujos olhos estavam cobertos de preocupação. *Este é o lugar*, dissera James.

— Estou bem — afirmou Will, pondo-se longe da parede e tentando afastar o passado.

À frente, viu que Kettering estava iluminando com seu lampião as mesmas portas internas pelas quais Sarcean havia passado.

Escancaradas, elas chamavam e repeliam ao mesmo tempo. Will teve vontade de gritar para Kettering se manter afastado. Alheio àquilo, o homem erguia a lanterna e olhava para a estrutura gigante.

— Notável.

Empenadas, amassadas e meio arrancadas das paredes, as portas internas estavam perturbadoramente abertas, embora tivessem quarenta e cinco centímetros de espessura e fossem feitas de ferro, esculpidas e folheadas em ouro.

— O que aconteceu com elas? — perguntou Will, colocando-se ao lado dele.

Kettering aproximou a lanterna do metal disforme.

— Deformação no metal. Marcas de queimadura na própria pedra. Parece que estas portas foram abertas com magia. E o dano aqui é todo *interno*. Seja o que for, eu diria que estavam tentando sair, não entrar.

Uma relíquia de uma tentativa desesperada de fuga, as portas haviam sido abertas por um ser de imenso poder. *Está aqui.*

— Você viu as portas externas. Estavam intactas. Imaculadas. Fosse o que fosse, não conseguiu sair — concluiu o homem.

— Quer dizer que ainda está aqui em algum lugar? — perguntou Will.

— Dificilmente. Veja o desgaste. Isso foi há milhares de anos.

Aquilo era ainda mais perturbador.

— Está dizendo que morreu aqui dentro, tentando sair.

— Isso mesmo. Não encontraremos restos mortais depois de tanto tempo, como eu disse. Mas podemos encontrar uma fivela de cinto, uma balança, uma joia. Algo para identificar nosso amigo fugitivo.

Não era um amigo, pensou Will enquanto Kettering seguia mais adiante, erguendo a lanterna até a porta e depois até a parede, onde havia uma enorme marca no mármore, parte do mesmo ataque que havia torcido as portas.

Mas era para onde ele tinha que ir. Podia sentir isso. Fosse lá o que Sarcean tivesse planejado, estava lá dentro. E os homens de Sinclair pareciam prestes a encontrar. *Por minha causa*, uma voz sussurrou. *Porque eu vim aqui.*

— *Signore!* — interrompeu uma voz. — *Signore* Kettering!

Houve uma explosão de italiano quando um dos homens entrou correndo na câmara. Will voltou a si e viu que vários moradores locais haviam entrado com Sloane e mencionavam um ataque.

Ele se sentia instável, ainda meio emaranhado em memórias, forçando-se a voltar ao presente, mas era difícil.

Na rápida troca de dialetos regionais, Will só conseguiu distinguir as palavras italianas *la mano del diavolo.*

A mão do diabo? Não conseguia entender o sentido daquilo. Do lado de fora, dava para ouvir gritos distantes.

— *Il Diavolo* é como chamam o líder dos bandidos nestas colinas — disse Kettering. — Ele e seu tenente, a Mão, atacam viajantes, atacam aldeias. Um grupo de estrangeiros, ladrões e assassinos; não podemos deixá-los chegar perto do palácio!

— Bandidos — disse Sloane. — Hienas. Pior que hienas. Eu avisei.

— *Signore*, tem que nos ajudar. — O homem local estava se dirigindo a James. Era um dos trabalhadores, com braços grossos e mangas arregaçadas. — Estão atacando a entrada.

— Saquearão sem se importar com o que irão destruir ou libertar — observou Kettering. — Não podemos deixá-los entrar.

— *Signore, piacere* — disse o morador local. — Eles vão matar todo mundo.

— Então me leve até eles — disse James.

CAPÍTULO DEZESSEIS

Sair do palácio foi como romper a superfície da água depois de ser mantido submerso, ofegante e tentando enxergar o mundo. O mundo real; não as sombras rodopiantes e os fantasmas do subsolo. Tudo parecia muito iluminado, surreal, como se não fosse possível acreditar nas rochas e nas árvores. Will tentou não parecer como se sentia: estupefato.

"Armem-se!", *"Se preparem!"*. Os gritos soavam distantes, como se ele tivesse sido arrancado de um sonho cedo demais, preso entre uma vigília desorientadora e a profunda necessidade de voltar a se entregar.

Ele havia emergido em meio a um massacre. Uma dúzia de tiros; uma dúzia dos principais cavaleiros de Sloane caída. Os cavalos relinchavam e empinavam, agrupando-os como gado em um curral. Em vez de fornecer reforços, eles se viram expostos e em menor número enquanto os bandidos avançavam pela fenda em sua direção.

— A Mão do Diabo! — Will ouviu outra vez dos moradores locais. — *La Mano del Diavolo!*

Não parecia possível, os soldados deles dizimados e os poucos restantes já com as pistolas descarregadas.

— Preparem-se! — gritou o Capitão Howell para os últimos de seus homens, organizando o ataque.

Os homens tentavam recarregar as pistolas, desesperados, mais atrás James avançou calmamente.

— Vocês têm uma chance de partir — disse ele, com uma audácia ofegante, aos bandidos armados ao redor.

— Você está na nossa montanha. — A líder dos bandidos era uma mulher africana com calça de montaria masculina, camisa branca e colete marrom rasgado. A voz dela era grave, e seu italiano tinha sotaque. — Seja lá o que encontraram pertence a nós.

Ela ergueu uma pistola na mão esquerda e apontou-a infalivelmente para James.

La Mano, pensou Will. *A Mão*. Era um apelido mordaz: a mão esquerda, que segurava a pistola, era sua única mão. O braço direito terminava dez centímetros abaixo do cotovelo e estava coberto com couro.

Dos que a acompanhavam, a maioria era homem e usava as roupas esfarrapadas da região, jaquetas e calças curtas de veludo e camisas de linho abertas no pescoço. Muitos tinham lenços presos nas casas dos botões ou enfiados nos bolsos. Na cintura, usavam cintos de munição ou bainhas de couro para facas, mosquetes ou pistolas.

Mas não eram italianos: Kettering tinha razão. Will viu um homem do extremo oriente com cabelo preto e liso, e outro de cabelo ruivo e pele pálida e sardenta, provavelmente as terras longínquas do norte, nenhum dos tipos comum naquela região. Compunham uma comitiva desorganizada, tinham nada em comum além dos sorrisos sanguinários diante da possibilidade de conseguirem um prêmio caro.

— Afaste-se ou atiraremos em todo mundo — disse a Mão.

A habilidade tranquila da mulher para montar dependia apenas da postura e das pernas, e seu olhar firme sob o cabelo curto e escuro dizia que, se ela atirasse, enfiaria uma bala bem entre os olhos de James.

— Tudo bem. Atire em todo mundo — respondeu James, casualmente.

Houve tempo suficiente para o Capitão Howell dizer:

— St. Clair, seu idiota, filho da...

E então a Mão, que não fazia ameaças inúteis, simplesmente deu de ombros e atirou em James.

A brisa em um jardim antigo, cabelos dourados caindo por entre seus dedos enquanto ele olhava para cima e sorria...

Não! Will saiu correndo em desespero. Seu único pensamento era alcançar James, empurrá-lo para fora do caminho ou colocar-se à frente da bala. Mas estava longe demais e havia soldados no caminho, pelos quais teve que passar, mas não rápido o suficiente.

A explosão foi alta; um fogo de artifício, seguido pelo cheiro de fumaça acre. Um tiro, perfeitamente direcionado. *Ele pode se curar*, dizia Will a si mesmo, freneticamente. Meu Deus, será que James poderia curar um tiro na cabeça? Era impossível, mas Will tinha que ter esperança. *Ele pode se curar. Sobreviverá. Pode se curar.*

Mas à medida que a fumaça se dissipava, não parecia ser o que aconteceria.

James apenas ficou parado, com o olhar irreverente e desafiador ainda na Mão. Não havia qualquer buraco fumegante entre seus olhos. Não havia qualquer mancha vermelha em suas roupas. Não havia qualquer sinal de que ele tivesse levado um tiro.

A expressão da Mão se contraiu, uma leve carranca, como se ela não estivesse acostumada a errar.

— *Atirem* — disse ela, um pouco impaciente, e desta vez todo o bando atrás dela disparou, uma série de explosões.

O Capitão Howell se abaixou. Todos os soldados restantes se encolheram como tatus. Exceto James, que estava altivo, olhando para a Mão sem qualquer sinal de urgência.

E então, muito tempo depois, os homens do Capitão Howell começaram a se erguer novamente. Percebendo que não haviam sido atingidos, olharam para cima, confusos ao ver que nenhum dos companheiros haviam sido atingido.

O ar estava cheio de moscas, mas elas não se moviam. Will notou, arrepiado, que não eram insetos, mas bolinhas escuras de estanho e chumbo, congeladas no ar, uma delas a menos de trinta centímetros do rosto de Will.

— Acredito que estou me sentindo melhor — disse James.

Will sentiu uma onda de satisfação e orgulho. *Tente me matar nas escadas de meu palácio, com James a meu lado.*

HERDEIRO DAS TREVAS

— Você pode ser a mão do Diabo — disse James —, mas eu sou a mão de um Mestre mais poderoso do que qualquer outro a quem você serve, e esta montanha é propriedade dEle.

Então James gesticulou com a mão.

As esferas de chumbo suspensas no ar voaram para trás, na direção dos pescoços dos homens que as dispararam. Os bandidos mais próximos caíram, com os corpos crivados de chumbo, as vidas interrompidas pelo gesto de James. *"Feitiçaria! Mal!"*, começaram os gritos, em meio aos cavalos que saltavam.

— Eu fugiria, se fosse você — continuou James para a Mão. — Apenas uma sugestão.

— *Recuem!* — Will viu a Mão girando seu cavalo, ambas as rédeas em um punho, gritando para os homens: — *Recuem!*

Todos se viraram e começaram a debandar, com a Mão na retaguarda.

— Bruxo de Sinclair, sua hora de queimar chegará — disse ela a James, e tocou os calcanhares no cavalo.

Os bandidos fugiram para as árvores, conduzindo os cavalos com firmeza sobre terrenos incertos. Estava mais próximo de uma debandada aterrorizada do que de uma retirada, alimentada por uma necessidade primordial de fugir de uma força contra a qual não podiam lutar. Os homens do Capitão Howell pareciam querer fugir também. Em meio aos cadáveres espalhados e à meia dúzia de cavalos sem cavaleiros, encararam James em vários estágios de medo, estupefação e descrença, com muito receio de simplesmente saírem correndo.

Sua arma, James se autodenominara na porteira. Naquele momento, Will olhava em volta para a derrota que James causara sozinho. A presença de James no Salão dos Regentes poderia ter sido um insulto, mas ele acabara de demonstrar sem equívoco todo o poder que Will havia trazido para o lado deles.

— Fez bem, fez bem — murmurava Sloane, observando. — Não acho que vão nos incomodar de novo tão cedo.

O homem parecia aterrorizado.

James montou em seu puro-sangue inglês preto, um ícone frio pronto para liderar uma força adiante.

— Você matou todos aqueles homens — disse Cyprian, com uma voz baixa e chocada.

— De nada — retrucou James.

— Quero aquela entrada vigiada dia e noite — ordenou Sloane. — Ninguém entra ou sai sem minha autorização pessoal.

Will começou a tremer estranhamente, como se entrar no palácio tivesse sido um mergulho em água fria.

Queria muito falar com James, mas este havia montado e passado por ele sem sequer o olhar. Ao chegar ao acampamento, Sloane levou James para uma tenda de jantar.

Então Will chamou Grace e Cyprian para seus aposentos.

Havia conforto na robusta cama inglesa de dossel com cortinas de linho e no longo assento que poderia decorar qualquer sala de visitas. Aquele era o mundo dele, não aquele palácio subterrâneo de sonhos perturbadores. Não aquelas imagens do passado que lampejavam em sua mente, assombrando-o.

Mas o tremor voltou quando Will pensou na montanha.

— Tem alguma coisa naquele palácio. — Ele se forçou a falar. — O perigo sob a montanha, a calamidade que a Regente Anciã não conseguiu nomear... está dentro daquele palácio, e Sinclair está perto de encontrar. Não temos muito tempo.

— O que você está dizendo? — perguntou Cyprian.

— Precisamos encontrar Ettore. "Somente com Ettore você poderá impedir o que está por vir." Foi isso que a Regente Anciã nos disse. Temos que encontrar Ettore, e rápido.

— Você quer dizer abandonar Violet.

Cyprian contraiu o maxilar.

— Quero dizer fazer o que a chefe de sua Ordem enviou você aqui para fazer — respondeu Will. — Nada é mais importante do que deter Sinclair. Violet concordaria comigo.

Cyprian se virou e Will pôde ver as forças gêmeas do dever e da lealdade guerreando dentro dele. O cabelo solto, apesar das roupas modernas, caía pelas costas, a coluna reta como uma espada.

— E se tivessem capturado James? — perguntou Cyprian.

— O que isso quer dizer?

Cyprian não respondeu. Grace tomou a fala:

— A Regente Anciã nos avisou que enfrentaríamos nossa ameaça mais mortal aqui. Acredito nela. Senti uma grande sombra sob a montanha. Will tem razão. Precisamos encontrar Ettore. E...

— E? — interrompeu Will.

— Os homens que viajaram conosco hoje estavam assustados — continuou Grace. — Não apenas por causa da magia de James. Mas por causa da montanha. Tem algo aqui. Algo que eles temem.

Sinais para afastar o mal, um medo maior do que o de exploradores relutantes entrando em uma ruína desconhecida. Ela também tinha visto. Will se lembrou das portas, empenadas e tortas.

Algo dentro tentando sair.

— Então continuamos fingindo — concordou Will. — James é nosso senhor e mestre. Assim que amanhecer, vocês dois saem em busca de Ettore. Vou ficar aqui com James e descobrir o que eles estão tentando desenterrar naquele palácio.

Will deu a ordem sabendo que Cyprian a seguiria. Era o bom soldado. Faria o que fosse ordenado.

Cyprian franziu a testa e disse, como se a ideia realmente o angustiasse:

— Não sou bom em *enganar*.

— Eu sei — disse Will. — É a sua melhor qualidade. Encontre a aldeia e encontre Ettore. Deixe a parte de enganar comigo.

CAPÍTULO DEZESSETE

— Entre — a resposta distraída para sua batida na porta.

Will abriu a porta.

O escritório de Kettering era o refúgio bagunçado de um historiador, repleto de livros e artefatos. Três das paredes eram de pedra escavada; a quarta era de lona, assim como o teto. O próprio Kettering estava sentado a uma escrivaninha improvisada, com uma lupa de joalheiro no olho, através da qual estudava um fragmento de uma estátua de mármore branco, uma orelha com um cacho de cabelo esculpido ao lado, a peça chamuscada como se tivesse estado em um incêndio.

— Posso voltar — disse Will —, se você estiver ocupado com...

— De jeito nenhum, apenas um assunto pessoal. — Kettering colocou o mármore branco sobre a mesa, onde o objeto ficou como um peso de papel. — Você é o garoto que está aqui com James St. Clair, não é?

— Isso mesmo — confirmou Will.

Kettering estava tirando a lupa do olho. Ele a poliu brevemente com um pano antes de deixá-la próxima ao mármore.

— Então, como posso ajudá-lo?

— Quero perguntar sobre o Rei das Trevas — disse Will.

— Ah — disse Kettering, a única sílaba pronunciada com uma nova voz. — Foi St. Clair quem o mandou?

— Você é o especialista. Sabe mais sobre ele do que qualquer um.

— O que deseja saber?

O escritório inteiro estava abarrotado. O chão se encontrava cheio de caixas lotadas. Nas paredes de pedra, havia prateleiras repletas de papéis de todos os tipos. Pedaços de mármore branco foram empilhados em todas as superfícies restantes, um braço aqui, uma cabeça ali. Kettering era quem estudava Sinclair e o mundo antigo, e parecia ter enfiado metade deles naquela única sala.

Will pensou em tudo o que queria saber, nas perguntas que o atormentavam. Quem era Sarcean, de fato? O que havia causado sua descida às trevas? Por que ele se voltara contra os amigos?

Ele encontrou os olhos de Kettering.

— Quais eram os poderes dele? Como ele os usava?

Kettering recostou-se, como se Will o tivesse surpreendido.

O homem olhou para Will por um momento, sem se mexer. Então, com um estranho movimento dos lábios, levantou-se da cadeira.

— Venha — disse ele, e o conduziu até as prateleiras na lateral do cômodo.

Rolos de papel, dezenas deles, estavam empilhados em cilindros. O papel era fino, quase transparente. Kettering procurou com o dedo.

— Aqui.

Ele pegou um cilindro e o desenrolou sobre a mesa, abrindo bem os braços para espalhá-lo.

Era uma imagem em carvão, borrada e fantasmagórica. No centro, de contornos escuros e assustadoramente familiar, estava o *S*.

Will quase recuou, o poder era emitido para ele até mesmo de uma representação. Kettering confundiu sua expressão.

— Não tenha medo. É apenas uma impressão. O que vê é o interior de um elmo.

Will conseguia identificar a forma biconvexa no filamento cinza e granulado. Parecia um elmo que ele já tinha visto antes.

— Faz oito anos que encontramos. Nossa primeira descoberta real, um único Guarda das Trevas que foi enterrado sob a terra árida na Calábria. Estava sozinho, carregando uma caixa. Acredito que o mataram antes de chegar a seu destino e o conteúdo da caixa foi levado. Só o que

restou foi a caixa e algumas peças da armadura dele — contou Kettering.
— Eram realmente só...

— Remanescentes — completou Will.

— Isso.

Três sentinelas das trevas vigiavam Bowhill, o hálito de seus cavalos condensava branco no ar frio do Pico Sombrio. Will matou primeiro o dono do elmo, tirando sua vida no momento em que ele estremeceu ao reconhecê-lo.

— Controle era um dos dois tipos de magia em que Sarcean se destacava. Existem histórias de vastos exércitos de sombra ligados a ele. De hordas leais a ele invadindo todas as fortalezas de Luz — explicou Kettering.

Will olhou para as curvas do *S*. Ele tinha jogado o elmo no fogo no Salão dos Regentes, derretendo-o e transformando-o em sedimento. O artefato de Kettering era apenas um fragmento: a única parte do elmo que restava.

Mas talvez a verdadeira descoberta naquela escavação não tivesse sido a armadura, mas o *S* gravado no elmo. Will podia imaginar a empolgação de Simon ao encontrá-lo. Simon adorava brincar de Rei das Trevas.

— Simon usou o desenho para criar sua marca — observou Will.

Kettering assentiu.

— Uma cópia grosseira. Mas eficaz.

Às vezes.

— Você não tem uma.

Will ergueu os olhos do papel para Kettering.

— Nem você — respondeu ele.

Kettering estava recostado, observando Will. Estaria Will imaginando o brilho quase conspiratório nos olhos de Kettering, como se eles conseguissem ler um ao outro? *Espero que Sinclair me dê uma,* Will poderia ter dito, mas permaneceu em silêncio.

— Você disse que controle era um dos dois tipos de magia em que Sarcean era especialista. Qual era o outro? — perguntou Will.

— Morte — respondeu Kettering.

Will gelou. Viu o rosto de Katherine, branco como giz e cheio de veias pretas. Viu os Regentes, mortos no próprio salão. Viu aquilo que os Reis de Sombra haviam mostrado: o céu sombrio e o chão cheio de corpos, quilômetros e quilômetros de cadáveres.

— Morte?

Mas ele já sabia, não é? Sabia que o Rei das Trevas havia matado todos em seu caminho.

— Matar pessoas e trazê-las de volta? — disse Kettering. — Ninguém mais no velho mundo era capaz disso. Até fazer uma sombra... isso não é triunfar da morte? Conceder uma espécie de imortalidade?

Will se lembrou dos Reis de Sombra, da necessidade voraz deles de dilacerar e matar, sua única força motriz era a necessidade de conquista.

— Ele concedeu apenas uma vida de sombra — disse Will.

— Mas seus favoritos eram os Renascidos — comentou Kettering, depois de um pequeno aceno de cabeça que dizia: *Você sabe bem do que está falando.* — Não acreditei até vê-lo, mas não há dúvida de que James é Anharion. — Ele falava como um joalheiro autenticando uma pedra preciosa, como se a qualquer momento fosse pegar a lupa novamente para analisar James com ela. — Basta olhar para ele para testemunhar o que pode fazer.

Renascido. Trazido de volta à vida pelo Rei das Trevas. Sarcean foi mais poderoso na morte do que Will em vida, com habilidades além da compreensão de Will. Controlando exércitos, controlando a vida, controlando...

— Mas se St. Clair o enviou, você sem dúvida veio para aprender sobre o Colar.

Tudo parou. Will sentiu toda a atenção concentrada como na primeira vez em que havia visto o Colar.

Kettering recostou-se, observando-o.

— Está perdido, não é? — Will se ouviu dizer.

Era mentira. Ele o tinha segurado. Quase podia sentir o peso nas mãos.

— Está — concordou Kettering. — Mas se quiser ser encontrado, será. Esses objetos têm vontades próprias. Como coisas que não enxergam e tateiam no escuro.

Will se lembrou da sensação de quando o havia pegado, todo o corpo quase tateando em direção a James enquanto o Colar tentava chegar ao pescoço dele.

— James deveria tomar cuidado. Uma vez que estiver nele, não sai. Quem colocar essa coisa no pescoço dele o controlará para sempre.

Will torcia para que o objeto estivesse seguro. Ninguém sabia o que James fez com o Colar depois que Will o devolvera. James nunca tinha contado, e Will com certeza não tinha perguntado.

— Por que o Rei das Trevas o fez?

Will perguntou o porquê, pois se recusava a perguntar como.

Kettering ergueu as sobrancelhas.

— Eu imagino que... pelo poder. Pelo prazer do controle. Mas acho que a resposta é provavelmente muito mais simples.

— E qual é?

— Ele o queria. Então se certificou de que o teria — disse Kettering.

Will ficou quente, depois frio, os vislumbres dos planos de seu antigo eu sempre sombrios, lampejantes e implacáveis.

— Se o Rei das Trevas era tão poderoso, como foi derrotado?

— Ninguém sabe — disse Kettering. — Mas é óbvio...

— Óbvio?

— Ele não foi realmente derrotado — observou Kettering. — Foi?

Will sentiu algo revirar no estômago.

— Ele foi morto pela Dama.

Era a única coisa de que tinha certeza: que, pelo menos uma vez, o Rei das Trevas havia sido derrotado. Ergueu o olhar para Kettering e encontrou o olhar especulativo do homem.

— Mas o que é a morte — disse Kettering — para alguém que pode retornar?

* * *

— O que você descobriu?

James perguntou ao entrar nos aposentos, já tirando o lenço, deslizando-o do pescoço e largando-o no longo assento, onde o tecido caiu do braço.

Isso expôs o contorno longo e pálido do pescoço dele. Mesmo em uma escavação empoeirada no meio do nada, James tinha a aparência de uma orquídea de estufa, cultivada para ser colhida na hora certa.

Will tentou não pensar no adorno carmesim que faltava, na gargantilha tirada de um pescoço morto. *O que é a morte*, dissera Kettering, *para alguém que pode retornar?*

— Cyprian e Grace estão partindo para a aldeia de Ettore — disse Will, resoluto. — Scheggino; os moradores dizem que não é longe, metade de um dia a cavalo. Partirão ao amanhecer.

— Enquanto você e eu ficamos e brincamos de cavalheiro e criado.

James jogou a jaqueta para Will.

— Precisamos descobrir o que tem naquele palácio.

Por não ter experiência como criado, Will não tinha ideia do que fazer com a jaqueta depois de pegá-la, então apenas a colocou no encosto do longo assento. Quando olhou para cima, os olhos azuis zombeteiros de James o encaravam.

— Isso vai ser divertido. Posso dizer ao menino herói o que fazer.

Não sentiu o que eu senti no palácio? Will engoliu as palavras. Estar ali com James, tão perto do passado, parecia perigoso. Ele temia o que significaria permanecer ali por muito tempo. Mas ir embora seria deixar o Palácio Sombrio para Sinclair.

Ele disse a si mesmo que havia passado dias na estrada sozinho com James ao viajar de volta para o Salão. Poderia passar alguns dias sozinho com ele de novo.

— Não descobri muito — disse Will, mantendo o tom casual. — Os trabalhadores são oriundos das cidades montanhosas dispersas. Disseram para eles que estão desenterrando construções clássicas para um senhor inglês interessado em história. Nenhum deles sabe o que Sinclair está realmente procurando. Mas sabem uma coisa.

Grace tinha razão sobre isso.

— Eles têm medo da montanha — concluiu Will.

E não disseram por quê. Fecharam a cara, e os olhos escuros se tornaram hostis quando a montanha foi mencionada, então um silêncio teimoso.

— E Kettering? Vi você saindo da tenda dele — disse James.

Will não mudou a postura relaxada dos membros.

— Ele acha que você está aqui para procurar o Colar.

James ficou imóvel. Desde a noite na casa de Gauthier, não tinham realmente falado do Colar.

— Você tem sido muito diligente, não é? — comentou James.

Will não respondeu. Depois de carregar caixotes com os estivadores nas docas durante meses, era quase fácil demais voltar àquele papel: o garoto humilde apenas ajudando, e, se alguém se pegasse conversando com ele sobre a vida na escavação, era só porque ele estava por ali, e não porque fazia perguntas óbvias.

Mas as apostas haviam se tornado mais altas. O menino que havia entrado no armazém de Simon nas docas parecia outra pessoa. Ingênuo, desinformado, ainda tentando lutar contra Simon por meios comuns. Sabotar era uma atitude infantil, como se fosse mesmo possível acabar com o império de Sinclair corda a corda.

— Aquele palácio era a fortaleza do Rei das Trevas — disse Will. — O que poderia estar guardado ali que Sinclair queria tanto? O suficiente para gastar toda a fortuna dele à procura? Cavando durante anos sem nenhum sinal de sucesso?

James não respondeu, mas, depois de um momento, falou com uma voz perturbada:

— Eles não me dizem nada — admitiu ele, como se isso, mais do que qualquer outra coisa, o incomodasse. — Eu deveria ser o representante de Simon, mas são todos evasivos ou há um silêncio repentino quando entro em uma tenda. O que estão escondendo de *mim*? — James estava com o cenho franzido. — Perguntei a Sloane quando ele planejava enviar

HERDEIRO DAS TREVAS   173

uma equipe de volta para o palácio. Ele disse que precisava do conselho de Sinclair. Falei que levaria semanas e que eu autorizaria qualquer expedição. Ele me dispensou. Disse que só recebia ordens do conde.

Will se endireitou, olhando para ele.

— Quem envia? — Depois, ao olhar interrogativo de James: — O pedido de conselho de Sloane?

— Por que isso importa?

— Deveríamos interceptar a carta.

Will já estava pegando o lenço de pescoço de James e jogando-o de volta para ele. Observou James o enrolar rapidamente em volta do pescoço e depois começar a amarrar, cruzando as duas pontas do tecido uma sobre a outra.

A verdade era que ele tinha mais de um motivo para querer sair de novo. Não era apenas a carta. Não sabia como seria deitar-se ao lado de James outra vez e fechar os olhos para mais uma noite cheia de sonhos.

— Vamos. — Ele empurrou James em direção à porta. — Precisamos descobrir o máximo que pudermos.

Lá fora, os sons da escavação eram mais altos, o local em si repleto de pontos de luz e chamas, com tochas iluminando as trincheiras de escavação e obscurecendo o céu noturno.

Mas...

— Não, *Signore* — disse o intendente. — É verdade que o *signore* Sloane me entrega seu correio. Mas não acredito que haja algo agendado para hoje à noite, ou amanhã, ou para qualquer dia desta semana.

— Estranho. — comentou James, devagar, quando saíram da tenda do quartel-mestre. — Sloane disse que entraria em contato com Sinclair hoje à noite.

— Ele está mentindo? Despistando você?

— Por que ele faria isso? — perguntou James. E então: — Aonde você está indo?

— Vou verificar a tenda dele.

Roubar a carta ficou implícito. James lançou um olhar de novo interesse para Will.

— Você é meio furtivo, não é? — A voz de James soava satisfeita, como se ele tivesse descoberto um segredo. — Meu irmãozinho exemplar tem conhecimento dessa sua qualidade?

A resposta era não, e James com certeza sabia. Cyprian, com seu modo direto de fazer as coisas, odiaria ficar saindo escondido à noite. Elizabeth também não gostava. *Furtivo* havia sido a palavra que ela usara para Will. Ela não a dissera com o deleite de James.

Era perigoso mostrar essa parte de si para os outros. Mesmo que James parecesse gostar. Não gostaria se visse tudo.

— Sloane ainda está na tenda — disse Will ao se aproximarem.

Havia lampiões acesos lá dentro, apesar da hora. John Sloane ainda estava trabalhando? Não dava para vasculhar as coisas do homem com ele sentado à mesa. Talvez estivesse escrevendo a carta naquele exato momento. Precisariam esperar, mas uma espera indefinida do lado de fora, onde poderiam ser vistos perambulando, não era sensata.

— Você pode usar seu poder para nos trazer a carta de Sloane lá de dentro — sugeriu Will.

— Não posso. Tenho que estar olhando o objeto. — James parou, percebendo que acabara de revelar algo. — Você é mesmo furtivo.

Aquela palavra de novo.

— Passei a vida fugindo. Estou acostumado a fazer as coisas sem chamar atenção — comentou Will.

— As pessoas simplesmente contam coisas para você.

— Não estou tentando enganá-lo. Estamos do mesmo lado.

— Só porque me juntei ao seu...

Will colocou um dedo nos lábios de James.

James ficou quieto e então ouviu o que Will tinha ouvido: vozes. Em acordo mútuo e silencioso, os dois trocaram um olhar e depois se posicionaram ao lado da lona fina.

— ... tenho o prazer de informar que entramos no palácio principal. — O supervisor John Sloane falava como se estivesse se reportando a um superior. — Um terremoto fortuito aconteceu na noite em que St. Clair chegou.

— St. Clair? — respondeu uma voz culta no tom equilibrado da classe alta da corte do rei George. James ficou completamente imóvel, a cor sumindo de seu rosto. — Você quer dizer que James St. Clair está na Úmbria com você?

— Ele chegou quinta-feira à noite — dizia Sloane. — Em companhia de um garoto inglês e dois Regentes. Não foi o que você planejou, milorde?

Milorde, pensou Will. Ele sentiu o estômago revirar. *Não podia ser.* Mas uma única olhada no rosto branco de James dizia que sim.

— Como? — A mão de James se fechou no braço de Will, agarrando-o com força. — Como ele pode *estar aqui*?

Não podia. Estava em Londres. Era o general que nunca saía de trás das linhas inimigas, protegido e intocável. Era o recluso, o conde que delegava lacaios para que fizessem o trabalho por ele, raramente visto, apesar do poder que seu império o permitia exercer nas capitais do mundo.

Os batimentos cardíacos de Will aceleraram.

— Tem certeza de que é ele?

— Will. É Sinclair. — disse James

— Tem *certeza*?

— É Sinclair. Conheço a voz dele.

O conde de Sinclair, bem dentro daquela tenda.

Tinha acabado de chegar de Londres e estava tirando as luvas? Pronto para tomar posse de tudo o que havia dentro do palácio?

Em todos os meses em que havia passado trabalhando nas docas, Will nunca tinha visto Sinclair. Mas havia imaginado confrontá-lo. Pensara em entrar no escritório dele em algum armazém portuário. *Você matou minha mãe.* Bem no início, era uma acusação infantil que Will apenas lançava para o homem. Nunca tinha pensado no que diria a seguir. Mas então, lento, constante, implacável, começou a trabalhar seriamente contra Sinclair. Depois de um tempo, tinha algo a dizer. *Você matou minha mãe? Eu matei seu filho.*

Estou aqui em sua escavação e vou acabar com seu império.

— James nos traiu. Ele agora trabalha contra nós. Capturamos seus outros cúmplices no Salão. A menina escapou. A janízara está morta. O Leão continua nosso prisioneiro e está em um navio para Calais — explicou Sinclair.

Violet está viva, pensou Will. *Ela está viva. Está em um navio*. O alívio que sentiu foi atenuado quando pensou em Sarah, sentiu o estômago revirar. Suas veias queimaram de raiva por Sinclair falar tão casualmente da morte de uma das últimas Regentes.

— Milorde... James St. Clair é um traidor? Está trabalhando contra nós? — questionou Sloane.

— O pequeno Jamie está apostando na liberdade, mas esse não é um estado para o qual ele foi feito — comentou Sinclair. — Ele é um cachorro que escapou da coleira, mas logo voltará para casa.

James enrijeceu e Will colocou a mão no braço dele por instinto.

— O menino que está com ele é perigoso. Will Kempen. Ele não pode descobrir o que procuramos. Não diga nada a eles. E, acima de tudo, mantenha-o longe do palácio — concluiu Sinclair.

Ele sabia que Will havia matado Simon? Pelo menos caçá-lo o manteria longe da verdadeira descendente da Dama: Elizabeth. *Sinclair deu a ordem*, dissera James nas celas do Salão. *Sinclair matou sua mãe*.

De repente, Will percebeu que precisava vê-lo. Precisava ver o rosto do homem que havia ordenado a morte de sua mãe. Mas quando se aproximou de uma abertura na lona, tudo o que conseguiu enxergar foi a parte de trás da cabeça de Sinclair, e estava estranhamente errada, com cabelos loiros e grossos e ombros largos, vestido com um uniforme de oficial, usando um lenço de pescoço novo e familiar...

— Milorde, devo simplesmente matá-los? — perguntou Sloane.

— Não. Continue atuando. Meu navio chega em duas semanas. Cuidarei deles pessoalmente.

Ao falar, Sinclair se virou para a luz. Will sentiu a mesma sensação errada e desorientadora que experimentara quando o portão se abriu para a água.

O homem que falava não era Sinclair, mas o capitão de Sloane, Howell.

As mãos de Sloane estavam cerradas obsequiosamente.

— Sim, milorde — disse ele, com uma pequena reverência.

Falou isso para Howell.

A sensação de que algo estava errado se potencializou. A visão diante de Will ia contra fatos simples e contra o bom senso. Howell não poderia ser Sinclair. Howell era um jovem capitão militar por volta dos vinte e oito anos. Não poderia ser o conde de Sinclair, de cinquenta e nove anos, mesmo disfarçado.

— E mantenha-os fora do palácio — disse Howell, na voz de Sinclair:

— Sim, milorde — respondeu Sloane.

— Falaremos novamente — disse Howell.

E Will soube, com uma percepção súbita e terrível, o que estava acontecendo.

Ele empurrou James para longe da vista quando o Capitão Howell cambaleou e disse vagamente com a própria voz:

— Senhor Sloane? Acho que tive um de meus lapsos.

Will continuou empurrando James para longe da tenda, enquanto Sloane tentava persuadir o Capitão Howell a se sentar.

— Não estou entendendo — disse James. — Era Sinclair. O modo como ele falou. As coisas que disse... Como é possível que Sinclair e o Capitão Howell sejam a mesma pessoa?

James o estava encarando, com um olhar assombrado e confuso. Will realmente não sabia.

— Você nunca o viu fazer isso antes? — perguntou ele.

— Fazer o quê? — James olhou para ele. — O que é?

Will se forçou a falar com firmeza. Estava tentando não pensar no que estava acontecendo ao redor, em todos os homens em todos os túneis escavando o passado na escuridão sem fim.

Tentou não pensar nos olhos daqueles homens, virando para encará-lo.

— No Salão, Leda nos disse que o Rei das Trevas podia ver através dos olhos dos homens marcados com o *S*. Ver através dos olhos deles, falar com a voz deles e até mesmo controlá-los.

— Você quer dizer...

— Era Sinclair, controlando o corpo de Howell.

A mandíbula de James ficou rígida, então ele se virou, segurando o próprio pulso.

Simon havia tentado marcar James repetidas vezes. As habilidades de cura de James sempre apagavam a marca. Will interveio e agarrou James pelo ombro, forçando-o a olhá-lo nos olhos enquanto aquela possessividade crescia dentro dele.

— Não funcionou — disse Will.

— Ele queria que funcionasse — comentou James.

Não havia resposta para isso, exceto aquela que Will não podia dizer. *Ele não tem você.* A raiva de Sinclair e as tentativas vulgares dele de controle cresceram. Raiva de tudo o que Sinclair estava tentando arrancar daquela terra. De seus planos, sempre um passo à frente dos planos de Will. *Eu tenho você.* Will também não disse isso.

— Ele sabe que estamos aqui — disse Will. E então: — Metade dos homens aqui tem uma marca.

— Você quer dizer que Sinclair pode estar em qualquer lugar — declarou James.

— Ou ser qualquer um — completou Will.

CAPÍTULO DEZOITO

Will colocou a mão no ombro de Cyprian para acordá-lo. Cyprian, um lutador treinado, mas com experiência apenas em tempos de paz. Cyprian piscou sonolento. Não acordou como Will, silenciosa e imediatamente. Will foi dominado por um desejo súbito de protegê-lo. Apesar de todas as habilidades extraordinárias de Cyprian, havia algo quase frágil nele ali nas montanhas. Era um jovem que se levantava no emaranhado de lençóis da cama do quartel, com os cabelos longos desgrenhados e a camisa de dormir amarrotada.

— O que foi? Aconteceu alguma coisa?

— Levante-se. Não temos muito tempo — disse Will.

Ele olhou apressado ao redor do quartel para ver se já estavam sendo vigiados ou seguidos. James esperava um pouco afastado, ainda imaculadamente vestido depois de um dia agindo como o lordezinho da escavação. Sloane tinha dado as roupas a ele e, embora não fossem da mesma qualidade das roupas que usava em Londres, ainda exalavam o estilo de Sinclair.

Mas Sloane tinha descoberto que era uma atuação. Eles eram moscas na teia de Sinclair; provavelmente tinham sido o tempo todo.

Ele se sentia um idiota. Acreditou que estavam enganando Sinclair, que estava um passo à frente. Mas Will nem sequer sabia a extensão dos poderes de Sinclair. Ainda não sabia dos planos de Sinclair naquela escavação, apenas que estavam sendo elaborados havia anos.

— Vocês dois precisam sair daqui e encontrar a aldeia de Ettore. Agora. Esta noite — disse Will.

Cyprian e Grace tinham se sentado na cama do quartel de frente para ele, parecendo sérios e prontos, mesmo em roupas de dormir.

— O que foi? O que aconteceu?

— Sinclair — respondeu Will, com firmeza.

— Sinclair! — repetiu Cyprian.

Will relatou em breves palavras a cena perturbadora que ele e James haviam testemunhado. Contou sobre a morte de Sarah, a fuga de Elizabeth e como Violet estava sendo transportada para Calais. E contou sobre o Capitão Howell falando com a voz de Sinclair.

— Leda sempre nos disse que Sinclair podia controlar as pessoas — observou Will. — Agora nós o vimos fazer isso.

Grace se virou, escondendo o quanto se sentia vulnerável. Cyprian colocou a mão no ombro dela, os dois se uniram instintivamente. A morte de Sarah significava que, do mesmo modo que Cyprian era o último Regente, Grace havia se transformado na última janízara. Isso fazia dela a única detentora do conhecimento que restava. A Regente Anciã sempre havia insistido: *O verdadeiro poder dos Regentes não são nossas armas. Nosso verdadeiro poder é do que nos lembramos.* Como a última janízara, esse fardo agora cabia a Grace, com Cyprian como seu Regente protetor.

— Sloane sabe quem somos. Vocês dois precisam ir. Precisam encontrar Ettore antes que toda a escavação seja bloqueada.

Cyprian voltou-se para eles.

— Você tem que vir com a gente. Não é seguro para você aqui agora.

— Não — disse Will, que estava pensando nisso desde que ouvira Sinclair na tenda. — Nós ficamos e jogamos o jogo. Agimos como se não soubéssemos que fomos descobertos. Sloane não vai nos jogar em uma cela; irá manter a fachada. Um blefe duplo... Seremos vigiados, mas talvez ainda consigamos encontrar alguma vantagem. Se fugirmos, perderemos o acesso à escavação.

— Essa é uma pantomima que pode levar você à morte — disse Grace.

— Sinclair chega em duas semanas — retrucou Will. — Precisamos descobrir o que há naquela montanha.

Cyprian olhou para James, que estava recostado na haste da tenda, e depois balançou a cabeça.

— Vou buscar os cavalos — disse ele.

— Eu sei como é, sabe? — disse James, aparecendo no estábulo improvisado.

Cyprian o ignorou. Selando o cavalo na calada da noite, ele sentia a mesma mistura de raiva e náusea que sempre sentia perto de James. *Por que você está aqui?*, queria gritar. A presença de James era um equívoco. Sob a pergunta espreitavam as palavras: *Veio terminar o trabalho?* James havia matado todos os Regentes, exceto Cyprian. A sensação de perigo real sempre presente fazia parte da repugnante mistura de sentimentos que James provocava.

— O "mundo exterior".

James encostou o ombro em um dos suportes de madeira e falou como se esta fosse a resposta a uma pergunta que Cyprian não havia feito. Cyprian o ignorou. É óbvio que James não se ofereceu para ajudar, embora a missão para encontrar Ettore fosse urgente e ele devesse partir com Grace antes que Sloane desse a ordem para fechar o acampamento.

— A água é estranha. A comida tem gosto de serragem. O acabamento é de má qualidade. Você acha que é só aqui e depois descobre que está em todo lugar.

Cyprian ignorou o choque de reconhecimento e se forçou a não olhar para James, recusando-se a ter qualquer coisa em comum com ele. *Tem algo errado com a água*, dissera ele a Will, que havia bebido um pouco, e então respondido, confuso e achando graça: *Esse é o gosto que água tem.* Cyprian corou, envergonhado por sua ingenuidade, feliz por

Violet não estar lá para zombar dele, embora pudesse imaginar, talvez até quisesse isso, sentindo profundamente sua ausência.

— E você tenta aprender as novas regras — continuou James, com a voz estranhamente baixa, sem o tom zombeteiro de sempre —, mas não existem regras e não existe ninguém que diga a você qual é seu propósito ou que afirme que você está seguindo seu caminho.

Cyprian o ignorou. Verificou a arma e a montaria duas vezes. E então, só para ter certeza, uma terceira vez. Não faria mal algum se preparar melhor. Ao fazer isso, sabia que ninguém mais verificaria seu trabalho, que nem Leda nem seu pai passariam para dar uma olhada na selaria. Mas ao conduzir o cavalo imaculadamente preparado pelo pátio, com a sela e as rédeas perfeitas, se sentiu bem por saber que havia alcançado um padrão exigente, mesmo que fosse para fantasmas.

James o seguiu, a voz cada vez mais afiada, como se ele merecesse uma reação e estivesse amargurado por Cyprian não ter reagido.

— Espada limpa, cabelo escovado, estrela brilhando. Você realmente é o Regente perfeito — comentou James.

Cyprian o ignorou.

— Aposto que nunca saiu escondido do quarto, nem faltou em um dia de treino, nem ignorou o sino. Estava ocupado demais se desdobrando para deixar o papai feliz.

Cyprian o ignorou.

— E agora você está partindo para a primeira missão, como um verdadeiro Regente, cavalgando de uniforme branco, lutando contra as Trevas.

Cyprian o ignorou.

— Mas se esqueceu de arrumar uma coisa na sela.

Cyprian odiou ter se virado para olhar, apenas para descobrir que a sela estava perfeitamente polida. Ao se virar de novo, os olhos de James mostravam que ele parecia ter ganhado alguma coisa.

— É o que nosso pai diria, não é?

— Nunca saberemos o que ele diria. Você o matou — retrucou Cyprian, e subiu na sela.

HERDEIRO DAS TREVAS 183

— Tem certeza de que não quer que eu vá junto, irmãozinho? Vai ter problemas com aqueles bandidos da colina sem mim, levando em conta que já salvei sua vida duas vezes até agora.

Cyprian não olhou para ele, apenas bateu com os calcanhares no cavalo. *Não me chame assim.* Melhor não dizer nada.

Atenha-se a seu treinamento. É o que o pai dele teria dito.

Ele cavalgou para se juntar a Grace.

CAPÍTULO DEZENOVE

— Sloane me convidou para ir à tenda dele — disse James.

Sua voz estava tensa e ele andava pelo quarto, os gestos curtos e bruscos demonstrando seu incômodo, mesmo com a porta fechada.

— Um jantar tardio. Apenas o *círculo íntimo*. Ele espera que eu me junte ao grupo.

O mensageiro os abordou assim que chegaram aos aposentos, e os olhos de James passaram rapidamente pelo papel. Caminhando de volta para os aposentos, era muito fácil imaginar que todos os homens que os observavam eram Sinclair. Todos os ingleses ali tinham a marca.

— Você tem que ir. Temos que manter a fachada — disse Will.

— A *fachada* — repetiu James.

Segurava o cartão-convite deixado pelo mensageiro, como se estivessem propondo uma visita à tarde.

— Jogamos o jogo até os outros voltarem da aldeia — continuou Will. — Sinclair disse a Sloane para nos manter ocupados. Temos que fazer o mesmo.

Era bastante fácil para Will falar, uma vez que era James quem teria que atuar na frente de Sloane, sabendo que os olhos de seu pai substituto poderiam o estar observando.

— E se ele testar minha lealdade?

As palavras eram ríspidas, como a postura desafiadora de James. A maneira como estava parado de pé, a tensão expectante em seu corpo... Will percebeu de repente.

— Você não gosta disso — disse Will, como se fosse a revelação que era. Irônico, mas fazia muito sentido. — Você não gosta de enganar as pessoas.

Óbvio que não gostava. Óbvio porque, nesse tempo todo, ele não tinha feito isso. James estivera tenso desde que chegaram, o tom desses comentários cortantes ficava cada vez mais afiado. E ele havia engolido tudo e deixado Kettering tocá-lo, e até matado pessoas, assim como tinha feito antes para Sinclair.

— Meu Deus, foi assim para você, não foi? Todos aqueles anos trabalhando para Sinclair enquanto procurava o Colar em segredo?

Não era o que James esperava que ele dissesse, e os olhos dele se arregalaram por um momento. Depois, sua boca se torceu em uma expressão de desdém.

— Isso não é...

— Não era para você ter tido que matar aqueles bandidos — interrompeu Will.

Óbvio, James sabia como bancar o diletante sádico na frente de Sloane. Havia desempenhado esse papel durante anos enquanto procurava o Colar.

— Não me importo com alguns bandidos — disse James.

Era fácil esquecer que James havia sido criado no Salão. Ele teria sido um seguidor de regras e um verdadeiro exemplo como Cyprian. Criado para ser bom.

— Não era para você ter tido que matar os Regentes — declarou Will.

Foi como se ele tivesse atingido o cerne da verdade, e os olhos de James se arregalaram ainda mais. Então James pareceu perceber que sua reação o havia traído. Ele se recompôs para disfarçar.

— *Realmente* não me importo com...

— Não deveria ter tido que matar ninguém. — Will se forçava a falar. — Não vai matar por mim. Principalmente Sinclair. Sei que ele era como um pai para você.

— Mas pais — retrucou James, tenso — são minha especialidade.

— Foi esse o teste de lealdade de Sinclair? — perguntou Will. — Seja meu, mate sua família?

James ficou em silêncio. Porque era óbvio que não teria sido um único teste, James teria que provar sua lealdade a Sinclair não apenas uma vez, mas repetidas vezes, cumprindo suas ordens com crueldade, assim como havia cumprido com os deveres devocionais como Regente. Seria vantajoso para os dois. Sinclair gostava de exercer poder sobre os outros. James queria provar seu valor. Will pensou em James dando tudo de si para abrir o portão.

— Todos os olhares estarão voltados para você no jantar — observou Will. — Chame a atenção deles. Isso vai me dar tempo para dar uma olhada por aí.

Na verdade, seria a primeira vez que Will ficaria sozinho desde que ouviram Sinclair na tenda de Sloane. Era a oportunidade que ele queria e não iria desperdiçá-la.

— Olhar o quê?

James não entendeu, e Will não esperava que ele entendesse.

— Vou descobrir o que tem dentro daquele palácio — declarou Will — e vou deter Sinclair.

— Como vai fazer isso se o palácio é guardado dia e noite, e todos estão atentos aos seus passos?

James arqueou as sobrancelhas.

— Engenhosidade — respondeu Will.

— Sinclair me criou. Ele conhece todos os meus truques. Ele me ensinou metade deles. Sabe o que posso fazer — disse James.

— Ele não conhece meus truques — disse Will.

Will esperou até que James fosse embora, depois pegou uma garrafa de vinho fechada que havia sido deixada nos aposentos e foi direto até o homem mal disfarçado que Sloane havia colocado de guarda do lado de fora.

— Pode me indicar a tenda do Capitão Howell? James St. Clair me pediu para convidá-lo para o jantar de Sloane — disse Will, inocentemente.

HERDEIRO DAS TREVAS

O homem bufou.

— O capitão não vai jantar com St. Clair.

Will tinha imaginado isso. Mas arregalou os olhos.

— Espero que você esteja errado. Porque me disseram para não sair da tenda de Howell até convencê-lo.

— Espero que você tenha a noite toda, então — comentou o homem.

E foi assim que Will conseguiu que seu vigia o levasse até a tenda de Howell e o deixasse lá, com todo o tempo do mundo para fazer o que quisesse lá dentro.

Ao entrar, ergueu a garrafa de vinho e contou uma nova mentira.

— Capitão Howell. O sr. Sloane enviou isto a você. Disse que espera que esteja se sentindo recuperado.

— Garoto do St. Clair — disse Howell, como se o nome tivesse um gosto horrível.

De perto, dava para ver que o hematoma no pescoço de Howell estava desaparecendo. O novo lenço que usava para escondê-lo havia escorregado um pouco abaixo do pomo de adão. As roupas não tinham a mesma qualidade que as de Sloane e mostravam sinais de desgaste ali nas montanhas.

Mas ele pegou a garrafa. Tirou a rolha com um único puxão e ignorou as sutilezas da etiqueta dos copos, levando a garrafa aos lábios para um gole, mais parecido com os hábitos dos homens nas docas do que com os de um capitão de regimento.

Will estava procurando sinais remanescentes de possessão, mas não via nenhum, exceto por um leve nervosismo que, se ele refletisse a respeito, havia estado lá o tempo todo.

Howell, por sua vez, olhava para Will, ao engolir o vinho, segurando a garrafa pelo gargalo.

— Você é o que divide o quarto com ele.

Os olhos dele refletiam uma especulação lenta e perceptível.

Will sentiu o clima mudar, quando o *garoto do St. Clair* de repente ganhou um significado novo e espetacular. De forma deliberada, ele relaxou os membros. Não era uma abordagem que Will já tivesse tentado com um homem antes. Mas não se podia partilhar uma pensão para rapazes e permanecer inocente no mundo.

— Ele nunca me ofereceu um desses.

Will olhou para o pulso de Howell e depois voltou a olhar para cima, batendo os cílios.

— Até onde você iria para conseguir um? — perguntou Howell.

— Depende — disse Will. — Doeu?

— Muito — respondeu Howell.

— Posso ver? — perguntou Will.

O Capitão Howell parecia estar achando graça, como se soubesse o jogo que estavam jogando. Ele se aproximou. Parando diante de Will, começou a arregaçar a manga. O suspense de uma cortina se abrindo: a marca revelada era em relevo, terrível.

— Posso tocar? — perguntou Will.

Um sorriso lento se espalhou no rosto de Howell. A primeira vez que Will havia visto o *S*, parecia um buraco aberto, incitando-o a cair. A verdade é que a marca sempre o tinha chamado. Will passou o polegar pela cicatriz. Howell deixara Simon queimá-lo com uma marca tosca, marcando-o com um símbolo que nenhum deles entendia.

— Agora, garoto, o que você quer?

Era uma pergunta baixa e satisfeita, a outra mão do Capitão Howell pousando na cintura de Will.

— Estou aprendendo o que posso fazer — respondeu Will.

Sua voz soava diferente. Ele havia se levantado da mesa, os olhos firmes. O aperto mudou de exploratório para exigente. Não era o símbolo de Sinclair. Era o símbolo do Rei das Trevas, à espera de seu pretendente. A expressão do Capitão Howell alterou-se.

— Não, não lute contra. Apenas me permita — disse Will.

A respiração do Capitão Howell havia mudado, combinando sutilmente com a sua, os olhos claros escurecendo com as pupilas e assumindo a aparência vidrada de uma presa.

— É isso.

HERDEIRO DAS TREVAS

Will manteve a mão esquerda no pulso de Howell e levantou a direita para pegar a nuca do homem, com o polegar apoiado no esôfago, onde James o havia machucado. Os olhos deles se encontraram. Howell engoliu em seco; Will sentiu o arranhão áspero da barba que crescia no pescoço do capitão.

Mas, mais do que isso, ele podia sentir o *S*. Sempre havia conseguido senti-lo. Uma escuridão que o chamava, que o atraía. Havia resistido desde o primeiro momento em que a tinha visto. Mas tinha parado de resistir, deixando que o chamado o convidasse.

— Achei que seria difícil. Mas não é, é? — comentou Will.

Todos aqueles meses olhando para velas enquanto a luz se recusava a responder. Tudo o que precisava fazer era entrar nas trevas.

— Você já é meu — disse Will.

— *Mestre* — disse o Capitão Howell.

Sim, pensou Will, e, com um solavanco, estava dentro do corpo do Capitão Howell, olhando para o próprio rosto através dos olhos do oficial.

Ele arfou e sentiu o ar girar em uma garganta desconhecida. Podia sentir a mão de alguém em seu pulso. Era a sua. Estava olhando para o próprio rosto. A visão desorientadora mostrava um menino com a pele pálida como mármore branco, cujos olhos haviam ficado completamente pretos, como se as pupilas tivessem se espalhado tanto para a íris quanto para a parte branca. Aqueles olhos pretos brilhavam, queimando exatamente como ele os tinha visto em sonhos.

Esse sou eu. Essa é minha aparência. Ele era aquele garoto. Mas também era Howell. Podia sentir os braços de Howell, de comprimento diferente dos seus. Will estendeu a mão e a mão de Howell se ergueu, com dedos grossos e o braço coberto por cabelos loiros cacheados. Howell tinha carne robusta nos ossos, do tipo que um vagabundo das docas não podia acumular.

Ele é mais alto que eu também. Will se sentia pesado, desajeitado, como se estivesse vestindo um terno grande demais. Mas podia aprender a usar aqueles membros, pensou. Podia se adaptar a um equilíbrio e peso diferentes. Podia fazer o Capitão Howell ir até o jantar de Sloane, ou até sua tenda, ou a uma reunião mais tarde, onde Sloane poderia revelar segredos. Supondo que Sloane não reconhecesse os sinais de possessão. Se o fizesse, Will podia fingir ser Sinclair.

Ou poderia possuir o corpo do próprio Sloane. Era fácil imaginar habitar outros corpos e, assim que pensou, sentiu-os, como pontos brilhantes ligados pela marca. Dezenas de marcas naquela escavação, em cada inglês, como se Sinclair precisasse de lealdade absoluta naquela missão. Will sentiu...

O homem lá fora, observando a tenda. Sloane e um punhado de oficiais com a marca no jantar. O quartel-mestre, sem conseguir dormir em meio aos sons incessantes de escavação. Então nada, mas se ele fosse ainda mais longe...

Um homem segurando as rédeas da carruagem, o couro grosso nas mãos enluvadas. Uma mulher mais velha tocando a sineta do jantar, o som ressoando nos ouvidos dele. Um menino correndo no meio de uma multidão com uma mensagem nas mãos. Eram dezenas, centenas, abrangiam metade do mundo...

Howell. Onde estava Howell? O pânico aumentou quando Will percebeu que o havia deixado para trás. Ele estendeu a mão, mas não conseguiu encontrá-lo. E se não conseguisse voltar para o corpo de Howell? E se não conseguisse voltar para o próprio corpo?

Desesperado, procurou alguma coisa, qualquer coisa à qual pudesse se agarrar. Mas havia nada, apenas uma ausência nauseante, afastando-se de si mesmo. Ele buscou, desvairadamente, algo familiar. Algo que o prendesse, que o amarrasse a si mesmo...

... e se viu olhando com olhos desconhecidos para um semblante sardento e aquele rosto bonito e caloroso que ele conhecia tão bem.

— *Violet?* — disse ele.

A garota o olhava de volta, e Will podia ouvir o som de água e o cheiro de borrifos salgados, como se estivesse em um navio.

Era ela, realmente ali, em carne e osso, quente e real, perto o suficiente para alcançá-la e tocá-la.

— *Violet...*

HERDEIRO DAS TREVAS

— Will! — disse James, e, com um puxão, ele estava de volta ao próprio corpo na Úmbria, ofegante como um peixe puxado de um riacho.

James estava parado como uma divindade maléfica na porta, o poder brilhando ao redor dele. O Capitão Howell tinha sido jogado na parede oposta e estava preso, arrancado de Will com uma força invisível. Will virou a cabeça rapidamente, fechando os olhos com força para esconder os globos estranhamente pretos.

Ah, Deus, James tinha visto? Will estava ofegante, os olhos bem fechados para escondê-los, ainda se recuperando de ter estado fora do próprio corpo. Cravou as unhas nas palmas das mãos, tentando se recuperar. *Não deixe que descubram. Não deixe que vejam.*

Sentiu as mãos de James nos ombros, as mãos reais de James, e foi forçado a abrir os olhos e encará-lo. Uma onda de pânico de ser descoberto. Mas James estava olhando para ele com uma preocupação urgente, o que significava que seus olhos deviam ter voltado ao normal. O alívio o cruzou, fazendo-o estremecer, mesmo tendo forçado qualquer coisa que pudesse denunciá-lo a retroceder.

— Will! — disse James, com urgência.

Encontrei Violet. Não podia contar a James. Não podia contar a ninguém. Ninguém podia saber o que ele conseguia fazer. Ele segurou a língua para conter as palavras. Violet estava viva. Violet estava em um navio, provavelmente navegando para Calais, como Sinclair dissera. Devia ter entrado no corpo de um dos captores dela. Meu Deus, tinha estado no navio, *com ela.*

— Will, ele machucou você, ele...

Will nunca tinha visto James assim. Não entendia a preocupação de James, e então percebeu que James tinha visto Will e o Capitão Howell agarrados um ao outro e confundiu quem era o predador e quem era a presa.

O desejo de rir da ironia subiu por sua garganta. Que engraçado receber o apoio que sempre desejara. Porque é óbvio que era baseado em uma mentira. James não o ajudaria se soubesse o que Will acabara de fazer.

Uma memória do passado foi cuspida: *Fico vulnerável quando estou perscrutando*. Ninguém tinha permissão para se aproximar de Sarcean quando sua mente deixava o corpo, exceto Anharion, que sempre ficava de guarda e cuja lealdade era absoluta, porque ele estava preso pelo Colar.

Mas James não estava usando o Colar. Estava protegendo Will porque queria. *Sarcean nunca teve isso*, pensou Will com uma espécie de anseio fraco, desfeito pelo que James estava dando a ele.

— James, estou bem, estou...

— Como ousa colocar as mãos nele?

James estava se voltando contra o Capitão Howell, que imediatamente começou a ofegar e a se debater contra a haste da tenda. Foi a vez de Will agarrar o ombro de James, puxando-o para trás.

— *James*. Você o está esmagando. James! *Deixe-o*.

O Capitão Howell caiu no chão, tossindo. Com a mão no pescoço, ele olhou para os dois.

— O que aconteceu? Tive um de meus lapsos?

— Seus lapsos! Sinclair estava aqui? — perguntou James, e arremessou Howell de volta na haste da tenda com seu poder.

Toda a estrutura da lona estava prestes a desabar.

— James, ele não sabe o que aconteceu!

James soltou um som frustrado, mas fez seu poder recuar de Howell pela segunda vez. Olhou para baixo enquanto Howell se arrastava para trás.

— Saia. Agora — disse James a ele.

Howell se forçou a se levantar e a sair, com a mão ainda agarrada ao pescoço. Will quase levou a mão à própria garganta em sinal de solidariedade, embora não sentisse nada da falta de ar ou dos hematomas de Howell. Não tinha qualquer vínculo contínuo com Howell, mesmo que uma impressão do corpo do homem permanecesse em sua mente.

— Você precisa ter mais cuidado — disse James quando Howell saiu. — Não pode ficar sozinho com homens que têm a marca.

— Estou bem.

Will estava instável, ainda se acostumando de novo ao próprio corpo, mas foi incapaz de demonstrar. Escondeu o estranho incômodo que sentiu, assim como escondeu a vulnerabilidade de quase ter sido descoberto.

— Sinclair pode estar em qualquer lugar. Você mesmo disse. É de você que ele está atrás. Não está seguro.

Como se Will fosse o inocente; o garoto triste; alguém que James seguia, mas considerava inerentemente ingênuo. Como se Will não soubesse do que Sinclair era capaz, sendo que Sinclair havia matado a mãe de Will.

— James, estou bem.

Ele tinha visto Violet. Sabia o que tinha que fazer.

CAPÍTULO VINTE

— *Levante-se no três!* — Violet ouviu. — *Um, dois...*

Com os olhos vendados e imobilizada pelo poder da sra. Duval, ela sentiu toda a jaula subir e depois inclinar-se como se estivesse sendo carregada escada acima. Deslizou e bateu nas barras traseiras. Ar puro e gritos de um grande porto, tudo em francês.

Onde estava? Calais? Era o único porto francês que conhecia, um lugar para onde os navios de Sinclair viajavam com frequência, uma parada antes de cumprir os negócios dele pelo restante da Europa. A vista de Calais era famosa. Violet não conseguia enxergar através da venda. O que estava fazendo ali?

De repente, a jaula foi inclinada de novo, desta vez na direção oposta, uma rampa, até que finalmente foi colocada em uma carroça, percebeu ao dar um solavanco e começar a se movimentar.

Violet permaneceu alerta, pronta para arrancar a venda no instante em que conseguisse se mexer. Mas não houve quebra no poder da sra. Duval. Violet imaginou a sra. Duval sentada atrás dela como um sapo agachado, sem desviar os olhos durante todo o trajeto.

Um solavanco; a carroça parou. Pelo balanço, a jaula estava sendo carregada. Então atingiu o chão.

Violet sentiu a mão de alguém no cabelo. Então, como um mágico revelando um truque, a venda foi retirada. Esperava ver o pai e o irmão à sua espera, apesar do que a sra. Duval tinha dito.

Em vez disso, estava em um salão de baile decadente de um antigo castelo francês. O lugar jazia em ruínas, com tábuas podres no chão e manchas de mofo no teto, e uma videira entrando por uma das janelas francesas sujas. Vazio e enorme, os dançarinos e membros da alta sociedade ausentes havia muito tempo, lembrava um pouco a arena de treinamento no Salão dos Regentes.

A sra. Duval e seu irmão Leclerc estavam parados no outro extremo do salão de baile. A porta da jaula estava aberta, e ela não estava mais sob a compulsão. Violet saiu lenta e cautelosamente para o centro do espaço.

A primeira coisa que viu foram os animais. Havia taxidermias montadas, animais em poses estranhas. Cabeças de veados nas paredes, grandes felinos empalhados em posição de ataque. Ao olhar para um dos íbex congelados, ela o viu piscar e percebeu com um estremecimento que muitos dos animais estavam vivos: um papagaio escarlate ao lado de um gato preto, um coelho ao lado de um píton, as espécies perturbadoramente lado a lado quando não deveriam estar. Era uma perturbação da ordem natural, um tipo de caos que a desconcertava. O que aconteceria se a sra. Duval não estivesse lá? Os predadores atacariam? A presa seria comida?

Leclerc, parado entre os animais, fazia parte da imagem inquietante, as cicatrizes das garras marcando distintamente seu rosto. Violet imaginou um predador maior entrando no salão de baile e então pensou: *sou eu*. Ela fixou os olhos em Duval.

— Por que estou aqui? — perguntou Violet.

Entre a sra. Duval e ela havia uma espada apoiada nas tábuas apodrecidas do chão, com uma faca ao lado. Armas dispostas, o que não fazia sentido.

— Vou ensiná-la a matar um Leão — disse a sra. Duval.

Violet olhou para a espada e para a faca, depois voltou a olhar para a sra. Duval.

— Eu sei matar — respondeu Violet.

— Você sabe lutar. Mas nunca enfrentou alguém como você. — A sra. Duval notou a direção do olhar de Violet. — Vá em frente. Pegue a espada.

Violet o fez com cautela, surpresa por conseguir avançar sem qualquer represália. Os dedos se fecharam no punho da espada e no cabo da faca, uma arma em cada mão. Antes que pudesse pensar ou se questionar, saltou os dois passos em direção à sra. Duval, apontando a espada com firmeza para o corpo da mulher.

— Pare — disse a sra. Duval calmamente.

Violet ficou congelada no ar, o corpo caindo no chão com o ombro primeiro e sentindo um choque de dor que atingiu seus dentes e escureceu sua visão. Ela ficou onde havia caído, com o corpo estranhamente paralisado, e notou os sapatos da sra. Duval aparecerem em seu campo de visão.

— Quero que fique claro que não vou deixar você me machucar.

Botas pretas de cano alto com botões e salto pequeno.

— Então fique alerta — disse Violet, as palavras como uma ameaça vazia.

Já sabia que o poder da sra. Duval não era interrompido pela mínima falta de concentração. Mas o que aconteceria se a sra. Duval fechasse as pálpebras por mais de um segundo fugaz?

Não havia nada que ela pudesse pegar e atirar contra a mulher sobre aquelas tábuas antigas. Talvez, se lançasse a espada, a sra. Duval virasse a cabeça apenas por um segundo que desse a chance de...

— Agora vamos ver o que você pode fazer — disse a sra. Duval.

A compulsão foi suspensa outra vez. Sentindo que as coisas não seriam simples, Violet reprimiu o desejo de atirar-se ou atirar a espada em Duval.

— Vamos. Ataque — ordenou a sra. Duval.

Uma sequência que Justice havia ensinado... Violet ficou chocada ao perceber que foi contra-atacada.

— Vejo que você aprendeu as técnicas dos Regentes. Isso não será suficiente para matar um Leão — disse a sra. Duval.

— Os Regentes são os maiores guerreiros vivos — retrucou Violet.

— Foi o que eles ensinaram a você? Os Leões são mais fortes que os Regentes e mais rápidos. Mais resilientes. Podem levar um golpe e continuar.

Uma pancada forte na lateral da cabeça acompanhou a palavra *golpe*. Violet balançou a cabeça, tentando se recuperar. Como se o golpe tivesse reavivado a memória, ela lembrou que tinha visto Tom levar uma surra de Justice e sobreviver. Então se lembrou de quantos Regentes Tom havia matado.

— Por que você parou? Você reage como uma Regente, ferida e abatida. Você é um Leão. Um golpe como esse não deveria fazê-la sequer recuar.

Violet ficou confusa de novo, desta vez por um motivo diferente. A sra. Duval queria dizer que seu sangue de Leão a fazia resistir a ataques? Era verdade que ela não se machucava facilmente. Sabia que podia pular de uma altura incomum e pousar com segurança. Pegar objetos pesados não a deixava exausta.

— Não sabe quase nada de si mesma — Os Regentes não a ensinaram a usar como vantagem o que é — disse a sra. Duval.

— Eles me ensinaram a lutar.

— Não ensinaram o modo do Leão; ensinaram o modo deles.

A sra. Duval bateu nela outra vez, e Violet se viu cambaleando para a frente devido a um golpe que pareceu surgir do nada. Então se perguntou se realmente precisava ter cambaleado. O que teria acontecido se ela tivesse apenas se mantido firme?

— Você não conhece sua força — observou a sra. Duval. — O melhor Regente enfrentando o melhor Leão morreria. Sem exceção. Mesmo com todas as poções, todos os acordos com as Trevas. Você aprendeu com aqueles que são inferiores a você.

— Os Regentes não são *inferiores* — disse Violet.

Mas Tom havia matado Justice no *Sealgair*. Ela ainda podia vê-lo de bruços, na água fria, com o cabelo preto espalhado.

— O que você acha que um Leão *é*? Ou também não falaram disso?

Violet olhou para ela com raiva. Odiava o fato de não saber. Isso despertava a mesma estupefação que sentia quando Tom contava histórias de Calcutá. Ela reprimiu esses sentimentos como sempre fazia e concentrou o ódio na sra. Duval.

— Havia muitos com poderes no velho mundo. O Sangue da Fênix, o Sangue da Mantícora. Ao contrário do Sangue dos Leões, todos foram extintos. Mas os Leões resistiram. Você tem um papel a desempenhar... *Vai chegar o momento em que um Leão vai precisar usar o Escudo de Rassalon.*

— Pensei que meu destino seria ser devorada — retrucou Violet, mas estava desconcertada.

Parecia muito com o que a Regente Anciã havia dito a ela.

— Devorar ou ser devorada — disse a sra. Duval, em vez de responder. — Leões são fortes, mas podem ser mortos. Será necessário mais do que força para matar sua espécie. Você foi ensinada a vencer, mas não a matar. Eu vou ensiná-la a matar. Vai aprender como atacar rápido, sem piedade, a acertar o ponto em que seu oponente é mais vulnerável. Vou ensinar os pontos fracos do corpo. Os olhos, a garganta, o fígado.

— Por que eu iria querer matar um Leão?

— Porque sua disputa com seu irmão será até a morte — respondeu a sra. Duval, e a boca de Violet ficou seca.

Ela baixou a espada e quase ficou surpresa quando a sra. Duval não aproveitou imediatamente a vantagem. Um momento depois, Violet deixou cair a espada no chão.

— Não vou matar Tom — disse Violet.

— E quando ele tentar matar você? — perguntou a sra. Duval.

— Ele nunca faria isso.

— Sua família não contou nada a você? Tom Ballard virá matá-la mais cedo ou mais tarde. Esteja você treinada para lutar contra ele ou não.

Violet não pegou a espada.

— Por que eu acreditaria em você?

— Eu conhecia sua mãe — disse ela, e Violet a encarou. — Eu sabia o que ela sabia. As leis que governam toda a sua espécie. *A morte de um Leão concede os poderes de um Leão.*

Era como se ela estivesse ouvindo as palavras ao longe. Ressoavam em seu interior como um sino, chamando algo profundo dentro de Violet. *A morte de um Leão...*

Uma memória; mãos em seus cabelos e uma voz feminina cantando. Uma saia que não era a crinolina estruturada das saias inglesas, mas feita de um tecido diferente. Verde e amarelo e solto nas dobras. Ela não se lembrava da letra da música. Nem do padrão na bainha da saia. Nem...

— Você disse o nome dela. — As palavras de Violet soavam distantes. A garota teve que empurrá-las para fora, e mesmo assim não pareciam saírem dela. Era quase assustador falar disso. *Gauhar.* O nome de sua mãe. O assunto proibido. *Como você pôde trazer a filha daquela mulher para minha casa!* — Antes. Você disse o nome dela. Você disse...

A sra. Duval não respondeu.

— O aspirante ao trono Azar matou Rassalon para tomar seu poder. Mas algo deu errado. Azar pegou o escudo, mas os poderes não foram transferidos. Rassalon foi o último Leão verdadeiro.

— O último Leão verdadeiro.

As palavras acenderam uma faísca, uma conexão com algo além dela mesma. Com o calor daquelas mãos, uma lembrança envolvente de calor.

— Era a esperança de sua mãe para você — disse a sra. Duval. — Assumir os deveres de Rassalon. Para devolver a sua família a glória que lhe é devida. Para ser um Leão verdadeiro. Mas John Ballard tinha outros planos.

— Não entendo — disse Violet.

Mas era esse sentimento que ela não compreendia, essa conexão fantasmagórica com algo havia muito esquecido.

— Seu pai fez você.

Violet sentiu o estômago revirar com a palavra *fez*.

— E então matou sua mãe — continuou a sra. Duval.

Ela olhou horrorizada para a mulher.

— Ele queria o poder dela para si e para seu filho. Mas, assim como aconteceu com Azar, algo deu errado. Ele não se tornou um verdadeiro Leão. Então trouxe você para a Inglaterra com ele. Seu pai quer saber o que deu errado e, quando tiver a resposta, entregará você ao filho dele — concluiu a sra. Duval.

Violet sentia-se enjoada.

— Por que você está me contando tudo isso? Quem é você?

— Eu sou a última dos Basiliscos — respondeu a sra. Duval. — E sei que apenas um verdadeiro Leão pode resistir ao que está sob Undahar.

Eles a jogaram em um porão.

De volta à jaula; havia folga suficiente na corrente para que se movesse alguns metros em qualquer direção, mas ela não conseguia alcançar além das barras, muito menos as escadas até a porta da adega, ou qualquer um dos barris de vinho fora de uso espalhados pelo cômodo subterrâneo. As algemas dos Regentes em seus pulsos minavam a força que poderia ter usado para quebrar as correntes ou arrancá-las da parede.

No caminho, viu vislumbres do castelo em ruínas, janelas fechadas com tábuas, lençóis brancos sobre os móveis, aposentos com gesso desmoronando atrás do papel de parede descascado que revelava tábuas antigas. Acima de uma enorme cornija de pedra, viu esculpidas a frase *"La fin de la misère"*. Não entendeu o significado, mas estremeceu.

Ao mesmo tempo, era tomada por sentimentos intensos despertados pela sra. Duval. A vida de Violet na Índia era um punhado de memórias nebulosas, bloqueadas por desvios da própria mente. A maioria era dos Ballard, como se ela tivesse nascido quando foi pega pelo pai como uma lembrancinha para levar para casa com ele. Violet não se lembrava da mãe. Não se lembrava de ter sentido qualquer tristeza com a partida dela. Jovem demais para entender... era o que o pai sempre havia dito.

Ela se lembrava do navio, onde havia corrido feliz e livre. Lembrava-se de ter chegado a Londres. Lembrava-se do rosto da esposa do pai, Louisa, como a impessoal fachada de pedra da casa de Londres. Lembrava-se de quando percebeu pela primeira vez que não era um deles: a discussão sobre onde ela deveria sentar-se no jantar.

Mas, antes disso, tivera uma mãe que a queria, que tinha feito planos para ela, que tinha esperanças e sonhos para a filha. Uma mãe que havia vindo de um lugar sobre o qual Violet nada sabia, porque evitava qualquer menção à Índia, franzindo a testa quando Tom ou o pai tocava no assunto, como se isso a deixasse com raiva, quando talvez o sentimento não tivesse sido raiva no fim das contas.

Leclerc a observava da escada.

Ela esperou que o homem se aproximasse demais, mas ele era meticulosamente cuidadoso, como se estivesse acostumado a lidar com criaturas em grandes jaulas. Violet olhou para as cicatrizes em seu rosto: talvez a fonte de seu cuidado fosse o descuido do passado.

Deveria jogar o jogo, trazer Leclerc para o lado dela. É o que Will faria, pensou. Violet havia encontrado Will capturado e acorrentado exatamente assim, e a primeira coisa que ele fez foi tentar convencê-la a libertá-lo.

Na verdade, ele *tinha* convencido Violet a libertá-lo.

Como havia feito aquilo? Olhos escuros que olhavam diretamente para você e uma sensação de que ele daria a vida ao mesmo tempo que não esperava que ninguém viesse ajudá-lo.

Ela observou Leclerc chamar alguém nas escadas e pegar uma bandeja da ajudante de cozinha que apareceu. Em vez de ficar ao alcance das correntes, Leclerc colocou a bandeja no chão e empurrou-a na direção dela com a bengala.

— Está vendo? Não somos seus inimigos.

A própria bandeja de madeira poderia ser uma arma, pensou ela ao puxá-la para si. Violet arrancou um pedaço do pão velho e o comeu, pois estava com fome, então pensou que Will provavelmente não teria comido, suspeitando que estivesse envenenado ou algo do tipo.

Bem, esperava que não estivesse. Ela deu outra mordida. Não tinha gosto de veneno, tinha gosto de pão velho, o que na verdade não era muito melhor.

— Se sua irmã consegue controlar animais — disse Violet, mastigando —, por que não ajudou você com seu rosto?

Leclerc corou.

— O poder está em nossa família. Quando somos crianças, testamos quem tem e quem não tem.

Ela parou de mastigar.

— Quê? Eles simplesmente jogam você em um lugar com um animal selvagem?

— Como você pode ver — respondeu Leclerc.

As cicatrizes percorriam o rosto dele como caminhos sinuosos e entrecruzados, escavados profundamente como uma paisagem, brancos e elevados, com um franzido rosado nas bordas. Não havia olho esquerdo. O apoio na bengala era pronunciado antes mesmo de Elizabeth esfaqueá-lo.

— Que tipo de animal? — perguntou Violet.

— Um leão — disse ele, e ela sentiu a pele arrepiar.

— Você quer dizer como eu?

— Não. Quero dizer um leão de verdade. Já viu um? São mais imponentes do que você pode imaginar. Dourados como a grama onde se deitam, com membros pesados, como se tivessem pouca preocupação no mundo. Mas quando estão de pé, comandam tudo. Dá para ter uma noção de quanto as patas são grandes se observar o espaço entre minhas cicatrizes. Óbvio, eu era apenas um menino na época. — Leclerc deu um leve sorriso. — Foi o teste do meu pai. Para ver se eu tinha o poder dele de controlar os animais. Eu não tinha.

— Então você é o fracote — disse ela.

Leclerc apenas a encarou com o rosto arruinado.

— Não tenho os poderes do meu pai.

— Mas sua irmã tem. Sente inveja?

Ela não podia perturbar a calma do homem.

— Você está errada em não confiar em minha irmã. Foi ela quem parou a fera, minha família teria permitido que me destroçasse. Ela me tirou de lá. Quebrou o domínio de meu pai sobre nós dois. Portanto, não pense que você pode criar um atrito entre nós. Minha irmã ajuda os fracos. Se você permitir, ela também ajudará você a se livrar de seu pai.

Ela corou no escuro. A história dele era assustadoramente semelhante à dela: o pai servindo o filho no altar de poder. Violet não queria ter nada em comum com Leclerc. Nas fantasias mais secretas de Violet, Tom descobria a verdade sobre o pai e a ajudava da mesma maneira que a sra. Duval havia ajudado Leclerc. Mas Tom nunca tinha feito isso.

— Pensei que sua irmã trabalhasse para Sinclair.

— Ela trabalha... quando quer — explicou Leclerc. — Fique tranquila, ela e seu pai não são amigos.

— Então ela está me treinando em segredo? Sinclair não sabe?

Leclerc fitou Violet com um olhar impessoal e avaliador.

— O que é uma sombra? — disse ele. — Já se perguntou isso? Qual foi exatamente o acordo que os Regentes fizeram com as Trevas?

— Sei que matei uma. É tudo que importa — disse Violet.

— Não sozinha — lembrou Leclerc. — Apenas com o poder de Rassalon.

Isso a deixou imóvel. A única pessoa para quem ela havia contado sobre o poder do Escudo de Rassalon contra as sombras tinha sido Will. E nem mesmo havia contado tudo o que acontecera naquela luta sombria e solitária. Ela encarou Leclerc, e o viu observando-a por sua vez.

— Como sabe disso?

— Só um Leão verdadeiro pode resistir ao que está sob Undahar.

Foi o que a irmã dele havia dito. Friamente, ele ergueu a bengala e apontou para a bandeja.

— Então coma — disse Leclerc. — Vai precisar estar forte para completar o treinamento de minha irmã.

CAPÍTULO VINTE E UM

— *Peguei você, sua desgraçada!*

A mão de um homem se fechou no braço dela, empurrando-a para trás, seu corpo não ofereceu resistência, e o homem olhava em estado de choque para a garota.

— Me solte! Me *solte*! — Elizabeth lutou como um gato em um saco. — Katherine! — gritou. — Katherine!

Katherine não a ouviu, passando pela porta da estalagem com Prescott e um homem elegante de chapéu alto. *Will disse que ela estava morta.* Havia cometido um erro? *Ele mentiu. É um mentiroso.*

A fúria que sentia contra ele explodiu em brasa, e ela atacou os dois homens que a seguravam, pela proximidade. *Mentiroso.* Katherine estava viva. Estava ali, perto o suficiente para ser alcançada se ela conseguisse se libertar...

— Ai! Ela me chutou bem no...! — Seguido por um passo incerto e muitos palavrões. — Jogue-a de volta na carroça e certifique-se de que a maldita porta fique trancada desta vez!

O primeiro dos dois homens falou enquanto abria a porta da carroça. Chamando a atenção dela. Uma abertura sombria escancarada: o horror a fez lutar ainda mais com a ideia de ter que voltar para lá. *Não ali, não com...*

O homem na porta pressionou o antebraço contra o nariz e disse:

— Meu Deus, acho que a outra está morta.

O outro homem que segurava Elizabeth praguejou de novo.

— Maldição. — Ele era o mais baixo dos dois, um homem atarracado com cabelos castanhos sob um chapéu surrado. — Tire-a então, certifique-se de que não está fingindo.

— Não toque nela. Não *toque nela* — disse Elizabeth, com uma onda de náusea, conforme o homem mais alto arrastou Sarah para a beira da carroça e depois jogou o corpo dela como um peso morto sobre o ombro.

Ele a largou no canto, perto de algumas pilhas de feno amarrado. Ela não estava fingindo.

Katherine está viva, disse Elizabeth a si mesma, com a imagem dos olhos abertos de Sarah gravada na mente. *Katherine está viva. Katherine está viva.* Elizabeth começou a lutar de verdade. Tentava pôr as pernas contra a porta da carroça para que o homem que a levantava não conseguisse colocá-la para dentro.

— Precisa de ajuda, Georgie? — perguntou secamente o homem mais alto enquanto o homem baixo e atarracado que ele havia chamado de Georgie xingava outra vez, o salto do sapato de Elizabeth atingiu sua canela com muita força.

Ela sentiu um puxão forte no pescoço e ouviu o tecido rasgar no meio da luta, mas não se importou.

— Me solte!

Ela não estava acostumada com joias e não se preocupou com algo além do forte puxão em sua garganta.

— O que é isso? Um colar de Regente?

O homem alto estava se abaixando. O medalhão havia caído do pescoço dela! Elizabeth abria a boca para dizer *"Isso é meu, devolva!"* quando Georgie falou, com rispidez:

— Não toque nisso, seu idiota! Você não sabe que magia de Regente tem aí.

O homem alto retirou a mão e fez o sinal da cruz para garantir.

— Magia de Regente!

— Vou colocá-la de volta lá dentro. Diga ao sr. Prescott que a menina mais velha morreu e que cuidarei dessa daqui — falou Georgie, dando uma sacudida em Elizabeth.

Ela mordeu o braço dele e Georgie xingou de novo, empurrando-a bruscamente para a abertura da carroça. Uma segunda tentativa: quando ela se recusou a ser empurrada para dentro, ele mesmo subiu e a arrastou junto.

Ela se viu de volta no espaço fechado da carroça, escuro e silencioso; o relincho dos cavalos e o cheiro de feno pareciam distantes, como se estivessem em um espaço privado e trancado.

A mão carnuda sobre sua boca e o joelho em seu estômago a mantiveram no chão, como se esperasse até que o homem mais alto fosse embora. Ele ergueu o medalhão de modo que ficasse pendendo na frente do rosto dela e perguntou, exigente:

— Onde conseguiu isso?

— Não é da sua conta! — disparou Elizabeth, quando ele tirou a mão de sua boca.

— Você achou? Roubou?

Silêncio teimoso.

— Sua garotinha desgraçada. Este é o colar de Eleanor. Onde conseguiu?

Eleonor?

Ela parou, sentindo-se um pouco sem fôlego.

— Quem se importa com onde eu consegui?

— Eleanor está morta. Sua bostinha. Você roubou dos mortos?

Ele a sacudiu com força.

Sem se incomodar, ela ficou horrorizada com a acusação.

— Não *roubei*! Alguém me deu!

— Quem?

— Um mentiroso. Por que isso importa? — disse Elizabeth.

O homem olhou para ela. Era um homem robusto, com o rosto um tanto vermelho, usava colete e camiseta e calças de veludo cotelê. Parecia um criado ou um cavalariço. Ele a segurou com uma das mãos e enfiou o medalhão na própria camisa com a outra. Vê-lo desaparecer foi como se uma luz tivesse se apagado.

— Devolva! Devolva agora!

Pequena demais para chegar ao local onde ele havia escondido o medalhão, ela o socou. O homem praguejou de novo, desta vez com uma palavra sucinta que ela nunca tinha ouvido antes. Elizabeth teria contestado, lembrando-se da reação da tia quando Katherine uma vez dissera "maldito", se não fosse pela coisa que ele estava xingando.

O medalhão estava na mão dela, como se tivesse pulado para lá.

Ela encarava o objeto. O homem encarava o objeto. Ela se lembrou de Sarah sussurrando: *Não vou contar a eles quem você é*. Sarah havia morrido protegendo a Dama.

— Você é filha de Eleanor Kempen — disse ele. — Não é?

Elizabeth sentiu todos os pelos dos braços se arrepiarem. Uma parte dela pensou: *Esse é o nome dela?* Ela sempre havia negado. *Ela não é minha mãe.* Mas seu coração batia de maneira estranha e o medalhão estava quente em sua mão. *E daí se eu for?* Mas Elizabeth se manteve calada.

— Qual é o seu nome? — perguntou ele.

— Elizabeth.

— O nome de uma rainha — disse ele. — Como o de sua mãe.

Ela não sabia por que os próprios olhos estavam molhados. Nunca tinha pensado nela mesma como alguém que tinha uma mãe. Como parte de uma linhagem, era como se aquele pequeno pedaço de metal a ligasse a um passado que se estendia.

— Escute — disse o homem. — Há uma aldeia a pouco mais de vinte quilômetros a leste daqui chamada Stanton. Posso arranjar um cavalo para você e deixar o caminho livre. Pode sair hoje à noite e cavalgar até lá. Pergunte por Ellie Lange. Ela saberá o que fazer.

Não fazia sentido.

— Por que você me deixaria ir?

— Porque eu fiz uma promessa à dona desse colar, que, se a filha dela estivesse em perigo, eu a ajudaria.

Ela agarrou o medalhão com força. Pensou em Will dizendo: *Ela gostaria que você ficasse com isso.*

Ele era um mentiroso e não era confiável. Mas havia uma parte dela de criança que pensava que talvez sua mãe a estivesse ajudando.

— Alguns de nós conhecem os costumes antigos. Alguns de nós servem à Dama — disse o homem.

Será que a mãe dela realmente havia passado algum tempo reunindo aliados para ajudá-la?

Com determinação, Elizabeth respirou fundo.

— Não vou sem minha irmã.

— Irmã?

— Katherine. Ela está lá dentro. Com o sr. Prescott.

O homem pareceu chocado.

— Lady Crenshaw é sua *irmã*?

— *Lady Crenshaw?* — perguntou Elizabeth.

Em Londres, Katherine só falava do título. *Vamos morar em Ruthern e vou me chamar lady Crenshaw, vou organizar festas e escolher cardápios, e vamos poder comer o que quisermos.* Elizabeth retrucara, fiel: *Gosto dos jantares de nossa cozinheira.* E Katherine a tinha abraçado e falado: *Ainda podemos comer o jantar de nossa cozinheira. Depois podemos comer sorvete de damasco.*

Mas então, uma noite, Katherine foi ao quarto dela com o rosto tenso de medo. *Elizabeth, temos que ir.*

Essa foi a noite em que Elizabeth aprendeu que os pesadelos eram reais.

— Ela não é lady Crenshaw. Ela é Katherine Kent. Nunca se casaria com Simon, ele é...

Um assassino. Ele tinha matado a mulher cujo medalhão ela segurava. Tinha matado muitas mulheres. E estava morto. Will havia dito isso. Mas Will era um mentiroso. Havia dito que Katherine estava morta.

— Ela não é casada com Simon — informou o homem. — Ela é casada com Phillip. O irmão.

Phillip?

— Mas ela nunca nem conheceu Phillip!

O homem deu de ombros. Elizabeth franziu a testa. Não fazia sentido. Fez uma careta e tentou com afinco juntar as peças. Como poderia saber se a história daquele homem era verdade?

HERDEIRO DAS TREVAS

— O casamento foi na praça St. George Hanover?

O homem negou com a cabeça.

— Foi privativo e feito à noite, sem a presença de ninguém, pelo que ouvi.

— É uma prova! — disse Elizabeth. — De que tem alguma coisa errada. Ela nunca se casaria de maneira privativa. Você tem que ajudá-la.

O homem estava com as mãos levantadas para afastar a ideia. Tinha rugas ao redor dos olhos, que eram azuis.

— Ah, não. Ela vai me entregar. É a esposa do Phillip. Está nisso com ele.

— Ela é filha de Eleanor, assim como eu — retrucou Elizabeth.

O homem repetiu a mesma palavra que havia dito duas vezes antes.

— A tia diz que isso é um palavrão — disse Elizabeth. — Que *falar bem significa ser bem falado*. Que as *boas maneiras fazem o homem*. E que...

Ele disse a palavra outra vez.

— Espere aqui. — Relutante. — Sua irmã está na estalagem com Phillip. Vou dar uma desculpa para bater à porta.

— Georgie o quê? — perguntou Elizabeth, de repente.

— Quê?

— Aquele homem chamou você de Georgie. Georgie o quê?

— Redlan George — disse ele. — Então é sr. Georgie para você.

Elizabeth não esperou. Ela o seguiu até as portas do estábulo, onde Redlan parou, olhando para a estalagem do outro lado do pátio.

— Isso é estranho — disse Redlan.

— O quê? — perguntou Elizabeth.

— Aqueles homens. Eles não estavam lá antes.

Ele franziu a testa.

Ela espiou por trás dele. Havia cinco homens postados ostensivamente do lado de fora de um dos aposentos do primeiro andar. Não estavam lá antes. Pareciam guardas.

— Aquele é Hugh Stanley — dizia Redlan. — E John Goddard. Amos Franken. — Os nomes não significavam nada para ela, mas pareciam significar algo para ele. — Espere aqui e fique fora de vista.

Ela não queria esperar, mas achou que ele estava certo sobre ficar fora de vista, então se escondeu atrás de duas fileiras de barris enquanto ele atravessava o pátio. Por entre a madeira, tinha uma visão clara dos cinco homens.

Goddard e Stanley estavam jogando ao acaso em uma mesa improvisada com dados de osso em um copo de madeira. Dos outros, dois estavam de vigília, sentados em tocos de madeira, e caindo em risadas escandalosas de vez em quando. O último era o homem que Redlan havia chamado de Amos Franken. Este estava sentado em um caixote perto da porta, cortando uma maçã vermelha com uma faca e colocando os pedaços na boca.

Goddard ergueu os olhos da mesa de azar e cumprimentou Redlan dizendo:

— Se tiver matado a outra garota, Prescott não vai ficar feliz.

Redlan bufou.

— Abra, tenho ordens para levar a senhora esposa de volta para Phillip.

— Não soube nada a respeito disso.

— Está sabendo agora.

Redlan estendeu a mão imperiosamente.

Goddard jogou as chaves para ele dando de ombros.

— Melhor você do que eu.

— Por quê?

— Uma desvairada — disse Goddard. — Falando em línguas.

Os olhos dele já estavam de volta ao jogo.

— Sorte! — disse Hugh Stanley, então esfregou as mãos e derramou os dados sobre a mesa, depois disse a palavra do sr. Georgie.

Os outros riram tão alto que Amos Franken parou de comer a maçã e se aproximou para espiar, apenas para rir também ao ver o que havia sobre a mesa.

Redlan desapareceu pela porta. Entretidos, os homens não prestaram atenção à partida dele e nada aconteceu durante longos minutos, exceto por Franken terminar a maçã, largar a faca e se sentar, acabando envolvido no jogo de dados.

E então Redlan trouxe sua prisioneira e Elizabeth engoliu em seco. Era ela. Era Katherine.

O alívio tomou conta dela. Não havia sido um sonho, nem uma alucinação sem sentido, nem alguma outra garota. Era Katherine, os cachos dourados em forma de saca-rolhas emoldurando o rosto. Havia perdido o chapéu, e seu vestido de prímula estava rasgado. Ela não gostaria disso. Odiava quando suas roupas eram danificadas.

Elizabeth deu um passo em sua direção, com os olhos ardendo e o coração cheio de uma alegria que ameaçava transbordar.

Katherine pegou a faca de maçã da mesa e enfiou na garganta de Redlan George.

Mas ele é nosso amigo, pensou Elizabeth, chocada, quando Redlan caiu no chão, com o pescoço sangrando. *Você está matando nosso amigo.* Ela ficou paralisada, sem conseguir sair do lugar. O sangue espirrou por todo o vestido de prímula de Katherine, então ela levantou a faca outra vez e abriu a jugular de Amos Franken, cujo miolo da maçã rolou até o chão.

Stanley e Goddard saltaram da mesa de jogo, derrubando os dados e a taça. Stanley começou a puxar e carregar uma pistola, rasgando desesperadamente o papel do cartucho com os dentes. Goddard saiu correndo para a porta principal da estalagem.

Ele vai buscar ajuda, pensou Elizabeth, chocada, enquanto o último homem atacava, enfrentando Katherine, que bateu na parede externa com uma expressão de espanto, como se não esperasse ser empurrada para trás pelo peso do homem. Um momento depois, o homem caiu no chão, com a barriga aberta, estripado pela faca dela.

Katherine passou por cima dele. Não parecia perturbada. Tinha os modos práticos de um açougueiro fazendo seu trabalho. Usou a faca para cortar a corda nos próprios pulsos, depois de ter matado cinco homens com as duas mãos presas, como um sineiro. A corda caiu no chão. Ela encarou os olhos avermelhados de Hugh Stanley.

— Fique longe de mim ou vou atirar!

Stanley havia carregado a pistola e apontava-a para Katherine, o cano tremendo levemente. Ela investiu contra o homem com a faca, ignorando a pistola como se nem a visse.

Ele atirou.

Elizabeth a viu cambalear, uma mancha vermelha florescendo na barriga. Katherine pareceu surpresa e tocou a ferida como se não acreditasse, com os olhos e a boca em grandes círculos de surpresa.

— Eu disse para ficar longe! — insistiu Stanley, enquanto ela erguia os olhos outra vez.

Um segundo depois, ele caiu para trás, com a faca de Katherine enfiada no olho, onde ela a tinha atirado com precisão infalível. Então ela se abaixou e arrancou a faca da órbita ocular de Stanley.

Elizabeth estava correndo, agarrando o pulso de Katherine e puxando-a.

— Katherine! Por aqui. Vamos pegar os cavalos. Vamos!

Katherine não se moveu nem a cumprimentou; apenas olhou para o braço, como se não entendesse quem era ela. Depois de um momento, falou:

— Tinha outro — disse Katherine, olhando para a estalagem. — Um homem que fugiu.

— Ele foi buscar ajuda. Temos que ir! — explicou Elizabeth.

— Talvez seja mais fácil simplesmente matá-lo — afirmou Katherine.

Prescott estava saindo da estalagem, seguido por John Goddard logo atrás. Prescott deu uma olhada em Katherine e imediatamente mandou Goddard de volta para dentro, como se quisesse reforços.

— Precisamos de cavalos — disse Elizabeth, puxando com mais força o braço de Katherine. — O estábulo é por aqui. Venha. *Venha*.

Um passo relutante, quando Katherine finalmente se deixou arrastar.

— Temos que ir para o oeste — disse Elizabeth. — Há ajuda na aldeia de Stanton. Uma mulher chamada Ellie Lange.

No interior escuro e com cheiro de palha dos estábulos, Elizabeth olhou desesperadamente em volta em busca de montarias e viu apenas cavalos de carroça com cascos moles, lentos demais para qualquer coisa que não fosse arrastar-se pesadamente. De repente, correndo de baia em baia, ela encontrou um familiar, com pintas marrons e brancas como manchas de tinta.

— Nell! — disse ela, e abraçou o pescoço quente do pônei.

Um toque de carinho destrancou uma câmara do coração de Elizabeth. Com uma explosão de lealdade, decidiu que Nell era a montaria mais rápida de toda a Inglaterra. Ela jogou uma rédea no pônei e depois se virou para ajudar Katherine.

Katherine estava abrindo a porta de uma baia que continha o tipo de cavalo que deveria tê-la aterrorizado, um monstro castanho com 1,83 metro de altura, com pescoço grosso e pernas traseiras robustas. Em Londres, tinha sido Elizabeth quem explicara como selar Ladybird enquanto Katherine mal conseguia levantar a sela. Naquele momento, Katherine nem se preocupou com os arreios, apenas subiu nas costas nuas do cavalo e sentou-se escarranchada, o que foi chocante. Com um puxão na crina do cavalo, disse algo que soou como *Vala!*, e eles saíram correndo pelas portas do estábulo.

Elizabeth subiu em Nell e disse:

— *Arre, Nell!*

Então a garota se viu atrás de Katherine em um pátio cheio de homens gritando, homens pegando armas, homens pegando lanternas e prendendo mosquetes nos cintos.

— *Ali estão elas! Peguem-nas!*

Mãos vieram em busca de seus tornozelos.

— *Corra, Nell! Rápido!*

Nell se esticou com coragem, as pernas curtas trabalhando furiosamente. Como não havia outros cavalos nos estábulos, as duas de fato conseguiriam fugir. Ao galopar para fora dos portões da estalagem, Elizabeth sentiu uma onda de esperança.

Então, ao longe, ouviu o som de cachorros.

Ela se lembrou do som vindo do Salão, cães pretos invadindo os corredores mais rápido do que conseguiam correr.

— Precisamos ir para o oeste! Podem nos ajudar em Stanton!

Katherine não respondeu, apenas continuou cavalgando. A verdade é que Elizabeth não sabia para que lado ficava o oeste, e Katherine também não teria como saber. No escuro, o vestido de prímula de Katherine era o único ponto pálido, e Elizabeth o seguiu obstinadamente, um fogo-fátuo fantasmagórico levando-a para fora da estrada e para dentro de uma floresta densa.

Não se deve andar rápido na floresta. Durante a travessia do Pântano da Abadia, na noite em que fugiram de Londres, viajaram a passo de lesma, os cavalos abrindo caminho com cuidado sobre a terra pantanosa. Mas Katherine não diminuiu a velocidade, apesar dos perigos das tocas de coelho, dos troncos, dos galhos baixos ou de quedas repentinas que poderiam quebrar a perna do cavalo. Elizabeth ignorava os galhos que açoitavam seu rosto e rezava pela segurança de Nell enquanto o pônei seguia corajosamente o cavalo de Katherine.

O som dos cães se tornava distante. As árvores se tornaram mais agrupadas e o solo descia. Finalmente, Katherine parou e desmontou do cavalo.

Havia parado no fundo de um declive pontilhado de pedras molhadas e cobertas de musgo, onde um brilho do luar mostrava um riacho escuro e rápido. O cavalo começou a beber água. Elizabeth desmontou também e ficou a distância.

Katherine apoiou o ombro no tronco de uma bétula. Segurava a barriga, o vestido de prímula claro listrado com faixas escuras. Depois de um momento, pegou a faca e, como se estivesse descascando uma maçã, cortou uma tira de tecido enrolada do vestido e pressionou-a contra o ferimento na barriga.

Elizabeth olhou para ela, para o vestido manchado de sangue, para a faca que empunhava com facilidade, para sua atenção fria e prosaica ao ferimento. Katherine havia cavalgado quilômetros machucada. Havia matado cinco homens com aquela faca.

Elizabeth sentiu tudo de errado se fundir em algo que ela não queria enxergar, ali sozinha na floresta.

— Você não é Katherine — disse ela.

Katherine terminou de amarrar o último curativo e só então ergueu os olhos, como se Elizabeth tivesse pouca importância.

— Você não é Katherine — repetiu Elizabeth. — Katherine não sabe fazer curativo, nem andar a cavalo sem sela, nem lutar. Ela não m-mata pessoas. E nunca usaria prímula, é amarelo demais para o cabelo dela!

A expressão de Katherine congelou.

— *Katherine* — disse ela. O nome soava desagradável em sua boca, como se o tivesse provado e não gostasse do sabor. — Era sua o quê?

Era. Elizabeth sentiu os pelos dos braços se arrepiarem.

— Ela é minha irmã.

— Irmã?

— Você fez alguma coisa com ela. O quê? — perguntou Elizabeth.

— Sua irmã está morta — disse Katherine.

Elizabeth deu um passo para trás.

— Morta?

Era o que Will havia dito. Mas Will era um mentiroso. Katherine estava viva. Não estava? Elizabeth olhou para a garota diante de si. Não era uma gêmea. Não era uma semelhança irreal. Era *Katherine*. Cada partícula dela era exatamente como Elizabeth se lembrava. Só que não era.

— Esse é o corpo dela — disse Elizabeth, com horror crescente. — Você está no corpo dela.

Imediatamente, Elizabeth viu com nitidez: uma pessoa diferente por trás dos olhos de Katherine. Via o rosto de Katherine, mas não era sua irmã quem dava vida àquele corpo.

— *Devolva-o.*

A pessoa em Katherine apenas a encarou com frieza. Elizabeth voou até ela, agarrando a frente do vestido e sacudindo-o.

— Devolva-o! — E então, tentando chegar nela: — Katherine! *Katherine!* Sou eu, Elizabeth!

Katherine segurou Elizabeth e a afastou com força.

— Não existe Katherine alguma que possa ouvi-la. Ela está morta.

— Você está mentindo. Traga-a de volta! — retrucou Elizabeth.

— Não somos dois espíritos habitando o mesmo receptáculo — respondeu Katherine. — Ela se foi como a última luz do dia. Não há nada para trazer de volta.

Elizabeth não acreditava, não acreditaria. E, no entanto, a coisa no corpo de Katherine era tão friamente diferente, sem resquício algum de Katherine. Elizabeth olhou para a expressão desconhecida, para a postura desconhecida e para a mão desconhecida que ainda segurava uma faca.

— Quem é você?

— Sou Visander, o Campeão da Rainha — disse o corpo que costumava ser Katherine. — E voltei a este mundo para matar o Rei das Trevas.

E, de repente, ela entendeu: era um soldado. Era possível perceber pela matança eficiente, pelas táticas de sangue frio e pela maneira como ele ignorava o buraco na barriga. Ela passou o antebraço no rosto, que estava molhado.

— Bem, não precisamos de você — disse Elizabeth. — Já detivemos o Rei das Trevas. Então pode voltar para o lugar de onde veio e devolver minha irmã...

Visander de repente ficou interessado nela.

— Você sabe dele? Sabe do...

Ele parou e virou a cabeça.

Um som espectral ecoou pela floresta. *Não*, pensou Elizabeth, com o sangue gelando. *Não, não, não.* Uma lembrança confusa de correr por corredores manchados de sangue e cair contra uma árvore cheia de luz, enquanto aquele grito ecoava pelos cômodos de pedra vazia. Ela já tinha ouvido aquele som, quando o céu sobre o Salão ficou vermelho e depois preto.

— *Vara kishtar.* — Visander soltou um suspiro. — Indeviel, você soltaria a *vara kishtar* em mim?

Uma sombra, pensou Elizabeth. *Uma sombra, uma sombra, uma sombra.*

— O que é uma *vara kishtar*?

— Cães que não são cães, mas caçam. — Ele olhou para a mão cheia de sangue que segurava a barriga. — Estão seguindo o cheiro do meu sangue.

Então ele começou a rasgar mais tiras da saia. Tinha a mesma emoção contida de preparação para a batalha de quando tirou o cavalo do estábulo.

— Sombras — disse Elizabeth, sentindo-se enjoada.

— Não são sombras verdadeiras. São cães de sombra, vinculados a um mestre — explicou Visander, então pegou as tiras ensanguentadas da saia e as amarrou em um galho. Isso vai distraí-los por um tempo.

Visander voltou ao cavalo, sem tirar a mão da barriga. Não estava se movendo tão facilmente como antes. Ele olhou para Elizabeth.

— Não me siga. Você é apenas um incômodo.

Demorou um pouco para ela perceber que Visander a estava deixando.

— *Não.*

Ela se jogou na frente do cavalo dele, mas Visander desviou rapidamente, guiando o animal sem rédeas.

E então simplesmente foi embora.

Elizabeth o encarou, boquiaberta. Quando enfim conseguiu se levantar e bater os calcanhares nas laterais de Nell, Visander já estava distante. Elizabeth cavalgou corajosamente para alcançá-lo. Mas aquilo que havia impulsionado Nell da última vez tinha desaparecido. Nell já não flutuava no chão; corria com a solidez de um pônei, atravessando a vegetação rasteira.

Ela viu primeiro as quatro formas sombrias, convergindo em torno de Visander. E com a terrível graça de sua raça, as *vara kishtar* atacaram.

O primeiro levantou-se em um salto silencioso de pantera que derrubou o cavalo, relinchando. Três dos cães de sombra caíram sobre o cavalo, rasgando sua garganta e barriga. O quarto saltou para Visander.

Elizabeth desceu do cavalo e gritou para Nell se afastar.

— Corra, Nell! Corra!

Então pegou uma pedra e correu em direção aos cães.

Visander rolou, esquivou-se do primeiro salto e ergueu uma faca. Mas estava pálido e apertava a barriga, e uma faca para descascar maçãs não seria capaz de matar uma *vara kishtar*. O cão de sombra abaixou a traseira, começando a saltar novamente, outro apenas alguns segundos atrás.

— Não! — disse Elizabeth. — Pare! É minha irmã!

Ela se jogou sobre o corpo de Visander, virando-se instintivamente para ver o que estava por vir.

Um cão de caça no meio de um salto, com as mandíbulas abertas tão próximas que ela conseguia sentir o hálito quente, então Elizabeth ergueu os braços para cobrir o rosto e fechou os olhos com força ao gritar, com medo, instinto protetor, fúria e vontade de viver, tudo isso explodindo em uma única erupção ardente.

Luz.

Refulgente, uma esfera explodindo, tornando o ar branco. Ao abrir os olhos, ela viu o cão de sombra dissolver-se no ar, e então o segundo ter o mesmo destino, depois os outros que estavam banqueteando-se no cavalo se dissolveram também, conforme o que estava dentro dela se lançava para fora, iluminando a floresta de maneira tão brilhante quanto um relâmpago na noite.

Onde houver medo, traga um farol. Pois as trevas não suportam a luz.

E então acabou, e ela não tinha mais nada dentro de si. Elizabeth viu Visander encarando-a com uma expressão chocada um segundo antes de sentir uma tontura dominando-a e suas pálpebras encobrirem a luz.

CAPÍTULO VINTE E DOIS

Uma cavalgada noturna em dois cavalos Regentes: ele quase podia fingir que era uma missão.

Sua primeira missão. Estava bem ciente disso. Grace não era sua irmã de escudo, e os dois não tinham Salão algum para onde retornar; ainda assim, ele imaginava que era algo que Justice e seu irmão teriam feito, serem enviados para encontrar um homem entre muitos, nas colinas italianas.

Marcus nunca dissera quão grande era o mundo exterior e quão pequeno um Regente se sentia nele.

As palavras de James ecoaram na cabeça de Cyprian. *Não existem regras e não existe ninguém que diga a você qual é seu propósito.* Queria perguntar a Grace se ela se sentia tão pequena quanto ele. Mas Grace, por ter nascido fora do Salão, parecia ter conservado uma facilidade em lidar com o mundo. Navegava pelos costumes, pelas roupas e pela culinária sem nem um pouco da desorientação dele. Cyprian não queria reconhecer que James era o único que compartilhava com ele aquele sentimento incessante de ter que estar sempre se adaptando, aquele sentimento de perda. Então ficou em silêncio e apenas deixou o cavalo andar ao lado do de Grace por Valnerina à luz da manhã.

Scheggino era um aglomerado de casas medievais de pedra dispostas na encosta de uma montanha. No ponto mais alto havia uma antiga torre de pedra: uma fortificação antiga que havia se transformado em ruínas. Um riacho corria abaixo de uma das fileiras de casas, um ramo do Nera que eles haviam seguido para chegar até ali, descendo pelas colinas como se seguisse por onde a escuridão fluía.

Vários aldeões os observaram chegar através das portas e janelas. As roupas de Regente que os dois haviam voltado a vestir os destacava, assim como os cavalos de Regente. Mas os olhos pretos desconfiados nos rostos envelhecidos diziam que aquela era uma aldeia onde todos os forasteiros eram encarados com uma atenção hostil e uma expressão que dizia: "Vá embora."

Cyprian desmontou sob a bétula perto da pequena ponte de pedra.

No que devia ser a rua principal, havia uma taverna com algumas mesas do lado de fora, sob um toldo. Parecia ter pessoas dentro, então ele e Grace amarraram os cavalos e abriram a porta de madeira.

Foi como entrar no crepúsculo. Os clientes sentados às mesas compridas bebiam vinho tinto em copos baixos e garrafas de gargalo longo, na penumbra. Um punhado de jovens homens estava sentado com as camisas abertas e faixas amarradas na cintura. No fundo, um homem com cicatrizes no rosto comia carne em uma espécie de cerâmica marrom e áspera.

Quando Cyprian e Grace surgiram, todos ficaram em silêncio.

— Boa tarde. — disse Cyprian, em seu melhor italiano: — Estamos procurando um homem chamado Ettore Fasciale.

Depois de um momento de silêncio, o dono, um homem de cabelos pretos grossos, nariz marcante e barba preta, falou:

— Um nome comum.

— Pode ser que tenha passado por aqui recentemente. Talvez se lembre dele.

Um olhar inflexível.

— Pessoas vão e vêm.

— Acredito que Ettore também estaria ansioso para nos encontrar.

Aquele olhar outra vez.

— Pessoas vão. E vêm.

A interação não estava levando a lugar algum. Cyprian virou-se para a porta.

— Quanto isso vale para você?

Uma voz em inglês, com sotaque, o fez se virar.

Era o homem com cicatriz na mesa dos fundos. Girando vinho tinto em um copo sujo, havia adotado uma postura casual com uma bota desgastada apoiada em um banquinho próximo. Olhava para Cyprian de maneira descarada.

As bochechas e o queixo estavam com barba por fazer de meia semana. Ele usava roupas de couro manchadas e sujas como a camisa. A cicatriz se estendia do canto do olho até o cabelo preto e encaracolado que cortava, aparentemente, sem cuidado algum. O homem tinha colocado a carne na tigela de cerâmica para falar.

Cyprian não o reconheceu, nem a nenhum dos doze homens sentados ao redor dele.

Mas reconheceu a mulher, a pele negra, os olhos frios e o braço que ela havia estendido casualmente sobre o encosto da cadeira, que terminava envolto em couro.

Uma súbita mudança de perspectiva: os homens sentados às longas mesas não eram trabalhadores; eram bandidos. Aquela taverna estava cheia de bandidos, três ou quatro mesas cheias deles. E se aquela mulher era a Mão, então o homem ao lado dela era o Diabo.

— Deve valer alguma coisa para você vir aqui depois de matar metade dos meus homens nas montanhas — disse o Diabo.

Atrás de Cyprian, uma mulher mexeu no pesado trinco de madeira, trancando a porta. Um punhado de bandidos se postou entre ele e a saída. Cyprian instintivamente colocou a mão na espada.

— Calma, calma. — Aquele que chamavam de *il Diavolo* era um homem de cerca de trinta e cinco anos, musculoso sob as roupas amarrotadas, com uma espécie de brilho infame nos olhos. — Somos todos homens de negócios. Podemos fazer uma troca.

Um acordo com o Diabo.

— Você viu o homem que procuro?

Cyprian não tirou a mão do punho.

— Talvez eu tenha visto — disse o Diabo. — Mas quando vocês mataram nosso pessoal no desfiladeiro, nos custou um bom dinheiro. Não foi, Mão?

— Isso mesmo — concordou a mulher.

Dinheiro. Ele sabia que pessoas de fora faziam coisas por ganhos pessoais vulgares. Assim era o mundo corrupto fora do Salão, onde lealdades eram compradas e vendidas. Não era a conduta dos Regentes, mas encontrar Ettore era importante demais para se basear em princípios.

— O que você quer? — perguntou Cyprian.

— Meio quilo de carne! — gritou um dos homens.

— Um barril de vinho! — gritou outro da mesa dos fundos.

— Um beijo! — bradou outro.

— Você os ouviu — disse *il Diavolo*.

Cyprian corou.

— Ele não vai... — começou Grace, franzindo a testa.

Cyprian a segurou. Podia ver pelo sorriso lento e satisfeito na cara de *il Diavolo* que as palavras tinham como objetivo apenas provocar. Não tinha oferta ali, nem teria. Era apenas uma brincadeira mesquinha, de gato e rato.

— Ele não sabe de nada. Vamos — disse Cyprian.

Ele se virou. Havia quatro bandidos entre ele e a porta, mas, a julgar pelo estado de suas armas, Cyprian achava que não estavam muito bem treinados. Não achava que teria qualquer dificuldade em lutar para sair. Ele pousou a mão no punho da espada.

— Sabe, você me lembra Ettore — observou o Diabo.

Cyprian o ignorou, catalogando os bandidos diante dele. Tinham sabres de abordagem e facas que ainda não haviam sacado. Grace segurava o punho do sabre, mas ele achava que ela não precisaria usá-lo.

— Ele usava o mesmo vestidinho branco — disse o Diabo. — Tinha a mesma arrogância, entrando aqui fazendo exigências. Colocando uma banca. Igual a você.

Cyprian se virou com os olhos arregalados.

— Ettore é um *Regente*?

Um Regente; um Regente ali? Ele ouviu a própria voz, ansiosa demais. Um Regente, vivo nas colinas remotas da Itália. Seu coração batia forte. *Um Regente... um Regente sobreviveu ao ataque no Salão.*

Se Ettore estivesse fora dos muros durante o ataque, talvez nem soubesse que o Salão havia caído. O coração de Cyprian se jogou em direção à ideia: um Regente, vivo, carregando a Luz do Salão consigo. Ele tinha que encontrá-lo. Tinha que...

— Ah, isso despertou seu interesse? — perguntou *il Diavolo.*

— Onde ele está? Diga agora — exigiu Cyprian. E então, com mais veemência: — *Diga onde posso encontrar Ettore.*

— Repensando aquele beijo?

Ele não pensou duas vezes. Desembainhou a espada, mas segurou a lâmina abaixo da cruzeta, mostrando o punho.

— Esta é uma estrela de Regente. É de ouro puro. Vale mais do que tudo nesta taverna.

— Cyprian — disse Grace.

Era a última estrela de Regente na última espada de Regente. Ele já estava usando a adaga para arrancar a estrela dourada do punho. Cyprian a estendeu.

— É sua se me contar o que sabe.

O Diabo deu um assobio longo e baixo.

— Isso *vale mesmo* uma dinheirama. Você deve querer muito esse tal de Ettore.

Cyprian sustentou o olhar do Diabo. Nunca havia se importado mais com armadilhas do que com deveres.

— Ele é o único que pode nos ajudar em nossa missão.

Ele manteve a mão estendida. Em algum lugar lá fora havia um Regente. Era mais do que a missão. Era a Ordem, prova de que a luz não podia se apagar. Outro Regente, um verdadeiro norte em uma bússola.

— Muito bem.

O Diabo gesticulou para achar a Mão, que se aproximou e pegou a estrela, testando-a entre os dentes com uma mordida.

— É de ouro.

Ela acenou com a cabeça em afirmação.

— Então temos um acordo. — Sem tirar os olhos de Cyprian, *il Diavolo* disse: — Vitali, traga o pano que uso para lubrificar minha sela.

Um homem sentado à mesa atrás dele abriu uma bolsa, tirou um pedaço de pano sujo e o levou para *il Diavolo*, que o jogou para Cyprian.

Cyprian o pegou, sem entender.

Sentiu a expectativa nos olhos do Diabo enquanto ele olhava para o tecido enrolado na mão do Regente. Era macio, mais macio do que as roupas ásperas e brutas com as quais os homens de Sinclair o vestiram em seu primeiro dia na escavação. Uma textura familiar. Cyprian o abriu com dedos cuidadosos, sentindo uma vibração terrível no peito.

Sob a sujeira, era branco com uma estrela prateada.

— Quer saber o que aconteceu com Ettore? Eu o matei — disse o Diabo.

Cyprian encontrou o olhar severo e satisfeito do Diabo. Pensou: *Usada para lubrificar a sela dele.*

— Presunçoso. Vaidoso — dizia o Diabo. — Colocando uma banca. Mas ele não sabia como o mundo funcionava. O mundo real. Com armas de verdade.

Em um movimento suave, a Mão sacou uma pistola e a apontou a alguns centímetros da têmpora de Cyprian.

— Eu disse que ele era como você.

Fúria; o pedaço rasgado das vestes brancas dos Regentes era como uma ferida aberta, a esperança de outro Regente fora oferecida e depois arrancada dele. O latejar do sangue nos ouvidos de Cyprian era um tamborilar terrível que abafava sua consciência para qualquer coisa, exceto o tecido em sua mão e o sorriso malicioso do Diabo.

Por baixo, a consciência do perigo que corria: uma pistola na cabeça.

Por baixo, o aborrecimento ridículo por James ter razão sobre ele estar tendo problemas com os bandidos.

Regente, atenha-se a seu treinamento. Cyprian se moveu, os dedos agarrando o pulso da Mão e depois o ombro. Uma torção, e ele a segurava com força, de costas para o peito dele, com o braço em volta da garganta

HERDEIRO DAS TREVAS

da mulher. Aqueles bandidos podiam saber lutar, mas não eram páreo para o noviciado mais bem treinado do Salão. Cyprian estava com a pistola enfiada sob o queixo dela.

— Sei como usar armas de verdade — disse Cyprian.

Na verdade, Cyprian nunca havia usado uma pistola. Uma arma de covarde, não exigia a habilidade ou o treinamento de uma lâmina. Era apenas apertar o gatilho. Ele podia fazer aquilo, pensou. A Mão respirava ofegante, o peito arfante.

Cada bandido levou a mão à arma, mas o Diabo fez um gesto para que se segurassem. O Diabo manteve a voz casual, como quem comenta o clima.

— No momento em que disparar, são dez contra um.

— Nove contra um — retrucou Cyprian.

Um momento longo e tenso, repleto de ameaça. Então o Diabo ergueu as mãos em um gesto de rendição amigável, como se toda a situação tivesse sido cordial.

— É apenas um trato, querido. Não há necessidade de tornar em algo pessoal.

— Abra as portas — disse Cyprian.

O Diabo inclinou a cabeça. Atrás dele, um dos bandidos levantou a barra de madeira das portas e as empurrou.

Cyprian recuou com a pistola ainda na Mão. Mas Grace avançou e pegou o pedaço de tecido branco dos Regentes que havia caído no chão.

— Uma estrela por uma estrela — disse ela.

Il Diavolo não pareceu nem um pouco incomodado com o gesto. Apenas estendeu o braço nas costas da cadeira e mostrou os dentes em um sorriso.

— Esta é a segunda vez que vocês me contrariam — disse o Diabo.

— Não haverá uma terceira.

Foi Grace quem puxou as rédeas do cavalo e desceu perto da beira do Nera. Ainda estavam muito perto da aldeia. Cyprian não teria feito uma pausa, mas os cavalos precisavam de água e, quando ele parou e ouviu, não parecia haver uma cavalgada de bandidos galopando atrás deles. Cyprian desceu do cavalo.

— Como Ettore pode estar morto se a Regente Anciã nos enviou aqui para encontrá-lo?

Grace havia pegado o tecido sujo e o encarava.

Parecia abalada em sua fé, pela primeira vez desde que ele a conhecera. Ao ver a expressão da garota, Cyprian percebeu que cumprir os desejos da Regente Anciã havia mantido o Salão vivo para Grace. Naquele momento, isso terminava abruptamente: Ettore estava morto. Eles não tinham guia, o pedaço de tecido que ela segurava era um sinal de que estavam realmente sozinhos.

— Ela disse que apenas Ettore podia impedir o que estava por vir — lembrou Grace.

Ela encarou Cyprian com um olhar totalmente perdido. Ele sentiu o isolamento dos dois, ali nas colinas, longe de tudo o que conheciam. Não havia nenhum Regente vivo nas colinas da Itália. Não havia Regente algum vivo em qualquer lugar do mundo. A tristeza o tomou de repente, como se a perda de Ettore fosse o último ponto de luz que se apagava.

— Agora depende de nós.

Ele respirou fundo para se acalmar.

— Você quer dizer que devemos fazer nosso próprio caminho — disse Grace.

Em vez de guardar o tecido branco, ela o estendeu para Cyprian. A estrela estava desgastada e engordurada pela sujeira da sela. Ele o tomou como um objeto sagrado.

Ela abriu um sorriso estranho.

— Se Ettore está morto… agora você é o Regente Ancião?

Cyprian arregalou os olhos diante da ironia chocante da situação.

— Acho que sim, se não houver Regentes mais velhos.

Parecia um sacrilégio até mesmo brincar sobre isso.

— Sou janízara do Regente Ancião — observou Grace.

Ele balançou a cabeça ao perceber o absurdo da fala.

— Se eu sou o Regente Ancião, quer dizer que você é a Alta Janízara.

Foi a vez de Grace ficar chocada. E então os dois começaram a rir, uma risada estranha feita de algo parecido com soluços.

— *Signore*! *Signore* Stella! — gritou uma voz.

Cyprian se virou. Uma mulher os chamava das árvores. Ela os havia seguido desde a aldeia? Ele tinha certeza de que estavam sozinhos. Examinou o campo ao redor em busca de sinais de uma emboscada, mas não viu nada.

— Mariotto, na aldeia, disse que vocês vieram da escavação. É verdade?

A mulher vestia uma blusa de camponesa e saias rodadas, aparentava ter cerca de vinte anos, com o cabelo castanho preso sob um lenço.

Cyprian trocou um olhar com Grace, que assentiu com cautela.

— É sim.

— Meu irmão. Dominico. Ele trabalha na escavação como aprendiz de pedreiro. Vocês o viram? Ele tem vinte e um anos. Tem cabelo escuro. Tem tanta barba que não adianta passar a lâmina. Ele usa um lenço no pescoço. *Signore*, estamos muito assustados. Não temos notícias faz três semanas.

A descrição correspondia à metade dos jovens trabalhadores do local. Mas o medo dela era real, e a mulher fez o gesto que Cyprian tinha visto os homens no local fazerem, como se quisesse afastar o mal.

— Assustados? Por quê? — perguntou Cyprian.

Então gelou com o que ela contou.

CAPÍTULO VINTE E TRÊS

Um jardim; mas desta vez, Sarcean estava esperando.

Os cabelos longos estavam soltos nas costas. As sedas pretas simples que ele usava eram uma presunção, declaravam o poder absoluto de sua magia. Até Anharion usava armadura.

Ele passou a ponta dos dedos pelas pétalas de flores brancas que pendiam da laranjeira, andando pelo caminho onde ramos de flores piscavam sob arcos, um lago próximo com seus vislumbres de peixes coloridos.

Conscientemente, Sarcean fingia se comportar como alguém pego desprevenido em um momento reservado. Um jovem que passeava pelos jardins do palácio por acaso.

E então ela entrou.

Era mais jovem do que ele esperava que sua futura rainha fosse. Lembrava Anharion, o cabelo do mesmo tom e comprimento, trançado frouxamente. Ela era do reino das flores e linda, provavelmente porque o Rei do Sol não escolheria uma rainha que não fosse. Ele pensou: uma flor ornamental escolhida pela doçura de seu perfume.

— Milady — disse ele, fingindo espanto. — Perdoe-me, pensei que os jardins estariam vazios.

Era mentira, pois ele a aguardava, após ter escolhido cuidadosamente o momento em que o Rei do Sol estaria ausente.

— Não, fui eu quem incomodou você — respondeu ela, depressa.

— Me disseram para não vagar sozinha pelo palácio.

— Ah? Por que não?

— Medo de que eu conheça um dos comandantes do exército, aquele que eles chamam de General das Trevas — disse ela.

Sarcean reagiu, suprimiu a reação e considerou-a novamente, uma sequência que ele era sofisticado demais para deixar transparecer. A pretendida do Rei do Sol não era a feiticeira formidável que ele imaginara. Era uma mulher jovem, que estava entrando de surpresa em uma teia sombria e emaranhada.

— Sarcean? — disse ele, saboreando o próprio nome nos lábios. — O que disseram sobre ele?

Ele sabia a maior parte, é óbvio. Chamavam-no de a *lâmina do rei nas sombras*, embora ninguém soubesse os feitos que estava incumbido de realizar, ou adivinhasse que, apesar de muitas das vitórias do rei serem celebradas ao sol, haviam sido conquistadas nas sombras.

— Que ele é perigoso — disse ela. — Um sedutor, um assassino. Eles o chamam de Sombra do Rei; dizem que seus dons não são naturais. Dizem que ele é um Aprisionador das Trevas e que eu deveria evitá-lo. — Ela soltou um suspiro. — Tinha mais. Não tenho certeza se acredito.

— Por que não? É tudo verdade.

Foi divertido. Já sabia que seus dons deixavam as pessoas com medo.

— Histórias simples raramente são verdadeiras — observou ela. — E, se vou ser rainha, não deveria conhecer meus súditos como eles são, e não como dizem que são?

Sarcean sentiu uma pontinha de surpresa.

— Você parece ter um bom coração — disse Sarcean. — Espero que o General das Trevas não a engula viva.

Ela se virou para ele com a luz do sol nos cabelos; mas a luz não vinha do sol, vinha dela, parecendo iluminar tudo o que tocava. Até ele, infundindo calor em sua pele. Então disse:

— Mas eu sou uma Portadora da Luz.

E Sarcean, observando-a em estado de choque, jamais sentira algo parecido com aquela doce alegria...

— E qual é seu nome? — perguntou ela.

— Will — disse uma voz.

A mão de alguém em seu ombro, sacudindo-o. Will abriu os olhos. Esperava ver a luz. Em vez disso, estava escuro.

— Will — disse James, e Will acordou por completo.

— O que foi? Os outros estão de volta?

— Ainda não — respondeu James.

Will se levantou, desorientado. Não estava em um jardim. Estava no assento comprido do quarto, após ter caído no sono ao tentar não ir para a cama. O medo de que pudesse ter dito alguma coisa enquanto dormia o invadiu novamente.

— Você estava certo. Este lugar é...

— Sinto o mesmo — disse James.

James estava vestido para jantar, mas já era tarde. Estivera com Sloane. Fingindo. Tinha aquele verniz nele, duro e brilhante. Mas a maneira como olhava para Will era real.

O coração de Will batia forte. Ele tinha visto o primeiro encontro de Sarcean com a Dama. Tinha certeza disso. *Eles se amavam*, pensou Will. Essa era a história. Ele a amava. Ela o amava. E então ela o matou.

Will tinha sentido a alegria pela presença dela, o próprio desejo pela luz. Disse a si mesmo que eram os sentimentos de Sarcean, não os seus.

E disse a si mesmo que o que tinha visto havia sido... antes. Antes das mortes, antes da guerra. Ela não era a mesma de quando ele a viu no espelho, encarando-o com os olhos frios de uma assassina. Com os olhos frios de sua mãe.

— Posso fazer uma pergunta? — disse James.

Confidências eram perigosas. Ele sabia disso. Se James o tivesse pegado em qualquer outro momento... mas a crueza com a qual havia acordado o ligava a James com uma estranha intimidade. Na penumbra, ele assentiu uma vez.

— Por que você não usa seu poder?

Como ele poderia respirar quando o espaço de repente ficou sem ar? Will se obrigou a falar tão casualmente quanto fosse capaz.

— Não consigo — respondeu Will. — Nunca consegui.

— Por que não?

Horas passadas com a Regente Anciã, tentando fazer uma vela brilhar. Uma porta dentro dele que não se abria.

Você não é natural. Não é meu filho. Eu não deveria ter criado você. Deveria tê-lo matado.

— Não sei — disse Will. — Talvez eu não tenha nenhum.

Ele havia usado a marca para possuir Howell. Havia comandado os Reis de Sombra. Tocado a Lâmina Corrompida. Mas sabia que essas eram as ferramentas de Sarcean. Usá-las não exigia nenhum talento além de sua identidade. Sinclair podia usar a marca para possuir pessoas. Até mesmo Simon tinha sido capaz de comandar os Reis de Sombra, de erguer a Lâmina Corrompida.

Mas Will nunca havia conseguido acessar o próprio poder, trancado dentro de si. Podia adivinhar por quê.

Uma postura calma, mesmo quando seu coração batia forte. Ele era bom em mentir.

Tinha que ser. Ele era a mentira, mesmo quando dizia a verdade.

— Você tem. Posso sentir — respondeu James.

No banco, James estava mais perto do que Will esperava, sua voz mais baixa em resposta à proximidade.

— Pode?

Todos os sentidos de Will estavam em alerta. *Muito perto. Ninguém pode ver. Ninguém pode saber.* O toque invisível de James era suave em sua bochecha. O mesmo toque o fizera cair de joelhos e desamarrara sua camisa. Naquele momento, deslizava sobre a pele de Will, pousando ternamente no pescoço. Ele tinha visto James estrangular Howell e conhecia todos os detalhes violentos de como Howell se sentira, o colapso da traqueia, a visão turva. Era a gentileza da carícia que causava em Will um pânico crescente.

— Você pode sentir o meu, não pode?

A voz de James em seu ouvido, suave como o toque.

— Sabe que posso.

Ele sentia quando James entrava em um cômodo, sentia-o mesmo quando James estava esgotado, uma chama crepitante, e Will queria se unir a ele e transformar aquela chama em fogo ardente.

— Qual é a sensação? — quis saber James.

— Como o sol. Ou algo mais brilhante.

A verdade, mesmo que ele estivesse ofegante. James sempre teve a atenção completa e indefesa dele.

— Sinto o mesmo. Você é poderoso... mais poderoso do que qualquer coisa que já senti. Não consigo desviar o olhar. Eu poderia fechar os olhos e reconhecê-lo — disse James.

Você me reconhece, sim, ele não podia dizer. *Foi meu em um passado que não conseguimos lembrar.* Sentia que era perigoso.

— Se tenho poder, não consigo usá-lo — disse Will.

— Talvez você tenha usado sem saber — comentou James. — Dizem que no navio você chamou a Lâmina Corrompida.

Não com magia. Ele não poderia contar a James que a Lâmina Corrompida havia pulado para sua mão porque sangue chamava sangue.

— Você quer usá-lo, não quer?

Meses fugindo dos homens de Simon, fugindo de um passado do qual ele não se lembrava, depois encontrando os Regentes apenas para descobrir que ele era impotente, que não conseguia impedir que a maquinaria sombria daquele passado se abatesse sobre ele.

As primeiras jogadas contra Simon pareciam pertencer a outra vida. Will tinha sido ingênuo na época, acreditando que poderia superar o Rei das Trevas, antes de saber que o Rei das Trevas era mais poderoso e mais sutil, seus planos semeados pacientemente e se alastrando no escuro, de maneiras que não poderiam ser combatidas.

A palavra saiu, uma verdade involuntária.

— *Quero.*

Ele deveria ter mentido. Mas a necessidade era muito forte: se tivesse sido capaz de usar seu poder, poderia ter salvado os Regentes. Poderia ter salvado Katherine. Poderia ter salvado sua mãe.

Os olhos de James estavam escuros e sérios quando o toque invisível desapareceu em favor da oferta de carne e sangue: James tinha se levantado do assento e estendido a mão.

— Então deixe-me ajudar.

CAPÍTULO VINTE E QUATRO

Os dedos reais de James roçaram a pele dele e Will recuou, forçando-se a se levantar do longo assento.

Lábios perfeitos curvados de maneira desagradável.

— Não quer ter magia das Trevas em você?

— Não é isso.

— É o quê, então?

Ele não conseguiu responder, preso em uma armadilha. Seu coração batia forte, o animal encurralado vendo o caçador se aproximando. O potencial sombrio e cintilante da magia era sedutor. A ideia de que ele poderia tê-la, poderia usá-la. E o toque, um jeito com o qual Will não estava acostumado a ser tocado e do qual gostava demais.

Uma compreensão surgiu nos olhos de James.

— Você tem medo dela.

Will queria rir. Não podia. Alguma coisa dentro dele estava tentando acordar.

— Não deveria ter — disse James.

Mãe, sou eu. Mãe, sou eu. Mãe...

— Você não tinha medo da sua?

Outro daqueles sorrisos desagradáveis.

— Eu tinha onze anos. Não sabia o que estava acontecendo.

— Você quer dizer que seu poder...

— Simplesmente veio à tona.

James não falou mais do que isso, mas Will podia ver o ódio nos olhos do Alto Janízaro ao encarar o filho, porque ele tinha visto o mesmo nos olhos da própria mãe. *Minha mãe também me achava perigoso demais para viver.* Mas ele não podia contar isso a James.

— "A emoção intensa" — citou Will, baixinho.

De tão leve o aceno de James foi quase imperceptível.

— Quando estou com raiva. Ou quando estou com medo. Ou quando eu... — Ele parou. — Tive que aprender a controlar. Para que eu pudesse comandá-lo em vez de deixá-lo correr através de mim, selvagem. Precisa aprender a usar o seu também.

Will se lembrou das primeiras lições com a Regente Anciã. Todos os métodos dela tinham a ver com controle, talvez porque a única magia que ela havia visto fora a de James, explosiva e ingovernável.

Ninguém vivo sabe fazer magia, havia dito ela. *É uma arte perdida que talvez possamos encontrar juntos.*

Mas não era verdade. James sabia fazer magia, e as irmãs também, Katherine e Elizabeth.

E se eles conseguiam, então Will não deveria conseguir também?

Com a sensação de um homem dando o primeiro passo em um caminho sem volta, Will fechou os olhos e admitiu:

— Meu poder é o oposto. Não é selvagem. Está preso. Não quer sair.

— Como você sabe?

— A Regente Anciã tentou me treinar.

— *A Regente Anciã?*

Will assentiu e viu a expressão de James se contorcer brevemente.

— Óbvio. É bem a cara dos Regentes. Usar magia quando for conveniente para eles. Erradicá-la quando não for.

Mate um garoto, treine o outro. Um passo em falso fatal que levou à ruína do Salão.

— Então, como um *Regente* treina alguém para usar magia?

James se virou para ele, com um sorriso de escárnio na boca.

— Trabalhamos a partir de relatos antigos. Usamos os cantos dos Regentes para focar a mente. — Controle e concentração. — Passei horas tentando acender a chama de uma vela. — A boca dele também se curvou. — Não consegui nem fazer tremeluzir.

Que vergonha terrível dizer isso na frente de James. Sob o calor de seu rosto, havia uma chama da vergonha profunda que ele havia sentido durante cada uma das sessões em que era incapaz de fazer o que a Regente Anciã pedia, com o intuito de salvar o Salão. Ela havia dedicado tempo a Will, pensando que era o salvador de todos. Passara seus últimos dias vendo Will falhar uma vez atrás da outra.

— Regentes. Eles leem sobre poder em livros velhos. Mas não sabem de verdade como é. Não do jeito que eu sei.

James andava ao redor de Will enquanto falava.

— James...

— Aqui — disse James de novo, desta vez atrás dele, sua voz no ouvido de Will. — Deixe-me mostrar.

Ele apoiou a mão no quadril de Will, como se quisesse mantê-lo no lugar.

— Consegue sentir isso? — perguntou James, e Will estava separando os lábios para dizer que não quando o poder formou um arco e faiscou.

A boca de Will se encheu de saliva quando o cheiro forte da magia de James o atingiu. Era errado. Tão errado, uma onda estimulante de poder e potencial. Ele sempre soubera, sentira. Quando James havia usado sua magia nas docas, Will não tinha conseguido tirar os olhos dele.

— *Sim* — confirmou ele, ou pensou ter dito. *Sim, sim, sim.*

James deslizou os dedos nos de Will e levantou ambas as mãos, apontando-as para o afloramento de granito.

— O que você sente? — perguntou James.

Você. Anharion em um anfiteatro, realizando uma apresentação para o Rei do Sol. Sarcean observando por trás do trono. Anharion havia oferecido: *Sarcean. Vamos competir?* Sarcean apenas sorriu e objetou. *Não, meu amigo. Este é seu momento ao sol.*

O poder de Anharion havia sido uma demonstração gloriosa e estimulante de admiração que sempre o tinha atraído. O James pressionado contra ele era uma versão jovem, trazendo-o para perto, onde ele nunca estivera. *Você, você, você.*

Na frente deles, uma laje de granito erguia-se do chão, gigantesca, do tamanho de uma charrete. Até mesmo para arrastá-la seria necessário uma parelha de bois, cordas, chicotes e um cocheiro. Desafiando a realidade, ela levantou-se devagar no ar, girando suavemente.

Contra o corpo de Will, James tremia.

— Você está perto do limite. — A revelação foi uma surpresa. — Você tem que se concentrar para levantar algo tão pesado. — Will já sabia disso, até tinha usado a informação contra James, quebrando a concentração deste para interromper seu poder nas docas, e novamente na casa de Gauthier em Buckhurst Hill. Mas sentir aquilo... — Os gestos ajudam, mas você não depende deles.

Will também podia sentir aquilo, pela mão estendida de James. E...

— Você pode sentir a rocha.

As palavras eram como um sopro de revelação. Assim como Will havia sentido o toque invisível de James, que tinha consciência, de uma maneira fantasmagórica, da rocha, de sua superfície áspera, de seu peso, como se sua magia fosse outra pele, sensível ao que encostava nela. Isso significava que, quando James o tinha tocado...

— Meu poder é uma espécie de toque — disse James. — Elizabeth... ela conjurou luz. Eu não consigo fazer isso. — As palavras de James se enroscavam em Will. — Talvez você também não possa.

Ele não podia. Sabia disso. O corpo de James estava quente. A voz de James baixa em seu ouvido.

— Talvez você consiga fazer outra coisa.

Will sentiu algo se agitar em seu interior, uma sensação de arrepio.

— Consigo sentir a magia dentro de você. Está aí. Sob a pele. Deixe-me tentar fazer persuadi-la — disse James.

— Persuadi-la? — questionou Will.

Atrás dele, James parecia tão envolvido quanto Will, seu poder atraído por Will tão impetuosamente quanto Will se sentia atraído por ele.

— Está respondendo a mim — disse James.

— Não acho...

— Shhh — interrompeu James, a mão que não estava emaranhada na de Will deslizou sobre seu peito. — Deixe-me.

Will estremeceu, algo dentro de si levantando a cabeça, uma sensação perigosa e recém-despertada.

— James...

Lábios macios roçando sua orelha.

— É isso.

A magia de James fluía por todo o corpo de Will em oscilações quentes, lentas e ondulantes, a pulsação mais suave. Causava uma onda correspondente nele, em algum lugar profundo e trancado.

Uma porta. Uma porta lá dentro que não se abria.

— Posso sentir onde está bloqueado. É bem lá no fundo — disse James.

A própria voz dele tinha um toque de revelação. Seu poder de busca deslizou pela superfície, um toque lento e friccional, e Will reprimiu um som.

— Consegue sentir quando eu...

— Consigo — afirmou Will.

— Como você abre uma porta fechada? — perguntou James.

Você não pode, não deve. Will sabia o que deveria ter dito. *Pare. Não podemos.* Sua mente lampejou com a lembrança de James abrindo o portão, dando tudo de si até se esgotar e depois do portão se abrindo.

O Salto de Fé.

— Você coloca magia nela — respondeu Will.

A sensação quente e doce de James disparou através dele, e Will gritou. Suas veias se iluminaram com poder; ele perdeu o controle do ambiente ao redor. Mal tinha percebido que haviam tropeçado juntos, Will batendo na mesa próxima, James ofegante atrás dele, a testa pressionada nas costas de Will, com a mão dos dois ainda unidas.

— Posso sentir — disse James. — Posso sentir...

Não era suficiente.

— Mais força — disse Will.

Ele foi empurrado dolorosamente contra a quina da mesa e sentiu o punho de James em seu cabelo, James inconscientemente empurrando-o conforme seu poder entrava em Will. Inundou cada fenda, correu por cada abertura, à procura de uma brecha, de uma fraqueza, de uma maneira de entrar.

— Aí... — Ele podia sentir, um ponto quase imperceptível, menor que uma fissura, que o poder de James estava investigando, penetrando, perfurando. — Aí...

Como se algo em seu interior estivesse respondendo, como se cada parte fechada dele estivesse deixando James entrar, sem se importar com o perigo. Exceto que não deixaria; alguma última defesa se mantinha firmemente fechada, mesmo que houvesse algo além pulsando.

— *Aragas* — ordenou James.

Abra. E a magia de James se conectou com alguma coisa no interior de Will, como um fio de fogo tocando uma interminável piscina subterrânea de gás e incendiando-a.

Tudo explodiu.

A dor o atravessou, e ele gritou. Uma força primordial desencadeada para destruir, que explodiu dentro dele com uma violência devastadora. Era um poder puro e visceral, e quebrou como uma onda devastadora, aniquilando tudo no caminho.

E então parou, tão repentinamente quanto havia começado. A explosão havia jogado James para trás. E sem James como condutor, a porta dentro de Will se fechou novamente.

Will voltou a si, ofegante e machucado. Com a visão turva, ele se levantou e se sentou. *James.* Olhou em volta procurando James desesperadamente.

O que viu foi destruição.

O granito havia virado pó, o chão estava coberto de crateras e preto, com rochas descamadas como vidro derretido. Se a explosão tivesse sido dirigida ao quartel, todos estariam mortos. *Sarcean. Vamos competir?* Anharion tinha oferecido, e Sarcean havia sorrido e o dispensado.

HERDEIRO DAS TREVAS

Ele se virou. James estava jogado, com parte da camisa rasgada, hematomas e cortes no rosto cicatrizando bem diante dos olhos de Will.

— Eu o senti — disse James. — Dentro de você. Senti...

— Sentiu o quê? — indagou Will.

Ele podia ouvir o choque na voz de James. Podia ver o novo olhar de James em si. Como se nunca tivesse visto nada parecido antes.

— Meu Deus, entendo por que Sinclair queria você. Por que todo mundo queria você. Você é...

Ele encarava Will com os olhos maravilhados.

— Com tanto poder — disse James —, você realmente poderia matar o Rei das Trevas.

Will abafou o som horrível que até pareceria uma risada se não fosse pela maneira como ameaçou sair dele, áspero.

— Sim, é para o que sirvo — disse ele. — Matar pessoas.

Will arrastou o braço no rosto, limpando o sangue.

— Não quis dizer...

A rocha cheia de crateras tinha um odor acre, como os restos de um incêndio.

— É isso que te satisfaz? Quer que eu destrua o povo de Sinclair? Entregue a você um palácio cheio de cadáveres? Podemos admirar juntos toda a desolação e ruínas.

Ele fechou a boca com firmeza, forçou-se a interromper o fluxo de palavras, a cortar o que se acumulava em sua garganta.

James o encarava com os olhos escuros, como se Will não estivesse agindo como ele mesmo.

— Você não é apenas uma arma — disse James.

— Era o que Sinclair costumava dizer para você?

James corou e não respondeu, e talvez não fosse justo, mas poderia ter sido pior, bem pior, com o quanto Will sentia vontade de quebrar coisas.

— Não podemos fazer isso de novo — disse Will, forçando-se a sair do meio dos escombros. — Nunca mais.

* * *

Quando ele saiu, era óbvio que algo incomum acontecera.

Os homens que normalmente ficavam do lado de fora dos aposentos deles, fazendo um péssimo trabalho em fingir discrição, tinham ido embora. Não havia sinal dos observadores de Sloane. Estavam completamente sem vigia.

Ainda mais estranho, não havia som de escavação. O trabalho foi interrompido. Os moradores locais estavam se reunindo em grupos do outro lado da escavação. Amontoados, comunicavam-se em sussurros urgentes, olhando ao redor para garantir que não fossem ouvidos. De vez em quando, um escavador atravessava o local correndo em resposta a um chamado urgente. Os homens pareciam nervosos, até assustados.

Isso explicava por que ninguém havia entrado correndo após a explosão de magia. Apenas um homem pareceu notar, diminuindo a velocidade e encarando a pedra rachada ao passar.

— Briga de casal — disse James, saindo dos aposentos atrás de Will.

O homem corou e seguiu em frente.

— O que está acontecendo? — perguntou Will a outro homem que passava, e então reconheceu Rosati, o morador contratado com frequência pelo Capitão Howell como tradutor.

Mas Rosati nada disse, apenas lançou um único olhar cauteloso e usou o mesmo gesto de proteção que Will vira os trabalhadores fazerem na montanha.

Com um acordo tácito, Will e James começaram a se mover em direção à origem do tumulto.

Não tinham ido muito longe quando ouviram vozes familiares vindas de uma das tendas.

— Há algo de errado — dizia Kettering. — Não pode enviar mais ninguém lá para dentro. Não depois do que acabou de acontecer.

— Conseguimos avançar! — disse Sloane. — O que aconteceu é um sinal. Estamos próximos da descoberta!

Will respirou fundo. Seus olhos procuraram James, e os dois trocaram olhares.

HERDEIRO DAS TREVAS 241

— Foram vinte e seis homens! — disse Kettering. — Os moradores estão jogando fora as picaretas e se recusando a cavar. Estão dizendo que o lugar está amaldiçoado.

Sloane não soou compreensivo.

— Se eles não vão trabalhar, então encontre homens que vão.

A voz de Kettering ficou ainda mais infeliz.

— E o que você vai fazer com...

— Nós os queimamos — respondeu Sloane. Como fizemos com todos os outros.

— Você não pode — retrucou Kettering. Não pode continuar...

— São ordens de Sinclair — disse Sloane, abrindo a aba da tenda e gesticulando para um soldado, que se aproximou com o mosquete na mão.

Quando Sloane se afastou para cuidar dos preparativos, Kettering passou a mão pelo cabelo.

— Isto está errado. Isto está...

Kettering partiu propositalmente em direção ao local onde os moradores estavam se reunindo.

— Siga-o — disse Will, puxando James consigo ao seguir Kettering pelas tendas.

Em frente, havia um brilho vermelho, e era difícil de ver à noite, mas parecia que uma espessa coluna preta de fumaça subia. Will podia sentir o cheiro, acre e familiar.

Kettering havia parado.

Estava olhando para uma fogueira enorme, já queimando. Um grupo de soldados de Sloane estava trazendo um carrinho de mão, cujo conteúdo foi jogado no fogo. Mas havia outro vindo. E outro. E outro.

Kettering encarava o fogo com lágrimas escorrendo pelo rosto.

— Seja lá o que esteja nesses carrinhos de mão, precisamos dar uma olhada antes que queimem.

Antes que o que Sloane estivesse escondendo virasse fumaça.

Will não era ingênuo. Sentia o cheiro de fumaça. Mas se os homens de Sloane tinham realmente feito alguma descoberta no palácio, ele precisava saber o que fora encontrado.

Teria sido mais fácil se ele tivesse se esgueirado para dentro de um dos homens de Sloane, ou do próprio Sloane, e simplesmente se aproximado de um carrinho de mão no corpo de um hospedeiro. Mas não podia, não enquanto James estivesse com ele. Nem seria possível livrar-se facilmente de James durante o tempo necessário. Além disso, a habilidade era assustadoramente nova, e ele estava ciente do quanto isso o deixaria vulnerável depois.

Will olhou em volta em busca de uma distração.

— Se pudermos distraí-los de alguma maneira, talvez...

Uma viga de suporte perto de uma das trincheiras de escavação explodiu, e os andaimes que a cercavam desabaram em uma confusão de suprimentos caindo e homens gritando.

— Você quer dizer algo assim? — disse James, abaixando a mão, com seu sorriso de tirar o fôlego em meio ao caos que ele mesmo criou.

— *Aiuto! Aiuto!* — Os gritos aumentavam. E em inglês: — Oi! Venha nos ajudar!

Todos corriam em direção ao desabamento.

— Não precisa ficar se matando para desamarrar cordas — murmurou James ao passar por Will, com aquele sorriso ainda no rosto. — Você me tem agora.

Um estremecimento o percorreu ao ouvir as palavras *você me tem*. Will ignorou-o. Tinham que ser rápidos. Ele deslizou até o carrinho de mão abandonado enquanto os homens cercavam a trincheira desmoronada.

Ele sentiu, em vez de ver, James chegar e então parar ao lado dele. Os próprios olhos de Will estavam voltados para a forma no carrinho de mão.

— "Vinte e seis homens" — citou James.

Will havia transportado corpos em um carrinho de mão no Salão. Aquele era menor que a maioria deles. Um menino de talvez dez ou onze anos, a mesma idade dos batedores que os acompanharam ao palácio. A jaqueta do menino cobria sua cabeça como uma mortalha.

Rosati havia feito o gesto de advertência. Will tinha visto o medo nos olhos dos moradores. Pensou: *Eles mandam os meninos primeiro.*

HERDEIRO DAS TREVAS 243

Will respirou fundo e puxou a jaqueta do menino.

Não percebeu que havia cambaleado para trás até sentir as mãos de James nos ombros e ouvir sua voz.

— Will. *Will.* Você está bem?

Veias pretas percorrendo os braços dela, os olhos dela arregalados e com medo. Ele tinha implorado para ela não pegar a espada. *Will, estou com medo.*

— Will, qual é o problema? O que foi?

Ele olhou de novo para o corpo no carrinho de mão. Foi como olhar para uma memória. O rosto do garoto morto estava estranhamente branco como giz, com as veias pretas como tinta, como rachaduras. Os olhos abertos eram duas bolas de gude pretas. E Will sabia, sem tocá-lo, que a pele estava fria e dura como pedra.

Mais de mil quilômetros os separavam, mas dava no mesmo: estavam presos em uma expressão de morte, como se o que quer que houvesse sob a montanha estivesse ligado a Katherine, morrendo nos braços dele, na encosta da colina.

— Já vi isso antes — afirmou Will. — Com Katherine.

CAPÍTULO VINTE E CINCO

— Eles chamam de morte branca — disse Cyprian.

A expressão fez um arrepio percorrer a pele de Will. Os quatro estavam sentados nos aposentos de James, trocando informações em voz baixa. Grace e Cyprian aproveitaram o caos para retornar furtivamente para a escavação, com capas de trabalhador por cima das roupas de Regente. Will havia contado a eles sobre o cadáver no carrinho de mão, esperando que sentissem medo e desconforto, e não que tivessem respostas. Mas, conforme descreveu a palidez branca do cadáver, Grace e Cyprian trocaram um olhar.

— Os moradores têm lendas sobre isso — comentou Cyprian. — Dizem que, quando a montanha se abrir, a morte branca se espalhará e um grande mal surgirá.

Will não pôde deixar de pensar nas portas retorcidas do palácio. Alguma coisa lá dentro, tentando sair.

— O que é? Uma peste? Uma praga? — perguntou ele.

— Eles não sabem. Acontece com aqueles que vão para muito além na montanha — contou Cyprian, explicando o que uma garota da aldeia contara por temer pela vida do irmão. — Nas histórias, eles queimam os corpos, exatamente como você disse que Sloane fez.

A montanha dominava ainda mais a mente de Will, uma presença sombria cheia de segredos. Se os habitantes locais haviam consagrado a morte branca em suas lendas, não era algo novo. Fazia parte daquele lugar havia anos, talvez séculos.

HERDEIRO DAS TREVAS 245

— Sloane falou que conseguiu avançar — disse James. — Vinte e seis corpos… deve estar perto da fonte da morte branca. Seja lá o que esteja dentro daquele palácio, Sinclair quase encontrou.

— Precisamos detê-lo — disse Cyprian. — Não podemos deixá--lo libertar uma praga. Sabemos que está no palácio. Todos os casos acontecem aqui.

— Nem todos — observou Will.

Cyprian olhou para ele com uma expressão de confusão.

— O que você quer dizer?

Will, que não queria falar sobre aquele acontecimento nunca mais, teve que forçar as palavras a saírem.

— Katherine morreu de morte branca.

Ele contou o que havia contado a James, descrevendo a maneira como Katherine morrera. O cadáver no carrinho de mão, com as veias pretas e a pele muito pálida, fundiu-se em sua mente com o corpo dela. O aspecto pétreo do corpo, congelado em uma pose horrível, os longos cabelos loiros caindo soltos, era idêntico em todos os detalhes.

— O corrompimento na lâmina… — Cada palavra era perigosa e poderia expô-lo. Ele as forçou a sair mesmo assim. — Quando ela pegou Ekthalion, o corrompimento penetrou na pele dela e a transformou em pedra branca. — Will não queria dizer mais nada; não podia. — Eu achava que ela era a Campeã. Mas não.

Ou talvez fosse, e estivesse simplesmente morta. Os Guerreiros da Luz não tiveram muita sorte lutando contra o Rei das Trevas. Ele se lembrava de carregá-la até o chalé, pesada como a pedra com a qual se parecia, e os braços dele doíam enquanto a segurava, sem querer arrastá-la pelo chão como um saco.

— Acha que é o que tem no palácio? Algum tipo de arma? — perguntou Cyprian.

James balançava a cabeça devagar.

— Não foi isso que aconteceu quando Ekthalion se libertou no navio de Simon — disse ele. — Os homens no porão estavam apodrecidos e queimados. A chama preta corrompida tinha dissolvido seus órgãos. Não os transformado em pedra branca.

Também não era o que tinha acontecido com os pássaros e animais que haviam morrido no Pico Sombrio. Ou a grama e as árvores que tinham simplesmente murchado e morrido, apodrecendo como os homens do navio.

Will não podia deixar de sentir que faltava uma peça, alguma parte vital que ele ainda não entendia.

— Não temos tempo a perder — disse ele. — Precisamos encontrar Ettore. A Regente Anciã disse que só com ele seríamos capazes de impedir o que está por vir.

Grace e Cyprian não responderam. Depois de um longo momento de silêncio, Cyprian endireitou os ombros e tirou um pedaço de tecido da túnica.

Branco, sujo e rasgado; demorou um tempo até que Will entendesse o que estava olhando.

— Ettore é um *Regente*? — perguntou Will.

— *Era* um Regente — respondeu Cyprian. — Ele está morto.

Parecia uma porta sendo fechada, deixando-os presos. No pedaço de tecido na mão de Cyprian havia o brilho de uma estrela. Nenhum Regente deixaria sua estrela para trás. Ele viu a verdade nas expressões de Cyprian e Grace. O homem que a Regente Anciã os havia enviado ali para encontrar estava morto.

Will pensou no menino morto naquele carrinho de mão, o garoto que havia sido jogado na pira para queimar. Pensou em Katherine, morrendo em Bowhill.

Foi como se todos notassem no mesmo momento. Só restava um caminho para descobrir o que a montanha abrigava. Mas isso significava fugir dos sequestradores e correr em direção ao perigo.

— Precisamos voltar ao palácio — disse Will.

— Toda a escavação está trancada — comentou Grace, balançando a cabeça. — Cyprian e eu quase não conseguimos voltar para cá.

— As patrulhas duplicaram desde as mortes no palácio — concordou Cyprian. — Vimos dezenas de guardas no caminho de volta da aldeia.

HERDEIRO DAS TREVAS

— Alguns guardas não serão problema — disse James, flexionando os dedos.

— Não. Você não vai matar guardas — retrucou Will.

— Não preciso *matá-los* para...

— Nem machucar guardas.

— Então como exatamente está planejando entrar? — perguntou James.

— Posso levar vocês — disse uma voz.

Os quatro se viraram para a porta.

Kettering estava parado na soleira, levantando os óculos, nervoso. Will sentiu o clarão de magia de James no mesmo tempo em que a espada de Cyprian foi retirada da bainha. Ele se colocou na frente dos dois.

Kettering não estava armado. O rosto do homem estava pálido, os olhos indo de Cyprian para James. Parecia assustado. Mas estava ali mesmo assim.

— Por que você faria isso? — perguntou Will.

Kettering olhou para Will.

— Aqueles homens que morreram de morte branca hoje... dezenas de corpos jogados no fogo... é errado. Eu me inscrevi para estudar a magia antiga, para ajudar a restaurar suas maravilhas, e não para ver pessoas mortas.

Kettering parecia ter usado toda a sua coragem para dizer isso. Will se lembrou dos olhos de Kettering cheios de lágrimas na pira. Ele tinha discutido com Sloane para proteger os trabalhadores sem saber que alguém o ouvia. Havia respondido às perguntas de Will sem denunciá-lo a Sloane quando Will chegou à escavação.

— O que é a morte branca? — perguntou Will, devagar.

— Não sei.

— O que Sinclair está procurando?

— Também não sei.

James soltou um som de desdém.

— Will, ele não vai nos contar nada.

A magia de James brilhou outra vez, ameaçadora.

— Sei onde as mortes aconteceram — disparou Kettering. — Todos os homens caíram no mesmo local.

— Dentro do palácio — disse Will, e Kettering assentiu devagar. — Vocês fizeram algum tipo de descoberta.

Outro aceno de cabeça.

— Há uma câmara interna. Assim que abrimos as portas, os homens simplesmente morreram, como se uma onda branca tivesse passado sobre eles.

— Você não se importava com a segurança daqueles garotos antes — observou Will. Kettering havia feito nada enquanto Sloane mandava os meninos para dentro do palácio. — O que mudou?

— Aquilo era um risco normal, igual a qualquer escavação! — argumentou Kettering. — É diferente saber que as pessoas vão morrer, que suas vidas serão desperdiçadas, atiradas ao fogo. A morte branca... qualquer um pode ser o próximo! E se for solta? Uma praga de magia se espalhando pela população? Achei que Sinclair e eu tínhamos os mesmos objetivos, respeito pelo passado, pelo mundo antigo. Mas ele está se metendo com forças que não entende. Temo o que possa libertar, vagando por aquele palácio.

Will examinou o rosto de Kettering. O homem havia seguido Sinclair até aquele momento e tinha um grande interesse pelo mundo antigo, tanto que dedicara sua vida a estudá-lo. Mas o sentimento pelos trabalhadores mortos parecia genuíno.

— Libertar?

— O que está sob Undahar? — perguntou Kettering. — Essa é a questão, não é? Sinclair tem jogado homens na escavação há anos. Nunca encontrou o palácio. Ele se abriu quando vocês chegaram. Como se estivesse esperando vocês. — Kettering falava com James, mas foi Will quem as sentiu ressoar. — Os terremotos, as mortes aceleradas... o que quer que esteja abaixo da montanha, acredito que está chegando o momento de ser revelado.

Isso era perturbador para todos.

HERDEIRO DAS TREVAS 249

Esses objetos têm anseios próprios, dissera Kettering. Estariam entrando no olho do furacão. Will sentiu aquela velha sensação de que um buraco abria dentro de si.

Tomou a decisão.

— Se você sabe onde os homens de Sinclair morreram, então é para lá que precisamos ir.

Eles começaram a dispersar e a se preparar, os outros saindo para coletar suprimentos e encontrar roupas de trabalhadores para se disfarçarem para a viagem.

Mas antes havia algo que Will precisava fazer.

— Cyprian.

Will o tocou no braço dele, virando-o. Cyprian olhou para ele interrogativamente.

— Violet vai escapar — disse Will.

Cyprian arregalou os olhos, ao mesmo tempo incertos e desesperadamente famintos por um conforto. Will sentiu de novo aquele estranho desejo de proteção em relação a ele.

— Ela vai escapar, Cyprian.

— Como você sabe?

Cyprian estava procurando a resposta para uma pergunta que se revolvia dentro dele.

Will não podia contar a verdade. Mas havia pensado com cuidado. Violet tinha voltado para buscá-lo no navio. Will faria o mesmo por ela, não importava o que custasse.

— Não faz sentido entrar em um navio — disse Will. Ele também havia pensado nisso. Precisava esperar que ela atracasse. — Não tem para onde ir. Mas em terra firme? Violet estará livre antes mesmo de partirmos para o palácio.

Cyprian arregalou os olhos verdes para Will.

— Tem certeza disso?

— Absoluta — afirmou Will.

CAPÍTULO VINTE E SEIS

Não haveria como voltar para a escavação depois que partissem, o que significava que Will não teria muito tempo.

Ele disse aos outros que estava criando uma distração, pegou uma trouxa de roupas como pretexto e deixou os guardas de Sloane o seguirem, sabendo que o encaravam apenas como um mensageiro inofensivo com uma encomenda para o Capitão Howell.

Assim que entrou na tenda de Howell, caminhou até ele, sem se preocupar em cumprimentá-lo, colocou a mão em seu pulso e o empurrou para dentro.

Viu os olhos de Howell se arregalarem e o ouviu dar um grito de surpresa, mas não parou até entrar no corpo de Howell.

Seja rápido. Will tinha menos de uma hora até ter que se juntar aos outros. Foi mais fundo, usando a marca *S* de Howell como canal, lançando-se na teia da qual se lembrava, seguindo os caminhos já familiares, em busca do corpo que tinha possuído no navio de Violet, até que, com um arquejo, abriu os olhos.

Sua perna doía; seu corpo parecia tomar mais espaço; objetos no cômodo em ângulos estranhos. Ele estava mais baixo. Não conseguia enxergar a sala direito.

Ele semicerrou os olhos, deu um passo e caiu, agarrando-se à mesa. Conseguiu alcançar mais ou menos a quina, mas a perna machucada protestou. Ele soltou um grito e esperou junto à mesa por um momento até que a visão ficasse mais nítida. Levantou devagar, desta vez sem fazer suposições sobre como permanecer em pé com as pernas mais curtas.

Aquilo não era um navio. Era um escritório, de grande estilo, mas degradado, dilapidado, em uma construção antiga. Uma cadeira de carvalho pesada acompanhava a escrivaninha, com um casaco masculino pendurado no encosto. Nas horas desde a última vez que Will havia olhado através dele, o homem em quem habitava tinha atracado e desembarcado.

— Leclerc! *Apportez-moi ces papiers!*

Trazer os papéis? Quais papéis? Ele olhou para a mesa. Precisaria encontrar o que havia sido solicitado se não quisesse estragar o disfarce.

Meu nome é Leclerc? Tudo estava embaçado. No começo, ele pensou que os olhos não enxergavam, mas quando tateou a mesa, encontrou óculos. Ele os colocou, prendendo-os nas orelhas.

Piscando como uma coruja diante da nitidez repentina, Will olhou de novo para a mesa.

Estava coberta de papéis. Dava para ouvir passos no corredor, aproximando-se. Soltou a mesa e tentou se equilibrar, mas voltou a agarrar o tampo de imediato. Tentou apoiar o peso no móvel disfarçadamente, o tipo de postura despreocupada que James poderia adotar. Não havia como encontrar o papel certo. Precisando de uma desculpa, rapidamente tirou os óculos e os colocou no bolso, depois estendeu a mão para pegar um maço de papel aleatório.

Ele errou, uma sensação desorientadora: seus braços eram curtos demais. Teve que se esforçar para ir mais longe, agarrando o papel no exato momento em que a porta se abriu.

A mulher que James havia chamado de sra. Duval entrou.

— E então? Tem o inventário?

Ela era ainda mais imponente de perto, com traços fortes e angulares e olhos escuros penetrantes. Com certeza poderia examiná-lo com aqueles olhos e perceber de imediato que não era Leclerc.

Com o coração batendo forte pelo medo de ser descoberto, Will estendeu o papel que segurava e fingiu semicerrar os olhos ainda mais do que o necessário.

— É isto? Perdi os óculos.

Ela arrancou o papel de suas mãos, olhou-o brevemente e depois jogou-o sobre a mesa, remexendo os papéis espalhados e pegando o de cima.

— Não. Está bem debaixo de seu nariz.

A visão dele estava muito embaçada para ver que tipo de olhar ela dirigia a ele, mas seu tom era enérgico, como se estivesse com pressa.

— E seus óculos estão aqui. Em seu bolso.

Ele sentiu um tapinha na lateral do corpo.

— Espero que não tenha esse tipo de distração com a garota.

— Não...

Ele não sabia como chamá-la. Sra. Duval? Algum outro nome?

— E então, irmão?

— ...irmã.

Ela pegou os papéis e saiu da sala.

Ele ficou lá, encarando-a, com o coração batendo forte.

Inventário, dizia parte de sua mente. *O que eles estão guardando aqui?* Will deveria dar uma olhada nos papéis. Mas Violet era mais importante. E não havia tempo. Lá na Úmbria, ele tinha menos de uma hora e, além disso, estava sozinho em um cômodo com Howell, seus olhos pretos gritando sua identidade para qualquer um que desse de cara com ele. O que aconteceria se seu corpo desabitado fosse tocado, movido ou levado? Pior, se os outros vissem seus olhos? Sarcean havia usado Anharion para protegê-lo, considerando perscrutar uma prática muito perigosa. Will sentia o perigo com bastante intensidade naquele momento.

Colocou os óculos de novo, então olhou em volta e viu uma grossa corrente de chaves pendurada na porta. O primeiro golpe de sorte: reconheceu de imediato a chave das algemas de Regente. Ele mesmo havia usado aquela chave para destrancar as algemas. Era a confirmação de que precisava: Violet estava ali e era assim que ele iria libertá-la. O único problema era que Will não sabia onde Violet estava detida.

Bem, descobriria.

A porta ficava a seis passos da mesa. Ele respirou fundo, soltou o tampo e obrigou-se a dar um passo. Seus olhos estavam fixos nas chaves. Tentar alcançá-las exigia muito mais habilidade e concentração do que andar no próprio corpo. Seis passos, e ele estava agarrado à parede outra vez. *Devagar demais.* Não seria possível ajudar Violet naquele ritmo, chegando à cela dela em três dias com a velocidade de uma tartaruga. Tinha que acelerar.

Ele viu a bengala preta brilhante no suporte ao lado da porta. Ao alcançá-la, sentiu o estômago revirar. O *S* em seu pulso, visível quando a manga foi arregaçada, parecia vivo. Estava quente e vermelho, ativado, quase pulsante. Ele puxou a manga rapidamente para baixo e pegou a bengala.

Depois apanhou as chaves e as pendurou no cinto de modo muito visível.

Caminhar ainda era tarefa complicada, mesmo com a bengala, frequentemente se apoiava na parede do corredor. Procurar Violet chamaria a atenção das pessoas, mas a dificuldade em controlar o corpo de Leclerc tornava tudo cem vezes pior. Então, em vez de andar de maneira suspeita de um lado para o outro da casa, seguiu o rastro dos cheiros até a cozinha.

Era um cômodo amplo, com uma lareira enorme e carnes em espetos sobre o fogo. No centro, havia uma longa mesa de madeira repleta de farinha e tigelas. Uma pessoa cozinhava com um avental manchado e duas ajudantes de cozinha. Uma delas ergueu os olhos, surpresa, ao vê-lo enquanto sovava a massa com os braços enfarinhados.

— O que posso fazer por você, *monsieur* Leclerc? — perguntou ela, em francês.

Certo. Ele estava na França. Seu francês, aprendido com o bêbado Jean Lastier nas docas, não era excelente. Ele a encarou, percebendo que, se Leclerc se chamava Leclerc, provavelmente também era francês.

Apporter? Apportez?

— *Leve o almoço para a prisioneira* — falou ele, rezando para que as conjugações verbais estivessem corretas.

Isso fez com que a mulher lançasse um olhar a ele enquanto revirava a massa.

— Ela acabou de comer — disse a ajudante de cozinha —, há menos de quinze minutos.

Ele se endireitou e tentou soar o mais francês possível.

— Leões comem muito, madame — disse ele.

A massa deixou de ser sovada. Houve alguns murmúrios rápidos que ele não entendeu, e as palavras: "Dois almoços!". Mas a ajudante da cozinha limpou as mãos enfarinhadas no avental e virou-se para encará-lo.

— Muito bem.

Olhando ao redor da cozinha, Will disse:

— Pãezinhos, queijo duro, carnes. Coloque um pouco de água em um frasco. E dê a ela isso... — Ah, meu Deus, como se chamava? — Pedaço de roupa. Cobertor. Guardanapo.

As sobrancelhas da ajudante de cozinha se ergueram, mas ela começou a preparar a refeição. Enquanto ela estava de costas, Will viu uma faca sobre o balcão, uma lâmina fina e de ponta afiada. Pegou-a rápido e colocou-a no cinto, onde se destacava de modo bastante óbvio ao lado das chaves, então se certificou de que tanto o cabo quanto uma parte da lâmina se projetassem visivelmente.

— Depois de você — disse ele para a ajudante de cozinha quando ela já estava com a bandeja pronta, ouvindo o murmúrio atrás dele:

— *Falei que ele estava passando a mão na comida.*

— *E na bebida também* — veio o segundo murmúrio.

Ela o conduziu pelo corredor, virando em dois corredores até chegar a uma porta com escadas que levavam para baixo, como se fosse para um depósito de suprimentos. Descer foi um pequeno pesadelo, e ele se apoiou pesadamente na parede, tentando esconder a falta de equilíbrio quando as pernas não se moviam como ele estava habituado.

— Pode colocar a bandeja do lado de fora da porta — disse Will.

A mulher não fez isso. Apenas ficou parada e o encarou.

HERDEIRO DAS TREVAS

— Não acha que já assediou aquela garota o suficiente?

Ele teve que reprimir uma reação, a explosão de sentimento de proteção e raiva. Não podia perguntar à ajudante de cozinha: *O que você quer dizer? O que ele fez com ela?* Tinha que se manter calmo. O que Leclerc diria?

— Você está aqui para trabalhar ou conversar? — indagou Will.

Essa era uma das frases favoritas de Jean Lastier quando os estivadores reclamavam. Ele não achava que o outro ditado favorito de Lastier, *la vie est trop courte pour boire du mauvais vin*, fosse ser útil.

Ela largou a bandeja com uma batida furiosa.

Will se viu sozinho na base da escada, olhando para uma porta trancada, com os batimentos cardíacos acelerados. Catou as chaves que havia prendido no cinto. A fechadura da porta parecia nova, então ele tentou a chave de aparência mais conservada. Deslizou suavemente. *Violet.* Violet estava do outro lado daquela porta. Ele fez questão de devolver rapidamente as chaves e pendurá-las de novo no cinto, e então a porta se abriu.

O cômodo em si era um porão com teto em arco. Era mais antigo que a casa acima, com cantaria medieval e piso irregular de pedras. Viu alguns barris empilhados em um canto que deviam ter armazenado vinho em algum momento. Também havia um lampião aceso na arandela perto da porta para que o porão não ficasse mergulhado na escuridão quando a porta fosse fechada.

E Violet, com as algemas de Regente e presa a uma longa corrente ligada à parede oposta, erguendo-se para encará-lo quando ele entrou.

Estava magra e com a bochecha suja, ainda vestindo as roupas que usava durante o ataque ao Salão. Mas os olhos eram desafiadores, seu olhar para ele era tão bem-vindo e familiar que uma onda de alegria tomou conta dele.

Will queria atravessar o porão e abraçá-la com força. Queria abrir as correntes e libertá-la. Ele se pegou lembrando de quando tinha sido acorrentado ao navio de Simon que estava afundando, do momento que ela apareceu no porão. Por um instante, imaginou-se ajoelhado ao lado da amiga, destrancando suas algemas. *Você quebrou minhas correntes uma vez. Lembra?*

Mas não podia. Ele apoiou a bengala na porta e pegou a bandeja, o que não era tarefa fácil.

— Está me engordando para o abate? — perguntou ela.

— Isso se faz com cordeiros — disse ele em inglês, e então se perguntou, com o sobressalto de alguém que errou um passo, se deveria ter sotaque francês.

— Não vou matar Tom — respondeu ela —, não importa a quantas sessões de treinamento vocês me submetam. E não importa o que digam para ameaçar meus amigos.

Will ficou em choque, mas fingiu que não, permanecendo sem expressão. Olhando com raiva para ele, Violet não pareceu notar qualquer diferença nos modos do homem.

— Seus amigos estão na Úmbria — disse Will, colocando a bandeja no chão —, na escavação de Sinclair, perto da aldeia de Scheggino. Estão longe demais para você avisá-los, mesmo que tente.

Violet pareceu assimilar a informação, os olhos se estreitaram.

Mas tudo o que disse foi:

— Sinclair é quem precisa ser avisado. Will vai conseguir detê-lo.

A fé que ela depositava nele o aqueceu, ao mesmo tempo que redobrou o sentimento de responsabilidade. *Eu vou detê-lo*, prometeu Will à amiga silenciosamente.

— E o que você vai fazer dentro desta jaula? — perguntou ele, com esforço.

Will viu os olhos dela descerem até as chaves.

Balançando visivelmente em seu quadril, as chaves das algemas estavam penduradas onde ele as tinha prendido. Will deu um passo em direção a ela enquanto falava, fingindo não notar para onde Violet estava olhando. Apenas Leclerc avançando, colocando-se ao alcance da corrente de Violet. Ele havia calculado tudo com cuidado.

Mesmo assim, ficou surpreso com a rapidez com que ela se moveu, derrubando-o de costas e depois plantando um joelho em seu peito para mantê-lo no chão enquanto pegava as chaves e destrancava as algemas, jogando-as para o lado. A velocidade e a eficácia do ataque pareciam novidade.

— Vou sair — disse ela, com a mão na garganta dele.

Will já tinha tido a mão de uma mulher em volta de seu pescoço antes. Deveria estar aterrorizado. Em vez disso, sentiu uma sensação amorosa e impotente de saber que Violet não iria machucá-lo.

— Você não chegará a lugar nenhum sem arma ou suprimentos.

Will manteve a expressão neutra.

Ela imediatamente pegou a faca do cinto dele. Usando-a para cortar uma tira da camisa dele e amarrar as mãos dele atrás das costas, Violet deu um pulo e rapidamente empacotou as carnes, o queijo e o pão que ele havia trazido, e embrulhou-os no pano com o frasco de água, jogando-o sobre o peito como um bornal. Então se pôs sobre ele.

— Onde está o escudo? — perguntou ela.

— Que escudo?

— *Meu* escudo — disse Violet.

O Escudo de Rassalon? Ele ficou um tempo em silêncio antes de dizer:

— Não sei.

Violet soltou um suspiro de descrença.

— Mentiroso. Você vem comigo.

— O quê? — disse Will, e a voz soou como um gemido.

— Você me ouviu. — A faca estava apontada diretamente para seu fígado. Ele supunha que era mais uma técnica que a amiga havia aprendido. — Vai me levar até o escudo.

— Não sei onde está! — gritou Will.

Isso fez com que ele levasse outra cutucada com a faca que era muito afiada.

— Você está mentindo.

— Violet, sinceramente, não estou — retrucou Will, sentindo-se tão visivelmente ele mesmo naquele momento que ficou chocado por ela não o reconhecer. — Acho que seria mais fácil para você fugir sozinha, não?

— Não vou fugir — disse Violet. — Você vai me levar até o escudo.

— Eu o quê?. Mas...

— Mexa-se! — disse Violet, empurrando-o para a frente.

Com a ponta da faca de Violet ainda na direção do fígado, ele tateou para pegar a bengala e fez o possível para subir as escadas. Os ferimentos de Leclerc esconderam a própria instabilidade corporal que Will sentia no corpo do homem, por sorte. Mais um golpe de sorte era que Violet parecia conhecer o caminho. Caminhava com confiança, o que permitia que ele a seguisse, cambaleando e escondendo a falta de familiaridade com a casa, enquanto recebia apenas algumas espetadas de faca por causa do passo oscilante.

Mas quando entraram em um salão com uma enorme cornija e um brasão, ele viu o lema e o nome da família gravados sob o brasão, toda a concepção sobre onde estavam mudou. *La fin de la misère*. O fim da miséria.

O nome sob o brasão era *Gauthier*.

O carrasco.

Esta é a casa de Gauthier, pensou Will, com a mente disparando. *Onde ele morava antes de Sinclair o encontrar*. E então, ainda mais desconcertante: *Este é o cofre da família Gauthier*. Ele estava olhando para uma enorme porta de cofre trancada. Descendente de Rathorn, o carrasco do Rei das Trevas, Gauthier tinha sido o dono do Colar antes de James recuperá-lo.

O que mais estaria dentro daquele cofre?

Violet havia tirado as chaves dele outra vez e estava colocando uma delas na fechadura. Não teve sorte na primeira tentativa, mas a segunda chave serviu. Com um clique e um rangido, uma parte inteira da parede se abriu, revelando escadas que desciam para a escuridão.

A abóbada sombria estava repleta de artefatos. Como um cômodo cheio de móveis, não havia parede que não fosse preenchida por um pedaço de alvenaria antiga ou friso, nenhuma superfície que não fosse populada por estátuas, urnas e esculturas. Entrar significava se embrenhar por entre mesas, estátuas e colunas deslocadas das localizações originais.

Depois passaram por cima de pedras preciosas e joias, pilhas delas, como o tesouro de um dragão. Então ele olhou mais de perto e viu...

Emblemas do Sol, Eclipses. Esferas pretas sem raios. Aquilo era uma coleção, uma obsessão, gerações de Gauthier tentando encontrar qualquer artefato pertencente ao Palácio Sombrio, como se estivessem à procura do caminho de volta para lá. Como se estivessem em busca de algo que havia lá dentro, Will sentiu a perturbadora sensação de forças convergindo para o palácio, todas exigindo seu prêmio.

Ele parou no centro da sala, onde um machado preto gigante estava exposto como peça central. Ao lado estava pendurado um capuz preto que devia ser uma cópia (ou não?). O machado, Will sentia na pele, era real. Era tão real quanto a morte; o machado do executor, a finalidade dele provocava um medo gélido, o tipo de escuridão que apagava a luz. Ao longo do topo, no idioma do velho mundo, estavam as palavras das quais a família havia tirado seu lema: *den fahor*. Fim da miséria. Era o nome do machado que havia subido e caído no pescoço de James.

Ao avançar, ele viu que sob o machado de Rathorn havia desenhos, diagramas cuidadosos, notações numéricas e, então, para sua surpresa, viu algo escrito no velho idioma que dizia:

Undahar

Ele mexeu na folha de papel de cima para revelar um desenho do Palácio Sombrio.

Coroava um mundo mergulhado em escuridão; um mundo tão frio e sem raios que as florestas foram incendiadas em uma esperança desesperada de luz. E, do topo das torres daquele palácio coberto de joias sombrias, ele via (lembrava-se de ter visto) as cúpulas cintilantes de magia ao longe, as últimas defesas que logo iriam bruxulear e desaparecer, assaltadas por sombras vorazes que não se cansavam nem dormiam.

Na caligrafia trêmula da mão de uma pessoa idosa e fraca, estavam as palavras em francês: *Ninguém pode entrar em Undahar e viver, a menos que...*

A segunda página estava faltando. Ou era uma das muitas folhas espalhadas pela mesa. Will estendeu a mão para pegá-las, colocá-las no casaco para ler mais tarde, apenas para perceber, de modo um tanto tolo, que não conseguiria. Aquele não era seu corpo, e não adiantava esconder os papéis no paletó de um homem em Calais.

Ele precisava de tempo para lê-los ali. Um som o fez se virar.

Violet estava atrás dele, com um escudo de metal familiar no braço; os olhos de leão de Rassalon olhavam da superfície com fervor. Ela devia tê-lo encontrado entre os objetos coletados.

Will tinha, então, uma oportunidade de passar um tempo sozinho para olhar os papéis. Faltavam poucos minutos para que seus amigos na Itália fossem procurá-lo. Precisava usar esse tempo para aprender tudo o que fosse possível.

— Seu escudo — comentou Will, com alívio. — Pode pegá-lo e ir embora.

— Eu vou, obrigada — disse Violet, então bateu o escudo na cabeça dele.

Desorientado, ele abriu os olhos; era Will, com a cabeça doendo. Levantando-se, viu que Howell também havia sido derrubado. Não havia como habitar um Leclerc inconsciente. Nem havia tempo sobrando para encontrar outro hospedeiro sem o medo real de ser descoberto.

Ele tinha que voltar para os outros. Teria que inventar uma história para explicar o ferimento na cabeça. Mas quando levou a mão à têmpora, percebeu que não havia ferimento. Era uma dor fantasma, com os hematomas sendo deixados em Calais, no corpo de outra pessoa.

CAPÍTULO VINTE E SETE

— Ela está acordada — disse uma voz feminina, e Elizabeth levantou-se devagar, piscando.

Era de manhã. Estava em uma cama esburacada, debaixo de um cobertor puído. À frente, via a janela do cômodo e a porta de madeira rústica. Em um pequeno vaso sobre uma mesinha lateral, ela viu um ramo de orquídea roxa que parecia recém-colhido, torto e com uma pétala curvada.

A mulher que havia falado tinha cerca de trinta anos, cabelos castanhos, um vestido escuro simples e sangue nas mãos e nos braços. *Sangue?* Elizabeth acordou e pulou da cama, afastando-se ao máximo da mulher, contra a parede oposta, com o coração batendo forte.

Ela se lembrou das mandíbulas abertas do cão de sombra, do hálito quente, do vislumbre de sua língua vermelha. E algo depois disso, algum tipo de clarão...

— Não tenha medo — disse a mulher. — Sua irmã perdeu muito sangue. Mas vai ficar bem.

Agora ela podia ver todo o cômodo: havia um homem mais velho ali também, devia ter uns cinquenta anos e vestia roupas campestres, com mangas brancas arregaçadas e boina. E havia uma segunda cama, onde Katherine estava deitada imóvel.

Não era Katherine. Era aquele homem estranho do velho mundo. A frente do vestido estava toda vermelha por causa do sangue. Havia uma bacia cheia de sangue na mesinha ao lado e tiras de tecido ensanguentado.

Além disso, Elizabeth viu um pedacinho redondo de chumbo, uma bala que tiraram da barriga dele.

Ele não é minha irmã. Mas era mais difícil de dizer aquilo naquele momento. Sem a consciência de Visander, Katherine se parecia simplesmente com ela mesma. Como se fosse abrir os olhos e voltar a ser a irmã de Elizabeth.

— Meu nome é Polly — disse a mulher. — E este é meu irmão, Lawrence.

Talvez ela vá ser ela mesma, pensou Elizabeth. Talvez os últimos dias tenham sido um pesadelo. Talvez em um segundo Katherine acordasse.

— *Ar ventas, ar ventas fermaran* — começou a murmurar Katherine, na língua dos mortos.

Elizabeth estremeceu.

— Ela tem falado assim. Em um idioma estranho — observou Polly.

— Não vamos ficar muito tempo — comentou Elizabeth. — Vamos melhorar e ir embora. Onde estamos?

— Esta aldeia se chama Stanton.

— Stanton! — disse Elizabeth.

— Sua irmã trouxe você aqui antes de desmaiar.

Stanton era a aldeia que Redlan George havia dito para que ela encontrasse. Katherine (Visander) devia tê-la achado, mesmo fraca devido à perda de sangue.

Ela parecia ter desmaiado. Era uma visão tão familiar que Elizabeth quase esperava que Katherine abrisse os olhos e lançasse uma piscadela secreta para ela. Dois anos antes, a irmã de Elizabeth havia aprendido a desmaiar para escapar de noivados. Katherine desmaiava, a tia delas entrava correndo com sais aromáticos e ela acordava e sorria fracamente, insistindo que estava bem.

Você não deveria mentir para nossa tia, dissera Elizabeth na primeira vez, e Katherine havia pulado da cama e a abraçado daquele jeito espontâneo dela. *Eu sei. Vem, vamos descer.* Elizabeth tinha resistido àqueles abraços às vezes, sem perceber que um dia acabariam.

Elizabeth podia sentir os olhares de expectativa de Polly e Lawrence sobre ela. As duas já tinham chamado muita atenção, uma garota ferida arrastando outra para uma aldeia. Mas Redlan a tinha ajudado. Redlan havia dito que era seguro.

Pouco antes de Visander matá-lo. Elizabeth respirou fundo.

— Ouvi dizer que tem uma mulher aqui chamada Ellie Lange — começou Elizabeth, com cuidado. — Você a conhece?

Polly trocou um olhar rápido com Lawrence.

— Você estava em um sono como a morte — observou Polly. — Talvez deva descansar.

— Você a conhece, não é? — insistiu Elizabeth.

— Ela é minha tia — respondeu Polly, após uma pausa relutante.

— Então pode nos levar até ela.

— Ela não... vê pessoas.

— Por que não?

Silêncio. Os dois sabiam de alguma coisa. Algo que não estavam contando. Ela sentiu a importância do segredo na tensão no ar. Parecia se encher de mil palavras não ditas enquanto os dois trocavam outro olhar. Elizabeth deu um passo à frente com urgência.

— Um homem chamado Redlan George nos enviou. — *Ele disse que vocês nos ajudariam.* — Ele disse que Ellie Lange conhecia minha mãe.

No silêncio tenso, o rosto do homem se encheu de incredulidade. Mas Polly parecia estar mais ou menos esperando a pergunta.

— Não pode ser — disse o homem, e Polly o segurou.

— Qual era o nome de sua mãe, menina? — perguntou Polly.

— Eleanor — respondeu Elizabeth.

— Eu disse que não deveríamos tê-las acolhido!

— Sua irmã é a cara dela — comentou Polly, como se com profundo conhecimento de causa. — Quando ela apareceu à nossa porta com o vestido todo ensanguentado, foi como se a história estivesse se repetindo.

Elizabeth a encarou. Aquela mulher estava dizendo que sua *mãe* estivera ali? Que estivera com um vestido ensanguentado na mesma porta?

— É, nós a conhecemos — disse Lawrence, com raiva. — Ela ficou aqui por um tempo. É a razão pela qual a sra. Lange não pode...

Polly o silenciou.

— Por que você não desce e pega lenha, Lawrie? Está quase acabando. — E quando Lawrence pareceu se opor por um momento, ela disse: — Estou bem. Vou apenas colocar a garota na cama.

Ele não gostou e lançou às duas um olhar que parecia dizer: *Este quarto só tem problemas*. Mas as deixou sozinhas e, com isso, Elizabeth aventurou-se mais longe da parede, em direção à cadeira ao lado da cama da irmã, com os olhos fixos em Polly.

— Você sabe de alguma coisa! — declarou Elizabeth.

Polly não respondeu, apenas olhou para ela, preocupada.

— Sei por que você caiu nesse sono.

Não era o que Elizabeth esperava que ela dissesse.

— Eu... só estava...

— É o antigo poder, não é? Você usou muito dele.

Elizabeth a encarou de volta. *Mandíbulas escuras se abrindo para devorá-la, seus olhos se fechando e um lampejo...* Ela formou punhos com as mãos, que agarraram o tecido da saia.

— O que você quer dizer?

— Eu era apenas uma menina quando sua mãe veio para Stanton pela primeira vez.

— *Primeira* vez?

— Ela veio aqui três vezes — explicou Polly — para dar à luz.

— O quê? — perguntou Elizabeth, e sentou-se de repente.

Encarou o interior do quarto ao perceber que havia nascido ali, naquela aldeia. Talvez naquele exato quarto, ou em algum lugar próximo. Stanton era o local de seu nascimento, e talvez tenha sido por esse motivo que Redlan a tinha enviado para lá.

Não, não Redlan, a Dama. Ele era o enviado da Dama. *Ela me mandou para cá.* Elizabeth sentiu a mão do destino guiando-a, levando-a ali por algum motivo.

Polly foi até a bacia e começou a lavar o sangue das mãos.

— Minha tia é parteira. Sua mãe a procurou para dar à luz seu irmão. E duas vezes depois, você e sua irmã.

Ele não é meu irmão, ela queria dizer. Elizabeth olhou para Katherine, jogada na cama. *Ele não é minha irmã.*

— Depois do nascimento de seu irmão, minha tia ficou doente. Muito doente para trabalhar. Lawrie culpou sua mãe. Disse que ela nos trouxe azar. Fui eu quem ajudou no seu parto e de sua irmã.

Elizabeth olhou para as mãos de Polly, calejadas e vermelhas do trabalho, enquanto a mulher as secava em uma das toalhas ao lado da pia. *Essas são as mãos que me pariram?* Ela sentiu de novo como se sua mãe estivesse perto, a pele arrepiada por estar tão próxima ao começo da própria vida.

Depois de secar as mãos, Polly puxou as cobertas da cama de Katherine. A visão tirou Elizabeth de todos os pensamentos sobre sua mãe.

Ela esperava ver uma confusão de sangue e bandagens. Katherine tinha sido baleada à queima-roupa e cavalgou com o ferimento por mais de uma hora.

Inacreditavelmente, estava quase curada. A pele sem curativo parecia em carne viva e vermelha, mas não havia ferimento. Os olhos de Elizabeth voaram para o rosto de Polly.

— Está vendo? — comentou Polly. — Sei como é ficar esgotada. E o que significa guardar um segredo, mãe e filha. Também há um pouco do antigo poder em minha família.

Um poder de cura, pensou Elizabeth. Uma linhagem de parteiras, mantendo em segredo o que podiam fazer, ali no meio do nada.

— Você é uma descendente — disse Elizabeth.

— Uma o quê? — perguntou Polly.

Elizabeth abriu a boca para explicar, mas fechou-a em seguida. Polly a estava ajudando, era uma mulher simpática que usava seu poder para curar as pessoas que chegavam à aldeia. Não sabia sobre o velho mundo, ou o Rei das Trevas. Não deveria ser arrastada para essa confusão. Katherine havia sido. E só coisas ruins aconteceram depois.

— O perigo do qual você está fugindo é o mesmo perigo do qual sua mãe estava fugindo, não é? — perguntou Polly.

Elizabeth assentiu. Eleanor podia ter se escondido ali, mas não havia contado a Polly do que estava se escondendo.

— Tem um homem nos perseguindo — explicou Elizabeth, com cautela. — Ele matou uma das minhas amigas. Sarah. Redlan George nos disse para vir até aqui. Disse para encontrar Ellie Lange, que ela saberia o que fazer.

Polly olhou para ela. O sangue nas roupas não parecia tão assustador depois que Elizabeth descobriu que a mulher era uma curandeira.

— Posso levar você até ela, mas ela não é mais o que era — disse Polly.

— Só quero conversar.

— Muito bem — concordou Polly, como se tivesse tomado uma decisão. — Amanhã iremos juntas. Sua irmã já estará acordada até lá.

Ela se virou e colocou os cobertores de volta sobre Katherine. Então saiu do quarto, fechando a porta, mas sem trancá-la.

Elizabeth ficou sozinha com Katherine.

Ela arrastou a cadeira pesada de madeira para mais perto da cama e sentou-se novamente. Olhou para o rosto branco de Katherine, com os cabelos caídos em cachos e manchas incomuns de lama e sujeira em sua pele.

Quando Katherine fingia desmaiar, Elizabeth sempre ficava de vigia, dizendo *Está tudo bem, eles foram embora*, quando os pretendentes saíam

— Está tudo bem, eles foram embora — sussurrou ela, mas nada aconteceu.

Porque não era Katherine. Mas se parecia com ela, muito, e talvez, enquanto Visander estivesse dormindo, Elizabeth pudesse fingir que a irmã ainda estava viva.

— Você está usando brincos — comentou Elizabeth, pensando no que deixaria a irmã feliz. — Nossa tia deve ter dado para você. Seu vestido tem aquelas mangas que você gosta. Sinto muito pela cor.

Não houve qualquer mudança no rosto apoiado no travesseiro, nem mesmo um pequeno movimento.

— Você se casou com Phillip. Foi exatamente como você queria. Eu ia ficar com você e teríamos um grande estábulo para Ladybird e Nell. Tomaria conta de tudo, não ia reclamar de você tocar Schubert o tempo todo, mesmo aquela música com a parte barulhenta.

Elizabeth estava com as mãos cerradas nas saias, sentada na cadeira de madeira que era grande demais para ela.

Por favor, acorde, ela não disse. *Estou com muito medo.*

— Você se tornou lady Crenshaw. Pode dar festas. Phillip não é um homem velho.

Nenhuma resposta.

A realidade no quarto pequeno parecia pressioná-la. Katherine tinha a aparência de um corpo exposto em um velório. Como se seus tios fossem aparecer para prestar condolências, antes que os homens viessem buscá-la para levá-la em um cortejo fúnebre.

Katherine estava morta.

Elizabeth estava olhando para o cadáver da irmã, que pela manhã se levantaria e andaria por aí, habitado pelo assassino de Katherine.

Elizabeth esfregou o antebraço sobre os olhos e olhou para a orquídea roxa no vaso em cima da mesinha lateral. Antes de irem para Londres, Katherine gostava de colher flores. Elizabeth pegou um ramo de orquídea e colocou no peito de Katherine.

— Lamento que não combine com seu vestido.

E foi então que os olhos de Katherine se abriram.

Visander viu a garota, que pairava sobre ele, com uma expressão de preocupação. O quarto fedia à humanidade. Fumaça de lenha, suor e, sob isso, um cheiro forte de sangue. Uma casa humana. Uma aldeia humana. *São apenas humanos até onde a vista alcança.*

E, ainda assim, havia essa garota. E ele tinha visto. Tinha visto com os próprios olhos a garota invocar luz. Visander se sentou, tirando um talo de flor do peito.

— Onde estamos? Há quanto tempo estou dormindo? Tentei trazer você para sua aldeia, mas senti que estava enfraquecendo. A arma daquele homem era mais poderosa do que eu pensava.

— Fale inglês — pediu a garota, franzindo a testa e esfregando os olhos com o braço.

Visander colocou a mão no local onde, havia pouco tempo, tinha recebido um golpe, então notou que estava dolorido, mas com cascas de ferida, como se tivesse acontecido dias atrás, saudável e livre de infecção.

— Foi você quem me curou?

— Não, foi um dos *humanos* desta casa.

— Você não é um deles.

— Sim, sou. E você também. Então pode dobrar a língua quando falar sobre os humanos, porque eles estão ajudando-o mesmo depois de você ter matado minha irmã.

— Você é a herdeira dela. Tem o poder dela — disse Visander. — Portadora da Luz.

Ele sentiu os olhos se encherem de lágrimas. Uma sensação de fascinação, alívio e certeza.

— Não pode haver escuridão onde há luz. — As velhas palavras vieram a seus lábios. — Onde há escuridão, sempre haverá uma Portadora da Luz.

Ele pensou em Indeviel, naquele cômodo terrível, com a luz apagada. E ali, na miséria humana daquela casa, estava a Portadora da Luz.

— Indeviel sabe que você vive, Portadora da Luz?

Seu coração doía mais do que a ferida na lateral do corpo, que cicatrizava tão rápido que ele quase podia sentir a pele se juntando.

— Não conheço essas palavras — disse Elizabeth. — Não falo esse idioma.

— Você não sabe o que é?

Ele se levantou na cama, tomando cuidado com a barriga ainda sensível. Aquele corpo humano era frágil e havia sangrado quase até a morte. Seu ombro doeu, então ele empurrou o tecido da roupa para baixo e viu a marca da mordida canina, também parcialmente curada. Um segundo a mais e o cão de sombra o teria despedaçado.

Aquela garota o tinha salvado. Ele a olhou. Tinha cabelos castanhos opacos e sobrancelhas excessivamente escuras. Estava diante dele, com as pernas curtas de uma criança e um vestido sujo. Parecia humana. Uma criança. E ela não sabia. Não sabia o que era.

— Sei sobre a Dama — respondeu ela.

A rainha. Ela está falando da rainha. A garota desabotoou três botões da gola do vestido e tirou um pedaço de metal amarrado com couro. Ela estendeu o metal para ele.

Preso nos próprios pensamentos, Visander levou um momento para reconhecer o que a garota estava segurando. Quando entendeu, quase precisou de apoio.

O medalhão de espinheiro.

Havia se passado tanto tempo, que a superfície brilhante estava manchada para sempre. Tinha uma aparência antiga, uma relíquia esquecida. Era como um símbolo de tudo o que havia sido perdido.

Ele não esperava voltar e descobrir que o mundo inteiro tinha desaparecido e a única coisa que restava era essa garota.

Visander a fitou. A sensação que tomou conta dele foi quase de tristeza, um sentimento de estar completamente sozinho. As Trevas já habitavam aquele mundo, e a Portadora da Luz era uma criança.

Destreinada e jovem demais. No entanto, ali estava o medalhão, um sinal, como a luz que havia irrompido dela quando as sombras se fecharam na garganta dele.

Se ela era tudo o que existia, então ele a protegeria. Protegeria essa única faísca. Sozinha em meio às trevas.

Visander levantou-se da cama, desta vez ignorando os ferimentos, e ficou de joelhos.

— Minha rainha. Sou seu campeão — disse ele.

Em vez de tocar sua cabeça e pedir que ele se levantasse, a menina fez uma cara feia.

— Se sou sua rainha, ou o que seja, você tem que fazer o que eu digo, então saia desse corpo.

— Sua irmã se foi — disse Visander. — Não posso deixar este corpo assim como você não pode deixar o seu.

Talvez Elizabeth sentisse que era verdade, pois seus olhos se encheram de lágrimas. Mas eram lágrimas de raiva.

— Então deixe-o morrer. Saia. Agora!

— Temos que encontrar Ekthalion e impedir Indeviel de fazer o
Rei das Trevas retornar — explicou ele .

— Não, não temos — retorquiu Elizabeth. — Não tenho que fazer
nada com você. Vou me encontrar com a sra. Lange, como Redlan me
disse para fazer antes de você matá-lo.

— Os cães conhecem meu cheiro. Não podemos ficar aqui por
muito tempo.

— Então vá — disse Elizabeth.

— Jurei protegê-la — disse Visander.

— Pode fazer isso indo embora.

O rosto da garota estava fechado como o céu durante uma tempestade.

— Você é minha rainha. E eu sou seu campeão — disse Visander.

Elizabeth permaneceu onde estava, e Visander tentou não se sentir
como se estivesse fincando uma bandeira em um campo de batalha,
afinal estava apenas diante de uma menininha.

— Então vamos encontrar a sra. Lange — disse Elizabeth —, e ela
vai me ajudar a encontrar minha amiga Violet, e você vai calar a boca
e não matar ninguém, e não dizer mais nada nesse idioma estranho.

CAPÍTULO VINTE E OITO

Foi ideia de Kettering entrar no palácio à noite.

Os moradores locais não entrarão à noite. Têm muito medo, dissera ele. Will tinha concordado. Dia ou noite, estaria igualmente escuro sob a montanha.

Sair da escavação fez Will lembrar um pouco de sua antiga fuga do Salão com Violet e Cyprian. Naquele dia, Cyprian havia apenas erguido o queixo e dito aos Regentes de guarda: "Meu pai mandou chamar os prisioneiros." Naquele momento, era Kettering quem dizia:

— Por ordem de Sloane.

E então fez com que eles passassem pelas sentinelas.

Os homens de guarda na entrada do palácio pareciam nervosos e insatisfeitos por estarem de serviço noturno. Não contestaram a chegada de Kettering nem seu direito de entrar no palácio, exceto para dizer:

— *La morte bianca... non portarla qui.*

Não traga a morte branca aqui.

Enormes e pretas, as portas externas do palácio estavam abertas. Não havia sinal de atividade além da entrada. Desde as mortes, ninguém havia entrado. Will sentiu uma súbita relutância em passar do tênue luar para a escuridão incognoscível.

— Não podemos levar os cavalos para dentro — disse Kettering, desmontando perto das portas.

— Por que não? — questionou Will, franzindo a testa.

— Nenhum animal se dispôs a entrar, nem mesmo as mulas. Vamos pegar os bornais e seguimos a pé.

Ele estava certo; os cavalos reagiram antes mesmo de chegarem às portas, balançando a cabeça e tilintando os freios, o hálito gelado ao luar.

Nada entrava à noite, exceto eles.

Escuridão à frente e atrás; parecia que estavam sendo engolidos. Segurando as varas com os lampiões, eles passaram pela entrada externa e não demorou muito para que vissem as portas internas retorcidas, empenadas e danificadas. Pareciam minúsculos ao passarem por elas.

Kettering assumiu a liderança. As pedras e os detritos foram retirados das câmaras externas, e tochas foram instaladas ao longo das paredes, embora nenhuma delas tivesse sido acendida. Eles se moveram pela escuridão com os dois lampiões balançando nas varas para manter o progresso e a direção em segredo. Em certo momento, Cyprian se virou em direção a uma entrada ampla, mas Kettering o deteve.

— Não, esse é o caminho para o quartel — disse Kettering. — Siga as estacas amarradas.

Como um fio em um labirinto, a corda deixada pelos trabalhadores de Sinclair os conduziu até as profundezas do palácio.

Caminharam por cerca de quinze minutos, até chegarem a uma pilha de ferramentas de trabalho abandonadas e a um carrinho de mão virado. Kettering parou, erguendo a lanterna para mostrar os itens espalhados.

— Foi aqui que os homens morreram de morte branca — disse o historiador.

A câmara à frente não havia sido liberada. Não existiam mais estacas amarradas. Os homens de Sinclair tinham ido apenas até ali.

Will olhou para cima. Se havia sido naquele ponto que os homens de Sinclair morreram, o local que procuravam devia estar logo adiante.

— Will! Aqui!

Cyprian estava curvado sobre uma forma que jazia nos recantos da escuridão.

Aproximando-se com uma lamparina, Will viu um corpo branco com olhos voltados para o teto cavernoso. Kettering avançou e se apoiou em um joelho ao lado do corpo.

— Mais um trabalhador... ele deve ter sido deixado para trás.

Kettering soava aflito.

— O que devemos fazer? — perguntou Cyprian. — Queimá-lo? Enterrá-lo?

— Não! — disse Kettering. — Cubra o corpo. Ele deveria ser levado para a família.

Will deu um passo; um estalido sob seu pé.

Ele olhou para baixo. Havia pisado em um osso do punho; sob os pés havia uma caixa torácica, uma coluna vertebral e um crânio.

— Ele não é a primeira pessoa a morrer aqui — disse Will, atônito.

Kettering se levantou, segurando o lampião na vara. O que tinha parecido à primeira vista com escombros espalhados ou piso irregular era, na verdade, pilhas de ossos. O horror insistente do ambiente quase fez Will se engasgar. Havia milhares deles.

— Você disse que qualquer osso já estaria deteriorado — disse Will a Kettering.

— Deveriam estar — explicou Kettering. — Estes ossos não são do mundo antigo; são mais recentes... algumas centenas de anos, talvez mais.

— Outro grupo que tentou entrar na sala do trono — observou Cyprian.

Kettering balançava a cabeça como se não entendesse.

— Mas as portas externas foram seladas...

— Acha que essas pessoas morreram de morte branca? — perguntou Will.

— Rezo para que não.

Kettering parecia verdadeiramente abalado.

— O que *aconteceu* aqui? — perguntou James.

Grace segurou a outra lanterna e a usou para seguir o caminho de destruição.

— Há muitos ossos acumulados perto das portas — comentou ela, o que era de longe a observação mais perturbadora.

— Você quer dizer que eles estavam tentando sair? — perguntou Cyprian. — Acha que ficaram presos aqui com alguma coisa?

Will pegou uma das tochas apagadas deixadas pelos trabalhadores de Sinclair. Tocou com ela na pequena chama de Kettering e, quando a tocha ganhou vida, a ergueu e levou até a entrada da câmara.

Centenas de pessoas, centenas de anos antes. Era como se qualquer um que tivesse se aventurado além daquela porta tivesse sido morto. Ele se lembrou do aviso que leu em Calais, com a letra de Gauthier. *Ninguém pode entrar em Undahar e viver.*

— Nenhum de vocês vai avançar. É muito perigoso — disse Will, e fez menção de dar um passo à frente.

A mão de James em seu ombro o deteve.

— Está de brincadeira? Você não vai entrar lá sozinho. Eu vou junto.

Para surpresa de Will, Kettering também se apresentou.

— Pedi aos meus homens que entrassem neste lugar. Eu mesmo tenho que estar preparado para entrar.

Cyprian e Grace assentiram.

— Nós também vamos — disse Cyprian.

— Eu vi Katherine morrer de morte branca — declarou Will, olhando para cada um deles. — Não houve nenhum alerta e não pôde ser impedido. Vocês vão estar arriscando a própria vida.

Mas ele viu nos olhos deles que todos tinham consciência daquilo e, mesmo assim, haviam tomado uma decisão.

— Tudo bem — disse Will, vendo a determinação no rosto dos amigos. — Mas vou primeiro. Nenhum de vocês toca em nada e todos ficam atrás de mim.

Houve acenos relutantes. James retirou a mão de seu ombro.

Will avançou com a tocha erguida, os outros formando duplas atrás dele. Alerta a qualquer sensação de perigo ou de magia, existia um medo constante de que seus amigos fossem cair, com a pele embranquecendo. Será que a presença dele ali os protegia, o rei voltando com sua comitiva?

Não pense nisso.

Ele passou pela entrada, cujas portas idênticas jaziam no chão como dois gigantes de metal retorcido. E entrou na sala do trono do palácio.

Por um momento, foi como se a tocha iluminasse tudo e revelasse uma câmara de ouro resplandecente, o Rei do Sol radiante em seu trono brilhante, a câmara repleta de suplicantes e celebrações alegres, no chão, um disco dourado com um emblema do sol logo abaixo para combinar com o esplendor do globo luminoso do teto

Então Will notou que a sala estava escura e vazia, com piso de mármore preto e uma longa e sombria escadaria preta. A única coisa que restava de sua visão era o disco de ouro incrustado no chão, que já não brilhava como o sol. Estava abandonado e frio.

Acima dele, erguia-se o trono pálido; lindo e terrível, parecendo algo feito de ossos na escuridão. Era possível sentir o poder: o zumbido da força, uma exigência de submissão. Erguia-se em um pavor dominante sobre a sala, prometendo ao conquistador o dom da violência e da destruição.

— Um trono — disse James. — Exatamente como você disse.

Will se viu subindo os degraus para se sentar naquele trono pálido, os fantasmas do passado surgindo ao seu redor a partir daquelas ruínas desmoronadas, uma palavra vinda dele devolvendo a glória daqueles dias distantes. Estava em seus ossos, em sua boca, em sua mente. Ele sentia que o trono estava faminto por aquilo, mas a fome não estava no trono; estava nele.

James passou por Will, subiu dois degraus de cada vez e colocou a mão no braço esculpido, virando-se para encará-lo.

— Vamos experimentar. Qual é a sensação de ser um rei?

— Não!

Will agarrou o braço de James quando ele começou a se sentar, puxando-o para trás. Os dois se entreolharam, a ação imediata e instintiva de Will não era fácil de explicar.

— Quer para você?

James disse como uma piada, mas tão perto do trono ele respirava de maneira ofegante. E Will...

Will tinha chegado muito perto, tanto que o trono estava a apenas um passo de distância, com sua altura pálida elevando-se à frente.

Will conhecia a sensação de se sentar, as sedas pretas das vestes espalhadas ao redor, e de saber que tinha poder sobre todos diante dele...

— Não — disse Will. — Ninguém vai se sentar.

Ele esperava que houvesse resistência da parte de James. Mas, depois de um momento tenso, James deu de ombros, relaxando e recuando como se nem desse importância.

— Tudo bem.

Um pouco mais de luz. Kettering subiu os degraus com sua tocha, usando o estrado como uma espécie de vista para inspecionar a sala do trono. Grace e Cyprian aproximaram-se, mas a presença deles apenas pareceu realçar o vazio da câmara. Não dava para enxergar mais nada.

— É isso que Sinclair estava procurando? Um trono?

Cyprian soava desdenhoso, um pouco confuso.

— É simbólico — disse James.

— Os moradores acreditavam que um grande mal seria libertado — lembrou Will, balançando a cabeça.

— E a Regente Anciã disse que o que Sinclair procurava era uma ameaça maior do que o retorno do Rei das Trevas — disse Grace.

Kettering virou-se para James.

— Consegue imaginar o que o Rei das Trevas pode ter escondido aqui? Ou talvez você saiba a localização de um esconderijo, uma porta secreta?

— Como eu saberia isso? — retrucou James.

— Você já esteve aqui antes — observou Kettering, erguendo a tocha para mostrar o que havia no estrado.

Uma grossa corrente de ouro, enrolada ao pé do trono. Fazia parte da mobília, estava aparafusada ao mármore preto em uma das extremidades. Evocava uma fera magnífica acorrentada aos pés de um rei, e Sarcean se abaixando distraidamente para acariciar o animal de estimação exótico. Mas não havia sido um dragão nem um leopardo acorrentado ali. A outra extremidade da corrente tinha um fecho encravado com rubis vermelhos.

A humilhação visível nas bochechas de James era da mesma cor dos rubis. Ele ergueu o olhar, como se desafiasse alguém a comentar. Ninguém o fez, mas o silêncio queimava.

— Ele gostava de exibir seus bens — comentou Kettering, e foi a vez de Will sentir o rosto arder.

— A gente sabe — disse Will.

— É uma declaração. *Está vendo? Domestiquei o Campeão da Luz.* Não consigo pensar em uma demonstração maior de poder.

Anharion exposto para todos os visitantes, todos os cortesãos, todos os vassalos. Ajoelhado a seus pés, vestido não com armadura, mas com tintas e sedas para deixar nítido que à noite ele...

— Ignore isso — disse Will. — Estamos aqui por outro motivo.

Kettering ergueu a tocha, olhando mais uma vez para a escuridão da sala do trono.

— Além do trono e da corrente, esta sala está vazia.

— Espalhem-se e procurem — disse Will. — Mas tenham cuidado. Se sentirem ou virem alguma coisa fora do comum, não se aproximem sem mim.

— Nem sabemos o que estamos procurando — comentou Cyprian.

— Saberemos que estamos perto quando alguém morrer de morte branca — disse James, mas sem seu humor irônico habitual, e sim de forma séria e prática.

Kettering tinha razão: toda a extensão da sala revelava uma câmara vasta, mas vazia, com pilares pretos se erguendo em um corredor até o estrado. O próprio chão era de mármore preto coberto de destroços.

A única outra característica dominante era o imenso círculo dourado embutido no chão. Outrora a representação de um sol dourado, parte da glória brilhante branca e dourada do Rei do Sol, que havia passado a proporcionar um contraste desconfortável com o mármore preto que o rodeava.

Por que Sarcean o havia mantido?, perguntou-se Will. A resposta voltou para ele: *Para pisar nele.*

— Estamos deixando alguma coisa escapar. Está aqui — disse Will, quando eles voltaram para o estrado.

— Acreditamos em você, Will. É só... — começou Grace.

— Está aqui.

De alguma forma. Em algum lugar.

— Os homens de Sinclair já estiveram aqui? Limparam o cômodo? — perguntou James.

— Não, eu já disse, abandonamos o trabalho quando os homens morreram — disse Kettering. — Além disso, você mesmo viu: esta câmara estava intacta.

— Vamos nos separar — ordenou Will —, e limpar os escombros. Vamos saber tudo que está aqui.

Horas de limpeza dos escombros no chão revelaram apenas mais pedras de mármore preto que não podiam ser movidas ou viradas.

— Se este lugar já foi o Palácio do Sol, como caiu nas mãos do Rei das Trevas? — perguntou Will a Kettering, enquanto vasculhavam.

— Sarcean guerreou com o Reino do Sol durante anos antes de conquistá-lo — contou Kettering —, atacando do norte, mas incapaz de derrotar a feitiçaria combinada da Dama e do Campeão da Luz. Ninguém sabe como caiu.

Então Sarcean havia deixado o Palácio do Sol, pensou Will. E depois o quê? Tinha construído um império próprio no norte? Na intenção de conquistar o Reino do Sol? Anos de guerra aberta, enfrentando Anharion no campo de batalha? Até capturá-lo e colocar o Colar no pescoço dele?

Enquanto Kettering e os outros desviavam os olhos para o outro lado da câmara, Will se viu nos espaços escuros atrás do trono. Em todos os momentos, podia sentir a presença dele pairando sobre si. Instintivamente, todos o estavam evitando. Os passos o surpreenderam.

O cabelo de James brilhava à luz da tocha, uma coroa dourada, leve-mente desgrenhada pelos dedos que ele tinha passado nos fios. Will se pegou imaginando como James iria cortá-lo, seguindo a moda vigente, se estivesse longe das conveniências da escavação. Ele sentiu, e então reprimiu o desejo de passar os próprios dedos pelos fios.

— Se eu estava usando o Colar — disse James baixinho —, ele não precisava de uma corrente.

— Não — concordou Will.

— A corrente estava lá porque ele gostava de me ver nela.

Will, que havia percebido isso, ficou em silêncio.

— Preciso mostrar uma coisa a você.

James observou a câmara, como se quisesse se certificar de que ninguém estava olhando.

Quando viu que os outros haviam se afastado e que ele e Will estavam escondidos pelo trono, James tirou do bornal alguma coisa embrulhada em um pano.

Will sentiu o estômago revirar ao reconhecer aquilo. Antes que pudesse detê-lo, James tirou o pano.

Brilhando dourado e vermelho, queria sufocar James, encarcerá-lo; queria fazê-lo resplandecer, adorná-lo. Um círculo de opulência sádica que implorava pela garganta dele.

O Colar.

Will se afastou, olhando para James com o coração batendo forte.

— *Você o trouxe aqui?*

— O que achava que eu tinha feito com ele?

— Não sei, eu… — Will interrompeu-se, sentindo toda a força daquilo, nauseantemente sedutora. — Por que traria ele com você?!

— *Porque sim!* — A resposta de James estalou com emoção, mesmo enquanto ele mantinha a voz baixa. Ele fez uma pausa, olhando de novo para os outros. Quando viu que estavam longe demais para ouvir, continuou: — *Porque ele quer ficar no meu pescoço* — disse James, ainda mais baixinho, com ainda mais sentimento.

— Mais uma razão para mantê-lo longe.

A resposta de Will também sibilou enquanto ele colocava o pano de volta sobre o objeto.

— *Não consigo* — retrucou James. — Não consigo escondê-lo. Não consigo trancá-lo. — Não importava onde James o escondesse, seria encontrado. E a pessoa que o encontrasse sentiria a necessidade de colocá-lo nele. Will se lembrou de Kettering dizendo: *Esses objetos têm vontades próprias. Como coisas que não enxergam e tateiam no escuro.* — Se soubesse que estava em algum lugar por aí, eu não conseguiria pensar, não conseguiria dormir. O Colar me procuraria todos os dias. Nenhum oceano é profundo demais. Nenhum fogo é capaz de derretê-lo.

James estava carregando a joia todo esse tempo. Will olhou para ele.

— Quando estava fraco por causa do portão... aqueles soldados que nos capturaram... qualquer um deles poderia tê-lo pegado e colocado em você!

Ao dizer isso, ele percebeu, horrorizado, que James sabia daquilo e, mesmo assim, havia se esgotado para ajudá-los. James havia se esgotado sabendo de tudo o que arriscava, que era muito mais do que qualquer um deles imaginava.

— Você não faria isso — disse James, e a pele de Will pareceu enrijecer. — Teve a oportunidade de colocá-lo em mim em Londres. E não colocou.

James acorrentado ao fogão da cozinha, virando-se sob as mãos de Will para expor o pescoço. A pele quente tremia sob a camisa, e Will tinha sentido o arrepio também, mantendo as mãos no corpo de James por mais tempo do que o necessário.

— Eu queria.

A admissão saiu de repente. Ele não precisava se lembrar do quanto foi difícil resistir ao Colar. Podia sentir naquele momento, quase podia se ver estendendo a mão, deslizando o ouro quente ao redor da garganta de James. A corrente não utilizada estava ao lado do trono, um canto de sereia: o Colar aberto, a corrente pronta, o trono vazio, cada um deles chamando.

— Precisa guardá-lo. De verdade — disse Will —, não é seguro...

O pano escorregou como uma camisola caindo no chão. O ouro e os rubis nus atingiram ambos com seu poder. Will o sentiu nos dentes. Os olhos de James foram engolidos pelas pupilas.

HERDEIRO DAS TREVAS

— Alguém vai fazer isso mais cedo ou mais tarde.

— Você não sabe disso — disse Will.

— Eu sei. Eu sinto. Meu passado. Meu futuro...

Ele pegou a mão de Will e a pousou no Colar.

— Alguém vai fazer.

Will sentia um ardor ao tocar o metal com a mão desprotegida, ao sentir o calor e a necessidade da joia.

— Se alguém vai fazer, quero que seja você — disse James.

Will o empurrou contra as costas do trono antes que James percebesse. O ouro estava quente em suas mãos, e James soltava um som e se punha submisso como se esse mesmo ouro quente corresse como uma doce necessidade nas veias dele.

— Faça — disse James. A camisa dele estava aberta, o cabelo dourado desgrenhado em volta do rosto, os olhos vidrados e obedientes. James parecia já estar rendido, querendo se entregar, desejando que a trava se fechasse. — Coloque-o em mim.

Will cerrou os dentes e recorreu a cada partícula de força de vontade. Pegou o pano e enrolou no Colar. No instante em que o cobriu, o poder diminuiu. As mãos de Will permaneciam em James, cujo olhar atordoado desapareceu.

Ofegante, Will percebeu que ainda mantinha James contra o trono. Ao olhar em volta, viu os outros ainda localizados do outro lado da sala, mas qualquer um poderia tê-los flagrado. Will olhou para o trono pálido, cuja sombra pairava sobre ambos. Percebeu o quanto James estivera com pouco controle das próprias ações, o quanto o próprio Will se sentia sem controle.

Will se afastou, com as bochechas queimando.

— Qualquer outra pessoa teria feito.

James molhou os lábios, olhando para Will, esparramado contra o trono. A pose ainda era de rendição, sem resistência.

— Você está me testando — disse Will. — Não deveria.

— Por que não? Você é o herói perfeito, não é?

— Eu não sou sua salvação.

— Vai deixar outra pessoa colocar isso em mim? Deixar outra pessoa...

— Não — disse Will, e a veemência em sua voz tomou tanto James quanto ele mesmo de surpresa. — Deve existir uma maneira de destruí-lo. Quando isso acabar. Encontraremos um jeito. — Ele deixou as palavras se assentarem, os olhos azuis de James arregalados. — Se ainda quiser que eu dê ordens a você depois disso, posso.

James soltou um suspiro de choque que era em parte uma risada, como se não pudesse acreditar que Will tinha dito isso.

— Meus Deus, não existe ninguém como você — disse James.

— Nem como você — retrucou Will. Saiu baixo e suave: — Guarde o Colar. E me siga porque é de sua vontade.

— Eu vou. Eu sigo. Merda.

Ele tirou o Colar de vista. Will sentiu um alívio instantâneo e reprimiu a decepção simultânea. Tentou esquecer que o Colar estava próximo. Não conseguiu.

— Merda — repetiu James, jogando o braço sobre o rosto, como se só então percebesse o limite a que havia levado os dois.

— Vai piorar — disse Will —, quanto mais tempo ficarmos aqui embaixo.

Provavelmente pioraria quanto mais tempo James carregasse o Colar. Ele tinha que se perguntar quantas decisões e interações de James haviam sido impulsionadas por aquilo, ou o que o Colar já o havia levado a fazer.

James, colocando as mãos na cintura de Will e sussurrando em seu ouvido para liberar magia; James, desafiando-o a dormir ao lado dele nos aposentos; até onde Will sabia, era tudo uma obra odiosa do Colar. Ou, se não fosse o artefato, era o sussurro sedutor do passado: de novo e de novo, James voltava ao papel do general leal em vez de lutar por liberdade. O que era a decisão de James de seguir Will se não os ecos de sua vida anterior?

Se o Colar estava minando a determinação de James, Will teria que ser forte por ambos, e ele seria. Pelo tempo que fosse necessário.

— Me sinto melhor em saber que você também sente isso — disse James.

HERDEIRO DAS TREVAS

— Mas não deveria — retrucou Will.

James se virou para encará-lo.

— Sempre penso... quando eu era menino e Simon me contou sobre meu poder, sobre o quão forte eu seria, pensei que poderia me provar para meu pai. Achei que poderia usar meu poder para algo grandioso. Um feito tão grandioso e importante que provaria que eu merecia tê-lo. Até eu entender para que servia.

— Para que servia?

— Ele — respondeu James. *Ele*. Sarcean. Mexendo os pauzinhos por trás de tudo. — Mas talvez não precise ser assim. Talvez possa ser para...

James parou.

— Bom em fazer as pessoas falarem, não é?

— Sou?

— É. É só olhar para esses grandes olhos escuros. Diga alguma coisa sobre você pelo menos uma vez.

Isso era mais fácil, apenas olhar para James, como se fossem dois amigos compartilhando segredos.

— Tipo o quê? — perguntou Will.

— Não sei. Como foi crescer como salvador da humanidade?

— Não há muito para contar. — Will deu de ombros casualmente. — Minha mãe era rígida; não fazíamos muita coisa.

— É necessário proteger o escolhido — comentou James. — Aposto que você era um verdadeiro filhinho de mamãe. Todo mundo mimando você.

— Algo assim — disse Will, com um leve sorriso.

— Dá até para imaginar. Colocando você na cama à noite. Paparicando você quando estava doente. Não admira que tenha se saído desse jeito.

Outro sorriso. Mentir era fácil.

— Que jeito?

Ele esperava que James respondesse com outra piada. Mas James o encarou e disse:

— Alguém que eu acredito ser capaz de salvar este lugar. — E então tão baixinho que Will quase não ouviu: — Alguém que acredito que seria capaz de me salvar.

CAPÍTULO VINTE E NOVE

A casa de Ellie Lange ficava nos limites de Stanton, a última antes que a aldeia desse lugar a colinas escuras. A paisagem ao redor da casa era estranha, com enormes sulcos e lugares onde estava tudo vazio e morto. Até o jardim era estranho, pensou Elizabeth, partes eram cobertas de mato, e outras, cobertas de rocha preta e terra.

Ao seguir a trilha com Polly e Visander, Elizabeth sentia-se tensa, uma sensação com a qual não estava acostumada, mas pelo menos não era aquela sensação de nervosismo e náusea. Nunca havia encontrado ninguém que tivesse conhecido sua mãe. Will não contava, pois ele mentia a respeito de tudo. Queria que Katherine estivesse presente para segurar sua mão. Em vez disso, Elizabeth fechou as mãos em punhos.

Polly bateu à porta pintada de azul com sua aldrava de latão, e uma governanta de rosto severo, vestida de preto, apareceu, com o cabelo grisalho preso para trás em um coque austero.

— Senhora Thomas. — Polly cumprimentou a governanta e ergueu a cesta que havia trazido, coberta com um tecido feito em casa. — Estamos aqui para ver minha tia. Trouxemos um presente.

A sra. Thomas nem sequer olhou para a cesta repleta de alimentos assados.

— A sra. Lange não está se sentindo bem hoje.

— Pode ser que ela tenha um de seus bons momentos. — Polly não se intimidou. — Podemos esperar.

A sra. Thomas pareceu não concordar, mas se afastou da porta.

— O tempo é seu para desperdiçar.

— Obrigada, sra. Thomas — disse Polly, e Elizabeth a seguiu até a sala de estar.

A sala tinha uma lareira com grelha, papel de parede verde, cornija e rodapés. Uma série de cadeiras com escabelos e um sofá preenchiam o espaço, com cortinas espessas de veludo fechadas nas grandes janelas.

Visander entrou primeiro e verificou as portas e janelas, certificando-se de que o cômodo estava seguro com uma varredura rápida que Elizabeth associava a Cyprian. Depois ficou parado junto ao sofá, como se estivesse em alerta, vigiando as duas saídas.

Elizabeth sentou-se cautelosamente no sofá perto dele. Polly sorriu para ela.

— Não está tão diferente de quando sua mãe ficou aqui.

Os olhos de Elizabeth voaram para o rosto dela.

— Ela ficou aqui?

— Naquele cômodo do outro lado do corredor — contou Polly. — A última vez foi há cerca de dez anos. Ela deu à luz aqui, nesta casa.

Elizabeth não precisava ser um gênio da matemática para fazer o cálculo.

— E então ela me entregou. Como fez com minha irmã.

Para sua surpresa, Polly assentiu.

— Foi meu irmão quem ajudou a encontrar um lar para vocês duas. Ele trabalhava na casa de um senhor. O sr. Kent. Ele e a esposa queriam filhos. Alguém para criar. Estavam velhos demais para fingir que vocês eram deles, então concordaram em dizer que eram sobrinhas.

Elizabeth olhou ao redor. Sentiu que deveria se lembrar daquele lugar, mas não se lembrava. Pensou na tia, no tio e na casa aconchegante em Hertfordshire. Eles nunca haviam assumido o título de pais, permanecendo no nível mais remoto de tutores. Sua verdadeira família tinha sido sua irmã.

Katherine às vezes brincava de *mamãe* com bonecas quando elas eram pequenas. Será que Katherine teria se lembrado da mãe? Quantos anos tinha quando foram separadas? Teria idade para conversar algumas lembranças obscuras? Será que teria se lembrado daquela casa? Elizabeth olhou para o soldado do velho mundo, em alerta no corpo roubado da irmã, e sentiu uma forte onda de raiva, porque era Katherine quem deveria estar ali com ela.

— Vou ver como está a sra. Lange — comentou Polly. — Vocês duas esperem aqui.

Elizabeth levantou-se imediatamente do sofá surrado. Não queria ficar sozinha com Visander. Sentindo-se quase repelida pela presença dele, ela se viu no corredor, do lado de fora do cômodo onde a mãe havia ficado.

A porta estava aberta.

Por ter crescido sem a mãe, nunca quisera uma de verdade. A infância em Hertfordshire foi passada entrando em chiqueiros e correndo por pequenos bosques, encontrando sapos, grilos, coelhos e lontras, o que a mantinha sempre ocupada.

Os tios não haviam contado nenhuma história sobre a mãe dela. Disseram apenas que era uma senhora nobre que tinha morrido ao dar à luz. O leve mistério havia sido motivo de conversa; quanto mais bonita Katherine ficava, mais persistentemente a conversa as acompanhava. Na defensiva, Elizabeth sempre tinha insistido que a mãe era uma senhora nobre, pensando, por causa de sussurros e fofocas, que talvez não fosse.

Naquele momento, imaginava sua verdadeira mãe. Fugindo de Simon, ela havia ido até ali para dar à luz e depois entregado a criança a outra pessoa. Para protegê-la, dissera Will. De repente, ocorreu a Elizabeth que ela era aquela criança. Que já estivera ali antes, quando era um bebê de rostinho vermelho. Tinha sido embalada nos braços da mãe e depois entregue aos braços de outra pessoa.

Aquele era seu local de nascimento, aquela casa meio escondida nas colinas.

Elizabeth avançou mais, à procura de fantasmas. O cômodo não era uma sala de parto, nem mesmo um quarto. Era uma sala matinal, bastante vazia, com uma única mesa e quatro cadeiras. Tinha uma janela com uma vista desconcertante de uma daquelas faixas de terra do lado de fora. Não havia qualquer indício de que uma cama poderia ter estado ali. Elizabeth procurou algum sinal da mãe. Não havia nenhum.

— Se quer saber minha opinião, tem sorte de ela tê-la entregado.

Elizabeth se assustou e, ao se virar, viu a sra. Thomas na porta, com o rosto severo e enrugado, inescrutável.

— O que você quer dizer?

A princípio não pareceu que a sra. Thomas fosse responder, mas então:

— Sua mãe tinha uma relação anormal com aquele menino.

— Menino?

Will. Will estivera ali? Elizabeth sentiu os pelos dos braços se arrepiarem.

— Deixava ele trancado. Só tinha seis ou sete anos — explicou a sra. Thomas. — Um garotinho bem-comportado. Ela o tratava como um criminoso. Amarrava-o à cabeceira da cama. E o modo como olhava para ele, como...

— Como?

— Ele escapou enquanto ela dormia. Saiu para ver a bebê. É natural que uma criança se interesse pela irmã. Sua mãe perdeu a cabeça quando acordou e o viu com a bebê. Ela... bem, quanto menos se falar sobre isso, melhor.

Não era a história que ela esperava ouvir sobre uma mãe que nunca havia conhecido. Elizabeth voltou a sentir aquele nervosismo de novo. Segurou o medalhão. Como Will a tinha descrito? Ela se lembrou de Will dizendo: *Ela me criou da melhor maneira que pôde.*

— Eu trouxe um pedaço de torta de rim para ele e foi como se eu tivesse ganhado um amigo para o resto da vida. Ele me seguiu, conversando e me ajudando com as tarefas. Nunca reclamou dos hematomas, coitado. E vou contar uma coisa.

"Naquela época, um homem rico estava hospedado aqui com a esposa. Ele era um terror para os funcionários, passava a mão nas criadas. Passou a mão em mim. Pois bem, um lampião do quarto dele caiu, incendiando todas as roupas e os pertences. O homem partiu no dia seguinte. O menino nunca disse nada, mas eu sabia que tinha sido ele. Fez aquilo por mim. Um garoto inteligente. E leal. Sua mãe olhava para ele como se fosse matá-lo, se tivesse coragem."

Um som vindo da porta fez Elizabeth se virar. Polly ficou com a mão apoiada no batente de madeira, em expectativa.

— A sra. Lange voltou a si — disse Polly. — Se quiser falar com ela, é melhor vir agora.

O cômodo estava escuro, com a quietude abafada de um quarto de doente. Uma cortina de veludo espessa estava fechada na única janela do quarto, cobrindo-a e bloqueando o ar.

— Ela não gosta da luz — explicou Polly, as palavras em um murmúrio. — Ela manteve o pequeno lampião que segurava semicoberto pela mão e a apoiou no armário ao lado da porta, o mais longe possível da cama. O quarto era cheio de sombras escuras. — Senhora Lange, são as meninas de Eleanor, que vieram vê-la, conforme conversamos.

— Quem? — perguntou a sra. Lange.

— Ela esquece — disse Polly. — Rostos. Pessoas. Não leve para o lado pessoal. Acha que é segunda-feira quando é sexta-feira. Às vezes acha que são dezessete anos atrás.

Polly gesticulou para que Elizabeth e Visander se juntassem a ela ao lado da cama.

— As meninas de Eleanor. Avisei a você — disse ela à idosa.

A sra. Lange era uma mulher por volta dos sessenta e cinco anos, com olhos remelentos, rosto cheio de rugas e cabelos grisalhos caindo de uma touca de pano branco. Estava deitada no centro da cama, com a cabeça apoiada no único travesseiro. Olhou para Elizabeth e Visander.

— Eleanor — disse a sra. Lange a Visander.

Elizabeth teve uma sensação fantasmagórica, como se sua mãe estivesse no quarto, quando era apenas Visander com a luz das velas no rosto.

No rosto de Katherine.

— É um menino — disse a sra. Lange.

HERDEIRO DAS TREVAS

— O quê? — disse Visander, franzindo a testa.

— Seu filho — disse a sra. Lange a Visander. — Vai ser um menino.

— Sinto muito — disse Polly a Visander. — Ela fica confusa. Vive principalmente no passado. E você é a cara de Eleanor.

— Ele é forte e saudável — continuou a sra. Lange. — E você está bem adiantada. Oito meses.

Will, pensou Elizabeth outra vez. *Ela está falando de Will.* A garota olhou para a mulher idosa que estava revivendo o passado.

— Será difícil matá-lo — afirmou a sra. Lange. — Mas você veio até mim bem na hora.

Elizabeth sentiu como se água fria percorresse sua coluna.

— Matá-lo? — questionou ela.

A sra. Lange começou a se debater na cama, balançando a cabeça de um lado para o outro e movendo os membros de modo estranho.

— *Ar ventas. Ar ventas, fermaran!* — disse a sra. Lange.

Ao lado dela, Visander deu um passo para trás, com os olhos arregalados.

— Como você conhece essa língua?

— *Fermaran, katara thalion!* — prosseguiu a sra. Lange.

— O que ela está dizendo? — perguntou Elizabeth.

— Eleanor. Ele está lutando contra mim. Está lutando — disse a sra. Lange.

— Quem está lutando? — questionou Elizabeth.

— A criança! Ai, meu Deus, Eleanor! O que você trouxe até mim? — E então: — Ele é muito forte. É muito forte, não consigo...

Ela irrompeu novamente na língua do velho mundo.

— Você disse que ela era parteira — falou Visander.

— Ela é. Era — disse Polly. — Como falei, ela tem esses lapsos. Não sei por quê.

Depois do nascimento de seu irmão, minha tia ficou doente, lembrou-se Elizabeth.

— Não deveríamos ter vindo aqui. Esta mulher não pode ajudar você — declarou Visander.

— Não entendo — disse Elizabeth. — Qual é o problema?

— Ela tentou matar a criança. Mas a magia dele era muito poderosa. Nada poderia impedi-lo de nascer, e a tentativa destruiu a mente dela. Os efeitos do que aconteceu estão gravados na terra. Dá para ver lá fora.

As grandes fendas na paisagem, as rochas descamadas como se o solo tivesse derretido, e a ausência de vida, mesmo após dezessete anos.

— Ela não pode ajudar. A mente dela está fraturada. A cura natural dela evitou parte disso, mas ela está presa entre o passado e o presente, e não consegue falar a verdade.

— Polly? — disse a sra. Lange, olhando para cima, com os olhos nítidos.

Por um momento, foi como se o delírio tivesse passado. A mulher olhou para cima como se tivesse recobrado a consciência.

— Isso mesmo, sra. Lange. Sou eu. Estou aqui com as filhas de Eleanor.

— As filhas de Eleanor — repetiu ela.

— Mostre o medalhão — pediu Polly.

Após o acesso de desespero da idosa, Elizabeth sentia-se nervosa em mostrar qualquer coisa que a atormentasse outra vez. A garota avançou hesitante. Pegou o medalhão na frente do vestido e o estendeu, pensando, enquanto balançava na amarração, que o quarto estava quase escuro demais para enxergar.

— Redlan George me disse para procurá-la — contou Elizabeth. — Depois que viu isto.

— O medalhão de espinheiro! — disse a sra. Lange. — O símbolo da Dama!

— Ele disse que você poderia me ajudar — explicou Elizabeth. — Que você saberia o que fazer.

Os olhos da sra. Lange se abriram totalmente. Um segundo depois, a mão velha com dedos como garras estendeu-se da roupa de cama e agarrou a mão de Elizabeth com urgência.

— Você precisa ir até os Regentes — disse a sra. Lange. — É a única que pode detê-lo... Precisa ir até os Regentes antes que *ele* encontre você. Ou a escuridão chegará para todos nós.

Elizabeth pensou em todos os Regentes mortos que ela nunca tinha conhecido. Não podia ir até os Regentes, pois eles não existiam mais. Achava que Grace e Cyprian ainda estavam vivos, mas não eram exatamente Regentes e conversavam o tempo todo sobre como não sabiam o que fazer. As palavras da sra. Lange chegaram tarde demais.

Toda aquela jornada era um beco sem saída. A sra. Lange não tinha as respostas. Nem sequer sabia o que estava acontecendo fora daquele quarto.

Elizabeth olhou para ela, dando tapinhas na mão que segurava seu braço com força.

— Não se preocupe. Não precisa se preocupar. Já impedimos a vinda do Rei das Trevas.

A sra. Lange soltou uma gargalhada irracional e alta demais no pequeno cômodo.

— Impedi-lo de vir? — disse a sra. Lange. — Não ouviu? *Ele já está aqui!*

A janela quebrou, e Elizabeth se virou para a imagem repentina de um focinho preto abrindo-se sobre dentes afiados em mandíbulas que rosnavam, então sentiu o hálito canino quente quase sobre ela.

Polly gritou e Elizabeth viu um redemoinho sombrio. *Um cão de sombra*. Havia invadido o quarto pela janela, espalhando vidro por toda parte. Um segundo depois, Visander puxou as cortinas pesadas e jogou-as sobre a criatura. Levantando-se, Elizabeth o viu rolar com o cobertor se contorcendo, até que ele pegou um caco de vidro e o empurrou para baixo. Houve um uivo terrível e depois silêncio.

Polly e a sra. Thomas olhavam em choque para Visander. Ele se levantou e limpou o vestido diante da janela aberta, com o corpo pesado à sua frente. Para confirmar a morte, puxou a cortina que o envolvia. O cão de sombra jazia morto, uma criatura horrível, parte pesadelo, parte cão. Do lado de fora, veio o uivo de outras feras, como se estivessem ligadas ao companheiro perdido.

— Eles virão até aqui, a menos que os guiemos para outro lugar — afirmou Visander.

Polly estava em choque.

— Tem um porão por onde sua mãe saiu da última vez — disse ela. — O túnel segue até o cume da colina.

— Leve-nos até lá — pediu Visander.

CAPÍTULO TRINTA

Sarcean entrou no jardim como uma sombra cobrindo o dia.

Não havia sido difícil encontrar o caminho de volta ao palácio, mesmo depois de meses de ausência. Ele conhecia todos as passagens secretas.

Ela estava esperando, linda como a luz do dia.

Ele tinha imaginado que a encontrar em segredo seria desagradável. Mas ficou novamente surpreso com a intensidade aguda e genuína de seus sentimentos. A proximidade dela era dolorosa, tanto agora quanto na única noite catastrófica que haviam passado juntos.

— Não pensei que você viria — disse ela.

— Você me chamou — respondeu ele, então pegou a mão dela e só a sentiu tremer uma vez.

Foi ela quem o conduziu, sob as árvores floridas, por jardins, até o local onde se conheceram. Ele não esperava isso e ficou surpreso por estar abalado. Era difícil respirar no ar perfumado.

Ele a deixou falar. Ela colocou a mão no peito de Sarcean e disse que sentia falta dele. Disse que não tinha alívio enquanto ele estava longe. Era isso o amor? A mesma sensação de confusão e tontura que ele tinha quando olhava para Anharion, como se estivesse à beira de um abismo sem fundo.

Ele passou o polegar pela bochecha dela, olhou para seu rosto e disse:

— Quando os homens do rei virão me prender?

— O quê?

O rosto dela se voltando para cima era tão bonito quanto ele se lembrava.

— Isso é uma armadilha, não é? — perguntou Sarcean.

Nos olhos dela, o choque da admissão, de ser descoberta. A rainha deu um passo para trás, escapando do alcance dele, deixando vazio o espaço entre os dois.

— Se você sabia que era uma armadilha, por que veio?

Parecia que isso a feria, e talvez ferisse mesmo.

— Você me chamou — respondeu ele.

Os olhos dela se arregalaram. O som de passos blindados quebrou o silêncio antes que ela pudesse falar. Sarcean pensou que estava pronto. Mas, ao se virar para encarar os captores, sentiu o estômago revirar e um buraco se abrir no peito. À frente da Guarda Solar, havia um cometa de justiça brilhante e dourado, Anharion.

O que Sarcean sentiu foi que estava preparado para o golpe, mas o que recebeu foi uma faca no coração, penetrante e inesperada.

— Está preso por alta traição — disse Anharion. — Por conspirações contra o rei, por tentá-lo enfeitiçar contra a vontade dele.

— Vocês dois — falou Sarcean.

Os dois lado a lado eram de uma semelhança que doía, o abismo se aprofundando. Anharion era lindo, o tipo de beleza intocável que chegava a doer. No entanto, Sarcean nunca foi capaz de desviar o olhar.

Ele não conseguia evitar de olhá-lo naquele momento, ferindo-se.

— Enfeitiçar o rei — repetiu Sarcean. — Foi o que ele disse para vocês?

Ele quase sentiu um lampejo de orgulho inesperado, finalmente era uma ameaça grande o suficiente para que o rei se posicionasse abertamente. Sob isso, a raiva enervante. Sob isso, o primeiro giro do maquinário de seu plano frio e cuidadoso.

— Por seus crimes, terminará seus dias na masmorra — sentenciou Anharion.

Ele olhou para aquele rosto reluzente e amado.

— E se eu lutar?

— Sabe que meu poder é o maior.

— E se eu fugir?

— Vou achar você — disse Anharion. — Sempre vou achar você. Não adianta correr.

Sarcean olhou para a Guarda Solar com armadura dourada posicionada atrás de seu general. Estavam com medo, dava para sentir o cheiro neles. Sarcean deixou o silêncio se estender, sentindo o terror aumentar, os batimentos cardíacos pulsando por trás dos rostos cuidadosamente inexpressivos.

As algemas de obsidiana que Anharion segurava eram grossas e pesadas, cada centímetro esculpido com símbolos criados para suprimir a magia, para deixá-lo indefeso.

Sarcean estendeu os pulsos, um gesto de submissão que chocou a todos, até mesmo Anharion, que deu um passo à frente e fechou as algemas em volta dos punhos dele. Até Sarcean ficou surpreso quando sua magia se foi, uma sensação de contenção vertiginosa.

Ele foi levado para a sala do trono.

Uma catedral de luz; radiante; de tirar o fôlego. Havia sido construída para deslumbrar e elevar o espírito, para encantar e glorificar. Ele viu o Trono do Sol no auge de seu esplendor, uma sala dourada com colunas brilhantes e tetos altos e cintilantes.

A raiva de Sarcean queimou como ácido nas veias, embora ele não demonstrasse em seus membros graciosos nem no rosto. Resplandecente e impessoal na armadura cerimonial, o Rei do Sol olhou para ele do trono. Anharion e a rainha tomaram seus lugares no estrado, dispostos contra ele como estátuas de ouro inalcançáveis. Todos os cortesãos do palácio estavam reunidos para assistir. Dava para sentir o prazer deles em vê-lo abatido, o prazer e uma pontada de medo de que ainda houvesse algum jeito de Sarcean escapar das algemas.

Estavam certos em ter medo. Ele não seria misericordioso.

— Sem últimas palavras, Sarcean?

Os olhos do Rei do Sol pareciam achar graça. Ele achava que seria fácil. Não seria.

— Você as ouvirá ao pôr do sol — respondeu Sarcean.

O Rei do Sol pareceu se divertir ainda mais.

— Acredita que seus aliados vão salvá-lo? — perguntou o rei. — Sua revolta foi erradicada. Todos serão jogados com você na masmorra. Você e os seus terminarão a vida na escuridão e nunca mais verão o sol.

Sarcean não pôde evitar a risada que escapou de si. Um castigo terrível, na verdade, para aqueles da espécie deles.

— Acha que tenho medo do escuro? — questionou Sarcean.

No trono, o Rei do Sol estava sentado em uma postura cerimonial. As joias brilhavam; as sedas que acompanhavam a armadura caíam cintilantes pelo chão. Ele comandava o salão, sua legião solar, seus cortesãos e criaturas, uma chama ardente de autoridade.

— Pode não temer agora. Mas irá. — O Rei do Sol fez outro gesto. —*Aragas.*

Como um olho que se dilata lentamente, a masmorra se abriu.

Will ofegou e voltou a si.

O fosso ainda estava abrindo; abrindo dentro dele, e Will fixava nele toda sua atenção. Seu coração batia forte, o sonho era uma parte oscilante. Só que não era um sonho, era uma lembrança. *Aqui*, pensou. *Aqui, aqui, aqui.*

Ele se levantou dos escombros que estava limpando e subiu os degraus do estrado até o trono.

Atrás dele, ouviu Cyprian encará-lo com surpresa quando passou.

— Will?

Ele o ignorou.

O trono era uma presença pálida e imponente. Will se colocou diante dele, olhando para a superfície de mármore, como um belo osso antigo. Os outros estavam se aproximando; ele podia ouvir os murmúrios às suas costas: "*Will?*", "*O que foi?*" e "*O que está acontecendo?*".

Will sentou-se no trono.

Imediatamente, foi bombardeado por uma visão de ser jogado para baixo, de cair profundamente na terra, com a luz desaparecendo acima dele.

Será que Anharion tinha visto Sarcean ser lançado no fosso? Algum arrependimento havia lampejado naqueles lindos olhos azuis? Will não se lembrava. Mas se lembrava da longa queda e da luz sumindo, aprisionando-o na escuridão sob o trono para sempre.

Naquele momento, estava sentado onde o Rei do Sol tinha dado a ordem, olhando para aquele gigante emblema do sol em um tom dourado dissonante no chão de mármore preto.

— *Aragas* — ordenou ele.

O som de pedra contra pedra se arrastando cortou o ar, e o enorme sol no centro da sala começou a se separar. Ao abrir uma crescente meia-lua preta, seu imenso disco deslizou para trás até que, onde antes havia um sol, houvesse apenas um buraco preto.

Undahar. O eclipse.

Meu Deus, era real. O fosso dentro do sol era real. Ele fora preso lá embaixo.

Abalado, Will se levantou e desceu os degraus. A visão em sua mente pairava como as teias de aranha de um sonho. Não queria ir até lá embaixo. Havia algo de terrível e esquecido no fundo. Era uma experiência que ele não podia reviver. *Nunca mais*. Podia sentir os outros se reunindo ao redor da beirada. Estavam chocados e nervosos com a atitude dele. Will podia sentir também.

O que havia lá embaixo? O que exercia aquela atração terrível sobre ele?

— Como você sabia que era para fazer isso? — perguntou Grace.

Ele não respondeu, e os outros continuaram olhando para baixo.

— Argh, o ar está viciado — disse James, pressionando o antebraço contra o nariz.

— O que... o que *é*? — questionou Cyprian, olhando para a escuridão.

Kettering foi o último a se aproximar, respondendo com temor e medo:

— Parece uma masmorra. Uma prisão, onde quem for colocado aí sofre uma morte de pesadelo.

A expressão de James se distorceu.

— É óbvio que o Rei das Trevas mantinha uma *prisão* sob seu trono.

Will olhou para ele. *Não*, ele não disse. *Era a Luz quem punia com as trevas.*

— Aonde leva? — perguntou Cyprian.

— Para baixo — respondeu Will.

Ele pegou uma tocha de Cyprian e a deixou cair. Uma longa queda, a luz cada vez menor. Chegou ao chão. Ao redor havia escuridão.

— Me dê outra — pediu ele.

Uma vez que havia cinco tochas acesas em círculo abaixo, eles amarraram uma corda na coluna mais próxima e a jogaram no fosso também. Will deu um passo à frente e começou a descer.

Era um longo caminho, no escuro.

Ele lembrava...

Sujeira e fedentina; a fraqueza vertiginosa da sede e da fome. A dor aguda do elmo. Barulhos abafados e vozes ecoando na sala do trono acima. Não sabia quanto tempo tinha ficado deitado, mas então levantou a cabeça e tirou o elmo.

Não suportava a luz, fraco como estava. A figura que o embalava estava turva.

Ele veio. Cabelos dourados e armadura dourada, Sarcean o viu vagamente, como uma figura em um sonho. Ele sempre tinha sido como a luz do sol cortando a escuridão. Os sentimentos de Sarcean cresceram dentro dele, a esperança que nunca havia admitido, nem mesmo para si.

— *Beba* — disse ele, e Sarcean provou as águas de Oridhes, levadas em um frasco a seus lábios.

E então a figura ficou nítida; e ele tinha cabelos dourados e usava o emblema do sol no peito.

Mas não era Anharion quem trazia a luz do sol. Ele estava olhando para o jovem da Guarda Solar com quem havia flertado. *Sandy*, como havia apelidado o jovem guarda de cabelo dourado pálido, como areia, *sand* em inglês, naquela noite.

— Sarcean. — Sandy estava ajoelhado ao lado dele, com o rosto sério e desesperado de preocupação. — Vim assim que pude.

Sarcean ouviu a própria risada ofegante; não achava que ainda tivesse fôlego. Seus olhos estavam úmidos devido à luz pungente depois de tanto tempo no escuro.

— O que foi?

Sandy estava com os olhos cheios de preocupação.

Sarcean sorriu levemente.

— Pensei que você fosse outra pessoa — disse ele, um sussurro, como o farfalhar de papel seco.

— Eu não podia vir até que o rei e a corte partissem para Garayan. — Aqueles olhos, cheios de preocupação. — Eu fiquei com medo que a escuridão fosse fazer você perder a cabeça.

— Talvez se eu tivesse nascido do sol — respondeu Sarcean. — Mas meu poder vem das trevas.

— Aqui, apoie-se em meu ombro.

— Leve-me até meus homens — pediu Sarcean.

Fraco e magro como estava, sentia cada passo doer como se os ossos dos pés raspassem em pedra fria. Mas estava determinado. A luz vinda de cima iluminou um círculo no chão, mas os dois se moveram para a escuridão, onde formas perturbadoras e imóveis estavam amontoadas na sombra.

— Este lugar é antigo — disse Sarcean. — Existia antes da construção do palácio, uma formação natural na rocha. Tem sido o destino de traidores, assassinos e monstros durante séculos. Morrem porque perdem a cabeça, porque desferem violência contra si mesmos ou contra outros, ou de fome. Mas eles retiram os corpos. É preciso retirar, ou o fosso estaria cheio até a borda. E a sala do trono cheiraria mal devido à putrefação. Mais do que já fede. Mas o sangue permanece, e a memória do sangue, e no sangue há muito poder.

Sandy estava com os olhos arregalados.

— Como sabe de tudo isso?

— Estudei este lugar. Você não estudaria a prisão onde seus inimigos o confinariam?

— Você fala quase como se sua intenção tivesse sido ser capturado — disse Sandy com nervosismo.

Outro sorriso afiado.

— Eu?

Os aliados dele estavam mortos, todos menos um, um ferreiro chamado Idane. Olhos vazios o encararam. Com a garganta seca, Idane tentou dizer o nome de Sarcean.

— Está tudo bem. — Sandy, o jovem da Guarda Solar, tentava tranquilizar Idane. — Seu mestre está aqui, ele vai tirar você daqui.

— Me dê sua faca — disse Sarcean a Sandy ao lado dele, e o jovem o atendeu prontamente.

Segurando a faca, Sarcean se ajoelhou ao lado de Idane, embalando sua cabeça como faria com a de um amante.

— *Me ajude* — pediu Idane, olhando para ele.

— Uma recompensa por sua lealdade — respondeu Sarcean.

E com uma incisão certeira, cortou a garganta de Idane.

Sandy recuou, horrorizado.

— Você o matou! — Ele olhava para Sarcean, com choque e revolta. — Por quê? Por que você...

Sarcean olhou para ele e disse:

— Para renascer, é preciso morrer.

O pé de Will tocou o fundo.

Isso o tirou da visão; ele olhou ao redor, soltando a corda e cambaleando. Sentia como se ele mesmo tivesse cortado a garganta daquele homem.

Os primeiros experimentos de Sarcean com a morte. Sarcean tinha deixado os corpos daqueles leais a ele para trás no fosso. Mais tarde, quando o Rei do Sol estivesse enfurecido com o desaparecimento do prisioneiro, eles seriam retirados e enterrados. Mas Sarcean sabia o que os outros não sabiam: seus seguidores se levantariam de novo. Enterrados dentro das defesas mágicas do palácio, esperando, silenciosos e sem enxergar, até o momento em que Sarcean mais precisasse deles. Então, como sementes, brotariam.

Um Cavalo de Troia macabro, para ajudá-lo a tomar o palácio. Assim como Simon, parecia que Sarcean precisava de sangue para trazer as pessoas de volta. Ele escolheu o fosso porque estava encharcado de sangue. E isso significava...

As tochas que haviam lançado ardiam em torno dele em um círculo, iluminando alguns metros de espaço vazio abaixo do fosso. Havia pilhas de poeira sob as tochas. Will olhou além da luz.

Uma figura o encarava. Will recuou depressa. Um momento depois, percebeu que estava olhando para um corpo, uma carcaça envolta em armadura, como se tivesse sido mumificado. Ele se virou, e deu de cara com outro rosto o encarando no escuro. Não eram estátuas, eram corpos paralisados de forma grotesca.

Ao erguer a tocha, Will viu fileiras e mais fileiras de corpos, estendendo-se infinitamente na escuridão.

Os outros estavam descendo atrás dele.

— *Não gosto disso* — declarou Cyprian.

— *Está tão escuro* — disse Grace. — *A escuridão é um perigo por si só. Não se aventure além da luz.*

E então Will entendeu, e um horror ainda maior o dominou.

— Não toquem nisso — ordenou Will. — Não toquem em nada.

— Por quê? O que é? — perguntou Cyprian.

— É um exército. Um exército de mortos.

Will estava recuando em direção à escada de corda pendurada.

— Precisamos sair daqui. — Os outros não estavam entendendo. — Precisamos fechar este lugar para que ninguém volte a encontrá-lo.

— Meu Deus — disse Kettering, erguendo a tocha para a figura mais próxima. Um elmo preto tremeluzia à sua frente, com as órbitas vazias.

— É isso, está realmente aqui, exatamente como nas lendas...

Os mortos lotavam todas as partes da caverna. Não apenas homens mortos, mas criaturas mortas. Estavam cercados. O espaço abaixo do fosso era o único vazio, um pequeno círculo cheio de poeira, como uma única ilha de luz onde o grupo podia ficar.

— O exército do Rei das Trevas. Pronto para retornar — disse Will.

A morte de Idane em sua visão havia sido apenas a primeira. Décadas mais tarde, Sarcean tinha ordenado que todo o exército morresse quando ele morresse, para que pudessem retornar com ele, e ali estavam.

— Will tem razão. Não podemos ficar aqui. — James movia sua tocha, não em direção às figuras, mas em direção ao chão. A obsidiana preta brilhava sob os amontoados de poeira, rabiscada com letras idênticas às das paredes da prisão sob o Salão dos Regentes. — Este lugar foi projetado para bloquear magia. — James soava mais nervoso do que Will já havia ouvido, como se tivesse sido jogado no inferno e avisado de que não teria forças enquanto estivesse lá. — Precisamos sair daqui agora.

— Este aqui se matou. — A tocha de Kettering mostrou a adaga alojada na garganta da carcaça, com a manopla da armadura ainda ali. Ele apontou a tocha para os outros, todos com adagas no pescoço. — Todos eles... se mataram... As histórias dizem que Sarcean deu a ordem, e eles fizeram isso com as próprias mãos...

Cyprian se virou para James.

— Seus contemporâneos. Reconhece algum deles?

— Não! — disse James, recuando, profundamente revoltado.

Will olhou para as intermináveis fileiras de rostos. Não conseguia imaginar matar tantas pessoas. Uma força como aquela poderia lançar-se sobre a Europa e dominá-la, implacável. Os corpos bizarros permaneciam de pé como se estivessem prontos para marchar rumo à batalha, apesar das formas apodrecidas.

De repente, Will sentiu como se qualquer coisa pudesse acordá-los. Um som, um movimento...

— Sinclair não pode encontrar esta câmara nunca — disse Will. — Não pode conseguir encontrar este exército, nem ter a chance de acordá-lo.

— Tarde demais para isso — disse Howell acima deles, a figura iluminada por uma tocha no topo da escada de corda.

CAPÍTULO TRINTA E UM

Ao sair do túnel, Elizabeth se viu em um curral de cabras, que baliam nervosas. Podia ver a casa dos Lange ao longe e ouvir o uivo dos cães.

Os cães de sombra ainda não haviam conseguido voltar a captar o cheiro deles. Emergindo atrás dela, Visander rasgava a bandagem em tiras de pano ensanguentado e se preparava para amarrá-las nas árvores, como fizera antes. Elizabeth olhou ao redor do curral das cabras. Lembrou-se de correr atrás do sr. Billy com Katherine por horas depois que ele saiu e não o alcançar.

— Se você amarrar isso nas cabras, ganharemos mais tempo.

Visander olhou para ela surpreso. Mas assentiu, amarrando tiras no pescoço das cabras e depois abrindo o portão de madeira, libertando-as para correr em todas as direções. É estranha a rapidez com a qual até mesmo um coração partido se adapta: ela mal piscou ao ver Katherine andando pela lama, abrindo toras de madeira, perseguindo cabras e depois segurando um forcado como arma rudimentar.

— Não podemos continuar a pé. Precisamos de cavalos — falou Visander, erguendo o forcado. — Estão na casa de Polly.

A casa de Polly não ficava perto da casa da sra. Lange, o que exigiu que os dois contornassem a aldeia até chegarem aos cavalos para partir. Galoparam pelas encostas verdejantes, Elizabeth incitando Nell a avançar e Visander montando um cavalo baio recém-roubado, carregando o forcado como a lança de um cavaleiro. A princípio, ouviram os uivos dos cães ecoando pelas colinas, mas depois até eles desapareceram.

Só pararam quando estavam a horas de distância, em um vale diferente. Desmontaram perto de um riacho para dar de beber aos cavalos.

Conduzindo Nell até a beira da água, Elizabeth percebeu que seus dentes tilintavam e seu pensamento ainda ecoava as palavras da sra. Lange. Que o Rei das Trevas já estava ali. Elizabeth sabia o que significava. Que o Rei das Trevas havia nascido na casa dela. Que o Rei das Trevas era filho de Eleanor.

Will.

Se sentiu enjoada. Ela pensou em todas as vezes em que ele deu um sorriso casual. Em todas as vezes em que ele deu conselhos aos outros, que foram aceitos. Ele estava mentindo para todo mundo.

É um mentiroso. Ela havia tentado dizer a todos. Ele tinha mentido para a irmã dela. Tinha mentido para os amigos. Mentir não era certo. Ela havia dito aos amigos.

— Aquela parteira acreditava que o Rei das Trevas tinha nascido na casa dela — disse Visander, ressoando os pensamentos dela. — Nascido de uma das descendentes da rainha. Uma violação obscena, mesmo para Sarcean.

— O nome dele é Will Kempen — disse ela, em voz baixa.

— Você o conhece? Esteve com o Rei das Trevas? — Visander enfiou a ponta do forcado no chão enquanto se ajoelhava, agarrando o ombro dela com urgência. — Portadora da Luz, ele tentou machucar você?

A honestidade absoluta a forçou a dizer:

— Não.

Elizabeth pensou em Will no alto das ameias, sentado a seu lado, com o pântano aberto se estendendo diante deles. Will poderia tê-la matado naquele momento. Uma única mão no meio das costas. Um único empurrão. Ou na noite em que ela o confrontou nos estábulos. Estavam sozinhos. Ele poderia ter feito qualquer coisa com ela.

Will havia se sentado ao lado de Elizabeth, entregado o medalhão que a tinha ajudado e falado sobre a mãe dela.

Mentiras.

HERDEIRO DAS TREVAS 305

— Ele é furtivo. Está sempre saindo de fininho por aí. Fez minha irmã se apaixonar por ele. E então ela m-morreu — disse ela, de uma vez.

— Ele seduziu este corpo?

Elizabeth fez uma careta.

— Não exatamente.

Era difícil dizer o que ele tinha feito exatamente, exceto aparecer. Depois disso, Katherine havia passado horas olhando pela janela, sonhadora, esperando todos os dias pelo retorno de Will. Ela havia saído do Salão atrás dele, com toda a atenção voltada para Will, enquanto a dele estava voltada para Simon. Katherine olhava para Will como se ele fosse o mundo dela, e ele tinha a olhado de volta como se o mundo dele fosse cheio de segredos e preocupações.

Mas, para a surpresa de Elizabeth, Visander assentiu.

— Sim, é o jeito dele. Ganha poder nas sombras. Por fora, cada ação parece inocente, mas há gavinhas sombrias crescendo por baixo.

Visander respirou fundo e olhou ao redor.

— Me conte tudo o que sabe sobre ele.

Elizabeth abriu a boca para responder e depois parou. O que realmente sabia sobre Will? Cabelo escuro, pele pálida e olhos intensos, mas nenhuma história digna de menção.

Ela franziu a testa e pensou.

— Ele faz as coisas em segredo. Age de maneira diferente perto de pessoas diferentes. — Elizabeth pensou um pouco mais. — É bom em refletir. Todo mundo faz o que ele diz, mesmo que ele não esteja no comando. — O rosto de Visander foi se fechando enquanto ela falava. — Faz todo mundo pensar que ele é um amigo.

— E os poderes?

— Ele não tem nenhum.

— Então talvez tenhamos chegado a tempo. — Visander levantou-se, em um movimento decisivo. — É o que ela planejou. Cheguei enquanto os poderes dele ainda estão bloqueados. Devemos detê-lo antes que os domine. Quando isso acontecer, será tarde demais.

Ela olhou para Visander, para o aspecto diferente que dava às feições de Katherine. Ele havia dito que era o campeão da Dama. Mas ao vê-lo se levantar, ela compreendeu, talvez pela primeira vez, que era verdade. Visander era o Campeão da Luz e estava ali sob as ordens da Dama para deter o Rei das Trevas.

Elizabeth pensou em Violet, Cyprian e Grace. Estavam ajudando Will sem saber quem ele era. Will os estava enganando. Enganando a todos.

Pensavam que estavam lutando pela Luz, quando estavam lutando pelas Trevas. Estavam ao lado do Rei das Trevas, pensando que ele era um amigo. Ela sentiu o buraco profundo se abrir no estômago.

— Os outros, eles não sabem!

— O que você quer dizer?

— Meus amigos. Temos que avisá-los.

— Onde eles estão?

— Foram para algum lugar. — Ela se lembrou do portão e do corte no mundo. — Foram para algum lugar com ele. O Palácio do Sol. — Ela tentou se lembrar do que os outros haviam dito. — É um lugar na Itália.

— Não sei onde encontrar esta "Itália", mas sei a localização do Palácio do Sol, basta me mostrar um mapa.

Estavam no meio do nada, o cume de uma colina rochosa de um lado e uma encosta arborizada do outro. Nunca dava para saber quando entender um pouco de geografia seria útil.

Elizabeth enfiou a mão no vestido e tirou o dever de casa.

Estava sujo e manchado, mas ela o desdobrou e pegou um lápis. Era o mapa-múndi incompleto que ela estivera copiando com seu tutor. Colocou a língua entre os dentes e desenhou a última metade de memória com o lápis. Achava que tinha feito um bom trabalho. Talvez a Suíça e a Lombardia estivessem no lugar errado, mas não importava, não é? Abaixo da Suíça, Elizabeth desenhou de forma meticulosa o contorno da bota e depois sombreou um pouco no meio.

— O que é isso?

— São os Estados Pontifícios. — Ela sabia que a Úmbria ficava em algum lugar dos Estados Pontifícios. — É onde meus amigos estão.

Elizabeth desenhou um círculo ao redor da Úmbria. Provavelmente.

— Não é assim que o mundo é. Não há oceano aqui, nem aqui — disse Visander, apontando.

— Tem, sim. Você não deve ser muito bom em geografia.

Era algo que Visander e Katherine tinham em comum. Em vez de discutir, Visander apenas pareceu perturbado, com outro olhar ao redor da encosta, como se tudo aquilo fosse estranho.

— E onde estamos agora?

Ela o encarou.

— Inglaterra.

— Onde fica?

Ela o encarou.

— Você não sabe?

— Não sei os nomes de postos humanos menores.

Elizabeth franziu a testa e apontou.

— Bem, está aqui. — Mesmo no mapa pequeno, ainda parecia muito longe da Itália. O Canal da Mancha estava no caminho, e a França também. Ela tentou não se deixar abater. — Vamos precisar de um navio. E algum dinheiro para pagar a passagem. Só não sei onde conseguir essas coisas. Nem como.

Houve um longo silêncio.

Visander não pareceu nada feliz quando disse:

— Eu sei.

— O que você quer dizer?

— Quero dizer — respondeu Visander — que sei como vamos viajar até seus amigos.

— Não posso usar isto — disse Visander.

Ele olhou para seu reflexo e sentiu uma onda de desorientação crescendo, pronta para quebrar e afogá-lo.

A garota no espelho vestia uma roupa branca e lilás, com laços e fitas entrelaçadas em um tecido transparente. Os sapatos de cetim tinham as mesmas fitas lilás do cabelo.

— A madame poderia explicar qual é o problema para que eu possa ajustar?

Ele olhou para a vendedora, pensando que os problemas eram evidentes. As roupas eram apertadas e o comprimiam. Além disso, eram estufadas e dificultavam seus movimentos. Os sapatos tinham solas sem aderência. Como última indignidade, ele tinha um pequeno chapéu empoleirado na cabeça.

— Como vou lutar vestindo isto?

Ele levantou os braços parcialmente para demonstrar. Se levantasse um pouco mais, rasgaria o vestido.

Depois de alguns movimentos cortantes fracassados, a vendedora desapareceu e voltou para entregar um bastão lilás cheio de babados.

Ele franziu a testa e depois se virou para Elizabeth, mas ela já estava falando com a vendedora:

— Vamos comprar — disse ela. — E um vestido de jantar. E um... um...

— Talvez um vestido de jantar, vestidos para três dias, pijamas e algumas roupas íntimas? — sugeriu a vendedora, que tinha visto o estado das roupas deles quando entraram.

— Sim, isso mesmo — disse Elizabeth, aliviada.

A vendedora saiu para organizar o pedido.

— Que arma é esta?

Visander estendeu o bastão com babados para Elizabeth.

— Chama-se sombrinha. Sempre andamos com uma.

— Funciona como a "pistola"? — Ele virou a sombrinha e olhou para Elizabeth, esperando uma confirmação, mas apenas a viu olhando para ele com uma expressão estranha. — O que foi?

— Minha irmã gostava de roupas — disse ela.

— Por quê?

— Não sei. Ela simplesmente gostava. Gostava de se arrumar.

Visander olhou para si mesmo no espelho. Era impossível, havia inúmeras gerações entre eles, mas aquele corpo se parecia com sua rainha. Os mesmos olhos e o rosto tão igual que podia ser gêmeo. Era uma sensação perturbadora se parecer com ela, ser ela... Exceto que sua rainha usava armadura e carregava uma arma, não um bastão lilás.

E ela não tinha aquela inocência juvenil. Seus olhos eram severos. Como se tudo nela tivesse sido destruído e o que restou foi o ódio pelo Rei das Trevas e a determinação de salvar o que sobrou de seu povo.

— Obrigada, senhoras, visitem de novo em breve — disse a vendedora.

Saíram da loja Little Dover, Visander com um dos vestidos diurnos e Elizabeth com um vestido azul novo. A cidade era um pequeno enclave humano situado em um porto rodeado por penhascos brancos. Visander queria ir para o navio imediatamente, mas Elizabeth o tinha convencido de que deveriam ser mais discretos. Por isso aquelas roupas, compradas com dinheiro trocado pelas pérolas de Katherine. E uma carruagem alugada que os esperava. Visander virou-se para o veículo.

— Você não pode andar assim — comentou Elizabeth.

— Assim como?

— Tem que andar mais assim.

Ela demonstrou um passo mais deslizante, com as duas mãos cruzadas na frente do corpo.

— Você não anda assim — disse Visander.

— Não sou uma dama — retrucou Elizabeth. — E você não pode falar como falou na loja. Tem que dizer coisas como: "Espero que sua família esteja com boa saúde" e "Você é muito gentil".

— Quem é muito gentil? — perguntou Visander.

— Todo mundo — disse Elizabeth. — Se você encontrar alguém, diga bom dia ou boa noite, e deseje que a família da pessoa esteja com boa saúde, e, se *tiver* que dizer mais alguma coisa, diga que os dias estão extraordinários. E você deveria balançar a cabeça desse jeito.

Elizabeth fez um movimento de cabeça desajeitado, mais ou menos uma reverência. Era uma saudação ridícula. Ela olhou para ele com expectativa. Visander a copiou sem muito entusiasmo, apenas para completar o movimento graciosamente e com a facilidade e a memória muscular que não havia encontrado durante a luta. Ele se levantou desconcertado, com as mãos cheias de babados do vestido.

— Isso — disse Elizabeth —, e não mate ninguém.

Pegaram uma carruagem até as docas. A cidade era um porto escavado em calcário, com velas brancas agrupadas nas águas e aqueles penhascos brancos erguendo-se de cada lado. O navio escuro se destacava no cenário, com seus três cães pretos.

— Ele hasteia a *vara kishtar* como bandeira.

Os cães de sombra eram perturbadores. Ele sentia aversão ao navio. Mas o que importava um emblema quando o próprio Rei das Trevas já estava no mundo? *Sarcean. Ali.* E ele era jovem o suficiente para ser derrotado. Esse pensamento fez o coração de Visander acelerar. Aquele mundo tinha uma chance se Sarcean não estivesse com todo o seu poder, ainda não fosse totalmente ele.

Havia outra parte dele que pensava: *Desta vez, eu conheço você, Sarcean. Desta vez, você é o jovem e eu sou o adulto. Desta vez, você pode ser detido, e eu vou detê-lo.*

Enquanto avançava, um humano que ele nunca tinha visto desceu a prancha do navio e se aproximou.

— Lady Crenshaw — disse o homem com uma reverência. E então, quando Visander olhou para ele sem expressão: — Sou o capitão Maxwell. Fomos apresentados em Londres.

— Bom dia, capitão — disse Visander, calmamente. — Espero que sua família esteja com boa saúde.

— Estão com excelente saúde, obrigado — respondeu Maxwell, parecendo satisfeito. — Que surpresa agradável ver você e sua irmã.

— Você é muito gentil.

— Não deveria ser uma surpresa, porque vamos no navio — comentou Elizabeth.

Maxwell a encarou.

— Ouvi direito? Vocês...

Uma segunda carruagem parou naquele momento, uma que Visander conhecia bem, com sua pátina preta brilhante e seus quatro cavalos pretos polidos ao máximo.

Phillip saiu, e Visander o observou outra vez, sua aparência jovem e seu cabelo preto emaranhado. Estava vestido com calças compridas claras e um casaco preto, além de botas brilhantes e um chapéu alto que se ajustava perfeitamente a sua cabeça.

Os olhos de Phillip encontraram os dele.

— Você!

Phillip teve uma reação tardia e depois ficou pálido. Procurou uma saída, não encontrou nenhuma no cais. Parecia querer voltar para a carruagem, mas não podia, pois o capitão já o havia visto.

— Lorde Crenshaw — disse o Capitão Maxwell. — O senhor não me avisou que sua esposa e a irmã dela se juntariam a nós nesta viagem.

Antes que Phillip abrisse a boca, Elizabeth correu para apertar a mão dele e exclamou em voz alta:

— Tio Phillip, você chegou!

— "Tio Phillip"! — repetiu Phillip, totalmente indignado.

Elizabeth não largou a mão dele.

— Você falou que nos mostraria as cabines e que eu seria a primeira a escolher.

— Agora veja aqui...

Visander se aproximou e pegou o braço de Phillip que Elizabeth não estava segurando. A faca de maçã, ainda em sua posse, cravou a ponta nas costelas de Phillip.

Ele sentiu Phillip ficar muito imóvel.

— Estamos tendo um dia de clima extraordinário — comentou Visander.

Houve um momento em que sentiu Phillip hesitar e pressionou a faca com mais força.

— Bem, hum, não aguentamos ficar separados — disse Phillip, sorrindo fracamente para Maxwell.

— Amor jovem — comentou Maxwell, balançando a cabeça com tristeza.

Dentro da cabine, Phillip imediatamente deu meia-volta.

— O que está fazendo aqui? Era para você ter fugido, e já ia tarde!

— Seu navio nos levará para a Itália — disse Visander. — A garota e eu temos negócios lá. Se ficar fora do caminho, nada sofrerá.

— Ah, você fala inglês agora, é? — retrucou Phillip. — Bem, podia ter falado antes!

— Acredite em mim, se eu pudesse ter ficado longe de você, teria feito. Precisamos apenas do seu navio.

— E eu deveria fingir também? O que me impede de amarrá-la e mandá-la de volta para meu pai?

Em dois passos, Visander atravessou a cabine e pôs a mão em volta do pescoço de Phillip.

— Criatura nojenta. Tem sorte de eu não matar você agora mesmo. Você serve ao Rei das Trevas. Eu ficaria satisfeito em matar um vassalo dele, já que ele massacrou tantos de minha espécie.

— Vejo que só fala inglês para fazer ameaças. Perfeitamente típico de sua parte. — A arrogância de Phillip não pareceu nem um pouco afetada pela mão de Visander em seu pescoço. — Todos do velho mundo são canalhas ou só você?

— Canalha! — disse Visander. — Você me amarrou a você em uma cerimônia humana contra minha vontade!

— Acha que eu *queria* me casar com um soldado de um mundo morto? Não queria!

— Você não pode nos amarrar, o Capitão Maxwell está nos esperando para jantar — declarou Elizabeth.

Visander virou-se para encará-la. Após um intervalo em que Elizabeth olhou para ele de cara feia, ele soltou Phillip com relutância.

Observou Phillip ajeitar a camisa e depois passar o dedo pela parte interna do colarinho.

HERDEIRO DAS TREVAS   313

— Bem, estamos presos aqui — disse Phillip. — E você não pode escolher os quartos primeiro, porque esse é o único, pirralha.

— Não fale assim com ela, ou minha mão em seu pescoço parecerá uma gentileza.

Visander estava dando um passo à frente, mas Elizabeth e sua cara se colocaram no caminho.

— Você disse que não mataria.

— Não disse nada disso e com certeza vou matá-lo se ele colocar nossa missão em perigo.

— É melhor do que estragar outro de meus lenços de pescoço — retrucou Phillip, erguendo a mão para afastá-lo. — Vou levar vocês para a Itália. Acho que não tenho muita escolha. Mas de nada vai adiantar.

— O que quer dizer?

Visander olhou para ele com desconfiança.

— Meu pai abriu o palácio. Quando chegarmos, não haverá Itália.

CAPÍTULO TRINTA E DOIS

Howell desceu das cordas e pousou na poeira, Rosati e seus outros homens aterrissaram ao lado.

Um esforço imenso para proteger os seus: enquanto os capangas de Howell apontavam pistolas e erguiam tochas, Will se pôs na frente de todos.

— Seu traidor, eu sabia que você nos traria direto para cá. — Howell limpou a poeira da testa com o braço enquanto se dirigia a James. — *O Tesouro de Simon*. Eu saquei qual era a sua desde o início. — Ele ordenou aos dois locais que estavam com ele: — Amarrem todos.

— Capitão, você está enganado. — Inesperadamente, foi Kettering quem deu um passo à frente. — Eles estão aqui comigo, por ordem de Sloane.

Kettering balançava a cabeça.

Era a história que os fez passar pelos homens do lado de fora. Howell simplesmente não acreditou. Sua antipatia por James era grande demais.

— Kettering. Eu achava que você era inteligente demais para se envolver com um amante. O que ele ofereceu a você? Uma parte do tesouro?

— Mas não há nada de grande valor aqui — disse Kettering. — Apenas poeira e cadáveres mumificados. O tipo de coisa que já vimos diversas vezes.

— Ele está mentindo. A câmara está cheia de riquezas. Os elmos são de ouro puro. Dá para ver sob a poeira — disse Will.

Quase funcionou. Howell estendeu a mão para o elmo mais próximo, mas parou com os dedos a alguns centímetros de distância.

— Não. Acho que não vou tocar. — Ele se virou para Will. — Espertinho você, não é?

Will apenas o encarou de volta.

Um soldado gritou de cima.

— Capitão! O que tem aí embaixo?

— É exatamente como Sinclair descreveu. — Howell olhou para as figuras além do anel de luz que não podiam ser vistas pelos homens acima. — Um exército antigo. Mande homens de volta ao acampamento. Diga a Sloane que eles encontraram. — E então: — Que se estende por quilômetros.

Ouviram gritos fracos e sons de ação vindos de cima, ordens dadas e homens enviados de volta para relatar a Sloane o que haviam encontrado. A tensão de Will aumentou. Os homens de Sinclair não podiam voltar para lá, não podiam despertar aquelas figuras, não podiam liberar os exércitos dos mortos para se espalharem pelo campo...

— Vamos explorar esta câmara — disse Howell. — E vocês aí vão entrar primeiro. — Ele apontou para Will e os outros com a pistola. — Vamos dizer que é um "teste".

— Não. — James deu um passo à frente, flexionando os dedos como sempre fazia antes de usar seu poder. — Se um de vocês der um passo, vou destruí-los.

Os moradores locais se entreolharam nervosos. Mas Howell apenas sorriu.

— Imagino que, se você pudesse fazer isso, já teria feito — retrucou Howell. — Mas vamos testar.

— Não! — gritou Will, avançando quando Howell ergueu a pistola e atirou em James bem no peito.

O tiro foi terrivelmente alto, ecoando na imensa câmara. James caiu com um grito no chão perto de uma das tochas que ainda ardia.

— James! — disse Will, ajoelhando-se ao lado dele, pressionando a ferida sangrenta no peito de James.

Havia tanto sangue, havia...

— Vou me curar — disse James, entredentes.

Mas não parecia que iria se curar; estava pálido e agonizando. Will olhou para Howell, com o sangue quente e pegajoso de James sob as mãos.

Se soubesse o que eu sou, pensou Will, sentindo um eco da raiva de Sarcean, *nunca ousaria me desafiar sob meu trono.*

Howell tinha uma marca. Will podia controlá-lo. Podia fazê-lo pagar pelo que havia feito. Sentiu o desejo crescer em seu interior e virou a cabeça para o lado em desespero, fechando os olhos com força para o caso de estarem ficando pretos, mesmo quando suas mãos agarraram com força a frente da camisa encharcada de James.

— Está vendo? St. Clair não é perigoso — dizia Howell aos moradores locais, e então voltou a pistola para o grupo. — Vou levá-los para a caverna. Você pegue algumas dessas coisas e as leve de volta ao acampamento.

Os olhos de Will se abriram e sua cabeça virou para trás quando um dos moradores deu um passo à frente.

— Não, não toque em nenhum deles!

Qualquer que fosse a vingança que desejasse contra Howell, não podia deixar os trabalhadores inocentes da escavação morrerem bem ali, diante dele. Ele gritou outra vez em italiano:

— *Não toque! Não toque nos mortos!*

O homem local hesitou, mas deu um passo à frente para ficar diante da figura mais próxima. Era aquele que Will havia iluminado primeiro, que usava o elmo e a armadura de Guarda das Trevas. O homem olhou para o elmo por um momento.

— E então? Anda logo — disse Howell.

Nervoso, o morador local passou a ponta dos dedos no ombro blindado da estátua.

— Não! — gritou Will, tirando as mãos da ferida cicatrizando de James, tarde demais.

HERDEIRO DAS TREVAS

Nada aconteceu por um momento, mas foi assim com ela também, o braço erguendo a espada triunfante e aquele momento de esperança boba de que tudo ficaria bem.

Will puxou o homem para trás e, por um único segundo, os dois se encararam, e então o homem olhou para as próprias mãos, onde gavinhas pretas subiam pela pele, passando pelo corpo e chegando ao rosto.

— *No, no, non posso morire così.*

Conforme a estátua blindada diante dele se dissolveu, virando pó, o homem caiu de joelhos, tombando, com o rosto totalmente branco.

Em Bowhill, Will havia pensado que tinha sido Ekthalion, que ela havia sido morta por uma gota de sangue dele. Mas não era Ekthalion. Era outra coisa.

Fosse o que fosse, estava ali, circundando-os. As pilhas de poeira sob os pés deles eram restos de outras criaturas sombrias do velho mundo, dissolvidas como a estátua à frente.

— *A morte branca!* — Ele podia ouvir as exclamações dos moradores enquanto se afastavam, nervosos, das figuras. — *La morte bianca! A morte branca!*

Eles retornaram ao pequeno círculo sob a abertura do fosso, ficando de costas um para o outro, como se quisessem afastar a escuridão da câmara ao redor.

Howell parecia igualmente assustado.

— Por que a morte branca está aqui? — perguntou Howell, com uma voz tensa, recuando. — A câmara está amaldiçoada? Essas pessoas morreram de uma praga?

— Não sei — disse Kettering, com o rosto vermelho.

— *Queime-o* — disseram os moradores locais. — *Queime-o. Rápido.*

Will achou que estavam com medo do corpo branco. Com medo das figuras. Com medo do escuro.

Will olhou para os pés e viu várias pilhas de poeira iguais àquela da figura que se desfaz. Havia outras figuras ali, será que a morte branca de alguma forma se espalhava delas para os homens que morreram na escavação?

— *Este lugar é a origem. A fonte* — disse Will rapidamente, em italiano. — *A morte branca mora aqui. Se avançarem mais, morrerão. Todos vocês.*

— A fonte! Esta câmara deve abranger toda a extensão da montanha. — A voz de Howell estava mais alta, marcada pelo pânico. — É assim que está se espalhando? Infectando todos os moradores?

— *Qualquer pessoa que ele mandar para lá morrerá* — continuou Will em italiano, não para Howell, para os moradores locais. — *Todos vocês precisam sair daqui.*

Mas Howell investiu contra Will, gesticulando.

— Você. Entre lá. Descubra o que mais tem lá dentro. Até onde vão as estátuas.

— Não — interveio James, apoiado em um cotovelo, ainda segurando o peito. — Will, você não pode.

— Ou vou dar mais um tiro nele.

Howell apontou a pistola para James.

Will se colocou na frente de James.

— Eu vou. — Ele olhou para a pistola de Howell. E então para James: — Está tudo bem.

— A morte branca vai infectar você — disparou James.

— Não vai — disse Will. Então, erguendo o olhar, continuou: — Eu vou. Só não o machuque. — E de novo para James: — Vou ficar bem.

Aquilo não mataria Will. Não tinha matado antes. Nem qualquer objeto das Trevas havia. Além disso, aquelas eram as câmaras dele. Os planos dele.

Will deu um passo à frente. Não sabia o que faria com que as figuras voltassem à vida. Era possível que o simples fato de caminhar perto delas as acordasse.

— Depressa — disse Howell, e Will deu um segundo passo.

— Não tem nada aqui — declarou Will. — Não está vendo? Seja o que for que você esteja procurando, esta câmara está cheia de mortos.

— Coloque a mão naquela estátua — ordenou Howell.

Meu Deus, será que a acordaria? Era seu maior medo ao olhar para as figuras que se multiplicavam adiante. *O pânico de Howell e sua necessidade de controle vão fazer com que todos nós morramos.*

Will havia se aproximado de uma figura, ainda à vista de Howell e dos outros. Ela também usava a armadura de Guarda das Trevas, mas era alada, com enormes asas emplumadas, com quatro metros e meio de envergadura. Will estendeu a mão e a colocou no peito da estátua.

De modo desconcertante, sentiu algo tremeluzir sob a superfície, como se em algum lugar ali dentro houvesse vida. Instintivamente, Will fechou os olhos.

Sentiu um lampejo de asas se abrindo, sentiu a tensão nas omoplatas como se ele próprio voasse, puxando com força para subir no ar. Sentiu o cheiro forte e acre de incêndios no campo de batalha. As figuras no chão pareciam pequenas, mas sua visão era diferente; ele podia ver cada um deles com nitidez. Quando encontrasse aquele que procurava, mergulharia e atacaria.

Ele puxou a mão dali e abriu os olhos. Os outros o estavam encarando. Will sentia o coração bater forte devido ao que havia sentido na estátua. *Senti a vida dele, senti-o voar.* Ainda meio envolvido com a questão do voo, não estava entendendo a maneira como os outros olhavam para ele a princípio. Havia revelado alguma parte do que tinha visto?

Mas com o passar dos segundos, percebeu que estavam esperando que ele mostrasse sinais da morte branca. Quando não aconteceu, os olhares ficaram exultantes e surpresos. Grace e Cyprian tinham uma reverência quase sagrada nos olhos. Os olhos de James estavam arregalados com alguma coisa brilhante e vitoriosa.

Eles viam a Dama nele, percebeu. Um herói com luz suficiente para superar a escuridão.

Houve também uma reação entre os moradores locais, um espanto crescente.

— *A morte branca* — um deles disse. — *Ele é imune à morte branca.*

— Não afetou você — observou Howell, com uma ponta de pânico ainda presente, mas agora misturada com descrença.

— Talvez esta figura esteja segura — comentou Will. — Por que você não toca nela?

— Por que não, seu amantezinho? — retrucou Howell, apontando para James.

Will se colocou instintivamente entre James e as figuras, movendo-se sem pensar. Howell sorriu.

— Então é só você quem pode tocá-las. Por quê?

Ninguém respondeu. Howell apontou a pistola para Will.

— Por quê?

James balançou levemente a cabeça, como se dissesse: *Não deixe que saibam que você é Sangue da Dama.*

Will sentiu o terrível som de uma risada na garganta e teve que sufocá-lo. Sabia melhor do que ninguém que não poderia responder. Ninguém podia saber o que ele era. Não quando estava ali, cercado pelo exército que ele havia matado para retornarem juntos, e que parecia prestes a despertar.

— Avance — ordenou Howell.

Ele entrou, um passo após o outro, as figuras surgindo ao redor.

— O que está vendo? — perguntou Howell.

— Este aqui está com os olhos vendados — disse Will.

A tocha revelava novas figuras à medida que ele avançava em meio à escuridão, a que estava à esquerda tinha olhos de metal. Ele colocou a mão em seu ombro e teve uma visão de pele derretendo; podia derreter coisas com os olhos.

— Pare com isso. Will, saia daí — disse James.

— Continue andando — ordenou Howell.

Will olhou para a próxima figura.

— Este aqui tem escamas. Não fazem parte de sua armadura, fazem parte da pele.

A cada passo, ele era cuidadoso, cauteloso para não despertar a floresta de estátuas a seu redor.

— Will, não vá mais longe — disse Grace.

— Continue andando — exigiu Howell.

Outro passo.

— Este aqui carrega um mangual. Possui marcas no cabo. Acho que cada uma representa uma morte.

— Will — disse Grace. — Você não sabe o que vai acontecer.

— Avance — insistiu Howell. — Vá além da luz.

Will olhou para a vasta caverna sombria que ele sabia não estar vazia. Podia sentir as trevas à frente, a fonte da pressão em sua mente. Havia algo na escuridão que o chamava. O coração do corrompimento. Uma impressão terrível de fantasmas, ou de presenças aglomeradas, tentava alcançá-lo, como se o mundo inchasse por causa do passado que o tentava atravessar.

— O que está procurando? — perguntou Will. — Essas criaturas morreram há muito tempo. Não tem nada aqui. Seja lá o que Sinclair esteja procurando, está em outro lugar.

Ele olhou para a escuridão, sem entrar nela.

— Cale a boca — disse Howell, um lacaio usando sua posição superior, mas com uma ponta de desespero na voz. — Continue caminhando.

James interferiu:

— Howell, seu idiota, se o exército nesta caverna for despertado, todos nós vamos morrer...

— Rosati. Atire nele — interrompeu Howell.

Os dois moradores, um em cada lado de Howell, trocaram olhares enquanto Rosati sacou a pistola.

Então, com calma, Rosati atirou. Mas não em James.

Ele atirou em Howell.

Howell caiu no chão com um som assustado, o tiro ecoando de maneira aterrorizante na câmara, como se fosse acordar os mortos.

Isso tirou Will do devaneio. Ele se virou e percebeu que respirava rápido, como se tivesse feito grande esforço. Recuou vertiginosamente de entre as figuras em direção aos outros. Era como se um grande perigo tivesse sido evitado; o turbilhão e a pressão invisíveis do que quer que estivesse esperando lá no escuro eram assustadores.

Quando recuou alguns passos em direção a eles, Howell estava morto, encarando com olhos vazios a entrada da masmorra. O homem chamado Rosati chamava-o para a frente.

— *Você nos ajudou. Por quê?* — disse Will em italiano.

— Você. Você é imune à morte branca — explicou Rosati.

— Não estou entendendo.

— Quando o grande mal vier, será combatido por alguém que não pode morrer de morte branca. Um campeão. Ou é o que dizem nossas lendas.

Will sentiu aquela risada horrível e seca na garganta outra vez e a conteve. À beira da luz da tocha, Cyprian ajudava a conduzir Kettering, nervoso, de volta às cordas penduradas. No chão, a poucos passos de distância, James estava curado o suficiente para subir.

Não sou um campeão. A campeã morreu em Bowhill quando pegou a espada.

— Você está aqui para deter o mal sob a montanha — falou Rosati. — Precisa ir. Antes que os reforços cheguem. — Houve uma rápida explosão de falas em italiano, e então Rosati disse: — Se me seguir, vou tirar você daqui.

— Vão culpá-lo — afirmou Will. — Não podemos deixar você aqui.

Rosati apontou para James.

— Diremos que o bruxo o matou. Que você escapou. Mas tem que ir agora.

Com uma última olhada para a extensão escura da caverna, Will assentiu, e eles se foram.

CAPÍTULO TRINTA E TRÊS

Violet pegou o machado gigante e olhou, inquieta, para a sala de artefatos.

Ao encarar os armários cheios de chifres e as mesas repletas de joias, ela se deu conta de que uma coleção como aquela tinha sido reunida não apenas por um desejo de posse em relação aos itens, mas por um desejo de exercer controle sobre o mundo. Ela se perguntou se o confinamento daqueles artefatos fazia parte de seu encanto, agrupados para serem contemplados em segredo. Lembrou-se do cômodo na Índia na casa do pai, onde ele havia permitido a entrada de convidados selecionados, explicando uma coisa ou outra sobre os artefatos que havia colecionado, todos os quais permaneciam passivos sob suas palavras. Ela se perguntou se isso também fazia parte do encanto. Os objetos não podiam responder. O controle do pai sobre a Índia naquela sala era total.

Amarrando o machado nas costas, ela se sentiu tentada a ficar e reunir tudo o que fosse possível, a levar consigo o máximo de objetos que pudesse carregar, no caso de… no caso de quê?

Violet nunca saberia para quem aqueles objetos haviam sido feitos, mas com certeza não era para ela.

Estava se virando quando seus olhos pousaram na mesa cheia dos pergaminhos nos quais Leclerc ficara concentrado.

Estava tudo em francês, algumas palavras escritas em tinta nova, outras tão desbotadas que o pergaminho quase parecia em branco. Gerações de Gauthier haviam feito anotações sobre sua coleção. Talvez por não entender francês, foi um esboço que chamou a atenção de Violet.

O sol estava pintado de preto, como se houvesse um buraco no céu. Seus olhos se moveram impotentes e viram uma erupção de tinta preta de uma montanha, como um vulcão vomitando sombras, e depois uma horda terrível.

E então ela viu uma única figura, desenhada em um estilo antiquado, ligeiramente desproporcional, o que só a tornou mais assustadora.

O Rei das Trevas.

A idealização de alguém a respeito do Rei das Trevas, desenhado séculos após a morte dele, com chifres escuros (ou seria um halo escuro?), segurando no alto uma vara ou cajado que era pequeno demais para ser visto.

Linhas pretas foram desenhadas no objeto como raios de sol profanos, conectando-o à horda como se os controlasse.

Em inglês, em caligrafia atual:

Sinclair acredita ter localizado o Palácio Sombrio. Envia remessas para o sul pelo mar até Calais, depois pelas montanhas, através do Passo do Monte Cenis, até a Itália, onde seus homens cavam sem parar. Ele quer libertar o exército do Rei das Trevas. Acredita que tem os meios para controlá-lo.

Estávamos certos em seguir as pistas em Southhampton. Uma força deve ser despachada imediatamente do Salão. Devemos enviar Regentes para a Itália para deter Sinclair.

Ela parou, os olhos fixos nas palavras. Foram escritas no que parecia ser um diário. Violet estendeu a mão, quase como se fosse compelida, e virou as páginas até o início.

Justice, se já for tarde demais para mim quando você chegar, tem que levar as palavras que escrevo aqui à Regente Anciã. Não temos muito tempo.

Eles sabem. Sabem do Cálice. Esperam que eu me transforme.

Mas Sinclair tem planos maiores do que qualquer um de nós imaginava, e o que eu descobri é de grande importância para os Regentes.

Não. Ah, não. Não podia ser, podia? Violet virou a página com as mãos trêmulas antes que pudesse se conter.

Estou aqui há uma semana, talvez. Meus captores são James, que adotou o nome de James St. Clair, uma mulher chamada Duval e seu irmão Leclerc.

Leclerc faz visitas a cada refeição e não para de tomar notas, como se eu fosse um espécime a ser observado. Ele observa meus movimentos. Quanto eu bebo. Quanto eu como. Anota minhas palavras, embora eu fale pouco. Escreve tudo que observa no diário de couro que anseio arrancar da mão dele.

A princípio, pensei que Leclerc e Duval estudavam Regentes, mas acabei entendendo que eles estudam sombras. É como se os planos de Sinclair com as sombras fossem além de minha transformação. Tem alguma coisa muito sombria nas ações dele, um padrão terrível que posso vislumbrar, mas ainda não entendo.

James me visita de vez em quando e sempre à noite.

Ele se tornou um criado cruel das Trevas. Abraçou as piores partes de sua natureza. Gosta de me ver acorrentado, mas teme que eu consiga escapar. Fala sobre sua nova posição e se gaba de seu destino. Ele me provoca sobre o que eu me tornarei.

Meu pai estava certo. Tudo o que James anseia é se sentar ao lado do Rei das Trevas em seu trono. Ele não pode ser salvo. Matará todos nós se não o matarmos.

O pior de tudo é que suas provocações me atingem profundamente. Pois ele está certo.

Estou me transformando.

Preciso morrer antes que minha sombra me reivindique, mas minhas correntes são muito curtas e não deixaram qualquer arma gentil que eu possa usar. Roubei este diário de Leclerc sem pensar em escrever nele. Achei que a caneta iria perfurar uma artéria. Segurei a ponta sobre a veia do braço.

Não consegui.

A sombra é muito forte. Ela quer viver. Isso é o que não nos contam. Temos que matar uns aos outros porque chega um momento em que não somos mais capazes de matar a si próprio.

Sei agora que minha única chance é aguentar. Justice, se eu puder...

Preciso parar de escrever. Sinto os primeiros tremores. É pior de manhã. Meditarei para aguentar firme.

O coração de Violet estava acelerado. As palavras haviam sido escritas em meio a desenhos rabiscados, aquele cajado erguido, e uma montanha, desenhada repetidas vezes. Era demais, páginas e mais páginas, e ela sabia que precisava pegar o diário e sair correndo, mas não conseguia parar de ler.

Fiquei olhando para você enquanto amarrávamos os cavalos. Você parecia ter acabado de ganhar vida para mim, ou talvez fosse a simples alegria de estar sozinho com você fora do Salão.

A última coisa que me lembro antes da captura é você sorrindo, com a mão em meu rosto, oferecendo-me uma noite juntos sem nenhum dever para cumprir.

Acho que estava me transformando àquela altura. Não teria concordado se fosse eu mesmo.

Violet não conseguiu suportar. Era pessoal demais. Ela avançou.

Começo a temer que tudo o que fizemos não tenha sido pela Luz, mas a serviço da sombra. Por que nos isolamos atrás dos muros? Por que mantivemos o conhecimento do velho mundo oculto? Por que não forjamos alianças ou convocamos outros do velho mundo nesta luta?

Nossas decisões foram nossas ou vieram daquela semente sombria que carregamos dentro de nós, as sombras plantadas pelo Rei das Trevas?

Penso no dia em que bebi, nos anos de treino que me levaram ao Cálice. Tudo o que eu queria como noviciado era ser digno de ser seu irmão de escudo.

Penso naquele momento agora. Não na prova ou na celebração, mas no momento em que trouxeram o Cálice.

Penso em Cyprian. Não quero que ele beba. Não quero que sinta isso dentro dele. Que se perca. Que fique preso na sombra. Como eu me sinto. Como eu estou. Estou perdido no escuro. Mas ele tem uma saída. É tarde demais para mim. Não é tarde demais para ele.

É mais difícil segurar a caneta. Minhas mãos não estão firmes. Tenho que me concentrar para continuar eu mesmo. Tenho medo de dormir. Se eu fechar os olhos, me tornarei uma sombra por completo.

Vou aguentar. Não vou vacilar.
Na escuridão, serei a luz.
Vou trilhar o caminho e desafiar a sombra.
Sou eu mesmo e vou aguentar.

Folheando mais adiante outra vez, ela viu que a caligrafia havia mudado. Deteriorando-se ao longo do diário, havia se tornado um rabisco selvagem, quase ilegível. Até as palavras pareciam instáveis.

Eles falam livremente em minha presença agora.

Acreditam que não tenho mais volta. Acham que não tenho mais a força de vontade para resistir ao meu mestre da sombra. Falam do cajado. Acreditam que podem comandar o que está sob a montanha. Acham que ninguém pode detê-los.

Dizem que encontrarão o receptáculo. O receptáculo dará à luz o rei.

Acham que somos antiquados em nossos costumes. Incompatíveis com o mundo moderno. Dizem que a Chama Derradeira está diminuindo e que o tempo dos Regentes acabou.

Não sabem que minha mente está sã.

Os Regentes não podem agir sozinhos.
Temos que reunir os antigos aliados.
Temos que Chamar o Rei
Temos que encontrar a Dama da Luz
Temos que encontrar o Campeão que pode manejar Ekthalion
E reforjar o Escudo de Rassalon

As Trevas ficaram mais fortes quando as antigas alianças foram partidas. Pois sem dúvida cairemos se estivermos separados. Não é este o caminho das Trevas, que nos coloquemos uns contra os outros, e não contra a ameaça maior?

Deixemos de lado velhos rancores e diferenças. Deixe que as sombras nos encontrem unidos. Vamos enfrentar as Trevas como um só.

A sombra teme esses pensamentos. Luta contra minha caneta. Quer que nos estilhacemos, como o escudo se estilhaçou. Às vezes ela se torna eu, e quero que nós nos estilhacemos. Quero que nos separemos.

Está muito escuro aqui. Não consigo ver as estrelas. Justice, você era um sonho? Acho que se você não fosse real eu teria que sonhar você. Eu me agarraria a esse sonho, ouviria seus passos, ergueria o olhar e veria seu sorriso.

Não sou uma sombra. Sou Marcus. Sou Marcus.

Esta jaula será aberta. Verei seu rosto. E você desembainhará a espada. Sei que você será a última coisa que verei. Sei disso. Justice.

Está tão escuro.

Ele está vindo.
Ele está vindo.
Ele está vindo.
Ele está vindo.
Ele está vindo.
Ele está vindo.
Ele está vindo.
Ele está vindo.
Ele está vindo.
Ele está vindo.
Ele está vindo.
Ele está vindo.
Ele está vindo.
Ele está vindo.
Ele está vindo.
Ele está vindo.
Ele está vindo.

Ela ouviu um barulho as suas costas.

Pegou os papéis e os enfiou na jaqueta, virando-se para ver o que havia causado o som.

Era a sra. Duval.

— Agora você sabe o que enfrentamos e por que precisa aprender a lutar — disse a sra. Duval.

O coração de Violet batia forte.

— Por quê?

— Porque mais do que o Rei das Trevas vai voltar.

De repente, as estátuas e as figuras com olhares petrificados tornaram-se sinistras. Violet disse, com firmeza:

— Como assim?

A sra. Duval era uma silhueta escura nas escadas, com a luz de cima destacando-a, o que tornava difícil ver seu rosto ou expressão.

— Quando Sinclair libertar o exército sob a montanha, acabarão com nosso mundo. A Itália cairá primeiro, mas depois se espalharão pelo mapa até que todos os humanos estejam sob seu controle.

— Itália. É onde estão meus amigos. Tenho que avisá-los! — disse Violet.

— Já falei — lembrou a sra. Duval. — Você não vai a lugar nenhum.

Quando Violet tentou se mover, o poder da sra. Duval a deteve. Ela tentou lançar todo o corpo contra o poder que a mantinha no lugar como algemas. Tentou cuspir na sra. Duval, frustrada.

Não podia lutar. Teve que permanecer no lugar enquanto a sra. Duval descia as escadas.

— A Itália cairá — repetiu a sra. Duval. — É tarde demais para seus amigos. Mas não é tarde demais para este mundo. Você precisa ficar aqui e completar o treinamento. Precisa estar pronta para lutar contra seu irmão e vencê-lo. Quando o passado voltar ao presente, o mundo precisará de um verdadeiro Leão. Somente um verdadeiro Leão pode derrotar o que está sob Undahar.

Captou um movimento pela visão periférica. Violet não conseguia mover os membros, mas conseguia mover os olhos.

Fitou deliberadamente um ponto acima do ombro da sra. Duval, e disse:

— Atrás de você.

— Não vou cair nessa — disse a sra. Duval com desdém, como se estivesse irritada com o truque juvenil.

Leclerc escolheu aquele momento para se levantar, gemendo.

A sra. Duval virou-se. Foi o suficiente. Violet avançou. Tinha um segundo, talvez menos, antes que os olhos da sra. Duval voltassem para ela. Mas foi tempo suficiente para saltar e derrubá-la. *Ataque com tudo*, a mulher havia dito em dezenas de aulas. *O ponto fraco*. Violet colocou os polegares sobre os olhos da sra. Duval e pressionou.

Ouviu a sra. Duval gritar em francês. Sentia as esferas redondas sob a delicada cobertura das pálpebras.

— Ataque-os onde são mais vulneráveis e não tenha piedade — disse Violet, preparando-se para pressionar o polegar.

Ela teria que cegar a sra. Duval para fugir.

— Espere! — disse Leclerc. De quatro no chão, Leclerc implorava desesperado. — Espere, não, eu imploro, direi qualquer coisa. Apenas poupe minha irmã.

— *Não conte para ela* — retrucou a sra. Duval. — *Ela irá embora, irá correndo para a Itália, e não está pronta, deixe-a tirar meus olhos, ela precisa ficar, ainda não é um verdadeiro Leão, quando o exército acordar, será morta...*

— Não. Você me salvou de um leão uma vez — disse Leclerc. — Agora farei o mesmo.

— O que realmente está acontecendo naquela escavação? — perguntou Violet. — Qual é o plano de Sinclair? O que Marcus veio procurar aqui?

Leclerc começou a falar e Violet ficou gelada.

Tinha que encontrar seus amigos.

CAPÍTULO TRINTA E QUATRO

O verdadeiro dissabor líquido da viagem só se revelou quando o navio deixou o porto.

Aquele navio não cortava as ondas nem deslizava sobre a beleza e a espuma, exaltando-se em sua efervescência e borrifo. Era inundado pelo mar, como se fosse afundar a qualquer momento. E o mar estava agitado e sem magia alguma, uma superfície líquida que os fazia oscilar com o subir e descer do barco.

Uma leve náusea se instalou em Visander e passou a fazer parte do pano de fundo daquela missão rumo ao Rei das Trevas. *Aqui. Ele está aqui.* Seu estômago parecia o oceano, subindo e descendo.

Sarcean saberia quem era ele? Saberia quando Visander o matasse? Esse pensamento trouxe uma empolgação doentia que se misturou à náusea. Olhar nos olhos de Sarcean ao enfiar a lâmina... por aquilo, ele suportaria tais humanos em seu navio humano. Suportaria qualquer coisa. Levantando as saias do vestido, saiu para o convés.

Phillip ficou horrorizado.

— Não pode usar isso no jantar!

Visander olhou para si mesmo.

— Por que não?

— Não é um vestido de jantar.

— Meu vestido — disse Visander, com os dentes cerrados — não é...

Mas Phillip pegou-o pelo braço e arrastou-o de volta para a cabine com mais força do que havia demonstrado desde que Visander o conhecera.

— Pode ser um homem morto de um mundo extinto, mas você é minha esposa e não pode aparecer no jantar sem se arrumar!

Phillip abriu o baú que continha as roupas de Visander e tirou o vestido de seda branca com cintura alta, silhueta estreita e botões cor-de-rosa bordados na bainha. Ele apertou a ponte do nariz.

— Já tem pelo menos três temporadas — observou Phillip, com uma voz de dor. — Em que tipo de fim de mundo provinciano você comprou isso?

— Na Little Dover — cuspiu Visander, furioso por saber a resposta.

— Ainda tem a cintura império — explicou Phillip, com uma espécie de agonia no rosto. — Sabe, *aqui* existe *moda*, não usamos *túnicas* por dez mil anos.

— Não dou a mínima para sua moda humana, verme — cuspiu Visander.

— Sabe que não consigo entender quando você fala essa língua. — Phillip estendeu o vestido na cama, franzindo a testa. — Bem, pelo menos o capitão não vai notar, ele usa o mesmo colete há quinze anos.

Quando Phillip saiu, Visander pôs o vestido com uma série de movimentos curtos e irritados. O espartilho pressionava sua pele, e as mangas curtas e o decote retangular baixo do vestido o deixavam com frio no ar fresco vindo do mar. Ele olhou para si mesmo, irritado.

Saiu de seus aposentos, ignorando os marinheiros que pararam as tarefas para olhar para ele. O vestido fino não combinava bem com o vento e a espuma no convés, mas pelo menos o mar não estava agitado.

Ao entrar na cabine de jantar do capitão, Visander encontrou Elizabeth e Phillip já sentados. Capitão Maxwell também estava presente, com dois oficiais do navio. A cabine em si era uma sala estreita e abobadada de madeira escura laqueada, com altas janelas envidraçadas e uma mesa comprida, ricamente posta.

Era a primeira vez que Visander socializava com humanos, e ele se aproximou com certa apreensão, notando oito cadeiras, mas apenas seis membros do grupo, o que implicava que dois convidados ainda não haviam chegado. A sala ficaria lotada. Ele não gostava de pequenos cômodos de madeira com as portas fechadas. Já queria voltar para o lado de fora.

— Lady Crenshaw, você é realmente de uma beleza sem igual — disse o Capitão Maxwell. — Você ilumina minha humilde cabine.

— Você é muito gentil — respondeu Visander.

Elizabeth deu um aceno encorajador pelo uso da frase, e o Capitão Maxwell pareceu mais uma vez encantado. Visander se sentou de frente para Phillip, ao lado da cadeira do capitão, viu o Capitão Maxwell sorrindo para ele.

— Ficamos surpresos ao vê-la chegando sozinha às docas, lady Crenshaw — disse Maxwell. — O que aconteceu com seus acompanhantes de Londres?

— Eu os matei — respondeu Visander.

Houve um silêncio breve e espetacular, durante o qual um dos oficiais riu incerto.

— Isso é algum tipo de expressão nova? — perguntou Maxwell.

— Não, eu matei...

— Ah, aí estão nossos outros passageiros! — exclamou Phillip, rapidamente.

Visander ergueu os olhos e tudo parou.

Devon estava à porta com a mão no braço de um Leão.

Visander levantou-se bruscamente, a cadeira rangendo contra a madeira do piso do navio. Ao levar a mão ao cabo da espada, percebeu, para seu horror, que não tinha uma. Até a sombrinha estava na cabine, pensou de forma absurda.

— Tire as mãos dele, Leão.

O Leão olhou para ele interrogativamente, sem entender.

— Sua esposa é muito talentosa — comentou Maxwell com Phillip.

— Que língua é essa?

— Latim. Ou francês — falou Phillip.

— Nunca consigo perceber a diferença — disse Maxwell.

— Sim, foi exatamente o que eu disse! — Phillip pareceu legitimado.

O Leão era um menino de cerca de dezenove anos, com cabelos ruivos e um rosto bonito repleto de sardas. Usava as mesmas roupas que Phillip, a jaqueta com cintura marcada e gola alta. Ao lado dele, Devon era um menino esbelto e pálido, com o rosto branco e o cabelo branco parcialmente escondido pela boina. Visander foi atingido pelo quanto aquela cena era errada, um Leão e um unicórnio.

— Como pôde? — perguntou Visander a Devon. — Como pôde trair sua espécie dessa maneira?

— Eu gosto dele — respondeu Devon, aproximando-se do Leão, a familiaridade implicando... que eram...

— Você não faria isso. Não com um Leão — disse Visander.

Phillip comentou, enfático:

— Senhor Ballard, me permita apresentar minha esposa, lady Crenshaw. Katherine, este é o sr. Tom Ballard.

— Lady Crenshaw — cumprimentou Tom.

Ele não podia lutar contra um Leão, não naquele corpo e sem arma. Não podia dizer *Tire as mãos de Indeviel*. Não podia dizer *Vou acabar com você como sua espécie acabou com a minha*. Seria morto e sua rainha também.

Todos o encaravam. Visander não estava se comportando como deveria. Estava ciente disso, mesmo com a raiva queimando em suas veias. Estava em um corpo humano. Em um encontro social. Deveria se sentar e ser sociável com aquele Leão.

Visander sentiu o horror longo e lento dos segundos passando, com todos os olhos voltados para ele.

— Espero que sua família esteja com boa saúde — forçou-se a dizer.

— Minha mãe e meu pai estão com excelente saúde, obrigado. — Os olhos de Tom turvaram-se um pouco. — Espero, isto é... espero que em breve tenhamos notícias de minha irmã.

Uma mãe, um pai e uma irmã. *Quatro Leões*. Visander obrigou-se a sentar-se, sem conseguir tirar os olhos de Devon, que se sentava ao lado do Leão como se ficassem juntos com frequência. Homens de libré trouxeram o jantar.

Para o horror de Visander, os criados ergueram bandejas de prata que revelavam carne cozida, cortando-a bem na frente de Indeviel. Ele se sentiu mal. Fatias grotescas de carne: certo de que Indeviel se oporia, Visander o observou enquanto o outro se servia. Quando Indeviel levantou um garfo e colocou a carne na boca, foi demais. Visander levantou-se e saiu, tonto e enjoado.

Um empurrão cambaleante para fora, tudo muito apertado, comprimido, sua respiração ofegante. Ele precisava sair, mas não havia para onde ir, o navio era um confinamento em si. Chegou à grade e sentiu o balanço constante. Então vomitou de repente, pondo para fora a refeição de pão e frutas que haviam comido no almoço.

Indeviel e um Leão... Lembrou-se da primeira vez que havia visto Indeviel, um lampejo de mercúrio, mal vislumbrado por entre as árvores. Lembrou-se de montá-lo, da alegria intensa de correr pelos campos com mais velocidade do que qualquer outra criatura viva. E então, quando a guerra começou, o orgulhoso unicórnio de batalha, com o pescoço arqueado e a crina e a cauda esvoaçantes, o chifre uma lança penetrante na testa.

Lembrou-se, anos depois, dos corpos pálidos dos unicórnios mortos, dilacerados pelas garras dos leões, apodrecendo lentamente no campo. Indeviel havia jurado vingança contra os Leões naquele momento. Será que havia se esquecido disso também, disso e de tudo o que era? Será que o mundo onde estavam o havia arruinado para sempre?

Limpando a boca com as costas da mão, Visander percebeu que Phillip o tinha seguido e estava parado na grade ao lado dele.

— A primeira vez no mar é sempre difícil — comentou Phillip. — Quando meu pai começou a me arrastar com ele, eu ficava enjoado o tempo todo. — Um sorriso estranho. — Ou talvez fosse só eu. Simon nunca ficava mareado.

— Não estou mareado — disse Visander.

— Não, óbvio que não.

— É seu mundo que me deixa enjoado. O jeito tão cheio de feiura. De podridão. Vocês comem a carne de uma ovelha. É repulsivo.

— É ótimo você se preocupar com uma ovelha após ter matado seis dos meus homens — afirmou Phillip.

— Esta não é minha *primeira vez no mar*. — Visander estava respirando um pouco superficialmente, devido ao esforço da ânsia de vômito. — Não sou uma jovem em sua primeira viagem, seja qual for minha aparência.

— Atlântico? Pacífico?

— O Veredun — disse Visander.

Ele olhou para a extensão noturna de água preta. Aquilo não parecia o Veredun, nem qualquer mar que ele conhecia. Acima deles, as estrelas formavam um borrifo branco como espuma, mas além dos lampiões oscilantes do navio havia pouquíssima luz.

— Como era? — perguntou Phillip.

— Como era o quê?

— O velho mundo.

Ele queria dizer que era primoroso, um mundo de torres reluzentes, grandes florestas, criaturas maravilhosas.

Mas tudo o que veio a sua cabeça foi o fedor da morte, as sombras escuras no céu, a Chama Derradeira derretendo, a única luz restante.

— O velho mundo se foi — disse Visander.

— Bem, é óbvio.

Visander não tentou explicar, não disse que tudo havia desaparecido muito antes de ele o deixar, destruído por um homem que acabaria com o mundo em vez de permitir que outra pessoa o governasse.

Mas alguma coisa deve ter transparecido em seu rosto, porque, quando ele olhou para cima, Phillip o estava observando.

— Você o conhecia. Você conheceu o Rei das Trevas.

— Sim. Eu o conhecia. — Breve. Curto.

— Como ele era?

Aquela presença magnética que atraía todos os olhares em uma sala. A mente que planejava cada acontecimento. O carisma que conquistava aliados de lealdade inabalável. E a força sádica do domínio absoluto.

Visander cerrou os dentes.

— O Rei das Trevas enviou seu general para destruir o reino de Garayan. Ordenou que fosse arrasado, que nenhum habitante permanecesse vivo, que não restasse nenhum vestígio do reino. Quando o general retornou com uma única pedra que era tudo o que restava daquelas outrora grandes terras, o que você acha que o Rei das Trevas fez?

— Exibiu o troféu? — sugeriu Phillip, inquieto.

— Esfolou o general vivo por não transformar até a última pedra em pó — contou Visander. — Vocês, humanos, desejam poder, mas não entendem o custo. Não conhecem o homem que estão tentando trazer de volta.

Phillip balançou a cabeça.

— Não estou tentando trazer coisa alguma de volta. É o sonho do meu pai. Não o meu.

— Então por que participa? Por que ajuda com o retorno do Rei das Trevas?

— Sou descendente dele — disse Phillip.

Dito na voz afável e tranquila de Phillip, Visander não compreendeu de imediato. Quando as palavras começaram a penetrar, ele cambaleou para trás e para longe, olhando para Phillip do outro lado das tábuas do convés.

Nauseado e horrorizado, Visander olhou para Phillip de novo. Cabelo escuro, pele pálida. Bonito, para um humano. Além da cor da pele, não existia qualquer semelhança óbvia. Ele não estava olhando para Sarcean. Phillip parecia humano; Phillip *era* humano. Pelo menos até onde Visander sabia. Mas a Portadora da Luz também parecia humana, e a luz que ela tinha convocado...

Ou havia alguma semelhança naquela aparência, naqueles olhos escuros? *Suavizadas*, pensou ele, como se estivesse olhando para as feições de Sarcean diluídas ao longo dos séculos.

Sua garganta se fechou ao perceber que havia sido unido contra sua vontade ao descendente de Sarcean. O pior era que ia acontecer enquanto ocupava o corpo descendente de sua rainha, que tanto se parecia com ela. Era uma paródia revoltante, os descendentes da rainha se unindo à linhagem de Sarcean.

Sarcean planejara aquilo? Visander estava vivendo uma das piadas distorcidas dele? Sarcean se divertiria, dando aquela risada linda e terrível que fazia o sangue de Visander ferver.

Devon sabia. Devon havia se sentado diante dele naquela mesa, sabendo. De repente, ele compreendeu que o alcance dos planos de Devon era maior e mais terrível. Visander olhou para o rosto humano de Phillip, sentindo-se enojado e enganado.

— É por isso que meu pai quer trazê-lo de volta — Phillip estava dizendo. — Somos os herdeiros do Rei das Trevas e, quando o Rei das Trevas retornar, governaremos ao lado dele.

Visander soltou uma risada sem humor, um som agudo e de menina, e percebeu, uma vez que tinha começado, que não conseguia parar. Sua risada jorrava como o sangue de um corte aberto, um fluxo interminável que não podia curar.

— Por que está rindo?

— Governar ao lado dele? — repetiu Visander. — O Rei das Trevas não gosta de concorrentes. Juro. Quando ele retornar, matará toda a sua família.

CAPÍTULO TRINTA E CINCO

— Não podemos deixar Sinclair colocar as mãos naquele exército — disse Will.

Eles pararam em uma clareira a alguns quilômetros do palácio, longe da montanha, para onde Rosati e alguns moradores locais os haviam guiado escondidos. Os moradores ficaram para trás para manter a fachada com os soldados ingleses de Sloane, enquanto Rosati montou e os guiou encosta abaixo. Ele cavalgou em dupla com Kettering, que ainda parecia meio atordoado com o exército. Era meio-dia, o brilho do sol chegava a desorientar após a escuridão da masmorra.

Will olhou para o chão sob os cascos de Valdithar. Qual era o tamanho daquela câmara? O exército se estendia até onde eles estavam?

— Poderíamos fechar a entrada — sugeriu Grace.

— Não funcionaria. A montanha se abriu por conta própria. Age para Ele. Para seu rei — disse Kettering.

— Talvez ganhássemos um ou dois dias de vantagem — disse James.

Will balançou a cabeça.

— Não podemos correr o risco de prender trabalhadores que ainda estejam lá dentro.

— De que outro jeito vamos pará-los? — perguntou Grace.

Cyprian, no outro cavalo branco, virou-se para encarar o formato da montanha.

— Os Regentes. Esse exército… era contra isso que os Regentes iriam lutar, não é? Antes de sermos exterminados.

Will não respondeu. Mas os Regentes não teriam conseguido derrotar aquele exército. Eles foram destruídos por uma única sombra. Aquilo representava uma força infinita de soldados monstruosos, vastos e aterrorizantes. Will tinha sentido as oscilações de seus espíritos... de suas mentes. Havia grandes generais ali. Tinham sede de poder. Ainda assim, Will teve um pensamento terrível: aquele era o exército dele, adormecido sob a montanha. Suas forças, que ele havia manejado para dominar todas as partes do mundo. *Receberiam ordens minhas?*

— A Regente Anciã nos disse para encontrar Ettore — lembrou Will, afastando esses pensamentos. — Disse que só com ele poderíamos impedir o que estava por vir.

— Ele devia saber como deter aquele exército — disse James.

— Ou como controlá-lo — completou Will.

— Mas ele está morto — observou James, sucintamente.

Will se virou para Cyprian.

— Aqueles bandidos, eles foram os últimos a ver Ettore vivo — falou Will. — Você se encontrou com o líder deles.

Ao perceber o que Will estava prestes a sugerir, Cyprian já balançava a cabeça.

— Não. Ele nos odeia.

— Está falando de *il Diavolo* — afirmou Rosati.

Will se virou para ele.

— Cyprian disse que ele fica na taverna da aldeia. Ele nos ajudaria?

— Dizem que o Diabo faz qualquer coisa pelo preço certo — refletiu Rosati.

— Ele é um assassino. Matou Ettore. E nos mataria sem pestanejar — argumentou Cyprian.

— Isso é importante demais — falou Will.

Se aquele exército fosse libertado, invadiria tudo. Will se lembrou da visão que os Reis de Sombra deram a ele: Will de pé sobre pilhas de mortos, mortos por uma força que nada no mundo poderia deter.

— O dono da taverna é meu irmão. Ele pode mandar uma mensagem para *il Diavolo*, caso queira marcar um encontro — disse Rosati.

Will assentiu.

— Um pacto com o diabo — comentou Cyprian, nada feliz.

— Precisamos descobrir o que Ettore sabia — disse Will. — Agora mais do que nunca.

O acesso à aldeia de Scheggino era feito por uma estrada arborizada, depois por uma ponte sobre águas claras e pedras multicoloridas de um riacho de trutas. A própria aldeia erguia-se acima deles, crescendo na colina onde havia sua única torre austera.

Até então, não tinham sido seguidos. Mas era apenas questão de tempo até que a morte de Howell fosse descoberta e Sloane enviasse soldados para persegui-los, procurando-os pelas colinas. Todos estavam cientes, e a sensação de pressa os levava a cavalgar com firmeza.

Quando os primeiros telhados de terracota apareceram, Rosati incitou seu cavalo a avançar.

— Com licença. Para marcar o encontro, preciso falar urgentemente com meu irmão...

Ao chegar a uma casa de pedra nos arredores da aldeia, Rosati desmontou e cumprimentou uma mulher de cabelos brancos, toda vestida de preto. Ela estava sentada em um banquinho do lado de fora, descascando legumes enquanto observava o mundo passar, como parecia ser o costume por ali. Rosati dirigiu-se a ela como *nonna*, falando rápido na língua da região. A mulher o ignorou, com os olhos fixos em James, ainda montado em seu cavalo.

— Você... você é um deles — disse ela.

Will gelou.

— Um "deles"? — perguntou James, com educação.

— O sangue antigo. — Ela cuspiu. — Ele retorna, como ervas daninhas no jardim, que devem ser arrancadas e mortas antes que possam florescer. Você traz isso aqui? Traz isso para minha casa?

— Nonna, eles são amigos e estão aqui para ajudar — explicou Rosati. — Há um grande perigo sob a montanha...

HERDEIRO DAS TREVAS

— Ajudar, eles não podem ajudar, só podem destruir, se forçam a entrar em nosso mundo, se parecem conosco, mas não são, são uma praga que devemos eliminar...

— Precisamos esperar em outro lugar — disse Will.

Eles amarraram os cavalos fora de vista. Ao olhar ao redor, Will notou que muitas das casas tinham segundos andares com passarelas cobertas cruzando as ruas, de uma maneira que não era comum em Londres. Precisavam ficar escondidos. A última coisa de que precisavam era que a notícia de sua presença se espalhasse, chamando a atenção de Sinclair.

— Como ela sabia o que eu era? — questionou James.

— Eu deveria ter avisado. As pessoas aqui matam qualquer um que tenha poder — respondeu Kettering.

— O quê? — perguntou Will.

De repente, a aldeia pitoresca adquiriu um aspecto sinistro, como se algo maligno talvez estivesse por trás daqueles muros de pedra ou no silêncio das árvores.

— Scheggino foi construído aos pés do Palácio Sombrio. Acha que não há descendentes nascidos aqui? Ninguém quer esses poderes de volta. Os habitantes locais têm um ditado: "*Non lasciarlo tornare.*"

— "Não deixe que retorne" — citou Will.

Ele imaginou as forças das Trevas fugindo do palácio para as colinas vizinhas após a guerra. Teriam feito isso às dezenas, centenas... talvez houvesse milhares de descendentes ali. Aquele lugar era como a nascente de um rio a partir do qual todos os afluentes corriam.

— Eles moram à sombra da montanha — afirmou Grace. — Não dá para saber que tipo de coisas viveram aqui ao longo dos séculos. Suas crenças podem ter razões que não entendemos.

— Práticas locais bárbaras — disse Kettering. — Crenças primitivas e supersticiosas...

— Não vai achar solidariedade nesses dois — disse James a Kettering. — Os Regentes também matam.

O Sangue dos Regentes, o Sangue dos Leões... pela primeira vez, Will pensou em perguntar que outras linhagens com magia poderiam ter sobrevivido em segredo, escondendo os poderes. Para identificar James com apenas uma olhada, até a velha senhora devia ter algumas habilidades latentes.

— Todos vocês estarão em perigo se os moradores descobrirem quem são — disse Will. — Não apenas James. Precisamos ter cuidado.

— O que você quer dizer com estaremos todos em perigo? — perguntou Cyprian.

— Vocês três são descendentes do velho mundo — explicou Will. — Não acho que essas pessoas discriminem entre o Sangue dos Regentes e o sangue de todos os outros.

O choque nos rostos de Grace e Cyprian indicava que os dois não se consideravam iguais a James.

Will ficou imaginando aquela senhora de cabelos brancos que se parecia muito com a Regente Anciã em roupas pretas, apontando o dedo para Will e dizendo: *Ele está aqui.*

Aguardaram tensos durante o que pareceu ser dez vagarosos minutos, embora não houvesse relógios na montanha.

— Sinto muito — disse Rosati, em voz baixa ao voltar. — Ela acredita nos modos antigos mais do que a maioria. A morte branca levou o filho dela.

— Seu pai morreu de morte branca? — perguntou Will.

Rosati balançou a cabeça.

— Não, meu pai não. Meu tio. Irmão de meu pai. Aconteceu quando ele era jovem, tinha onze anos, enquanto ajudava a pastorear nas colinas. Ele saiu com o rebanho e não voltou. Demoraram quase três dias para encontrá-lo. O corpo parecia pedra quando foi trazido de volta, e o rosto estava branco. Meu pai era mais velho. Ele queimou o corpo.

— Sinto muito. Deve ter sido horrível.

O próprio Will já tinha visto isso mais de uma vez. A bizarrice da vida transformada em pedra branca.

— As palavras dela... são comuns aqui. *Non lasciarlo tornare*. Não permitimos que aqueles que têm poder se tornem adultos. São mortos antes de se tornarem uma ameaça.

Ao lado dele, o rosto de James estava cuidadosamente inexpressivo. Rosati não pareceu notar, dando tapinhas no ombro de Will.

— Meu irmão combinou seu encontro com o bandido — informou Rosati. — Deve ir logo, antes que a notícia de sua presença se espalhe pela aldeia.

CAPÍTULO TRINTA E SEIS

— O Diabo só vai ver uma pessoa — disse a Mão. Cyprian sabia antes que ela apontasse o braço amputado. — Ele.

O grupo entrou na taverna rapidamente pelos fundos e a encontrou esperando, sentada com o joelho levantado e a ponta da faca espetada na mesa. Era exatamente como Cyprian lembrava: vestia um colete rasgado e o lenço de que aqueles bandidos gostavam, visivelmente no comando dos homens sentados ao redor. Ele viu pelo menos um mosquete apoiado nas coxas de um dos bandidos, que o encarou com olhos hostis.

— Ele não vai a lugar algum sozinho — começou Will, mas Cyprian já estava falando.

— Eu vou. — Cyprian ergueu o queixo. — Onde ele está?

Atrás dele, James bufou. Cyprian manteve o foco na Mão.

— Não — disse Will, aproximando-se dele. — Todos nós vamos. É o sensato.

Will não recuou. Sua insistência era tão inflexível quanto a vez em que ele havia levado James ao Salão. A Mão o encarou por um momento sem muito interesse. Então olhou de volta para Cyprian.

— Você vai sozinho, ou qualquer acordo já era.

— Me leve até ele.

Cyprian deu um passo à frente antes que Will falasse de novo.

A Mão se levantou, puxou a faca da mesa e disse apenas:

— Por aqui.

A taverna tinha uma escada estreita que levava a um mezanino mal iluminado e a alguns quartos onde os clientes podiam dormir e esperar o efeito do vinho passar. A Mão o conduziu para o andar de cima, subindo as escadas a passos decididos. Havia embainhado a faca do lado direito do cinto. Cyprian apenas olhou brevemente.

— Pergunte — disse ela.

Cyprian corou por ter sido pego olhando.

— Ou você é muito *poltrone*?

Muito bem.

— O que aconteceu com sua mão?

— O Diabo a cortou — respondeu ela.

— E você o *segue*?

Cyprian recuou, revoltado.

— É o motivo pelo qual o sigo — afirmou ela.

Chocado, Cyprian apenas olhou para ela, com o estômago embrulhado. A Mão o fitou com um olhar seco e de quem acha graça, como se estivesse diante de uma criança sem compreensão do mundo.

— Entra aí.

A Mão bateu à porta com o braço revestido em couro, depois simplesmente foi embora. Cyprian forçou o olhar para o que o esperava. Segundos se passaram.

Não houve resposta à batida, então Cyprian abriu a porta. Era uma porta de madeira e baixa, e ele tinha que se curvar para entrar. Colocando-se ereto ao passar, viu que havia um só lampião em um banco rústico, fornecendo a única iluminação no interior escuro do cômodo com as cortinas fechadas diante da pequena janela.

O Diabo estava deitado na cama do quarto, o torso musculoso era uma extensão de pele marrom repleta de pelos pretos. Ele assistia com satisfação à entrada de Cyprian. À medida que os olhos de Cyprian se ajustaram, ele notou que havia uma figura na cama com o Diabo. Uma mulher, de olhos amendoados e saciada.

E então viu o que ela estava vestindo.

Os últimos farrapos da túnica de Regente de Ettore. Foi deliberado. Ele estava sendo provocado e uma parte de sua mente sabia. Mas o desrespeito era grande demais.

— Como ousa...

— Ora, ora, Estrelinha — disse o Diabo. — Achei que você estava aqui para fazer um acordo.

Um acordo, quando os Regentes estavam mortos e aquele bandido vestia sua companheira de cama com as roupas deles, como se estivesse usando a pele de um animal que havia matado, como se dançasse nela. Cyprian sentiu a raiva se intensificar de maneira pronunciada.

Regente, atenha-se a seu treinamento. Cyprian forçou-se a desviar os olhos da túnica.

— Estamos aqui para fazer um acordo. Queremos saber tudo o que pode nos contar sobre Ettore. Quem ele era, onde você o encontrou, qual era sua missão.

— Ele está morto — declarou o Diabo. — Por que importa?

— Estamos procurando uma coisa — respondeu Cyprian, entredentes:

— Algo valioso? — indagou o Diabo.

O caráter corrupto do homem era repulsivo. Mas os pedaços de túnica não eram tudo o que restava dos Regentes. Ainda havia a missão, a tarefa que a Regente Anciã havia confiado a Cyprian e o jeito como ele se mantinha fiel à memória dos amigos.

Ele fez o apelo da única maneira que sabia. Com honestidade.

— Há um exército sob aquela montanha — disse Cyprian. — Um exército de mortos que está adormecido há milhares de anos. Se acordar, vai invadir esta aldeia, esta província, este país. Ettore sabia como detê-lo.

— Sabia? Como?

— Ele fazia parte de uma ordem que jurou proteger este mundo.

Ao dizer isso no cômodo manchado e sujo, ele sentiu que os Regentes já estavam ficando apenas na história, uma história que ele não estava preparado para contar.

— Não é um grande protetor se alguns dos meus homens conseguiram acabar com ele.

O Diabo falava com uma mistura de orgulho e diversão. Cyprian sentiu a fúria e o desgosto dominá-lo.

— Ettore deu sua vida servindo, era nobre e abnegado. Um mercenário como você não entenderia.

— Está certo, estou muito ocupado fazendo outras coisas. — O Diabo puxou a companheira de cama para perto. — Pode ficar e assistir, se quiser.

Ele não o fez. A risada do Diabo o seguiu escada abaixo quando Cyprian se virou e saiu do quarto.

Seus amigos estavam esperando, com a Mão e algumas mesas cheias de bandidos, que não os estavam prendendo lá dentro, mas, sem dúvida, estavam em um impasse desconfortável com James, com as mãos nos mosquetes, resmungando em italiano.

— O que aconteceu? Falou com ele?

Will se levantou assim que Cyprian retornou.

— Ele não vai nos ajudar. É inútil falar com ele. — Cyprian havia dito isso a Will na montanha. E, naquele momento, em uma aldeia no meio do nada, haviam desperdiçado um dia nessa jornada infrutífera. — Eu disse... — começou Cyprian, mas parou.

O Diabo emergiu do andar de cima, enfiando a camisa para dentro das calças.

Cyprian corou. Em vez de cumprimentá-los, o Diabo pegou um frasco de bebida de um de seus homens, bebeu, então foi até o assento em frente à lareira da taverna e se jogou, um rei imundo esparramado em um trono encardido.

Will deu um passo à frente, jovem sob a luz do fogo da lareira. Tinha uma constituição de menino e não carregava arma alguma. Cyprian estava consciente dos homens robustos presentes, com seus mosquetes e facas longas, fisicamente superiores a ele.

— Se encontrarmos o que procuramos, pode levar tudo que está no palácio — propôs Will.

E, de repente, ele tinha toda a atenção de *il Diavolo*.

— Will, o que você está fazendo? — perguntou Cyprian.

— Você sabe o que tem lá dentro — disse Will. — Ou acha que sabe. Está tentando entrar lá desde que chegamos aqui. Armaduras de ouro incrustadas de joias, correntes de ouro da espessura de seu braço, taças, pratos e espelhos de ouro. Terá tudo só para você.

O Diabo não respondeu. Depois de um longo momento, tomou outro gole da bebida, limpou a boca com a manga e gesticulou para Cyprian com o queixo.

— Faça aquele lá pedir com educação.

Cyprian não precisou se virar para saber que os olhos de Will estavam nele.

— Por favor — disse Cyprian, com indiferença.

O Diabo deu uma bufada pelo nariz. Olhou para Cyprian à luz do fogo, um longo olhar transbordando com uma satisfação sádica.

— De joelhos.

A humilhação aqueceu suas bochechas, mais quentes que a chama da lareira. Podia sentir os olhos dos bandidos sobre ele, famintos por um pouco de diversão e zombaria. A questão era ver um Regente com a reputação manchada. Ele sabia disso.

Mas o que fazia dele um Regente era seu dever, e Cyprian sabia que qualquer Regente daria a vida para deter o exército que estava sob a montanha.

Deliberadamente, ele ficou de joelhos, ignorando o calor da vergonha que o dominava. Ignorou tudo, mantendo os olhos nas tábuas do piso, marcadas e pegajosas por anos de vinho derramado.

— Por favor — disse ele —, nos ajude. Você é o único que pode.

O silêncio de espanto deixou óbvio que o Diabo não esperava que ele se ajoelhasse. Cyprian preparou-se para uma rodada de risadas e zombarias, esperando ter seu pedido recusado de maneira humilhante. Mas, quando os segundos se passaram, ele olhou para cima e encontrou o Diabo o encarando com uma expressão estranha e desamparada.

HERDEIRO DAS TREVAS   351

— Tinha um lugar... no pico branco... seu amigo Ettore procurava alguma coisa. Levo vocês lá pela manhã — disse o Diabo, com uma expressão fechada. — Hoje à noite vou ficar bêbado.

Todo mundo ficou bêbado.

Cyprian saiu da taverna enquanto canecas de lata batiam umas nas outras, derramando vinho tinto pelas bordas. Atrás dele, um dos bandidos tocava flauta e alguns dançavam. Os demais se espalhavam pela pequena praça da cidade, com risos, chamados alegres e gritos ecoando pelo vale ao pensarem nos despojos do palácio que em breve conquistariam.

Ele não estava com vontade de se juntar ao grupo nem de pensar em como os Regentes teriam se preparado de modo diferente para uma missão matinal. Encontrou um lugar só para si fora da aldeia, perto do rio, onde podia vigiar caso os homens de Sloane aparecessem.

Ao ouvir passos atrás dele no ar frio, esperou ver Grace, à busca de tranquilidade em meio ao caos depravado da taverna.

Mas, quando a figura parou ao lado dele, era James.

Cyprian preparou-se de novo para ser humilhado, ouvir o tipo de zombaria que havia esperado na taverna. Ele olhou, mas James o observava com uma expressão complexa.

— Fiz Marcus se ajoelhar. No navio — disse James.

— Bom para você — retrucou Cyprian.

Pela primeira vez, James não respondeu de imediato. Cyprian o fitou, desejando que ele fosse embora. Desejando que nunca tivesse existido. Desejando que pudesse trocar James pelo mundo do Salão, o qual James havia destruído para sempre.

— Eu o mantive acorrentado — contou James. — Navegamos pelo Canal da Mancha. Ele lutou o tempo todo. Quando atracamos em Calais, ele...

— Por que está me contando isso?

James parou. Uma expressão de surpresa lampejou em seu rosto, como se ele mesmo não soubesse por que havia falado.

— Não sei — respondeu James, depois de um longo momento. — Não gostei de ver você se ajoelhar para aquele bandido. — Como se estivesse forçando as palavras a sair, continuou: — Não gosto de ser lembrado do fato de que os Regentes podem ser...

— O quê?

James não queria responder. Cyprian via isso nos olhos dele.

— Altruístas.

Aquilo passou dos limites.

— Eu queria que nosso pai tivesse matado você. Marcus ainda estaria vivo.

— E se ele nunca tivesse tentado, eu seria um Regente — observou James.

— O quê? — retrucou Cyprian.

— Acha que eu não tinha os mesmos sonhos que você, irmãozinho? Pegar as roupas brancas e defender este mundo das Trevas?

— Não é a mesma coisa — disse Cyprian.

— Por que não? Porque sou um Renascido e você é um Regente?

Raiva, alimentada pela dor. Os Regentes haviam partido e James ainda estava ali. A injustiça daquilo o dominou. Ele respirou fundo o ar frio da montanha.

— Porque você *os matou* — disparou Cyprian. — Você matou todos eles. Devia ser um sonho, o dia em que nos mataria, provavelmente...

— Os Regentes passaram a vida inteira tentando me matar — respondeu James.

— Marcus, não. Marcus passava o tempo todo tentando convencer nosso pai. Até quando você começou a matar para Sinclair, ele pensou que havia um jeito de trazê-lo de volta a nós.

James apenas olhou para ele.

— E eu...

Durante anos pensei que havia algum engano. Passei anos em sua sombra depois. Ele não diria isso a James.

— Você o quê? — questionou James.

Cyprian não respondeu. Não queria sofrer assim na frente de James. Não queria dar a ele essa satisfação.

— Sou um assunto inacabado para você — disse Cyprian. — Eu deveria ter morrido naquele dia com os outros, mas não morri. — A promessa foi calma e firme. — Vou fazer você se arrepender disso.

— Você realmente é igual ao nosso pai. Não consegue acreditar que estou do seu lado.

— Até Sinclair colocar o Colar em você. Ou até que o Rei das Trevas retorne. Aí você vai voltar atrás. — Cyprian o encarou. — Você é o Traidor. Só estou esperando você virar.

— Como um irmão de escudo? — perguntou James.

A ousadia da resposta o deixou sem fôlego.

— Não tem nada que você não consiga zombar ou destruir?

— Vá fazer seus exercícios — disse James. — Pegue sua espada e pratique os padrões vazios, os cânticos e as cerimônias, aperfeiçoando-as infinitamente para ninguém.

CAPÍTULO TRINTA E SETE

— Cavalgue com o olho direito fechado — disse o Diabo a Cyprian.

Tinham partido de madrugada, a cavalo, com um pequeno grupo de bandidos de ressaca. Cyprian havia se reunido brevemente com Will e depois montado em seu cavalo, evitando James. Teria ficado feliz em evitar James pelo resto da vida. O mesmo valia para o Diabo. Mas quando começaram a subir a montanha, o Regente se viu cavalgando entre eles.

Não demorou muito para que as palavras do Diabo fizessem sentido: o caminho através das montanhas tinha uma queda acentuada à direita e, à medida que avançavam, o trajeto se estreitava até não passar de uma elevação finíssima. Pedras chutadas pelos cavalos caíam. Até mesmo os tufos de grama e os arbustos mal pareciam agarrar-se às encostas. Ao olhar para o abismo proeminente à direita, Cyprian, um pouco chocado, deparou com os restos mortais de outros viajantes na parte de baixo.

— Deixe-me adivinhar, eles não seguiram seu conselho — disse James.

— Pode-se dizer que sim — gritou o Diabo alegremente por cima do ombro. — Nós os emboscamos.

Cyprian sentiu uma onda de desgosto.

— Então você simplesmente mata pessoas por dinheiro.

— Isso mesmo — respondeu o Diabo. — Qual é o problema, Estrelinha? Não gosta de dinheiro?

— "Estrelinha" — repetiu James, considerando a palavra com um tom sério.

Cyprian não disse nada. Era óbvio que James tinha feito amizade com o Diabo, os dois assassinos de Regentes se dando esplendidamente bem. Ele manteve os olhos fixos à frente. *Ali*, havia dito o Diabo, apontando para o topo de uma montanha próxima naquela manhã. *Foi ali que seu amigo Ettore ficou fuçando. Não que vá ajudar vocês. Não tem nada lá.*

Estavam indo para o local da morte de Ettore. Cyprian tinha se preparado para olhar de cima de um abismo e ver uma armadura enferrujada, uma coleção de ossos. Seria uma dor suportável depois de testemunhar as mortes no Salão. Mas o Diabo estava errado ao dizer que o lugar estava vazio. Um Regente não teria ido até ali sem uma missão.

Cavalgavam em fila única, com bandidos à frente e atrás. Os cavalos dos Regentes saltavam levemente, com a graça de um íbex em rochas impiedosas. Todos os bandidos tinham pôneis montanheses obstinados, carregados de bornais, e que pareciam ter uma resistência infinita. O cavalo mais pesado de Will, Valdithar, não parecia gostar de subir os caminhos estreitos e rochosos e passava por dificuldades.

— Você disse que Ettore era para ser aquele que ajudaria a impedir uma guerra ou algo assim? — gritou o Diabo de volta para ele.

Cyprian manteve a respiração calma.

— Ele era.

— Se ele é tão importante — disse o Diabo, dando uma bufada —, por que seu povo enviou uma criança para encontrá-lo?

Não sou criança, Cyprian não disse. *Faltavam cinco semanas para meu teste.* Ele não disse: *A esta altura, eu seria um Regente.*

— Porque eles estão mortos. Estão todos mortos — respondeu Cyprian.

O Diabo tinha uma postura casual montado em seu cavalo.

— Ah? Como morreram?

— Eu os matei — disse James. — Então não venha com gracinhas.

Mais um cume do que um pico, a montanha tinha vistas deslumbrantes das colinas e vales da região. No topo, uma clareira, com grama alta e seca, e uma faia que crescia em um ângulo estranho, como se estivesse se agarrando à encosta com suas raízes.

— Aqui — disse o Diabo, com pouco entusiasmo, ao subirem. — Isso foi o que seu amigo encontrou. Um topo de montanha vazio.

Ele estava certo; não havia nada além de altura e céu. Perto da encosta descendente, Cyprian viu algumas pedras espalhadas. Mas quando desmontou em meio a elas, não passavam de elementos da própria montanha. Tentando tirar o melhor proveito da situação, Grace disse:

— Talvez fossem pedras para um memorial, ou...

Ele ou Grace deveriam ter pensado nisso, mas foi Will quem sugeriu:

— Talvez haja algo escondido aqui pelas proteções dos Regentes?

— O que quer dizer com "proteções dos Regentes"? — perguntou o Diabo, que estava olhando com a testa franzida para as pedras espalhadas.

— Os Regentes usam proteções para esconder suas fortalezas — explicou Will. — O que parece ser um arco antigo ou um pedaço de pedra quebrado pode esconder a entrada de uma cidadela inteira...

— Limpem isso! Liberem todo o espaço! — gritou Cyprian.

A Mão gesticulou e os homens dela correram para fazer o trabalho, arrancando a grama e raspando a terra espessa. Sob uma camada de terra e musgo havia duas bases lisas de pedra, espaçadas como pilares de cada lado de uma porta.

Cyprian respirou fundo e as atravessou.

Nada aconteceu.

Em vão, esperou por um efeito, esperou que um espaço escondido se mostrasse como sempre havia ocorrido com o Salão dos Regentes. Impotente, ele se virou para os outros.

— Grace, por que você não tenta? — sugeriu Will.

Ela se levantou e avançou para ficar ao lado de Cyprian. Nada apareceu na encosta.

Cyprian estava abrindo a boca para dizer que Will estava enganado, quando viu o entalhe na saliência.

— "Somente um Regente pode entrar" — disse Will, os dedos passando sobre a marca.

Grace avançou para examinar o entalhe mais de perto.

— Essa palavra é mais antiga que a palavra *Regente*. Está mais para *guardião*.

— Então por que não abriu? — questionou Cyprian.

Grace estava olhando para ele com uma expressão estranha e triste, como se soubesse a resposta, e como se ele também soubesse, se ao menos pudesse ver. Cyprian sentiu a negação se apoderar dele de repente.

— Não — disse Cyprian.

— Sou janízara, e você é noviciado — disse Grace.

— Não — repetiu Cyprian.

— O Salão era aberto para qualquer pessoa com sangue de Regente. Este aqui precisa de um Regente. Alguém que completou os testes e fez os votos.

— Não — insistiu Cyprian.

— Ettore — disse Will.

Cyprian olhou para a rocha nua, ainda escura por causa do solo úmido. Pensou naquele pedaço de tecido branco que havia pegado dos bandidos, tudo que restara de um homem que poderia tê-los ajudado. Os Regentes haviam partido e sem eles não existia alguém para abrir aquela porta, que permaneceria fechada para sempre.

Uma onda o invadiu, um oceano de desespero. O fim de sua Ordem, não apenas de sua família e de seus amigos, mas dos lugares sagrados e das tradições. Cyprian já sabia que ele e Grace não poderiam dar continuidade ao caminho dos Regentes sozinhos. Naquele momento, estava diante de um costume dos Regentes já perdido, nada além de uma montanha vazia.

Ele ouviu passos as suas costas.

O Diabo se colocou ao lado dele, com uma expressão estranha de desagrado no rosto. Furioso com a intrusão, Cyprian fez menção de detê-lo, incapaz de suportar esse sacrilégio final. Ele não permitiria que o Diabo pisoteasse aquele lugar ou que palavras sarcásticas e desdenhosas escapassem de sua boca.

Mas o Diabo o ignorou.

— Você precisa de um Regente, não é?

Ele pisou entre as pedras e os antigos pilares começaram a brilhar.

Um pavilhão apareceu entre os pilares, sustentado por quatro colunas altas, com degraus que levavam a um altar esculpido na rocha. Foi como ver a entrada do Salão se abrir para o pântano, a mesma magia. Estava ali, e não estava, uma estrutura no alto da montanha, escondida pelas proteções dos Regentes.

Cyprian observou maravilhado o que um dia devia ter parecido um mirante elevado, um farol para os vales abaixo, uma estrela branca no topo da montanha.

Só havia um homem capaz de abrir aquelas proteções: o homem que procuravam e que acreditavam ter sido assassinado. Cyprian voltou-se para o Diabo.

— Você é Ettore — disse ele, em total choque e descrença.

O Diabo estava diante dele, a luz refletindo nas bochechas com a barba por fazer, nas roupas sujas e engorduradas, na espada malconservada.

Como? Como aquele homem podia ser o último Regente? Tinha que ser um erro, não? Tinha que ser algum tipo de piada cruel.

— Abri a passagem para vocês — disse o Diabo, olhando de relance ao redor do pavilhão. — Peguem o que precisarem, depois meus homens vão limpar o local.

— Espere. — Cyprian deu um passo à frente apressadamente e pegou o braço dele. — Você... você é um Regente... você...

Os olhos frios de bandido olharam para ele. As palavras secaram na boca de Cyprian.

O Diabo tinha dito que matara Ettore. Era isso que queria dizer? Que havia abandonado seus votos? Abandonado seu irmão de escudo? Abandonado o Salão? Que havia se tornado um bandido mercenário e corrupto sem qualquer gota dos modos dos Regentes?

— Cyprian! — gritou Grace.

O grito o arrancou de seus pensamentos, embora ainda se sentisse oco com o choque quando se virou para Grace. Levou um momento

HERDEIRO DAS TREVAS   359

para ver o que ela estava vendo. Grace mirava uma figura morta havia tempos: uma caveira, um esqueleto e vestes em frangalhos. Parecia estranhamente intacta, como se nada tivesse interrompido a quietude dos anos. Estava em frente ao altar do pavilhão, de joelhos. As vestes lembravam as roupas dos Regentes, mas eram compridas, indo até o chão, como as de um janízaro, e não até a altura da coxa, como a túnica de um Regente. Apodrecidas e manchadas, mas ainda era possível distinguir a cor em alguns pedaços, não branco ou azul, mas o vermelho-escuro do vinho podre e derramado.

— Parece que você perdeu o encontro com ele — disse o Diabo, com uma bufada. — Por algumas centenas de anos.

— Mais do que isso. Esses restos têm milhares de anos... preservados... talvez porque este lugar tenha ficado fechado — observou Grace.

— Então como ele vai nos dizer como deter o exército? — retrucou Cyprian.

Will havia passado por todos eles. Parecia ter mais uma dedução que Cyprian deveria ter apontado.

— O altar. É quartzo branco. Assim como...

— A Pedra Anciã — completou Grace.

O altar tinha a mesma consistência branca e leitosa da Pedra Anciã. Cyprian sentiu o coração bater mais rápido com a ideia de que a pedra talvez pudesse falar com eles do passado, talvez pudesse conter uma mensagem dos Regentes.

— Não pode ser coincidência. — Will se virou para o Diabo. — Toque nela.

O Diabo ergueu as sobrancelhas em uma expressão de ceticismo.

— A Pedra o quê?

— Toque no altar — disse Will.

— Toque você — retrucou o Diabo com teimosia.

Will colocou a mão no altar, como se dissesse: *É seguro.* E então ergueu as sobrancelhas para o Diabo.

O pequeno desafio funcionou quando o pedido não havia sido ineficaz. O Diabo — Ettore — colocou a mão no altar.

Cyprian arquejou quando o que via à sua frente de repente brilhou e mudou.

O pavilhão foi restaurado à antiga glória, com altas colunas de mármore cintilando douradas e prateadas e um telhado alto em cúpula erguido para as estrelas. Ele sempre tinha achado o Salão lindo, mas, ao olhar para aquele pavilhão, percebeu que o Salão era apenas ruínas e que ele jamais vira a arquitetura dos Regentes em seu auge.

A figura vestida de vermelho também foi restaurada, com as vestes de veludo e os cabelos escuros soltos caindo até a cintura. O homem se levantou de onde estava ajoelhado e, quando se aproximou para cumprimentá-los, Cyprian se surpreendeu ao notar que era um jovem não muito mais velho do que ele.

— Sou Nathaniel, Regente guardião de Undahar, e falo com você agora em nosso momento mais sombrio.

A figura, Nathaniel, tinha uma estrela dourada no peito, mas suas vestes não eram brancas nem azuis, eram de um vermelho-carmesim intenso. Caíam até os pés como uma longa túnica em um estilo que Cyprian não reconhecia.

— Nossa ordem foi invadida. De mil e duzentos homens e mulheres, sou o único o que restou. Que minhas palavras sejam ao mesmo tempo um apelo e um aviso, pois o que aconteceu conosco nunca mais deve acontecer.

Ele parecia olhar diretamente para Cyprian ao falar, embora fosse algo sem dúvida impossível. Nathaniel não estava ali de verdade, Cyprian teve que lembrar a si mesmo, assim como a Regente Anciã não estivera realmente no Salão ao retornar em sua forma fantasmagórica. Era apenas uma visão guardada na pedra.

— Tudo começou há apenas seis dias. A sala do trono sempre esteve fechada e fora dos limites, mas um de nós abriu as portas. Imediatamente depois, ele foi vítima de uma doença estranha. A pele ficou branca e o sangue endureceu até se transformar em uma pedra preta. Nunca tínhamos visto uma doença como essa. À noite, a enfermidade atingiu outras seis pessoas.

— A morte branca — disse Cyprian, virando-se para os outros que estavam atrás dele, com a pulsação acelerada. — Já aconteceu antes.

Era um sinal de que eles realmente tinham ido ao lugar certo. Mesmo que o próprio Ettore, o Diabo, estivesse parado com os braços cruzados, com uma careta.

— A Alta Regente temia uma praga — continuou Nathaniel, sério ao se lembrar da ansiedade —, ou pior, alguma magia não natural do velho mundo. Recuamos para a vigília de nossos irmãos mortos e para discutir maneiras de limpar e restaurar a sala do trono, onde havia ocorrido a primeira morte.

Cyprian se lembrou das conversas silenciosas dos Regentes ao se reunirem em grupos e sussurrarem, ansiosos, sobre Marcus. Preocupados, mas sem consciência da calamidade que estava prestes a surgir.

Ao mesmo tempo, sua mente fervilhava de perguntas. Quem eram esses Regentes que guardaram o Palácio Sombrio? Por que ele nunca tinha ouvido falar deles, nem da morte branca?

— Não havia nada parecido com esta praga em nossos textos — prosseguiu Nathaniel. — Ao voltar para as câmaras externas, colocamos guardas para vigiar.

"Eles não viram nada. Mas pela manhã acordamos e encontramos corpos embranquecidos entre aqueles que ainda dormiam. O medo começou a se espalhar. Alguns disseram que deveríamos deixar o palácio, embora isso significasse abandonar nosso dever sagrado como guardiões de Undahar. Outros disseram que deveríamos ficar porque poderíamos representar um perigo se levássemos a praga conosco.

"Não deveríamos ter nos reunido. Com uma praga à solta, estávamos vulneráveis. Enquanto discutíamos, tive uma visão terrível. Meus irmãos e irmãs da ordem desabaram, todos brancos antes de cair, como se um oceano branco inundasse o salão. Fugimos daquela onda branca em meio a gritos de pânico, trancando as portas pelas quais passávamos. No entanto, atrás das portas ouvíamos um som terrível, berros e gritos que gelaram meu sangue.

"— Não vamos conseguir conter — disse a Alta Regente. — O que está em Undahar está despertando. E irá desencadear um terror nesta terra pior do que qualquer praga. Nossa única esperança é selar e enterrar este lugar tão fundo que nunca será encontrado.

"— Como faríamos isso?! — gritou um dos nossos.

"— É possível. Mas vamos morrer no processo — disse ela.

"— Certo.

Dei um passo à frente, sabendo que ela estava sugerindo que morrêssemos dentro do palácio. Eu estava pronto para isso.

"Mas a Alta Regente me deteve.

"— Um Regente tem que sobreviver. Você vai avisar ao Salão dos Regentes. E se não conseguirmos conter as trevas de Undahar, vai Chamar o Rei.

"— Ouxanas — falei, chamando a Alta Regente pelo nome. — Não me obrigue a deixá-la.

"— É o único jeito, Nathaniel. Sabe o que há sob o palácio.

"Enquanto a Alta Regente falava, as portas se abriram.

"Através das portas vi os corpos mortos e brancos de meus irmãos, e acima deles outra coisa que parecia girar e se opor à explosão de luz vinda da pedra de proteção no cajado da Alta Regente. O próprio palácio começou tremer.

"Corri. Do pavilhão leste, observei Undahar afundando na terra e em seu lugar se ergueram terra e pedra deslocadas, criando uma montanha e um vale onde antes havia uma planície extensa. O sacrifício dos Regentes havia detido a erupção das profundezas do palácio e enterrado Undahar onde jamais seria encontrado.

"Talvez a história devesse ter terminado aí. Eu queria que tivesse.

"Fiquei naquele lugar solitário por dois dias e duas noites, enviando recados por pombo-correio ao Salão dos Regentes e aguardando resposta enquanto recuperava minhas forças, com a nova montanha pairando sobre mim.

"No terceiro dia, quando acordei e esperei que a pomba voltasse com notícias do Salão, vi a Alta Regente emergindo viva do vale.

"— Ouxanas! — chamei. Mas ela não pareceu reconhecer o próprio nome. — Ouxanas, você está viva! Achei que tivesse acometida pela morte branca!

"Ela estava perplexa, confusa, mas não mostrava qualquer sinal da peste branca que havia matado os outros. No entanto, quando se aproximou, vi que seus braços e dedos estavam machucados, arranhados e sujos de terra, como se ela tivesse arranhado as paredes da montanha com as próprias mãos para sair.

"Rapidamente, tirei um frasco de meu bornal, pensando em oferecer a ela as águas curativas dos Oridhes. Mas quando me virei, Ouxanas estava segurando um galho de árvore quebrado atrás de mim. Antes que eu pudesse impedi-la, ela bateu em minha cabeça. Tropecei para trás, quase caindo. Ela avançou com as duas mãos em direção à minha garganta. Gritei seu nome, mas ela não me ouviu. Estava gritando para eu libertar o exército sob a montanha. Disse que iria me forçar a fazer aquilo.

"Lutamos no penhasco. Eu estava fraco e ferido por causa do golpe na cabeça. Ela estava mudada, diferente da Ouxanas que eu conhecia. Na beirada, vacilamos, mas foi ela quem caiu.

"Fui deixado na nova montanha, sozinho.

"Algum mal dentro de Undahar havia infectado Ouxanas. Eu sabia, mas sentia como se eu tivesse matado minha bondosa mentora. Chorei, com a consciência de que havia matado minha última irmã com as próprias mãos.

"Foi nesse momento que uma pomba pousou perto de meus pés. Olhei para ela e só depois de longos momentos compreendi que trazia a resposta que eu esperava dos Regentes no Salão.

"A mensagem que recebi me chocou. Disseram que o palácio deveria permanecer enterrado. Que o exército e a praga que ele trouxe deveriam permanecer perdidos. O Portão do Sol se fecharia para sempre. Mesmo o conhecimento sobre aquele lugar devia ser esquecido. Apenas a Regente Anciã se lembraria de Undahar, e até mesmo ela faria o juramento de jamais mencioná-lo, a não ser com seu sucessor, sobre o que havia sob a montanha.

"Quanto a mim, podia estar infectado com a morte branca. Eu deveria me trancar na torre de vigia e deixar que as proteções se fechassem e me escondessem para sempre.

"E foi o que fiz. E assim você me encontra... ou então espero que me encontre... Espero cumprir meu voto e não ir embora, por mais que a tentação vá ser muito forte quando eu ficar sem comida ou bebida. Mas usarei minha força de vontade para permanecer aqui.

"Para o Regente que ouve esta mensagem, preste atenção a meu aviso. Não procure o que está abaixo da montanha. Não entre em Undahar nem quebre as portas seladas. Achávamos que podíamos impedir o que estava por vir. Erramos. Quando o mal veio, não o derrotamos. Apenas o enterramos. E dissemos a nós mesmos para esquecer.

"Mas o que está enterrado nunca foi embora. Está lá embaixo, esperando para retornar."

A imagem começou a desaparecer enquanto pronunciava as palavras finais, até sumir por completo, e Cyprian ficou estático, olhando para os restos do esqueleto e para as vestes vermelhas desintegradas de uma seita esquecida dos Regentes. Ele tinha permanecido ajoelhado até o fim, em meio à fome e à sede, dedicando-se a seu dever.

— Tudo bem, vamos começar a limpar este lugar — disse o Diabo, avançando em direção ao esqueleto vestido como se pretendesse desmontá-lo para pegar os pedaços.

Cyprian o bloqueou.

— Não pode. Não pode simplesmente roubar o túmulo dele.

— É exatamente para isso que estou aqui.

— Ele era uma pessoa — argumentou Cyprian.

— Esse era o acordo, Estrelinha. Você se informa, nós saqueamos. Eu diria que você tirou o melhor proveito. Não tem muito aqui além de detritos... até mesmo o manto deve estar apodrecido. Mas o cinto e os adornos podem valer alguma coisa.

Cyprian sentiu a frustração aumentar.

— Pare! Você não consegue respeitar os mortos?!

HERDEIRO DAS TREVAS

— O que tem para respeitar? — O rosto do Diabo se fechou. — Esses idiotas mexeram com forças que não entendiam e tudo deu errado. Típico dos Regentes.

A injustiça da acusação cresceu dentro dele, frágil e dolorosa. Cyprian olhou para a figura ajoelhada e lembrou-se de ter se ajoelhado, manhã após manhã. Lembrou-se das horas passadas em meditações, aperfeiçoando os movimentos, acreditando piamente que o que ele estava fazendo era importante.

— Ele salvou você! Se não fosse pelo sacrifício dele, o mundo teria sido tomado! — disse Cyprian. — Não vamos deixá-lo aqui para ser atormentado. Vamos queimar o corpo. Enviá-lo para a chama.

— Não temos tempo — interferiu Will. Cyprian se virou e viu o olhar implacável no rosto do amigo. — Não ouviu o aviso dele? A sala do trono está aberta, Sinclair está a caminho e não temos como deter aquele exército.

Cyprian sentiu a urgência do pedido. Mas não podia dar as costas à figura ajoelhada diante do altar. Não após saber que ele era o último e que havia mantido sua vigília solitária ali apenas com seus rituais de Regente para acompanhá-lo.

— Vamos arranjar tempo — retrucou Cyprian.

Não foi como o grande incêndio no Salão dos Regentes. Ele e Grace juntaram gravetos e grama seca mais abaixo na encosta, e pegaram uma caixa de pólvora de um dos bandidos. Quando os gravetos ficaram prontos, Cyprian posicionou os ossos de Nathaniel no centro, se ajoelhou e uniu aço e pedra. Ele pensou: deveria ser uma pira gigante queimando no topo do pico como um farol. Mas só havia frio na montanha e o fogo era pequeno.

— Nathaniel.

Parecia importante dizer o nome dele. Cyprian pensou: a verdadeira morte é desaparecer da memória. Isso não acontece quando você morre. Acontece quando seu nome é pronunciado pela última vez.

— Ouvi sua mensagem e assumirei sua missão. Impedirei que o exército saia de Undahar.

Chegaria o dia em que o nome de Nathaniel seria esquecido, como o nome de todos deve ser esquecido, mas Cyprian queria dizer: *Ainda não*.

— Que este lugar seja o descanso de Nathaniel. Pois seu trabalho foi enfim concluído.

Ele olhou para cima e viu o Diabo, Ettore, encarando-o, com os olhos escuros contendo alguma coisa grande e aberta, como se tivesse vislumbrado apenas por um momento algo que acreditava estar perdido.

Cyprian levantou-se de onde estava ajoelhado.

— Pegue o que quiser — disse ele, passando por Ettore e descendo a colina.

CAPÍTULO TRINTA E OITO

— Você vai me ensinar a usar isso — disse Visander a Phillip, que se jogou para o lado no convés, encostando-se na amurada de madeira do navio.

— Não aponte essa coisa para mim, diabo! Abaixe! Abaixe!

— Você tem medo da arma? — perguntou Visander, virando-a na mão.

A arma era feita de madeira, com um tubo de metal em uma das extremidades e detalhes de metal gravados no que parecia ser o cabo. Phillip olhou para ele.

— Perdeu a cabeça? Pode matar alguém. Afinal, onde, em nome do diabo, você arrumou isso?

No instante em que Visander mudou a maneira como segurava a arma, Phillip se moveu para pegá-la e apontá-la para o chão.

— Peguei de um de seus homens, que me feriu com ela — contou Visander. — E agora quero que você me ensine a usar para que eu possa ferir outras pessoas se houver necessidade.

— Ah, graças a Deus, não está carregada — dizia Phillip. — Bem, veja só, não é difícil, você aponta e atira. Honestamente, mirar nem é tão útil assim, essas merdas dão um puxão para a direita ou para a esquerda boa parte das vezes.

Não entendo quando você fala esse idioma. As palavras que todos diziam a Visander vinham a seus lábios naquele momento.

— Me mostre.

— Atirar não é exatamente meu forte — disse Phillip. — Imagino que não queria aprender valsa ou quadrilha. Desarmá-los em vez de atirar neles. A dança é extremamente útil.

— Não aonde estamos indo — retrucou Visander.

— Não sei, a Itália é um destino bastante romântico — disse Phillip.

— *Me mostre* — repetiu Visander.

— Deve primeiro prometer que não vai atirar em mim com ela.

— Não prometo nada. Se você tentar ajudar o Rei das Trevas, farei tudo o que for necessário para detê-lo — disse Visander.

— Touché — respondeu Phillip. E então: — Isso é francês.

Ele olhou de novo para as feições de Phillip. Imaginava que, caso estivesse procurando, era a mesma cor de pele, os mesmos cabelos escuros e o mesmo rosto pálido. *Herdeiro de Sarcean*. Phillip não tinha aquela vivacidade fascinante, aquela beleza da qual era impossível desviar o olhar nem aquele poder consumidor do qual Visander se lembrava antes da queda do Palácio do Sol.

Mas ele era bonito e chamava a atenção, com um carisma natural que parecia desperdiçar em interesses frívolos como carruagens e roupas.

Era ridículo pensar que a aparência de Sarcean foi passada de geração em geração. Mas a da rainha dele passara: Visander estava ali, com o rosto dela. E não podia subestimar a virilidade de Sarcean, imprimindo-se em todos os seus descendentes.

Phillip estendeu a arma.

— Esta é uma Rainha Ana, bastante antiga, mas eficaz. Foi feita para disparos de perto. — Phillip estava ao lado dele. — Assim, está vendo? — No momento seguinte, ele estava atrás de Visander, pressionando a arma na mão enluvada dele. — Você a segura assim. Deve colocar o cano apontado para o alvo.

— Assim?

Os braços de Phillip estavam ao redor dele, uma das mãos na cintura e a outra guiando a mão de Visander. A diferença de altura entre seus corpos era enervante. Visander não era tão mais baixo que outro homem desde que era menino. Sentia-se cercado, engolfado. Isso o desequilibrava, tornava difícil pensar.

— Isso mesmo. Primeiro você a engatilha, assim. — Phillip acionou um pequeno mecanismo de metal no topo da pistola e depois chamou a atenção de Visander para uma curva de metal que surgia abaixo dela. — Este é o gatilho. Você desliza o dedo aqui. E então você o puxa para disparar. Não, com mais força, o gatilho é duro. Aqui, precisa... humm...

— O quê? — perguntou Visander.

Phillip havia parado. Seu corpo estava quente contra o de Visander. Sua voz era como uma respiração no ouvido dele.

— Nada. É só que... Isto é um pouco... Você é noiva de Simon.

— Não sou noiva de Simon. Sou a esposa — disse Visander, e algo muito estranho aconteceu dentro dele ao dizer isso.

— Eu — disse Phillip, cuidadosamente sem mover a mão na cintura fina de Visander — suponho que seja verdade.

Visander puxou o gatilho.

Nada aconteceu, apenas um pequeno *clique*.

Ele sentiu como se estivesse esperando alguma coisa, tenso.

— Não funcionou — disse ele, quase sem respirar.

— Eu... — disse Phillip. E então: — Você tem que carregar.

— Carregar?

— Pólvora e cartucho. Talvez na próxima aula.

Phillip recuou com determinação.

Havia agora um espaço entre seus corpos.

— Tudo bem — respondeu Visander.

Vá buscar a pólvora e o cartucho, deveria ter dito, *e vamos praticar agora*. Mas, estranhamente, era difícil pensar.

— Vou me retirar e deixar você em paz no convés — disse Phillip, curvando-se.

Quando Visander respirou fundo e se virou, viu Devon parado o encarando, uma pálida figura na proa do navio. Longos trechos de convés os separavam, movimentados por marinheiros puxando cordas. Visander sentiu a dolorosa distância entre os dois; uma lembrança, galopar pela neve nas costas dele, os dedos enrolados na crina prateada esvoaçante.

Devon se aproximou, e ele enfiou a pistola no cós da saia, percebendo com horror o que Devon tinha visto: o Campeão da Rainha nos braços do descendente de Sarcean.

— Criando alianças próprias — comentou Devon.

— Você se deita com Leões — retrucou Visander.

— Leões são leais.

Eu fui leal, Visander queria dizer. *Fui leal a você*.

— Você sabia que Phillip é descendente de Sarcean.

Visander sentiu-se enojado quando Devon não negou, apenas o fitou sem demonstrar qualquer expressão no rosto pálido demais. Em vez de se acostumar, Visander se sentia cada vez pior, a cada encontro, ao ver o menino humano diante de si vestido com roupas humanas, pano tingido com anil e índigo, e peles de animais mortos nos pés.

— Eu não sabia que iriam casá-lo com você — disse Devon, depois de um momento.

— Bem, me casaram — retrucou Visander. — Enquanto eu estava quase inconsciente, ainda me adaptando a este corpo. Isso também fazia parte de seu plano?

Devon estava olhando para ele do mesmo jeito que tinha olhado na estalagem, como se observasse Visander de uma grande distância e não conseguisse compreender totalmente que ele estava ali.

— Achei que você nunca voltaria — disse Devon. — Parei de acreditar que era possível. Parei de pensar em você de modo geral.

Isso doía, uma dor aguda no peito.

— Entendo.

— Houve um tempo em que pensava em você todos os dias — comentou Devon, com aquela voz distante —, mas foi a milhares de anos atrás.

Visander virou-se para a amurada do navio, sentindo o ar frio e úmido do oceano em seu rosto. Sempre conseguia sentir o cheiro da salmoura do mar, mesmo naquele momento, quando era difícil respirar.

— O Leão. — Ele soava tristemente ciumento, e não conseguia evitar. — Você deixa que ele monte em você?

— Você é meu único cavaleiro, Visander. — Havia alguma coisa severa e terrível em sua voz. — Não consigo me transformar.

Visander voltou-se para ele. Não tinha certeza do que esperava ver. O rosto branco de Devon completamente sem expressão.

Uma compaixão horrorizada brotou dentro de Visander ao descobrir que Devon estava preso naquele corpo para sempre. *Esta distância nunca poderá ser ultrapassada*, pensou ele.

— Sei por que está aqui. Sarcean, sua obsessão. Você voltou por ele. Por ele não por mim — disse Devon.

— Você é quem está escolhendo Sarcean. Sem ele, nada disso teria acontecido. Sem ele, você e eu seríamos...

— Cavaleiro e montaria?

O modo zombeteiro com o qual falou transformou algo puro em algo doloroso, o que causou uma pontada de raiva dentro de Visander.

— Ele gosta de ter um unicórnio como criado? Você é o novo tesouro dele, para substituir Anharion?

Visander lançou as palavras para a indiferença de Devon, esperando algum impacto, uma rachadura, um brilho nos olhos dele.

— Sabe que não posso mentir, então ouça — disse Devon. — Não pode impedir o que está por vir. Sua Dama não tem poder aqui. Ela está morta. O Rei das Trevas retornou. Você morreu por nada.

Visander voltou para a cabine e encontrou Elizabeth.

Ela estava fazendo a lição de casa. Aos dez anos, parecia ter que se concentrar ferozmente ao escrever, com as sobrancelhas escuras franzidas. Era inconcebível para ele que aquela criança fosse capaz de matar o Rei das Trevas.

Visander pensou: *Sou um campeão sem uma dama e um cavaleiro sem montaria. Estou perdido neste lugar.*

Ainda assim, havia aquela criança.

Ele não deixaria tudo ser em vão, a própria morte e a morte de seu mundo.

Cercado pela vastidão escura do oceano, estava navegando em direção a Sarcean, para matá-lo no encontro predestinado deles. Mas Devon errara. Ele não estava sozinho.

— Não sou *aladharet* — disse Visander.

Ela não ergueu os olhos.

— Não entendo esse idioma.

As palavras eram quase um ritual quando ele falava sem pensar. Era preciso esforço para usar o idioma daquele corpo.

— Não posso fazer magia — disse ele. — Nunca treinei com... — não havia outra palavra para isso — *adharet*.

— E?

Ela finalmente havia parado de fazer o dever de casa. A escrita humana parecia com aranhas mortas no papel, pensou ele.

— Com a sua idade, a rainha já treinava havia cinco anos e já podia produzir a luz e conjurar. Não tenho essas habilidades. Só sei o que vi, ao observar os *adharet* lançarem feitiços enquanto eu lutava para protegê-los.

— Está dizendo... que você é um lutador e não pode usar magia?

Ele olhou para o rosto de criança. Não tinha alguém que mostrasse o caminho a ela. A imensidão da tarefa se estendia diante dele.

— Estou dizendo que você não é uma aluna e eu não sou um professor. Mas vou treiná-la se estiver a meu alcance — disse Visander.

CAPÍTULO TRINTA E NOVE

Elizabeth colocou uma vela na mesa e sentou-se em frente dela, pronta.

Visander fez uma careta.

— O que é isso?

— Para a magia — explicou Elizabeth.

— Um bloco de gordura animal.

— Will disse que começou tentando acender uma vela.

Estavam sozinhos na cabine enquanto Phillip se reunia com o capitão Maxwell para conversar sobre assuntos do navio. A vela apagada com o pavio preto parecia estar esperando algo que não havia acontecido, como ela própria se sentia. Ao redor dos dois, a cabine à noite era iluminada por lampiões pendurados que balançavam com o movimento do barco.

— Isso é tolice. O fogo não é seu poder. — Visander pegou a vela e a colocou de lado. — Você não acende uma vela. Você é o sol.

— Luz — disse Elizabeth, cabisbaixa.

— Isso mesmo. Você é a Portadora da Luz.

— A luz não faz nada — retrucou Elizabeth.

— A luz derrota as sombras — disse Visander. — A luz é o único poder capaz de resistir ao Aprisionador das Trevas.

— Quê?

Visander levantou-se, desenganchou um lampião da corrente e o pegou, carregando-o pelo cômodo enquanto observava as sombras se afastarem da luz. As sombras diminuíam quando o lampião se aproximava, como se estivessem recuando.

— Vê como fogem? Quando as sombras atacavam em grande número, nossos feiticeiros as impediam com barreiras, mas apenas por um determinado tempo. À medida que cada um caía de exaustão, as proteções desmoronavam e as sombras tomavam conta. Apenas a luz da rainha podia atormentar uma sombra, expulsá-la e até mesmo vencê-la para sempre. Enquanto a luz dela brilhasse, a guerra podia ser vencida.

Então ele levou o lampião para fora. Lá fora, no escuro, o pequeno lampião bastava para ver as tábuas sob os pés de Elizabeth. Não penetrava na noite sombria que envolvia o navio. Elizabeth ouviu os gritos dos homens do navio ecoando na escuridão.

— Certa vez, Indeviel e eu atravessamos as planícies sombrias de Garayan — contou ele. — Eram chamadas de Longa Cavalgada. Galopamos durante seis dias e seis noites na escuridão total, a única luz era a esfera que ela lançava a nosso redor, protegendo-nos das sombras que nos teriam engolido por completo.

Visander olhou para ela.

— A escuridão nos rodeia agora — disse ele. — E você é quem traz a luz.

Ela olhou para o mar escuro. *Você é o sol*, dissera ele, mas, na verdade, parecia que ela era um lampião. Nada muito grandioso, mas talvez em certos momentos um lampião fosse necessário. Elizabeth se lembrou de quando Violet lutou contra o Rei de Sombra e de como ela se sentiu impotente ao fugir para os estábulos. Gostava da ideia de que poderia ter lutado ao lado de Violet, protegendo Nell. Uma bolha de luz ao redor de um pônei não precisaria ser muito grande.

— O que eu faço? — perguntou ela.

Visander a levou até o mastro principal do navio.

— Você convocou luz quando estávamos na floresta. Foi a primeira vez?

Ela balançou a cabeça.

— Já tinha acendido uma árvore.

Até onde Elizabeth sabia, ainda estava acesa, brilhando nas profundezas do Salão. Não tinha tentado acendê-la, suas lembranças daquele momento eram fragmentos confusos, um empurrão forte nas costas, a queda e o movimento das mãos, e então uma explosão de luz.

Visander tocou o mastro.

— Isso já foi árvore. Acenda.

Ela não acendeu, apenas olhou para o mastro.

— Coloque as mãos se precisar.

— Não podemos navegar com uma árvore — disse Elizabeth, lembrando do florescer da Árvore de Pedra e imaginando o mastro lançando raízes brilhantes nas tábuas.

— Então pegue esta lasca.

Visander arrancou uma pequena lasca de madeira do mastro com a faca de maçã. Elizabeth pegou o objeto, o estendeu e pensou: *acenda*. Nada aconteceu.

— Ouvi feiticeiros usarem palavras ou comandos para focar a mente — explicou Visander. — Pense na luz e diga seu comando para a madeira.

— Acenda — disse Elizabeth.

Nada aconteceu.

— Brilhe — disse Elizabeth.

Nada aconteceu.

— Cintile — disse Elizabeth.

Nada aconteceu.

— Quando você convocou a luz na floresta, foi em um momento extremamente importante — observou Visander. — Estava nos protegendo da *vara kishtar*. Talvez se pensar nele agora... pense em alguma coisa muito importante, neste mundo, em seu povo, em salvar tudo o que você conhece do Rei das Trevas.

— Salvar todo mundo — disse Elizabeth, olhando para a lasca.

Nada aconteceu.

— Talvez devêssemos esperar até o amanhecer — disse Visander, franzindo a testa para a escuridão da noite ao redor deles. — Talvez seja um pouco mais fácil.

* * *

"Arre!" era o que o cocheiro dizia para fazer os cavalos andarem, então ela tentou isso. E "Avance!". E "Eia!". Nada deu certo. Elizabeth tentou pensar no que Visander havia dito. A coisa mais importante, a coisa que ela mais queria fazer.

— Deter Will.

A lasca não se iluminou.

— O que está fazendo, conversando com esse pedaço de madeira? — perguntou Phillip distraidamente.

Havia vários casacos espalhados pela cama, e a maior parte de sua atenção permanecia nas peças.

Elizabeth pensou em tentar explicar, mas não devia contar a Phillip, que era tecnicamente adversário deles.

— Estou tentando pensar em uma coisa importante — disse ela, o que não era exatamente uma mentira.

— Casacos são importantes. — Phillip ergueu um diante de si. — Acho que o azul fica bem em mim, mas é tão bonito quanto o bordô? O que você acha?

Ele se virou para a menina.

Parecia tanto com algo que Katherine teria dito que Elizabeth parou, sentindo uma pontada dolorosa no peito.

— Que foi?

Phillip ergueu as sobrancelhas.

— Acho que você teria gostado da minha irmã. — Era fácil imaginar os dois experimentando roupas e indo a bailes juntos. — Minha irmã de verdade. Se você não estivesse seguindo o plano idiota do seu pai idiota.

— Acredite em mim, tudo o que minha esposa fala é sobre os perigos do velho mundo.

— Vi coisas do velho mundo. São muito piores que Visander — respondeu ela.

— Sério? O que você viu?

Phillip se jogou na cama e apoiou a cabeça nas mãos, olhando para ela.

— Um Rei de Sombra — contou Elizabeth. E então, com escrupulosa honestidade: — Bem, não o vi. Eu ouvi. O som era horrível, e Sarah começou a chorar. Ele deixou o céu sombrio. Deixou tudo sombrio. E frio, como se fosse noite durante o dia. Não dava para ver nada, nem mesmo um palmo à frente do nariz, e parecia que nunca ia fazer calor de novo, como se toda a luz do mundo tivesse desaparecido para sempre.

— Não sei se isso é pior do que Visander. Você não o viu em um dia ruim — comentou Phillip.

Elizabeth abriu e fechou a boca. Phillip estava brincando, mas ela não era boa com provocações, então apenas disse:

— Eu o vi em um dia ruim, acho que é o único tipo de dia que ele tem.

Phillip começou a rir como se ela tivesse feito uma piada, quando, na verdade, apenas tinha sido sincera, o que também a lembrou de Katherine. Elizabeth sempre havia adorado isso, o riso caloroso de Katherine, seus abraços espontâneos, como se estivesse encantada com o que quer que Elizabeth tivesse a dizer enquanto outras pessoas pareciam ficar zangadas com a menina.

— Bem, então vamos tentar proporcionar um dia melhor para ele.

Phillip disse isso com um sorriso fácil e genuíno, que também a lembrou de Katherine, aquela generosidade sem limites e bem-humorada.

— Gosto mais de você do que de Simon — disse ela, de repente.

Ele soltou um suspiro estranho.

— Poucas pessoas dizem isso.

— Bem, é verdade — repetiu Elizabeth.

Ela não conseguiu interpretar a expressão no rosto dele, mas Phillip se sentou e passou a mão pelos cabelos, então abriu um sorriso estranho.

— Obrigado, menina — disse ele. — Boa sorte conversando com esse pedaço de madeira.

Ela assentiu e foi se sentar na cama. No escuro, ouvia o chamado ocasional do timoneiro do navio.

— O casaco de Phillip — disse ela para a lasca, experimentando. Nada.

Ela saiu depois do jantar. Havia encontrado dois lugares onde gostava de se sentar: o cordame fora do caminho da retranca, porque era emocionante, e a proa redonda e alta, porque podia ver a vista. A proa não era muito útil à noite, mas era onde conseguia ficar sozinha. Elizabeth se sentou e se concentrou na lasca.

Dessa vez, tentou se lembrar da sensação que teve quando os cães de sombra atacaram. O momento em que a luz explodiu dela era pouco nítido. Ela se lembrava de se jogar na frente de Visander, de se virar e ver o cão...

— Minha irmã também gostava de se sentar na proa — disse uma voz.

Elizabeth se virou. À sua frente, estava o jovem com sardas e cabelos ruivos chamado sr. Ballard. Ele havia se sentado diante dela durante o jantar e falado de outras expedições das quais participara. Era difícil entender que função ele desempenhava no navio. Não era passageiro, mas também não trabalhava. Apenas parecia dizer coisas ao Capitão Maxwell. O amigo dele, o garoto de cabelos brancos chamado Devon, também não parecia fazer nada, exceto seguir o sr. Ballard e, ocasionalmente, ter conversas intensas com Visander.

— Você trabalha para Sinclair, não é? — perguntou ela.

— Isso mesmo.

Ele se sentou ao lado dela. Elizabeth queria que ele não tivesse feito isso. Achava que qualquer um que trabalhava para Sinclair era terrível. Queria dizer: *Você sabe que ele mata mulheres? Sabe que está tentando fazer o Rei das Trevas retornar?* O problema era que o sr. Ballard provavelmente sabia.

O jovem dobrou as pernas e as cruzou, olhando a vista junto a ela.

— Deve ser bom viajar com sua irmã.

— Mais ou menos — disse Elizabeth.

Ele se recostou para trás, apoiando-se nas mãos. Não parecia notar que não dava para ver a vista.

HERDEIRO DAS TREVAS

— Minha irmã sempre quis velejar comigo. Ela nunca teve permissão.

— Por que não?

— Nosso pai é rigoroso.

— Então sua irmã está presa em casa?

— Não, ela está... — Ele se interrompeu. — Você não tem que ouvir meus problemas. — Tom sorriu para ela. Ele parecia legal, mas Will também parecia. — Eu só queria ter certeza de que você e a lady Crenshaw têm tudo de que precisam. Pode me fazer qualquer pergunta. Deve ter algumas.

Elizabeth tinha, muitas. A maioria das pessoas não a incentivava a fazer perguntas. Ela olhou para ele com ceticismo.

— O que você faz? Não parece ter um trabalho, mas está sempre conversando com o capitão.

Ele riu.

— Estou liderando a expedição. Quando chegarmos na Úmbria, ficarei encarregado da escavação.

— Eu achava que Phillip estava no comando — disse Elizabeth.

— Ele está, sem dúvida — respondeu Tom. — Mas eu farei a gestão diária das coisas.

Não soou como se Phillip estivesse no comando. Elizabeth ficou mais cética.

— Minha irmã falou que seu amigo Devon é um unicórnio — comentou Elizabeth, tomando cuidado ao se referir a Visander como sua irmã. — Mas acho impossível, porque ele não se parece em nada com um.

Depois de uma piscada de surpresa para ela, Tom disse, com cautela:

— Ele é um menino que era um unicórnio.

— Eu não sabia que um unicórnio era uma coisa que você podia deixar de ser.

— Estavam caçando os unicórnios. Os humanos mataram todos, inclusive Devon. Cortaram o chifre e a cauda dele. Para sobreviver, ele teve que se transformar em menino.

Parecia horrível.

— Alguém deveria ter tentado impedi-los.

— Alguém vai tentar — respondeu Tom.

Elizabeth franziu a testa, pensando sobre isso.

— E então ele vai se transformar de novo?

— Não. Ele nunca vai voltar a ser um unicórnio — disse Tom.

— Um unicórnio é mais parecido com uma cabra ou mais parecido com um cavalo?

— Não sei — disse Tom, contendo uma risada — e não vou perguntar a ele.

Os dois ficaram sentados no escuro, e ela fez perguntas até não ter mais nem uma. Quando terminou, o sr. Ballard falou:

— Foi bom conversar. Sentia falta de conversar com minha irmã.

Ela apenas assentiu. Ele podia sentir falta da irmã, mas não sabia o que era sentir falta de alguém que estava presente. Que você via e pensava que estava com você, até ela se virar com a expressão de outra pessoa e você perceber que, mesmo que ela estivesse sorrindo, você nunca mais veria o sorriso daquela pessoa.

Ele se levantou para deixá-la no mirante no escuro. Elizabeth pensou em outra pergunta quando Tom estava a poucos passos de distância e o chamou.

— O que você acha que é a coisa mais importante?

— A família — respondeu Tom.

Ela olhou para a lasca.

Na noite em que Katherine morreu, Elizabeth estava no Salão dos Regentes. Mas teria feito qualquer coisa para estar em Bowhill. Para ajudá-la. Não conseguia imaginar a irmã sozinha no escuro à noite. Katherine nunca tinha gostado do escuro. Teria ficado com medo. Quando a irmã tinha medo, Elizabeth costumava sentar-se com ela e segurar sua mão.

Katherine também fazia isso quando Elizabeth ficava com medo. Katherine sentava-se ao lado dela e esboçava um sorriso quando a irmã estava triste ou carrancuda. Elizabeth sentia como se Katherine fosse sua luz, uma luz que havia se apagado.

— Katherine — disse ela.

Teria sido bom se a lasca tivesse começado a brilhar. Se tivesse se dissolvido em muitas pequenas partículas que surgiriam como estrelas e desapareciam na noite.

Mas nada aconteceu. Elizabeth enxugou os olhos e ergueu o rosto, notando que Devon havia aparecido no convés, uma mancha pálida contra a escuridão. Ele sempre seguia Tom, pensou ela. Observava Elizabeth com um sorriso cínico. Por um momento, os dois se entreolharam.

Sinto muito por seu chifre, ela não disse, porque àquela altura já sabia que as palavras não ajudavam e que, quando as coisas estavam destruídas, nunca podiam ser realmente consertadas. Era preciso apenas seguir em frente. Seguir em frente da melhor maneira possível.

CAPÍTULO QUARENTA

— Temos que deter Sinclair antes que ele chegue aqui — disse Will.

Era a única coisa de que tinha certeza. Olhou para os outros. Podia ver que Cyprian e Grace ainda estavam emocionalmente presos à montanha, e talvez Ettore também estivesse, embora o bandido fosse mais difícil de interpretar.

Estavam sentados às mesas da taverna. Will e os outros haviam se reencontrado com Kettering. Ettore emitia sua opinião, encostado com as pernas compridas na parede de gesso rachada, em uma pose que lembrava James. Este estava sentado em um barril perto da porta, com um joelho dobrado, com vários bandidos ao redor, incluindo a Mão.

— Ele sabe como despertar o exército. E como controlá-lo, mesmo que nós não saibamos — disse Will.

Ele conhecia Sinclair bem o suficiente para saber disso. Sinclair estava à frente de todos eles. Estava navegando naquele exato momento para a escavação, onde acordaria o exército de Sarcean dos mortos.

Ele sabe como despertá-lo e nós o levamos direto para a câmara. Will não falou essa parte em voz alta. Tinha sido ele quem havia aberto a câmara sob o trono. Não Sinclair. Não os outros. Ele.

Sentiu como se estivesse jogando um jogo contra si próprio, o Rei das Trevas do passado fazendo movimentos que Will mal conseguia ver, muito menos contra-atacar. Ele havia fincado aquele exército ali à espera de que despertasse. E tinha algum plano para eles, assim como Sinclair. Will simplesmente ainda não conseguia entender o que era.

Cyprian franziu a testa, com os olhos preocupados.

— Era para os Regentes deterem aquele exército.

— Mas eles não fizeram isso. Em vez disso, morreram de morte branca — respondeu Will.

Sinclair não se importaria de desencadear a morte branca. Assim como Will, ele devia ser imune. Sinclair podia simplesmente caminhar por um palácio cheio de cadáveres brancos até o trono.

Do barril e com um tom afiado de voz, James falou:

— O navio de Sinclair chega em três dias. Não temos muito tempo.

— Nós o isolamos antes que ele chegue à montanha — disse Will. — Mas eu acho...

— Você acha o quê?

— Acho que precisamos estar preparados porque talvez tenhamos que lutar contra aquele exército.

James arregalou os olhos, em choque.

— Você quer dizer...

— Quero dizer que, se o exército das Trevas for libertado, os moradores daqui merecem uma chance de lutar. Precisamos avisá-los. Prepará-los para o que está por vir.

Ele esperou que os outros assimilassem suas palavras. Seus amigos e Kettering tinham visto a vasta caverna sob a sala do trono que podia acomodar milhares de soldados. Ettore e os bandidos ouviram Nathaniel contar sobre o que estava sob a montanha, sobre o que tinha matado milhares de Regentes.

— Você realmente quer que preparemos essas pessoas para lutar contra o exército do Rei das Trevas — disse Cyprian, como se não conseguisse acreditar, ou como se estivesse apenas começando a acreditar.

— Como você vai se sentir se o exército for libertado e não tivermos avisado os moradores, não tivermos dado a eles a chance de lutar?

Cyprian assentiu devagar, o tenente dos Regentes, à procura de um papel para seus dons fora do Salão.

— Podemos armá-los — disse Cyprian. — Dar a eles algum treinamento básico. Como lutar. Quando recuar. Existem lendas pelas aldeias sobre o mal surgindo sob a montanha. Pelo menos eles vão ter uma razão para acreditar na gente e para lutar.

— Vamos dividir nosso grupo — disse Will. — Uma parte ataca o comboio de Sinclair, enquanto a outra fica para preparar as cidades e aldeias para o que pode estar por vir.

Ele viu acenos de seus amigos, mas ficou surpreso ao olhar para os bandidos. A Mão, sentada com as pernas abertas, largou a caneca de lata e se levantou, a ação como uma promessa.

— Lutarei contra Sinclair com você. É o que eu queria fazer esse tempo todo — declarou ela.

— Mão — interferiu Ettore.

O olhar dois se encontrou e algo passou entre eles, algo que Will não reconheceu. Mas tudo o que Ettore disse foi:

— Se ela for, eu vou.

Anch'io, veio a exclamação de concordância dos outros bandidos. *Combatterò anch'io.*

— Eu também — disse James. — Se seus homens não se incomodarem de lutar ao lado de um bruxo.

— Prefiro lutar com você do que contra você — respondeu Ettore, sempre pragmático.

Um murmúrio de concordância dos homens dele. Mesmo com seus mosquetes antigos, roupas rasgadas e rostos sujos, os bandidos de Ettore eram uma milícia pequena, mas significativa, pronta para lutar. Ettore havia renunciado aos Regentes apenas para criar uma nova irmandade de lutadores, refletiu Will, reencenando seu passado mesmo depois de dar as costas a ele. Ainda bem: em breve poderiam precisar de todos os lutadores que conseguissem, até mesmo daquela recriação infame e desdenhosa dos Regentes.

— O que devemos esperar? — perguntou a Mão a James, com franqueza.

James endireitou-se no barril, surpreso. Era perfeitamente capaz de dar ordens aos outros, mas não esperava que o enxergassem como uma liderança séria. Anharion havia comandado exércitos, mas James fora treinado por Sinclair como uma arma singular que respondia a apenas um homem.

— Ele vai atracar em Civitavecchia — começou James, pensativo. — Um navio de homens, ou seja, por volta de duzentos a trezentos soldados. E ele provavelmente trará seu círculo íntimo para protegê-lo. Seu filho Phillip pode controlar objetos sombrios. O unicórnio é um enigma. E tenho quase certeza de que vai trazer seu Leão, que vai ser muito difícil de combater.

— Tom Ballard — disse Will. — Já o vi lutar antes, no *Sealgair*. Ele matou uma dúzia de Regentes sem nem suar.

— Você pode lutar contra um Leão com magia — disse Cyprian.

— Posso, mas... — interrompeu-se James.

— Mas? — perguntou Cyprian.

— Mas Sinclair sabe que estou aqui — afirmou James.

Não era a primeira vez que ele dizia isso. Não gostava de falar aquilo em voz alta; seus lábios se afastaram dos dentes. Não gostava de admitir que poderia ser derrotado em uma luta. E, além disso, havia uma relutância mais profunda. Temia um confronto com Sinclair, que tinha sido como um pai depois que James escapou dos Regentes.

— Não dá para simplesmente trazer trezentos homens para os Estados Pontifícios — argumentou Kettering. — Não sem objeções locais. Como ele está fazendo isso?

— Proteção para o comboio, "trabalhadores" para a escavação; ninguém fará perguntas — disse Ettore. — Dinheiro dita as regras nesta região.

— Ele está planejando isso faz muito tempo — disse Will. — Anos. Décadas, talvez. Precisamos estar preparados para o que está por vir.

— *O que* está por vir? — perguntou Grace. Quando os outros apenas a encararam, ela questionou: — O exército, que forma assumirá?

— O que quer dizer? — perguntou Cyprian.

— Não serão Renascidos, como James. Não serão crianças. Será que aquelas figuras petrificadas sob a sala do trono serão reanimadas? Como se faz isso?

— Nathaniel não descreveu os exércitos — disse Cyprian. — Apenas a morte branca que veio antes.

Na visão de Will, o exército se estendia até o horizonte e uma nuvem sombria e turbulenta cobria o céu.

Muitas perguntas sem respostas. Mas a missão permanecia de pé. O que estava sob aquela montanha não podia ser despertado.

— Não importa a forma que assumam. Sabemos o que farão — disse Will. — É o que todos os exércitos fazem.

— E o que é?

Cyprian franziu a testa.

Will podia sentir aquilo, esperando sob a montanha. Parecia ressoar profundamente em seus ossos.

— Conquistam — disse Will.

CAPÍTULO QUARENTA E UM

Aqueles que queriam lutar pegaram forcados e foices, com cutelos e pistolas velhas. Não tinham noção de estratégia. Desde que nasceram, nunca haviam lutado contra um ataque à própria cidade. Então Cyprian ensinou como cavar valas, usar o riacho como linha de defesa, barricar as ruas e recuar pela cidade subindo monte.

Mesmo que não fosse mais usado como forte, o esqueleto do antigo propósito da cidade ainda estava presente. Situado no alto de uma colina com uma torre no topo, era fácil imaginar as chamas de sinalização subindo como teria acontecido séculos atrás. O farol desafiador durante a noite.

Subindo pessoalmente até a torre da cidade com Rosati e a Mão, Cyprian olhou para as casas de pedra e as encostas onduladas das colinas próximas e pensou nos exércitos das Trevas pululando pela terra e alcançando os moradores. Sentiu um arrepio ao perceber o quanto do treinamento que havia recebido dos Regentes tinha como objetivo defender um local pequeno de uma força imensuravelmente grande. Era o que os Regentes de antigamente haviam enfrentado ao tentar deter o ataque das Trevas, recuando e tentando resistir.

— E se atacarem com magia? — perguntou Rosati.

— Aí a gente está fod... — começou a Mão, e Cyprian disse, chocado:

— Mão! — Ele respondeu Rosati depressa: — Se atacarem com magia, daremos um jeito de combatê-la. E se não conseguirmos, recuamos como planejamos.

Tinha sido Will que planejara todas as contingências, insistindo em um caminho de fuga caso o exército invadisse, bem como na necessidade de avisar as cidades vizinhas. Cyprian não gostava de se planejar para o fracasso, mas reconhecia que seus instintos de Regente de se entrincheirar e lutar até a morte não ajudariam se a cidade de fato sucumbisse às Trevas. Imaginava o exército de Sarcean fincando a primeira bandeira ali, depois marchando sobre as cidades vizinhas, todas despreparadas, e então para as cidades maiores, Terni, depois Roma.

— É engraçado pensar em quantos descendentes com magia devem ter nascido aqui — disse a Mão. — Poderiam ajudar na luta se não tivessem sido mortos.

Era muito parecido com o que James dissera noites antes, no rio.

— Acha que eles ajudariam? — perguntou Cyprian, desconcertado.

— Por que não? Seria a cidade deles também — disse a Mão.

Esse pensamento permaneceu com ele.

Ao voltar à praça principal, Cyprian viu Ettore sentado do lado de fora da taverna, em um caixote virado, comendo pedaços de carne e pão e bebendo uma taça de vinho tinto.

A barba por fazer estava suja, e o casaco e o colete imundos estavam abertos. Ele não estava trabalhando nem se preparando, parecia ser sua quarta ou quinta taça de vinho tinto, e ele tinha aquela expressão levemente vidrada de quem havia bebido demais sob o sol do meio da tarde.

Como aquele homem podia ser um Regente? Cyprian pensou no treinamento, na força de vontade e na disciplina necessários para conquistar as vestes brancas. Ele não via qualquer indício daquilo no bandido desleixado sentado no banco de madeira, comendo salame.

Cyprian cerrou os dentes de frustração.

— Por que está aqui se só vai beber?

Ettore semicerrou os olhos, mastigando.

— Tem um palácio para ser saqueado, lembra?

— Dinheiro — disse Cyprian, com desgosto.

— Já arriscamos a vida por menos — declarou Ettore.

— Óbvio.

— Além disso, é pessoal para *Mano*.

— Só não é para você.

Todas as outras pessoas da cidade estavam trabalhando para erguer fortificações e transformar aquele lugar de ruas estreitas de paralelepípedos, telhados tortos e degraus irregulares de pedra em uma última resistência, porque se importavam.

— Você não nos ajuda em nada. É um estorvo. Acho que deveria ir embora.

Ettore bufou, achando graça, e continuou comendo. Não pareceu incomodado ao falar com a boca cheia de pão.

— Você precisa de pistolas e mosquetes. É sua melhor chance. Se o exército se levantar, não terá visto armas modernas. Mesmo assim, é melhor usar táticas de bandidagem nas colinas. Investidas menores, armadilhas, ataques... Você não vai vencer uma guerra de cerco contra um exército que tomou todas as cidadelas do velho mundo. E com aldeões não treinados? — Outro pedaço de pão foi parar na boca dele. — Se realmente quer uma guerra terrestre, deveria ir para o norte e encontrar alguns dos piemonteses que lutaram contra Napoleão.

Cyprian deu um passo à frente. O raciocínio de Ettore fazia sentido, até soava um pouco como Will naquela manhã, mas a atitude casual do bandido o deixava furioso.

— Os outros sabem? O que você é? O que vai fazer?

— Como?

— Você bebeu do Cálice. — A raiva queimava dentro dele, quente e intensa. — Pode agir como o rei dos bandidos, mas não é. Você é uma sombra. Matará todos a seu redor. É só uma questão de tempo.

Ele sentiu uma onda de satisfação quando Ettore pausou em meio a um gole e pousou a taça de vinho. Mas tudo o que fez foi recostar-se e olhar para Cyprian, um olhar longo e avaliador, com outra bufada no fim.

— Como Marcus, você quer dizer? — perguntou Ettore, abrindo os braços no encosto da cadeira. — Seu irmão me contou o que aconteceu.

Meu irmão? Mas por que Marcus contaria alguma coisa a Ettore? Cyprian olhou para Ettore sem entender, pego desprevenido. E então uma compreensão repentina.

— Ele não é meu irmão. Ele matou meu irmão.

Para sua surpresa, Ettore riu, uma risada alta e sincera.

— Cheio de si, não é? Você é como toda criança antes de beber do Cálice. Um tolo. Eles colocam você em um quarto e falam para beber, e você pensa que sabe o quão ruim vai ser, mas não sabe. Não tem ideia do que é essa escuridão. Não tem ideia do que está prestes a levar para dentro de si. O que você será pelo resto de sua curta vida. Deveria agradecer a seu irmão por salvá-lo desse destino. Ele matou os Regentes? Já vão tarde. Se você fosse esperto, cuspiria no túmulo deles.

Cyprian ficou furioso. Porque Ettore estava errado. Estava errado sobre os Regentes.

— Uma estrela brilha na escuridão.

Ettore apenas ficou em silêncio e deu de ombros, como se discutir com fanáticos não valesse a pena. Enquanto Cyprian olhava, ele pegou o salame e arrancou outro pedaço com os dentes e mastigou. Isso o enfureceu de uma forma que ele não entendia. Cyprian queria arrancar alguma coisa de Ettore. Uma admissão. Uma reação. Qualquer coisa.

— Você está se transformando? — perguntou Cyprian, lançando a acusação.

Pela primeira vez, viu algo severo e genuíno nos olhos escuros de Ettore. Um momento depois, o bandido limpou a boca, levantou-se e, sem dizer nada, pegou o ancinho de madeira junto à pequena pilha de pedras encostada na parede de pedra. Ele o balançou.

Um arco lindo e familiar. O primeiro triten; a dor no peito de Cyprian aumentou. Ele nunca pensou que voltaria a ver os padrões dos Regentes. Conhecia os movimentos como se estivessem gravados em seus ossos: a lembrança de realizá-los como parte de um grupo de noviciados no Salão; a dor que era praticá-los sozinho todas as manhãs. O ancinho de Ettore cortou o ar e então parou, perfeitamente imóvel na posição final. Nem um único tremor.

— Pelo jeito estou firme.

A dor virou raiva de novo, pela diminuição dos últimos vestígios de tudo o que Cyprian considerava sagrado, o triten feito com um velho ancinho por um homem que cuspia na cara da Ordem.

— Você é um violador do juramento! Desertou quando jurou defender o Salão! Fugiu — disse Cyprian — quando os Regentes mais precisavam de você.

— Aparentemente, se eu tivesse ficado, estaria morto.

Ettore sentou-se de novo no caixote de madeira. Cyprian o encarou. O bandido estava enchendo a taça de vinho.

— Então acabou dando certo para mim.

— Você trocou seu dever de juramento por bebida e prostitutas — insistiu Cyprian.

— Não os julgue antes de experimentá-los.

Ettore inclinou o copo para ele em uma pequena saudação.

— Você...

Cyprian se interrompeu.

Ao redor, as casas de pedra talhadas que davam para a praça da cidade projetavam sombras da tarde que se alongavam à medida que a noite se aproximava e havia um dia a menos para a chegada de Sinclair. Aquela vida confusa na aldeia podia não ser nada para as forças do velho mundo, aquela humanidade suja forjada na terra rochosa. Mas significava alguma coisa para aqueles aldeões; era o motivo pelo qual lutariam.

— Por que você não diz o que realmente quer me dizer? — falou Ettore, e Cyprian sentiu as palavras explodirem.

— Como é possível que seja você?! Como é possível que meu irmão e meu pai estejam mortos e você vivo? Como é possível que você seja o último Regente?!

Ettore apenas permaneceu sentado, sob o sol da tarde, com os braços abertos em um gesto despreocupado, como se o exército sob a montanha não o afetasse em nada.

— Porque a vida não é justa, garoto — respondeu Ettore. — É por isso que se aceita o que ela dá.

* * *

— Por que você o segue?

Cyprian continuava a enfiar a pá na terra, mas não conseguiu mais segurar a pergunta. A Mão parou ao lado dele, os dois cavando uma trincheira com seis homens da aldeia. Estavam fazendo o trabalho que Ettore evitava. Ettore, até onde Cyprian sabia, ainda bebia na taverna.

— Ele cortou sua mão, não foi? Não liga para você. Não liga para ninguém. Por que seguir um homem assim?

Não era uma exigência infantil. Era uma necessidade de compreensão; a necessidade de encontrar alguma razão para tudo aquilo. E talvez a Mão percebesse. Ela o olhou em silêncio, como se estivesse sopesando alguma coisa.

— Eu trabalhava para Sinclair.

Ela falou em inglês, idioma que raras vezes usava. O sotaque não era italiano, faltando a ênfase cadenciada e as vogais nítidas. Soava como uma londrina.

— *O quê?*

— Eu trabalhava para Sinclair.

Choque. Com as roupas dos bandidos e o rosto manchado de sujeira onde havia esfregado as costas da mão na testa, ela parecia estar a mil quilômetros de distância do império de Sinclair na Inglaterra.

— E o quê? Se juntar a um grupo de bandidos pareceu melhor?

Ela apenas o encarou, um olhar firme com os olhos escuros.

— Meus pais eram donos de uma maltaria nas docas de Londres, mas morreram de cólera quando eu tinha onze anos. Eu não tinha dinheiro para me sustentar. Tentei a sorte nas docas... Tive sorte, na verdade. O homem que me abordou não estava procurando o que as meninas das docas vendiam. Ele era capataz, administrava os estivadores de Sinclair e estava procurando um mensageiro.

Nada disso fazia sentido. A história dela não tinha ligação com aquela cidade remota da Úmbria. Em algum lugar no fundo de Cyprian, uma voz sussurrou: *James tinha onze anos quando Sinclair o encontrou.* A mesma idade da Mão, pensou ele.

— No início, o trabalho era bom. Subi na hierarquia, de mensageira à assistente. Conhecia o trabalho dos meus pais e era boa: armazenamento, estocagem, distribuição. Sabia ler e escrever, e Sinclair me deu todas as oportunidades. Eu tinha dezesseis anos quando fui chamada para supervisionar seu armazém em Londres. Mas havia um problema. Eu tinha que fazer a marca.

— Você sabia? — perguntou Cyprian. — Sabia que era a marca do Rei das Trevas?

A Mão balançou a cabeça.

— A verdade é que eu estava orgulhosa. Animada também. Todo mundo dizia que a marca abria portas, oferecia chances de ascensão... homem ou mulher, africano, irlandês, egípcio, francês, se você fosse leal, Sinclair não se importava. Bebi muito e comemorei, ignorei a dor no braço. Eu achava que era sortuda. Naquela época.

— O que mudou? — perguntou Cyprian.

— Começou de modo quase imperceptível. Na primeira vez, acordei tarde, mas não estava descansada. Quando cheguei ao armazém, descobri que havia dormido quatro dias inteiros. Foi o que todos me disseram, me dando tapinhas nas costas e brincando comigo por ter sumido. Que eu tinha dormido.

"Falei a mim mesma que tinha sido a bebida. Continuei com meu trabalho e poderia ter esquecido. Mas aconteceu de novo uma semana depois. E de novo seis dias depois. Comecei a acordar em lugares estranhos, sem saber como tinha chegado lá. Horas dos meus dias e noites apenas sumiam da memória. Uma vez acordei com o vestido cheio de um sangue que não era meu. Mais tarde, soube que uma mulher havia sido morta nas proximidades. Enquanto lavava o sangue, comecei a pensar que talvez não estivesse apenas dormindo.

"Conversei com minha senhoria. Ela disse que tinha me visto. Falou que *Você não era você mesma*. O sr. Anders, o taberneiro, também tinha me visto. Assim como a pessoa que varria as ruas. E toda vez que eu acordava, o *S* no meu pulso queimava.

— Sinclair — disse Cyprian.

O pensamento o fez estremecer.

— À noite, eu me amarrei à cama. Falei para os outros para me observarem. Em vão. Nem sempre acontecia à noite, mas em horários e lugares que eu não conseguia prever. Eu não sabia o que estava acontecendo.

"E então, certa noite vi o Capitão Maxwell do *Sealgair* conversando com um dos estivadores no armazém, quando eu estava trabalhando até tarde. Só que não era o Capitão Maxwell. A postura. Os trejeitos. A voz... Ele falava com a voz de Sinclair.

"E eu entendi. Entendi que assim como Sinclair fazia ele de marionete, ele também fazia de mim uma marionete. Tinha usado meu corpo como se o tivesse em uma corda, para cumprir suas ordens.

"Maxwell se virou e nossos olhos se encontraram. Vi Sinclair nele. E ele me viu. Ele me *viu* e sabia que eu o via. Sabia que eu tinha descoberto tudo.

"Fugi. Fugi o mais rápido e longe que pude. Reservei passagem em um navio para Calais. Viajei para o sul pela França. Então encontrei uma carruagem que me levaria pelas montanhas até a Itália. Eu esperava que, se fugisse para longe, poderia escapar dele.

"É uma sensação terrível saber que outra pessoa está no controle do seu corpo. Saber que ela pode assumir o controle a qualquer momento. Achei que talvez... que se não soubesse onde eu estava... se houvesse montanhas de distância entre nós... se ninguém soubesse meu nome e eu continuasse fugindo...

"Mas então ele veio. Para dentro de mim.

"Apaguei, como sempre, mas daquela vez eu lutei, e, por que lutei, eu senti. Era como se eu estivesse caindo em um poço escuro. Não conseguia ver. Não conseguia falar. Gritava e ninguém me ouvia. Estava presa na escuridão, sufocada, paralisada e muda. Era como se afogar, por horas, em água fria e espessa, sem ter como chegar à superfície de mim mesma.

"E então acordei.

"Estava amarrada a uma árvore em frente a uma fogueira. E Ettore estava lá, comendo ensopado.

"— Ah, você voltou — disse ele.

"— Quem é você?! — perguntei. — Me solte!

"Ele não me deixou ir. Apenas continuou comendo. Eu o xinguei de todos os nomes sob o sol.

"— O ensopado vai acabar e você vai ficar aí xingando que nem uma tola — disse ele.

"Continuei xingando que nem uma tola, mas só até quando ele foi buscar a segunda porção.

"— O que você quis dizer com 'Você voltou'? — perguntei, por fim.

"— Você era outra pessoa por um tempo — respondeu Ettore.

"Meu coração ficou preso na garganta.

"— Você me sequestrou! Você me amarrou!

"Tentei não demonstrar o quanto as palavras dele me deixaram desconcertada.

"— Porque ele vai voltar — respondeu Ettore.

"Fiquei gelada. Ele se ajoelhou à minha frente e levantou a manga de meu casaco para mostrar o *S*. Estava queimando, vermelho e elevado como sempre ficava depois de um dos meus lapsos. Ettore disse:

"— O tempo desaparece. Você acorda em lugares estranhos. As pessoas dizem que você fez coisas. Coisas das quais você não se lembra. Não é?

"Eu queria desaparecer, fugir para longe dele.

"— Como sabe disso?

"— Porque conheço Sinclair.

"Naquele momento, eu estava com muito medo e lutava contra as amarras.

"— Quem é você? O que você quer comigo? — perguntei.

"Tudo o que ele fez foi dar de ombros.

"— Por aqui, me chamam de Diabo.

"— Um diabo que conhece o conde de Sinclair.

"— Você realmente deve ter feito alguma coisa para irritá-lo — concordou ele, sentando-se diante de mim e voltando a comer da segunda tigela de ensopado.

"— Por que diz isso? — Ele não respondeu e uma tive uma terrível premonição. — O que eu fiz? Enquanto eu estava... Enquanto eu estava...

"— Você tentou se matar — disse ele.

"Eu me inclinei e vomitei. Ainda amarrada à árvore, meu estômago revirou. Senti repulsa pelo meu vômito no chão, mas ânsia não passava.

"Pensei: *Não tem saída*. Podia fugir, mas não havia para onde correr. Aonde quer que eu fosse, Sinclair assumiria o controle de meu corpo. E acabaria com minha desobediência, me fazendo morrer pelas minhas próprias mãos. *Ele vai me empurrar de volta para aquele poço sombrio e nunca mais alcançarei a superfície.*

"Ettore apenas me observou do outro lado do fogo.

"— Nada de ensopado até você parar de vomitar — disse ele.

"Dei uma risada fraca. Com as mãos amarradas, não conseguia limpar a boca.

"— É a marca, não é? É assim que ele faz isso. É assim que assume controle de mim.

"Ettore assentiu.

"— E não tem um jeito de detê-lo — falei, em voz alta.

"— Existe, sim — respondeu Ettore."

A Mão parou, olhando para Cyprian novamente.

Ele percebeu que deveria saber aonde ela queria chegar. Mas não captou.

— Não entendo.

— Ettore disse que havia um jeito de detê-lo, e havia — disse a Mão.

Ela ergueu o braço amputado.

Era como se a montanha se reorganizasse em torno dele. Ele olhou para o braço e sentiu-se profundamente ingênuo. Olhou para Ettore, bebendo no sol.

— Por que está me contando isso? Para provar que ele é um homem bom?

— Ele não é um homem bom. Mas me ajudou. — A Mão deu de ombros, afastando-se. — E estamos ajudando você, embora os Regentes nunca tenham feito nada por nenhum de nós.

CAPÍTULO QUARENTA E DOIS

A encosta era densamente arborizada, com terra rica e fértil, um lugar onde os porcos farejavam cogumelos nas raízes das árvores altas. A copa acima bloqueava a maior parte da luz do sol, e as árvores ao redor o protegiam da vista. O profundo silêncio da floresta era rompido apenas pelo canto dos pássaros e pelo som de seus passos estalando galhos e folhas. Will parou longe o suficiente da aldeia de modo a não ouvir qualquer barulho dos preparativos, longe o suficiente para que os outros não o encontrassem, mesmo que procurassem.

Ajoelhando-se, Will afastou as folhas da terra úmida. Depois, com a ponta de um galho caído, desenhou um *S* na terra preta.

Instinto; ou memória. Ele simplesmente sabia o que fazer. Outras coisas eram difíceis, mas essa era fácil. Lembrou das palavras da Regente Anciã. *Feche os olhos. Concentre-se. Procure um lugar bem lá no fundo.* Ele não precisava. Não precisava de concentração, nem de cânticos, nem mesmo tocar a pele marcada do pulso de Howell. Só precisava estender a mão para o símbolo.

Lembrava de como tinha sido fácil, lembrava de como tinha sido no passado, lançando-se através de um mundo diferente. Dessa vez, estava procurando os homens de Sinclair. Um aglomerado de pontos brilhantes próximos. *Aí.* Encontrou o mais próximo dele, abriu os olhos e viu o interior do escritório de Sloane. *Estou em John Sloane.* Não era onde precisava estar. Will respirou fundo e foi ainda mais longe.

Um segundo aglomerado além da escavação, cinco ou seis pontos, movendo-se devagar na escuridão. Ele entrou naquele com a atração mais forte rapidamente.

Esperando encontrar os homens de Sinclair no mar, Will abriu os olhos e respirou fundo, antecipando o cheiro de sal e o barulho de madeira molhada. Mas, em vez disso, sentiu o cheiro do ar fresco da montanha, com aquele toque de faia e cipreste, idêntico ao da floresta onde estava. E o que viu quando olhou para a frente o deixou gelado.

Ele conhecia aquela estrada, perto da montanha, a um dia de viagem. Perto. Assustadoramente perto. Deviam ter chegado a Civitavecchia havia dias. *Não podem ser eles, não tão perto.* Já tinham passado por Terni. Um dia de viagem... havia cometido um erro? Será que estava dentro do corpo de um dos homens da escavação de John Sloane, que havia vagado pelas colinas? Will se virou...

Atrás dele, havia uma carruagem preta brilhante, um estandarte com três cães pretos, em uma fileira de carruagens e carroças cobertas paradas em um acampamento montado em uma clareira à beira da estrada.

Sentiu o estômago revirar.

O acampamento de Sinclair. Os homens de Sinclair, a um dia do palácio.

Ele poderia detê-los? Will olhou para si mesmo. Viu dedos macios e enrugados e o punho escuro de um casaco caro. Não as mãos de um criado nem de um trabalhador. Estava dentro de um senhor mais velho, que usava um casaco abafado mesmo no calor italiano. Quem era ele? Will deu um passo e cambaleou, mas menos do que quando havia estado em Leclerc. Aquele homem tinha mais ou menos a mesma altura de Will. Seu corpo se comportava de maneira diferente, ereto, com os ombros para trás, os braços relaxados ao lado do corpo e os polegares voltados para a frente. Sem mancar.

Will manteve a mão na carruagem durante os primeiros passos, para ter certeza de que não cairia.

O jeito mais fácil de desacelerar Sinclair seria sabotar uma ou mais carruagens. E ele deveria começar imediatamente. Mas não conseguia parar de pensar que o próprio Sinclair estava ali.

Tinha que vê-lo. Tinha que saber... como ele era, como se movia e falava. As fantasias de confrontar Sinclair emergiram dentre dele. *Matei seu filho. Destruí seu negócio. Assumi o controle de seus homens com marcas.* Ele tinha que vê-lo, pelo menos. Tinha que...

Will explorou o acampamento primeiro, movendo-se devagar. James estava certo: havia pelo menos duzentos e cinquenta homens, contando com aqueles que estavam descansando em volta de fogueiras espalhadas. Eram visivelmente soldados, armados e com pistolas, descansando por perto. Mas a verdadeira ameaça seria qualquer homem ou mulher com o poder do velho mundo que Sinclair tivesse consigo. Will deixou seus olhos percorrerem o acampamento, fazendo um inventário meticuloso.

— Prescott? — disse uma voz. — Que diabos está fazendo aqui embaixo?

Will se virou. *Simon*, pensou ele, chocado, quase dando um passo para trás. O jovem que se aproximava parecia tanto com Simon que era como olhar para o rosto de um morto.

— Desculpe — disse Will, e então —, eu estava procurando o conde de Sinclair.

— Está procurando nosso pai? — Ele recebeu um olhar estranho. — Está bem com este calor, Prescott? Parece um pouco instável.

O filho de Sinclair, pensou Will, vivenciando aquilo como se fosse mais um choque para sua cabeça. Mais jovem que Simon, mas vestido de maneira mais ostentosa, com um ar dândi, embora tivesse a mesma pele branca e os mesmos cabelos escuros e cacheados.

Não era Simon. O filho mais novo. Phillip.

Meu Deus, como se parecia com Simon, uma versão jovem, mais magra, um rosto mais alongado. Tinha que presumir que ambos os filhos se pareciam com o pai, os traços de Sinclair levemente em suas feições.

O pensamento de Will correu em várias direções. Pela reação de Phillip, Sinclair não estava ali. Mas por quê? Por que Sinclair enviaria seu filho e enquanto permanecia em Londres? Ele sabia de algo que Will não sabia? Will sentiu o lampejo agudo de um novo perigo, a sensação de que os planos de Sinclair eram sempre maiores do que ele havia pensado.

Ao mesmo tempo, não pôde deixar de olhar para Phillip, como se pudesse ver Sinclair nele, colher alguma informação crítica na expressão do rosto ou no corte de cabelo.

Will levou a mão à têmpora e ofereceu um sorriso de desagrado.

— Sim, acho que é o calor.

— Eu disse que este maldito país era muito quente — comentou Phillip. — Não sei por que as pessoas vêm para cá, seria mais eficaz pularem em uma fornalha.

— Vou encontrar um lugar fresco para me recuperar.

Will fez o que esperava ser o movimento de leque que um homem idoso fazia com a mão.

— Boa sorte — respondeu Phillip, sem muito otimismo.

Will foi em direção à maior carruagem. Era o único carro pelo qual todo o comboio iria parar: tornou-se, portanto, o alvo de sua sabotagem. Precisava retardar o progresso até a montanha. Provavelmente não poderia causar um colapso que durasse mais de algumas horas, não se os reparadores fossem diligentes. Mas assim que terminou a carruagem, foi até os carros de suprimentos e começou outras sabotagens que sabia que seriam eficazes.

Estava contornando o segundo carro de suprimentos quando uma voz o atingiu, aguda e penetrante.

— Não entendo por que tenho que ficar na carruagem — dizia Elizabeth. — Se você está indo para o palácio, eu não deveria ir também?

— Você não está segura no Palácio Sombrio — respondeu uma segunda voz, uma voz que fez Will parar, virar e olhar, pois o que estava vendo não podia ser real.

Elizabeth estava sentada no gramado, com um vestido de musselina branca espalhado a seu redor. Segurava um pedaço de madeira e franzia a testa ferozmente.

A garota sentada à sua frente era...

— *Katherine?* — sussurrou Will, chocado.

Não podia ser ela. Não podia. Ela estava morta. Will havia se sentado ao lado do corpo dela por horas, branco, frio e imóvel. Sua forma sem vida não havia feito o menor movimento. No entanto, aquele cabelo dourado e aquele perfil extraordinário eram inconfundíveis.

Will as encarou, observando a cena surreal e bucólica de duas irmãs sob o sol. Era como se algum desejo tácito tivesse sido atendido e o tempo retrocedido até um momento em que as meninas estavam seguras e nada de seu lado sombrio as tivesse tocado.

Viva. Após o primeiro momento de choque e confusão, uma esperança estranha e dolorosa surgiu dentro dele. Talvez... talvez estivesse tudo bem, tivesse estado tudo bem o tempo todo. Ele não a tinha matado. Tinha se enganado em Bowhill, e Katherine havia sobrevivido à espada. Ele ficou parado no lugar, observando.

Sentia-se como um *voyeur*, um órfão parado do lado de fora de uma janela olhando para uma família. Não era irmão delas, e, qualquer que fosse o milagre que tivesse acontecido em Bowhill, as duas não o quereriam. Mas a necessidade estava lá, intensa. Pensou que, se as cumprimentasse como Prescott, elas não o reconheceriam, e talvez ele pudesse se sentar e até conversar com as duas. Katherine havia gostado dele antes de saber o que ele era.

Do outro lado da encosta gramada, Katherine olhou para cima e o viu.

Tudo pareceu acontecer de uma vez: seus olhos se encontraram e os dela se arregalaram; ela se levantou e começou a caminhar com passos largos e incomuns em direção a ele; estava diminuindo a distância entre os dois e puxando uma espada de uma alça em suas costas.

Um medo frio e primitivo. Will recuou assim que viu a lâmina. Mas não era um espadachim. Não conseguia nem controlar o corpo de Prescott particularmente bem. Tropeçou, como acontecia em seus pesadelos quando a mão de alguém diferente segurava uma faca. *Mãe, não. Mãe, sou eu. Mãe.* Com outro passo, ela estava diante de Will.

— *Você* — disse Katherine.

E cravou a espada no corpo dele.

A dor explodiu em seu estômago, uma onda úmida de sangue que o levou ao chão, tirando o ar dele. Ele tentou agarrar o ferimento e se cortou com a espada que ainda estava em suas entranhas.

Mal percebeu os gritos de Elizabeth.

— O que está fazendo? É o Prescott! Esse é o Prescott!

Katherine estava curvada sobre Will, com o joelho pesado em seu abdômen, o rosto salpicado de sangue e contorcido de ódio.

— É o que vou fazer com você — declarou Katherine, no idioma antigo. — Repetidas vezes, até que todos os subordinados que você habita estejam mortos. — Havia uma nova cadência severa na voz dela; seus olhos brilhavam com frieza. — Serei eu quem vai matar você. Quero que saiba disso.

Katherine enfiou a espada com mais força.

— Quero que você saiba que sou eu, Visander, o Campeão da Rainha. E que essa é a sensação de morrer por minhas mãos.

Então ela torceu a espada em suas entranhas.

Will se engasgou com o sangue. Era um menino no corpo de um homem velho. Com horror e agonia cortante, ele olhou para cima.

Viu um homem olhando para ele através dos olhos de Katherine, cheio de ódio. Um homem no corpo de Katherine. Não era Katherine. Outra pessoa a estava habitando. Um guerreiro enviado do velho mundo para matá-lo.

Will acordou na encosta, ofegante. Rolou e apertou o estômago, sentindo um buraco na barriga que não estava lá. Seu corpo estava intacto, a ferida úmida e horrível havia desaparecido. No entanto, ele estava curvado, sentindo que aquilo ainda estava acontecendo. Estava morto, estava morto, estava...

Sozinho na encosta, Will olhou para cima e viu o símbolo que havia feito, o *S*, marcado na terra, como se tivesse sido queimado no solo.

— Sei o que é a morte branca — disse Will.

Will ainda sentia como se tivesse sido esfaqueado, instável no próprio corpo. Teve que se esforçar ao máximo para não pressionar as mãos no abdômen, onde fora atingido.

HERDEIRO DAS TREVAS 403

Teve que se esforçar para manter a concentração em onde estava e na única coisa que havia descoberto enquanto estivera deitado, ofegante e desorientado, na floresta.

Os outros se reuniram em torno de uma das longas mesas de madeira da taverna. James estava sentado com as costas apoiadas na parede, enquanto Grace e Cyprian permaneciam como duas sentinelas. Ele os havia convocado primeiro, sem querer encarar Kettering ou Ettore, pelo menos por enquanto.

— Will, você está bem?

Já haviam se passado horas. Horas perdidas, arrastando-se, sem equilíbrio, pela floresta, apoiando o peso em troncos. Voltara para a aldeia movendo-se de árvore em árvore.

Grace olhava para Will com mais preocupação do que na noite em que o Salão tinha sido atacado. Ele nem queria imaginar em que estado se encontrava. *Morte*, a palavra entrou em sua mente, com a sensação persistente de ser esfaqueado.

Will a afastou dos pensamentos. A missão era importante demais.

— Precisamos evacuar. Precisamos tirar todos da aldeia. Não podemos ficar e combatê-los. Não podemos deixar ninguém chegar perto da escavação. Temos que levá-los para o mais longe possível.

— Do que você está falando? — perguntou Cyprian, arregalando os olhos.

Will não conseguia tirar Katherine da cabeça. O rosto de Katherine com outra pessoa olhando através de seus olhos. Tinha desejado tanto que ela estivesse viva. Queria tanto que ela ainda estivesse naquele corpo, em algum lugar. Mas não conseguia deixar de pensar na inscrição em Ekthalion. *Quem empunhar a lâmina se tornará o Campeão.*

— O exército dos mortos... não é apenas um exército de batalha. É um exército que possui pessoas — explicou Will.

Katherine... tinha o mesmo rosto, mas os movimentos, até mesmo a postura, estavam diferentes. E a expressão dela... estava cheia de ódio, um ódio novo, um soldado que havia fechado os olhos no velho mundo e aberto naquele. *Sou Visander, o Campeão da Rainha. E essa é a sensação de morrer por minhas mãos.*

— Você perguntou que forma o exército assumiria. A seguinte: as pessoas do velho mundo não são apenas Renascidas. Existe outro jeito de voltar. Você pode retornar no corpo de outra pessoa.

Ele viu os olhares chocados dos outros enquanto tentavam entender o que ele estava dizendo.

— Não um Renascido. Um Retornado — explicou ele.

— Está querendo dizer uma possessão de verdade — disse James. Will assentiu.

— A morte branca. É o primeiro sinal... Alguém que morreu no passado vai retornar no corpo de alguém no presente.

Ele permanecera com Katherine durante horas sem ver sinal algum de vida. Ela não se sentou como se estivesse acordando de um sonho. Apenas continuou morta; marmorizada como pedra branca. Lembrou-se da história de Nathaniel sobre Ouxanas, a Alta Regente, que estivera desaparecida por três dias e havia sido considerada morta. Até ela voltar, mudada.

— O Retornado deve ficar adormecido por um curto período — explicou Will. — Talvez esteja se ajustando ao corpo. E então acorda.

A morte branca parecia ser uma espécie de hibernação através de magia, a pele transformando-se em pedra era uma forma de proteção, como uma casca de ovo ou uma crisálida, até que o Retornado estivesse pronto para emergir.

— Aqui não. Os moradores locais cremam os corpos — disse Grace.

Assim como os Regentes. Aquilo mostrava a importância repentina dos velhos costumes, uma prática cultural nascida de um terrível conhecimento: os mortos podiam retornar. Mas não sem um receptáculo. Queime o corpo e mate o Retornado. Quantos Retornados haviam morrido dessa maneira? Quantos abriram os olhos no novo mundo apenas para se verem sendo queimados vivos?

Mas Katherine não foi cremada. Foi enterrada em um caixão. Ele a imaginou abrindo os olhos sob a terra. Presa em um espaço pequeno e escuro. Teve que lembrar a si mesmo que não era Katherine. Meu Deus, ele a tinha deixado para trás e aquela coisa havia acordado do corpo dela.

— Se esse exército for libertado, haverá uma onda de morte, milhares de pessoas morrerão com a morte branca e, quando voltarem a se erguer, serão Retornados. Farão parte do exército dele. O passado estará aqui para assumir o controle do presente.

Isso explicava por que o próprio Sinclair não estava ali. Por que havia enviado o filho. Havia muito poder para tomar, mas também muitos riscos.

Parecia que o velho mundo estava voltando, assim como o Retornado em Katherine havia voltado: por Will...

O rosto de Cyprian estava branco.

— Tem certeza?

Foi James quem respondeu:

— Faz sentido, não é? É arriscado ser Renascido. Você nasce. É uma criança. Não se lembra de quem você era. E está vulnerável. Sozinho. Veja o que aconteceu com as crianças desta aldeia — disse James. Ele não disse: *Veja o que aconteceu comigo.* — Desse modo, eles voltam a um corpo adulto, sabendo quem são.

O pensamento não dito era: o que mais voltariam sabendo? O Rei das Trevas havia dado instruções? Será que seus súditos estavam dando andamento aos planos dele? Will estremeceu ao pensar em enfrentar as ordens de seu antecessor tão diretamente, quando combatê-lo a séculos de distância já havia custado tanto.

— Então o que fazemos? — perguntou Cyprian, dando voz aos outros. — Não podemos lutar contra um exército que pode nos possuir.

Uma voz familiar vinda da porta disse:

— Quer apostar?

CAPÍTULO QUARENTA E TRÊS

Em três passos rápidos, Will se aproximou e a abraçou apertado, Violet fechou os olhos e sentiu-o quente e real contra ela, vivo como temia que o amigo não estivesse.

— Você nos encontrou — disse Will, e ela apenas o abraçou mais forte ainda.

Era tão bom vê-lo. Era tão bom ver todos. Violet finalmente se afastou, enxugou os olhos e deu um soco no ombro de Will, que abriu um sorriso; ela sentia tanta falta disso.

Ele crescera um pouco nas semanas em que estiveram separados, e as mechas de seu cabelo escuro estavam um pouco mais longas, o suficiente para precisar de um corte. Mas havia outra mudança que ela não conseguia nomear, uma diferença no modo como ele se comportava. Lembrava o jeito dele ao assumir o comando após o massacre no Salão: como se tivesse os instintos de um líder e não os escondesse.

Quando ela olhou em volta, viu Grace e Cyprian e, para sua surpresa, Cyprian também parecia diferente. Ainda era bonito como mármore esculpido, mas a rigidez de estátua tinha desaparecido, como se ele fosse um pouco mais uma parte do mundo. Então ele fez algo que ela nunca havia esperado. Avançou, seguindo o exemplo de Will, e a abraçou com tanta força que ela se sentiu estranhamente sem fôlego.

— Cyprian — disse ela, surpresa, ao se ver abraçando-o de volta, e isso também a surpreendeu, como se ambos tivessem mudado sem que ela percebesse.

Violet nunca pensou que Cyprian a abraçaria por vontade própria.

— Não duvidei da sua força — disse Cyprian, com sua habitual honestidade direta —, você esteve sempre em meus pensamentos, e estou feliz que esteja aqui.

As bochechas dele estavam um pouco coradas. Violet tentou não pensar que Will e os outros estavam olhando para eles.

— Eu também — disse Grace, com um caloroso aceno de cabeça em saudação.

— Para mim, tanto faz — falou uma voz arrastada, e ela recuou para ver James St. Clair.

A mudança em James a deixava mais inquieta, ainda um jovem aristocrata com roupas elegantes, mas, se ela olhasse mais de perto, ele estava um pouco bagunçado, como se tivesse usado o mesmo casaco por mais de um almoço. Era engano seu ou ele parecia um pouco menos cauteloso? Não, não menos cauteloso, mas mais... confortável. A postura despreocupada encostada na parede era exatamente como ela se lembrava, mas ele não parecia mais um estranho. O tempo que passara com os outros fizera de James um deles, e isso a desconcertava.

Por um momento, tudo em que conseguiu pensar foi nas palavras de Marcus: *Ele não pode ser resgatado. Matará todos nós se não o matarmos.*

— O que aconteceu? — perguntou Will. — É verdade que você ficou presa em Calais?

Violet afastou os pensamentos e jogou a trouxa em uma cadeira próxima.

— Tem uma coisa que todos vocês precisam ver.

Por causa da presença de James, ela guardou o diário de Marcus e tirou da trouxa o maço de papéis soltos, ilustrações e anotações em francês e latim. Os outros recuaram, em choque.

Ele tinha um aspecto aterrorizante, mesmo em efígie, como se pudesse sair da imagem para o mundo. Superava a escuridão que emanava da montanha, comandando-a de maneira inequívoca, com um cajado erguido nas mãos. Chifres escuros de sombra enrolados em seu elmo e nele... Os olhos de Violet se fixaram no espaço escuro onde os olhos dele estariam no elmo preto. O artista havia desenhado apenas um vazio preto. Se tirasse o elmo, qual seria a visão obliterante de seu rosto?

— É ele — disse James, com repugnância.

— Não é original — explicou Grace. — É uma cópia. Provavelmente foi copiado centenas de vezes desde que foi desenhado pela primeira vez. Não sabemos que erros podem ter sido introduzidos na imagem.

— É ele — repetiu James.

O fato de que o Rei das Trevas mantivesse seu poder sobre James, mesmo em uma cópia desbotada, era o mais assustador. Ela pensou em Sinclair, a versão muitas vezes diluída. As palavras de Marcus voltaram à mente dela. *Tudo que James anseia é se sentar ao lado do Rei das Trevas em seu trono.* Será que havia sido a ancestralidade de Sinclair que chamou James?, perguntou-se Violet. Ele foi atraído pelas Trevas? Por isso tinha procurado Sinclair depois de deixar o Salão?

— Descobri o que Sinclair procura. — Violet espalhou mais os papéis e contou o que havia descoberto com eles e com Leclerc. — Fiquei presa no antigo castelo da família Gauthier, nos arredores de Calais. A família Gauthier... não era apenas obcecada pelo Colar. Existia algo mais que eles estavam procurando... o cajado do Rei das Trevas; eles o chamavam de *potestas tenebris.*

— O poder das trevas — disse Grace, e então, passou o dedo sobre a ilustração: — Ou aqui, é *potestas imperium*, o poder de comandar. — Ela olhou para Violet. — O cajado?

No desenho, linhas escuras conectavam o cajado à horda abaixo. Violet assentiu.

— O cajado — disse ela. — Ele comanda os exércitos e está dentro do palácio. Sob o trono. Em um lugar chamado...

— A masmorra — completou Will.

Ela ergueu o olhar para o amigo, surpresa. O nome a perturbou, mas foi ainda mais perturbador ver os outros ecoando a expressão sombria de reconhecimento de Will.

— Vocês estiveram lá — percebeu ela.

— Antigamente, era uma prisão — explicou Will. — Agora abriga o exército do Rei das Trevas, pronto para acordar.

As poucas imagens do exército que ela havia visto na coleção de Gauthier eram aterrorizantes. Violet respirou fundo.

— Bem, a família Gauthier acreditava que este cajado era mantido no mesmo lugar.

— E Sinclair sabe disso? — perguntou James.

Violet assentiu.

— Com certeza — disse Will. — Ele vai usar o cajado para despertar o exército. E comandá-los, como se fosse o Rei das Trevas.

— Não podemos deixá-lo fazer isso — declarou Violet. — Eles vão possuir os corpos de todos neste país.

— Vamos chegar lá antes dele. E usar isso para deter os exércitos de uma vez por todas — disse Will.

— Você quer dizer voltar lá? — perguntou James. — Ninguém pode usar magia no fosso. Estaríamos em pé de igualdade com Sinclair.

— Mais uma razão para chegar lá antes dele.

Will falou de modo assertivo, como se o assunto estivesse resolvido. Não sabia o que a amiga sabia. O terrível impasse com que a família Gauthier havia se deparado. A razão pela qual nunca tinham ido atrás do cajado eles mesmos.

A razão pela qual Sinclair havia capturado Marcus e esperado que ele se transformasse.

Violet balançou a cabeça.

— Apenas uma criatura das Trevas pode chegar perto do cajado. Qualquer outra pessoa será morta. Por isso as forças da Luz não o destruíram quando mataram o Rei das Trevas. Não conseguiram se aproximar.

Ela sabia que Will se lembrava do poder corrosivo de uma única gota de sangue do Rei das Trevas, que havia destruído o *Sealgair* e feito seus marinheiros apodrecerem de dentro para fora. Quão pior seria a fonte daquele poder?

— Os Regentes foram forçados a guardá-lo — disse Cyprian, devagar. — Não conseguiram chegar perto para destruí-lo, então só puderam ficar vigiando por gerações. Era muito perigoso deixar isso de lado.

— Como o Cálice — disse Grace.

— Como o Colar — disse James, franzindo a testa.

— E quando o exército acordou, só o que puderam fazer foi enterrar o palácio sob a montanha e esperar que nunca fosse encontrado. Foi o que Nathaniel nos contou.

Cyprian estava com o rosto tenso.

— Não se pode enterrar o passado — declarou Will.

Ele tinha razão. O passado sempre se infiltrava no presente. Ela sentiu o próprio passado pressioná-la: um assunto no qual nunca se permitia pensar, uma série de lembranças antigas que não queria enfrentar.

— Então... precisamos de uma criatura das Trevas do nosso lado — falou ela.

— James — sugeriu Cyprian.

— Ah, muito obrigado — disse James.

— Não. — Will deu um passo à frente de forma protetora. — Ele pode morrer, não vou arriscar. Ele era da Luz antes de servir ao Rei das Trevas. — Violet se lembrou de Will rodeando James de maneira solícita no Salão. Ela abriu a boca para comentar, mas Will continuou: — Além disso, precisamos que James abra o portão.

— O quê?

A cabeça de James girou.

— O *portão*? — perguntou Violet.

— Precisamos tirar os moradores daqui. Isso não mudou. Não podemos permitir que esse exército invada estas cidades e assuma controle do povo. Temos que evacuar a aldeia. Não apenas a aldeia. A escavação também. Os terrenos vizinhos. Os soldados desse exército vão possuir as primeiras pessoas que encontrarem.

Evacuar a região? Não parecia possível. Seria uma enorme mobilização se conseguissem convencer as pessoas de que os perigos sobre os quais os alertaram eram reais.

E, sob isso, escondia-se o outro pensamento, mais sombrio. *Isso nos inclui. O exército também poderia nos possuir.*

— Ettore — disse Grace.

— Quê?

Violet se virou para ela.

— Ele é uma criatura das Trevas — explicou Grace. — Ou hospeda uma. Ele tem uma sombra. Pode chegar até o cajado do Rei das Trevas sem que morra.

Falou com a calma do pronunciamento de uma janízara. Não para Violet, mas para Will, como se os dois tivessem compartilhado muitas dessas conversas nas semanas desde que tinham chegado ali.

— "Somente com Ettore você poderá impedir o que está por vir" — lembrou Will.

— Minha teoria é que sua sombra o torna imune à morte branca também — disse Grace.

— Por quê? — perguntou Violet.

Foi Will quem respondeu.

— Porque uma sombra já o possui.

Violet estremeceu.

— No mínimo, um Retornado teria que lutar contra a sombra dele para dominar — concluiu ele.

A imagem de um Retornado lutando contra uma sombra pela posse de um Regente era desconcertante. Dois parasitas lutando por um hospedeiro.

— Não vamos dar a *Ettore* o poder de comandar os exércitos das Trevas — disse Cyprian, e, por um momento, Violet pensou ter visto um lampejo de desgosto pela ideia também no rosto de Will. — Ele é um mercenário e um bêbado. Não é confiável.

— A Regente Anciã não nos enviou aqui para encontrá-lo? Não deveríamos confiar nela para nos liderar em nossa missão? — argumentou Grace.

Quando Violet olhou para Will, a expressão não era mais legível. Ele havia adotado aquela postura tranquila e agradável que tinha às vezes ao concordar com as outras pessoas.

Como se dissesse *"Você está certa"*, ele falou:

— Vamos conversar com Ettore.

— De jeito nenhum — respondeu Ettore, pondo os pés em cima da mesa.

De cabelos escuros e um brilho divertido e cínico nos olhos, Ettore estava sentado em um barril, do lado de fora, bebendo. A barba por fazer estava quase virando uma barba de verdade, e o cabelo parecia não ser cortado havia um ano. Ele se vestia como um dos muitos bandidos que Violet tinha evitado ao longo das estradas na montanha, com roupas de couro manchadas e uma camisa suja, entreaberta sobre os músculos fortes do torso, naquele momento relaxado. E quando eles contaram o que sabiam, Ettore apenas bufou.

Grace franziu a testa, como se não fizesse parte de seu plano.

— O que quer dizer com "De jeito nenhum"?

— Quero dizer que de jeito nenhum vou àquele lugar para pegar algum objeto das Trevas que possa me matar. Não vai acontecer.

Ao saber que Ettore era o último Regente sobrevivente, Violet o imaginou como uma versão italiana de Justice, mas Ettore não era nada disso. Ela o observou erguer o cantil outra vez, revirar a bebida na boca e depois engolir deliberadamente. O cheiro de álcool era forte mesmo a seis passos de distância. A mensagem era clara: a conversa chegou ao fim.

— A Regente Anciã nos enviou até você. Ela nos disse que você teria um papel a desempenhar — disse Cyprian.

— A Regente Anciã nunca fez nada por mim, garoto.

Ettore deu de ombros.

— Você tem uma sombra dentro de você — argumentou Cyprian. — Uma força sombria que vai encurtar sua vida. Fez esse sacrifício quando pegou suas vestes brancas. Não quer que tenha algum significado?

Ettore olhou para ele, quase sorrindo.

— Significado? Acha que isso significa alguma coisa? Bebi do Cálice, sabe o que significa? Que me ferrei assim como todos os outros. Que um dia vou virar uma sombra, um assassino vazio, um servo irracional das Trevas por toda a eternidade. Até lá, vou viver minha vida. O pouco que me resta.

— Então faça isso pelos seus homens — disse Cyprian.

— Meus homens e eu vamos sair daqui pelo portão com o garoto bonito. Ettore indicou James com o polegar.

— O Salto de Fé — disse Cyprian.

Violet não sabia o que aquilo queria dizer. Focou em Ettore. Ele fitava Cyprian com uma expressão estranha e meio zombeteira. Os dois não poderiam ser mais diferentes. Ela se perguntou se Ettore via em Cyprian uma versão passada de si. Em algum momento, tinha que ter acreditado, ou nunca teria bebido do Cálice.

— Melhor ter fé em um portão do que fé nos Regentes — declarou Ettore enquanto Cyprian franzia a testa.

— Não podemos forçar você a nos ajudar — disse Will.

— Tem razão, não podem — concordou Ettore, erguendo o frasco em um pequeno brinde.

Deixaram-no bebendo na praça e voltaram para a sombra do toldo, tentando encontrar um jeito de continuar a missão sem a ajuda dele.

— Não é típico da Regente Anciã se enganar — comentou Grace, como se não conseguisse entender. — Talvez Ettore tenha outro papel a desempenhar, um que ainda não sabemos.

— Ou talvez ele seja apenas um cretino — sugeriu Violet.

— Você entendeu tudo só de olhar — disse Cyprian.

Ela olhou para Will. Ele agia com a mesma naturalidade de quando havia sugerido falar com Ettore, não parecia nem um pouco preocupado ou abalado com a recusa do bandido em ajudá-los. Como se esperasse, ou algo assim.

— Nada mudou — disse Will. — Nossa primeira tarefa é evacuar a montanha e impedir que Sinclair chegue ao palácio. James, você abrirá o portão para aqueles que vão embora, enquanto nós vamos interceptar Sinclair para detê-lo antes que ele chegue aqui.

* * *

A taverna de pedra, semelhante a uma caverna, não era tão diferente do porão onde ela havia sido mantida na mansão dos Gauthier. Tinha o mesmo teto arqueado e até mesmo vários barris espalhados. As mesas de treliça onde os moradores locais se sentavam e comiam estavam vazias, o que parecia um presságio estranhamente ameaçador. Logo a aldeia estaria vazia. A região ficaria vazia. De um jeito ou de outro.

— Sinto muito. Eu deveria ter estado lá — disse Will.

— Consegui sair — respondeu ela, balançando a cabeça. — Estou aqui.

— Você veio por mim; eu deveria ter ido por você.

Ele sempre foi assim, pensou Violet. Como se fosse mover céus e montanhas para ajudá-la.

— Não tinha por quê; foi fácil de escapar — disse ela, e lançou um sorriso para o amigo.

Will respondeu com um sorriso próprio, mas algo mais passou brevemente por seus olhos.

Na verdade, ela queria contar o quanto estivera com medo de não conseguir voltar a tempo. Queria contar do aviso da sra. Duval de que ela deveria ficar e completar o treinamento. Queria contar do diário de Marcus. Queria contar o que havia descoberto sobre a mãe.

Ela sentia falta das noites no Salão dos Regentes, os dois esparramados nas camas um do outro, trocando histórias sobre o dia.

Ele matou minha família também. Não era o momento certo, ali, na véspera da batalha. Ela nem tinha certeza do quanto disso era verdade. Havia partes do que a sra. Duval contara, as partes sobre Tom, sobre seu destino, nas quais ela ainda não queria acreditar. Quanto ao resto, quanto à...

... à mãe dela...

Sua vida antes de ir para a Inglaterra sempre havia sido um período que Violet mantivera cuidadosamente em branco. Sempre que alguém de sua família falava sobre a Índia, ela fazia uma careta e olhava para os pés, ou saía do cômodo. Naquele momento, aquele espaço em branco estava ganhando vida com lampejos inconstantes de memórias não lembradas e sentimentos intensos que ela não sabia como nomear.

Ela retirou Ekthalion.

Will fixou os olhos no objeto. Forjada para matar o Rei das Trevas, a espada tinha uma presença perturbadora. O sangue do Rei das Trevas havia sido limpo, mas a lâmina ainda irradiava um propósito letal. Violet sentiu o peso nas mãos.

— Tem mais na história de Rassalon do que me contaram — disse ela. — A sra. Duval falou que ele era um verdadeiro Leão. O último Leão verdadeiro. Falou que um Leão verdadeiro poderia lutar contra o que está sob a montanha. — Violet olhou para Will. — Sabemos que o escudo de Rassalon pode combater sombras. Acho que tem um jeito de lutarmos juntos contra o que está sob a montanha, Leão e Dama. Eu com o escudo e você com isto.

Ela estendeu a espada para Will.

Os olhos de Will estavam muito escuros e arregalados, e por um momento pareceram implorar por misericórdia, uma expressão assombrada que ela nunca tinha visto nele antes. Mas a expressão se desfez. Ela o viu inspirar e expirar, uma respiração instável, como se estivesse decidindo alguma coisa. Então ele se aproximou e passou a mão ao longo do comprimento prateado de Ekthalion. Will ergueu o olhar para Violet.

— Você deveria ficar com a espada — disse ele.

— Eu não sou a campeã — retrucou ela.

— Tem certeza? — perguntou ele, com um sorriso irônico.

— Há uma pessoa para quem isto está destinado — argumentou Violet. — E essa pessoa não sou eu.

Ele apenas manteve o olhar firme em Violet.

— É a você que confio isso — disse Will. — A pessoa que eu sei que vai fazer o que é certo.

Ela levantou Ekthalion e a inclinou na luz. A espada brilhava em todo seu comprimento prateado.

— Só espero nunca ter que usá-la.

— Eu também — respondeu Will.

CAPÍTULO QUARENTA E QUATRO

Quando o sol começou a se pôr, Will fez as rondas finais.

Os preparativos já não eram para o combate, mas para a evacuação. Bens foram empacotadas e colocados em burros, e trenós improvisados foram amarrados para os idosos que, de outra maneira, se moveriam muito devagar. Will tentou não pensar nas pessoas que resistiam, determinadas a permanecer em casa, desajuizadas ou incapazes de acreditar no que estava por vir. Só havia um caminho a seguir. Os evacuados seguiriam para o portão enquanto uma força menor lançaria um ataque ao comboio de Sinclair para detê-lo antes que pudesse chegar ao palácio.

— Vocês conhecem os costumes antigos — disse ele a Rosati, que dirigia um pequeno grupo, instruindo-os sobre quem deveria seguir até a montanha. — Queime todos os corpos que tiverem morrido de morte branca. Mas se vir homens perto de você começando a cair por causa disso...

— Se os virmos cair o quê?

— Corra — disse Will.

Rosati assentiu. Will foi até um conjunto de barris do lado de fora da taverna, onde um grupo de bandidos estava sentado virando uma última bebida.

— Vai ter tanto saque para fazer que vamos levar a vida toda para gastar — ouviu um deles dizer.

— Vou comprar uma casa com uma adega cheia de vinho — comentou outro.

— Vou comprar um terno novo para o meu pai — afirmou um terceiro.

Uma sensação dolorosa se alojou nele.

— Quando o portão se abrir, qualquer guarnição que ainda estiver guardando o Salão será pega de surpresa. — Os bandidos pararam e olharam para ele. — Acabem com ela rápido e terão o saque que desejam. Um salão cheio.

— Que você não viva mais que seu dinheiro.

O primeiro bandido ergueu uma taça para ele.

Will encontrou Cyprian enviando o último dos doze cavaleiros para avisar as cidades e aldeias vizinhas. Precisavam esvaziar a maior área possível. Foi Will quem cuidou do trabalho de encontrar emissários, homens e mulheres que tinham parentes ou amigos em cidades próximas e, portanto, tinham pelo menos uma chance de que acreditassem neles quando o recado fosse dado.

Havia tanta coisa que ele queria dizer a Cyprian, que havia seguido suas ordens desde que Will retornara ao Salão. Ele tinha visto o garoto se transformar de um noviciado protegido e irritadiço em um tenente leal que estava fazendo o possível para se adaptar ao mundo exterior. Cyprian cumpria seu dever, a promessa de uma missão maior, e Will o admirava por isso. Mas quando Cyprian se virou e o viu, Will falou apenas de assuntos práticos:

— Aproximar-se das carruagens de Sinclair será muito perigoso. Não sabemos quem ou o que o protege. Nosso ataque terá que ser a distância.

— Temos pistolas, mosquetes e arcos. E sou um bom atirador — retrucou Cyprian.

— Deixe-me adivinhar. O melhor arqueiro entre os noviciados.

— Isso.

Não era uma ostentação. Apenas a declaração de um fato, sem qualquer consciência de quão arrogante podia soar. Era bem a cara de Cyprian, que ainda fazia os exercícios dos Regente todas as manhãs, uma figura graciosa e solitária.

Com aquela sensação dolorosa outra vez tomando conta dele, Will disse:

— Não mude.

Grace supervisionava o transporte de suprimentos: trenós, burros, bornais e pilhas de bens materiais. No dia seguinte, enquanto os bandidos estivessem acompanhando James e os aldeões até o portão, ela cavalgaria com Cyprian e os outros para se juntar à luta contra Sinclair.

— Se algo acontecer comigo, você precisa assumir a liderança — pediu Will a ela. — Precisa guiá-los e, se eles não conseguirem vencer a luta contra Sinclair, precisa tirá-los de lá.

— Eu? — disse Grace.

— Isso mesmo.

Ela lançou um longo olhar para Will, como se estivesse tentando decifrá-lo. Will apenas olhou para Grace com firmeza.

Mas tudo o que ela disse foi:

— Tudo bem.

E então, com isso feito, ele caminhou pela estreita rua de paralelepípedos com seus prédios de pedra cinza aglomerados em ambos os lados até que acabassem e dessem espaço a um caminho de terra, subindo a colina íngreme até a torre em ruínas que dava para a cidade.

James estava olhando para ele, os cabelos loiros brilhando na última luz do pôr do sol. Sua única função era conservar energia para que no dia seguinte conseguisse abrir o portão. Ele se encostou em um afloramento de pedra, com a cidade se espalhando à sua frente. Os nós dos laços que os uniam se apertavam como um fio brilhante.

Existia algo inacreditável na beleza dele. James combinava com o pôr do sol, como se fizesse parte da luz que escapava do mundo. Will pensou: *A terra ficaria fria e escura se você partisse.* Ao vê-lo naquele momento, Will se sentia completamente perdido ao saber que James era tudo o que ele queria em sua vida passada e o que nunca poderia ter nessa. James recostou-se e olhou-o com o mesmo calor com que Anharion havia olhado inicialmente para Sarcean.

— Leve-me — disse James. — Leve-me com você para lutar contra Sinclair.

Will percebeu que, dessa posição, James o estivera observando enquanto ele falava com cada um dos grupos da aldeia abaixo. Mas nem James entendia.

Will manteve a voz casual.

— Precisamos de você no portão.

— Não posso proteger você no portão.

Calor. Como se afogar na luz solar. Ele se sentiu egoísta por querer tanto, por assumir sob falsos pretextos, mesmo quando disse, com uma pequena fonte daquela luz dourada:

— Você está preocupado comigo.

James franziu a testa e não negou.

— Eu...

— Não precisa ficar — disse Will. — Vou deter tudo isso.

— Você tem sempre tanta certeza de tudo.

— Isso mesmo.

Ao olhar adiante, ele viu que, assim como a cidade, era possível ver a montanha, e, em algum lugar daquela montanha, ficava o portão. No dia seguinte, James subiria a montanha enquanto Will a desceria sozinho.

— Se aquele exército acordar — disse James —, eles me reconhecerão. — Quando Will não respondeu, James se virou para encará-lo. — Se eles se lembrarem do velho mundo, eles *me reconhecerão*.

— Como Devon reconheceu você.

— Aquele capão idiota. Sim.

O exército também o reconheceria, tal como Devon o reconhecera. Devon percebeu quem ele era assim que Will entrou na loja de marfim de Robert Drake. E se seu exército o reconhecesse, seus amigos descobririam quem ele era muito rápido. James descobriria quem ele era.

— Conheço você — disse Will, e James arregalou os olhos. — Essas pessoas que você vai levar para os portões, sei que não vai decepcioná-las. Sei que vai fazer tudo que puder para protegê-las. É isto que você é. Um defensor.

James arregalou ainda mais os olhos, como se nunca tivesse recebido esse tipo de elogio antes e não soubesse como lidar.

— Vejo isso em você — continuou Will —, mesmo que seu pai não tenha visto. Vi o quanto você se esforçou para lutar deste lado.

James se virou como se seus sentimentos tivessem se tornado insuportáveis, e era essa parte, tão raramente mostrada dele, que Will queria proteger.

— Não fiz... com Simon. Não era mentira.

James falou de costas para Will.

Will corou ao entender o que James quis dizer.

— Sei disso.

— Ele queria, como um sinal de status. Mas tinha medo demais de me tocar. Todos tinham. Pertenço a uma pessoa. E eles estão com medo do meu dono.

Will foi atingido pelo entendimento do que James quis dizer.

— Você quer dizer que nunca...

James não respondeu, mas, quando se virou de novo para Will, a verdade estava estampada no rosto dele.

Will não pôde evitar o tom ganancioso em sua voz.

— Você permaneceu fiel a ele.

A mim. A ideia de James permanecer puro para ele era ilícita. James fora criado em uma cultura de abstinência e depois se manteve casto por lealdade a seu dono. Era uma ideia doentiamente agradável, embora ao mesmo tempo Will sentisse ciúme: um ciúme violento de seu antigo eu. Queria ser aquele a quem James havia feito seus votos. Queria ser aquele que faria James quebrar os votos, mesmo sabendo que esses votos eram dedicados ao próprio Will.

— Se ele voltasse e eu nutrisse sentimentos por alguém, seria uma sentença de morte para a pessoa em questão — começou James. *Uma sentença de morte para eles*, pensou Will. O Rei das Trevas mataria qualquer um que tocasse no que era dele. — Disse a mim mesmo que eu os estava protegendo... Mas estaria mentindo se dissesse que não estou... que não estou nem um pouco apaixonado por ele. Pela ideia dele. O conquistador das trevas, que poderia ter qualquer um, mas que me escolheu. Eu era jovem.

— E você sentiu? Sentiu algo por alguém?

— Como eu poderia, com ele presente? Ninguém era ele — declarou James. — Achei que ele realmente fosse voltar. Pensar que eu pertencia a ele era emocionante. Um jeito de escapar dos Regentes. Um jeito de me sentir especial. Escolhido pelo homem mais poderoso do planeta. Mas quanto mais eu descobria, mais ficava com medo. Ele me consumia por inteiro. Eu pensava...

— O quê? O que você pensava?

— Que ele era meu fim. E que eu estava correndo em direção a ele. Não conseguia ver além dele. Até conhecer você.

— James... — disse Will.

James fixou os olhos azuis nos de Will, e a vulnerabilidade neles era incomum e visivelmente difícil de sustentar. James respirava superficialmente enquanto dizia o que nunca havia dito a ninguém.

— Tome o que era dele. Prove que não está com medo. E eu também não. Temos a noite — sugeriu James. — Uma noite, antes do fim do mundo.

Como um homem à beira de um penhasco ansioso por se atirar, James queria um ato que fosse irrevogável. Queria se separar do Rei das Trevas para sempre. E Will também queria, ansiava por intervir e tomar James, ansiava por tocar onde outros não tinham tocado, por levá-lo à verdadeira rendição, por saber como era se entregar a outra pessoa.

Ele se arrastou para longe.

— Não podemos — disse Will, respirando de modo irregular.

— Por que não? Porque eu sou...

— Não. Não é por isso. Eu... depois. Quando tudo tiver acabado. Venha até mim depois.

James percebeu que não era uma rejeição: era uma oferta, uma esperança desesperada de um futuro, um futuro em que os dois poderiam ser apenas eles mesmos, se sequer fosse possível.

James curvou os lábios em um sorriso e baixou os cílios.

— É uma ordem?

A pergunta transpassou Will com veemência, e suas palavras saíram em uma voz que ele mal reconheceu.

— Você gostaria? De uma ordem?

— Eu... — James não respondeu, apenas disse: — Quero ser seu, não dele.

Os dois estavam se aproximando de novo, a beira do penhasco cada vez mais perto.

— É o que eu também quero.

— Me beije — disse James.

Ele deu um passo à frente e foi a vez de Will usar as mãos, segurar o rosto de James e deslizar os dedos por seu cabelo. Era mais tentador que o Colar, os lábios de Anharion nos seus, mas nunca assim, docemente dispostos. E esse pensamento o deteve, mesmo quando o beijo parecia pulsar entre eles. Em vez disso, ele juntou suas testas, segurando James com força nos braços.

— Will... — disse James, desamparado.

— Depois — disse Will. — Prometo.

Will esperou até que todos estivessem dormindo e então foi sozinho até o limite da aldeia.

Sair da taverna significava passar por James, que dormia em uma das camas junto às brasas da lareira. Cyprian não estava longe, também dormindo, os improváveis irmãos em paz pela primeira vez.

Rejeitar James o tinha despedaçado. Will ainda podia sentir aquele quase-beijo, a possibilidade vacilante de que acontecesse, o próprio desejo de fechar os olhos e cair. Ele queria egoisticamente possuir James, saber como era tê-lo só para si.

Mas nunca poderia ter James enquanto Sarcean estivesse entre eles. Will nem sabia se James o queria ou se estava apenas atraído pelo eco de Sarcean. Ele podia ver as impressões digitais que Sarcean havia deixado em James. Teria sido tão fácil colocar os próprios dedos em todos esses lugares. James parecia a mensagem mais pessoal de Sarcean, enviada através do tempo, uma tentação consciente, como se dissesse: *Está vendo? Somos iguais.*

Ele se virou e olhou uma última vez para a aldeia. Seu general Renascido, seu Leão e seu exército estavam todos prontos para lutar. Havia uma parte dele que queria responder a Sarcean: *Eles são meus, e eu não precisei forçá-los.*

Não, você apenas os enganou, retrucou uma voz zombeteira, mas Will ignorou.

Talvez eles fossem iguais. Mas dessa vez seria diferente. Ele iria fazer com que fosse diferente.

Iria provar para aquela voz zombeteira que ele não era um Rei das Trevas. Relegaria Sarcean ao passado, acabaria com seus planos, acabaria com sua influência no mundo. E então estaria livre para construir um futuro novo.

Will passou pelos arredores da aldeia, entrando nas colinas inclinadas repletas de árvores. Ninguém o impediu. Ninguém suspeitou, mas, como sempre, ninguém nunca suspeitava.

Ele parou ao chegar em um pequeno mirante de onde podia ver a estrada.

E esperou pelo que sabia que estava por vir.

CAPÍTULO QUARENTA E CINCO

Quando a figura sombria saiu da aldeia, Will estava pronto.

Era bom em se esconder e ficar fora de vista, ele saiu silenciosamente da cobertura noturna das árvores e pegou a trilha à sua frente.

— Will! — disse Kettering. — Eu só estava...

Will olhou para o cabelo bem penteado de Kettering, as costeletas bem cuidadas, os óculos e as roupas de professor que não combinavam.

— Você é um deles. Um Retornado — disse Will.

Kettering empurrou os óculos para cima no nariz, um hábito agitado.

— O quê? Meu querido garoto... estamos todos nervosos, estamos todos... mas isso é...

— O quartel — interferiu Will.

— O quê? — perguntou Kettering.

— No palácio, você sabia o caminho até o quartel. Mas nunca tinha estado lá. Não nesta vida. Ninguém tinha. Ninguém conhecia a arquitetura do palácio. Mas você conduziu seus homens diretamente até a sala do trono. E você foi o único que não morreu de morte branca quando chegou lá.

Kettering o encarava.

— Na escavação, você estava tentando impedi-los de queimar os corpos — continuou Will. — Não entendi o porquê, até saber o que era a morte branca. Para você, não era apenas queimar corpos. Era...

— Matar meus compatriotas — completou Kettering.

O rosto do historiador havia mudado enquanto Will falava. O coração de Will batia forte. Uma coisa era supor, outra era confirmar. Will falou com firmeza.

— Você é um deles. E vai ao palácio para despertá-los — disse ele.

Para sua surpresa, Kettering deu uma risada amarga.

— Eles! Não me importo com eles. Só me importo com ela.

Ela?

Diante dos olhos de Will, Kettering se despia da identidade do historiador inofensivo. Não estava negando, como Will havia esperado. Talvez uma parte dele, sozinha com seu segredo, queria ser vista. Will entendia.

— Acordei em uma pira — disse Kettering. — No corpo de uma criança de sete anos. Eles queimam os Retornados aqui, mas você sabe disso. Queimam qualquer um que morre de morte branca. Queriam me queimar. Mas demoraram muito. Acordei e uma mulher começou a gritar para que parassem. Ela era a mãe deste corpo. Na confusão, me libertei e corri. Não sabia então que tinha tido sorte... o único da minha espécie que tinha sobrevivido. Quantas dezenas de nós abrimos os olhos em chamas? Quantas centenas? Despertando na dor gritante de um inferno?

O calor, pensou Will, a explosão como uma fornalha. A amarração da corda, suando no calor e depois queimando. Ele tinha visto corpos carbonizados e queimados no Salão dos Regentes, quando haviam queimado os mortos.

— Qual era o nome do menino? — perguntou Will.

— Que menino?

— O menino cujo corpo você assumiu.

— Como vou saber? — respondeu Kettering.

— Talvez a mãe dele estivesse gritando — disse Will.

— Já faz trinta anos — retrucou Kettering, com desdém. — Deixei aquele lugar, aquele fim de mundo. Fui para a Inglaterra estudar história, mas descobri que meu povo foi esquecido. Esquecido! O mundo inteiro era um retrocesso. Essas pessoas pensam que sabem o que é a morte. Não têm a menor ideia. Só imaginam a própria morte... não imaginam todos que conhecem mortos, todos de sua cidade mortos, todos de sua época mortos, milhões de vidas engolidas por um buraco negro de esquecimento. Até que fique como se nada tivesse acontecido.

— Quem é "ela"? — perguntou Will.

A expressão de Kettering mudou.

— Ela era minha... era importante para mim. Juramos que voltaríamos juntos. E ela ainda está lá embaixo, no escuro.

Ele ainda está preso ao passado. Como todo Retornado estaria, pensou Will. Cada rancor, cada paixão, eles abririam os olhos nos novos corpos sentindo tudo isso. E, por serem totalmente do velho mundo, não se importavam em nada com o mundo para onde retornavam.

Assim como Kettering não se importava com o garoto cujo corpo ele havia roubado, cuja vida ele havia substituído pela sua.

Houve um pensamento mais sombrio e desconfortável. Kettering visivelmente não havia reconhecido Sarcean ou Anharion. Talvez fosse um mero soldado, de posição muito baixa para ter posto os olhos no rei e em seu consorte. Mas os generais daquele exército das Trevas, como Devon, reconheceriam os dois à primeira vista. Assim que fossem libertados...

— Vou acordá-la e não vou deixar você me impedir — disse Kettering.

Will respirou fundo.

— Não estou aqui para impedir você. Estou aqui para ir junto — explicou Will. — O cajado do Rei das Trevas... você sabe onde está, como é. Quero ir com você.

Ele pegou Kettering de surpresa. Viu nos olhos dele. Exatamente como se via na opinião de Kettering: um menino, um jovem qualquer, uma vida solitária recém-iniciada nesse novo mundo, como uma pequena árvore sem conhecimento da extensão da grande floresta.

— Você o quer para si — disse Kettering, entendendo aos poucos.

— O poder de controlar o exército dele. — E então riu. — Não pode pegar o cajado. Apenas uma criatura das Trevas pode chegar perto dele. Um garoto como você não tem a menor chance.

— Vamos ver — retrucou Will.

— Realmente quer me acompanhar até o palácio?

A expressão de Kettering tornou-se dissimulada e avaliativa. Will podia ver o que ele estava pensando: precisaria de pelo menos um corpo para a mulher dele habitar. Poderia usar Will, pensava. Talvez notando em especial a juventude de Will, o que daria à mulher dele uma vida tão longa quanto possível.

— Quando chegarmos ao fosso, a aldeia estará evacuada — disse Will, que havia planejado tudo com cuidado. — Você pode libertar sua mulher, e eu pego o cajado do Rei das Trevas.

Com a montanha vazia, sem pessoas, ele poderia usar o cajado para deter o exército antes que achassem o caminho até hospedeiros vivos.

— Tudo bem — concordou Kettering, com a nova leveza de quem pensa ter encontrado um tolo.

— Saindo de fininho? — perguntou Violet.

Will sentiu o estômago afundar quando a amiga apareceu. *De novo essa expressão*, parte dele pensou distantemente, conforme o pânico o atingiu e ele teve que se forçar a controlá-lo. Parecia demais com a noite em que havia partido para Bowhill, quando encontrou Elizabeth bloqueando a porta do estábulo.

Violet não estava sozinha; Cyprian e Grace estavam com ela.

— Você está indo atrás do cajado do Rei das Trevas sozinho, não é? — perguntou Violet.

O corpo dele ficou tenso. O coração batia forte.

— E se eu estiver?

— Da última vez, você lutou sozinho. Desta vez, lutaremos juntos. — Ela ergueu o escudo em seu braço. — Vamos com você.

— Não podem — disse ele, em um tom que deixava transparecer o pânico, até mesmo para seus ouvidos.

Will tinha que se livrar deles. Não poderia deter o exército com os amigos assistindo. Ele imaginou como seria: o redemoinho preto em seus olhos quando pegasse o cajado, seus amigos percebendo quem ele era e se afastando, como Katherine havia feito.

Will estava tão perto. Tão perto do limite, os planos deles corriam o risco de despencar.

— Violet, você não pode. Não está imune à possessão. Se os exércitos saírem, irão direto para você.

— Posso lidar com algumas sombras — respondeu Violet. — Além disso, você também pode não ser imune à possessão. Precisa de um Leão para protegê-lo.

A bondade constante e inabalável da amiga tornava tudo pior.

— Só um Leão pode resistir ao que está sob Undahar. E eu sou seu Leão. — Ela estava preparada para enfrentar as sombras para ajudá-lo. Quando Will se preparou para contestar, Violet completou: — Não tem nada que possa dizer que me impeça de ir com você.

Ela sorriu, Cyprian e Grace flanqueando-a de cada lado. Os três ficaram posicionados diante de Will em uma solidariedade terrível.

Não havia tempo de bolar outro plano, não com os homens de Sinclair se aproximando da montanha. Ele sentiu a barreia intransponível: não havia como dissuadir Violet, não havia tempo para ele próprio voltar atrás... uma desvantagem, fazer o que tinha que fazer na presença dos amigos, mas não tinha escolha.

— Sigam-me — disse Will.

Chegar ao palácio e encontrá-lo desprotegido foi desconcertante. Os soldados de Sloane haviam sumido. A entrada estava totalmente deserta.

Violet, que nunca tinha visto o palácio antes, estava com os olhos arregalados diante de sua enormidade à medida que eles atravessavam as portas gigantescas.

Em poucos passos, descobriram por que não havia soldados: dezenas de corpos brancos jaziam no mármore logo depois da entrada. Todos os guardas de Sloane tinham sido derrubados pela morte branca e se encontravam naquela paralisia perturbadora. Fato que confirmou a teoria de Will de que o processo estava se acelerando, os Retornados continuavam a emergir da câmara onde estavam.

— Mais mortes — constatou Grace.

HERDEIRO DAS TREVAS

— Acha que eles vão acordar? — perguntou Violet, inquieta.

Era a primeira vez que ela via a morte branca. Era a primeira vez que Will a via sabendo o que era. O conhecimento deu a ele um novo olhar: a carne marmorizada era um casulo inquietante do qual surgiria uma nova criatura.

— Eles vão acordar. Mas o processo leva vários dias — explicou Grace.

— Então tomara que não estejam mortos há muito tempo — comentou Violet.

Ele imaginou os Retornados começando a se levantar por todo o palácio. *Queime-os*, ninguém disse, mas todos pensaram. Will olhou para Kettering, cujo rosto estava inexpressivo.

As portas duplas davam para a sala do trono, o trono pálido brilhava no escuro. Sua majestosidade era um convite e sua promessa, sinistra. Ele havia se sentado ali e trouxera os reinos do mundo, um por um, sob seu controle. Mas o trono não era seu destino.

A masmorra ainda estava aberta, um fosso em completa escuridão. As cordas e as escadas de corda que eles haviam jogado na beirada permaneciam no lugar. Ninguém estivera ali na ausência deles? Will olhou para o buraco escuro e se perguntou se o cadáver de Howell ainda estaria lá.

Pegou Kettering pelo punho, segurando-o na beira do fosso.

Era para lá que ele tinha que ir, para as profundezas da terra sob o trono. Passaram em seguida por aquelas fileiras de figuras prontas para despertar, até chegar ao cajado. Tinha que agir rápido.

— Vocês três guardam a entrada — disse Will aos amigos. — Eu desço com Kettering e recupero o cajado do Rei das Trevas.

— Vocês dois vão lá sozinhos? — perguntou Violet, olhando para a boca aberta do fosso.

Ela parecia cética, mas não tentou impedi-lo. Ele assentiu, preparando-se.

— Preciso ir. Tenho que ser a pessoa a fazer isso — anunciou Will.

— Pode tentar — disse uma voz que fez os pelos de seu corpo se arrepiarem. — Mas eu vou impedir você.

Will sentiu um frio no estômago. Gélido, ele se virou para encará-la. Porque conhecia aquela voz, mesmo que não fosse a mesma pessoa. Não era a garota que tinha estado no Pico Sombrio e pegado Ekthalion para matá-lo.

Era um soldado que o tinha atravessado com uma espada.

Um soldado cuja presença significava o fim de tudo. *Você*, dissera ele ao enfiar a espada na barriga de Will apenas um dia antes.

Mas o rosto era tão idêntico ao dela, de pé ali como estivera no Pico Sombrio, como um fantasma de um passado do qual ele não conseguia escapar.

Ali para detê-lo; ali para deter Sarcean.

— *Katherine?* — disse Violet.

— Não é a Katherine — retrucou Will.

Ele deu um passo em direção ao fosso. Os outros reagiram com o mesmo choque que Violet. Mas, aos poucos, começaram a entender.

— É um deles — observou Cyprian, trêmulo. Ele desembainhou a espada. — Um Retornado.

— Sou Visander, o Campeão da Rainha — disse o soldado no corpo de Katherine. — E estou aqui para matar o Rei das Trevas.

Will deu mais um passo em direção ao fosso. Tinha que deter o exército. Tinha que pegar o cajado. No entanto, ele não estava no presente. Estava de volta em Bowhill: com Katherine desembainhando uma espada; com as mãos de sua mãe em torno do pescoço dele.

A expressão no rosto de Violet era de confusão.

— O Rei das Trevas... do que você está falando?

— Ele mentiu? É isso que ele faz. — Visander desembainhou a espada, exatamente como Katherine havia feito. — Ele está aqui para assumir o comando de seu exército. — Os olhos de Visander eram frios e determinados, uma expressão que Will nunca tinha visto no rosto de Katherine. — E eu estou aqui para matá-lo.

— Violet, cuide disso — Will se ouviu dizer enquanto sua mão se abria, liberando Kettering.

— Não sei quem você é, mas se está aqui para deter o Rei das Trevas, estamos do mesmo lado.

Violet deu um passo à frente, com o escudo no braço direito.

— Leão! — Visander reagiu ao Escudo de Rassalon com fúria. — Mato sua espécie onde a encontro.

Violet desembainhou a espada.

Se a visão do escudo deixou Visander furioso, a visão da espada pareceu atingi-lo como um golpe, fazendo-o cambalear antes que ele colocasse total atenção nela.

— Você... *ousa*... empunhar Ekthalion? Sua criatura asquerosa das Trevas, vou tirá-la de suas mãos e enfiá-la em seu coração!

Os dois entraram em confronto enquanto Kettering correu para o fosso.

Violet era forte como um Leão e havia sido treinada por Justice. Tinha habilidade adquirida pelo trabalho árduo e pela dedicação, unida a uma força dominadora que havia detido onda após onda de homens de Sinclair. Era uma combinação inacreditável de dons que havia permitido a ela matar um Rei de Sombra.

Visander habitava um corpo que não era o seu, que era destreinado e fraco, e que antes de Bowhill nunca havia empunhado uma espada. Parecia alguém que deveria estar dançando uma quadrilha com uma das mãos delicadamente sobre a de seu parceiro de dança. E não lutando até a morte com uma espada de duas mãos.

Não importava. Em poucos segundos, Violet estava sangrando no braço, onde Visander havia atirado uma faca, e depois na perna, parecendo chocada por qualquer golpe sequer tê-la acertado. Cyprian investiu contra ele com um grito, mas logo foi desarmado e jogado no chão. Visander manteve a atenção em Violet.

— Você achava que eu nunca tinha lutado contra Leões? — perguntou Visander, com um golpe tão forte que a derrubou de costas e fez o Escudo de Rassalon cair de sua mão. — Você nem é um verdadeiro Leão.

Ele ergueu a espada.

Foi rápido demais para Violet se esquivar da espada de Visander que balançava em direção ao pescoço desprotegido dela...

Um pequeno redemoinho saiu das sombras e se jogou na frente da espada.

— Pare! Não a machuque, não machuque Violet! Pare!

Elizabeth se colocou no caminho de Visander, com o cabelo despenteado e o vestido sujo e rasgado, ofegante devido ao esforço e à urgência.

A lâmina havia parado. Visander estava olhando para a jovem diante dele. Elizabeth fincou os dois pés no chão, encarando-o.

Mas foi Will quem paralisou, em estado de choque. Óbvio que ela estava ali. Óbvio que Visander dissera para que a garota não fosse, óbvio que ela o havia ignorado e seguido obstinadamente pela montanha em seu pônei.

Houve um estrondo vindo da direção do fosso.

— Elizabeth! — disse Violet.

Ela fechou a mão no escudo e se levantou enquanto Visander dizia:

— Minha rainha. Saia do caminho.

— Não. Violet é minha amiga!

— Sua amiga é um Leão. Ela serve às Trevas.

— Se eu sou sua rainha, tem que fazer o que eu digo, e eu digo para deixá-la em paz! — exclamou Elizabeth.

Com um grunhido breve e engolido, Visander baixou a lâmina, a menina de dez anos prevalecendo sobre o Campeão.

Violet, rápida em usar qualquer vantagem, por mais estranha que fosse, instantaneamente segurou a ponta afiada de Ekthalion na garganta de Visander.

— Acabou, Retornado — disse Violet.

Apenas para se deparar com Elizabeth arrastando seu braço com todo o peso.

— Não, deixe-o em paz!

— Ele tentou matar Will! — retrucou Violet.

— *Will é o Rei das Trevas* — declarou Elizabeth.

Tudo parou; Will teve uma sensação terrível e desnorteadora quando seus amigos se viraram e olharam para ele, olharam para ele e *o viram*. Will precisava falar, abrir a boca e negar, mas não conseguia. Era como cair. Ou talvez estivesse caindo desde Bowhill e aquele foi, na verdade, o momento do impacto.

— Will? — disse Violet.

O fosso explodiu quando uma pressão violenta foi liberada das profundezas, fazendo todos voarem. Enormes pedaços de mármore precipitaram-se como meteoros, caindo ao redor deles enquanto o chão se abria. Meio rachadura, meio erupção, o movimento fez a câmara desabar erguendo uma tempestade de poeira e escombros.

No começo, Will não conseguia ver nada, tossindo poeira e tentando cobrir a boca com o braço. De olhos arregalados, ele olhou em volta, precisando ver de que direção viria o ataque. De Visander. De Elizabeth. De Cyprian. De Violet... por favor, não de Violet.

À medida que o tremor brutal do terremoto cessou, a poeira começou a baixar.

A sala do trono estava em ruínas, pedaços do teto tinham desabado entre colunas quebradas. O fosso havia se alargado, parte de uma nova rachadura que percorria todo o piso. Pedaços de chão haviam se elevado e inclinado. Como icebergs se chocando uns contra os outros, o som de seus movimentos ocasionais era um gemido sinistro.

Ele viu os outros. Visander se jogou sobre Elizabeth, protegendo-a. Violet estava empurrando uma coluna de pedra caída para o lado com uma força que não parecia real. Atrás dele, Cyprian e Grace emergiam de onde tinham ficado presos.

— Onde está Kettering? — perguntou Grace.

— O fosso — disse Cyprian, olhando para além de Will, que se virou para encarar a masmorra.

Como um pesadelo, o primeiro Retornado emergiu da abertura. Não tinha uma forma fixa, parecia tremeluzir, com um rosto aparecendo e desaparecendo em uma escuridão amorfa.

O exército que parecia uma câmara interminável de estátuas horríveis estava se erguendo, não como figuras, mas como espíritos... não, como sombras... prontos para possuir o primeiro corpo que tocassem.

Violet de imediato se colocou na frente dos outros, balançando o escudo.

— Fiquem atrás de mim! — gritou ela.

Um segundo Retornado saiu da abertura. Esse voltou os olhos cegos para os outros e gritou, soltando um som de gelar o sangue.

Sombras capazes de possuir pessoas, pensou Will. Ninguém vivo podia lutar contra eles. Exceto Violet. Ela já havia matado sombras antes. Violet matou a primeira, decapitando-a com o escudo, depois atacou a segunda, empurrando-a para trás.

Will não ficou atrás da amiga.

— Will — alertou ela, com urgência.

Ele caminhou em direção ao poço, de onde outro Retornado surgia, uma sombra monstruosa. Will percebeu o medo nos olhos de Violet com relação ao lugar aonde ele estava indo, agora que não havia mais escolha.

— Sinto muito. É a única maneira de impedir isso — disse ele, e então pegou a corda.

Depois caiu no fosso, onde as sombras giravam.

— Will! — gritou Violet, que tinha ficado para trás, e um segundo depois Will estava muito longe para ouvir qualquer coisa.

CAPÍTULO QUARENTA E SEIS

Seu pior pesadelo ganhava vida. Não apenas uma sombra, mas centenas, uma massa de formas contorcidas se erguiam do fosso abaixo.

Violet avançou na frente dos outros e, sem pensar, sacou o escudo.

— Fiquem atrás de mim! — gritou ela para Cyprian e Grace, sabendo que se uma sombra os tocasse...

Se uma sombra tocasse algum deles...

Will. A mente dela girava. *Will, Will, Will.* Ele havia pulado no fosso, correndo em direção ao perigo como sempre fazia, para salvar as pessoas. Will era um herói. Era Sangue da Dama. Ele não era...

Ela balançou o escudo e atingiu a primeira sombra, que explodiu gritando. A próxima tinha uma forma nítida, torso e braços longos, e a impressão tremeluzente de uma cabeça que ela decapitou com um golpe certeiro. Atrás dessa, um grupo de sombras gritou e correu na direção dela. Violet matou uma. Duas. Três.

— Recuem! — gritou Cyprian.

— Will está lá dentro — disse ela. — Temos que chegar até ele!

— Você não pode lutar contra um exército inteiro! — retrucou Cyprian.

— Vou, se for preciso! — declarou Violet.

O escudo pesava em seu braço. Ela o usou repetidas vezes, com o corpo doendo. Violet lutou enquanto o grupo recuava da sala do trono para um corredor: um gargalo onde as sombras não poderiam dar a volta nela e tocar seus amigos. Se uma sequer passasse por Violet, pegaria

Grace, Cyprian ou Elizabeth. Seus amigos morreriam de morte branca e ressuscitariam com outra pessoa em seus corpos.

Ela continuou matando. Era possível matar os mortos? Quantos golpes ainda conseguiria desferir antes de não conseguir mais levantar o escudo? Lembrou-se das aulas com Justice. Ele a forçava à exaustão total e depois dizia *De novo*, como se soubesse que ela teria que lutar assim, matar assim, de novo, e de novo, e de novo.

Treinamos para o adversário que vamos enfrentar, dissera Justice, *quando chegar o dia em que formos chamados para lutar*.

Foi como Justice lutou no final, afastando a sombra o máximo que pôde, lutando para ganhar tempo para a Regente Anciã. Era o que ela deveria fazer. Afastá-las até… afastá-las até… o quê?

Até que Will as detivesse? Até que cem mil sombras saíssem do fosso, infectando todos na montanha? Ela lutou com mais vontade, ofegante, e, quando achou que não conseguiria continuar, recorreu a alguma última reserva e uniu Ekthalion e o escudo enquanto soltava um rugido, incitando as sombras como um gladiador na arena. Por um momento, as sombras rodopiantes hesitaram, como se nenhuma delas quisesse desafiá-la.

Nesse instante de pausa, Violet se encontrava ofegante, com o suor escorrendo, e havia dito a Will que era capaz de fazer isso, de conter a horda, mas, ao olhar para a torrente de escuridão que a encarava, percebeu que era impossível.

Havia muitas sombras e ela não conseguiria lutar para sempre; as sombras iriam derrotá-la.

Violet sentiu uma presença a seu lado e, com esperança, pensou que fosse Cyprian, que tinha vindo ficar com ela no final. Mas não era.

Era uma menina com cachos dourados e rosto de boneca de porcelana.

— Leão, me dê a Ekthalion — pediu Visander.

Ela olhou para Katherine, mudada e estranha. Havia uma ferocidade na expressão dela que Violet jamais tinha visto. E a avaliação de um soldado sobre o que era possível, o que a fazia lembrar o rosto de

Justice. *Não era Katherine,* lembrou a si mesma. *Era Visander. O Campeão da Rainha.*

— Sei que estamos em lados opostos, mas protegerei a menina — disse ele, e então olhou para Elizabeth, cujo rosto parecia pálido, mas teimoso à luz bruxuleante da tocha.

— Você não pode lutar contra uma sombra. Ninguém pode.

Violet balançou a cabeça. Não era uma questão de habilidade. Não era possível lutar contra o que não se podia tocar. Ela se lembrou de como havia sido enfrentar o Rei de Sombra: a espada atravessou a forma sombria como se esta fosse feita de ar. Nada além do Escudo de Rassalon podia deter uma sombra.

Visander pareceu ainda mais determinado, sem medo das sombras diante deles, e até mesmo desafiador ao encará-las.

— Essa espada foi forjada por Than Rema para cortar a escuridão. Coloque Ekthalion em minhas mãos e eu vou mostrar a você o poder do campeão.

Um momento de hesitação; uma reviravolta do destino. Ela segurou a espada com mais força e depois a jogou para Visander.

Ele a pegou, girando Ekthalion em um arco enquanto o redemoinho escuro de formas sombrias gritava e efervescia diante da lâmina prateada brilhante que parecia ser feita de luz. No momento seguinte, as sombras avançaram em direção a eles.

Violet soube então que Visander era o melhor lutador que ela já tinha visto. Melhor do que Cyprian. Melhor do que Justice. Melhor do que qualquer Regente. Estava em desvantagem por habitar um corpo mais fraco que o seu, mas seu conhecimento e sua habilidade eram tamanhos que superavam essa limitação. Ela se lembrou das palavras de Marcus. *Não podemos fazer isso sozinhos. Temos que reunir os antigos aliados.*

Temos que encontrar o campeão que possa manejar Ekthalion

E reforjar o Escudo de Rassalon

Ekthalion cortou a primeira sombra ao meio e, quando Violet brandiu o escudo, Visander já estava se movendo para matar a segunda, sem demonstrar nada de medo ou hesitação como ela esperava.

Esse era o poder do campeão. Visander já havia lutado contra sombras antes. Talvez até tivesse lutado contra centenas de sombras, sua espada cortando a escuridão da mesma maneira que o escudo dela.

Um Leão e um Campeão lutando lado a lado.

Ela sentiu o peso daquilo, então criou uma parede de força, mesmo sabendo que não era um verdadeiro Leão e que não poderia resistir para sempre.

Violet cedeu primeiro, pois estava lutando havia mais tempo. Visander não foi rápido o suficiente para preencher a brecha. Uma sombra passou; Violet girou a cabeça, frenética para impedir que chegasse a Cyprian ou Grace. Ao gritar para avisá-los, perdeu a concentração por um único momento.

Uma escuridão intensa preencheu sua visão; havia um Retornado forçando seu caminho, frio e horrível, para dentro da Boca de Violet, do nariz; outro tentava entrar pelos olhos, a escuridão preenchendo-a. Violet se debateu e tentou acertar o que já estava dentro, sentindo sombras passando sobre ela, como o rompimento de uma represa, para explodir sobre os outros.

O corpo de uma garotinha se jogou sobre o dela, e talvez as últimas palavras que ouvisse na vida vieram de Elizabeth, gritando desesperadamente...

— *A jaqueta de Phillip!*

Luz explodiu; uma bola destruidora de mil sóis.

A sombra foi afastada dos olhos de Violet, a luz repentina tão brilhante que ela não conseguia ver. Sem enxergar, ela ergueu o escudo na frente dos olhos para cobri-los, mas a luz que abrasava a retina queimava até mesmo através de suas pálpebras quentes e doloridas. Seu único vislumbre dos outros, que gritavam, e cobriam os próprios olhos, ficou gravado em sua mente antes de tudo ficar branco.

Ela podia sentir Elizabeth, ainda curvada para protegê-la, ofegante.

O brilho diminuiu e, após longos minutos de silêncio, ela se atreveu a baixar o escudo.

Aos poucos, Violet abriu os olhos.

HERDEIRO DAS TREVAS

Esperava… não sabia o que esperava. Estar morta. Não conseguir enxergar. Com os olhos ardentes e cheios de lágrimas, teve uma visão lacrimejante dos outros esparramados no chão ao redor, como se uma explosão os tivesse derrubado. E ao redor de todos havia uma luz suave e envolvente.

Violet começou a se levantar, com os olhos doloridos e observando tudo com uma admiração trêmula.

Uma bolha de luz os envolvia. Estava mantendo as sombras afastadas, embora elas mergulhassem e gritassem impotentes do lado de fora, frustradas por não conseguir alcançá-los.

Pois as trevas não suportam a luz.

No centro da esfera brilhante estava Elizabeth, com as pernas curtas plantadas no chão e as sobrancelhas ferozmente franzidas.

Temos que reunir os antigos aliados. As palavras de Marcus ecoaram na mente de Violet.

Temos que Chamar o Rei

Temos que encontrar a Dama da Luz

Temos que encontrar o Campeão que possa manejar Ekthalion

E reforjar o Escudo de Rassalon

Violet notou que seus olhos ainda lacrimejavam ao erguer as costas da mão para enxugá-los.

— Isso vai aguentar? — perguntou Violet.

— Vai — respondeu Elizabeth, mas a palavra parecia nascer mais da teimosia do que da certeza.

Violet se lembrou da rapidez com que o poder de James foi drenado ao manter o portão aberto. Se Elizabeth estava criando luz, não duraria muito.

Violet olhou de volta para o fosso, ainda envolto em escuridão. Will estava lá embaixo. Havia caminhado para o meio daquelas sombras como se não fossem nada.

Ele simplesmente nos deixou aqui. Simplesmente nos deixou.

Ela sentiu os dedos gélidos da dúvida em um toque arrepiante. A luz que os protegia foi conjurada pelo Sangue da Dama, por Elizabeth.

Eles ficaram juntos, aliados na luz. Will havia ido sozinho para as sombras.

— O Rei das Trevas quer assumir o controle de seu exército — declarou Visander, colocando Ekthalion no ombro. — Temos que o deter.

— Will não é o Rei das Trevas — argumentou Violet.

Os outros olhavam para ela. Estavam juntos, Cyprian e Grace ao lado de Visander e Elizabeth, em um silêncio tenso.

— Ele não conseguiu acender a Árvore — disse Cyprian devagar, como se não quisesse acreditar.

— Mas ele pôde tocar a Lâmina Corrompida — observou Grace, ainda mais devagar. — Era imune ao corrompimento dela. Era imune à morte branca.

A luz ao redor deles era tão quente e bela quanto a Árvore da Luz. Will não tinha invocado isso, pensou ela. Will nunca havia conseguido conjurar luz. Mas ela o vira caminhar pelas sombras. No Salão, ela o vira tocar a Pedra de Sombra.

— Ele é meu amigo — disse Violet.

— Ele mente. É o rei das mentiras — proferiu Visander. — Dirá e fará qualquer coisa para atingir seus objetivos.

— Você não o conhece. Não o conhece como eu — insistiu Violet.

— Não o conheço?! — Os olhos de Visander brilharam. — Eu o conheço muito melhor do que qualquer um de vocês. Vi o amanhecer não trazer o dia, cavalguei um vale de morte, naveguei em um oceano de trevas onde nada se movia, voltei para um lugar outrora grandioso onde a última luz bruxuleante iluminava apenas o desespero. É você quem não sabe de nada. Não conhece nada além das mentiras dele. Não tem ideia do que ele é capaz de fazer.

— Você tem certeza? — perguntou Cyprian.

— Olhe em volta. Ele voltou para o palácio dele — comentou Visander. — Libertou os exércitos dele. E está prestes a assumir o trono.

Violet olhou para o fosso, cheio de sombras irrompendo sem parar, como fumaça preta saindo de uma coluna de chaminé.

— Não podemos entrar — disse ela. — Apenas uma criatura das Trevas pode chegar perto do cajado do Rei das Trevas. Não temos como segui-lo.

Ela se ouviu dizer aquilo. Sabia que era uma confirmação de tudo o que Visander afirmava. De que outra maneira Will teria andado para as sombras? De que outro modo poderia resistir ao poder das Trevas?

Mas a ideia de Will ser o Rei das Trevas era demais para ser digerida; como um corte na mente de Violet, um buraco onde os pensamentos simplesmente desapareciam.

Ela olhou para os outros. A luz iluminava fortemente cada um dos rostos... estava diminuindo? Iria apagar? O que fariam se a luz falhasse? Se eles não pudessem entrar no fosso, e Will fosse... fosse...

Ela viu Cyprian e Grace virarem-se um para o outro, como faziam às vezes, em comunhão silenciosa.

E então Cyprian levantou a cabeça daquele seu jeito característico.

— Tem um jeito.

Ele parecia determinado, com a coluna e os ombros retos, um noviciado se apresentando para o serviço.

Ela o encarou, sem entender o que Cyprian queria dizer. Atrás dele, o rosto de Grace tinha uma expressão calma.

— Eu bebo do Cálice — disse Cyprian.

Ela balançava a cabeça antes de se dar conta.

— Não. Você não pode.

— Preciso. — Ele parecia resoluto. — Alguém tem que ir até lá. Alguém tem que impedir isso. — Seus olhos se voltaram para o fosso, para as sombras rodopiantes que jorravam dele de modo interminável. — Todas essas sombras eram pessoas. Toda essa escuridão é por causa do Rei das Trevas.

Ela podia ouvir as palavras não ditas: *Não podemos deixar Will comandar o exército do Rei das Trevas.*

Estava acontecendo rápido demais. Ela não estava pronta para isso.

— Você é a última estrela; não pode fazer isso.

Ela ignorou os outros. Apenas olhou para o amigo. *Não deixe Cyprian beber*, Marcus parecia implorar do passado. *Não o condene a meu destino, a se perder nas sombras para sempre.*

Marcus não iria querer que você fizesse isso. Violet não disse tais palavras. Apenas olhou para ele com uma dor terrível no peito.

— Preciso beber — respondeu Cyprian. — Pode ter sido exatamente por essa razão que os Regentes mantiveram o Cálice.

— Mas acabei de recuperar você — disse ela em voz baixa, e ele abriu um meio sorriso triste.

— Eu sei. Eu queria que...

Grace tirou o Cálice do bornal.

Violet havia visto o objeto no Salão, brilhando como uma joia sombria, da cor de ônix polido. Esculpida com quatro coroas. Quatro coroas para os quatro reis. *Callax Reigor*, podia ser lido na inscrição. O Cálice dos Reis.

Na primeira vez em que estivera no Salão, Violet assistira com Will enquanto o jovem e esperançoso Carver ganhava seu uniforme e se tornava um Regente. Todos no Salão se reuniram para vê-lo testar-se contra as Trevas, e todos comemoraram seu sucesso quando ele se provou digno.

Mas ninguém o tinha visto beber do Cálice. Essa parte do rito estava envolta em mistério. Quando terminou, ele simplesmente havia emergido com o novo uniforme branco diante de uma multidão radiante.

Era estranhamente comovente o fato de que Cyprian também não sabia.

— Como... como isso é feito?

Ele se virou para Grace.

— Tem uma cerimônia, mas serve apenas para exibição. Você simplesmente bebe — explicou ela.

O rosto lindo de Cyprian parecia diferente, os olhos verdes sérios, a expressão inabalável. Ela não conseguia enxergar o garoto cheio de virtude que a insultara no Salão. Aquele garoto tinha tido muito de seu mundo destruído para reter qualquer uma das ilusões juvenis. E mesmo assim ele ainda acreditava o suficiente para fazer aquilo.

Cyprian pegou o Cálice. Grace despejou água de seu frasco.

Era só água. Parecia bastante inocente.

— Eu sonhava com o teste — disse ele. — Tudo que eu sempre quis foi me tornar um Regente.

Não houve cerimônia. Ele apenas bebeu, um movimento suave.

Ao observar a cena com uma apreensão tensa, Violet não sabia o que esperar. A mudança seria rápida ou lenta? Seria aparente? Ou não haveria qualquer sinal? Nos primeiros momentos, nada aconteceu e Violet pensou: *Acabou?*

O rosto de Cyprian se contorceu. Com os dentes cerrados, ele soltou um som e caiu com um joelho no chão, segurando o estômago. E então ela viu a sombra abrindo caminho até a superfície, distorcendo sua pele enquanto ele emitia outro som, este rasgado e cheio de agonia.

— Cyprian! — disse ela, enquanto ele caía de quatro.

Grace a segurou.

— Não. Você não pode lutar contra a sombra de Cyprian por ele. Ele mesmo deve lutar contra ela, agora e todos os dias que virão, até que não aguente mais lutar.

Apoiado no chão, Cyprian emitiu um som terrível de vômito. Ela pensou que talvez ele fosse vomitar a água do Cálice, vomitar a sombra. Mas não fez isso.

Ele não estava tentando vomitar. Estava tentando mantê-la dentro. Mantê-la afastada.

Violet tremia só de assistir, com o próprio corpo se contraindo em uma terrível impotência enquanto a dor e os espasmos o atormentavam. Todos os Regentes haviam passado por aquilo? Justice havia passado? Quando ele foi levado para o teste, será que os aplausos da multidão esconderam os gritos dele?

Parecia não ter fim, com Cyprian convulsionando quase inconsciente, a não ser pela dor, a sombra vislumbrada uma ou duas vezes de maneira horrível, estendendo-se nos limites de seu corpo.

Por fim, os espasmos diminuíram, até se tornarem apenas arrepios indefesos que surgiam em intervalos cada vez mais longos. E então terminaram.

Cyprian ficou de quatro, inexperiente e ofegante, e olhou para cima, com os olhos úmidos.

Era ele mesmo. Cyprian se levantou devagar.

Então estendeu a mão. Estável.

Ele olhou para a própria mão como se precisasse da confirmação. Todos olharam, uma sombra ainda mais aterrorizante depois que a tinham visto lutar pelo controle. Violet odiou também precisar de uma confirmação.

Estamos todos nos transformando, dissera Justice. *Mas ainda não apresentei sintomas.*

— Quando você entrar no fosso, ele dirá coisas que farão você duvidar de seu propósito — instruiu Visander. — Não pode confiar nele. Só o que ele quer é poder. É isso que você deve ter em mente. Ele não é seu amigo. É o Rei das Trevas. Acabará com seu mundo.

— Entendi — disse Cyprian.

Violet respirou fundo quando ele se aproximou. Cyprian parecia diferente. O processo o havia mudado, imbuído daquele aspecto sobrenatural que os Regentes tinham; ela não conseguia deixar de pensar em Justice. Não conseguia deixar de pensar em Marcus, que um dia tinha sido um jovem cheio de esperanças em relação ao futuro e cujo último desejo havia sido que seu irmão nunca bebesse do Cálice.

— Cyprian... — começou ela.

— Mate-me — pediu Cyprian. — Assim que eu sair. Não quero ser como meu irmão.

— Cyprian...

— Prometa.

— Não vou prometer.

— Tem que prometer. Não vou viver sob a ameaça da sombra. Deixe-me cumprir minha missão e depois me liberte.

Justice havia pedido a Violet para vigiá-lo também. Ele havia morrido logo depois. Jamais tiveram a chance de lutar lado a lado. Violet havia lutado ao lado de Cyprian brevemente no Salão, um combate único e extremamente emocionante. Não podia deixar de se perguntar como seria lutar ao lado dele naquele momento em que sua força se igualava à dela.

Ele não queria aquele futuro. Queria matar sua sombra antes que pudesse machucar outras pessoas. E estava certo: ao hesitar em matar Marcus, Justice havia condenado todos os Regentes do Salão.

Mas a dor era profunda demais, parecia forçar os limites de seu corpo, e ela conseguia se sentir no lugar de Justice, olhando nos olhos de Marcus, incapaz de erguer a faca.

— É isso que significa ser um irmão de escudo? — perguntou Violet.

— Você é mais do que um irmão de escudo para mim — disse Cyprian.

Conforme a dor aumentava, ele levou a mão ao rosto dela e, quando os olhos dela se fecharam, ele a beijou, um beijo longo e dolorido que ela não sabia o quanto queria porque era o primeiro. Ela não sabia que seria assim, tão certo, o calor de Cyprian contra ela.

— Está vendo? Eu sei o que é um beijo — disse ele.

Ao se afastar, Cyprian se virou brevemente para os outros. Seu olhar passou por Grace, Elizabeth e Visander.

— Se ela não matar você, eu o farei, Regente — disse Visander.

Cyprian assentiu. E se foi.

CAPÍTULO QUARENTA E SETE

James ergueu o olhar para o portão.

Um contorno nítido contra uma queda acentuada, era uma abertura para lugar nenhum. Passar pelo portão era algo que só um lunático faria ou alguém que estivesse aterrorizado. Quando o atravessaram pela primeira vez, vindo do Salão, a dor de abri-lo e depois mantê-lo aberto havia sido agonizante. O portão atingira as profundezas de James e então arrancara seu poder, engolindo-o enquanto o sugava de seu corpo de um jeito que ele não tinha conseguido controlar.

— Só consigo mantê-lo aberto por certo tempo — explicou ele a Ettore, que havia descido do cavalo ao seu lado. — Depois disso fico...

Inútil. Vulnerável. Ele não disse. Não queria nem pensar. James estremeceu quando Ettore colocou a mão em seu ombro. O gesto foi desconcertante; ele teve que dizer a si mesmo que não estava sendo atacado ou detido. Foi a primeira vez que um Regente o tocou sem raiva desde que ele tinha onze anos.

— Nós vamos proteger você — disse Ettore.

As pessoas o surpreendiam. Ettore, com as roupas desleixadas e a barba por fazer, não parecia nem um Regente nem um defensor. No entanto, ali estava ele. Ali estavam os dois. James nunca havia pensado que lutaria pela Luz. Nunca havia pensado que a Luz lutaria por ele. Mas Will tinha pedido isso a ele, com a crença inquestionável de que James o faria. *Defensor.* Will havia usado a mesma palavra. *É isto que você é.*

Desde que deixara os Regentes para trás, ninguém havia acreditado que James pudesse ser um defensor. Nem James tinha acreditado.

A estrada que conduzia ao portão estava repleta de mulheres e homens das cidades e aldeias vizinhas com suas trouxas e burros e galinhas e crianças. James olhou para eles, sem nome, sem rosto. Qualquer uma daquelas pessoas o teria matado se ele tivesse nascido nas aldeias. O antigo ressentimento cintilou, a velha amargura. Ele olhou para Ettore, assentiu uma vez e encarou o portão.

Coloque magia nisso. Ele respirou fundo. Lembrou-se de Will gritando a palavra para ele no Salão e depois falando de novo no palácio, poderoso e autoritário enquanto estava sentado naquele trono pálido.

— *Aragas.*

Abra.

O portão ganhou vida.

Doeu, mas não foi a dor dilacerante da última vez, quando ele o havia aberto já exausto. Era uma dor familiar, que aumentaria constantemente à medida que o portão consumisse mais poder. *Aguente*, pensou consigo.

Foi necessário usar toda a sua concentração: ele mal percebeu os gritos de choque dos aldeões quando o Salão dos Regentes apareceu. O portão já o estava esgotando, e desta vez ele teria que segurar por mais tempo, muito mais tempo do que antes. Tempo suficiente para que todas aquelas centenas de pessoas o atravessassem.

Aguente. A velha palavra, o velho treinamento. Do outro lado do portão, James podia ver os homens de Sinclair gritando e exclamando conforme a antiga estrutura que eles guardavam ganhava vida.

— Consegue aguentar? — perguntou Ettore, com a mão de novo em seu ombro.

— Faça com que eles atravessem — gritou James, com os dentes cerrados.

Os bandidos de Ettore já estavam galopando pelo portão em direção ao Salão dos Regentes. Pistolas dispararam, lâminas brilharam; após dias e semanas de guarda em um pátio tedioso onde nada acontecia, os poucos homens de Sinclair que ainda protegiam o Salão haviam relaxado.

Não esperavam que o portão se abrisse, muito menos para uma milícia da montanha, e foram rapidamente despachados pelos homens de Ettore.

Os aldeões reunidos não foram tão fáceis, parados com medo do portão que lançava luz sobre seus rostos aterrorizados. Nenhum deles tinha visto nada parecido na vida.

— *Andiamo! Andiamo!* — dizia a Mão, tentando fazê-los passar.

Muitos faziam o sinal da cruz, gritavam ou tentavam voltar.

O portão se chamava o Salto de Fé.

Eles tinham que ter fé. Fé que cairiam no abismo. Esse pensamento deixou James nauseado e ainda mais determinado a fazê-los atravessar. A vida deles estava em suas mãos; Will os colocara lá.

Will tinha dado aquele salto de fé, em James.

James podia ouvir os gritos.

— É obra do diabo! Não é natural!

Estavam com medo do que ele podia fazer. James estava acostumado. Estava acostumado ao medo, ao ódio e à violência que surgia quando as pessoas viam sua magia. Antes de Will, teria se sentido amargo, deleitando-se com seu poder e com a reação que causava.

— *Vou mostrar o que não é natural.*

Mas havia uma pessoa que tinha olhado para ele e visto algo mais, mais do que uma posse útil ou agradável. *Will.*

James não iria falhar com ele. Podia aguentar. Iria aguentar. O fluxo de evacuados descia a montanha. Uma hora para todos passarem, talvez mais. James plantou os calcanhares na terra e se entregou ao portão.

Podia senti-los começando a cruzar. Primeiro alguns, hesitantes, depois mais alguns, exclamando maravilhados diante do Salão e gritando aos vizinhos que era seguro. Com os homens de Ettore conduzindo-os para a travessia, o fio tornou-se um riacho e o riacho tornou-se uma inundação.

Meu Deus, doía. Ele havia esquecido o quanto doía quando o portão extraía toda a força de James e ainda exigia mais. A dor parecia certa. Fazer o bem deveria doer, não deveria? Afinal, era tanto uma penitência quanto uma reparação, que ele não merecia.

Aguente. Uma massa de gente que sobreviveria se ao menos James conseguisse enfrentar que tinha que doer, que poderia até perder tudo.

Ele pensou em todas as vezes em que havia usado magia para servir a Sinclair. Matando os inimigos dele. Matando Regentes. Ele viu o rosto de Marcus. *Quantos de nós você matou? Quantos Regentes morrerão por sua causa?*

Todos os Regentes que ele havia conhecido. Carver. Beatrix. Emery. Leda... Justice... a Regente Anciã... Marcus...

O pai dele.

Dor; como nada que ele já havia sentido na vida. Pior do que ser marcado. Pior do que ter ossos quebrados. Pior do que ser espancado e levar um tiro no peito. Pior do que ser forçado a segurar um carvão quente. Pior do que o Chifre da Verdade sendo torcido em seu ombro.

Sério, isso era suficiente? Quantas pessoas ele tinha que salvar para compensar aquelas que havia matado?

Não funcionava desse jeito. James cavou fundo, alcançando bem dentro de si para extrair o que restava de poder. *Aguente.* As palavras antigas estavam lá. *Regente, atenha-se a seu treinamento.*

Ele pensou nas inúmeras manhãs acordando ao som do sino, realizando os exercícios, os olhos críticos do pai sobre ele em busca de qualquer erro, e James certificando-se de que não houvesse nenhum. O pai dele... se visse aquilo, ficaria orgulhoso? James quase riu. Saiu como um suspiro sufocado. Ele levantou a cabeça e com um grito encontrou uma última reserva de energia. Uma nova onda de poder foi enviada para o portão. Ele tinha sido o melhor do Salão. Podia aguentar. Iria aguentar.

Foi então que sentiu a terra tremer.

Aqueles que ladeavam o caminho foram atirados para um lado e para o outro, e bandidos e aldeões caíram estatelados. Agarrando a pedra, James esperava que talvez o portão se partisse e sua magia fosse jorrada no ar. Mas o portão permaneceu aberto, exigindo avidamente o poder dele, mesmo enquanto as pedras na beira do penhasco caíam no abismo abaixo. Ele ainda podia ver o Salão dos Regentes sob o arco, os bandidos e aldeões que haviam passado observavam confusos: no terreno estável do pátio do Salão, não entendiam o que estava acontecendo na montanha.

Tão repentinamente como começou, o tremor cessou. Quando os aldeões no caminho começaram a se levantar e se endireitar, Ettore e a Mão começaram mais uma vez a tentar conduzi-los através do portão. Mas, sacudindo a poeira e verificando seus pertences, nenhum dos moradores locais estava disposto a passar. James cerrou os dentes enquanto o portão tirava mais poder dele.

— *Andem logo!* — disse ele, ou pensou ter dito.

Houvera um terremoto no dia em que chegaram, pensou ele. Era apropriado que houvesse um terremoto no dia em que partiam.

E então os gritos começaram.

Fracos no início, mas depois cada vez mais altos, vindo da base da montanha e se aproximando. James não conseguia ver, mas os aldeões no trajeto que estavam olhando passaram a murmurar e então gritar, depois começaram a abrir caminho desesperadamente para o portão. Atrás deles, uma coluna sombria assustadora fluía da montanha abaixo.

Ah, Deus, o exército estava despertando? Não era possível, ou era? Não com Will lá embaixo e James ali, amarrado ao portão?

Os gritos estavam mais altos, mais próximos. Ele viu as pessoas no caminho da montanha mudarem visivelmente de cor, embranquecendo ao luar e depois caindo no chão. Não gritaram nem lutaram, apenas caíram. Uma onda branca terrível se espalhando pela montanha.

— *A morte branca!* — veio o clamor, as pessoas gritavam e se empurravam em direção ao portão.

Animais e pertences foram abandonados. A corrida tornou-se uma debandada, exatamente como o antigo Regente Nathaniel havia descrito.

O exército dos mortos, libertado de Undahar.

Espíritos em busca de hospedeiros, foram como um enxame sobre os mortos brancos caídos, uma horda voraz possuindo corpos assim que os tocavam.

Ao lado dele, Ettore desembainhou a espada, e a Mão também.

— Seu idiota, não pode lutar contra eles — gritou James.

HERDEIRO DAS TREVAS

— Feche o portão — respondeu Ettore.

— Ainda tem gente...

— Se deixar o exército das Trevas passar por aquele portão, as sombras vão se espalhar por Londres inteira. São milhares de pessoas. Aqui temos as montanhas, o campo, existe uma chance de não encontrarem um corpo a tempo e, se encontrarem, se espalharão...

— Então atravesse. Atravesse o portão, faça o máximo de pessoas que puder atravessar também...

— James, está chegando! Feche o maldito portão!

Cada momento salvava uma vida. Ele aguentava firme enquanto homens e mulheres a seu redor começavam a cair. Segurou o máximo que conseguiu. Viu um rosto bem diante dele ficar branco como mármore. Então fechou o portão. Os homens e mulheres ao redor, sem ter para onde ir, foram empurrados dos penhascos. James viu um ou dois deles se atirarem em uma tentativa desesperada de fugir da morte branca. Então viu uma sombra surgir à sua frente.

James tentou levantar um escudo.

Era o que os feiticeiros faziam no velho mundo, não era? Protegiam as pessoas sob seus cuidados. Haviam mantido as sombras afastadas, obrigando-as a recuar.

Ele não conseguiu fazer aquilo, estava fraco demais para resistir à pressão de milhares de espíritos, ao peso deles. As sombras romperam sua tentativa de criar uma barreira. Meio desmaiado, com os membros frios, a garganta e o nariz cheios de sangue, James viu a Mão embranquecer e cair. Através de uma névoa, viu Ettore correr para o lado dela.

— *Mano!* — gritou ele.

Ettore estava curvado sobre ela, chorando.

James tentou se jogar na frente dos dois, tentou encontrar alguma última centelha de magia. Mas não tinha mais força nem poder. A última coisa que viu foi uma torrente escura ocultando o céu, ocultando tudo enquanto ele perdia a consciência e caía.

* * *

Depois de algum tempo, James abriu os olhos.

Estava sozinho em um mar de corpos brancos. Não conseguia ver o fim dele, como se um escultor insensato tivesse espalhado estátuas de mármore na encosta da montanha e depois as tivesse vestido com roupas de camponês. Não havia mais ninguém vivo: todos os homens, mulheres e crianças na montanha tinham sido aniquilados pela morte branca.

Ah, Deus. Era o exército em forma larval, esperando para acordar.

Will. Ele tinha que encontrar Will.

O turbilhão de sombras havia desaparecido, dado a volta em busca de outros alvos, como um enxame de gafanhotos que limpara um campo e seguira em frente. Examinando a quietude da montanha, ele viu um movimento bruxuleante. Uma única figura ereta estava ajoelhada no chão a seis passos do portão.

Era Ettore, curvado sobre a Mão.

O rosto dela estava branco. Os membros estavam brancos. Tinha uma expressão assustadora e congelada, como se tivesse sido moldada em mármore branco em um momento de terror final.

Mas Ettore... Ettore permanecia vivo, respirando, chorando, apertando a mão branca como pedra.

Como? James queria perguntar. *Como estamos ambos vivos?* Mas era óbvio que nenhuma sombra tinha sido capaz de possuir Ettore, percebeu James com uma sensação estranha, porque ele já tinha uma sombra dentro de si.

— Temos que sair daqui antes que eles acordem — disse James.

Os lábios dele pareciam borrados. A imagem dele molhada.

— Você pode ajudá-la? — perguntou Ettore, olhando para cima, com o rosto destroçado pela dor.

— Eu não sei, eu não...

Ele tentou se levantar e chegar até os dois, mas caiu. Como tinha conseguido descer a montanha da última vez? Lembrou-se, atordoado, de que Will o carregara. Will o colocara em um cavalo e depois na cama, deitando-se ao lado dele. Lembrou-se de olhar nos olhos de Will, lembrou-se de como foi ter toda aquela atenção voltada para si, olhos escuros olhando os seus, a mão quente afastando o cabelo de seu rosto.

Meu Deus, ele odiava quando estava fraco.

James colocou uma das mãos na pedra do portão ao lado para tentar se levantar. Ficou de pé, a pedra as suas costas suportando todo o peso, quando outro lampejo de movimento na montanha chamou sua atenção.

Uma segunda figura se aproximava por entre os corpos, como um corvo catando carniça. Não era um aldeão, nem um bandido, nem um guerreiro antigo.

Era John Sloane.

Ele também sobreviveu? Como era possível? O que estava fazendo ali? James olhou para o homem, sem entender.

Sloane tinha algo na mão. James não percebeu que era uma pistola até Sloane a erguer na direção de Ettore. Ele o viu vagamente, fraco demais para detê-lo, e o próprio Ettore, embalando a Mão, estava preso demais na dor para perceber ou se importar quando Sloane atirou diretamente nele.

— Ettore! — gritou James, tarde demais, enquanto Ettore tombava para o lado.

Sloane jogou a pistola casualmente para o lado e depois limpou as palmas das mãos. Passou por cima de Ettore como se estivesse passando por cima de um galho caído. Mas fez uma pausa para observar o corpo branco como pedra da Mão.

— Ela não deveria ter cortado a mão. — Sloane falou com uma voz culta e familiar, e o estômago de James revirou. — A marca dela a teria salvado. O Rei das Trevas protege os seus. — Ele ergueu o pulso marcado, como se quisesse demonstrar. Então olhou para James. — Você devia saber disso melhor do que ninguém, Jamie.

James tremia. A voz, o apelido carinhoso, os olhos encontrando os dele com aquela autoridade paternal fulminante. James respirava superficialmente.

— Sinclair — disse ele.

Quase podia ver o homem, seu fantasma sobrepondo-se ao corpo de John Sloane. Em algum lugar de Londres, o conde de Sinclair estava sentado em uma de suas poltronas ou de pé com a mão apoiada na lareira, enviando sua mente para possuir aquele corpo.

— Você era especial, Jamie — disse Sinclair. — Um menino especial. Seu potencial era ilimitado. Com seus poderes, poderia ter governado ao lado do Rei das Trevas. Foi o que sempre tentei ensinar a você. Mas parece que não ouviu. — Um olhar longo e atento, do tipo que ele costumava lançar quando se sentava na poltrona e James, após ter retornado de uma missão, fornecia seus relatórios. Naquele momento, em vez de elogiar e oferecer que James se sentasse a seus pés, ele disse:
— Menino mau.

James estava com tanto frio que seus dentes batiam incontrolavelmente. Disse a si mesmo que era por causa do portão, não por ser repreendido por Sinclair.

— Está aqui para me m-matar? — perguntou James.

Ele se obrigou a olhar para cima, a olhar Sinclair diretamente nos olhos, e encontrou uma expressão que não esperava: diversão e prazer.

— Meu querido Jamie, por que eu iria matá-lo se sei que ele está com você? — observou Sinclair.

— Ele?

Tolamente, ele pensou no artefato que Will e os outros estavam procurando: o cajado do Rei das Trevas. Fraco por causa do portão, ele não entendeu.

— Você passou tanto tempo à procura dele. Ficaria apavorado se ele não estivesse ao alcance de suas mãos. Ficaria apavorado com a ideia de que alguém o guardasse. Sabe exatamente onde ele quer estar. Em volta de seu pescoço — disse Sinclair.

O Colar, pensou James, atordoado e em um horror confuso.

Ele estava fraco demais para impedi-lo. Fraco demais para lutar. Tentou, empurrando Sinclair sem sucesso com sua mente. Mas mesmo que tivesse conseguido lutar contra Sinclair, não podia lutar contra o Colar.

Um cachorro voltando para o dono: o Colar exercia sua força naquele momento como havia feito na sala do trono, escorregando do embrulho e caindo da jaqueta de James. Rolando, parou aos pés de Sinclair.

Sinclair o pegou e ficou perto de James com o Colar na mão.

— Não — disse James.

Não não não não não não. Pânico total. Ele estava rastejando em desespero. Não conseguia correr. Não tinha como se esconder. Mas podia chegar ao limite do abismo e saltar. O Salto de Fé. A longa queda na escuridão. Talvez seis segundos de liberdade antes de atingir a base, o que seria o fim.

Melhor do que ter o Colar em volta do pescoço.

Ele não conseguiu. Sinclair o pegou pelos cabelos. James usou o que restava da magia para tentar afastá-lo, mas tinha tão pouca força que foi como se Sinclair tivesse sido atingido por nada mais que uma brisa fraca.

— Você era como um filho para mim, Jamie — disse Sinclair. — Poderia ter me seguido de bom grado. Mas escolheu esse caminho... escolheu o Colar. Como não escolheria? Servir é seu destino. Este Colar foi feito para você, e quem o fechar em seu pescoço se tornará seu mestre. Para sempre. — Ele disse essa palavra com satisfação. — Acho que no fundo você quer que seja assim. Quer pertencer a mim. Nunca ter que pensar. Ser uma propriedade por inteiro.

— *Não.*

James lutou como nunca havia lutado, a compulsão do Colar crescendo à medida que se aproximava de seu pescoço. Seus membros pareciam de chumbo. Ele não conseguia afastar as mãos de Sinclair. James sentiu o Colar tocar o pescoço, sentiu a boca inundar-se de terror, fisicamente fraco demais para tirar o punho de Sinclair de seu cabelo, para afastar o Colar. James soltou um som desesperado de negação.

— Por favor, eu faço o que você quiser, o que quiser, não vou questionar você, vou fazer tudo o que quiser, só, por favor, não...

O Colar fechou com um clique.

Tente fugir.

Ele viu um homem com olhos penetrantes de chama sombria e longos cabelos pretos. Um homem com quem tinha lutado e a quem havia odiado, mesmo quando se entregara em uma dolorosa rendição. *Sarcean*. Lembrou-se da sensação de ser tomado, do calor derretido e da queda de cabelo ao redor dos ombros como seda preta. *Sempre vou achar você.*

Sem fim e sem escapatória. Ele odiava o quanto a sensação era boa, uma onda de poder enchendo-o. Não era dele; vinha do Colar. Conectava-o a um poder tão imenso que parecia interminável, um vasto reservatório sombrio que era familiar de um jeito estremecedor. *Você*, pensou ele. *Você, você, você.*

— Você tornou as coisas muito inconvenientes para mim, Jamie. Mas agora vai ser um bom menino e fazer o que eu mandar. Fique de joelhos.

Ele ouviu o comando e quase se mexeu, pois estava dominado. Mas não sentiu compulsão alguma. Então entendeu. Não sentiu compulsão alguma. Não sentia absolutamente nada.

James começou a rir, uma risada descontrolada e sem fôlego. Não conseguia parar; não o fez, até saírem lágrimas de olhos.

Então olhou para Sinclair.

E disse uma única palavra:

— Não.

Ele se levantou. Devagar, tirando os membros do chão, para que não houvesse dúvida do que estava fazendo.

— Eu disse para ficar de joelhos.

James tinha a mesma altura do corpo emprestado de Sinclair e olhou diretamente nos olhos de Sinclair. Ele viu a dúvida cintilar ali. Sinclair olhou para o Colar e depois para James.

Ele sabia o que estava passando pela cabeça de Sinclair. *Deveria estar funcionando.* E estava. Estava funcionando. Só que não da maneira que Sinclair imaginava.

— Não estou entendendo. — Sinclair parecia um homem prestes a sacudir o relógio para descobrir por que ele não estava marcando a hora. — O Colar controla o Traidor.

James ouviu outra risada horrível e ofegante escapar dele. Então se abaixou e pegou a espada de Ettore. Podia sentir a verdade da resposta, nos dentes, no sangue, nos ossos.

— É verdade — disse James.

Podia sentir o desejo que tinha de servir, de se entregar. Mas as histórias eram mentiras. Ou eram os sonhos sujos daqueles que desejavam escravizá-lo. Não importava quem colocava o Colar em seu pescoço. O Colar só tinha um mestre. Um mestre ciumento, que nunca permitiria que sua posse pertencesse a outro. Por que James sequer pensou que seria diferente? Para toda a eternidade, estava ligado a uma pessoa.

— Mas o mestre do Traidor é o Rei das Trevas — disse James. — E eu sirvo a Ele, não a você.

E com um único golpe de espada, ele separou a cabeça de John Sloane do corpo.

CAPÍTULO QUARENTA E OITO

Will desceu no coração do turbilhão. Sem enxergar na escuridão crescente, tropeçou no corpo de Howell e quase caiu. Moveu a tocha, mas o fogo não iluminou nada. Sombras o cercavam, apagando toda a luz.

A espessura rodopiante do ar o fez se engasgar. Will se forçou a manter os lábios fechados, instintivamente com medo de deixar esse miasma em movimento entrar, mesmo que estivesse sendo ignorado, passando por ele como um riacho por uma rocha.

Will cambaleou para dentro daquilo, em meio ao sedimento espesso que se agitava com as formas desconhecidas dos mortos. Tinha que adivinhar uma direção, pois não conseguia enxergar. E precisava agir rápido, antes que os mortos passassem por Violet e possuíssem seus amigos. Mas ele mal tinha dado três passos quando a caverna ficou visível de repente, o enxame de Retornados desaparecendo para cima, como se tivessem percebido em massa que não precisavam seguir os túneis e podiam simplesmente subir através da rocha.

Ele ergueu a tocha. A câmara revelada se encontrava vazia. As figuras congeladas parecidas com estátuas que antes se estendiam em fileiras por toda a caverna haviam desaparecido, transformando-se nas sombras que fervilhavam ao redor. Tudo o que restava de sua forma corpórea era poeira, um pó cinza sob seus pés que fazia parecer uma extensão de areia, como se a caverna fosse uma praia à meia-noite.

E então Will sentiu algo mudar sob seus pés. Em meio à poeira, viu um elmo romano com placas laterais pendentes, o bronze cinza devido à passagem do tempo e qualquer adorno que pudesse ter tido um dia erodido. Mais um passo, e ele viu a cota de malha de um cruzado. As pesadas grevas de um cavaleiro. A crista alargada de um conquistador... o emblema da estrela dos Regentes, como se até eles tivessem sido tentados, pois eram os restos mortais daqueles que foram ali em busca de poder.

Ele passou pelo primeiro, mas logo teve que caminhar por entre os detritos empilhados, como se alguns tivessem chegado mais longe do que outros, talvez mais resistentes a qualquer força mortal que emanasse daquele lugar. Quanto mais perto Will chegava, mais as armaduras pertenciam apenas ao velho mundo, dos antigos que sabiam o que existia dentro do palácio. Depois de um tempo, os corpos começaram a diminuir de novo, como se poucos tivessem chegado tão longe.

E então ele chegou a uma clareira, além da qual ninguém havia passado. E no centro viu uma única figura jazendo sem vida no chão.

Kettering.

Ao se aproximar, Will viu o sangue acumulado sob Kettering e o rosto flácido e imóvel, depois, ao se ajoelhar ao lado do corpo, viu que a pele do homem tinha sido retirada, porque a carne não era forte o suficiente para suportar o poder que a tinha atravessado.

Kettering conseguiu chegar ao fosso, rastejou até ali por cima dos corpos e, com seu último suspiro, havia pegado o cajado e libertado o exército. E morrera por causa disso, segurando o objeto.

Will olhou para Kettering, silencioso na morte. O homem havia recebido uma segunda vida e, em vez de vivê-la, passara todas as horas estudando, buscando, procurando meios de despertar sua amada. Havia virado as costas para o mundo, existindo no reino sombrio da memória.

Tinha encontrado o cajado, despertado os Retornados, mas morrera antes de conseguir se reunir com sua amada.

Parecia tão sozinho, as sombras de seus compatriotas haviam inundado a câmara, aquela que ele procurava havia ido embora. Com as roupas professorais que não combinavam, ele tinha a aparência de um acadêmico que talvez tivesse palestrado em alguma instituição científica, mas nunca tivera essa vida, nem o garoto cujo corpo ele havia roubado.

Quem sabia dizer se a mulher por quem ele morrera estava lá fora, possuindo um hospedeiro, assumindo seu controle? Kettering nunca saberia. Sua busca o tinha matado.

Will se ajoelhou para tirar o cajado da mão de Kettering. Os dedos ainda estavam quentes, o que assustou Will; a frieza da morte ainda não havia invadido Kettering.

Mas o verdadeiro choque veio quando ele pegou o cajado.

Will tinha imaginado que seria um cetro ornamentado, feito para cerimônias, talvez incrustado com uma pedra mágica. Não era.

Não era ornamentado. Não era um cetro.

Era uma marca.

A marca *S*, empretecida pelo tempo e incontáveis mergulhos no fogo. Emanava poder sombrio, um chamado mais forte que o Colar. A primeira marca, pensou Will. A primeira vez que Sarcean havia colocado sua marca nas pessoas. Depois de ter feito o objeto, deve ter o segurado e o pressionado na pele de seus seguidores, ligando-os a ele para sempre.

Segurando o cabo de ferro, Will estendeu a mão e tocou o *S*.

A visão o atingiu como um soco nos dentes.

A sala do trono estava cheia de mortos, os corpos abertos e as armaduras amassadas. A magia havia feito buracos no mármore branco e deixado marcas pretas e chamuscadas como gavinhas de podridão. A matança o agradava, assim como sua caminhada desimpedida até o trono com sua Guarda das Trevas o seguindo. Uma presunção pegar a iconografia do sol e distorcê-la. A extravagante ironia disso também o agradava, um Guarda das Trevas para substituir o Guarda Solar, um Rei das Trevas para substituir...

— O Rei do Sol se foi — disse Sarcean à rainha. — Fugiu. Com os Regentes e a guarda interna, e o seu Campeão, o General Solar.

A rainha o encarou, com apenas um único Guarda Solar vivo a seu lado.

E quando Sarcean viu quem era o Guarda Solar, soltou uma risada que ecoou pela sala do trono.

O jovem guarda estava mais velho, pois já tinha passado muito tempo desde que Sarcean fora expulso do palácio. Nesse intervalo, ele havia se transformado em uma lança, bela e afiada para a luta, com o cabelo um ou dois tons mais claros que o da rainha e os olhos pálidos.

— Já faz muito tempo desde que nos divertimos ao sol, Visander — disse Sarcean.

Pois o último defensor da rainha era o mesmo Guarda Solar que o tinha libertado da masmorra.

Sandy, Sarcean o apelidara naquela época, achando graça. Um bobo, fácil de enganar.

— Você os matou! — dizia Visander, tremendo. — Acreditei em você, e você... você...

— Devo matá-lo também? — perguntou o Guarda das Trevas.

— Não. Ele me ajudou uma vez — respondeu Sarcean.

— Certo.

— Está vendo? Cumpro minhas promessas, Visander.

Um ódio puro ardia nos olhos de Visander. *Entendo por que ela escolheu você*, Sarcean poderia ter dito. Visander iria persegui-lo como ninguém, porque um dia havia acreditado nele. A escolha da rainha por Visander como campeão, ao mesmo tempo brilhante e chocante, foi seu primeiro vislumbre da oponente que ela se tornaria.

Mas Visander era uma preocupação menor para Sarcean, cujos olhos se voltaram para a rainha.

Ela estava parada diante dele, em suas vestes cerimoniais brancas e douradas, com os longos cabelos loiros caindo em uma trança às costas, com pontas como a cauda de um leão.

Ele não esperava que seus sentimentos pela única noite dos dois juntos o pegassem tão desprevenido, o lembrassem o par doloroso e lindo que eles tinham formado. Fosse lá o que tivesse existido entre os dois, estava quebrado, era óbvio. Devia ter se quebrado desde o momento em que ele foi até a porta dela.

— Você nunca será o verdadeiro rei — disse ela. — Aqueles que servem a você serão apenas pessoas escravizadas e relutantes. Ninguém jamais se juntaria a você por escolha. Não se souberem o que você foi.

— E o que seria isso?

— Morto — disse a rainha. — Vou matar você. Não vou parar até conseguir. Não há nenhum lugar onde você possa descansar. Vou atrás de você e vou matá-lo quantas vezes for preciso. Serei eu. Minha espada em você, Sarcean. A Luz sempre estará contra você.

— A Luz? — ecoou Sarcean. — Hoje eu apaguei o sol.

— A luz não é algo que você possa extinguir — retrucou ela. — Mesmo na noite mais escura, há uma estrela.

Will arquejou e voltou a si.

Cyprian estava na frente dele, segurando uma espada.

CAPÍTULO QUARENTA E NOVE

Cyprian exibia uma expressão de vingança, todo em prateado. Havia pisado nos corpos e permanecido em cima deles, olhando para Will. Como era possível que Cyprian estivesse ali? Como era possível que estivesse vivo quando todos os outros que tentaram tomar aquele poder haviam morrido?

Will podia sentir a própria culpa exposta, com a marca em mãos, Kettering morto e ele mesmo revelado por Visander como o Rei das Trevas.

— Eu sei o que parece — disse Will. — Mas...

— Me entregue — pediu Cyprian.

— Não posso. — Will instintivamente deu um passo para trás, segurando a marca. — Cyprian, posso impedir o que está acontecendo. Posso deter Sinclair de uma vez por todas.

Cyprian continuou avançando, com a espada na mão.

— Você mentiu para nós. Deixamos você entrar em nosso Salão, pensando que estava lá para nos salvar. Tínhamos sobrevivido durante milhares de anos. Até você — disse Cyprian.

Ele havia puxado Will do cavalo no primeiro dia em que chegara ao Salão, rasgando sua camisa até a metade do corpo em busca de uma marca. Cyprian não queria deixá-lo entrar nas muralhas. Havia dito que Will mentia. Estava certo. Estava certo o tempo todo.

— Eu não sou assim. — Ondas de negação e medo causavam cólicas no estômago. Will precisava fugir. Mas não havia saída daquele poço escuro. — Ajudei você contra Simon. Ajudei você contra os Reis de Sombra!

— E Katherine. Ela morreu perseguindo você. Você a matou também?

Os olhos verdes de Cyprian brilharam.

— A espada a matou. — Não havia para onde recuar. — Aquele guerreiro lá fora, em quem você acredita, foi ele que a matou!

— Meu Deus, você trouxe James para o Salão. Ele sabe? Vocês dois estavam rindo da nossa cara o tempo todo? — disse Cyprian.

— Não — disse Will, rejeitando a ideia violentamente. — Ele não sabe. Ele é inocente. Cyprian...

— Visander disse que você diria qualquer coisa para tomar o poder — retrucou Cyprian, com amargura.

Visander, que usava o corpo de Katherine como uma pele. Visander, que Sarcean havia seduzido e enganado, e que tinha guardado rancor ao longo dos séculos, um ódio maior porque era uma humilhação pessoal. Ao enviá-lo, a Dama sabia que Visander não iria parar até que o Rei das Trevas estivesse morto, qualquer que fosse a forma em que Visander o encontrasse.

Assim como ela soubera ao devolver Visander a um corpo tão parecido com o seu que Will sentiria como se ela o estivesse matando, exatamente como havia prometido.

Os olhos dela o observando através do tempo.

Mãe, pare. Mãe, sou eu, mãe...

— Ele é um soldado de uma guerra que nunca lutei. — Will tremia. Era difícil respirar, como se houvesse mãos em volta de seu pescoço. — Ele se lembra de uma pessoa que eu nunca fui.

— Mas você foi. Você foi — falou Cyprian, com uma certeza terrível. — Tudo aconteceu como você planejou. — Os olhos dele eram como um veneno verde, olhando para Will do mesmo jeito que a mãe de Will havia olhado: como se ele fosse algo tão terrível que tinha que ser extirpado. — Mas não desta vez.

Mesmo com os dentes batendo, ele não conseguiu conter a risada estranha que brotou.

HERDEIRO DAS TREVAS

— Acha que eu planejei isso?

— Não? — retrucou Cyprian.

Ele estava apertando os braços para evitar tremer. Sua mente catalogava em desespero. Ele havia perdido Cyprian, era óbvio. Havia perdido Elizabeth. Havia perdido Grace. Perderia James assim que ele descobrisse. Será que havia perdido Violet?

— Se eu não assumir o controle, aquele exército matará todo mundo lá em cima.

Will ficou surpreso por conseguir pronunciar as palavras. O bater dos dentes piorou.

— Você faz isso parecer tão coerente — disse Cyprian. — Apenas deixe o Rei das Trevas tomar posse de seu exército… É como você faz, não é? Tira todas as nossas escolhas, para que a única escolha possível seja a sua. — As mãos de Cyprian apertaram a espada. — Mas não é. Nós temos a Dama, o verdadeiro Sangue da Dama, e ela está lá em cima agora. Talvez tenhamos que travar uma guerra. Mas pelo menos temos uma chance, se você não estiver no controle.

Will sabia. Sabia como seria. Por isso que não tinha contado a eles, por isso que nunca havia contado a ninguém. Ser visto era um convite à violência da destruição.

Mas agora que estava ali, Will percebia que não conseguia engolir aquilo, algo profundamente enterrado dentro dele se rebelava.

— Prefere deixar esse exército solto a confiar em mim — disse Will.

— Os Regentes existem para deter você. E é o que vou fazer — lembrou Cyprian, então deu mais um passo à frente.

Nesse momento, o chão despencou e depois subiu, como se o próprio palácio estivesse tentando jogá-lo para trás. A terra se rasgou, uma rachadura preta bifurcando o solo entre os dois. Cyprian estendeu a mão para se equilibrar e Will tropeçou, a marca caindo de sua mão enquanto a distância entre eles se tornava um abismo cada vez maior.

Ao recuperar o equilíbrio, Will viu que estava de um dos lados de uma fenda aberta, com Cyprian de pé do outro; ironicamente, foi Cyprian quem se manteve estável em um equilíbrio extraordinário.

Mas Cyprian não tinha como alcançá-lo. Vertiginosamente profunda, a fenda preta parecia mergulhar no coração da terra. Sem dúvida tinha mais de três metros de largura, o que separava Will de Cyprian por uma grande distância.

Milagrosamente, não houve desmoronamento. A estrutura da caverna estava intacta. Will olhou em volta procurando...

A marca estava ali, a poucos passos de distância. De seu lado do abismo.

— Este lugar... — Cyprian também viu a marca e olhou para Will do outro lado da abertura. — Está tentando proteger você. Mas não vai funcionar.

— Por que não?

Em um salto inacreditável, Cyprian aterrissou diante de Will e se levantou, encarando-o.

— Porque sou forte agora.

Com uma dor terrível, Will entendeu. Só havia um jeito de Cyprian ter conseguido atravessar as sombras, apenas um jeito de ele poder se aproximar da marca. A única coisa que ele havia jurado nunca fazer.

— Você bebeu do Cálice — disse Will.

Ele olhou para Cyprian, vendo a dor sombria do reconhecimento em seus olhos e lembrando-se do menino que havia jurado permanecer puro. *Isso mostra o quanto ele quer me deter.* Anharion. Visander. A Dama... Sarcean enganara todos eles, refazendo-os em formas distorcidas. E Will estava fazendo o mesmo: primeiro com Katherine, e agora com Cyprian...

Ambos olharam para a marca ao mesmo tempo. Cyprian estava mais perto e era mais forte. Iria pegar a marca e destruí-la, e não haveria modo algum de impedir os Retornados de possuírem milhares de corpos e depois marcharem pela terra.

Will tinha que o deter. Sabia como. Era a única coisa que Cyprian nunca perdoaria.

O círculo de pessoas com quem Will havia passado algum tempo na vida era pequeno. Sua mãe, que escondera dele um segredo horrível.

HERDEIRO DAS TREVAS

Os homens com quem tinha trabalhado nas docas, relacionamentos que Will criou sempre consciente de sua condição de infiltrado. Estivera fingindo com eles, assim como fizera com Katherine, até que ela se revelou real quando o beijou, e ele percebeu, afastando-se, quem ela era.

Mas, no Salão dos Regentes, ele havia se permitido ficar amigo de outras pessoas pela primeira vez. Com hesitação, sabendo que nunca poderia confessar o que ele era, sabendo que construía sobre alicerces podres, mas esperando poder ser aquilo que fingia ser. Por eles.

Will sabia que Cyprian tinha passado a confiar nele. Primeiro, como um tenente começa a confiar em um novo líder que se prova aos poucos em campo. Então, talvez, como amigo. Esse poderia ter sido o futuro deles, embora a ideia de Will sobre esse tipo de amizade fosse vaga, por não ter tido algo parecido antes.

Mas esse futuro estava destruído. E nunca seria reparado. Não depois de tudo.

Conforme Cyprian começou a avançar em direção à marca, Will disse:

— *Não.*

Cyprian congelou. A confusão perplexa exibida em seu rosto se transformou em um ódio puro de alguém traído quando se deu conta de não conseguir se mover porque a sombra dentro dele estava seguindo o comando de Will.

Obedecia a Will assim como os Reis de Sombra o haviam obedecido em Bowhill: porque a sombra era jurada a ele, no mesmo acordo profano que os três reis haviam feito uma vez. Poder, a um preço.

Por um momento, os dois se encararam, Cyprian ofegante em um esforço impotente, lutando desesperadamente contra a própria sombra. Seu corpo tremia, mas era mantido no lugar pelo controle implacável de sua sombra.

— Sinto muito — disse Will. — Eu não queria fazer isso. Só... não posso deixar você me deter. Este é o único jeito de salvar os outros.

Para salvar a todos. Para deter a evolução dos planos de seu antigo eu. Para deter Sinclair.

Cyprian olhou para ele como se fosse matá-lo.

— Você é ele. Realmente é ele.

Cyprian parecia ficar enjoado com o próprio corpo preso. Era horrível vê-lo dando tudo de si para dominar a sombra e falhando, uma estátua torturada incapaz de se mover.

— Sinto muito — repetiu Will. — Tenho que fazer isso.

O rosto de Cyprian mudou. Em vez de se debater de novo como um homem que se atira inutilmente contra as correntes, Cyprian parou de lutar. Fechou os olhos, quase parecendo centrar-se. Então respirou fundo, como se invocasse algo profundo dentro dele.

— Eu vou suportar. Não vou vacilar. Nas trevas...

— Cyprian... — disse Will.

— ... serei a luz — completou Cyprian, e a pele de Will arrepiou-se ao reconhecer as palavras que entoara com a Regente Anciã, as palavras que Carver tinha usado em sua cerimônia. — Trilharei o caminho e desafiarei a sombra. Eu sou eu mesmo e vou suportar.

As palavras dele eram firmes, e a respiração equilibrada.

Os olhos de Cyprian se abriram, inundados por uma vitória calma.

E ele começou a se mover.

Havia vencido sua sombra. Will tentou exercer sua vontade de novo, mas sentiu a sombra dentro de Cyprian debatendo-se de frustração, banida para um pequeno espaço bem no fundo. Em dois passos, Cyprian avançou sobre Will, empurrando-o para o lado e pegando a marca.

Will caiu no chão justo quando Cyprian tirou o machado do Carrasco de uma alça nas costas. Cyprian levantou o machado e abaixou-o com força, quebrando a marca em mil pedaços.

— *Não!*

A explosão fez a câmara tremer, jogando-os para trás e fazendo-os cair. Will ficou sem fôlego, a pele das palmas raspando na base conforme ele estendeu as mãos para amortecer a queda.

Ele mal registrou a dor, levantando-se de imediato, tateando em desespero à procura da marca. Ah, Deus, será que havia sobrado alguma coisa? Alguma parte que poderia ser remontada?

HERDEIRO DAS TREVAS

— Acabou — disse Cyprian, observando-o e soltando uma risada sem fôlego. — Não pode mais usá-la.

Ele estava rindo. Estava *rindo*.

Raiva lancinante e descrença se agitaram dentro de Will, mesmo ao erguer o olhar para Cyprian.

— *Você não entende o que fez?*

— Impedi você — disse Cyprian, com triunfo na voz. — Impedi o Rei das Trevas de assumir seu exército.

A ameaça desencadeada foi de um horror indescritível, um mundo refeito na escuridão, e Will sentiu mais medo do que poderia acontecer com Violet e os outros. Sob isso, a raiva estava se transformando em algo parecido com uma fúria fria, severa e inflexível.

— Então você pode ter uma sombra — disse Will —, pode se comprometer com a escuridão, mas não podem confiar em mim com o meu poder, mesmo quando quero usá-lo para fazer o que é certo?

Cyprian não respondeu, segurando Will pelo braço com força. Will tentou resistir, mas foi puxado para cima e Cyprian o arrastou para frente. Tropeçando no corpo de Kettering, Will só percebeu depois de alguns segundos que Cyprian não queria matá-lo. Ele estava amarrando suas mãos e puxando-o de volta através dos ossos e das armaduras em direção aos outros.

Isso era pior. Isso era...

— Os outros vão ver você por quem você é — disse Cyprian.

Will podia ver o círculo de luz brilhando ao longe, como um sol distante. Ele estava lutando, mas não tinha nenhum efeito sobre os músculos duros e tensos do corpo de Cyprian. O abismo recém-aberto também não era obstáculo, e Cyprian saltou outra vez, graciosamente.

— Visander vai me matar — disse Will.

Mas não era isso que estava deixando a mente dele quase em transe. Era a ideia de Violet olhando para ele com um olhar de ressentimento por ter sido traída.

Sua mãe, Katherine, Elizabeth, Cyprian, Grace...

Não Violet, não Violet, não Violet.

Cyprian o ignorou. Estava forte o suficiente para escalar a corda amarrado a um prisioneiro. Meio rígido de pânico, Will foi jogado pela borda do fosso e caiu nas lajes da sala do trono acima.

A torrente de sombras havia desaparecido, deixando a câmara chocantemente silenciosa. Violet e os outros estavam agrupados em uma esfera de luz que desaparecia aos poucos.

Foi para Violet que ele olhou primeiro, Violet cujos olhos se fixaram nos dele, arregalando-se ao ver as amarras de Will e que ele era obviamente prisioneiro de Cyprian. Ela estava com os outros, e tudo que Will conseguiu fazer foi olhar para ela e pensar: *Ela sabe.*

Ela sabe, ela sabe, ela sabe...

Ele se sentiu nauseado, por ser exposto, por ser visto, os olhos de Violet fixos nele como se o ar tivesse sido interrompido, como se a garganta dele estivesse sendo esmagada. Pânico primitivo, ele não podia ser conhecido dessa forma. *Você não*, ele queria dizer. *Você não.*

Will estava tão concentrado em Violet que levou um momento para ver o que estava acontecendo atrás dela.

Armados com pistolas e facas, os homens de Sinclair emergiam da escuridão liderados por um garoto ruivo que Will tinha visto pela última vez no *Sealgair*, lutando e matando Regentes como se não fosse nada.

— Nós cuidaremos disso a partir daqui — disse o irmão de Violet, Tom.

CAPÍTULO CINQUENTA

— *Regentes* — cuspiu Tom, da mesma maneira que Cyprian havia disparado a palavra *leões* certa vez. — São como baratas: justamente quando pensávamos ter acabado com vocês, rastejam para fora dos buracos de novo.

Violet se virou e o viu. Ele olhava diretamente para Cyprian.

— Tom? — disse ela, com os olhos arregalados de choque.

Era seu irmão, passando por cima dos escombros, os homens de Sinclair segurando tochas atrás dele, criando uma ilha de luz.

— Violet? — Tom parou assim que a viu, tão chocado quanto a irmã. — O que está fazendo aqui?

Só o que ela conseguiu fazer foi olhar. Não podia ser real, podia? Ele não podia estar ali.

A aparência do irmão estava exatamente igual a quando Violet o vira pela última vez em sua casa em Londres, o mesmo cabelo ruivo cortado até o colarinho, as mesmas sardas espalhadas no nariz. Ele estava tão deslocado naquele monstruoso palácio subterrâneo... era como abrir a porta da sala do trono e ver, em vez disso, a sala de sua casa em Londres.

À medida que o choque diminuía, era substituído pelo aumento da tensão e pela aceleração da pulsação. Violet havia sentido tanta falta dele por tanto tempo.

Naquele momento, só conseguia pensar nas palavras da sra. Duval. Que ela e Tom estavam destinados a lutar.

— Escapei de Sinclair — disse ela.

A sra. Duval me treinou para matar você. Violet não disse. Tom não era seu inimigo. Ela odiava que a sra. Duval tivesse colocado esses pensamentos em sua cabeça. Embora em algum lugar uma voz sussurrasse que quem insinuara tal ideia primeiro não tinha sido a sra. Duval. Tinha sido o pai dela.

Tom não pode assumir seu verdadeiro poder sem matar outro como ele, dissera o pai.

— Eu fui feita de prisioneira.

Você sabia disso?, ela queria perguntar. *Sabe o que nosso pai planeja fazer comigo?*

— Essas pessoas são perigosas, Violet. Afaste-se delas.

Tom olhava para os amigos dela como se fossem uma ameaça. Mas uma pergunta nova e perturbadora vinha à mente de Violet.

— Como você está vivo? — Ela observava Tom e os homens armados que o acompanhavam. Não fazia sentido. — Como sobreviveu à morte branca? O exército deve ter passado por você.

Foi Visander quem respondeu:

— Ele carrega a marca do Rei das Trevas. O que faz dele um servo do Rei das Trevas e o protege da possessão.

O cheiro de carne queimada e Tom se recusando a morder o couro. Ela se sentiu enjoada, sabia que Tom tinha a marca do Rei das Trevas. Seu estômago revirou com a ideia de que a marca o tinha salvado. De que ele estava a salvo das sombras porque já era uma criatura do Rei das Trevas.

Violet olhou para os homens ao redor de Tom com suas tochas e pistolas. Todos deviam ter a marca. O exército dos mortos havia sido libertado, e ela estava olhando para seu equivalente moderno: o exército dos vivos, jurado ao Rei das Trevas e liderado até o palácio por seu irmão.

Ela sabia que sua família trabalhava para Sinclair, mas nunca tinha pensado verdadeiramente em Tom como soldado do Rei das Trevas. *O Leão do Rei das Trevas.*

Violet deu um passo para trás e se colocou na frente dos amigos de modo instintivo.

— Você não entende o que está acontecendo. Esteve ausente por muito tempo. Mas posso mantê-la segura até que haja tempo de contar — disse Tom.

— Você chegou tarde demais, Leão. Sinclair nunca controlará esse exército. Eu destruí a marca — disse Cyprian a Tom.

— Regente. Saia do meu caminho — retrucou Tom.

Tom havia matado Regentes com um pé de cabra no *Sealgair*. Ela o tinha visto fazer aquilo. Apenas Justice havia sido forte e habilidoso o suficiente para lutar contra Tom até um impasse.

Naquele momento, Cyprian, o noviciado mais talentoso de uma geração, o sucessor natural da Justice, desafiava o irmão dela.

Violet foi tomada pela lenta e horrível compreensão de que, se os dois lutassem, ela teria que os deter.

Tom Ballard virá matá-la mais cedo ou mais tarde. Esteja você treinada para lutar contra ele ou não.

— Ele libertou o exército. Se quiser detê-los, vamos precisar trabalhar juntos — disse Will a Tom.

— O Rei das Trevas comanda seu Leão — disse Visander.

Violet se virou para olhar para Will. Com as mãos amarradas nas costas e o rosto manchado de poeira, ele ainda conseguia chamar a atenção. Will sempre fora capaz de fazer as pessoas o ouvirem, e não foi diferente com Tom, que se voltou para Will.

— Você — disse Tom.

— Isso mesmo. O garoto que você acorrentou no navio — respondeu Will.

Eles se reconheceram. Will tinha sido um prisioneiro no *Sealgair*. Mas nunca havia falado sobre o tempo que tinha passado no cativeiro. Naquele momento, Violet entendeu: óbvio que Tom devia estar encarregado disso. Tom tinha ordenado que Will fosse acorrentado no porão do navio. Será que Will conhecia um lado de Tom que Violet não conhecia?

No porão do navio, Will estivera ensanguentado e machucado, depois de ter sofrido pelo menos uma surra severa, provavelmente por ordem de Tom, talvez até mesmo pelas mãos de Tom. O que mais havia acontecido entre os dois? Will nunca tinha conversado com ela sobre nada disso... jamais contara que conhecia o irmão dela. Por quê?

O que mais Will nunca havia contado? Não era a primeira vez que Violet sentia como se Will fosse um estranho, ou percebia que, apesar de toda a proximidade, ele compartilhava muito pouco. *Será que você o conhece tão bem quanto pensava?*, uma voz sussurrou.

— Você matou Simon — disse Tom.

— Entre outras pessoas — retrucou Will.

Tom imediatamente fez um gesto protetor para que a irmã se aproximasse dele, um movimento que Violet conhecia tão bem que chegou a doer.

— Violet, esse garoto... essas pessoas são perigosas. Venha comigo e vamos conversar depois.

— Ir com você? — repetiu ela, incrédula.

— Você vai ficar segura. Apenas venha para nosso lado.

— Segura?! Você não sabe o que seu pai quer fazer com ela? — questionou Will.

Não, pensou Violet, sentindo cólicas. Não suportaria ouvir a resposta. Ela mesma nunca havia perguntado a Tom, porque, enquanto não perguntasse, não precisava saber.

O rosto de Tom não mostrou qualquer sinal de compreensão.

— Fazer com ela? Nosso pai a quer em casa.

— Ele a quer morta. — As palavras de Will pareciam estar partindo os pensamentos de Violet, a verdade revelada. — Você não entende o que está acontecendo? Enquanto conversamos, aquele exército está matando a todos em um raio de quilômetros. Todo mundo vai morrer de morte branca e, quando acordarem, vão dominar nosso mundo. Não temos tempo. Precisamos detê-los.

— Do que você está falando? — perguntou Tom. — Meu pai está procurando Violet há meses. E se o exército é um perigo, é porque seu Regente os soltou. Sinclair deveria ter eliminado os Regentes.

Ele não entendia, percebeu Violet. Haviam ensinado a Tom todas as coisas erradas. Por Sinclair, pelo pai deles...

Ela passara tanto tempo desejando ser como o irmão que era desconcertante ver as limitações dele. Tom tinha sido o mundo inteiro de Violet, mas pela primeira vez ela o via como uma pequena engrenagem na maquinaria maior dos planos de Sinclair. *Nosso pai matou minha mãe*, ela teve vontade de dizer. *Nosso pai quer que você me mate*.

— Você é quem não entende — interferiu ela. — Sinclair não é o que você pensa. Nada disso é o que você pensa. Tom...

Ele estava balançando a cabeça.

— Violet, saia do caminho. Eu vou cuidar do Regente.

Tudo estava acontecendo rápido demais.

Cyprian, com uma sombra dentro dele pouco tempo antes. Cyprian, com o machado do Carrasco na mão. Ela se ouviu dizer:

— Não vou deixar você machucar meus amigos.

— Não temos tempo para brigas — falou Will. — Um Retornado fica adormecido dentro do corpo que possui apenas alguns dias... o tempo que temos para detê-los é até que acordem. Você precisa sair do caminho.

Mais tarde, ela se lembraria de que Will havia sido o único falando em deter o exército, enquanto o resto estava envolvido em rixas antigas. Mas, naquele momento, mal o ouvia. Só conseguia ver Tom.

— Tom, por favor, você não precisa...

Tom não ouvia.

— Leve o garoto. Atire no Regente. Deixe as meninas vivas.

Ela ergueu o escudo para receber todas as balas que pudesse, correndo em direção a Cyprian antes mesmo de Tom terminar de falar. Mas estava longe demais. Violet se preparou, sabendo que não chegaria a tempo.

O som dos tiros nunca veio.

Com o passar dos segundos, ela baixou o escudo, esperando a cada momento o *estalo* de um tiro. Em vez disso, o que viu foi tão terrivelmente abominável que a gelou por dentro.

O homem mais próximo dela estava paralisado, com os olhos vidrados e o braço da pistola estendido. Imóvel como uma estátua, ele não se movia. Nenhum dos homens de Sinclair se movia, cada um deles parado no meio de uma ação, um deles até mesmo preso dando um passo.

E Tom...

Tom estava congelado com a mesma expressão, a boca entreaberta, prestes a falar. O braço, erguido em um gesto inacabado, revelava a marca, brilhando no pulso. *Queimando*. Ela podia sentir o cheiro da pele queimada, e a lembrança de quando ele recebera a marca no navio sufocou as narinas dela.

— Falei que não temos tempo — disse Will, e todos os homens na câmara disseram isso com ele em uma uniformidade amortecida.

Violet virou-se devagar. Havia acreditado que o horror estava diante dela, mas na verdade estava atrás.

Os olhos de Will estavam pretos, toda a superfície de cada olho não exibia nem a íris nem o branco, como janelas para um breu sem fim. Os cabelos e as roupas dele esvoaçavam para trás, como se o vento soprasse a seu redor. Will crepitava com poder das trevas, um jovem deus coroado em glória sombria.

Magia. A magia de Will... e não era uma vela calorosamente acesa, nem uma árvore florescendo, nem uma explosão de luz que reavivava. Era um exercício frio e sombrio de força bruta conforme Will controlava a humanidade daqueles a seu redor e assumia o poder absoluto de seus corpos.

Havia tantos homens de Sinclair congelados na câmara. E Tom, Tom não era um homem comum; Tom era um Leão, ou tinha sido um Leão, e seu rosto inexpressivo e apático ecoava o dos homens ao redor. Outrora indivíduos, haviam se tornado marionetes de carne e osso, subservientes em todos os sentidos ao juramento distorcido que haviam feito a seu mestre.

A Will.

— Você *é* o Rei das Trevas — disse Violet, horrorizada.

Will não negou. Não podia, não enquanto controlava os homens de Sinclair com a marca das trevas. Ele também não havia negado antes, percebeu Violet. Tinha simplesmente desaparecido no fosso, buscando meios para controlar o exército do Rei das Trevas.

O exército dele. Era como se um buraco estivesse se abrindo sob os pés de Violet. Como se fosse ela quem estivesse caindo nele.

— Jurei que nunca iria seguir você — disse ela, sentindo-se enjoada. — Jurei que seria diferente de Rassalon.

— Violet, sou o Will — disse ele.

Só que todos disseram isso, todos os homens na câmara, repetindo as palavras de Will naquele tom horrível e monótono, como se Will fosse todos eles, um inseto malévolo com mil olhos.

— Solte-o. Solte meu irmão! — ordenou Violet.

— Eles veem você por quem você é — falou Visander.

O Campeão estava se aproximando de Will com Ekthalion nas mãos. Ela viu Will se fixar na lâmina e, como se essa mudança de atenção quebrasse seu controle, cada um dos homens de Sinclair desmaiou instantaneamente.

— Tom! — gritou ela, correndo para onde ele havia caído, de joelhos ao lado do irmão, verificando desesperada sua pulsação. A pele dele estava fria. — Tom!

Os dedos dela pressionaram o pescoço dele e sentiram uma pulsação fraca, estava vivo. Estava vivo. Violet o agarrou contra si, como se pudesse protegê-lo da possessão com o próprio corpo. Olhou sem pensar e viu Will, meio balançando, meio cambaleando. Será que controlar tantos homens o havia deixado fraco? Will caiu de joelho e Visander ficou de pé sobre ele.

Seus olhos voltaram à cor normal quando ele olhou para Visander, e isso o fez parecer o garoto que ela conhecia.

Mas não era. Ela não o conhecia. Não sabia quem ele era ou o que seria capaz de fazer.

— É muito apropriado que eu acabe com você no lugar onde você uma vez tirou tudo de mim — disse Visander.

— Você deu Ekthalion a ele? — perguntou Will a Violet.

Will parecia se sentir profundamente traído e, ao olhar para ela, os olhos dele começaram a ficar pretos outra vez. Will os fixou em Visander

Em uma resposta horrível, ela sentiu o corpo de Tom começar a se contorcer sob suas mãos. Um momento depois, vários dos homens no chão se levantaram. Visander os ignorou, mesmo quando cambalearam na direção dele.

— Você tem agora a mesma idade que eu tinha quando você matou minha família — disse Visander. — Mas eu não sou você. Não vou matar seus amigos. Não vou matar as pessoas de quem você gosta. Só vou matar você.

Visander ergueu Ekthalion, mas a montanha estava respondendo a Will, o chão tremendo enquanto seus olhos pretos brilhavam com raiva, uma pedra enorme caiu do teto a centímetros de Visander. Ele iria destruir aquele lugar, Violet pensou em desespero, destruir Visander, destruí-los.

— Começaram sem mim? — disse uma voz familiar e arrastada.

James caminhou sob a luz da tocha.

Sua arrogância sempre tinha sido irritante. Ele havia chegado como um diletante preguiçoso no ato final de uma peça, totalmente indiferente a tudo o que acontecera antes de sua entrada. Com o título de príncipe, caminhou por toda a sala do trono. Era como se acreditasse que os cortesãos se curvavam com adoração quando ele passava, e talvez tivessem feito isso, tempos atrás.

James pisou com cautela sobre um corpo caído e inconsciente, um dos homens de Sinclair. Estava com os olhos fixos em Will.

Porém, quando James se colocou lado a lado com Visander, é que Violet percebeu o quanto eram parecidos, tanto na cor da pele quanto no aspecto de outro mundo, lindos e terríveis, angelicais e sobrenaturais. Instrumentos de vingança contra quem mais os havia machucado, era como se Anharion e a Dama estivessem juntos contra Will.

Ajoelhado nos escombros, Will falou com uma voz estranha e terrível:

— Vocês dois.

Mas nenhum deles atacou. Visander estava congelado. E não era Will que o mantinha preso em laços invisíveis. Era James.

— Querido, não estou aqui para matar você — disse James a Will.

James só precisou gesticular uma vez, e Visander saiu voando para trás, atingindo um pilar e depois o chão, com o corpo caído e flácido. Cyprian deu um passo à frente e James apenas olhou para ele. Cyprian colapsou.

Will fitava James em estado de choque. James olhou para ele e estendeu a mão.

— E então?

— *Ele é o Rei das Trevas* — declarou Violet.

— E eu sou o tenente, estou aqui para lutar ao lado dele — disse James.

CAPÍTULO CINQUENTA E UM

Will olhava para James como se fosse uma miragem no deserto.

Os homens que Will tinha possuído ainda estavam inconscientes, espalhados pelo chão como se estivessem mortos. Violet estava ajoelhada ao lado de Tom, com uma expressão de horror. Cyprian e Visander estavam esparramados na poeira, e Elizabeth corria para o lado de Visander.

James ignorou todos eles, abrindo as restrições que prendiam as mãos de Will.

— Consegue se mexer? Precisamos ir.

Olhos azuis cheios de preocupação.

Will não conseguia entender. James tinha ouvido Violet chamá-lo de Rei das Trevas. Mas se ele sabia, como podia...

— Diga o que você sabe — disse Will —, o que eu sou, o que eu...

— Eu sei — respondeu James.

— Diga que não se importa — pediu Will.

— Eu não me importo — declarou James.

Will sentiu um calor, um arrepio atingir seu âmago. Ele encontrou os olhos de James com o choque de uma conexão sendo travada.

— Diga de novo.

Ele precisava ouvir isso.

— Eu não me importo.

Outro arrepio, este mais profundo.

— Anharion — cuspiu Visander.

HERDEIRO DAS TREVAS

Ele tentava se levantar, mas estava muito machucado. Cyprian foi o primeiro a se mover, balançando a cabeça para tentar organizar os pensamentos, com o olhar fixo em James.

— Eu sabia que você ia virar.

As palavras de Cyprian tinham um toque severo de dor.

Will olhou para ele. Seus amigos contra ele, olhando para Will em vários estados de choque, medo e repulsa. Mas era o esperado. Era... o mesmo olhar que vira em sua própria mãe.

Ele não esperava que James ficasse a seu lado.

Parte de Will ainda esperava pela faca, pelas mãos em volta de sua garganta. Cada momento que isso não acontecia parecia esperançoso. A cada momento uma faísca crescia dentro dele.

Talvez... não fosse como em Bowhill, onde sua mãe e sua irmã tentaram matá-lo. Talvez nem fosse o velho mundo, onde ambos os amantes se voltaram contra ele.

Talvez não estivesse sozinho, lutando para provar que não era o monstro que sua mãe via, quando ele próprio não tinha certeza se acreditava nisso.

James acreditava... nele, em *Will*.

— O que você quer que eu faça? — perguntou James.

— Tire-nos daqui — pediu Will.

James o puxou para seus braços. Will abraçou a cintura de James. Um segundo depois, sentiu o poder de James entrar em si, como havia acontecido na escavação. Desta vez, ele fechou os olhos e deixou que acontecesse. Um círculo se completando: a gavinha da magia de James conectada ao vasto reservatório da magia de Will.

Will soltou um som quando o poder bruto explodiu em seu interior, e ele vislumbrou o céu noturno repleto de estrelas, meio inconsciente dos gritos ao redor. James disse:

— *Segure-se em mim.*

Will estava apenas começando a perceber que o poder dele havia aberto um buraco na montanha conforme subiam, com uma lufada de ar quando o poder de James os levou para cima e para fora do palácio.

Um voo. Os dois estavam voando, ou algo parecido. Abaixo, o palácio ficava cada vez mais distante, à medida que o poder e o ar passavam por eles. Agarrando-se firmemente a James, só o que Will podia fazer era ficar ali enquanto o vento o açoitava. Não sabia que James era capaz de usar o poder dos dois em conjunto para voar. Jamais vira Anharion voar em seus sonhos e visões. Talvez Sarcean nunca tivesse emprestado o poder a ele. Como ele podia ter renunciado a algo tão emocionante?

— Achei que você me odiaria. — As palavras eram só respirações. Will podia sentir o calor do corpo de James contra o dele. Seus dedos agarraram a cintura de James. — Diga que não me odeia.

— Eu não odeio você.

Outro estremecimento. Seus dedos apertaram com mais força.

— Eu deveria ter contado. — As palavras saíam dele. — Deveria ter... eu estava com medo; achei que, se contasse, você me mataria, ou tentaria me matar. Achei que você... fale de novo.

— Eu não odeio você.

A frase tocou algo profundo dentro de Will, um lugar que nunca tinha conhecido aceitação. Que estivera preparado, esperando o golpe, não apenas desde Bowhill. Todos esses anos. Mesmo na infância... sua mãe tinha... porque ela sentia medo.

Não era sua intenção deixá-la com medo. Não era sua intenção deixar qualquer um deles com medo.

James não estava com medo. Contra todas as probabilidades, James confiava nele.

A gratidão de Will era intensa. Ele a sentia transbordar. Sentia-se cheio da lealdade que sempre quisera dar a alguém. Queria dar poder a James, o mundo, tudo.

Seus pés tocaram a terra. Haviam pousado em uma pequena clareira na floresta, onde os troncos escuros de antigas faias se estendiam ao redor dos dois. O solo estava coberto de folhas e os poucos troncos caídos estavam macios com musgo. A privacidade verde e silenciosa os envolveu.

— Dissemos depois. Se você viesse até mim depois. — Will podia sentir James quente e real contra ele ao dizer: — Você veio até mim.

— Você me pediu — disse James.

Porque talvez bastasse ter uma pessoa, uma pessoa que acreditasse, uma pessoa que tivesse fé nele.

Sarcean tinha perdido todo mundo, mas Will não. Will havia marcado esse ponto de diferença, essa única coisa sua. Significava que ele podia ser diferente. Ele e James, ambos podiam ser diferentes. Podiam abandonar o passado e construir um novo futuro juntos.

James tinha dado a Will a chance de ser ele mesmo.

— Diga que você... me conhece — pediu ele, olhando para os olhos azuis cheios de lealdade, e Will queria ouvir James dizendo essas palavras para sempre. — Diga que sabe quem eu sou e que você é meu.

— Sou seu. Eu sei quem você é. Will...

Will o beijou. Era bom, era tão bom sentir James se entregando, tão ansioso quanto Will. Era como se James fosse dar tudo a ele, ofegante.

— Eu sou seu. — Enquanto Will o beijava e beijava. — Eu sou seu. — Enquanto as mãos de Will passavam por dentro da jaqueta dele, por cima da camisa quente. — Eu sou seu. — Enquanto Will tocava sua pele trêmula e quente, depois tirava o lenço de seu pescoço. — Meu rei.

Foi como se o mundo inteiro tivesse mudado. Sem conseguir pensar, Will cambaleou para trás com o que viu.

O Colar, vermelho e dourado opulentos, envolvia o pescoço de James.

Brilhava, uma faixa estridente, revelada pela camisa entreaberta. O lenço de pescoço de James estava no chão da floresta, deixando-o meio despido e desarrumado. Will olhou para ele com horror.

O cabelo de James estava despenteado, as bochechas coradas, os lábios entreabertos em uma rendição que era quase insuportavelmente erótica, exceto pelo fato de que os rubis brilhantes do Colar pareciam uma garganta cortada.

— Meu rei? — repetiu James.

Will sentiu uma onda violenta de náusea o acometer. Estendeu a mão e se apoiou no tronco da árvore mais próxima. Seu estômago se contraiu e depois jorrou, com espasmos, enquanto ele vomitava no chão. A tontura ameaçou dominá-lo. Ele fechou os olhos e viu uma imagem de Anharion morto no chão enquanto o carrasco serrava seu pescoço. Will vomitou de novo, curvado e pressionando as costas da mão sobre a boca aberta.

A voz de James atrás dele.

— O que foi? O que há de errado?

— O que há de *errado*?

Tudo estava errado. Tudo estava destroçado. Will olhou para James em desespero. Os rubis brilhantes do Colar pareciam zombar dele.

— Eu sou seu — disse James. — Sei quem você é. Não odeio você.

Uma oração extasiada de um suplicante escolhido a dedo por sua beleza. James parecia dolorosamente genuíno.

Eram as próprias palavras dele ecoadas de volta. Suas ordens, pensou Will, nauseado. James parecia ele mesmo, mas não era. Não era mais do que um espelho dos desejos de Will, e era terrível vê-los refletidos de maneira tão nítida. *Ninguém jamais se juntaria a você por escolha, não se soubesse o que você é.* A Dama havia dito isso em Undahar.

— Está me dizendo o que eu quero ouvir?

— Estou — respondeu James.

Will tentou não se encolher diante da resposta.

— E o que é isso?

— Seu sonho está a seu alcance. Você pode conquistar este mundo. Seu exército está pronto. Governarei com você, a seu lado.

Não estava certo. Ele queria...

Queria o que tinha tido poucos momentos antes. O que James havia dado a ele. O que Will nunca tinha tido no fim das contas, sozinho ali na montanha. Ele se agarrou ao momento em que se considerou diferente.

— Esse é o sonho dele. Não o meu.

— Você é ele.

James falou com confiança, como se não restasse sombra de dúvida. Encarou Will como se visse nele uma figura de muito tempo atrás. Uma figura a quem ele servia. Uma figura que ele conhecia.

— Você se lembra — disse Will.

James o encarou com o passado nos olhos.

— Sarcean. Eu me lembro de tudo.

AGRADECIMENTOS

Minha família vem de Scheggino, uma pequena cidade medieval naquela parte da Úmbria conhecida como Valnerina. Na primeira vez em que viajei para lá sozinha, subi a montanha até a cidade vizinha de Caso, vislumbrei os restos da gigantesca arquitetura romana adormecida nas colinas, caminhei pelo riacho onde minha família pescava trutas e contemplei a vista que se tornaria o Salto de Fé. Sabia que queria que parte de *Herdeiro das Trevas* se passasse naquelas colinas e planejava voltar e caminhar de novo por Valnerina como havia caminhado pelo Dark Peak em Derbyshire.

Quando comecei a escrever *Herdeiro das Trevas*, a pandemia tinha fechado o mundo; os aeroportos e as ruas estavam vazios, e viagens para todos os lugares haviam parado. Tive que reconstruir Scheggino de memória, examinando meus antigos registros de diário e desenterrando minhas antigas fotos tiradas antes da era das câmeras digitais que pareciam estar desaparecendo diante dos meus olhos. Mas talvez, no final, isso tenha sido bom.

Escrever em isolamento da pandemia tornou cada amigo que entrou no mundo de *Herdeiro das Trevas* comigo ainda mais precioso: agradeço a Vanessa Len, Anna Cowan, Sarah Fairhall, Jay Kristoff, Beatrix Bae e Tom Taylor, que leram incontáveis rascunhos, aperfeiçoaram ideias e me deram feedbacks. Este livro não seria o mesmo sem vocês.

Vanessa, nossas noites no saguão do hotel tornaram-se FaceTimes noturnos confusos que eu adorava, com a gente sentada nos respectivos sofás com nossos fones de ouvido entrecortando a chamada. Jay e Tom, nosso dia de escrita semanal acompanhado de sanduíche e batata frita é uma alegria criativa. Jamais vou esquecer o choque de quando, certa tarde, enquanto escrevíamos juntos, descobrimos que teríamos de suspender nossas sessões porque estávamos entrando em um terceiro *lockdown* pandêmico. Para minhas amigas geograficamente distantes, Anna, Sarah e Bea, nossas sessões de escrita on-line, ligações e companhia virtual foram salva-vidas.

Agradeço também a Ellie Marney, Amanda C. Ryan, Amie Kaufman e Sarah Rees Brennan pela amizade e por *insights* atenciosos, e à turma do Melbourne Writers Retreat, pela amizade, apoio e conselhos inestimáveis.

Tenho também que agradecer a quem esteve comigo nos momentos mais intensos, Rita Maiuto e Luke Haag. Obrigada por celebrar os altos e apoiar os baixos, e acompanhar os dois com muita inteligência, bom gosto e boa comida. Agradeço também e em especial a Jan Tonkin, que ampliou minha vida além do possível desde nosso primeiro encontro, e com quem tenho uma enorme dívida de gratidão.

Obrigada a minha maravilhosa agente, Tracey Adams, e a Josh Adams por seu entusiasmo e apoio. Agradeço à equipe da Harper, em particular Rosemary Brosnan e a minha editora Alexandra Cooper. Na Austrália, tive muita sorte de trabalhar com as incríveis Kate Whitfield e Jodie Webster na Allen & Unwin; obrigada a ambas pelo fantástico trabalho editorial e por toda a ajuda na elaboração do livro.

Finalmente, agradeço à Magdalena Pagowska, por sua belíssima arte de capa, e à Sveta Dorosheva, pelo belo mapa de Valnerina em 1821, bem como à equipe de design da Harper, que reuniu todos os elementos visuais.

Pesquisar para o *Herdeiro das Trevas* significou ler muitos diários de viagem italianos da década de 1820, incluindo os de Mariana Starke, Charlotte Anne Eaton, Galignani e até mesmo de lorde Byron, que viajou e viveu na Itália, e que escreveu sobre uma escuridão que cobriu o mundo em resposta à terrível erupção de outra montanha. No estranho período sem fim da pandemia, aqueles viajantes de tempos atrás me deram uma maneira de viajar quando eu não podia, e por isso sou muitíssimo grata a eles.

Este livro foi composto na tipografia Adobe
Caslon Pro, em corpo 11,5/16, e impresso em
papel off-white no Sistema Cameron da
Divisão Gráfica da Distribuidora Record.